中國文化美學文集

王振復◎著

復旦大學出版社

目 录

中国佛教美学

附录

中国美学史

中国巫性美学：作为文化哲学的美学

中国巫性美学，作为一种"文化哲学的美学"，其研究场域，在神性美学与人性美学、巫性崇拜与诗性审美之际。

一、问题的提出

西方人类学（Anthropology）具有颇为悠久的学术传统。其滥觞，可以追溯到古希腊。Anthropology的词源，是古希腊语Anthropos（人）与Logos（言说、学问、研究）。所谓"人的研究"，作为人类学的学科主题，似乎过于笼统、普泛而有些不着边际。有人称，既然说是"人的研究"，岂不是大凡人的一切都要研究？试问世间学问，有哪一门不是或直接或间接地与研究"人"或"人"的研究有关？既然没有哪一门学科可以包罗万象而穷尽一切，那么，所谓以"人的研究"为学术主题的人类学，在学理上似乎难以成立。

其实，这是对人类学这一学科的一种误解。西方人类学学科理念的诞生，始于人的意识的两次觉悟与解放。

人类学起始于古希腊，并非偶然。德国学者卡尔·雅斯贝尔斯（Karl Jaspers）曾经指出，在公元前800年到公元前200年间，中国、印度、波斯与巴勒斯坦以及古希腊这四大人类古文明发源地，几乎同时处于一个"轴心时代"，而且以公元前500年前后为中心：

> 在公元前800年到公元前200年间所发生的精神过程，似乎建立了这样

一个轴心……让我们把这个时期称之为"轴心的时代"。

在中国，孔子和老子非常活跃，中国所有的哲学流派，包括墨子、庄子、列子和诸子百家都出现了。和中国一样，印度出现了《奥义书》和佛陀，探究了从怀疑主义、唯物主义到诡辩派、虚无主义的全部范围的哲学可能性。伊朗的琐罗亚斯德传授一种挑战性的观点，认为人世生活就是一场善与恶的斗争。在巴勒斯坦，从以利亚经由以赛亚和耶利米到以赛亚第二，先知们纷纷涌现。希腊贤哲如云，其中有荷马，哲学家巴门尼德、赫拉克利特和柏拉图，许多悲剧作者，以及修昔底德和阿基米德。①

"轴心时代"人类精神的历险与突破，作为人类的第一次"解放"，一般而言，是理性地发现了"人"。有关人类自己的人文意识，从历史的深处苏醒过来。

就古希腊而言，当毕达哥拉斯最早提出"哲学"是"爱智"的学问时，实际并未发现与肯定人自身就是"智慧"的唯一这一点。希腊古典哲学家宣称，唯有神是智慧的，而任何人都不是，哪怕是哲学家自己。所谓哲学的"爱智"，仅仅是爱"神的智慧"而已。作为雅典城邦保护神的雅典娜，被称为"智慧女神"。奥林匹亚神山所居住的，是一群智慧超绝之神，以宙斯为主神。维科曾经指出，主神宙斯与记忆女神之女即缪斯的最初的特性，一定是凭天神的预兆来占卜的一种学问，这就说明了拉丁人为什么把明断的星象家们称为"智慧教授"。

古希腊文化与哲学思想主题首先肯定的，是客体世界之"数"的和谐关系，认为数是万物的唯一实在。数是原始巫性即神性与人性的结合，其本性是本然而无须证明的。数，一个被设定为具有神性兼人性即巫性因素的事物本体，无论从神学、巫学还是哲学角度看，都是指一种不可能不存在的存在。数虽然不是一个纯粹的哲学范畴，却首先揭示了从原始神性、巫性走向属人即人性之哲学思性何以可能，证明西方文化从古希腊文化开始，就走上了一条从原始巫文化、原始神话等，走向宗教与哲学文化，从而走向美学的道路。被称为"中世纪最伟大亦是早年较为人所忽略的爱尔兰神秘神学家"爱留根纳曾经说："真正

---

① ［德］卡尔·雅斯贝尔斯:《历史的起源与目标》，华夏出版社，1989，第8页。

的哲学是真正的宗教，同样真正的宗教为真正的哲学。"①西方的宗教与哲学，在一定程度上是重合的，其思想与思维的源头，可以追溯到古希腊的神话、图腾与巫性的数的意识理念。西方美学的灿烂之花，首先开放在西方哲学的土壤之上；哲学，与西方宗教相生相伴；宗教，又深植于原始巫术、神话与图腾之中。

时至公元前5世纪，随着奴隶制城邦制度的建立与文化、经济的腾跃，哲学始而目光如炬，第一次凝视人自身，于是便能够提出古代西方人学的第一命题："人是万物的尺度。"

这一人文命题所提出的，并非"万物是人的尺度"，而是相反，它开始以人来作为万物的衡量标准，人开始从人的角度来看待万物。这种人在万物面前显得有些尊显的意识理念，类似于中国先秦荀子所说的"人有气有生有知亦且有义，故最为天下贵也"②的思想。它意味着，由于文化的推进和时代的进步，从以往万物作为人的尺度的意识理念，逐渐转嬗为以人为万物的尺度和标准，从而使得人的精神自尊达到一个新的历史维度，其思维场域，也随之有些扩大了。

但是古希腊时期的所谓"万物"，其实并不是一个纯粹朴素"唯物"的概念。万物因其"模仿"了"数"而才能成就其自身；数作为"更高一级的存在"，又与神性、巫性与灵性的"灵魂"说联系在一起。从历史的深处款款走来的"人"，终于能够初步地傲视群类。这当然不是说，所谓人的解放，可以彻底推开神（神性）、巫（巫性）与灵（灵性）的精神羁绊，而学会"自行其是"。不过，这种关于人的时代哲学，在传统神性、巫性与灵性的蕴含之中，渐渐加重了真正属于人与人性的分量，开始从人的高度，俯瞰与研究原本属神、属巫与属灵的自然和人自身。

由此，古希腊人类学的学科意识便应运而生。其思想本蕴，在于试图从原始神学、巫学兼灵学和属神、属巫与属灵的原始自然科学等传统领地，争一块真正属人的地盘，朦胧地意识到人自身的存在及其文化价值。这当然不是说，

---

① 转引自陈佐人：《神秘神学·中译本导言》，（伪）狄奥尼修斯：《神秘神学》，包利民译，商务印书馆，2012，第XI、XI—XII页。

② 《荀子·王制》，王先谦：《荀子集解》，《诸子集成》第二册，上海书店，1986。

关于人类学的意识理念从此与传统神学、巫学与灵学断绝往来，只是仅仅开始从人的高度看神、巫与灵而并非从神、巫与灵的角度看人而已，其中介，便是那个既相系于人与人性，又相系于神性、巫性与灵性的数。

千百年过去了，西方人类学意识作为一种新兴的学科意识，并未取得可观的进步，甚至在相当长的历史时期内，它几乎是湮没无闻的。直到文艺复兴之时，随着提倡人性、反对神性，提倡人权、反对神权，提倡民主、反对专制的时代呼声响彻云霄，便有继古希腊之后的关于人的第二次"解放"。于是，一种新时代的人类学的学科意识被重新唤起。学者亨特在《人为万物之灵》（1501年）一书中首先使用了"人类学"一词，不啻是在西方的人文地平线上，冉冉升起了一颗叫作"人类学"的灿烂晨星。

文艺复兴之后未久，在《人类学概要》（*Anthropologie Abstracted*，亦译《抽象人类学》，1655年出版。此书未有署名，或曾有署名，却由于历史的漫长而亡佚）一书中，才正式出现英语词汇 Anthropology。这时，有关"人的解放"的理念，进一步催生了这一学科。该书指出："人类学或人类本性史，迄今为止一般可以分为两类：第一类为心理学，即关于理性灵魂的本性的讨论；第二类为解剖学，也就是说，通过解剖揭示人体的结构或者构造。"这也便是尔后文化人类学与体质人类学之分类的雏形。①

这里值得一提的，是德国古典哲学家康德对于西方人类学学科建设的贡献。晚年康德曾经大致从其哲学体系角度，规范了实际是哲学人类学的重大主题："这种世界公民意义上的哲学的领域可以归于如下问题：（1）我可以知道什么？（2）我应当做什么？（3）我可以希望什么？（4）人是什么？第一个问题由形而上学回答，第二个问题由道德回答，第三个问题由宗教回答，而第四个问题由人类学回答。但在根本上，人们可以把这一切都归给人类学，因为前三个问题都与最后一个问题有关。"②康德此言，无疑可以启人深思。

---

① 夏建中：《文化人类学理论学派——文化研究的历史》，中国人民大学出版社，1997，第1、2页。

② 李秋零：《康德哲学中的宗教问题》，刘光耀、杨慧林主编：《神学美学》，生活·读书·新知三联书店，2008，第191页。

今天，西方人类学已经取得了长足的进步。学者代不乏人，著作丰硕，学派众多。西方人类学，并非是一门囊括人之一切而毫无学术边界的学科，大致可分为文化人类学、语言人类学、考古人类学与体质人类学四大类，在一些大学与人文研究机构，早已蔚然成为一门显学。

就文化人类学（Cultural Anthropology）而言，如英国爱德华·伯内特·泰勒（1832—1917年）的《原始文化》，詹姆斯·乔治·弗雷泽（1854—1941年）的《金枝》，美国路易斯·亨利·摩尔根（1818—1881年）的《古代社会》，法国戴维·埃米尔·杜尔干（1858—1917年）的《社会分工论》，英国布罗尼斯拉夫·马林诺夫斯基（1884—1942年）的《巫术科学宗教与神话》，法国列维-布留尔（1857—1939年）的《原始思维》，奥地利西格蒙德·弗洛伊德（1856—1939年）的《图腾与禁忌》，美国露丝·富尔登·本尼迪克特（1887—1948年）的《文化模式》，美国弗朗兹·博厄斯（1858—1942年）的《原始艺术》，法国马歇尔·莫斯（1872—1950年）的《论礼物》与法国克劳德·古斯塔夫·列维-斯特劳斯（1908—2009年）的《野性的思维》等，以及近半个多世纪以来如许烺光与张光直等学者的诸多著述，都是文化人类学研究值得重视的学术成果。

中国文化人类学研究，深受西方文化人类学影响。自20世纪二三十年代至今，已取得诸多学术新收获。如潘光旦、林惠祥、宋兆麟、费孝通、李安宅与宋光宇等学者的著述，皆值得重视，其中有些人做了筚路蓝缕的工作。然而，中国的人类学研究所面临的一个问题是，怎样在汲取西方文化人类学有益滋养的前提下，进一步建构真正属于"中国"的文化人类学。

在中外文化人类学关于人类原始文化的长期研究中，有一点应做进一步的研究和讨论。

自"古典进化论"文化人类学奠基者泰勒开始，一般学者都将人类原始文化笼统地称为"原始宗教"时期。似乎人类原始文化原本相当单一，以"原始宗教"一词便可概括无遗；似乎"原始宗教"这一人文范畴的合法性，是不证而自明的。或者说，大凡人类原始时期的一切文化现象，似乎都可以装在"原始宗教"这一神奇的"篮子"里。美国学者休斯顿·史密斯在《人的宗教》一书中指出，人类有史以来的宗教，以印度教、佛教、儒家、道家、伊斯兰教、犹太教与基督教等为主要代表，不仅把中国先秦的儒家和道家称为人类宗教的两大代表，而且专列第9章"原初宗教"来加以论析。史密斯说，"历史的宗教（按：指前述印度教、佛教、伊斯兰教与基督教等）现在几乎覆盖了整个大地，可是以编年的角度来看，它们只是宗教冰山的一角；因为与在它们之前大约为时已有300万年的宗教比起来，它们只有4000年"，这种据说"已有300万年的宗教"，就是所谓"原初宗教"（原始宗教）。又说，"在美国印第安人的语言中没有'艺术'这样的字眼，因为对于印第安人而言，每一件事物都是艺术。同样的，一切事物，以其自身的方式，都是宗教的"。[①]这就无异于承认，从人类及其文化的起源到宗教诞生这一漫长的历史的"一切事物"，都是属于"原初宗教"的，而史前何等漫长的历史，都可以称为"原初宗教"时期。显然，有关"原始宗教"的说法，是有些笼统的。

"人类学之父"泰勒的人类学研究的主要贡献，首先在其首倡"万物有灵论"或曰"泛灵论"。[②]马林诺夫斯基说："将宗教加以人类学研究之基础的人，当推泰勒。他底著名学说认为原始宗教底要点乃是有灵观（animism），乃是对于灵物的信仰。"[③]弗雷泽则在主要研究原巫文化且创获诸多学术成果的同时，沿袭泰勒的见解，将人类原巫文化等笼统地等同于"宗教"，而仅仅称其"原始"即"较早阶段"而已。弗雷泽说：

---

① ［美］休斯顿·史密斯：《人的宗教》，刘安云译、刘述先校订，海南出版社，2013，第345、356页。

② 按：法国学者列维-布留尔《原始思维》一书，对于泰勒首倡的"万物有灵论"持批评的态度。他说："1871年问世的、开创了人类学科学史的划时代的《原始文化》（Primitive Culture）——英国人类学派首领泰勒（E.Tylor）的基本著作，给整整一大批勤勉努力而又极有素养的研究人员指出了道路"，"英国人类学派（按：指弗雷泽、马林诺夫斯基等人）追随着自己首领的榜样"，"万物有灵论假说乃是英国人类学派的研究所遵循的那个定理的直接结果"，称其"定理本身代替了论证"，而且即使有论证、解释，"这种解释只不过讲得通罢了"（见列维-布留尔：《原始思维·绪论》，丁由译，商务印书馆，1981）。笔者以为，尽管关于"万物有灵论"，泰勒可能尚未做出极为深刻的论证，而是较多地以实例说明，但却不能抹煞其说的首倡之功。实际上，即便是布留尔自己的"互渗律"说等，也是在泰勒"万物有灵论"的基础上，既吸取又批判地建构起来的。这一论题牵涉的方面很多，相当繁复，恕暂不展开讨论。

③ ［英］布罗尼斯拉夫·马林诺夫斯基：《巫术科学宗教与神话》，李安宅译，上海社会科学院出版社，2016，第4页。

在宗教发展的较早阶段，祭司（按：这里指宗教祭司）和巫师的职能是合在一起的。准确地说，是他们各自的职能尚未分化。似乎是到了晚期，二者的对立才表现得如此清楚。早期阶段，人们为了某种利益，往往一边祈祷、献祭，一边举行某种仪式、念动咒语，把神的怜悯与人的能力结合在一起。念祷词的同时也在念咒语，这实际是在同时举行宗教和巫术两种仪式……①

这就等于说，宗教是自古就有的，且与巫术文化并列，这是人为制造了宗教与巫术的逻辑与历史矛盾。按弗雷泽所言，在人类文化的"早期阶段"即原始时期，虽然"祭司"与"巫师"的"职能尚未分化"，可是"这实际是在同时举行宗教和巫术两种仪式"，这便使人误解人类"早期阶段"的文化形态，是"宗教和巫术"并存的，其逻辑上的自相矛盾，不言而自明。难道人类原始或曰史前时期真的存在着一种被今日西方人类学家称作"宗教"的东西么？既然人类的原始文化"尚未分化"，又何来"宗教和巫术两种仪式"？以为原始时期的"宗教"自古就有，还是认为后世的宗教文化从原始巫术、神话与图腾等文化形态中诞生，这是两种不一样的学术之见。

如果我们承认所谓"原初宗教"也是宗教，只是其处于原始阶段而已的话，那么，"原初宗教"与宗教的关系，便有如人的童年与成年的关系。显然，成年的人并非起源于人的童年，而是为其父母所生。因此我们总不能说，人类的宗教文化，是从"原初宗教"起源的，而是另有起源。从文化形态学角度看，宗教起源于原始巫术、神话与图腾文化。原始巫术、神话与图腾这三者，是三位一体而又各尽所能的。诚然，原始巫术、神话与图腾文化又源于什么，迄今为止的文化人类学，尚不能提供确切的答案。

泰勒说，"实际上，这些宗教（按：即其所言"原始宗教"）和仪式并非各种荒谬笑料的无意义的混合，相反，它们本身是有系统的和极其合理的"与"有理性的"。故应当"把神灵信仰（即"万物有灵"信仰）判定为宗教的基本定义"，进而指出，"万物有灵论既构成了蒙昧人的哲学基础，同样也构成了文

---

① ［英］詹姆斯·乔治·弗雷泽：《金枝》上册，陕西师范大学出版社，2010，第58页。

明民族的哲学基础"。①这一早于弗雷泽之有关"原始宗教"的理论评估,在逻辑上,显然混同于作为成熟文化形态的宗教。

　　一般而言,成熟文化形态意义的宗教,必须具备教主、教义、教团、教律与终极信仰5大要素。因而,仅仅将"神灵信仰判定为宗教的基本定义",看来是不够的,因为这毕竟不符合逻辑与历史实际,而比如原始巫术、神话与图腾,也是具有"神灵信仰"的。正如前述,称历史学意义的人类文明社会的成熟宗教源于"原始宗教",这就好比说一个成年人源于其自身婴孩时期而并非源于其父母一样,不符合历史的真实与逻辑。"原始宗教"说的提出,正可证明"古典进化论"人类学的一个思想和思维局限。看到文明社会的成熟宗教形态,便反推出原始时代必有一个可以"进化"为宗教的"原始宗教",并将后世宗教的起源归于"原始宗教"。假定"原始宗教"确实存在,那么其内在的文化结构与文化机制究竟怎样,它与原始巫术、神话与图腾等原始文化形态的历史联系到底如何,等等,这一系列学术课题,有待于做出进一步的论证。

　　这里所力图研究的中国巫性美学,并非从"原始宗教"而是从伴随以神话与图腾的原巫文化说起。文化形态学将人类原始文化,分成彼此相系的原始巫术、神话与图腾三大文化品类,三者统一于原始"信文化",在证明其三位一体的同时,又注重于辨析巫术、神话和图腾三者不一的文化成因、特性、模式与功能,试图运用文化人类学关于巫学的理念,进行中国巫性美学的研究。

　　中国巫文化人类学,实际是文化人类学关于巫学的一个中国分支。即努力运用文化人类学关于巫学的人文与学术理念,主要对中国原巫文化及其原始巫性与诗性因素的人文联系进行研究。

　　从泰勒、弗雷泽、马林诺夫斯基、列维-布留尔到诸多中国人类学研究者,在主张与接受"原始宗教"说的同时,有不分巫术、神话与图腾这三大原始文化形态的看法,或将"神话思维"等同于原始思维。笔者以为,在着力汲取前人与时贤积极研究成果的同时,考虑到中国原始文化以巫文化为基本而主导、伴随以原始神话与图腾这一历史与人文实际这一点,从文化人类学关于巫学的理念方法即巫术人类学进入中国巫性美学的研究,是可以期待的可行而有效的

① ［英］爱德华·泰勒:《原始文化》,连树声译,上海文艺出版社,1992,第22、412、414页。

一条学术之途。

大致从王国维到如今的中国美学研究，所获学术成果丰硕而深致。如果说还有什么值得进一步开拓的话，大约其中之一，便是可以尝试从文化人类学、文化哲学关于巫学的角度研究美学，笔者称之为"中国巫性美学"。

首先，这里遇到的第一个问题是，中国巫性美学究竟如何可能。与此相关的一个问题是，中国美学的原始人文根性及其根因与特质究竟是什么。

或说是道，或曰在气，或称为象，或断言礼、和、情与天人合一等，不一而足。凡此美学研究及其学术成果，暂且勿言其各自研究所达到的真理性程度究竟如何，即使仅就其研究本身及其可能的严谨的治学态度来说，都是值得肯定的。

然而，这里所说的道、气、象以及天人合一之类，一般都是从哲学角度提出问题并加以思考与解答的。对于某些哲学美学研究而言，因为道、气、象与天人合一等，既是哲学范畴又是哲学命题，故而从哲学走向美学，似乎是无需加以论证的。似乎哪里有哲学，那里便有美学。譬如，认为既然老庄之道本是一个哲学范畴，那么，它同时也"当然"是一个美学范畴，等等。

不言而喻，美学与哲学两者存在着天然联系。美学的哲学素质与哲学的美学意蕴，浑契而统一。哲学是美学的生命和灵魂。美学一旦离弃于哲学之魂，则所谓美学，大概只是"伪美学"而已。我们有时便会无意中存在着一个错觉，以为如果所研究的是哲学美学，那么哲学对于美学而言是很要紧的，假如所研究的是艺术美学或心理学美学等，便在无意中以为哲学对于美学而言，就显得不是那么重要了。问题是，如果美学一旦离开了哲学，那它还是美学吗？即使是心理学美学和文艺美学，其实是将心理与文艺现象作为哲学问题来研究的。在学理上，美学又自当不同于哲学。称老庄之道等因其本为哲学范畴而必同为美学范畴，是简单地将哲学等同于美学，因而也是不宜采信的。

100多年前，蔡元培所译科倍尔《哲学要领》曾经指出，作为一种"特别之哲学"的美学，主要属于意象兼情感、欲望与意志等世界。它应将人文感性及与感性相系的一切自然、社会现象与人的情感、欲望、意志和理性、非理性等及人的整个身心存在，作为自己主要的研究对象，而且必须从一定的哲学进入。不能自觉或不自觉地以实际上的哲学研究与分析，来替代、吞并必要的美学研究，又不能离开一定的哲学理念妄谈什么"美学"。

毋庸赘言，大凡哲学美学，首先须以哲学为魂。即使如心理学美学与文艺美学等，在研究理念与方法上，都必须将心理、心灵机制、心灵结构、一切文艺问题与文字符号等，作为一个个特殊的哲学问题来对待、来研究。那种以为唯有哲学美学须以哲学为魂，其余的美学未必一定如此的看法，显然是欠妥的。

任何美学须以哲学为魂，这是其学理上可以成立的必要条件而非充分条件。这便是美学之所以被称为"特别之哲学"的缘故。大凡美学，须从哲学角度，研究以世界意象和人类情感为纽带的人与现实的一切审美关系。一般哲学比如道德哲学，却未必一定须以这一审美关系作为其主要的研究对象与主题。哲学对于世界与人类生活之理性的俯瞰与把握，实际比美学要广泛得多。因此，首先从哲学角度进行美学研究，同时以世界意象、人类情感等作为主要研究对象与主题，进而做出哲学的解读，无疑具有学理上的合理性和合法性。

不过问题的复杂性在于，当面对中国美学的人文根因、根性与特质这一学术课题时，尽管人们尽可以从哲学高度去俯瞰这一学术课题，却不可以误以为其原始人文的根因、根性、特质与文脉等，就仅仅是一个一般的哲学问题，更不能简单地搬用西方现成的哲学、美学理念与方法，来试图发现、解析中国所特有的美学问题。哲学俯瞰一切，但是并不能包容一切，哲学并非万能。当我们用哲学的方法去研究中国原始文化之时，也许我们只能揭示原始文化中的哲学及美学因素，难以揭示与解释整个中国美学的文化根因、根性、特质与文脉等，因而，我们必须从文化哲学进入。

中国巫性美学这一命题的提出及其可能性的研究，是试图做一个真正有中国特色的美学，而不是哲学美学的路子或"跟在西方后面"亦步亦趋。

在本原、本体上，中国美学的人文根因、根性、特质与文脉等，与西方或亚洲的印度、日本等殊为不一。王国维当年曾经提出"学无中西"①的治学之则，在认知与处理中西文化及其哲学会通问题上具有真理性。至于中西、中印、

----

① 按：王国维：《〈国学丛刊〉序》说："学之义不明于天下久矣。今之言学者，有新旧之争，有中西之争，有有用之学与无用之学之争。余正告天下曰：学无新旧也，无中西也，无有用无用也。凡立此名者，均不学之徒。即学焉，而未尝知学者也。"（《观堂别集》卷四，《王国维遗书》第四册，上海古籍书店，1983）

中日等的文化差异，尤其在根因、根性、特质与文脉上的不同，王氏也是颇为注意的。

多年前，笔者曾经在一个国际道家暨风水学学术会议上，对一位学人的发言中多次提到的所谓"中国4 000年前的'天人合一哲学宇宙观'"提出质疑：所谓"4 000年前"究竟是一个什么时代，难道那时候，真有什么哲学意义的"天人合一宇宙观"么？

关于天人合一哲学这一问题，张岱年先生曾经引录古哲之言指出："惠子宣扬'天人一体'，庄子则讲'天地与我并生，万物与我为一'。到宋代，程颐以'天地万物为一体'为人生最高境界。"又说："在汉代以后的哲学中，'合一'成为一个重要的名词。董仲舒《春秋繁露》云：'事各顺乎名，名各顺乎天。天人之际，合而为一'。"[1]此言是。

这当然不是说，夏商时代或者4 000年之前，中国已经有什么天人合一的"哲学宇宙观"。天人合一这一哲学命题全称的正式提出，是相当晚近的事。北宋初年，张载《正蒙·乾称篇下》称："儒者则因明致诚，因诚致明，故天人合一，致学而可以成圣，得天而未始遗人，《易》所谓'不遗''不流''不过'者也。"[2]天人合一，实际上是对战国中后期《易传·文言》所说的"夫大人者，与天地合其德，与日月合其明，与四时合其序，与鬼神合其吉凶"的哲学概括。显然，这不是可以用来证明所谓4 000年前中国已经具有"天人合一的哲学宇宙观"的一个理据。

如欲有效地研究中国美学的人文根因、根性与特质，从文化人类学、文化哲学关于巫学的理念而非从一般的哲学进入，是一个可行的研究路向。

中国美学的原始人文根因、根性与特质等，其实并非前述哲学意义的道、气、象、和、情与天人合一之类，它主要在于伴随以原始神话与图腾的原巫文化之中。原巫文化，蕴含着有待于在后世成长为哲学、美学范畴的原始人文意识。中国美学的原始人文根因，主要而基本的，是原始之巫。当然，它是与原始神话、原始图腾相伴相生的原始"信"文化。其人文根性，是这一原始之巫

[1] 张岱年：《中国古典哲学概念范畴要论》，中国社会科学出版社，1987，第114、115页。
[2] 张载：《张子正蒙·乾称篇下》，王夫之：《张子正蒙注》，上海古籍出版社，2000，第239页。

的巫性。

巫性，处于神性与人性之际。在神性与人性之际，有一个深邃的领域。除了介于神性与人性之际的巫性以外，还有其他。神话的文化属性，也是处于神性与人性之际的，图腾的文化属性也是。不过就中国原始"信文化"而言，处于神性与人性之际的巫性是基本而主导的。

从研究理念和路向加以审视，迄今为止的美学，有具有宗教意义的神学美学、神性美学，有世俗意义的人学美学、人性（人格）美学。

中国巫性美学，作为与神性美学、人性美学并立而相应的第三种中国美学，在学术理念与方法上，介于神性美学与人性美学之际。

它是一种以文化人类学、文化哲学关于巫学为学术视野与进路，以巫性为主要研究对象的中国美学的新品类。它以处于神学与人学、神性与人性之际的巫学、巫性以及巫性崇拜与诗性审美为主要的研究主题与场域，将努力揭示这一曾经长期被忽视、遮蔽的中国美学新品类的基本品性与特质。

二、巫性：一个新创的审美人类学范畴

笔者在长期研究易文化的过程中，领悟到中国文化的原始文化形态，其实并非笼统而言的"原始宗教"，而是伴随以神话与图腾、处于基本而主导地位的原始巫文化。在把握原始巫术、神话与图腾三者作为人类原始"信"文化之内在统一性的同时，在学术认知和学理上，力图将三者严格地加以区别，是一个必要而重要的治学思路。与原始神话和原始图腾相系的原始巫文化，是中华文化及其哲学、美学发生的一种基本形态，也是主要的人文根因与根性之所在。

在20世纪八九十年代的易学研治中，有两种治易倾向，曾经引起学界的注意。

一是当时诸多易学著作的研究重点，主要是通行本《周易》的《易传》部分而非以占筮为主题的《周易》本经；二则就《易传》本身而言，又往往注重研究其哲学、伦理思想而忽视采录于《易传》的古筮法等，从而笼统地称《周易》是哲学著作。

这值得做进一步的讨论。

以《易传》为主要研究对象并无不可，可是，如果由于以为《周易》本经

涉及诸多"算卦迷信"而弃之不顾,实际是舍本而求末。本经是易理的本原所在,《易传》仅仅是中华易学史上最早的易学概论而已,是其流而非其源,我们固然可以把"流"作为研究对象,但是如果舍弃《周易》本经文化学意义上的原始巫学研究,则要试图正确地揭示《易传》的人文思想和思维的根因、根性,会是相当困难的。

易的本原不是哲学,其巫筮及其值得批判的迷信恰恰是原始易理的出发点。从研究巫筮这一算卦迷信的文化现象入手,以文化人类学、文化哲学关于巫学的理念与方法研治《周易》的美学思想,是笔者始于20世纪中叶所力倡的一种新的研究路向。将易卦的算卦迷信及其卦爻筮符,参以卦爻辞与《易传》的相应解读,作为巫易的文化现象来加以关注、研究,在当时让人有些难以接受。可是问题是,中华古籍中,究竟有哪一部人文经典的思想内容,是绝然没有任何迷信成分的?《尚书》《山海经》《红楼梦》《水浒传》《聊斋志异》之类,难道因其不可避免地本具一定的迷信成分,就不必也不能对其进行严肃的学术研究吗?即使那些"迷信糟粕""文化垃圾",也可能蕴含一定深度的文化意义,可能触及中华原始文化的某根神经。《周易》本经的巫筮迷信就是如此。当然相比之下,《周易》巫筮的神秘与迷信,显得更为典型、集中、强烈,因而更富于中华文化的个性特征。

专以《易传》为研究对象,以汉语白话文诠释、笺注《周易》本经卦爻辞的传统易学研究,是值得肯定的。可是,假如以大致成篇于战国中后期的《易传》的思想,去解说大约成于殷周之际的《周易》本经,便可能在有意无意间将《周易》本经的原始巫筮文化"易传"化。《易传》之后2 000余年间的传统易学,大抵走上了"以传解经"的路子。《易传》的主要思想内容,是成就于战国中后期的易的哲学、伦理学与美学等,自当值得重视,可是,《易传》也遮蔽了本经的许多东西。保留在《易传·系辞传》中的《周易》古筮法,被作为巫筮迷信而往往弃之不顾,导致人们有可能误读本经的真谛。这不是以经解传的研究方法。如"贞"这一个汉字,一再地出现于《周易》本经与《易传》之中,在本经中释为"卜问"(巫学范畴,为本义),在《易传》中则为道德"正固"之义(伦理学范畴,为其引申义)。可是,古今诸多学者解读本经的"贞"字,往往都以"正固"(道德坚贞)来加以识读,从而遮蔽《周易》本经所本具的原始巫筮的文化本涵。

《易传》的成篇，比本经大约晚七八百年，这是一个怎样的自然时间和人文时间的跨度？人们怎么可以按后世《易传》的思想、精神与思维方式的"现代"，去诠释《周易》本经那一"古代"？又如何能够因《易传》的思想基本属于战国中后期的儒家仁学，从而将《周易》本经的文化思想"儒学"化？《汉书·艺文志》说："故曰易道深矣，人更三圣，世历三古。"①三圣指伏羲、文王与孔子；三古指上古、中古与下古。《易传》的思想与思维，大致是在下古即春秋末期的孔子及此后的时代，尽管可以从《易传》上溯于本经，却不能以《易传》的思想与思维代替本经，这是可以肯定的。

正如前引，梁启超曾经说过，凡治学涉于古今之变，须以"今"视之。而其采证立义，又须"以古为尚。以汉唐难宋明，不以宋明难汉唐"，"以经证经，可以难一切传记"，②而不是相反。

《周易》的原始人文，尽管有些遗存于《易传》，如古筮法等，但原始巫性问题，总体上无疑在于本经的巫筮文化而非由本经所演替、阐发的《易传》。治易倘若取《易传》而弃其本经，以后人的"传"去"证"先人之"经"，则要冒遗失易之本义的风险。诚然可以从"传"反观"经"，但是这一反观，毕竟不能替代对于本经巫筮的直接的考辨和探究。

正如前述，长期以来，所谓"《周易》是哲学著作"的见解，又一直是易学界的另一个主流之见。这可能出于两大原因。

一是通行本的《易传》，尤其是其中《文言》《系辞》诸篇，的确具有丰富而深玄的哲学之思。即使本经六十四卦卦序，从上经首乾坤至坎离、下经首咸恒至既济未济，以及卦序往往出现两两错卦、综卦与错综卦的关系等，都是出于一定的哲学思考，具有相当的哲学意蕴。二则大致五四以来的易学研究，大凡多以中外哲学研究者为主力，如海内外"现代新儒家"就是如此。这些学者对《周易》中的哲学更为敏感、更易把握，也可能很容易将《周易》本有的哲

① 班固：《汉书》，中华书局，2007，第325页。
② 梁启超：《清代学术概论》，《梁启超论清学史二种》，朱维铮校注，复旦大学出版社，1985，第39页。

学之思"放大",以至于断言整部"《周易》是哲学著作"而不持"原始易学是巫学"的见解。廖名春教授说:"贯穿《周易本义》一书始终的'《易》本是卜筮之书'说,尽管时人奉为读《易》的不二法门,其实也是不可信的。《周易》源于卜筮,但发展到'文王作《易》'以后的《周易》,已不能单纯以卜筮之书视之了。"①其实朱熹只是说,易的"本义"属于"卜筮",不等于说其《周易本义》一书,"单纯以卜筮""视之"。凡是读过《本义》的读者都可能知道,占筮及其人文意识,正是《周易》哲学与春秋战国以始的礼学、仁学直至朱熹道学的一大文化原型。

平实而论,且不说《周易》本经卦爻辞大致都是算卦及其巫筮记录,即使是《易传》也主要是由先秦儒家仁学(伦理学)、道家哲学、阴阳家的阴阳之说与古筮法遗存等4类人文思想所构成的,并非仅仅是哲学。关于这一点,只要细读、深究《易传》这一文本即可明了。

金景芳先生《学易四种》"吕绍纲序"曾说,"《周易》是讲哲学讲思想的书,卜筮只是它的躯壳",断然否认《周易》本为"占筮之书"这一点。后来,由金景芳讲述、吕绍纲整理的《周易讲座》(2005年1月出版)对此有了修正。其文有云:"《周易》是卜筮之书,这一点,无论从《周易》卦辞、爻辞本身来看,从《周礼》《左传》《国语》诸书的有关记载来看,或者从《汉书·儒林传》说'及秦禁学,《易》以筮卜之书独不禁'来看,都是铁一般的事实,不能否认。"此言是。又说,"最初,它的确是地地道道的卜筮,然而,经过发展以后,由于发生了质变,于是有了哲学内容",此言是。可是其最后的结论却是:"似《周易》又是哲学著作。"②

在文化原型上,通行本《周易》究竟是一部什么书,到底是哲学著作还是包含着哲学、伦理学与美学等重要内容的文化类著作,对此《周易讲座》没有能够做出明确的判断。

《周易》总体上的原始人文思想和思维,以殷周之际及之前积淀而成的原巫文化为其历史、人文根因,属于原始而典型的一大中华文化集成而不是后起的

①　廖名春:《〈周易〉经传与易学史续论——出土简帛与传世文献的互证》,中国财富出版社,2012,第315页。

②　金景芳、吕绍纲:《周易讲座》,广西师范大学出版社,2005,第1页。

哲学、伦理学之类。这里的阐述，并非要否定《周易》的哲学、伦理学与美学等思想内容，而是要探寻《周易》哲学、伦理学尤其是其美学因素的人文之根究竟来自哪里。其实，这主要便是其原巫及其巫性。

巫性这一文化学、文化哲学范畴的提出，是在颇为长期的学术研究中逐渐思考、体会而成的。

拙著《周易的美学智慧》，曾经从文化学、文化哲学关于巫学的学术立场，提出并论证"原始易学是巫学"与"气：《周易》美学智慧的文化哲学"等学术命题，同时解析有关"转换：从巫学智慧到美学智慧"这一类重要的学术课题，进而阐析"从巫到圣：在神与人之际"的学术之见，认为中华原始的"巫既通于人，又通于神，是神与人之际的一个中介"。①

"巫是什么"这一问题，学界曾有许多不尽相同的解答，这里先介绍几种说法，以供讨论。

何金松认为："巫术产生于原始社会，比原始信仰的时代要晚一些。人是大自然的产物，生存于大自然之中，与大自然存在相通之处。当原始人感知自身与自然之间存在一种无形的联系，逐步深入发现直到自身与自觉掌握使用有效的方法沟通这种联系时，就出现了巫。巫的出现，是人类由盲目的自然崇拜发展到利用自然界无形力量的历史转折点。"②

高国藩指出："在原始时代，人类对大自然的认识和改造能力由弱到强做着努力，对于大自然的千变万化，有着一种从恐惧到敬畏再到适应和克服的过程，于是便相信有一种超自然的力量在支配千变万化的大自然，遂产生自然崇拜，又由于大自然变化有着不可把握的神秘性，于是便相信有超自然神灵力量在操纵着大自然，由这两种力量造成大自然具有魔术性（Magical Virture）和魔力性（Magical Power）。因此对于神灵，巫师的宗教情绪以及心理状态，表现出崇拜和敬畏，虔诚地笃信，全心地依赖，从而去祈求和施法，进而去试验与克服。"③

英国人类学家弗雷泽谈到巫术原理时指出：

① 王振复：《〈周易〉的美学智慧》，湖南出版社，1991，第1、88、35、367、368页。
② 何金松：《汉字形义考源》，武汉出版社，1996，第456页。
③ 高国藩：《中国巫术通史》上册，凤凰出版社，2015，第2—3页。

如果我们分析巫术赖于建立的思想原则，便会发现它们可以归结为两个方面：第一是"同类相生"或同果必同因；第二是"物体一经互相接触，在中断实体接触后还会继续远距离地互相作用"。前者可称之为"相似律"，后者可称之为"接触律"或"触染律"。巫师根据第一原则即"相似律"引申出，他能够仅仅通过模仿就实现任何他想做的事；从第二个原则出发，他断定，他能通过一个物体来对一个人施加影响，只要该物体曾被那个人接触过，不论该物体是否为该人体的一部分。①

这一阐述，将巫术分为"相似律"和"接触律"两种，前者"同类相生"即同类相感、"同果必同因"；后者指人与物体一旦互相接触，便建立了永远相感的神秘联系，超越时空而发挥巫的作用。

弗雷泽的巫术原理说固然在泰勒巫术说的基础上向前推进了一步，其巫术"二律"论②首次将巫术文化加以分类，而且其关于巫术是"伪科学"与科学的"伪兄弟"③的见解，让人对于巫术文化的认知，大大地向前跃进了。然而，

---

① ［英］詹姆斯·乔治·弗雷泽：《金枝——巫术与宗教之研究》上册，徐育新等译，中国民间文艺出版社，1987，第19页。按：与此相关的译文，在陕西师范大学出版社2010年版《金枝》中译本中被译为："在分析巫术思想时，发现可以把它们归结为两个原则——'相似律'和'接触律'。前者是指同类相生，即同果必同因。巫师根据'相似律'推导出，他可以仅通过模仿来达到目的，以此为基础的巫术被称为'模拟巫术'或'顺势巫术'。从字面上看，'顺势巫术'可能更恰当些，因为'模拟'这种词语会让人不自觉地联想到有人在有意识地进行模仿，这就限制了巫术范围。后者是指相互接触的物质实体，哪怕被分开，仍然可以跨越距离发生相互作用；巫师基于此断定，自己可以通过一个人曾经接触过的物体来对这个人施加影响，无论这个物体是不是此人身体的一部分，此类巫术被称为'接触巫术'"（2010年版《金枝》上册，第16页）录此以供参阅。
② 按：关于巫术，弗雷泽的另一种分类，是将巫术分为"积极的"与"消极的"两种，指出"积极性规则是法术，而消极性规则是禁忌"（1987年版《金枝——巫术与宗教之研究》上册，第31页）。又说："积极的巫术考虑'这样做会带来什么'，而消极的巫术则坚持'避免带来什么而别这么做'。积极巫术的目的在于得到一个自己期望的结果，而消极的巫术则在于避免不希望的下场。"（2010年版《金枝》上册，第24页）
③ 按：弗雷泽说："巫术的本质是一种伪科学"，"错误的'相似联想'"，"收获的只是科学的伪兄弟——巫术"（2010年版《金枝》上册，第16、55页）。

由于巫术文化内涵的丰富和复杂，有时这种观点未免有欠妥、不周之处。学者刘黎明在引述另一学者詹鄞鑫对于弗雷泽的批评时指出，"相似"和"接触"，"并非互相排斥、非此即彼的，所以他既无法包容所有的巫术，在许多场合下二者又是相容的"。又说："这种两分法是封闭性的，即使再发现未能包容的新的巫术原理，也难以补充到这个分类系统之中。"所言是。刘黎明同意詹鄞鑫将巫术分为10类的看法：

> 即用意念支配客观世界；用语言直接支配客观世界；用文字直接支配客观世界；用模仿或装扮的假物替代真物；用局部体或脱落体替代整体；用类比的行为或过程替代实际的行为或过程；用象征性行为对付想象中的灵魂或鬼魅；通过某种媒体来获取某种秉性，或移除疾病、罪恶和灾祸；利用新旧更替的关节点来消除凶咎迎接吉祥；超经验地改变或移动物体。①

这是从施行巫术的方式上，对巫术进行了比弗雷泽更为细密的分类，并涉及巫术原理。称巫术作为法术，可以"支配客观世界"、以"模仿""类比""替代"和"象征性"等的行为"超经验"地改变人的处境，所言在理。不过关于巫术的原理，又仅仅是"支配""模仿""类比""替代"与"象征性"的么？而且，凡此一切的内在逻辑、机制又是如何？显然值得做进一步的思考。

在笔者看来，巫这一文化幽灵之所以在上古来到世间，诸多条件是必须的，其文化特质起于原始的"信文化"意识：

（1）原始初民的智力与社会生产力十分低下，有太多的生活、生存和生命的难题，需要不断地加以克服。

（2）"万物有灵"意识的诞生和普遍存在，其中尤为重要的，是人的自我文化意识，被诸如精灵、鬼魂之类的意识所统御和驱使。这用先秦庄子的话来说，

---

① 刘黎明：《灰暗的想象——中国古代民间社会巫术信仰研究》上册，巴蜀书社，2014，第42页。

称为"通天下一气耳",①用《荀子》所言就是"人最为天下贵"。②

（3）人坚信天人、物我与物物之际，时时处处相互感应，这用《易传》的话来说，叫作"同声相应，同气相求"，这里所谓"声""气"，被看作是普遍的、神秘的、无所不在的。

（4）巫神通广大而无所不能，初民由于智力和社会生产力十分低下，反而不知天高地厚，错以为一切都在"我"的掌握和支配之中。巫术是人类的一种带有悲剧性的"倒错的实践"，用马林诺夫斯基的话来说，叫作"伪技艺"。巫是一种神秘的控制术，企图通过"作法"来控制和支配自然和社会。实际上，由于巫的施法必须以信仰神灵为前提，因而巫也同时受神灵的控制和支配。

（5）巫师施行巫术，往往是充满激情甚至精神迷狂的。

（6）巫师施行巫术，都有一个明确的实用性目的，其与非理性相系的原始理性，可归类于"实用理性"。

> 巫具有两重性，既基于人又通神，基于人或日本是人这一点是实在的，而通神则是虚拟的。因而其人格是半人半神的。从人之角度看，巫是神化的人，他假借神的旨意，施行巫术，以达到人的目的；从神之角度看，巫是人化的神，他为了达到人的目的，通过巫术，将自己抬高到神的高度。巫是人与神之际的一个中介和"模糊"状态，具有非黑非白、亦黑亦白的文化"灰色"。③

这里所说的巫的"人格"，也可称为巫格、巫性。拙著《中国美学的文脉历程》（2002年），曾经论析中华原巫文化与"史"的人文联系问题，疏理、阐明原巫文化何以走向"中华之'史'"④的历史文脉及其人文根因与根性，将这

---

① 《庄子·知北游》，王先谦：《庄子集解》，《诸子集成》第三册，上海书店，1986。
② 《荀子·王制》。按：《荀子》原文为："水火有气而无生，草木有生而无知，禽兽有知而无义，人有气有生有知亦且有义，故最为天下贵也。"
③ 王振复：《〈周易〉的美学智慧》，湖南出版社，1991，第375页。
④ 按：此"史"，主要指中国先秦儒家的政治伦理文化，指其由巫文化转嬗而来，所谓"巫史传统"。

一"巫史"传统的形成,放在与原始神话、图腾相系的文脉之中加以论述,指出"中国原始文化的主导形态,也是以渗融着原始神话、原始图腾为重要因素的原始巫术文化为代表的"。拙文《周易时间问题的现象学探问》指出:

> 《周易》巫筮文化的时间意识,处于神、人即神性时间与人性时间之际,笔者将其称为巫性时间。①

这里有关"巫性时间"的"巫性"这一巫学人类学范畴的提出,关系到4个问题。

(1)巫性这一命题,为何须结合《周易》研究来谈?这是因为《周易》作为一大古老而典型的中华巫学文化模式,其原始巫性,在曾经、现在和将来的中国文化及哲学、美学中深具影响,不容低估。

(2)《周易》由象、数、占、理四维文化要素所构成,其中象、数、占三项,指的都是原始巫筮本身。理,既指原巫之理,又指由巫理、巫性走向政治伦理与哲学、美学等而具有的人文义理。其文化根因、根性为原始巫因、巫性,且有"史"这一守望中华文化约2 500年的"中国"特质与品性。《马王堆帛书·要》有云:"赞而不达于数,则其为之巫,数而不达于德,则其为之史。"无疑,这里所谓"史"的人文性,主要由巫性发展而来,"史"便是原"巫"的"现代"形态。

(3)巫性这一文化人类学、文化哲学范畴的提出,与现象学的时间观及从现象学角度研究《周易》时间问题相关。《周易》重"时",王弼说:"夫卦者,时也。"②《易传》所谓"与时消息""与时偕行"等文化本义,都是巫学命题。古人占筮、算卦,所讲究与专注的,是人的当下、此"时"的时运、时机,这便是《易传》所说的"知几其神乎"的"几"。③易的巫性,是自然时间、人文

---

① 王振复:《周易时间问题的现象学探问》,《学术月刊》2007年第11期。

② 王弼:《周易略例·明卦适变通爻》,楼宇烈:《王弼集校释》下册,中华书局,1980,第604页。按:原文为:"夫卦者,时也;爻者,适时之变者也。"

③ 《易传·系辞下》,朱熹:《周易本义》,天津市古籍书店,1986。

时间即物理时间与心理时间的生成、展开与实现。天时、地利、人和，作为中华古代文化及人生策略的三大要素，当推"天时"为第一，这是因为原始巫筮、巫性从一开始就重"几"、重"时"的缘故。《易传》云："几，吉（凶）之先见者也。""几"，即原始巫筮当下所筮得、用以占断与把握人事吉凶的结果，是事物瞬时而变的蛛丝马迹。"时之义大矣哉"，是《易传》所反复申言的命题。"时"意义的原巫性，正是中华文化的一大基本而原始的人文属性。

（4）关于巫性的原始思维，原本并非如《易传》"一阴一阳之谓道"的哲学辩证法，而是蕴含着原始辩证法因素的类比法。笔者认为，《周易》经、传全局性的、基本的思维方法与方式，是类比法，类比法的思维特点与走向，是从个别到个别、具体到具体。它体现于《周易》本经，是巫术思维的主要方法；体现于《易传》，是深受"实用理性"所影响而且实现于"实用理性"的思维。在人文思维上，先秦以孔子为代表的原始儒家之"实用理性"，源自巫性原始思维中的类比法。

德国的马克斯·韦伯曾经论及"巫术性"与"巫术法则性"等问题，称"作为一种上层建筑的巫术性"，体现于"诸如时测法、时占术、地卜术、占候术、编年史、伦理学、医学以及在占卜术制约下的古典的国家学说"之中；又说中国道教"必然会将神性与神秘性——泛神论——统一起来，并以此直接导致神圣的巫术。也就是说，这导致鬼神界具有巫术的影响力，以及导致实际地适应鬼神活动的巫术法则性"。①

巫性作为关键词，无疑是必须加以重点论证的中国原始文化、文化哲学与文化美学基本的人文之魂。唯有抓住这一学问的关键，才可努力打开真正中国美学之原始人文根因、根性、特质和意义的那扇"黑暗之门"。

要之，巫性是始于春秋战国前的中国文化基本而主导的原始人文根性。巫性处于神性与人性、神格与人格之际，既媚神又渎神、既拜神又降神。迷信与理智交互，糊涂同清醒兼具，萎靡和尊严相依，崇拜携审美偕行，是拜神与降神、媚神与渎神、畏天与知命、灵力与人智的有机背反、合一与妥协。

灵即巫。灵字繁体写作靈，从巫从霝。许慎《说文解字》云："灵，巫以

① ［德］马克斯·韦伯：《儒教与道教》，洪天富译，江苏人民出版社，2010，第206、208页。

玉事神。""霝，雨零也……《诗》曰:'霝雨其濛。'"①灵字本义，首先指巫之灵，灵字是因初民事巫而创造的一个汉字，尔后才扩展到神话、图腾之灵。屈原《九歌·湘夫人》:"九疑（嶷）缤兮并迎，灵之来兮如云。"此"灵"，指被感召的巫性雨神。屈原《九章·哀郢》:"羌灵魂之欲归兮，何须臾而亡（忘）反（返）?"灵魂即鬼魂，或称精灵也是可以的。《诗·大雅·灵台》有"经始灵台，经之营之"的歌吟，灵台是周代祭天的高台，要建造得尽可能高巨，以满足巫性的崇天、拜天之需。《周易》"颐卦"初九爻辞:"舍尔灵龟，观我朵颐，凶。"龟长寿而且可以长时间内不食不死，初民以为神异之物，崇拜至极，成为殷代用以甲骨占卜的主要灵物。《史记·龟策列传》云:"王者决定诸疑，参以卜筮，断以蓍龟，不易之道也。""蛮夷氐羌无君臣之序，亦有决疑之卜。或以金石，或以草木，国不同俗。然皆可以战伐攻击，推兵求胜。各信其神，以知来事。"②殷之灵龟与周之筮草，都是占卜、占筮的信物，其性属巫。而且，龟卜比易筮更为古老，更具有神圣的权威性，《左传》曾说:"筮短龟长，不如从长。"

灵性即巫性。许慎《说文解字》云:"巫，祝也。女能事无形，以舞降神者也。象人两袖舞形，与工同意。古者巫咸初作巫，凡巫之属皆从巫。"③从巫字的造型看，这里许慎称巫字，"象人两袖舞形，与工同意"。故甲骨卜辞的巫字，象巫师正面而立舞动两袖而施行法术之形。这里的"工"，并非指巫师从事巫术活动所用的工具如甲骨、筮草等灵物，而是指"人"（即巫师）。这人字，甲骨文象成年男子岔开双腿正面而立之形，后世不识，遂读为"工"。《诗·小雅·楚茨》有"工祝致告"语，"工祝"是一个复合词，指巫师。尽管学界对于甲骨文巫字的解读有分歧，而巫性与灵性相契这一点，大家的见解是一致的。

从繁体灵字的角度看，霝，是降雨具有灵的意思。对于初民而言，天降雨并非科学认知意义上的自然现象:"自然现象始终离不开其神灵性，慈雨甘霖是由天神所喷吐的灵气之具象，雷电暴雨也是天神兴奋时喷火吐水的神圣征

---

① 许慎:《说文解字》，中华书局，1963，第13、241页。
② 司马迁:《史记》，中华书局，2006，第738页。
③ 许慎:《说文解字》，第100页。

兆。""天是以暴雨显示其命（按：命者，令之谓）。也就是说这些天所降下的雷电暴雨，都是昊天诏命和天神赐恩的方法。是故，雷电暴雨本身不但是神迹，同时也具有神符天兆的涵义。"①

三、作为属巫的"文化哲学的美学"

"作为文化哲学的美学"这一学术命题，始由国际美学协会前主席、著名学者海因茨·佩茨沃德在《符号、文化、城市：文化批评哲学五题》一书中提出。该书第3章的标题是"美学与文化哲学，或作为文化哲学的美学"。海因茨·佩茨沃德在此书的这一章开头说，"我们应该对美学进行反思，以置之于人类文化哲学更为宏大的语境之中"，并称从"文化哲学"角度进入去研究美学，是"美学的一个新方法"，从而可以"重绘美学地图"。②

文化哲学这一概念与思想，是20世纪上半叶德国著名哲学家、美学家恩斯特·卡西尔（1874—1945年）在《符号形式的哲学》等著述中首先提出且逐渐得以完善的。关于文化人类学研究成果的哲学研究，或者说关于人类文化的文化哲学的唯一主题，是"人之文化"与"文化之人"。

古希腊亚里士多德哲学、美学的所谓"人"，被理解为一种"理性"存在，亚里士多德称，"人"是"政治的动物""理性的动物"。笛卡尔（1596—1650年）的哲学、美学，以"我思故我在"③为第一命题，它将"思"看作人的本在、本体。其意义在于，如果不"思"，则"人"即非人、人则不"在"（Being）。笛卡尔说：

> 就是因为我确实认识到我存在，同时除了我是一个在思维的东西之外，我又看不出有什么别的东西必然属于我的本性或属于我的本质，所以我确实有把握断言，我的本质就在本质于我是一个在思维的东西，或者就在于

---

① 郭静云：《天神与天地之道——巫觋信仰与传统思想渊源》上卷，上海古籍出版社，2016，第155、157页。

② ［德］海因茨·佩茨沃德：《符号、文化、城市：文化批评哲学五题》，邓文华译，四川人民出版社，2008，第46页。

③ ［法］笛卡尔：《哲学原理》，王荫庭、洪汉鼎译，商务印书馆，1959，第3页。

我是一个实体，这个实体的全部本性就是思维。①

关于"思维"及其"思维的东西"作为"人"的抽象本质、本在，这在西方哲学的认识论传统中，直到康德（1724—1804年）的哲学及其美学，才开始被打破。康德关于"人"的哲学预设，突破西方传统认识论关于"人"的思维域限，从其三大"批判"，即"纯粹理性批判"（知）、"实践理性批判"（意）和"判断力批判"（情）的三维角度来言说"人"。"知""意""情"三维的一个共同主题，就是在上帝关怀之下的"人"与"人"的本在。从美学角度，康德将人的所谓"判断力"（审美、意象、情感），看作沟通其形而上学（"纯粹理性"、知）与伦理学（"实践理性"、意）的一个不可或缺的中介。康德的《判断力批判》一书，承认、凸显人的"判断力"在由"现象界"到"物自体"的机枢之功，强调人的本性、本在，除知（思、理）之外，亦同时具有意（伦理）与情（审美）。康德尤为强调"判断力"（情，感性，诗性）在其批判哲学体系中的崇高地位，这使得其哲学、美学，努力跨越理性主义与经验主义传统而趋于圆融，但是未能彻底。然而可以说，西方真正的哲学美学（美的哲学）体系，是由康德开始建构的。

正如前述，康德所说的"世界公民"，指全人类。康德人类学意义的"人"，即作为主体的"我"。"世界公民意识意义上的哲学"，实指哲学人类学，或可称为文化哲学。"我可以知道什么"，指形而上学、认识论哲学意义的"知"。"我应当做什么"，指道德伦理学意义的"意"。"我可以希望什么"，原指审美艺术学的"情"，它相通于宗教学，归根结蒂是宗教问题。作为根本性的哲学提问，三大问题可以而且应该归并为文化人类学意义上的"人是什么"，亦即文化哲学意义上的"人何以可能"。

从巫学人类学辨析，关于"人是什么"这一问题，可以换一个提问方式，这便是"巫是什么"，或者说，巫的文化哲学意义如何可能。

文化哲学意义上的巫作为"我"，在回答康德所谓"我可以知道什么"这一问题时，总是充满盲目的自信，出于巫既通神又通人这一人文特性，错以

---

① ［法］笛卡尔：《第一哲学沉思集》，庞景仁译，商务印书馆，1986，第82页。

为巫无所不知、无所不晓。这是巫通神、巫性通于神性的缘故，神的全知全能，赋予巫的全知全能。"从本质上来说，神和法力高强的巫师是相同的。他们所谓神，只不过是隐藏在自然的帷幕后的巫师。"然而，巫术总是不断地亵渎、违背有关自然的规律，"巫术最致命的缺陷，在于它错误地认识了控制规律的程序性质"，虽然承认自然规律的权威性，而"收获的只是科学的伪兄弟"。①至于巫学与科学的知识论与认识论的关系，是另一个问题，这里暂且不论。

因此，巫文化的"我"，远不是科学认知意义的主体，或可称为"似主体""伪主体"。但是由于巫是神与人的结合，所以巫又带有一定的属于人的主体因素。神作为人的另一文化及其宗教、哲学的表述方式，如果将神假定为悬置于彼岸世界的一种"代主体"，巫又是处于神与人之际的，那么巫与巫性，大约又是基于人与神之间的本在的"主体间性"。

借用康德的"我应当做什么"来说，初民面对无穷无尽的生活、生存与生命的难题，关于什么应该做、什么不应该做的艰难选择，有一个"原则"，"乃在有一个清楚的目的，深切地与人类本能、需求、事务等相联络。巫术是用来达到实用目的的"。②巫术文化的实践意识，首先起于求其实用。考古学暂且难以考定巫术、神话与图腾这三大原始文化形态的起源孰先孰后，但从人类首先应当保证自身生命得以延续和发展，然后才可能有其他意识与行为这一点来看，将巫术看作人类原始最早起源的一大文化形态与实践方式，可能是比较合理的历史逻辑。尽管巫术作为"伪技艺"与"倒错的实践"，往往遭到失败甚而是生命的毁灭，然而初民坚信其"实用""有效"，它真实地培育了原始文化的实用功利意识。初民在尽可能满足生存的实际需求的前提下，萌生、发展了以功利为人文主题的原始情感、原始意志、原始理性，其间蕴含丰富、复杂的人文意蕴、意象与氛围等，在原巫的意识理念中，开始萌生与培育中国式的神灵与人的关系之道。《管子·内业》说，"冥冥乎不见（现）其形，淫淫乎与我俱生。[视之]不见其形，[听之]不闻其声，而序其成，谓之道"。这并非指哲学之

---

① ［英］詹姆斯·乔治·弗雷泽：《金枝》上册，第103、55页。
② ［英］布罗尼斯拉夫·马林诺夫斯基：《巫术科学宗教与神话》，第106页。

道，而是指哲学之道以前的巫性之道。同时在原巫文化中，处理巫文化之中天与人、人与人之间的原始关系，或曰巫性的天人与人伦关系，有待于孕育、发展人际的伦理道德。

"我可以希望什么"，这是指伴随以神话、图腾之原巫文化的原始"理想"。初民往往总是在"梦"中。在今人看来，作为人类的童年之梦，原始神话与图腾更富于"希望"与"理想"。神话与图腾文化，充满了初民奇特、夸张、丰富而狂热的情感、想象、幻想与虚构。原巫文化中的人的意识，确实尚未真正觉醒而彻底进入彼岸场域。巫术的文化属性直接与其"实用功利性"相联系，这种牢固的历史与人文纽带，使它一般不能或者不愿意向真正的出世、彼岸眺望。巫术，自当比神话与图腾要"实在"得多。

当然这不等于说，巫术永远不是、也不配是后世宗教、哲学及其美学所崇尚的"希望"的人文温床之一。在原巫文化中，由"信"文化意识理念所培育的情感、想象、幻想、意志、虚构、狂热与神异，一点儿也不亚于作为其"同胞兄弟"的神话与图腾。只是由于原始"实用理性"的顽强与持久，巫术攥在自己手里的、可能放飞于思性兼诗性高远苍穹的"希望号"风鸢的那根鸢绳，一般要比神话、图腾结实得多而至于"牢不可断"。在历史的长河中，不管中国文化怎样成长，它那从巫性"娘肚子"里带出来的"实用理性"的血缘"脐带"，似乎从未被割断，但是曾经辉煌灿烂的原始神话和图腾，其实早已走上了"英雄末路"。

"人是什么"这一文化人类学第一命题的真理性，恰恰蕴含着作为"宇宙之精华，万物之灵长"的人的提升与完善，这是一个历史与现实之无穷无尽的实践过程。人总是"在途中"，其所谓的终点遥遥无期。当古希腊智者普罗泰戈拉深刻地称"人是万物的尺度"①之时，则意味着"万物"未尝不是"人的尺度"。人类曾经的蛮野与不开化，令人难以忘却其几乎与万物同列的"历史性尴尬"。作为"万物的尺度"的人类，注定要在数不清的谬误、荒诞、痛苦之中浴火重生。如果说，原始神话与图腾之中的人，往往给人以诗性般浪漫之可爱形象的话，那么原巫文化的人即巫与巫的崇拜者，却注定要历史性地扮演那

---

① ［古希腊］《柏拉图文艺对话集·泰阿泰德篇》，朱光潜译，人民文学出版社，1963。

种鬼鬼神神、巫风鬼气的丑陋角色。今日文明人类难以想象，在人类童年如此稚浅而荒谬的巫力与法术及其梦魇般的意识行为中，深蕴着的是不断自我丑化之人类自身的自信、崇高与庄严。

人是什么？一半是天使，一半是魔鬼。正如关于"美的东西"，健全的人的感官都能感受到，但倘若要论析"美的东西"、何以为"美"或"美如何可能"，那么，无论怎样睿智的头脑，都可能深感困惑。"人是什么"，一个永恒的人类学与文化哲学的难题。它的原初文化生态及其文化哲学难题，既属于神又属于人的一个中介，即"巫是什么"。巫、巫性与巫格，作为人、人性与人格的史前形态，是巫学人类学所应研讨的学术新课题之一。中国巫性美学，正是其现代美学的原型意义的研究课题之一。除此之外，还有神话人类学与图腾人类学及其文化哲学的研究。

歌德说："十全十美是上天的尺度，而要达到十全十美的这种愿望是人的尺度。"①中国巫性美学的研究尺度，包含了关于人类的趋于"十全十美"这一审美理想的"同情与理解"。巫性，作为原始神性与人性的一个中介，既不是西方基督教那般的神性，也远不是真正圆满的人性，这里的神与人，都是灵性的、巫性的。巫自诩神通广大而无所不能，由此可见，人类是如何经历了自我崇拜、自我贬损的"孩提时代"。

康德关于"人是什么"的人类学、文化哲学的根本性提问，给予后世来者的启迪良多。而卡西尔关于人的文化哲学、人类学美学的根本点，是关于"人"是"符号的动物"的见解。卡西尔说：

> 人不再生活在一个单纯的物理宇宙之中，而是生活在一个符号宇宙之中。②

人是"符号的动物"，这一命题，似乎是专门针对例如中国《周易》卦爻符号而言的。《周易》用以算卦、决疑的卦爻符号系统，的确是上古中华先民所

---

① ［德］《歌德的格言和感想集》，程代熙、张惠明译，中国社会科学出版社，1982，第61页。
② ［德］恩斯特·卡西尔：《人论》，甘阳译，上海译文出版社，1985，第33页。

创造的一个独一无二的"符号宇宙",而并非仅是康德所说的,关于"人"的理性、感性或知、意、情三维及其综合而已。卡西尔指出:

> 我们不能以任何构成人的形而上学本质的内在原则(按:此指亚里士多德"人是理性的动物"、笛卡尔"我思故我在"、甚而包括康德知、意、情"三大批判"中的形而上学之见)来给人下定义;我们也不能用可以靠经验的观察来确定人的天生能力或本质(按:此指休谟、博克式的经验主义、感觉主义哲学观)来给人下定义。人的突出特征,人与众不同的标志,既不是他的形而上学本性,也不是他的物理本性,而是人的劳作(work)。正是这种劳作,正是这种人类活动体系,规定和划定了"人性"的圆周。语言、神话、宗教、艺术、科学、历史,都是这个圆的组成部分和各个扇面。因此,一种"人的哲学"一定是这样一种哲学:它能使我们洞见这些人类活动各自的基本结构,同时又能使我们把这些活动理解为一个有机整体。[①]

正如前述,巫"与工同意","工"即是巫师、萨满之类,他们的"劳作"("工作"),就是所谓"作法"(施行巫术、法术)。可见,我们现在所说的"工作"一词,原于原巫的"劳作"。"正是这种劳作,正是这种人类活动体系,规定和划定'人性'的圆周。"体现在原巫文化结构中的"人性",在与神性的冲突、调和中,经受了漫长的历史和人文的历练,与其说是"人性",倒不如说是巫性。

卡西尔的结论是:

> 我们应该把人定义为符号的动物(Animal Symbolicum)……只有这样,我们才能指明人的独特之处,也才能了解对人开放的新路——通向文化之路。[②]

---

① [德]恩斯特·卡西尔:《人论》,甘阳译,上海译文出版社,1985,第87页。
② 同上书,第35页。

简析卡西尔关于"人"的定义的哲学、美学言说，值得注意的还有如下3点：

其一，卡西尔的哲学、美学之思，改变了西方以往从"形而上学""经验"和"物理本性"等角度思考、定义人之本性的传统路向。他从"人的劳作"这一"人类活动体系"的"有机整体"出发。人作为"符号的动物"所创造的"符号宇宙"，是人以及"人的劳作"的过程、方式、成果与动机等有关人的一切，也是作为"有机整体"的文化主体、成果的人以及人的文化创造。一种全新的"人的哲学"，凸显了文化人类学、文化哲学及其美学的历史与逻辑的原点与终极关怀的新"视域"。

其二，这一"人的哲学"，站在文化精神的高地，试图审视与把握有关"人"的一切现实即"人类活动体系"（劳作），它改变了以往西方艺术哲学仅以艺术为主要研究对象，或"哲学美学"仅从哲学本原、本体研究美学的路向。它将属于"'人性'的圆周"的"语言、神话、宗教、艺术、科学、历史"等一切属"人"的创造，全部作为关于美学的文化哲学的研究对象、精神观照与终极关怀。一种"作为文化哲学的美学"的前期表述，在"人"的主题下，一定程度上改变了美学的研究方法，于是"作为文化哲学的美学"，开始出现。

其三，具有强烈的批判性。从本体论、认识论到"语言学转向"的哲学等西方哲学及其美学，经历过多次重大的哲思革命。当古希腊哲学及其美学关于"世界是什么"（"美是什么"）的本体提问为此后17世纪所谓"认识论转向"及"人认识世界（人、美）的哲学探问何以可能"所代替之时，人们感悟到，这是哲学及其美学的一大解放。当起于19世纪末、20世纪初的索绪尔"语言学转向"逐渐来临、继而壮大之时，哲学及其美学关于认知世界、人与艺术审美的可能性与合法性这一主题，又为语言哲学所关注的诸如"我们如何表述我们所知晓的世界的本质"所代替，这便是西方哲学及其美学的又一次思想与学说的解放。

起于恩斯特·卡西尔的关于文化"符号"的文化哲学、文化美学，显然汲取了康德以"人是什么"为"根本之问"的文化人类学之思。"人"是一个在历史积淀中的活生生的"劳作"（或可理解为实践）整体，不再是单纯的"思维"的人、"道德"的人或"宗教"的人。在海因茨看来，卡西尔不仅将亚里士多德与笛卡尔等抛在身后，而且，"其中最关键的修正是，他（按：指卡西尔）认为我们应当把对文化的康德式割分（按：指康德"知、意、情"三大"批判"）抛诸身后"。①卡西尔启动了西方哲学、美学的第三次思想与学说的解放。卡西尔关于"符号"的文化哲学，重视哲学思辨的首要性，不崇拜思辨的先验性。当他将人的"劳作"这种"人类活动体系"唤醒之时，则意味着断然拒绝那种"理性主义"关于"只会使得文化生活沦为纯粹的思辨"之"先验的、超历史的主体性"。②这里仍需强调，从卡西尔的"劳作"说看"人"的历史与人文原型，是巫性的"工作"，这在中外的历史上，大致都是一样的，只是其程度、过程、方式与传统不同罢了。

海因茨·佩茨沃德的"作为文化哲学的美学"，显然是承接卡西尔的"文化哲学"说而来。海因茨·佩茨沃德说：

> 一旦我们把美学置于文化哲学这一宏大视野之下，我们必须在何种程度上对它进行新的界定呢？我认为文化批评哲学必须以美学为基础，而反过来说，这样的一种美学势必要冲出美学的畛域——它必须成为文化批评哲学不可或缺的一部分。③

正如前述，始于卡西尔文化哲学的"作为文化哲学的美学"，"势必要冲出传统美学的畛域"，这是可以理解的。然而，海因茨所谓"文化哲学必须以美学为基础"这一点，值得令人深长思之。按通常理解，美学应以文化批评哲学为基础才是，何以反而是"文化批评哲学以美学为基础"？

目前学界关于文化哲学（或曰"文化批评哲学"）的学术界定，主要有两种。

一是将文化哲学归于哲学这一学科范畴，将其看作人类哲学的一种新的理念与思维形态。人类哲学发展至今，已经具有如存在论、认识论、实践论哲学与宗教哲学、历史哲学、艺术哲学和科学哲学等。文化哲学，作为人类哲学的

---

① ［德］海因茨·佩茨沃德：《符号、文化、城市：文化批评哲学五题》，第47页。
② 同上书，第49页。
③ 同上书，第1—2页。

一种，的确相对"年轻"，它以整体、有机的整个人类文化为其研究对象，确实是人类哲学新的理念、思想与理论建构。它将文化"哲学化"，从哲学高度审视、把握人类文化的本原、本体与终极诉求。

二是将文化哲学界定为关于文化人类学的哲学本原、本体论与现象学哲学。这就关系到文化哲学和文化人类学的学理联系问题。文化人类学诞生之初，其相应的有关文化哲学的意识便蕴涵其间。在泰勒《原始文化》、弗雷泽《金枝》与马林诺夫斯基《巫术科学宗教与神话》《文化论》等早期西方文化人类学著述中，人们不难发现这一点。关于人类原始巫术文化的"伪技艺"性、关于巫文化盲目乐观的"悲剧"性以及"前科学性"等见解，都是如此。至于此后如列维-布留尔《原始思维》中有关"原始思维"的结构与实质的哲学意识，则体现得更为显明。

可见，文化哲学是在文化人类学之中孕育而成的。它是文化人类学关于文化的系统思考的一种哲学。有学者称，作为文化人类学及其相应文化哲学的思想、思维的高蹈与沉潜方式，与文化学的学理关系，类似于宗教哲学与宗教学、伦理哲学与伦理学等的关系。这是言之成理的。这并非文化人类学与哲学的简单拼接，而是以文化为哲学研究的对象，是对文化人类学的哲学意义的思辨、超越与回归。

就中国美学而言，一旦我们把美学置于文化人类学、文化哲学这一学术视野之下，传统意义上的中国美学，就发生了从思想到方法的变革。传统美学将真善美、假恶丑之间的关系作为其自己的研究场域，而文化人类学关于巫学即巫性文化哲学的研究，主旨在于解读与揭示真假、善恶与美丑三者历史与人文的原型，即与巫性吉凶的联系。

海因茨"文化批评哲学必须以美学为基础"之见，包含了对"现代"与"后现代"文化危机之哲学和美学深刻的同情与理解。正如海因茨所说，比如格奥尔格·西美尔深信，"现代文化的特征是充满各种内在张力和冲突"，"他把现代文化说成一个'悲剧'"。其结论是，"现代美学不能截然脱离整个人类文化的展望。反之，文化哲学亦不能脱离美学而独立存在"。①

---

① ［德］海因茨·佩茨沃德:《符号、文化、城市:文化批评哲学五题》，第54、48、52页。

这种文化美学的二重性，包含了对于美、审美的二重理解。正如笔者所一贯主张的，任何时代、民族的美与审美，既是人的积极本质的"对象化"，又是"人的本质的异化"。这是因为，所谓"对象化"和"异化"，都是无尽的历史过程，没有哪一种现实的审美是绝对完美的。其所以不完美，是因为历史、现实及未来的人的生活、生命和生存，总是历史性的、有缺失的。"对象化"与"异化"，同时发生、同时发展、同时消解，好比阴阳二极，互逆互顺、互缺互补、相生相灭，只不过其历史、人文的属性，处于不同层次、不同程度罢了。

在一定意义上，注重文化、美及审美的"异化"，即海因茨所说的西方"现代"与"后现代"的"危机""灾难"与"阴暗面"，对于"作为文化哲学的美学"而言，也是尤为重要的。

西方"现代""后现代"文化、哲学及其美学的"异化"，既可表现为其预设前提之一的"先验主体"（消解了现实、历史或"超现实""超历史"的主体）或所谓"无主体"（如后现代之解构主义所谓"人已死"），又可凸显其将美学置于"纯粹思辨"、意象、情感与想象之外，或是故意无视美与崇高，对审美抱着无所谓或不信任的人文态度。设想，人类在这一星球上，可以到处闯祸、恶作剧，或者故意自我贬损，似乎可以离弃美与审美，而"自由"地成为"无家可归"的一群"野孩子"。这可能导致文化美学本来浑契无间的诗性与思性的重新分裂和悖逆。

因而，"作为文化哲学的美学"，肩负着"重绘美学地图"的学术使命。在文化哲学意义上，思性与诗性重新开展甜蜜而有深度的"对话"。就中国传统美学而言，主要是在对巫性范畴的研究中，让关于本原、本体蕴涵于现象且通过现象学进行哲学研究的中国美学，努力进入真正文化哲学意义的研究视域。其间，巫性是一个核心范畴、核心问题。

仅就这一美学的诗性而言，正如其诗性的思性那样，熔铸于文化哲学的思性的诗性，其实是人性与人格的趋于完美而并非绝对完美。

德国的鲍姆加登有一个有趣的比喻，他称思性（逻辑学）是诗性美学的"姐姐"，而诗性，是以现象、情感为主要研究对象的美学的"长女"。鲍氏美学尚且如此，就更不必说"作为文化哲学的美学"的中国巫性美学了。这是因为，审美的诗性，直接便是自由之人性、人格的文化本质及其现象，诗的现象首先而直接呈现的，是美、审美之思性兼诗性的实现。这一美学，可能是"后现代"的人类精神及其美学"危机"的一种救赎。

有一个问题值得强调指出，季羡林先生曾说：中国美学，"跟着西方美学家跑得已经够远了，够久了"，"越讨论越玄妙，越深奥，越令人不懂"，故而必然"走进死胡同"，而"唯一的办法就是退出死胡同，改弦更张，另起炉灶"。①中国美学，是否已经"走进死胡同"，是否必须"改弦更张，另起炉灶"，此暂勿论，但季先生的提醒，还是值得重视的。应试从研究原始巫性问题入手，力求中国美学研究有所改变，这是可行的新的美学研究路向之一。

这里，首先涉及的一个老生常谈的问题是，那些将外来的学术理念与方法试图从中国"驱逐"出去，从而保持中国学术（包括中国美学）的所谓"纯粹性"的主张，是否切实可行？

王国维早有关于"学无中西"的学术箴言。所有学术（包括中国美学）的理念方法，在坚持"中国"本土立场的前提下，确实不应分什么"中西"。否则，诸如跨文化研究、中国学研究、比较文学和比较美学研究等，在学理与实践上如何能够成立、践行？试图证明以前、当下与未来的中国美学不必接受来自西方学术的任何影响，不免徒劳无益，也是不可能的。不是不必、不能接受西方的影响，也不是中国美学已然"走进死胡同"，而是怎样将西方的学术理念和方法真正化为本土学术的血肉与灵魂，真正做到其理念方法与中国本土研究的理念与实证的统一。

采用西方的学术理念与方法，努力进入中国巫性美学研究的堂奥，是可以期待的、有效的、属于"中国特色"的一条学术之途，它不拒绝来自西方的文化人类学关于巫学的理念，又努力从在中国处于基本而主导地位的原巫文化这一"实际"出发，专注于巫性这一中心课题，可以看作属巫的"作为文化哲学的美学"的一个新品类。

"作为文化哲学的美学"的中国巫性美学，理解、尊重中国文化（包括审美文化）的有机整体观，注重其系统性、模糊性与矛盾性及其全息集成的自然人文、现实历史的文脉演替。

---

① 季羡林：《美学的根本转型》，《文学评论》，1997年第5期。

首先，这种研究将中国文化看作是一个关于物质（物态）、精神（心灵）、行为（活动）、制度（结构）、传播（文脉）、符号（语言）、价值（意义）与人体等8个维度的有机总和，认为所谓文化，即是"人化的自然"兼"自然的人化"。人所创造的一切，包括人自己以及创造过程、方式、制度、工具和成果等，都属于"文化"这一范畴。

其次，这种研究认为中国文化有机地统一于文化哲学及文化美学的根因、根性、主题与终极的"人"；认为求神（包括宗教以及巫术、神话、图腾等崇拜）、求知（科学、认知）、求善（实用、道德）与求美（审美、艺术）等人类把握现实世界的基本实践与方式，彼此相对独立而又有机地联系在一起，并且归原于"人"与"人"的终极价值。文化哲学所谓"自然的人化"兼"人化的自然"这一"大文化"理念，主旨在于不承认诸如传统哲学美学、艺术美学等将宗教、巫术、道德与科技之类一般地排除在学科和学术研究领域之外的做法。

再次，中国巫性美学及其研究，固然须以文化的艺术审美现象及其美学理论作为其重要的研究对象，但是其研究范围与对象，首先应注重其本原、本体亦即其文化根因、根性的研究，这便是巫术、巫性的吉凶。中国巫性美学的根因、根性主要在于原始巫学，且与神话学、图腾学相联系。中国巫性美学的主题是"人"，然而其人、人性的早期形态，主要表现为巫、巫性。美是人的本质力量积极性的对象化，同时伴随以人的本质力量消极性的对象化。所谓消极性的对象化，即人的本质力量的异化。原始中国人与中国文化的巫性，是中国式的神灵与人、神性与人性、对象化与异化的结合与妥协。这作为中国美学的文化基因研究，属于人类学美学的文化哲学层次。诸如"人是什么""人应如何""人走向何处"等多种文化哲学问题，在作为人的本质力量对象化兼异化的巫、巫性这里，是可以成立的研究课题。

在研究理念与方法上，传统美学及美学史的研究，往往认为中国美学及其历史介于哲学与艺术学之际。中国巫性美学，介于文化人类学、文化哲学与审美人类学之际。从文化人类学意义的"气"（本原）、文化哲学意义的"道"（本体）和审美人类学意义的"象"（意象、情感等）三者互异互同、相隔相融的文脉角度，努力揭示其真切的人文性兼历史性。这三者的学术纠结处，是巫性与诗性审美的关系。这便是从文化人类学、文化哲学意义上的巫性，走向巫性的审美人类学如何可能的问题。巫性这一范畴，始终蕴涵于三者之际。

鲍桑葵曾经说过："如果'美'是指'美的哲学'的话，美学史自然也就是指'美的哲学的历史'。"①这是将美学看作处于哲学与艺术学两者之际。如果将美学看作处于文化人类学、文化哲学与审美人类学三者之际的一个新学科，那么中国巫性美学，便是关于巫性的"美的文化哲学"。中国美学史，自然也主要可以是属巫的"美的文化哲学"（"作为文化哲学的美学"）的历史。其间所谓的中国巫性"文化"与"文化哲学"，并非巫性美学的"外在"与"异在"，而是涵泳、高蹈与沉潜的中国人类学美学的理性的"本在"。

本文发表于《上海文化》2018年第10期

---

① 鲍桑葵:《美学史》，张今译，广西师范大学出版社，2009年，第5页。

中国美学究竟有没有范畴体系——兼与相关学者讨论

一、中国美学范畴的一般特性

西方哲学界，一直有关于"中国无哲学"因而谈不上有什么"中国美学"的传统俗见，长期以来影响了中国学界一些学人的头脑。至于中国美学究竟有没有一个属于它自己的范畴体系这一问题，更是深感困惑甚而斥为"无稽之谈"。这一俗见，自然难以服众。多年以来，关于中国美学究竟有没有范畴体系这一难题，一直引起笔者的强烈兴趣，是所关注与思考的学术难题之一。

汪涌豪教授《范畴论》一书认为，中国美学范畴有一个"潜体系"，这一很不同于西方美学。其原因，在于西方的哲学"依赖逻辑的同一律，讲究分析，重视结构，由此确立一种类似黑格尔的'纯概念'，中国哲学依赖非逻辑的互渗律，讲究综合，由此确立的范畴具有亦此亦彼的多元征象"①。涌豪兄的这一"潜体系"之见，给人以启发。而其关于中国哲学及其美学，因为"依赖非逻辑的互渗律"而"具有亦此亦彼的多元征象"的看法，看来值得加以进一步的讨论。

"互渗律"思维，即原始初民的"原逻辑思维"，由法国人类学家列维-布留尔所提出且加以论证。布留尔说，"原逻辑思维本质上是综合的思维"，处处不合"逻辑"，它"表现出几乎永远是不分析的和不可分析的"思维特质，"原始人的思维在很多场合中都显现了经验行不通和对矛盾的不关心"②。这里，本

---

① 汪涌豪:《范畴论》，复旦大学出版社，1999，第3页。
② ［法］列维-布留尔:《原始思维》，丁由译，商务印书馆，1981，第101、102页。

文暂且不论"互渗律"思维的整个文化特质与思维特性，那是一个丰富、深邃而烦难的学术课题。这里仅仅指明一点，便是我们难以将"非逻辑的互渗律"思维，等同于中国美学范畴的人文思维。中国美学范畴具有一个特异的思维与思想体系。在5 000年灿烂文明的光辉历程中，中国文化所孕育、发展的中国哲学及其美学的人文思维，假定仅仅"依赖非逻辑的互渗律"，则是不可设想的。毫无疑问，中国哲学及其美学的人文思维，并不等同于原始人类的"互渗律"思维。中国哲学及其美学，有其独特的逻辑建构而且具有它自己的范畴体系。假如中国美学真的"依赖非逻辑的互渗律"的话，那么，就连"潜体系"这一结论也立不住、谈不上了。

中国美学范畴与命题、术语等（后文概称"范畴"）究竟有多少？笔者早年参与朱立元教授主编《美学大辞典》（笔者为副主编之一）编撰时，曾对此做过较为细致而力求周全的搜集、疏理与初步研习，现版那部大辞典收录的中国美学范畴与术语（将命题并入其间），约1 300余条，与笔者初选条目大致相当。关于中国美学范畴体系问题，还在大约20年前，笔者主编且实际参与撰写《中国美学范畴史》（三卷本）时，在所撰该书导言中仅仅论及："中国美学范畴史，是一个'气、道、象'所构成的动态三维人文结构，由人类学意义上的'气'、哲学意义上的'道'与艺术学意义上的'象'所构成。这三者，作为中国美学范畴史的本原、主干与基本范畴，各自构成范畴群落且相互渗透，共同构建中国美学范畴的历史、人文大厦。"[1]那一部《中国美学范畴史》，基本遵循这一思路所编撰，其对这一学术难题的认知与研究，是初步的，须力求加以补充、改造与完善才是。

经过多年的继续读书与思考，让笔者进一步认识到：

其一、中国美学范畴作为中国哲学思性与诗性的概念表述，是中国式的思性兼诗性文化的有机构成，且以思性为主导。一般而言，这里所说的思性，兼与诗性相谐；其诗性又与思性相和，而且是广义的，远远不限于文学艺术一类的诗性。一切文化现象，除艺术审美外，宗教崇拜、科学求知、哲思理性与那些可能体现为意志自由的伦理规范及其践行等，都富于广义的审美诗性素质与

---

[1] 王振复主编：《中国美学范畴史·导言：中国美学范畴史的动态三维结构》，山西教育出版社，2006，第1页。

人文品格，都与广义的审美相系或者其本身便是审美的，都可能与美学范畴的意义相契或暗合。

中国美学有一个范畴体系，是由一个原点、两级本体、三大支柱与四重编码及其相互联系所构成的。其一，以无极为无上的逻辑原点，为中国美学范畴体系唯一的原始根因，其性质为绝对之无、绝对形上。其二，无极与相对之无、相对形上的太极，构成其二者相应而特异的两级本体结构。前者为"本在性"的"一级本体"，后者为"次在性"的"二级本体"；前者是世界万类包括中国美学范畴体系的一颗"种子"，后者为始于无极的蓄势待发，前者决定后者，是"无中生有""从无到有"的实现。其三，"气、道、象"三者，构建中国美学范畴体系的三大支柱，上承于无极、太极。作为"二级本体"的太极，直接贯通与气、象相系的道；间接贯通与道相系的气、象。其四，"气、道、象"，构成彼此相对独立而有机的三大中国美学范畴群落及其千丝万缕的联系，终于建构以生命文化与哲学为人文底蕴的中国美学范畴体系的有机网络、知识结构和四重编码。

中国美学范畴体系基本的思维品格，是思性的诗性化兼诗性的思性化，且以思性为主导为底蕴。

德国哲学家、美学家康德曾经指出：

> 我们的知识发自心灵的两个源泉，第一个是接受表象的能力（印象的承受性——原注，下同），第二个通过这些表象以认识对象的力量（概念的主动性）。通过前者，对象被给予我们。通过后者，对象在与表象的关联中被思维。①

这里所说的"心灵的两个源泉"，"第一个"是"接受表象的能力"，体现为"印象的承受性"，即系于思性的诗性；"第二个"是"认识对象的力量"，体现为"概念的主动性"，即系于诗性的思性。中国美学范畴，在致思方式上，作为知识认知的产物，属于康德所说的"概念的主动性"，属于"知识发自心灵"的第二种，便是典型而东方式的"对象在与表象的关联中被思维"。这种

---

① ［德］康德：《纯粹理性批判》，蓝公武译，商务印书馆，1960，第70页。

知识论意义的思维方式，一般总在通过思维而诞生的众多范畴中，保留着与诗性相契的某些"表象"因素即若干诗性特征。

其二、中国美学范畴究竟有没有一个体系，首先决定于其是否有一个俯瞰与统御整个中国美学范畴的哲学意义的逻辑原点，即作为存在而最终的人文本根。张岱年先生说："宇宙中之最究竟者，古代哲学中谓之为'本根'。"①"本根"之说，出自《庄子·知北游》。其文云："惛然若亡（无）而存，油然不形而神，万物畜而不知，此之谓本根。"②其实，通行本《老子》已有关于"本根"的思想，称为"根"。其文曰"夫物芸芸，各复归其根。归根曰静，静曰复命。"③诚然，老子只是将宇宙的"本根"归之为"道"，这里暂且勿论。

且说任何范畴，都是一定的思维与思想把握对象的逻辑方式，中外古今概莫例外。中国美学范畴，往往隐现、融渗在一定的偏于诗性的表述之中。这不等于说，那些都不是美学范畴，仅仅其思性、知识，带有中国文化所特有的一些诗性的表象特征罢了。今日学界多有不承认中国美学有其范畴及其体系的看法，是错将判断西方美学及其范畴体系的"标准"尊为"唯一"，以为西方美学的种种范畴，由一系列抽象性的概念、推理、判断等逻辑系统所构成，既然中国美学范畴的情况与西方不一，就断言中国美学范畴无"体系"甚而认为无"美学"、无"哲学"。这就譬如，西方古代建筑一般以石为材，而中国古代建筑一般以土木为材，难道中国建筑就不是建筑了么？

哲学是美学之广义的诗性部分和思性之魂。哲学不等于美学，哲学研究不能代替美学研究。美学所研究的，主要是关乎世界意象、人类情感与自由意志的哲学或文化哲学问题。那种没有或少有哲学思辨与哲学之魂的所谓美学，实际仅有些"审美"之类空洞字眼的艺术论甚或文论，故不妨可将其称之为"伪美学"。就"文艺美学"而言，它所研究的，关乎文艺创作与接受的哲学问题而并非其它。中国美学范畴体系，首先是一个中国式的世界意象、人类情感与自由意志的哲学或文化哲学问题，且富于生命文化与生命哲学的底蕴，它富于

---

① 张岱年：《中国哲学大纲》，中国社会科学出版社，1982，第6页。
② 《庄子·知北游第二十二》，王先谦：《庄子集解》卷六，《诸子集成》第三册，上海书店，1986，第138页。
③ 王弼：《老子道德经注》第十六章，《诸子集成》第三册，上海书店，1986，第9页。

哲思素质与品格而且具有其自己的本根，能够概括且下彻于整个中国美学范畴群落、从而构成其网络结构的。

二、本在性的逻辑原点：绝对形上的"无极"

检验中国美学究竟有没有一个范畴体系的唯一标准，首先必须审视作为中国美学之魂的中国哲学或文化哲学，是否已经为众多美学范畴、群落及其整体结构，提供一个绝对形上的逻辑原点即原始本根，并且统御、通贯、下彻于整个体系。

这一逻辑原点，便是主要体现于《庄子》一书的绝对形上的"无极"这一范畴。

在中国文化与哲学典籍中，无极与太极，是两个相当活跃、重要而意蕴深邃的人文范畴，多见于《老子》《庄子》《易传》《纬书》与一些道教著述之中，二者间的意义似乎相当纠缠，历来争辨尚多。

无极与太极的"极"，本指中国传统两坡顶屋宇的最高处。朱熹曾说，"太极者，如屋之有极，到这里更没去处"，称"原'极'之所以得名，盖取枢极之义"①。"极"是一个形下性的概念。所谓太极，指理性思维与思想所能达到的最高处。而太极一词所指称的，仅仅为最高而有限的一个"点"。

无极一词，为老子所首倡，始见于通行本《老子》第二十八章"复归于无极"②一语。这里所说的无极，实际指太极。

这一问题有些烦难，试以道教太极图与无极图为例而略加辨析。

道教太极图与无极图，是相互对应的关系，简易地演示了人的生命世界从"顺行造化"至"逆则成丹"的全过程。

从"顺行造化"角度看"太极"：自"阴静""阳动""水火金木土"（五行）、"坤道成女，乾道成男"到"万物化生"，这是生命的发展历程，取顺势，展示出由一至多的演化特征。太极作为一个原点，生阴生阳，生天生地生五行而成人成物，以至于生化万类，乃是生命的逻辑性展开。

---

① 朱熹：《周子之书·太极图》，黎靖德编：《朱子语类》卷九十四，中华书局，1994，第2366页。

② 王弼：《老子道德经注》第二十八章，《诸子集成》第三册，上海书店，1986，第16页。

从"逆则成丹"的角度看老子所说的无极一词的实际意义，其历程为："元牝之门"——"炼精化气，炼气化神"——"水火金木土"（五行）——"取坎填离"——"炼神还虚，复归无极"。为生命及其精神的回归历程，取逆势，展示出由多至一①的回归特征，乃是生命之气的归元返朴。道教内丹的修炼，犹重生命始原之气，此气生于"玄牝之门"（玄牝，语出《老子》"谷神不死，是谓玄牝"②句）。始原之气，从丹田加以提升，须"炼精化气，炼气化神"，即将有形之精，炼就无形之神，以所谓"大周天"功夫，将此返贯于人体五脏六腑，遂使五行"金木水火土"式的精、神、魂、魄、意一体融和，归于"取坎填离"式的阴阳和会，终于出"阳神"而结"圣胎"，此之为"炼神还虚，复归无极"。

顺势的生命世界，显现为由"上"而"下"、由一至多的方式。实际以"阴静""阳动"相和即以太极为起始，直至阴阳五行、天地万物与万物之灵即人的诞生。这一方式，所体现的是文化哲学的演绎式的思维与思想；逆势的生命世界，显现为自"下"而"上"、从多归一的方式。实际以人的丹田为修炼之始，称"玄牝之门"，从而炼气炼精而达于炼神，周遍生命，阴阳和彻，回归于无极即太极之境。这一方式，所体现的是文化哲学归纳式的思维与思想。

简而言之，"顺行造化"，指太极化生万物；"逆施成丹"，指以人体为"丹炉"的修炼，从万物（人）而复归于"无极"。

由此可以得出一个确凿的结论，太极图的太极与无极图的所谓"无极"，所指实际是同一个东西。《老子》所说的"复归于无极"，指人的肉身与精神，回归于其出发原点即太极那里去，《老子》所言无极，实际等同于太极。《老子》创构了无极这一词汇，却没有关于"太极之上为无极"的哲学思维与思想。

朱熹宗于《老子》，坚持"无极即太极"说。朱熹释周敦颐《太极图说》关于"无极而太极"一语有云："上天之载，无声无臭，而实造化之枢纽，品汇

---

① 按：关于"由多至一"，这里须略加说明：个人人体及其精神，作为映应着生命群体及其精神世界的个体，与"万物生化"及其精神的世界一样，同样纷繁扰攘，心神无序，须通过道教"丹炼"加以收摄。故称"由多至一"。

② 王弼：《老子道德经注》第六章，《诸子集成》第三册，上海书店，1986，第4页。

之根柢也。故曰：'无极而太极'，非太极之外，复有无极也。"①朱熹多次重申："'无极而太极'，不是太极之外别有无极"②。朱熹不认为在太极之上，还有一个无极作为本体的终极存在。朱熹的哲学与理学，是以太极为本原本体的，不承认无极这一逻辑原点。

中国哲学史围绕周敦颐《太极图说》首句"无极而太极"的真切含义，曾经有过许多争辩。其实质，是承认不承认在太极之上，是否还有一个作为最高本原即本根的无极存在，承认不承认中国哲学及其美学范畴体系，实际是以无极而不是以太极为逻辑原点的。

中国哲学及其美学范畴体系，的确有一个逻辑原点，便是具有终极意义的无极。周敦颐《太极图说》所言"无极而太极"，只是"太极，本于无极也"的一个简说。无极，是太极、道也是世界万类存在、发展的一个绝对形上的逻辑原点，它指的是绝对之无。

张岱年曾经指出："《太极图说》首句'无极而太极'有一个版本问题。朱熹所见传本作'无极而太极'，而当时官修《国史》中的'周敦颐传'，尽载《太极图说》，首句作'自无极而为太极。'朱熹以为不应有'自''为'二字（《朱子大全集》卷七十一《濂溪传》——原注）。明清时代，有人认为《国史》本传不可能有误，原本应作'自无极而为太极'。"③这是确凿的一则证据，值得引起重视。

中国哲学史上列子所持，显然是宗于《庄子》的"无极之外，复无极也"的哲学之见，然而这一极其重要的哲学论述，却为今本《庄子》所无。这里，且先看看列子如何言说：

> 殷汤问于夏革曰："古初有物乎？"夏革曰："古初无物，今恶得物？后
> 之人将谓今之无物可乎？"殷汤曰："然则物无先后乎？"夏革曰："物之终

---

① 周敦颐：《太极图说》朱熹解附及注，《周敦颐集》卷一，陈克明点校，中华书局，1990，第4页。

② 朱熹：《周子之书·太极图》，黎靖德编：《朱子语类》卷九十四，《朱子语类》第六册，中华书局，1994，第2367页。

③ 张岱年：《中国古典哲学概念范畴要论》，中国社会科学出版社，1987，第50页。

始，初无极已。始或为终，终或为始，恶知其纪。然自物之外，自事之先，
朕所不知也。"殷汤曰："然则，上下八方有极尽乎？"革曰："不知也。"汤
固问革曰："无则无极，有则有尽，朕何以知之？然无极之外，复无无极；
无尽之中，复无无尽。无极复无无极，无尽复无无尽。朕以是知其无极无
尽也，而不知其有极有尽也。"①

《列子·汤问》以"殷汤问于夏革"的方式，揭示出"无极复无无极，无尽
复无无尽""其无极无尽也，而不知其有极有尽也"这一高明而深邃的哲学之见。
显然，这里所肯定的，并非"有极有尽"的太极，而是"无极无尽"的无极。

无极，无天无人、无心无物、无终无始、无边无涯、无彼无此、无死无生、
无真无假、无是无非、无善无恶、无美无丑、无动无静、无悲无喜、无虚无实、
无主无次、无去无来、无鬼无神，等等，却是决定天人、心物、终始、边涯、
彼此、死生、真假、是非、善恶、美丑、动静、虚实、悲喜、虚实、主次、去
来与鬼神等一切的一个终极性的哲学本原本体。美学诗性的哲学根性，与哲学
思性的美学诗性，是一个问题的两个方面及其有机构成。无极，作为中国哲学、
文化哲学与美学绝对形上的最高范畴，自当也是中国美学范畴体系的逻辑原点。
它是一种不可能不存在的本原本体性存在，是绝对形上之无。正如为《列子》
作注的张湛所言，"所谓'无无极''无无尽'，乃真极真尽矣。"②"真极真尽"
者，无极耳。

值得再次强调，在中国哲学与美学范畴史上，真正创说无极这一最高存在
与逻辑原点的，是庄子而非列子。《庄子》原本有言："无极之外，复无极也。"③
这一关于无极的重要哲学与美学范畴，是庄子对于老子哲学及其美学思维

---

① 《列子·汤问第五》，张湛注，《诸子集成》第三册，上海书店，1986，第5页。

② 同上。

③ 按：原文为："汤问棘曰：'上下四方有极乎？'棘曰：'无极之外，复无极也。'"语见陈
鼓应《庄子今注今译》（北京：中华书局，1983年，第11页）。陈鼓应先生注云："汤问棘
曰：'上下四方有极乎？'棘曰：'无极之外，复无极也'：这二十一字原缺，依闻一多之
说，据唐僧神清《北山录》引增补。"（该书第12页）"棘，汤时贤人。汤之问棘的故事，
见于《列子·黄帝篇》，作夏革。'革''棘'古同声通用（郭庆潘说——原注）。"（同上）

与思想的真正突破与贡献，是庄子与老子哲学及其美学的重大区别。

《老子》虽然创说了无极这一词汇，实际仅仅承认太极是其哲学及其美学最高的本体性范畴，体现于"复归于无极"这一命题。《庄子》从《老子》的"复归于无极"语，发展为"无极之外，复无极也"这一重要、深刻的真正有关无极的思维与思想，突破了《老子》哲学的阈限和思维定势，是将中国哲学及其美学的境界，扩大、提升到了真正无极的境界。遂使无极这一范畴，成为中国哲学及其美学的最高而本在性的逻辑原点。

然而，王先谦《庄子集解》等《庄子》本子所采用的，是郭象《庄子注》，该注本删除了庄子关于"无极之外，复无极也"这一极其重要的哲学及其美学命题，只留下了"天之苍苍其正色邪，其远而无所至极邪"[①]这样的提问。这一妄删《庄子》原本的做法，误导了后世诸多学人，没有了《庄子》原本关于"无极之外，复无极也"一语及其思维、思想。郭象之失莫大焉。

无极这一哲学范畴，是中国美学范畴体系不二的最高逻辑原点，它的哲思品格，为绝对形上、绝对之无而具有最高的本在性。它作为终极性哲学本原，确是笔者所言"不可能不存在的存在"，拒绝一切条件而存在，其哲学地位，有如西方神学哲学"上帝存在"这一公设，有如柏拉图的"理式"、康德的"纯粹理性"与黑格尔的"绝对理念"等，在思维的纯粹性与深度上，与西方哲学的being同列。中国古哲庄子，富于穷根究底的思辨能力，其深邃而葱郁的思性与理性，超越于经验、知识的系累，以俯瞰一切的"哲学批判"，将"先验幻想"，成就为无极这一中国本土的"先天存在方式"。在无极这一哲学思辨中，从"有"之经验出发，却没有残留任何一点点关于"有"的思维"杂质"，是真正彻底空明、精微、洁净而深邃的一个绝对的"无"。绝对之无，对于中国美学范畴体系的俯瞰与统御，符合"无中生有""从无到有"的哲思与诗思生成律。

三、次在性的逻辑范畴：相对形上的"太极"

中国哲学及其美学范畴体系的思维特质，是具有一个逻辑原点、两级本体、

---

① 王先谦：《庄子集解·逍遥游第一》，《诸子集成》第三册，上海书店，1986，第1页。

三大支柱与四重编码的架构。就其本体而言，在以"无极"为"一级本体"之外，还以"太极"为其"二级本体"。这种美学的思维方式，确是中国文化与哲学的特异之处。次在性而相对形上的太极，作为"二级本体"，与无极最为比邻而"诗意地栖居"。在思维品格上，太极无疑比无极低一个层次，在缔造中国美学范畴体系的历史与人文积淀中，却是不可或缺的重要一环，与无极具有近缘而密切的文脉联系。

太极范畴，存有些关于"有"（经验）的思维"杂质"，古人在创说太极这一范畴时，在思维上，并未将"有"这一来自经验的思维杂质彻底过滤干净，这是与无极有别的。太极在承认世界及其美生成、圆满与回归的同时，不愿也没有彻底舍弃"有"这一经验性的点滴因素，它在有如佛教那般绝对空灵的程度上，远不及在它之上的无极这一绝对之无。太极，好比一只飞得很高的纸鸢，尽管高入云天，其飞得很高的必要条件，却是依然与其牢牢相系、由人手所牵拉的那根纸鸢的线绳，便是经验因素而有限的"有"。

太极这一范畴，在《庄子》与《易传》中几乎同时出现，其所阐述的哲学见解，是不尽相同的。

《庄子》是从哲学及其美学之"道"的角度，来认知与阐析太极之义的。

> 夫道，有情有信，无为无形，可传而不可受，可得而不可见，自本自根。未有天地，自古以固存。神鬼神帝，生天生地。在太极之先而不为高，在六极之下而不为深。先天地而不为久，长于上古而不为老。[①]

这里，《庄子》将太极与道范畴作了比较。关键点在于，道在太极之先、六极（六合）之下，然而太极不比道为高又不比六合为深，太极的哲思属性，与

[①] 《庄子·大宗师第六》，王先谦：《庄子集解》卷二，《诸子集成》第三册，上海书店，1986，第40页。按：关于《庄子》这一论述，陈鼓应先生如此解读："道是真实有信验的，没有作为也没有形迹的；可以心传而不可以口传，可以心得而不可以目见；它自为本自为根，没有天地以前，从古以来就已存在；它产生了鬼神和上帝，产生了天和地；它在太极之上却不算高，在六合之下却不算深，先天地存在却不算久，长于上古却不算老。"（陈鼓应：《庄子今注今译》，中华书局，1983，第183页）录此以备参阅。

道相类相通。通行本《老子》说:"道生一,一生二,二生三,三生万物。"①
在思辨逻辑上,既然道生一,那么能够生一的道,则必然为○而非一矣。老子
所说的道,又是"致虚极而守静笃"②的,可见,这里所说的太极,也是虚而
静的。

问题是,与道范畴相类的太极,正如"夫道,有情有信"那样,必然也是
"有情有信"的。因而,在《庄子》将道与太极同时释为○即"虚静"时,太极
与道一样,也是残有"情""信"此类"有"的因素的。无疑,《庄子》所思辨
的太极与道,都遗存些"有"这一思辨意义的"杂质",并非绝对形上。

《易传》云:

> 是故易有大(引者:大,太之初文)极,是生两仪,两仪生四象,四
> 象生八卦,八卦定吉凶,吉凶生大业。

出现于《易传》的太极范畴,与《庄子》所言太极的内蕴不一。其一,从
生成论角度看,事物的生成,为太极——两仪——四象——八卦——吉凶——
大业。两仪指天地(阴阳),四象指春夏秋冬,八卦指乾坤震巽坎离艮兑,吉
凶指以《周易》占筮的结果,大业指因占筮明其吉凶、人生道路而成就大事业。
这里,展示了事物的生成序列,即:一——二——四——八,以至于无穷。既
然二(两仪)之前为太极,则太极必为一矣,此一为"有";其二,太极为一
(有),并非哲学意义的绝对之无是不言而喻的,又与《周易》的巫性算卦相
系,实际指由《易传》所载录的《周易》古筮法中,"大衍之数五十,其用四十
有九"而留下"不用"而象征太极的那一根筮策。③可见在《易传》看来,在
本来意义上,太极指占筮巫性而非哲学思性,却可以由巫性的太极,走向哲学

---

① 通行本《老子》第四十二章,王弼:《老子道德经注》下篇,《诸子集成》第三册,上海书
　店,1986,第26页。
② 同上书,第9页。
③ 按:这里,关系到程式十分繁复的《周易》古筮法,那"不用"的一策如何象征太极以
　及《周易》占筮的全过程,请参见拙著《周易精读》(复旦大学出版社,2007年初版)第
　294—303页的详细解读,在此勿赘。

思性的太极，开启了从《周易》的占筮巫性走向哲学思性的道路。因而正如朱熹所言："问：'易有太极，是生两仪，两仪生四象，四象生八卦'。曰：'此太极却是画卦说。当未画卦前，太极只是一个浑沦的道理（引者：这里朱熹释读易筮，受宋代理学的影响），里面包含阴阳、刚柔、奇偶，无所不有。'"①此是。

《庄子》所言太极为○，却不是绝对、纯粹的无，包含着"有"的"残余"；《易传》所言太极为一，更为"有"而并非绝对形上之无。这个一，是内蕴阴阳与刚柔、奇偶等二维因素的"有"。

《易传》与《庄子》的太极观，在致思品格上是同类的，都正处在从上古文化以原始巫文化为主、伴随以原始神话与图腾的神性、巫性与灵性的崇拜意识，向哲学、美学等意识转递和提升的历史与人文历程中，趋于所谓文化的"祛魅"和"哲学的突破"。

与绝对之无的无极相比，战国中后期所出现的太极这一范畴，不如无极那般彻底而纯粹，尤其《易传》太极观的理性，更是没有与原始神性、巫性与灵性的人文"阴影"绝然分开。而无极绝对形上，作为绝对之无，本具向相对形下之太极衍生的动势。

太极，包含些"有"之因素的无极；无极，彻底消解了"有"之因素的太极。

无极，一颗处于原始本在状态生成世界万类的"种子"；太极，是由无极这一根因即逻辑原点所推衍而初始的畜势待发。

在逻辑上，太极将世界万类的底蕴，看作阴阳二维及其所衍生的天地、男女、刚柔、奇偶直至一切的一而二、二而一的因素、机运和可能。邵雍解读《易传》太极说时称："太极既分，两仪立矣。阳下交于阴，阴上交于阳，四象生矣。阳交于阴，阴交于阳，而生天之四象，刚交于柔，柔交于刚，而生地之四象。于是八卦成矣，八卦相错，然后万物生焉。是故一分为二，二分为四，四分为八，八分为十六，十六分为三十二，三十二分为六十四。故曰：分阴分阳，迭用柔刚"②而以至于万。这种二分的因素、机运和可能，并非世界二分的

① 《朱子语类》卷七十五，黎靖德编：《朱子语类》第五册，中华书局，第1929页。
② 邵雍：《观物篇》第三卷《外篇上》，上海古籍出版社，1992年，第38页。

现实实现，而仅仅氤氲于太极之中。

《易纬》云："天地未分之前，有太易，有太初，有太始，有太素，有太极，是为五运。形象未分，谓之太易。元气始萌，谓之太初。气形之端，谓之太始。形变有质，谓之太素。质形已具，谓之太极。五气渐变，谓之五运。"①这一"五运"之说，包含对于太极义的同情与理解。太易，无垠虚无，气性之实存而未现；太初，气无形无质，而已开始萌发；太始，气变有形之始，而未有质；太素，气变而有形，形而有质；太极，形质因素兼具，而未成于器。这等于说：无极生太易为始原之气；太易生太初为气之萌发；太初生太始为气形之始；太始生太素为气质之始；太素生太极为气之形质兼备而未成于器。

可见，太极相对形下而生于绝对之无极。作为原始意义的相对之无，在哲学品性与逻辑进程中，气经历了无极、太易、太初、太始与太素等阶段之后，才演绎为太极。无极并非气本身，却是气与气之衍生的最终根因与推动力。

与作为"一级本体"的无极相比，太极确是一个"二级本体"。就中国美学范畴体系而言，太极与无极比邻而"在"，它并非哲学、美学意义的"本在"，却是趋向于无极之本在的，笔者试将其称为"次在"。次在并非本在，却是本在性的无极而逻辑性的进一步展开。太极并非现实之有，却预示了从逻辑之次在，向现实之有所发生的一种趋势。前文曾将绝对形上的无极比作"种子"，相对形上的太极固然并非种子，却是种子的初始萌发、形质兼具而未成于器。作为次在，它是无极本在向现实阴阳以至于无穷之发生的第一个重要环节。无极与太极二者在中国美学范畴体系中的地位，都是关乎本体而前后相续的，证明无极这一本原的内在运动，具有先天性的动原、动因、动势与本性，且下彻于太极。太极，则是无极的最初"落实"。

四、"本原"之气、"主干"之道与"基本"之象

无极通过太极，又统御且下彻于"气、道、象"，此三者自成系统，构成

---

① 《易纬·孝经钩命诀》，［日］安居香山、中村璋八辑:《纬书集成》中册，郑玄注，河北人民出版社，1994，第1016页。

中国美学范畴体系的三大支柱。在此系统中,气指人类学而非哲学意义的"本原",是相对形下的一个范畴。

在甲骨卜辞中,气字写作上下两横中间加一个点或一短横。徐中舒《甲骨文字典》称其"象河床涸竭之形",以明义士《殷虚卜辞》二三二二"贞佳我气有不若(诺)十二月"这一卜辞加以证明。[①]原始初民惊奇于河流始而滔滔、继而或为干涸这一自然现象,深感神秘,以为神灵所为,遂创设一个气字,表示对于神秘现象的神秘体验。从英国人类学家爱德华·泰勒"万物有灵"观看,中国文化的所谓气,属于"万物有灵"说的东方人文范畴。气范畴的诞生,与神范畴一样,始于中国原始初民的神性、巫性"灵意识"。"万物有灵",便是原始神秘意识支配下的"万物有生"。气字的本蕴,已是"准生命意识"的存有。

迄今很难考定气与道、象等汉字的创构究竟孰先孰后。气的原始意义由于与原始神秘意识相即,其创构,即使不在道、象二字之前,也不至于晚出。在中国人文历史长河中,气的意义经过了多次的转嬗与提升。其思维的逻辑进程为,始则肯定其体现于卜辞的原始"准生命"意识(已如前述);继而体现为西周末年伯阳父所论地震之起因的"天地之气"[②];转而用以解读人的生命现象,便是春秋末年孔子所言"血气"[③]以及战国中后期《易传》所言"精气为物,游魂为变"[④],

---

① 徐中舒主编:《甲骨文字典》,四川人民出版社,1989,第38、39页。

② 按:《国语·周语上》,《国语》卷一云:"幽王二年,西周三川皆震。伯阳父曰:'周将亡矣! 夫天地之气,不失其序;若过其序,民乱之也。阳伏而不能出,阴迫而不能烝,于是有地震。'"(邬国义、胡果文、李晓路:《国语译注》,上海古籍出版社,1994,第21页)

③ 按:《论语·季氏第十六》,《论语》卷十九云:"孔子曰:'君子有三戒。少之时,血气未定,戒之在色;及其壮也,血气方刚,戒之在斗;及其老也,血气既衰,戒之在得。'"(《诸子集成》第一册,上海书店,1986,第359页)

④ 按:《易传·系辞上》,朱熹:《周易本义》,怡府藏版,天津市古籍书店,1986,第291页。按:这里所谓"精气",为"血气"的另一种表述。"精气"的"精",从米青声,表示人体"血气",为人之食物精谷所化。"精气"变为"游魂",指人的肉体既亡,而成鬼魂,是气的另一种存在方式,由此导引中国风水学中的"气"论。故人的肉体可以死亡,作为气,却是不死活跃无所谓生死的。

和中医学关于气①、风水学的"气"②范畴等，皆在在证明：人的肉体可以死灭，气本身则不死或者可以说无所谓生死的，最后，成就了老子所谓"万物负阴而抱阳，冲气以为和"③这一命题以及庄子气论所谓"聚则为生，散则为死"，"通天下一气耳"④之说。

中国原始文化意义的气，在漫长历史与人文氤氲中，逐渐褪去其源于原始神话、图腾与巫术文化的神秘氛围，改造其质素，继而完成哲学、美学及其范畴体系的文化本原性的营构因素，可是其始终却是一种"有"，与太极具有直接的文脉联系。

东汉郑玄《周易注·太极》，确当地将太极称之为"淳和未分之气"。这一太极，《易传》指其为"始于一"的一即始原意义的"有"，并非天地万物之有。郑玄解读《易纬·乾凿度》"孔子曰：易始于太极，太极分而为二，故生天地"一语时，称"易始于太极"的太极，为"气象未分之时，天地之所始也"⑤，已经汲取了《易纬》关于气之"五运"说的太极之见，作为汉代"古文""今文"学兼备的学者，郑玄没有注意、汲取庄学有关无极、太极及其相互关系的学说。这是可以理解的。汉学宗儒，在易学研究上尤重易之象数，无暇他顾庄学及其无极问题。

---

① 按：《黄帝内经·阴阳应象大论篇》云，"治病之必求于本。故积阳为天，积阴为地。阴静阳躁，阳生阴长，阳杀阴藏，阳化气，阴成形。寒极生热，热极生寒；寒气生浊，热气生清。清气在下，则生飧泄；浊气在上，则生䐜胀。""阳为气，阴为味。味归形，形归气，气归精，精归化。精食气，形食味。化生精，气生形。味伤形，气伤精。精化为气，气伤于味。阴味出下窍，阳气出上窍。""气厚者为阳，薄为阳之阴。""壮火之气衰，少火之气壮。壮火食气，气食少火。壮火散气，少火生气。"故而，"人有五脏，化五气（引者：五行之气），以生喜怒悲忧恐。"（《黄帝内经·素问》，《二十二子》本）

② 按：（托名）郭璞《葬书》云："经曰：'气乘风则散，界水则止。'古人聚之使不散，行之使有止，故谓之风水。"（《风水圣经——〈宅经〉〈葬书〉》，王振复导读、今译，台湾恩楷出版出版有限公司，2005，第93—94页）

③ 《老子》第四十二章，王弼：《老子道德经注》下篇，《诸子集成》第三册，上海书店，1986，第26—27页。

④ 《庄子·知北游》，王先谦：《庄子集解》卷六，上海书店，1986，第138页。

⑤ 郑玄注：《易纬·乾凿度》卷上，[日]安居香山、中村璋八辑：《纬书集成》上册，河北人民出版社，1994，第7页。

与气范畴相系的，是作为与太极相类而属于次在性的"道"。正如前引，《庄子》称"太极"与"道"相类相通，道，实际是无极下彻于中国美学范畴体系的太极即为"二级本体"，是下贯于美学范畴体系之太极的另一哲学称谓。然而，道与太极二者，在程度上依然有些区别。太极范畴的人文内蕴，是已成形质而未成器具的阴阳之气；道，则诚然形上而沾溉于现实生活。道字在郭店楚简中的写法，为彳、亍二字之间加一人字。彳亍，小步行走义，为道字初义。东汉许慎云，道，"所行道也"，"一达谓之道"①，引申为现实的人生之途。

在儒、道、释三家学说中，道得到了精神意义不同旨趣的提升。

儒家所推崇和推行的，主要是为人、为世之道，属于伦理哲学范畴。圣人、贤人即道德高尚之人所遵循与践行的安身立命的准则，谓之道。儒家的道，外在于"礼"，内在于"仁"，是一个礼仁（礼乐）相谐结构。礼指人伦关系的意志整肃；仁指人伦关系的意志自由。李泽厚曾将全部儒学结构，分为"表层"与"深层"及其相互联系。表层，指"儒家政教体系、典章制度、伦理纲常、生活秩序、意识形态等等"的"价值结构或知识、权力系统"；深层，为"生活态度、思想定势、情感取向"，"是以情—理为主干的感性形态"②。笔者以为，儒学全部学说的主题，为政教伦理，建构于人与人、人与群、人与社会和人与自心之际，可以用伦理道德意义的笔者所言"做怎样的人以及怎样做人"一语加以概括。孔子有云，"朝闻道，夕死可矣"③，此道以"天命"观为背景，成为认识、处理与调节人伦以及人伦与心性之间的一种"稳定器"。其思维方式，基本处于经验性"有"的层次。

先秦道家哲学所悬拟的"道"，具有四个意义层次。其一，"有物混成，先天地生"，"可以为天下母"，"吾不知其名，字之曰道。"道为天地本原而并非最终的本原；其二，"视之不见名曰夷，听之不闻名曰希，搏之不得名曰微"，"故混而为一"，"是谓无状之状，无物之象"，"致虚极，守静笃"，道指本体

① 许慎：《说文解字》，中华书局影印本，1963，第42页。
② 李泽厚：《初拟儒学深层结构说》，《世纪新梦》，安徽文艺出版社，1998，第116页。
③ 《论语·里仁第四》，刘宝楠：《论语正义》卷五，《诸子集成》第一册，上海书店，1986，第78页。

也不是最终的本体；其三，"反者道之动"，"夫物芸芸，各复归其根。归根曰静，是谓复命。"指事物的回归，返璞归真；其四，"道生之，德畜之，物形之，势成之。是以万物莫不尊道而贵德"①，指相对形上之道落实于形下之德。老庄之道四义中，前三义与太极相类相通，后一义为太极之气的德性落实。老庄的哲学美学与孔孟礼仁、心性之学的不同，在于老子从人与自然关系立论，以自然、虚无、寂静之道，而为其德论奠定一个"致虚极，守静笃"的以太极为底蕴的哲学基础。庄子也是"贵德"的，只是将其所说的德，原于无极、通过太极（道）而"自然"衍生的现实实现。

佛教教义有其不同于儒、道的道论。佛之道有"通"义。《净土论》注上云：道者，通也。以如此因，得如此果；以如此果，酬如此因。通因至果，通果酬因。故名为道。分"有漏道""无漏道"与"涅槃道"三层次。有漏道，善业趋于至善，恶业趋于至恶，善恶二业及其所趋，皆谓之道。所谓"六道轮回"，指芸芸众生轮回于六道途，亦称"六趣"（六趋）；无漏道，经修持，从有漏通于无漏而趋于佛境，"登菩提"之谓；涅槃道，即涅槃之境，祛系累，舍障碍而彻底解脱，是谓"毕竟空亦空"。

中国佛学史上，被《高僧传》誉称为"解空第一"的大德僧肇其人，释涅槃道精义最为明晰。其《涅槃无名论》有云，"涅槃之道，盖是三乘之所归，方等之渊府"。又说，"涅槃非有亦复非无，言语道断，心行处灭"；"而曰有无之外别有妙道，非有非无，谓之涅槃"；"是以圣人以无知之般若，照彼无相之真谛。真谛无兔马之遗，般若无不穷之鉴。所以会而不差，当而无是，寂而无知，而无不知者矣"②。中国佛学，以大乘有、空二宗为主。前者所言之道，即涅槃成佛，往生西方；后者所言之道，即般若之境，以空为空，空为"假名"，不滞累于空。中观一派，主张非有非空而不执于有、空又非非有非非空，舍弃空、有二边且不执于中。故般若中观要义，在于不滞碍于中，中亦为"假名"，称"毕竟空亦空"。要之，涅槃之道"无名"，即"不可言说"（"言语道断"）；般

---

① 《老子》第25、14、40、61、51章，王弼：《老子道德经注》，《诸子集成》第三册，上海书店，1986，第14、7、7—8、8、25、9、31页。

② 僧肇：《涅槃无名论》《般若无知论》，石峻、楼宇烈、方立天、许抗生、乐寿明编：《中国佛教资料选编》第一卷，中华书局，1981，第156、158、160、148页。

若之道"无知",即"不可思议"（"心行处灭"）。

中国儒、道、释三学，都有其自己的道论，三家旨趣不一甚而相互抵牾。相对而言，为儒"有"、道"无"、佛"空"。

儒"有"之道，重于生命、生活的政教伦理的经验性入世；道"无"（相对之无）之道，重于生命、生活的经验性出世，儒、道二者，一个入世一个出世。至于道家，《老子》尚"相对之无"，《庄子》与《列子》崇"绝对之无"，在精神层次与中国美学范畴体系中的地位，是有区别的。

儒"有"之道，一般少有哲学品性。子贡曰："夫子之言性与天道，不可得而闻也。"曾子云："夫子之道，忠恕而已矣。"①儒"有"的目光，总是炯炯地注视着大地、现实、实在与功利，以正心、诚意、立德、齐家、治国、平天下为圭臬，坚信人世的幸福在现世、在地上，因而唯有建立与调整合理的人际、人伦秩序，世间便是"乐园"，且坚信人与世界都是可治而有救的。儒家所谓"天"，王权、父权之类而已，"天命""天道"言者，仅仅作为原始儒学及其教条的背景，一般并非真正在关注、思考与形上性的哲学视野之内。

道"无"之道，努力站于哲学苍穹而"俯瞰"人世。道家比儒家多的那一点，是《老子》悬拟了次在意义的相对形上之太极，且创构了"无极"这一词汇，而《庄子》真正悬拟了本在意义绝对形上的无极。老庄共同的哲学称谓是"自然"，却在不同的哲学层次上，共同论证道德的合理、合法性。

老子说："道之为物，惟恍惟惚。惚兮恍兮，其中有象；恍兮惚兮，其中有物。窈兮冥兮，其中有精。其精甚真，其中有信。"②道中"有象""有物""有精"而且"有信"，凡此，都是道之论，却含有甚多思维的"杂质"。徐复观《中国人性论史·先秦篇》说："老子思想最大的贡献之一，在于对自然性的天的生成、创造，提供了新的、有系统的解释。在这一解释下，才把古代原始宗教（引者：实指原始神话、图腾与巫术的原始"信文化"）的残渣，涤荡得一干二净，中国才出现了合理思维所构成的形上学的宇宙论。"③其实并非如此。老

---

① 《论语·里仁第四》《论语·公冶长第五》，刘宝楠：《论语正义》卷五、卷六，《诸子集成》第一册，上海书店，1986，第82、98页。

② 王弼：《老子道德经注》第二十一章，《诸子集成》第三册，上海书店，1986，第12页。

③ 徐复观：《中国人性论史·先秦篇》，生活·读书·新知三联书店，2001，第287页。

子哲学本体论的道，并未能将"物""象"与"信"等源自原始"信文化"的思维与思想的"残渣"，彻底涤除。诚然，《老子》哲学的道论与儒家之有论相比，已经显得"很哲学"了，然则其形上性并非绝对彻底。从整个中国文化与哲学、美学看，道仅是哲学次在性的本原，也是"气、道、象"这一动态三维结构的一个"二级本体"，并非整个中国美学范畴体系的最高逻辑原点（元范畴）。

与儒家入世、道家出世相比，中国佛教所注重的道，只能是弃世的。弃经验生命、生活而入于超验即绝对形上的生命、生活境界，又并非与儒有、道无绝然无涉。自印度佛教东来，中国传统而强大的儒、道文化及其哲学，在长期冲突、推拒与融合、创造的历程中，以唐代的南宗禅最得人心，从而发扬光大，尔后终于成就儒、道、释的"三教圆融"，作为唐宋中国人尤其文人士子的生命、生活与情感等方式。如此的"禅"，是一个以佛家之空为圭臬、以道家之无为枢机、以儒家之有为潜因的人文心灵结构，不是也不能是中国美学范畴体系的逻辑原点。说到底，印度佛教的中国化本土化，实际上是将印度佛教的"空"（包括"毕竟空亦空"等），逐渐改造成中国传统的儒"有"与道"无"所能容纳、接受的东西罢了。

儒、道、释三学之道的共同点，在于"生"（按：佛教主张"无生"，实际追求空这一精神境界的"永生"）。这个"生"，又在于都认为世界与人类是有救的，都坚信其各自所持的道可以救世；都将此用以认知与践行于人的生活道路。归根结蒂，都从道的本义指人行道途这一点上发展而来，都具有相互冲突兼相互融合的趋势，都以儒、道、释三学的圆融，或以相对形上的"太极"为旨趣，或以绝对形上的"无极"为终极，或以"毕竟空亦空"亦即佛学意义的"无极"为无上的"信仰"。

与气、道范畴相并立的，还有"象"。

极其普通的动物大象，有幸成为中国文化、哲学、美学、审美及其体系的基本范畴，可以说是中国文化的一个"奇迹"。据考，商及商之前，中原气候温热，有大象生存于此，甲骨卜辞"今夕其雨，获象"①，是其铁证。罗振玉

① 罗振玉：《殷虚书契前编》三·三一·三，《殷虚书契五种》，中华书局，2015。

说，大象"古代则黄河南北亦有之"，"则象为寻常服御之物。今殷墟遗物有镂象牙，礼器又有象齿甚多。卜用之骨有绝大者，殆亦象骨。"①殷周之际，中原气候骤寒，大象畏寒而南迁。时至战国，大象早已在中原绝迹许多个世纪，中原民人偶而从地下挖掘、发现动物残骸，便疑为"死象之骨"，此所以《战国策·魏策》有"白骨疑象"之记。关于"象"，战国末年的韩非子说了一通意思透彻的话：

> 人希见生象也，而得死象之骨，案其图以想其生也。故诸人之所以意想者，皆谓之象也。②

人文之象，自动物大象的意义转嬗、提升而来。动物之象转化为人文之象的象，成为人心目中的意想者。故曰："某人、某物、某景曾被目见、接触、感受而留遗的一切心灵记忆、印象、图景、轨迹、甚或心灵氛围，即谓之'象'。"③

《易传》关于象的重要命题是："见乃谓之象。"④象，非形非器，是形、器"见"（现）之于"心"的记忆、印象、图景、轨迹、氛围的一个总和。象，非形而上，非形而下，姑且以"形而中"一词来加以描述。人文心灵之象，在形下之器与形上之道之际。它不如道范畴那般形而上而抽象；也非器范畴那般具象而形下；象，具象与抽象参半，形而中且存之于心。

人文之象，在中国文化、哲学、美学及其范畴体系中的重要地位不言而喻。象始于原始神话、图腾与巫术文化，三者都是人文之象的文化孵化器。象的原型，为始于原始"信文化"的神性、灵性与巫性之象。原始之象孕育了原始诗性及其知性因素等，与原始审美血肉相系。这一诗性是广义的，世界意象、人

① 罗振玉：《增订殷虚考释》，李圃编：《古文字诂林》，第八册，上海教育出版社，2003，第445页。
② 《韩非子·解老第二十》，王先慎：《韩非子集解》卷六，上海书店，《诸子集成》第五册，第108页。
③ 王振复：《中国巫性美学在〈周易〉中的四种呈现》，《南国学术》，2016年第3期，第488页。
④ 《易传·系辞上》，朱熹：《周易本义》，怡府藏版，天津市古籍书店，1986，第314页。

类情感与自由意志，是人类审美的大致阈限和主题，其中的象因素，显示了活跃而重要的生命的审美。

要之，气、道、象三者，成为中国美学范畴体系的三大支柱即基本"骨骼"，它的"上层建筑"，是绝对形上而本在的无极与相对形上而次在的太极。从无极到太极的逻辑联系，是从绝对之无到相对之无的转化；从无极、太极到气、道、象的构成，是中国生命文化的滋润和沾溉，都是中国文化的逻辑"生态"。无极作为中国最高的哲学头颅，直接生成太极。无极统御下的太极，以生之意识作为生命之源，直接下彻于气、道、象这一动态三维结构。从无极而生太极，到气、道、象三者，始终都是生之意识的流衍。无极是一个绝然的○，作为逻辑性的哲学公设，为绝对之无，不妨可以称为"始无"；太极则为"始有"。从无极到太极，是始无向始有的转化与推进，尔后便是气、道、象三维动态结构的生成。正如前引，无极为"无无尽""无无极"；太极是一团"淳和未分之气"；道者，"一阴一阳之谓道"①也，其意义大致与太极相类似：太极作为元气未分的阴阳，有一种"生"的必然趋势，即为阴、阳分判之道；象，源于中国原始"信文化"的神话、图腾与巫术文化，为"见（显现）天下之赜"而生成。故从思维角度看，气范畴的本涵，无分于理性、感性；道范畴，始于感性而一般积淀为历史理性；象范畴，作为感性的"形容"而指向"天下之赜"，是感性抽象为理性、理性积淀为感性。三者直接系于太极而上升为逻辑原点的无极，又下启于其各自的范畴群落。

五、"气""道""象"：各自生成的范畴群落及其相互联系

气、道、象各自所生成的中国美学范畴体系的三大群落，直接以"道"作为气与象的"二级本体"。三者基本囊括了整个中国美学范畴体系的所有范畴与命题等，因无极、太极与生之意识的俯瞰、统御和渗融，落实到种种范畴群落，基本构成中国美学范畴体系生机勃勃的网络结构。气、道、象下彻，为其各自生成的范畴群落。气、道、象，又直接上系于作为次在性本体的太极，太极为"始有"；太极又直接上系于无极，无极为本在性的本原，无极为"始无"

① 《易传·系辞上》，朱熹：《周易本义》，怡府藏版，天津市古籍书店，1986，第295页。

为逻辑原点。气、道、象各自生成的三大美学范畴群落，是中国生命文化沃土中的无极这一"种子"，经太极的"萌生""始发"，而在中国文化生命之树上所结出的三大累累硕果。

其一，作为源自中国原始文化的气范畴，是文化人类学意义的事物始原，它与诸多哲学或文化哲学、美学范畴与命题等，具有真正本原于无极、太极的生之意义的有机联系。

> 比如太极、阴阳、生死、中和、形神、意象以及刚柔、动静等等，没有一个不与"气"有着直接、间接的深层联系，它们或是与"气"对摄并列，或是"气"的派生范畴。太极为淳和未分之气；阴阳是气的既对立又互补的属性；生死（引者按：指肉体存亡）者，气之聚散也；中和是气的融和浑一；形神的根元是气，形乃气之外在表现，神则气之精神升华；意象的底蕴又无疑是气，因为意象作为一个动态性的审美境界，必有灌注生气于其间，又是气之融和流溢与气之充沛的缘故；而阳气性质刚健，阴气性质柔顺，阳气者动，阴气者静。①

气作为美学、诗学范畴，始于三国魏曹丕《典论·论文》。其文有云，"文以气为主。气之清浊有体，不可力强而致"，等等，是对气的诗性兼思性的理论阐述。这里所言气，有先天、后天及其相契的成分，主要指诗人、作家的生命、才性、精神及其在文本的体现。

气范畴所生成的范畴群落，是一个关于气的"华丽家族"。诸如：气象、气味、气韵、气骨、气力、气机、气格、气数、气理、气体、气调、气化、气扬、气沉、元气、精气、神气、清气、浊气、厉气、正气、风气、文气、心气、阴气、阳气、静气、逸气、灵气、生气、死气、志气、体气、怒气、愤气、阴柔之气、阳刚之气、粹灵气、浩然之气、恶浊之气、灌注生气，等等，其群落庞巨，意蕴丰瞻而深致，它们都是由气这一人类学意义的始原性范畴所衍生的，洋溢着中国思性兼诗性的文化、哲学及其美学的生命精神，体现了葱

---

① 王振复：《〈周易〉的美学智慧》，湖南出版社，1991，第94页。

郁的生命本色。

其二，道范畴，并非整个中国美学范畴体系的本体范畴，却在气、道、象这一三维结构中，作为哲学、文化哲学意义的"二级本体"范畴面目与功能而出现。

这无异于承认，整个中国哲学、美学及其范畴体系的本体，是二维相系的。一、整个中国哲学、美学及其范畴体系的本体，为无极（本在），可以看作中国哲学、美学的"一级本体"；二、无极"相携"太极而贯彻于"气、道、象"且以道（太极）为"二级本体"，是太极之气，实现为"道"，从而建构以"气、道、象"为三大支柱的中国美学范畴群落。

比较而言，道比气、象二者要复杂得多。中国哲学、美学及其范畴体系的道问题，在儒、道、名与释等各家哲学与美学中，有不同的人文蕴涵。正如前述，儒家之道，以礼乐、仁义与尽善尽美等范畴群落及其思想，呈现为道德哲学兼伦理美学；道家之道，作为中国哲学、美学的"二级本体"，又是中国哲学、美学意义的语言哲学范畴；名家之道，无非在为事物的本体提供逻辑论证；佛家之道，指空幻这一本体，又指彻底空幻即中道（毕竟空亦空）等。中道，是一个"不可能不是本体的本体"，不执著于空、有二边，处在不执著于"中"的永恒消解之中。

中国美学范畴体系中的道范畴，是由道的民族性、历史性与人文性来实现的。哲学的美学意蕴，与美学及其范畴体系的哲学的根因根性，是同"在"的，而二者毕竟有所不同。哲学所谓道，从感性、现象出发，直指理性，包括宇宙论、本体论的"无""虚""静"与心性论及其道德理性等。美学所谓道的精神内涵，除了相系于宇宙本原、事物本体外，心性道德的圆满，即人的意志自由，成为自古以来中国道美学之不二的人文主题。儒家所崇尚的德性，有大地一般宽厚、沉淳的品性，可称为"历史理性"，其最高境界，为人格意义的"天""仁"与"诚"；道家所崇尚的智性，作为自然本性，经过哲学的提升，将人的意志自由，解读为心性的"自然"即相对之"无"，是一种被智性自然化了的人文德性。儒、道二者的德性之美（善）是不同的。好比穿鞋，道家说，人光脚不穿鞋走路，是真正的由自然智性所提升与回归的德性的自由，即拥入为自然天性；儒家说，人必须穿鞋走路，不穿鞋者为非人，而穿比不穿更让人舒服、自由，便是仁美的境界；顺便补充一句，佛家则以为，人走路穿或不穿鞋，都是无可无不可、空幻而无所执著的。

这里，与道范畴相系的，是诸如心、性、情、欲、志、意、趣、礼、仁、忠、正、勇、英、理、善、诚、义、悲、喜、无、清远、澹泊、平和、童心、虚静、雅致、风骨、崇高、雄浑、高古、苍劲、放达、自然、品藻、精神以及与此相关的天、命、信、神、圣等，分别构成了多层次、多品类的德性美学范畴的群落或命题。文与道、文与质、善与美、道与技以及德性与思性、诗性、智性等二者相系的范畴、命题及其争论，几乎贯穿了整个中国美学史。来自中国佛教哲学之道的哲学兼美学的范畴，如悟、悟入、观悟、妙悟、顿悟，圆悟、圆成、般若、涅槃、中观与中道，等等，亦可谓琳琅满目，不一而足，参与了中国美学范畴体系的理性兼诗性的建构。世界上，几乎没有哪一个民族像中华一样，关于人格美学及其人格塑造等范畴、命题的生成，竟是如此的丰富而深邃。

道家的道范畴，兼为中国式语言哲学的思维与思想本体。它与西方古代的"逻各斯"（logos）相通又相异。逻各斯的要义，为"理性"与"言述"。亦即"思"与"言"。德里达指出："胡塞尔说，理性就在历史中产生逻各斯。理性通过存在而呈现自身，在呈现它自身的景观中，它作为逻各斯言说自己和倾听自己。理性是作为本能的语言在倾听它自己的言说。理性为了在其自身中把握自身显露成为活生生的在场。"[①]逻各斯之思即为理性，主要与"真"相系，现象学所"言说"的"当下"，就是"真理"的"在场"；逻各斯所说的"言"，便是逻辑，须知任何真理的建构，都是合契于历史、现实的逻辑性的言说。思、言的二重性，在中国智性、德性与空性的美学范畴中也不缺乏。不过，其所言说的理性，主要还是德之至善的"历史理性"，是因为中国文化的发育成熟，是一种以儒之有为主干的文化。

《老子》说："道可道，非常道。"[②]意思是，本体的道不可言说，而凡是能够

---

① ［德］雅克·德里达：《书写与延异》，Jacques Derrida. Writing and difference, Chicago University Press. 1978. p166.

② 《老子》第一章，王弼：《老子道德经注》上篇，《诸子集成》第三册，上海书店，1986，第1页。

言说的，并非道本身。可称之为"说似一语即不中""过尽千帆皆不是""言语道断，心行处灭"。这一语言哲学，作为彻底而深刻的哲学思维与思想，本原自老子。成篇于战国中后期的《易传》，有道家思想的儒家著述，既说"书不尽言，言不尽意"，这是道家的语言哲学，又说"圣人立象以尽意"①，这是儒家的语言哲学。既肯定道家又肯定儒家，来了一个折衷，修正了老子关于"道"不可言说的精辟见解，变成了"书""言"不能"尽言""尽意"而尚能有所"尽"的老子语言哲学的修订版。这一修正，表现在《庄子·则阳》中，便是汲取了《易传》所述的语言哲学，称为"道物之极，言默不足以载。非言非默，议其有极。"②既不是"言"又并非"默"，二者互怼互应、互逆互顺。这一语言哲学，为庄子后学而并非庄周所为。时至三国魏王弼的语言哲学，基本继承了《易传》的传统。王弼云："夫象者，出意者也。言者，明象者也。尽意莫若象，尽象莫若言"，这是重复了《易传》"立象以尽意"的意思。王弼又说："得意在忘象，得象在忘言。"③在王弼看来，"言""象"作为能指，是可以"尽意"（尽道；道者，所指）的，只是王弼的易学、哲学观注重于"扫象"，故一旦获得了道，应该"忘象"（"忘言"）。尔后，裴頠的"言尽论"，又重复了《易传》的"立象以尽意"说，其与王弼的不同处，在于"尽意"之后，作为能指的象，不能"忘"。

在中国美学范畴史上，老子"道可道，非常道"的语言哲学，富于深刻的影响。别的暂且不说，融渗着老庄哲学因素的中国佛教美学的语言哲学，在思维方式上，与原始道家老子颇有相通处。僧肇说，人者，"既无生死，潜神玄默，与虚空合其德，是名涅槃矣。既曰涅槃，复何容有名于其间哉？斯乃穷微言之美，极象外之谈者也。"④这里所谓"极象外"的"穷微言之美"，指的是"无相""无住""无我""无执"的"毕竟空"意境，实际亦是绝对形上的无极之境。

---

① 《易传·系辞上》，朱熹：《周易本义》，怡府藏版，天津市古籍书店，1986，第317页。

② 《庄子·则阳第二十五》，王先谦：《庄子集解》卷七，《诸子集成》第三册，上海书店，1986，第175页。

③ 王弼：《周易略例·明象》，楼宇烈：《王弼集校释》下册，中华书局，1980，第609页。

④ 僧肇：《涅槃无名论第四》，《肇论》，石峻、楼宇烈、方立天、许抗生、乐寿明编：《中国佛教思想资料汇编》第一卷，中华书局，1981，第157页。

其三，关于象范畴，《易传》云，"是故形而下者谓之器，形而上者谓之道"①，象与器、道相系，又并非器、道本身，象，在器、道之际，在形而下与形而上之际，可称之为"形而中"。象，首先与五官的感觉相系，必入注于"心"。象是艺术、审美由感性趋于理性领悟的艺术学、诗学与美学的基础性范畴。

在中国文化中，象范畴的生成，经历了如下阶段：动物之象——人文之象（心象）——神性、灵性、巫性之象——审美之象（主要属于艺术美学）。《老子》一书所言"大象无形"的大象②，指原象、本象，从"天象"到"大象"（按：这里非指动物），是中国文化向中国哲学转嬗、提升的重要标志。大象的象，始具哲学意义因素，有进一步发展为道的历史哲学的潜因潜能。

《易传》将象与形分开阐述："在天成象，在地成形，变化见矣"③，形、象二字尚未连缀为一词。学界曾长期误"形象"（image）为外来语，其实非也。西汉初年的《淮南子·原道训》，有"大道坦坦"，"物穆无穷，变无形象"④之说。东汉王充《论衡》云，金翁叔与父休屠王"俱来降汉"，父死于道途。尔后其母亦亡。武帝怜金氏思亲心切，"图其母于甘泉殿上"。"夫图画，非母之宝身也，因见形象，泣涕辄下。"⑤这里所谓形象作为图其母者，已具些艺术审美的因素。

正如前引，《易传》有"见乃谓之象"这一经典性命题，象是器物之形见（现）之于心的映象或印象等。象即意象。无意之象或无象之意，皆不可思议，意与象互融而同"在"。

意象范畴，亦始现于王充《论衡·乱龙篇》，所谓"夫画布为熊麋之象，名布为侯，礼贵意象，示义取名也"⑥。将"熊麋"等象，画在布上且张挂起来，

---

① 《易传·系辞上》，朱熹：《周易本义》，怡府藏版，天津市古籍书店，1986，第318页。

② 《老子》四十一章，王弼：《老子道德经注》下篇，《诸子集成》第三册，上海书店，1986，第26页。

③ 《易传·系辞上》，朱熹：《周易本义》，怡府藏版，天津市古籍书店，1986，第284页。

④ 《淮南子·原道训》，《诸子集成》第七册，上海书店，1986，第13页。

⑤ 王充：《论衡·乱龙篇》，《诸子集成》第七册，上海书店，1986，第158页。

⑥ 同上。

以天子射熊、诸侯射麋、卿大夫射虎豹、士射鹿豕之图象的等级射箭，古代称为"射侯"，而"礼贵意象"。此意象与礼相系，并非独立性的美学范畴。

意象作为纯粹性的美学范畴，始于《文心雕龙》。其文云："使玄解之宰，寻声律而定墨；独照之匠，窥意象而运斤。"玄解之宰，指立意、主题；定墨，布局、营构；独照，默然运思；窥，内心反思；运斤，以笔为文。美学意义的意象，为审美"神思"之魂髓，深致、葱郁、空灵而且生气灌注、气韵生动。意象的深化与静穆，便是唐王昌龄所首倡的"意境"。

由象范畴所生成的美学范畴（命题）群落，除了意象，还有譬如气象、形象、兴象、境象、观象、诗象、艺象、味象、逸象、清象与象外、象外之象、境生于象外，等等。象与境相系，又衍生一大群美学范畴：意境、神境、实境、虚境、清境、浊境、物境、情境、人境、心境、空境、灵境、幻境、化境、诗境、画境、文境、乐境、写境、造境、境界、境意与有我之境、无我之境，等等，不胜枚举。顺便说一句，中国汉语词汇的形容词尤其多，可以说甚于英语、拉丁语与日语等，是因为中国人的象意识、象情感尤为丰富、发达的缘故，对世界万类的形态、表征、品性等的体验、神会，显得尤其深邃而精微。

气、道、象三者，是在本在性的无极俯瞰之下与次在性的太极支配之中，且由太极直接相通于道这一范畴，通过几乎无处无时不在的"生"，各自衍生了一大批美学范畴而构成群落，而群落之间又相互渗透、涵泳，建构起思性与诗性双兼、以思性为主导而动态的中国美学范畴体系。

六、小结

总之，中国美学范畴体系，是由一个原点、二级本体、三大支柱与四重编码有机构成的网络结构。

其一，无极，绝对形上、绝对之无，具有本在性，创造性地公设了中国美学范畴体系的逻辑原点，便是俯瞰整个中国美学范畴体系的高远而深邃的哲学苍穹。

其二，与"一级本体"即无极直接相系的太极，作为"二级本体"，相对形上，具有次在性，将无极这一绝对之无，转嬗为太极的相对之无，便是"无中生有""从无到有"的实现。

其三，无极实现为太极，由太极直接统御的"气、象、道"三者，是中国美学范畴体系的三大支柱，且由作为历史哲学的道，直接统御气、象（境）二者。气，给定了中国美学范畴体系特殊的文化素质与品格；道，同时是哲学意义的"二级本体"，上承于无极，与太极大致重合，共同具有中国美学范畴体系哲学的深致性和特殊性；象，作为中国美学范畴体系的基础性范畴，与气、道范畴一起，营构了思性统御下"诗意地栖居"的中国美学的精神家园。

其四，在无极、太极哲学的俯瞰下，直接构成气、道、象三者及其相互联系的三大范畴群落，实现了整个中国美学范畴体系的第四重编码。

中国美学范畴体系，是一个思性兼诗性且以思性为主导的有机构成，始终融渗中国生命文化、生命哲学的意识、理念、体验与思考，是中国文化"生命之树"所结出的累累硕果。

（未刊稿）

诗性与思性：中国美学范畴史的时空结构

范畴，源于希腊语，指事物种类、类目、部属与等级。用于数学与哲学，专指范畴、类型。

范畴是一种相对稳定的知识、理论形态。这种形态的动态流程，便是范畴的历史性、时间性的现实生成，它"存在""存活"在一定的历史语境之中。范畴史，应当是一门历史科学。在强调范畴的时间性、人文性的同时，关于范畴的空间性问题的研究，也是不能忽视的。任何范畴都是一个时空结构，中国美学范畴史的时空结构究竟如何？究竟有没有一个诗性与思性相统一的时空结构？如果有，具体而言又是怎样的一种结构？关于这三个相关的问题，在当今中国美学界，一直存在着分歧与争论。

有一种见解认为，既然中国文化在本根、本蕴上是一种东方独特的生命文化，那么作为生命文化在审美上具有诗性是必然的、无可争辩的。而文化审美的诗性，实际便是在感性意义上关于人之生命、命运与理想的直觉、感悟。因此，中国美学范畴史不是其他别的什么，它是关于中国人的生命觉悟、生命智慧与诗性智慧之发生、发展、转递直至消解的历史。但由于生命审美的诗性在文化素质、品格与本涵上是排斥概念、逻辑、推理与判断的，因而，尽管中国古代美学自有属于它自己的一些术语、命题甚至范畴，这不等于说，学界有关"中国美学范畴史"的提法是合理的。这种见解还认为，就一些中国美学术语、命题与范畴而言，它们不像西方古代美学那样具有鲜明的知性意义上的可分析性的人文品格，它们通常是模糊的、含蓄的、多义的与游移的，这也便是中国生命文化、诗性根因与自古天人合一的哲学使然。因此这一见解以为，固然古代中国有美学，有美学发展的历史，这并不等于"美学范畴史"。而即使有"美学范畴史"，又凭什么称它具有一个诗性与思性相统一的时空结构呢？这一见解，对"中国美学范畴史"在学理上的"合法性"提出了质疑。问题是，这一质疑是否有道理？

首先中国文化在本质上的确是一种东方独特的生命文化，这一点在学界早已达成共识自无疑问。诸如成篇于战国中后期的《易传》有云，"生生之谓易""天地之大德曰生"。在《周易》中，关于"生"的智慧体现得很葱郁、很深邃，"生"乃易理之根本。我们知道，《周易》通行本（包括本经与《易传》）是一部兼容先秦道家自然哲学思想、阴阳学说与原古巫术占筮之术遗存的先秦儒家经典。儒学的基本理念在于重"生"。梁漱溟曾经指出，在儒家思想中，"这一个'生'字是最重要的观念"。"孔子没有别的，就是要顺着自然道理顶活泼流畅地去生发。他以为宇宙总是向前生发的，万物欲生，即任其生，不加造作必能与宇宙契合，使全宇宙充满了生意春气。"[1]先秦道家也重视生命问题，通行本《老子》所谓"谷神不死，是谓玄牝。玄牝之门，是谓天地根"，句中"根"之本意，虽从女性生命、生殖立言，却是指人之生命本原。庄周也有"气聚则生，气散则死""通天下一气耳"的生命哲学思想。《易传》所谓"天地絪缊，万物化醇。男女构精，万物化生"的思想与思维，其实道出了整个中国古代文化、哲学与美学的基本特点，体现出"天人合一"的文化思路。"生"是一个文化主题，一个共名，它是中国文化及其审美的本色，这是毋庸置疑的。

有什么样素质、品格与本蕴的文化，就有什么样的哲学、美学与艺术审美。不是什么"文化决定"与"文化宿命"论，而是中国人的审美包括艺术审美的生命属性与生命意蕴，直接便是中国生命文化、生命哲思的有机构成与诗性升华。不是在生命文化、哲思之外另有什么生命的审美及其艺术，而是两者在"生"这一点上始终同质同构、不分彼此。两者并非决定与被决定、派生与被派生的关系。文化之"生"、哲思之"生"与审美及其艺术之"生"，是同一个"生"。就中国文化之审美及其艺术而言，并非另有所"生"。

---

① 梁漱溟：《东西文化及其哲学》，《梁漱溟全集》第一卷，山东人民出版社，1989，第448页。

苏渊雷曾在论及易理之根本时说过："生生之谓易"者，易之根本在于"生"。"故言'有无''始终''一多''同异''心物'而不言'生'，则不明不备；言'生'，则上述诸义足以兼赅。易不骋思于抽象之域、呈理论之游戏，独揭'生'为天地之大德、万有之本原，实已摆脱一切文字名相之网罗，而直探宇宙之本体矣。"① 这本体，其实也是所谓天人合一的本体。学界盛言"天人合一"，却未曾推究这"一"指什么，试问天人合一于何？答曰：合一于"生"，"一"者，"生"也。

其次，虽然中国文化、哲学、美学及其审美都是钟爱生命的主题，都是崇"生"的，但同样是"生"这一主题，其体现在实践意义上的中国文化、审美及其艺术和体现于中国哲学、美学的人文理论意义，是不一样的。

就中国文化、审美及其艺术实践而言，人的生命不是作为问题被认识、被思考的，而直接便是人的生活、人的世界与人的心灵本身，它是感性的、经验的、直觉的、领悟的，是一种生命直观的现实存在。人的生命直观，就是人对生命自身的审美、移情、体验与领悟。从人的生命直观出发，自然宇宙、社会人生及其艺术审美，都是生气灌注、气韵生动的，其共同、共通的人文意蕴与品格无疑是诗性的。这诗性之直接的呈现，是审美感觉、意绪、移情、感悟及愉悦，等等。在这里，并不是没有意识、知觉、理智、认识、意志等历史与人文因素的现实存有与参与，而是融渗在审美瞬间与审美关系、审美过程之中，或是不可避免地成为这诗性审美之直接的历史性呈现的人文背景。这就是说，诗性审美具有两种情况，一是瞬间实现的审美，它是审美的直觉、直观、移情与顿悟，这种审美从表面看好像是排斥理性、知识而仅凭感性、感觉的，其实在这审美的感性、感觉之中已经积淀、融渗着一定的理性、知识等其他诸多因素，同时以理性、知识诸因素为审美瞬间完成的历史与人文背景；二是在相当时段甚至一定历史时期所进行与完成的审美。作为在一定自然时间与人文时间中持续进行与完成的审美过程，其间当然包含一系列甚至是无数次瞬间实现的审美，然而在这过程中，主体确是并非时时、处处都"生活"在审美瞬间之中。求善（道德）、求知（科学）与求神（宗教）等这些人们用以把握世界的基本

---

① 苏渊雷：《易学会通》，中州古籍出版社，1985，第65页。

内容与方式，都无可逃遁地对审美施加直接或间接的影响（当然，审美也反过来影响求善、求知与求神等等）。这里，理性、知识等历史、人文因素，无疑并非因为审美有一种情况是"瞬间实现"的而变得可有可无。

因此，对于中国诗性文化、审美及其艺术而言，理性、知识等诸多因素，无论何时何地何人，自始至终就不是"缺席"、不"在场"的。仅仅其"在场"的方式、表现不同于西方文化及其艺术、审美罢了。它要么融渗于人的生命直观、生命审美的诗悟之中，好比古人所谓"蜜中花，水中盐，体匿性存，无痕有味"；要么作为其背景、作为影响因素而存在。而且，就求善（道德）、求知（科学）与求神（宗教）而言，其本身也有一个审美是否可能以及如何可能的问题，此暂勿赘。

因此，在中国诗性文化、审美及其艺术中，我们可以将"在场"、不"缺席"的理性、知识因素以"思性"因素来概括，那么毫无疑问，这种思性因素是常"在"的。要言之，中国文化并非只具诗性而缺乏思性，也并非因诗性而遮蔽思性，而在某种意义上可以说，是思性的诗性化，思性实现为诗性。

长期以来，学界往往以"诗性"与"思性"（或"知性"）来区别中西文化及其审美与艺术的文化特质。其通常的见解，认为中国的传统艺术、审美，是所谓"生命之树上的果子"，而西方则是"知识之树上的果子"，两者泾渭分明，不可通约。仿佛中国的"生命"与西方的"知识"绝对背悖，毫无相通、相契之处；仿佛这两种"果子"决然不同，彻底否定人类文化之"树"原是同一棵"树"这一点。五四运动前夕，李大钊受西学影响甚深以及由于对中国传统文化取决绝否定的文化立场，十分强调中西文化（文明）的"根本不同"。他说，"东西文明有根本不同之点，即东洋文明主静西洋文明主动是也"。梁漱溟称"李君这话真可谓'一语破的'了"。他虽然指出，"若如直觉与理智、空想与体验、艺术与科学，精神与物质，灵与肉，向天与立地，似很难以'动''静'两个字作分判"，但仍旧引用一长段李大钊的话来继续说中西文化（文明）的"根本不同"。

> 一为自然的，一为人为的；一为安息的，一为战争的；一为消极的，一为积极的；一为依赖的，一为独立的；一为苟安的，一为突进的；一为因袭的，一为创造的；一为保守的，一为进步的；一为艺术的，一为科学

的；一为精神的，一为物质的；一为灵的，一为肉的；一为向天的，一为立地的；一为自然支配人间的，一为人间征服自然的。[①]

指出中西文化（文明）包括审美艺术的"不同"，自当具有一定的真理性。然而，强调两者的"不同"强调到什么程度，这在文化理念与跨文化研究的方法论上，确是一个今人值得注意的问题。在笔者看来，如此论述东西文化（文明）的"根本不同"，未免太嫌绝对。就拿其间所说"一为直觉的，一为理智的"这一点来说，固然"直觉""理智"作为个别的文化心理、心灵，其结构、氛围与功能各具特点，然作为人类统一的心理、心灵，又是彼此相通与容涵的。直觉以理智为理性背景且融渗理智因素，否则直觉便不可能发生；理智积淀为直觉。而理智的成熟，必伴随着直觉，两者并非冰炭不容、天壤之别。因此，以"一为直觉的，一为理智的"之类的言述来指称中西文化（文明）的"根本不同"，是不够准确的，或者可以说是失"度"的。

中西文化（文明）的区别当然是存在而不容抹杀的，但它绝不是诸如直觉与理智、艺术与科学、精神与物质、灵与肉之类之间的"根本区别"，而是直觉涵容以理智因素，理智蓄潜以直觉；艺术不排斥科学与科学伴随着艺术；精神高蹈必以物质为羁绊与物质文明的进步涵摄以人文精神以及东方重灵却不舍肉身、西方重肉身而高扬灵魂神圣之间的区别。

同样，中西文化之间，并不是诗性与思性（知性）的区别，而是在于，中国的思性实现为生命的诗性；西方生命的诗性逻辑地建构为思性。一个是思性的诗性化，一个是诗性的思性化。或者可以说，中国的诗性文化及其艺术、审美，是知识、理性之诗化为生命的感性、直观；西方文化及其艺术、审美，是生命的感性、直观之思化为知识、理性。如果说，东方中华把生命问题看做诗之精神的高蹈，那么西人则将生命作为知识问题来追问与思考。两者之别，一在思性实现为诗性；一在诗性沉潜为思性。而生命是中西文化会通的主题之一，仅仅其文化立场与态度不同而已。

[①] 梁漱溟:《东西文化及其哲学》,《梁漱溟全集》第一卷，山东人民出版社，1989，第351—352页。

新儒家代表人物之一的牟宗三曾经强调中西文化、哲学的"会通"。他指出，中西文化、哲学的"领导观念"，"一个是生命，另一个是自然。中国文化之开端，哲学观念之呈现，着眼点在生命，故中国文化所关心的是'生命'，而西方文化的重点，其所关心的是'自然'或'外在的对象'（nature or external object），这是领导线索"。一个是"生命"，另一个是"自然"，此言不差。但是牟宗三着重指出：

> 重点在生命，并不是说中国人对自然没有观念，不了解自然。而西方的重点在自然，这也并不是说，西方人不知道生命。①

这可以说，关于"生命""自然"的意识、观念在中西文化、审美及其艺术实践中不是不可会通的。不仅在"生命"意识与观念上中西会通，而且在"自然"即所谓"外在的对象"之意识与观念上，中西亦是会通的。简言之，就中西文化及其审美实践而言，尽管两者之反差是如此的强烈与显著，然而生命与自然、诗性与思性本是融通。

那么，中国美学范畴史究竟有没有一个诗性与思性相统一的时空结构呢？

首先，中国美学范畴的发生、发展与转递甚至消亡，有一个文化根因，它深植于广袤而深厚的中国诗性（包含着思性）文化及其艺术审美实践的肥壤沃土之中，这是中国美学范畴得以建构的民族文化不竭的源泉。正如前述，艺术审美自然是诗性的，在这诗性中融渗着思性因素，否则便不成其诗性；艺术审美也自然同时是思性的，在这思性中洋溢着诗性因素，否则亦不成其思性，此乃中西皆然，仅仅其结构、指向、着重点与功能有所不同罢了。

因此，从艺术审美实践角度分析，思性实现为诗性、诗性始终不离思性因素，是中国美学范畴具有诗性兼思性生命的文化原生基础。

其次，中国美学范畴的酝酿、建构与完成，不仅从中国诗性文化及其艺术审美实践汲取原生的诗性兼思性的源泉，而且更重要的是，中国美学范畴本身，便是洋溢、涵容着诗性精神的思性存在。如果说艺术审美实践过程中的诗性是

---

① 牟宗三:《中西哲学之会通十四讲》，上海古籍出版社，1997，第11页。

显"在"的而思性是隐"在"的，那么，中国美学范畴作为一种理论形态，便是一种思性显"在"而诗性隐"在"之相兼的时空结构。大凡美学范畴，其诗性因素来源于艺术与审美实践，而在文化素质与心理学意义上，却是主体思考的成果，它的确是中国美学的一种理性、理论表述，仅仅不同于诸如西方美学范畴而已。关于审美、关于艺术的术语、概念、命题与范畴之发生、发展与转嬗等等，其文化素质、品格与人文水平，在本原意义上是依存于艺术、审美实践的，但中国美学范畴，确实是关于知识、理性、关于头脑思维"酝酿""总结"的结果。比如"天人合一"这一文化、哲学与美学命题，就其指称的审美实践而言，是一积淀着思性因素的诗性结构。原始混沌、物我同一、主客浑契、审美移情、审美通感与禅悟、诗悟等等，都是这样的"天人合一"的诗性结构。然而，作为美学命题的"天人合一"的历史与人文内涵，情况要复杂一些。就这一命题的思想素质与指向而言，确指物我、主客浑契、移情、通感与领悟、直观等等的审美心灵图景与氛围，而就这一命题的命名与指称方式来说，恰恰是天人相分的，否则，这一命题便不能以一定的语言、文字方式创构出来。"在场"的审美，必然是"当下"的审美；"当下"的审美，必然是"天人合一"的，它是一种直觉、直观，是蕴涵着思性因素之诗性的心灵图景与氛围。然而作为美学命题的"天人合一"，不是指"当下"的诗性的审美实践本身，而是指对诗性之审美的过程、成果与条件的思考，它本质上是一种理性认识，无疑是主客二分、天人相分的。从其理论素质、思维分析，它不是"诗"，而是"思"。凡"思"，都是主客二分、天人相分的，否则何以成"思"？当然，在这"思"中，是蕴涵着诗性的，故可称之为始终不离于"诗"的"思"。

在中国美学史上，关于"天人合一"这一命题或涉及这一命题的论述很多，它构成了一个群落。有所谓"天人感应""天人相通""天人一气""天人无间"与"天人相与"等等。虽然从文本看，首先提出"天人合一"这一命题的，可追溯到北宋张载。《张子正蒙·乾称篇下》有云："儒者则因明致诚，因诚致明，故天人合一，致学而可以成圣，得天而未始遗人，《易》所谓不遗、不流、不过者也。"而从其人文意识之源起看，早在原始"万物有灵"论中，已具端倪。人与物均有"灵"，人、物合一于"灵"。原始巫文化以"巫"既通天，又通人，天、人相通于"巫"，这是人类学意义上的"天人合一"。《孟子·尽心上》

说:"尽其心者,知其性也;知其性,则知天矣。存其心,养其性,所以事天也。"尽心、知性、知天、存心、养性与事天,这是指圣人之心性与天的相通与合一,而其境界,偏偏是通过"知"来达到的。"知"本身,是思性的,包含实践理性内容的。因而就思维方式而言,是"天人相分"的。以"天人相分"的思维方式,来思考天人合一这一问题,这便是孟子关于尽心、知性、知天、存心、养性与事天的认识论思想。孟子的名言之一,是所谓"心之官则思"。孟子提倡、强调天人合一的圣人境界。《易传》在阐述乾卦之意义时发挥说:"夫大人者,与天地合其德,与日月合其明,与四时合其序,与鬼神合其吉凶,先天而天弗违,后天而奉天时。"这便是《易传》著名的"天人合德"说,此所言"德",即指"性"。在《易传》看来,"大人"与"天地"即天、人之所以"合一",是因为两者"德"(性)相同之故。《庄子》倡言"心斋""坐忘",这正如老子所谓"致虚极,守静笃"之境,可以《庄子·达生篇》的文本表达,称为"以天合天"。这里,前一个"天",指主体虚静玄无之心,指精神自然,后一个"天",指外在自然,因而"以天合天"这一命题,已是美学意义的"天人合一"这一命题的前期文本表述。这种表述的内容,指审美实践意义之"心斋""坐忘"的天人合一即物我、主客浑契境界。可是,关于这一境界的思考、思维方式,确是建立在"天人相分"的"思"之基础上的。汉儒董仲舒《春秋繁露》云,"惟人道为可以参天","在人者亦天也"。这两个命题的内容,说的都是天人合一、天人感应的道理。这道理何以说出?恰恰有赖于董子"天人相分"的思想与思维方式。这是因为,如果连天、人二者在人文概念、理念上都分不清楚,试问董仲舒又何以能够懂得并且表达"天人合一"(天人感应、天人相通等)这道理?董仲舒关于"天人合一"问题之最明晰的表述,即"以类合之,天人一也"。此有如北宋程颢《语录十一》所言,"人与天地一物也",在"物"这一点上,"天人本无二,不必言合"。程颐则论说天人相通之理,《语录二上》云:"道未始有天人之别。但在天则为天道,在地则为地道,在人则为人道。"《语录十八》又云:"安有知人道而不知天道乎?道一也,岂人道自是一道,天道自是一道?""天地人只一道也。"无论董仲舒所谓天人合一于"类"、程颢所谓天人合一于"物",还是程颐的天人合一于"道"凡此"天人合一"之说,都建立在主体"天人相分"的理性思考的心理基础上。没有"天人相分"

的"思"的心理基础、机制与过程，在中国美学范畴史上，便不会洋溢着"诗"之意义的"天人合一"说的建构。

又如"意境"这一范畴，用唐王昌龄《论文意》①中的话来说："凡属文之人，常须作意。凝心天海之外，用思元气之前，巧运言词，精炼意魄。"又云："用意于古人之上，则天地之境，洞然可观。"此所言"天地之境"，可以说是对"意境"诗性内容、意义的最好解读。"这种'意境'，实乃静虚、空灵的'天地之境'，是从世间之有、无向出世间之空超拔的一种诗境。它是主体心灵的一种'无执'。无法执，无我执，无善无恶，无悲无喜，无染无净，无死无生。""这用佛学'三识性'来说，是超越了'遍计所执性''依他起性'而进入'圆成实性'之境。"②无疑，"意境"具有葱郁而深邃的诗性的内容与意义。但是，如果仅看到"意境"的诗性，却还是不够的。因为，这仅是指明了审美实践意义上的"意境"这一审美心理图景、氛围与境界这一点，还没有揭示"意境"何以成为美学范畴的道理。"意境"从一种特殊的审美心理现实，转递为中国美学范畴史上的一个重要范畴，确是主体在审美实践基础上思考、加工与表达的结果。王昌龄倡言"诗有三境"说，他很明智将诗的"物境""情境"与"意境"分开，这种分析与文本表达本身不是诗的审美，而是对有关诗的审美的"思"的认知。因此可以说，"意境"这一范畴，正如前述"天人合一"这一命题一样，具有"诗"与"思"的二重性整合性，是一个审美实践意义上的诗性（天人合一）与理性思考、表述意义上的思性（天人相分）二重整合的时空结构。

只有承认与论证中国美学范畴史的所有美学命题与范畴既是诗性也是思性的，既是天人合一也是天人相分的，才能在理论上奠定中国美学范畴史研究的方法论依据。无疑，大凡中国美学的命题与范畴及其群落，都具有这样的文脉素质、品格与诗、思二重融合的时空结构。这便是我的结论。

本文发表于《学习与探索》2006年第1期

---

① 按：据考，日僧遍照金刚（空海）：《文镜秘府论》天卷《调声》、地卷《十七势》《六义》与南卷《论文意》等，均收录王昌龄诗论，参见王运熙、杨明：《隋唐五代文学批评史》，上海古籍出版社，1994，第204页。

② 王振复：《对〈意境探微〉的四点意见》，复旦学报，2004年第5期。

人类学三路向：原始审美意识何以发生

中国美学的文化根性究竟是什么？目前学术界有三种主要的学术解读，大致从各自所主张的"神话"说、"图腾"说与"巫术"说的学术立场进行研究。

其一，"神话"说。该说认为中国原古的主导文化形态，是原始神话且存在过一个神话时代。"神话"说认为，所谓原始思维，就是神话思维。后世传说中的女娲补天、伏羲创卦、仓颉造字、神农尝草、后羿射日以及大禹治水之类，包括有关黄帝这一中华民族（汉民族）"人文初祖"的神话，都是"神话"说的立论支点。"神话"说运用荣格、弗莱的神话"原型"说的观念与方法，来研究中国文化的根性，探讨中国原始审美意识的发生。荣格假定人类本具某种先在的文化心理模式，或称作文化精神本能，称其为"集体无意识"；弗莱将"原型"理解为"典型的即反复出现的原始意象"。这为"神话"论者所改造，他们倡言的文化心理"积淀"说，就是实践论意义上的审美精神"原型"说。"神话"说认为，人类文化包括中国文化在其起步之始，固然并非如荣格所言主体心灵本具一种先在的"精神底色"，但原始初民的体质与脑质作为宇宙、地球生物进化之成果，由于各种族、民族的人种体质、脑质的自然质料及其与环境的实践关系必有区别，便本然地生成各自的"种族记忆"，便是"原型"。就原始初民而言，"原型"是人类本能、无意识的心理机制及其文化内容与隐文化结构，它在人类文化历程中显现为"原始意象"，便是原古神话。据荣格说，原古神话携带了诸多文化原型，如诞生、死亡、再生、英雄、力量、巨人、上帝、大地之母以及人格的阿尼玛、阿尼玛斯、阴影与自身等①。又据弗莱之说，审美诸如文学审美"总的说来是'移位'的神话"。这神话作为审美"原型"，总是反复呈现四季交替的结构，即"喜剧"，对应于欢愉的春天；"传奇"（爱情故事），对应于梦幻般神奇的夏天；"悲剧"，对应于崇高悲壮的秋天；"讽刺"，对应于在危机中孕育生机的冬天。春象征神的诞生；夏象征神的历险；秋象征神的受难；冬象征神的有待于复活。弗莱认为，这种神话"结构"，便是叙事文学及其审美的"原型"。

"神话"说在观念与方法上，实际已与荣格、弗莱的"原型"说建立了一种学理上的信任关系，它舍弃"原型"说的先验性与神秘性，作为人类学的一种"预设"，提供了研究中国文化根性及原始审美意识之发生的一条思路。学者们坚信，既然原古神话作为"原始意象"蕴涵诸多文化"原型"，那么，中国原始初民原始审美意识的萌动及其文化根性，则一定可以在原始神话中被发现。神话说认为通过研究中国原古神话这一文化形态，可以揭示原始文化的基本素质与原始审美意识发生的真实关系，是一条可行的学术之路。

但是笔者以为，"神话"说在研究中国文化之根性及其原始审美意识发生这一学术课题时，可能会遇到三重困难。一是神话究竟是不是中国原古文化的主导形态，这是有疑问的。中国原古神话并不十分发达，这一点如与古希腊神话、古印度神话相比较，是毋庸置疑的；中国原古神话传说之见诸文本，是相对晚近的事。关于伏羲的神话，主要见于战国时的《易传》。保存了许多神话传说的《山海经》，凡18篇，其中14篇为战国时作品，《海内经》4篇为西汉初年作品。关于黄帝的神话，起于战国黄老学派而成于西汉"五德终始"说。盘古的神话，始于三国徐整所著《三五历记》②与南朝梁任昉《述异记》。这说明，中国原古的神话思维，其实并不很发达。这从一般原古神话传说的篇幅短小这一点亦能见出。可以认为，神话其实并不是中国原古文化的主导形态。二是中国文化是一种"淡于宗教"的文化，这一见解自从梁漱溟倡言以来，大抵成为学

① 按：阿尼玛（Anima），指人格面具（Persona）遮蔽下的男性人格中的女性原型因素；阿尼玛斯（Animas）指女性人格中的男性人格因素；阴影（Shadow）指人格心灵之最隐秘、最黑暗的部分；自身（The self）指人格心灵结构的协调因素。
② 《三五历记》一书已佚，关于盘古的深化传说，见于《太平御览》卷二所录。

界共识。因为是"淡于宗教"的文化,其神话的生产,便必然缺乏丰饶、深厚的文化土壤。"淡于宗教",尤其使中国原古神话缺乏主神意识,如宙斯、梵天这样的主神,在中国神谱中从未出现过。在《三五历记》中,传说盘古随"天日高一丈,地日厚一丈"而"日长一丈",但其只是生于天地混沌之中,是天地混沌生盘古而不是盘古生天地。在《述异记》中,盘古确有"开天辟地"之功,"盘古氏,天地万物之祖也,然则生物始于盘古"。然而天地万物,为盘古死后由身体各部所变演,盘古不是宗教主神,亦难成为神话主神。而且,这开天辟地的神话所体现的,是南朝这相当晚近的中国人的创世神话观,不能作为中国文化根性及原始审美意识起于神话的直接证据。三是神话这一"宏伟叙事"的方式,在古希腊曾经是不可企及的文学审美范本;神话的叙事素质,给后世的叙事体文学以深巨的影响。在欧洲文学的审美历史上,诸多叙事体文学作品,以古希腊神话为题材、主题与灵感的例子不胜枚举。从古希腊的悲剧与喜剧作家,到处于中世纪与文艺复兴之际的但丁,再到文艺复兴时期的文学巨匠莎士比亚及17世纪到20世纪的大批文学天才,他们个个都是"讲故事"的好手,这不啻可以看作是受古希腊神话传统"宏伟叙事"文脉熏染之故。然而在中国,这一文学的文脉景象是不存在的。先秦文学如《诗》固然不乏"叙事"的篇什,但这"叙事"仅是"宣情"的手段,不同于古希腊文学的重于"叙事"。今文《尚书·尧典》倡言"诗言志",此"志"指感觉、情感、意念、记忆、想象与理想等综合的审美心理内容。儒家所言之"志",偏重于伦理道德,确是"言志"而非"言事"。中国文学很早就形成了"宣情""言志"的传统,在"叙事"方面发蒙较迟而显得有些拙于"讲故事"。这可以看作中国原古神话及神话思维相对薄弱的一个有力反证。中国原古神话传说这一审美现象,固然与中国美学的文化根性相联系,而中国美学的文化根性及原始审美意识的"原型",却不是"神话"。这亦可见出,试图以"神话"说的观念与方法来解读中国文学与美学的文化根性问题,虽然不失为一条学术思路,但因不符中国文化及文学审美的原始现实而显得有些步履维艰。

其二,"图腾"说。此说认为,人类最古老的一种主导文化形态是图腾文化。图腾,印第安语totem的音译,意为"他的亲族"。18世纪末叶由约翰·朗格《一个印第安译员兼商人的航海与旅行》一书首先提出。图腾,被认为是原始初民意识到人之生命起始并假设与追问人之生命何以起始的一种远古文化与心理现象，是原始初民最早的宗教信仰之一。"图腾是意识到人类集团成员们的共同性的一切已知形式中最古老的形式"，"意识到人类集体统一性的最初形式是图腾"①。虽然关于图腾的意识与观念究竟起于何时，是一个十分烦难的学术课题，要在历史、考古学意义上寻找图腾的文化源头即"第一因"，找到历史时间最原始意义上的图腾文化实例，几乎是不可能的，但是，远古图腾包含着一个巨大而重要的文化主题，即人类对自身的生命与精神究竟来自何方深表关切与敬畏，寻根问祖，成为生活、生产、生命与精神的第一需要。人类意识到并且总有一种心灵冲动，即总在努力寻找"他的亲族"，寻找自己的"父亲"，甚至"母亲"，以便使整个氏族牢固地团结在"图腾"的旗帜下，去共同面对外部世界与恶劣环境的挑战，使自己的精神有一个权威可以依附，沐浴在这个偶像崇拜的文化氛围中。图腾的文化功能，在于唤醒氏族的群体意识以及群体意识隶属下的生命意识。可以说，人类原始图腾意识、观念与行为的发生，一开始就本在地存在着通往此后哲学、美学与艺术审美之发生的历史性契机。图腾是宗教的"前史"现象。它证明，宗教主神其实已在图腾文化中孕育。图腾是一种史前文化的"错觉"，它将动物、植物甚至山岳、河川与苍穹之类认作氏族的"先父"或"先母"。但在这"错觉"中，氏族对生命先祖的崇拜与敬畏，却是十分真实的。图腾是不是人类"最古老""最初"的一种主导文化方式，目前学界尚有争论。笔者以为，图腾的文化机制，是原古祖先崇拜与自然崇拜的合一。图腾文化必产生于祖先崇拜与自然崇拜之后，或者至少与祖先、自然崇拜同时产生。而自然崇拜产生在先，祖先崇拜的产生稍后，这是人类文化史上的常识。因此可以推见，图腾不会成为人类最早的一种主导文化方式。目前学界有人以为，史前艺术发生的原始动因是图腾观念。这一见解牵涉诸多问题。首先，我们在什么意义上谈艺术的起源，是审美意义上的，还是文化意义上的？倘是前者，则史前时期这样的"艺术"还不存在，今人所说的审美性艺术，在史前尚未具有独立而纯粹的品格与形态，艺术在其发生的开始并不是

① ［苏］苏联科学院民族研究院：《原始社会史——一般问题、人类社会起源问题》，中译本，浙江人民出版社，1990，第436—437页。

纯粹审美的，仅仅孕育、蕴涵着审美的胚素。倘是后者，则那样的"艺术"及其"起源"，其实是"文化"及其起源的问题。Art（艺术）这个词在西文里的意义是人为或人工造作。凡是"人为"或"人工造作"的过程、方式与产品，都可称为"艺术"。罗宾·乔治·科林伍德说："中古拉丁语中的Ars，很像早期英语中的Art"，"古拉丁语中的Ars，类似希腊语中的'技艺'"①。这种"艺术"的概念，是广义的，也是本义的，证明人类文化史上最早的所谓"艺术"，其实指的是孕育、蕴含着审美因素的文化。不仅"技艺"是"艺术"，"巫术"是"艺术"，"图腾"也是"艺术"。如果是这样，那么，所谓史前艺术发生的原始动因是图腾观念这一命题，便难成立。须知史前艺术本身就是包括原始图腾在内的，或曰原始图腾本身就是史前艺术（原始文化）的有机构成，因而，在这两者之间不存在因果联系。

原始图腾文化是否蕴含中国美学的文化根性，值得进一步讨论。

中国古籍关于原始图腾及其文化遗构的记载很多，中国原始图腾的崇拜对象很丰富。恩斯特·卡西尔指出："中国是标准的祖先崇拜的国家，在那里我们可以研究祖先崇拜的一切基本特征与一切特殊含义。"②德·格罗特认为，"我们不能不把对双亲和祖宗看成是中国人宗教和社会生活的核心的核心。"③以自然崇拜意识与祖宗崇拜意识相混和为文化机制的中国原始图腾文化，不能不说是中华民族以生命意识为其文化根性的表现形态之一。

问题是，体现于原始图腾文化中的生命意识，还不等于是祖宗崇拜文化中的生命意识。原始图腾的发生，固然是原始初民某种关于自身来自何方的生命意识的开始苏醒，那种寻根问祖的文化心灵的"冲动"是具备的。但是，当原始初民已经"意识"到，并努力地寻找自己的血缘"亲族"时，却不是、也不能自觉地将其"凝视"的目光准确地投向其真正的、实际存在的血缘祖先，而是错误地认同"他者"（动植物、山川之类）为自己的"生身父母"。图腾崇拜表现出来的生命意识，是初始的、朦胧的、神秘的与不成熟的，毋宁可以看作

① ［英］罗宾·乔治·科林伍德：《艺术原理》，中国社会科学出版社，1985，第6—7页。
② ［德］恩斯特·卡西尔：《人论》，上海译文出版社，1985，第109页。
③ 德·格罗特：《中国人的宗教》，转引自《人论》，上海译文出版社，1985，第109页。

是一种"前生命意识"。万物有灵的意识与观念，是自然崇拜的文化心理基础。因此原始图腾崇拜，固然是原古祖宗崇拜与自然崇拜的合一，实际上是原始初民从自然崇拜向祖宗崇拜转嬗的一种文化心理方式。原始初民已经"意识"到认祖的精神需要，并且崇祖在整个氏族的政治、经济、军事与文化活动中也的确是一种实际需要，然则初民却企图将其放在原古自然崇拜的文化方式中去求得解决。原始图腾崇拜，实际是祖宗崇拜的"前期"方式，是不成熟的、初起的原始祖宗崇拜。

中国美学的文化根性，显然与原始祖宗崇拜之顽强的、独具的生命意识相联系，从具有"前生命意识"的原始图腾文化进入，探究中华民族的原始审美意识之何以发生，确是可行的学术之途。但值得注意的是：第一，尽管中国原古图腾文化相当发达，却并非是原始（史前）文化的唯一形态。除了原始图腾，还有原始神话、原始巫术等等，也无有力证据可以证明，原始图腾是中国最古老的主导文化形态。第二，体现于原始祖宗崇拜的原始生命意识，确是中国美学的文化根性的心理蕴涵，然而，中国美学的文化根性，却并非仅仅是生命意识。除此之外，还有"象"意识、"天人合一"意识与"时间"意识等等。况且，原始图腾文化的"意识"，仅是"前生命意识"而已。第三，原始图腾文化从原始自然崇拜角度，倒错地树立一个虚假的、替代的祖宗的权威，而真正的祖宗其实并不"在场"。这个假想中的祖宗权威是一个巨大的崇拜对象，他的深沉的文化尺度与情感空间，确为从原始宗教意义上的崇拜走向审美意义的崇高，开辟一条文化、历史之路，但中国自古没有"崇高"这一美学范畴[①]，只有所谓阳刚、雄浑、悲壮、悲慨、宏壮、沉郁与风骨等等与"崇高"意义相近、相通的范畴。如唐司空图《诗品》将雄浑、悲慨等列于诗美二十四品之列。南宋严羽《沧浪诗话·诗辨》亦说"雄浑"为诗之"九品"之一，并将司空图的"悲慨"改为"悲壮"。唐时来华的日僧遍照金刚《文镜秘府论·论体》首唱"宏壮"，后来王国维《人间词话》加以重申，并使"宏壮"与"优美"相对。

---

① 按："崇高"一词，始见于《国语·楚语上》，原文为："灵王为章华之台，与伍举升焉。曰：'台美夫！'对曰：'臣闻国君服宠以为美，安民以乐，听德以为聪，致远以为明，不闻其以土木之崇高，彤镂为美'……"此"崇高"，指建筑物的高峻。

"阳刚"这一范畴，源自中国古代气论及阴阳之说，在《易传》所言"内阴而外阳，内柔而外冈"中已包含了阳刚（与之相应的是阴柔）这一范畴的本义。清人姚鼐《复鲁絜非书》对阳刚与阴柔之美感有过非常生动、前所未有的描述比喻，而直至清末曾国藩《求阙斋日记》才提出与"阴柔"相对的"阳刚"这一范畴："阳刚者，气势浩瀚；阴柔者，韵味深美。"在其庚申三月的日记中又写道："阳刚之美曰雄直怪丽；阴柔之美曰茹远洁适。"凡此不难见出，"崇高"作为美学范畴长时期不在中国美学史的视野之内。中国美学史所以不言"崇高"，关键在中国文化是一种东方古老的"礼乐"文化。中国文化不是没有"忧患"意识，《易传》就曾说到"忧患"，但是并没有将其理解、领悟为生命存在本身的悲剧及其痛感。中国文化在本来意义上，只承认人格之悲，不承认人性之悲；只承认生活之悲，不承认生命之悲。这用《易传》的一句话叫做"乐天知命故不忧"。中国美学史缺乏"崇高"这一"话语"，正是中国文化缺乏生命之悲的悲剧意识这一文化根性的表现。因此，如果说中国原始图腾确是中国美学文化根性之所在，那么，从原始图腾崇拜所升华而起的生命悲剧意识及其崇高，应当成为中国美学史的一个重要而经常性主题，可是这一点，我们未能也不能从中国美学史中得到证明。

这或许可以说，"图腾"说固然是研究中国美学的文化根性及其原始审美意识之如何发生的一条思路与学术之途，但有一些理论上的困难不好解决，值得进一步研究。

其三，"巫术"说。此说认为，原始巫术作为人类企图把握世界的一种文化的迷信及"倒错的实践"，是中华原始文化的主导形态①。人类原始文化史，是人类原始实践史而不仅仅是原始心灵史、观念史与"话语"史，如果说"神话"说与"图腾"说，偏重于从原始人类的文化心理、观念与"话语"入手，来研究中国美学的文化根性及其原始审美意识之发生，是一条可行的学术思路的话，那么，"巫术"说首先是将原始巫术文化作为一种原古人类的文化实践方式来加以考察与研究的。"巫术"说认为，原始巫术之所以是原始文化的主导形态，关键是它几乎渗透、贯穿与存在于原始初民的一切生产与生活领域。原始巫术几

①　按：参见王振复：《巫术：周易的文化智慧》，浙江古籍出版社，1990、1999。

乎是原始先民的原始生存方式本身。原始文化史证明，在原始初民的生命全过程中，在一切重要、艰难的生命、生活与生产（包括人自身的生产与劳动）活动中，原始巫术活动几乎无处、无时不在，它是原始初民的生存状态与生存策略本身，是原始人与盲目的自然力量、社会力量进行"对话"的主要方式。原始巫术文化的发生，在文化意识与观念上具有四个文化条件：（一）自然与社会难题的存在并且被人所意识到；（二）人迷信自己能够解决一切自然与社会难题；（三）人的头脑中已经产生"万物有灵"、精灵与鬼神意识即被歪曲了的生命意识；（四）人的生命本身本具一种总是想把原始生命意志与情感实现于对象的实践冲动。原始神话可以通过口头"话语"表现包括原始图腾、原始巫术在内的先民的一切实践与文化观念方式，而它自己仅是先民的一种精神实践与精神现象；原始图腾是一种原始先民以自然崇拜的方式所进行的崇祖文化现象，即在意识、观念与情感上，把不是某一种族、氏族祖先的动物、植物甚至山岳、河川与苍穹等错认作血亲先祖，并且加以崇拜。它只有在原始人类追溯自身生命的起源、报本追远、对祖宗"感恩"时才具有文化意义。而相比之下，原始巫术作为一种原始宗教方式、生产方式与生活方式，在原始社会中是非常活跃的。列维·施特劳斯说，"巫术思想，即胡伯特和毛斯所说的那种'关于因果律主题的辉煌的变奏曲'"①，在最原始的野蛮人中，巫术几乎到处普遍地实行，哪里人类开始企图用巫术手段来控制环境，那里便是巫术文化的领地。比如，一群原始狩猎者今日不知该到哪去狩猎，就随手从住地的一棵树上抓了一条虫，放在沙地上让它随意地爬，虫爬行的方向、距离以及路线的曲直状态，则被认为是指示了狩猎的方向、距离之远近以及行进路线的曲折、艰难或顺利等。这是一个原始巫术过程，也是作为原始劳动即狩猎实践的重要构成。毋庸置疑，原始先民的一切生活、生产领域，几乎充满了巫术行为。

原始巫术是人类原始文化的一种常式。著名人类学家泰勒、弗雷泽、马林诺夫斯基与列维·施特劳斯的人类学研究及其著述，都把原始巫术文化作为研究原始文化的主要对象与切入点。当然，神话、图腾与巫术文化，在远古作为人类文化的"原始混沌"往往并不是分立、分开的，如中国的龙，既是中国古

① ［法］列维-施特劳斯：《野性的思维》，商务印书馆，1987，第15页。

老文化之最显著、最巨大、最重要的"原始意象"即神话之原型，又是中华民族（华夏民族）生殖、崇祖的图腾崇拜，还是中华原始巫术文化之最古老的一种吉兆，龙像是远古中华文化集神话原型、图腾崇拜与巫术行为于一身的一个原始"混沌"。我们在探讨人类或中国艺术或审美的起源时，尽可以从偏于原始神话、原始图腾或原始巫术入手，但这不等于说三者是各自起源与独立发展的。三者共同统一于"原始宗教"即"原神"文化。

中国原始文化的主导形态，是以渗融着原始神话、原始图腾因素的原始巫术文化为代表的。起源悠古、盛于殷代的甲骨占卜与殷周之际的《周易》筮占，是富于中华民族文化特色的、成熟形态的原始巫术文化形态，它历史地酝酿着属于这个伟大民族之独特的原始审美意识。在此之前，必然还有更为悠远的、原创的而迄今已失传了的原始巫术文化，如《尚书·夏书·禹贡》关于"夏禹征龟"的传说，所谓夏易、殷易的记载，以及《左传》《国语》等典籍关于卜筮那么丰富的资料记述，都在证明卜筮作为中国自远古承传而来的主导文化形态的意义。

"巫术"说认为，原始巫术作为中华古老文化的不离于原始神话与原始图腾的一种主导文化形态，确是中国文化、中国美学之文化根性的所在。中国原始文化是一种"巫术"文化，具有"史"的文化素质，而"史"是由"巫"发展而来的。原始审美意识之发生，可能与其具有更密切的文化、历史与文脉之联系。

第一，正如前述，中华民族自古是一个十分热衷于原始巫术文化的民族，除了甲骨占卜与周易占筮，诸如占星术（包括日占、月占、五星占与恒星占等）、望气与风角等原始巫术"技巧"，也运用得十分娴熟，其原始巫术文化之发达，是毋庸置疑的。尤其是易筮，其象数体系是后代发育为中国哲学、科学、伦理与艺术审美等的原始文化沃土。就原始审美意识而言，所谓天人合一观、时空观与意象观等，都源于易筮这一原古巫术文化形态。

第二，中华原始巫术文化不是成熟意义上的宗教，它是宗教的一种前期形态，可以说是"宗教前的宗教"。中华民族的文化根性之一是"淡于宗教"。之所以如此，恰恰由于原始巫术文化过于发达之故。从原始巫术文化的原始思维、原始情感与原始意志看，巫术的思维固然承认外界之神灵力量及其权威的存在，却不承认神灵的绝对权威。人、神"互渗"，在思维之"天人合一""天人感应"的模式中，是人犹神、神犹人，人神同在，或者说，原始巫术作为人（巫）的"作法"，借助神灵的力量来显示人（巫）的力量以达到人的目的。因此，原始巫术所体现的是人在神面前并未如宗教里那般人彻底地向神跪下，而是具有一定的主体性与主宰性的。巫术的情感诚然是非理性的、迷信的、痛苦的与悲剧性的，然而人（巫）在巫术活动中，总是相信人可以借助神灵以把握世界及自己的命运，人（巫）将实际上的悲剧性人生变成了精神上的喜剧性（快乐）人生。学界所公认的中国文化的"乐感"性质，其实是由原始巫术文化的"乐感"之根性所铸就的。同时，中华原始巫术文化所表达的情感，是相对平和而不是绝然迷狂的，试看甲骨占卜与周易占筮，皆相对从容与理性。尤其原始易占，是数的推演，具有趋于理性的文化特征。巫术的意志自然是强烈而明确的，但是人（巫）的"作法"（巫术行为）纯粹是为人而非为神。在巫术中，人（巫）只是借助于神，不是去达到神的目的，而是人（巫）的意志的战胜。因此，中华原始巫术文化的过分发达，由于其原始理性的巨大作用，使得中华文化未能由原始巫术成长为宗教，因为它一开始就缺乏主神意识。或者说，原始理性相对强大而持久的中华原始巫术文化，恰恰是阻碍主神意识的历史性生成、消解或遮蔽主神意识的巨大精神之力。一个缺乏主神意识的历史民族与文化绝不会产生像样的宗教。故"淡于宗教"是历史、文脉之必然。中国文化的根性表现之一是"实用理性"，其实这种道德伦理意义上的"实用理性"，首先表现在原始巫术中。凡巫术，既比宗教"理性"又是讲求"实用"的。

无疑，以文化人类学关于原始巫学的观念和方法，来解读中国美学的文化根性及原始审美意识的发生如何可能这一学术课题，是可行的，但需进一步完善。

本文发表于《学术月刊》2005年第10期

龙文化阐释

一、龙之原型说

关于龙的原型，目前学界尚无一致意见，可谓众说纷纭，莫衷一是。归纳起来，主要有十七种见解。

（一）蜥蜴说

唐兰《古文字学导论》："龙象蜥蜴戴角的形状。"

何新《中国神龙之谜的揭破》（《神龙之谜》，1988年）："其实所谓'龙'就是古人眼中鳄鱼和蜥蜴类动物的大共名。"

（二）鳄鱼说

何新《龙：神话与真相》（1989年）："古中国大陆和海洋上，确曾存在过一种令人恐怖的巨型爬行动物。这种巨型爬行动物，以及与其形状相近的其他几种爬行动物，其实就是上古传说中所谓'龙'的生物学原型。换句话说，'龙'在古代是确实存在的，它就是现代生物分类学中称为Crocodilus Porosus的一种巨型鳄——蛟鳄。"

（三）恐龙说

王大有《龙凤文化源流》（1988年）："龙，被古人公认为最原始的祖型，可能还是恐龙。古人以具有四足、细颈、长尾、类蛇、牛、虎头的爬行动物为龙，这可能是古人当时见到并描绘下来的某种恐龙形象。"

（四）蟒蛇说

徐乃湘，崔岩峋《说龙》："综合起来看，龙是以蛇为基础的。而发展变化了的蛇图腾像就是龙的形象。"

何金松《汉字形义考源》："龙可以豢养、驯化，为人服劳役，并可杀肉吃。""其中的龙只能是蟒蛇，不是鳄鱼或蜥蜴。"

（五）马说

王从仁《龙崇拜渊源论析》："龙源于马。"
《周礼·夏官》："马八尺以上为龙。"

（六）河马说

王从仁《龙崇拜渊源论析》："龙源于河马。"

刘城淮《略说龙的始作者和模特儿》："充任龙的模特儿之一的马，最初不是一般的陆马，而是河马。""河马不仅把自己的部分形体贡献给了龙，而且把自己的部分性能——善于御水，也贡献给了龙。"

（七）闪电说

朱天顺《中国古代宗教初探》（1982年）："幻想龙这一动物神的契机或起点，可能不是因为古人看到了与龙相类似的动物，而是看到天空中闪电的现象引起的。因为，如果把闪电作为基础来把它幻想成一种动物的话，它很容易被幻想是一条细长的、有四个脚的动物。"

（八）云神说

何新《诸神的起源》（1986年）；"云从龙。""召云者龙。"（引自《易传》）据《淮南子·地形训》："黄龙入藏生黄泉。黄泉之埃上为黄云。""青龙入藏生青泉，青泉之埃上为青云。""赤龙入藏生赤泉，赤泉之埃上为赤云。""白龙入藏生白泉，白泉之埃上为白云。""玄龙入藏生玄泉，玄泉之埃上为玄云。"何新说："在上引文中，龙与云的关系是分清楚的。""所以我的看法是，'龙'就是云神的生命格。"

（九）春天自然景观说

胡昌健《论中国龙神的起源》："龙的原型来自春天的自然景观——蛰雷闪电的勾曲之状、蠢动的冬虫、勾曲萌生的草木、三月始现的雨后彩虹，等等。""其中虹是龙的最直接的原型，因为虹有美丽、具体的可视形象。"

（十）树神说

尹荣方《龙为树神说——兼论龙之原型是松》："中国人传说中的龙，原是树神的化身。中国人对龙的崇拜，是树神崇拜的曲折反映，龙是树神，是植物之神。龙的原型是四季常青的'松''柏'（主要是松）一类乔木。""松、龙不仅在外部形象上惊人地相似，而且'龙'的其他属性，与松也同样惊人地相似。"

（十一）物候组合说

陈绶祥《中国的龙》："在广大的范围中，人们选择不同的物候参照动物，因此，江汉流域的鼋类、鳄类，黄河中上游的虫类、蛙类、鱼类，黄河中下游的鸟类、畜类等等都有可能成为较为固定的物候历法之参照动物；……后来，这些关系演化成观念集中在特定的形象身上，便形成了龙。"

（十二）以蛇为原型的综合图腾说

闻一多《伏羲考》："它（引者注：龙）是一种图腾（Totem），并且是只存在于图腾中而不存在于生物界中的一种虚拟的生物，因为它是由许多不同的图腾糅合成的一种综合体。""龙图腾，不拘它局部的像马也好，像狗也好，或像鱼、像鸟、像鹿都好，它的主干部分和基本形态却是蛇。这表明在当初那众图腾单体林立的时代，内中以蛇图腾最为强大，众图腾的合并与融化，便是这蛇图腾兼并与同化了许多弱小单体的结果。"

除此之外，还有"龙起源于水牛""龙由猪演变而来""龙与犬有联系""龙源于鱼"与"龙形由星象而来"等五种看法，加上前述十二种，凡十七种见解。可能还有遗漏。刘志雄、杨静荣《龙与中国文化》一书，搜集了十二种有关龙之原型的言说。何金松《汉字形义考源》一书，倡言"龙源于蟒蛇"说并简略转述王从仁《龙崇拜渊源论析》一文关于龙之原型说的十四种观点。本文总结龙原型十七见时，参阅了前述诸书、文有关内容。

凡此龙之原型诸说，有些为推测之见，缺乏扎实的考古与文字学依据。如所谓"恐龙"说，《龙凤文化源流》称"这可能是古人当时见到并描绘下来的某种恐龙形象"，这显然有悖于常识。据考古，恐龙生活的极盛年代为中生代，至中生代末期已全部绝灭，当时地球人类远未诞生，也谈不上中华文明的存在，中华"古人"当时如何可能"见到"？这样，恐龙又怎么可能成为中华先祖创构"龙"这文化意象的动物学原型呢？如果"古人当时见到并描绘下来的"是出土的恐龙化石，那也必须要有考古学依据及其说明。

罗愿《尔雅·翼·释龙》所描述的龙之形象，是一个由多种动物拼凑起来的角色。所谓龙者，"角似鹿，头似驼，眼似龟，项似蛇，腹似蜃，鳞似鱼，爪似鹰，掌似虎，耳似牛。"这一关于龙的空间意象，颇接近于我们今天所见到的那个样子。因此，是否可以这样说，前述有些关于龙之原型的说法，实际是从这一关于龙的拼凑起来的角色形象中逻辑地反推出来的，是否确是龙之原型，颇值得商榷。

二、考古所发现的"龙"

中国龙的原型究竟是什么？一些考古发现，也许可以为这一学术课题的求解提供可靠的资料与思路。

据中国社会科学院考古研究所《宝鸡北首岭》（1983年）一书，从陕西宝鸡北首岭先民遗址中出土一件蒜头壶。壶上绘有"水鸟啄鱼"纹样。该蒜头壶，据碳同位素测定，其年代距今为6 800—6 000年之际，是迄今所发现的最早的中国"龙"纹样。

该纹样以一鱼一鸟相构，为鸟啄鱼尾之状。其鱼身细长，绘于陶壶的肩部，呈弧形盘曲之势；其头部高昂呈回首状，似鸟啄其尾因巨痛而有挣扎的样子。这鱼形象特别，方形口吻，立睁着圆睛，头部双侧巨鳃怒张，有腹鳍与背鳍，其腹部且有斑驳的花纹，尾部又呈三叉形状。所以，学界以为该"鱼"实际似鱼非鱼，因为它不像一般常见的鱼，是在鱼的基形上对它的夸张，有鱼的基形又有一些非鱼的神韵。据考古发现，这种"水鸟啄鱼"纹样的出土已不是孤例。比如在河南临汝闫村仰韶文化遗址中，也发掘出类似的纹样，该年代稍晚于北首岭遗址。该纹样绘于彩陶瓮棺之上。不过，这纹样中的鸟与鱼的造型，显得更写实。其鸟躯呈站势，非常肥硕有力，鸟嘴非常尖长，它啄着一条形似今之鲫、鲤的鱼。鱼身显得下垂而无力，显然是一条死去的鱼。又在鸟啄鱼图右方绘一石斧之形。斧形巨大而显得十分笨重，并且在斧把上刻有"×"标志，可以看作是威权的象征。据分析，这种把"鸟啄鱼"与"石斧"并列绘在一起的象征意义是很显明的，即意味着鸟图腾氏族对鱼图腾氏族的战胜。而巨斧的绘出，象征鸟图腾氏族首领的力量、信心与权威。据对该纹样的识别，图样中的鸟不是一般鸟，是巨躯的白鹳，并且全图是绘描在瓮棺上的，这瓮棺就是一只陶缸，一般的陶缸作为盛殓的瓮棺都是没有彩绘的。所以严文明《鹳鱼石斧图跋》指出，该图样的象征性意义在于，"白鹳是死者本人所属氏族的图腾，也是所属部落联盟中许多相同名号的兄弟氏族的图腾，鲢鱼则是敌对联盟中支配氏族的图腾。这位酋长生前必定是英武善战的，他曾高举那作为权力标志的大石斧，率领白鹳氏族和本联盟的人民，同鲢鱼氏族进行殊死的战斗，取得了决定性的胜利"。这一阐发，可能过于坐实。而该图样的构图模式，其实在前述宝鸡北首岭蒜头壶的纹样中已经出现过，都在显示鸟图腾氏族对鱼图腾氏族的一种文化优势，体现前者战胜后者的要求。这里的"鱼"，尤其是宝鸡北首岭那似鱼非鱼的造型，学界一般以为即原始的"龙"纹。中国文化有一个基本原型，即所谓"龙飞凤舞"（李泽厚《美的历程》）。"龙凤"的原型，即为"鱼鸟"。鸟者，凤也；鱼者，岂不是"龙"么？这是说，龙的形象建构，可能与鱼有关。所以，这里的鱼纹，大约就是一种"原龙"之纹。

据濮阳市文物管理委员会等《河南濮阳西水坡遗址发掘简报》（《文物》，1988年），河南濮阳西水坡遗址被编为M45的一座墓葬中，发现"龙虎蚌塑"图样。据碳同位素测定，该墓葬之年代距今6 460年左右，该遗址发掘于1987年。《龙与中国文化》一书对该纹样的描述十分生动："这幅原龙纹出现在濮阳西水坡遗址M45号大墓墓主人骨架的东侧，由白色的蚌壳精心摆塑而成。'龙'长1.78米，高0.67米，头北尾南，背西爪东。'龙'头似兽，昂首瞪目；它的吻很长，半张的大嘴里长舌微吐；颈部长而弯曲，颈上有一撮小短鬣；身躯细长而略呈弓形，前后各有一条短腿均向前伸，爪分五叉；尾部长而微曲，尾端具有掌状分叉。总体上看，这条'龙'似乎在奋力向前爬行。"而"墓主人骨架的西侧，是一幅与原龙纹相对称的虎形蚌塑。虎头微垂，圜目圆睁，张口露齿，长尾后撑。虎的四肢作交替行走状，真可谓下山猛虎"。同时，"墓主人骨架的正北（足部）有一蚌塑三角图案，三角图案的东侧横置两根人的胫骨。被蚌塑环绕的墓主人是一位身长1.84米的壮年男子，他头南足北，仰身直肢葬于墓室正中。整个墓室布局严谨，充满了庄严，神秘的气氛。"

这一罕见的考古发现对象，被李学勤先生称为"龙虎墓"，由此研究中国"四象的起源"。四象者：东苍龙、西白虎，南朱雀、北玄武。李学勤说："特别奇怪的是，在墓主骨骼两旁，有用蚌壳排列成的图形。东方是龙，西方是虎，形态都颇生动，其头均向北，足均向外。"①并说，该"龙虎墓"的方位排列，"龙形在东，虎形在西，便和青龙、白虎的方位完全相合。"②如果说陕西宝鸡北首岭仰韶文化半坡类型遗址出土的"鸟啄鱼"纹中的"鱼"还不太像"龙"的话，那么，濮阳西水坡遗址M45大墓出土的这一"龙"样，已与后世的"龙"在造型上极为相似。学界一致认为，这是迄今为止所发现的真正的中国的"原龙"图样，而且它与"虎"图相对，称它为"龙"，殊无疑问。以往学界有人认为，中国"四象"观起源甚晚。《中国天文学》一书甚至说"是秦、汉之后的产物。"实际上，《礼记·曲礼上》已有关于"四象"的记载："行，前朱鸟而后玄武，左青龙而右白虎，招摇在上。"据考，"《曲礼》乃儒门七十子后学所作"。③因此，以往学界多持"四象起于战国"之说。濮阳西水坡"龙虎墓"的发掘，证明距今约6 500年前已产生了包括"龙"在内的"四象"观。

据考古发现，甘肃甘谷西坪遗址出土的彩陶瓶上也绘有"龙"纹，碳同位素测定为5 500年之前的古物。这条"龙"以墨彩绘描，38.4厘米长，头扁圆而眼鼓，身躯呈曲折状，背有网状鳞片，绘有相对细弱的一双前肢。该"龙"纹属于仰韶文化庙底沟类型。学界一般把这"龙"纹称为"鲵纹"或"蜥蜴纹"，认为"鲵"（娃娃鱼）或"蜥蜴"是中国龙的原型。也有学者如台湾袁德星等对此持异议。这是因为，甘谷西坪遗址的这一"龙"纹的出土，也不是孤例。与

---

① 李学勤：《走出疑古时代》，辽宁大学出版社，1997，第143页。

② 同上书，第144页。

③ 同上。

此同类出土的，还有甘肃武山傅家门遗址彩陶瓶的所谓"鲵纹"，只是据测，其年代比甘谷西坪遗址晚500年的样子。袁德星《龙的原始》（《故宫文物》，台湾，第60期）一文指出："目前追溯商周二足神龙纹的来源，以甘肃武山出土的一件马家窑文化彩陶瓶上的龙纹为最早。虽然大陆的出土报告和后来的图录都称为'蜥蜴纹'，其实这是没有细察的关系。……这形象明显是人面蛇身二肢的神话动物，绝对不能视为是四足的蜥蜴。"①考虑到无论甘肃甘谷西坪还是武山傅家门遗址的这两"龙"之纹样的头部造型，都有类似于人面的圆脑鼓睛这一特征，因而称其"人面蛇身"，似不为无据。这两种同类纹样，无论鲵、蜥蜴还是蛇，其实都可以看作是中国龙的原型。另据报道，浙江诸暨坞镇遗址发现6 000年前龙像。

迄今考古所发现的龙还有多例，其年代一般都在宝鸡北首岭、临汝闫村、濮阳西水坡、甘谷西坪与武山傅家门遗址之后，恕勿赘。

三、古文字、典籍中的"龙"

甲骨文中，"龙"字多见。大致有如下数种：

{龙字甲骨文}一期乙三七九七　　{龙字甲骨文}一期乙七九一一

{龙字甲骨文}一期乙五四〇九　　{龙字甲骨文}一期乙六八一九

{龙字甲骨文}一期合二八九　　{龙字甲骨文}一期前四、五三、四

{龙字甲骨文}二期金七二九　　{龙字甲骨文}四期京四八八九

徐中舒说，龙字，"像龙形。其字多异形，以作{龙}者为最典型，从{干}从{几}，{干}与甲骨文凤之首略同，{几}像巨口长身之形，{月}其吻，{乚}其身。盖龙为先民想像中之神物，甲骨文龙字乃综合数种动物之形，并以想像增饰而成。"

龙，金文作{龙}（昶仲鬲），{龙}（龙母尊），可供参考。

在中国典籍中，关于"龙"的记载，几乎俯拾皆是，此择其要者，略述一二。

《易》："乾：元亨利贞。初九：潜龙，勿用。九二：见龙在田，利见大人。九三：君子终日乾乾，夕惕若厉，无咎。九四：或跃在渊，无咎。九五：飞龙

---

① 按：转引自刘志雄，杨静荣：《龙与中国文化》，人民出版社，1992，第34页。

在天，利见大人。上九：亢龙，有悔。用九：见群龙无首，吉。"

这是以龙象为乾象，象征天、父、男、刚、动与帝，说事物从初到盛再到衰的从渐变到质变（突变）的辩证运动过程。从"潜龙"，到"见（现）龙在田"，到"或跃在渊"，到"飞龙在天"，最后到"亢龙"，到"群龙无首"的演变历程，说人生哲理与人格道德之理。

《诗经》："龙旗阳阳，和铃央央。""龙旗十乘，大禧是承。""龙旗承祀，六辔耳耳。"以有龙象的旗帜用于享祭之礼，龙旗作为吉祥、地位与人格威权的象征，已成为标示一定的政治、伦理的符号。

《书·皋陶谟》："予（引者注：帝自称）欲观古人之象，日、月、星辰、山、龙、华虫、作会。"这大意是说，先秦时，龙纹已是帝王的衣饰之重要纹样。近人刘师培《中国历史教科书》指出："周制，天子冕服六。大裘祀天，尚质，其衣无文。"而"衮冕九章。衣五章，曰龙，曰山，曰华虫，曰火，曰宗彝。"这里，龙象为大子之衣的第一纹样。又说："上公自衮冕九章而下，其服五，衮冕有降龙无升龙。"虽然这里"上公"之"衮冕"的修饰亦为"九章"，"其服"亦为"五章"，但毕竟与天子身份有别，故其"衮冕有降龙无升龙"之象。《礼记·玉藻》称："天子玉藻，十二有底，前后邃延，龙卷以祭。"所谓"玉藻"，指古代王冠垂挂的玉饰。《礼记》郑注："祭先王之服也。龙卷，画龙于衣，字或作衮。"疏："天子玉藻者，藻谓杂采之丝绳，以贯于玉，以玉饰藻，故云玉藻也。""玉藻"兼以"龙卷"，显其天子身份。

在先秦，龙作为一个突显的人文符号，是被神化的一种文化，其间充满了想象、夸张、神奇与神秘的氛围。汉初《淮南子》一书谈到"龙"时，好比在说一则神话："羽嘉生飞龙，飞龙生凤凰，凤凰生鸾鸟，鸾鸟生庶鸟，凡羽者生于庶鸟；毛犊生应龙，应龙生建（健）马，建马生麒麟，麒麟生庶兽，凡毛者生于庶兽；介鳞生蛟龙，蛟龙生鲲鲠，鲲鲠生建邪，建邪生庶鱼，凡鳞者生于庶鱼；介潭生先龙，先龙生玄鼋生灵龟，灵龟生庶龟，凡介者生于庶龟。"生与被生，充满了诗意虚饰，是汉代宇宙生成论哲学的一种表现。

汉代是一个将黄帝确立为中华"人文初祖"的时代，这符合中华民族大融合（汉族）与政治上"天下一统"的要求。汉代借邹衍"五德终始"说，论证汉宗土德即汉以黄帝为先祖的一通大道理，其中包含着对龙（黄龙）的尊崇。

《史记·封禅书》云:"秦始皇既并天下为帝。或曰:'黄帝得土德,黄龙地螾见。夏得木德,青龙止于郊,草木畅茂。殷得金德,银自山溢。周得火德,有赤乌之符。今秦变周,水德之时。昔秦文公出猎,获黑龙、此水德之瑞。"这便是说,据"五行"相生相克之理,传说中的黄帝时代为土德;夏代为木德;殷代为金德;周代为火德;秦代为水德。这种朝代的更迭,符合"五行相克"规则,即秦代周为水克火;周代殷为火克金;殷代夏为金克木;夏代黄帝时代为木克土。而汉代秦统一天下,这是土克水(秦为水德)。因此,汉统一天下、代秦而立国,是天经地义的。在这一"五德终始"之历史循环论中,作为朝代的根本之大象,便是"龙",如夏者,青龙;秦者,黑龙。而传说中的黄帝时代以及汉代,均为黄龙。因此,黄龙是汉之祥瑞、国运之根本,它是与"人文初祖"黄帝"血脉"相连的。

龙象不仅是政治、伦理、审美与朝代的象征,而且还同时参与建构中国古代的宇宙论。这宇宙论所宣扬的,是一种观念上有"龙"活跃于其间的天上、人间的对应结构。

如天上有二十八宿及太极(天极)之序即东南西北中"五方",地上也有"五方"(配以五时、五帝之类)。二十八宿,四方各有七宿:

东方:角、亢、氐、房、心、尾、箕。

南方:井、鬼、柳、星、张、翼、轸。

西方.奎、娄、胃、昴、毕、觜、参。

北方:斗、牛、女、虚、危、室、壁。

二十八宿观念中,渗融以"龙"的文化意识。

陈遵妫《中国天文学史》(上海人民出版社1982年版)指出:大约在两周之际,中国古代天文学建构二十八宿体系。二十八宿中的角、心、尾(东方宿),即龙角、龙心、龙尾之意。可见,东宫七宿之名是根据龙之形象命名的。它们依次为角(龙角)、亢(龙颈)、氐(龙胸)、房(龙腹)、心(龙心)、尾(龙尾)、箕(龙尾)。《龙与中国文化》一书引用冯时《河南濮阳西水坡45号的天文学研究》(《文物》1990年第3期)一文指出,该东方七宿"箕宿四星相连呈簸箕之形,此形与龙体无关。可能……苍龙之体仅含六宿,始于角而终于尾,并不包容箕宿。自角至尾六宿名,均得于苍龙之体。"究竟东方七宿之最后一宿"箕"与"尾"同为象征龙尾还是"龙尾""并不包含箕宿",这可以存疑。但东方七宿在总体上,"均得于苍龙之体",这是确实无疑的。陈江风《天文与人文》(国际文化出版公司1988年版)说:"据学术界观点,'初九潜龙指冬天,苍龙全体处于地平线下(中国天文神话谓地平线之下为渊)'。九二爻'见龙在田,利见大人',是苍龙东升、角宿出现在东方地平线之上的情景。九三爻'君子终日乾乾,夕惕若厉,无咎',指'苍龙正处于从地平线处上升的阶段','龙位即相当于君子之位'。九四爻'或跃在渊,无咎',表现龙身'跃上天空'。九五爻'飞龙在天,利见大人',指'初昏时苍龙位于正南方'。上九爻'亢龙有悔',表示'苍龙升至高位之后,开始下行'。用九'见群龙无首,吉',龙无首,指东方苍龙七宿的'角宿'(代表龙头)隐没不见,而苍龙其它各个部份在初昏时仍呈现在西方地平线以上'。……乾卦六爻正表现东方苍龙从潜隐到出现、飞升、高亢,然后一步步伏沉,回归潜渊的循环过程"。这一段话,描述了古人渗融以龙文化意识的对时空运行的朴素理解,可备一说。而《龙与中国文化》一书在引用陈文之后写道:"《周易·乾卦》中的七爻虽都取象于龙星,但兆辞的凶吉却是依神兽龙的生态特征来判定的。"[①]这里的"七爻"之说,显然有误。《周易》凡六十四卦,每卦均由六爻构成,乾卦自不例外,但乾卦(还有坤卦)在列出全部六条爻辞之后,还写了"用九"(用六)一条辞文,即"用九:见群龙无首,吉"(坤卦"用六:利永贞")。"用九"一条并非爻辞,也决无乾卦具有"七爻"之理。高亨《周易大传今注》说:"'用九',汉帛书《周易》作'迵九'。按'用'当读为'迵'。迵,通也。'用九'是乾卦特有之爻题。"所言甚是。"用九"者,通也。就龙象而言,指东方苍龙之龙首从隐没不见到初九"潜龙"(即全龙隐而不见)的一种中间、渐变状态。应当说,这是具有朴素的辩证渐变思想的。

四、龙的文化意蕴

中国龙作为一种全民族自古以来所尊崇的文化符号,其文化意蕴是丰富而深邃的。

---

① 刘志雄,杨静荣:《龙与中国文化》,人民出版社,1992年,第95—96页。

其一，龙是中华民族的图腾。

《尔雅·翼·释龙》持龙"九似"说。闻一多："龙主干部分和基本形态却是蛇，……它接受了兽类的四脚，马的头鬣和尾，鹿的角，狗的爪，鱼的鳞和须。"（《诗与神话·伏羲考》）《说文》以伏羲、神农、黄帝、唐尧、虞舜、夏禹等作为一种中国古史系统，这是从传说虚构到真实历史的一种排序，此以伏羲为最古老的"上上圣人"。伏羲者，谁也？还有与伏羲相系的女娲，究竟在中国文化观念中属于什么角色？李泽厚《美的历程》指出："它们都是巨大的龙蛇。"①

《帝王世纪》："燧人之世，……生伏羲，……人首蛇身。"

《山海经·大荒西经·郭璞传》："女娲，古神女而帝者，人面蛇身，一日中七十变。"

《帝王世纪》："女娲氏，……承庖羲（引者注：即伏羲）制度，……亦蛇身人首。"

《山海经·大荒北经》："西北海之外，赤水之北，有章尾山，有神，人面蛇身而赤，……是谓烛龙。"

闻一多《伏羲考》曾对《山海经》所言"人面蛇身"或"人面龙身"的神作过一点分析，如《海内东经》的"雷神"，为"龙身而人头"；《南山经》的"天吴之山至南禺之山诸神"，"皆龙身人面"；《西山经》的"鼓"，为"人面龙身"；《海外西经》的"轩辕"，为"人面蛇身"；《北山经》"单狐之山至隄山诸神"与"管涔之山至敦题之山诸神"，"皆人面蛇身""皆蛇身人面"。《美的历程》指出："这里所谓'其神皆人面蛇身'，实则指这些众多的远古氏族的图腾、符号和标志。《竹书纪年》也说，属于伏羲氏系统的有所谓长龙氏、潜龙氏、居龙氏、降龙氏、上龙氏、水龙氏、青龙氏、赤龙氏、白龙氏……等等。总之，与上述《山海经》相当符合，都是一大群龙蛇。"②

图腾，Totem，原意为"他的亲族"。这是一种建构在自然崇拜与祖宗崇拜基础之上的原始先民认不是祖先的动植物之类为血亲祖先的文化观念，中华先

---

① 李泽厚：《美的历程》，第6页。

② 同上书，第7页。

祖当然并非龙蛇之属，这的确是观念的"倒错"。不过，在这图腾崇拜中，却体现出中华民族那种崇祖与报本追远的民族意识，我们都将自己称为"龙的传人"，充满了那种关于民族文化之根的"同情与敬意"。

其二，龙是中华民族巫术文化的一种兆象。

就《易》而言，"龙"首先是中华古人所创构的用以进行巫术占筮的卦象，即前文所说的乾卦，乾卦全在言龙，故亦称"龙卦"。这里的"龙"，实际是中国《易经》筮占的兆象。如"飞龙在天"的龙象，是吉兆；"亢龙有悔"的龙象，为凶兆。筮遇乾九五，为吉；筮遇乾上九，为凶。

中华原始先民生活于东方大地，总是不断地遇到生活难题，由于知识、能力的低下却又迷信自己有力量、有能力克服一切艰难险阻，同时在万物有灵、万物感应观念的催激下，便有原始巫术的诞生与应用。在生活中，原始先民迫于对种种自然现象的不理解，并且要命的是，往往遭到盲目而巨大的自然力比如雷击、地震、泥石流、洪水泛滥等残酷的打击。自然界瞬息万变，一会儿晴空万里，一会儿乱云飞渡；一会儿月明星稀，一会儿乌云低垂；或者丽日中天，星月灿烂；或者天气阴沉，朔风怒号；或者雷电交加，豪雨滂沱；或者昏天黑地，山崩地裂……凡此一切都曾经可能给中华古人忽而带来巨大利益或意外收获，忽而又被突然推入绝望的深渊，一切化为乌有；忽而大喜若狂，只是一心念叨天老爷的好处；忽而惊恐万状，满腹狐疑与恐惧又不敢诅咒"天"的惩罚。其精神的高度紧张，加上知识力的低下，不得不使人胡思乱想，企图通过巫术这一文化方式、这一被马林诺夫斯基称之为"伪技艺"的东西，来企图把握自己的命运。于是，巫术的诞生与施用就是不可避免的了。

《易》之乾卦首先是用于筮占的龙卦，与龙和关的还有一个震卦，其卦义为震动，卦象为雷火、雷动之象。古人说，震卦结构震上震下，无论下卦上卦（内卦外卦），都是一个阳爻被压在两个阴爻之下，此伯阳父所谓"阳迫而不能出"也，因阳爻必动而上亢，阴爻欲静而下沉，故阴阳相激而成雷震。这雷震之象作为巫术之象亦具龙象。在文王八卦方位图中，震卦位于东方，东方者，苍龙之位也，震卦也象征苍龙。

《易》还有一个大壮卦，其卦象为下乾上震，为"雷动于天"之象。《易传》云："大壮，大者壮也，刚以动，故壮。"筮遇大壮，"利贞"也。大壮有宫室峁然挺立于雷电交加的自然环境的意象，故筮遇此卦，还有关于"安居"的吉利之义。

自古以来，舞飞灯这种欢畅、热烈场面常常出现于民众节庆狂欢之时。现在我们只知道舞飞灯这一节目的表演，意在审美。其实其原本的意思不是审美，而是一种巫术行为，有趋吉避凶、驱邪的巫术意义。从生命意识上看，由于龙是一种尊祖的生命图腾符号，因此，舞龙灯，也是对原始生命力的炫耀。黑格尔《美学》指出："东方所强调和崇敬的往往是自然界的普遍的生命力。"[1]中国龙，实际首先是巫术意义上的男性生命力、生殖力的象征。在古印度，有所谓"林加"崇拜。源自古印度后来影响到埃及、希腊的生殖崇拜仪式，是在酒颂祭典歌舞中，由女性手提一种长达一肘（古尺名；约长三分之二米）的东西代替男性器游行，以祈其生殖也。而"这种龙灯的挥舞，实际是人对自身生殖力的炫耀，象征对祖宗的崇拜，其意蕴有如印度古代女子在祭典歌舞时手中提着的那个'林加'"。[2]

其三，龙是中华民族审美的一个重要表征。

在文学中，龙是一种神圣、巨大而意义隽永、激情飞扬的艺术意象。在被称为中国"准诗歌"之渊薮的《易经》中，所谓"大明终始，六位时成，时乘六龙以御天"。这何等的豪迈与富于想象！所谓"天行健，君子以自强不息"，这是伟大人格的写照，是充满了阳刚之气的人格之美："天行健"者，龙也。所谓"水就湿，火就燥。云从龙，风从虎。圣人作而万物睹"。这是以龙喻人与环境的和谐、统一之美。所谓"潜龙勿用，阳气潜藏"，这是讲蓄势待发、有实德真才而不张狂招摇的人格谦卑之美。所谓"大哉乾乎！刚健中正，纯粹精也"。这是生命原朴之美的歌唱。

在楚辞中，龙被想象成为神人驾车的神，"驾飞龙兮北征"，"石濑兮浅浅，飞龙兮翩翩"（《湘君》），以及"乘龙兮辚辚"（《河伯》）等等诗句，使我们同享《易传》关于"时乘六龙以御天"似的巨大快感。在历代《龙赋》中，虽然大量堆砌了为帝王颂的陈词滥调，但也有写得精彩的。唐白居易《黑龙饮渭水

---

① 黑格尔：《美学》第3卷上册，商务印书馆，1979，第40页。

② 王振复：《〈周易〉的美学智慧》，湖南出版社，1991，第221页。

赋》状"龙饮渭水"的雄姿，有"闻之者心骇而易色，睹之者目眙而改观。呼吸而声起风雷，宛转而势超云汉"之句，令人读之难忘。

龙的宏伟雄浑、刚健有力、飞动无静，是中华民族阳刚之美的代表性意象。这种意象，往往出现在中国传统的官殿、坛庙建筑上。北京天安门城楼的屋顶有一条正脊、四条垂脊、四条戗脊，其正脊两端与垂、戗脊端共有十个彩色琉璃龙头形饰件，即所谓"龙吻"，被称为"九脊封十龙"；天安门的栋梁枋柱上，满是"金龙和玺"彩画；金水河畔，又高耸以一对华美挺拔的汉白玉华表，那华表柱身雕刻以腾飞于朵朵云彩之际的龙象，盘旋曲折，十分富于美感。北京紫禁城里，到处可见的是龙象。太和殿有专供皇帝御坐的雕龙宝座，殿内有六根蟠龙金柱，高约三丈，其柱粗两人合抱。太和殿的金龙藻井可谓天下无双，殿内所有大花上都绘有龙的图案。故宫三大殿尤其太和殿前的雕龙石阶无比精美。九龙壁名闻天下，它由二百七十块彩色琉璃拼凑而成，由九龙、云气、海水与山石造型所构成，其主体龙纹强烈起伏，大有震壁欲腾飞之势。在天坛祈年殿、十三陵之长陵棱恩殿的建筑上，也有众多艺术尤佳的龙的造型。北海有九龙壁与五龙亭，西山有龙王堂，颐和园有龙王庙，就连雍和宫的佛龛上也雕着龙。至于在曲阜孔庙，还有别具一格的石雕蟠龙柱。中国传统建筑上的龙的艺术，首先是政治、伦理与王权的象征，然而作为艺术形象，它也挣脱一般政治伦理的观念域限，走向审美。

本文发表于《龙文化与民族精神》，上海人民出版社，2000

郭店楚简《性自命出》的美学意义

　　《性自命出》是1993年10月发掘于湖北荆门郭店村楚墓竹简的重要文献,先秦儒家心性之说的代表之作。庞朴认为,"如果说,郭店楚简的发现,'补足了孔孟之间所曾失落的理论之环',那么《性自命出》则展示了孔子之后、思孟之前的先秦儒家人性论发展的重要一环。"[①]《性自命出》在中国美学史上的地位与意义同样重要,它是先秦从孔子"美学"到思孟"美学"的一个中介,《性自命出》的"美学",实际是心性论的"美学","美情"的"美学",值得加以研究、讨论。

一、在孔子与思孟之际

　　关于人之心性的美善,《性自命出》首先提出了一个"性自命出,命自天降"[②]的文化、哲学命题,自天到命再到性是其逻辑序列,以揭示心性的文化本源及先秦心性之说的逻辑原点,为我们认识蕴含于先秦这一心性之说的审美意识问题,提供了具有神性观念的天学背景。

　　从原始宗教观念看,先秦儒家心性之说的思想与思维品格,一般是与天、命等文化观念紧密联系在一起的。在中国文化史上,"帝""上帝"是商代流行

---

① 庞朴:《古墓新知》,《中国哲学》第二十辑,辽宁教育出版社,1999,第9页。

② 荆门市博物馆:《郭店楚墓竹简》,文物出版社,1998。(以下凡引《性自命出》,都出自该书,不另注明。)

的至上神的称谓与观念。卜辞有"天"字，却多作"大"解，如"天邑商"（见罗振玉《殷虚书契前编》二、三、七）与"天戊五牢"（同前，四、十六）等然。杨荣国说："在卜辞中，对于上天的称呼，只称'帝'或称'上帝'，尚未发现称'天'的。'天'字虽有，但'天'字是作'大'字用，不是指上天。"①虽然说得有点绝对，却大致是正确的。商代早期关于神秘之"天"的观念，是以"帝""上帝"之辞来表述的。盘庚迁殷之后，表现在《商书·盘庚篇》中的天学思想，开始"帝""天"兼称，具有神秘之"天"与祖宗神的双重意义。而西周时多以"天""天命"代替"帝""上帝"。《周书·酒诰》所言"在昔殷先哲王，迪畏天"的"天"，实指"帝"；《周书·召诰》所谓"我不敢知曰：有殷受天命"亦然。"天""天命"大致自周代始才真正具有至上神的神圣意味。"天命"是"天"的后续概念。甲骨卜辞命、令为同一字。令，《说文》云，"发号也"。发号施令者，命；谁发号施令？天。故曰："天命"。

无疑，郭店楚简《性自命出》关于"性自命出，命自天降"的思想，真实地传达了一种源自殷商而循因于周之"天""命"的宿命的意义。它将人之本性归于"天"赋，称人性的最终根源是"天"，自"天"至"性"的中介是"命"，而"命"实际是"天"的至上意志，人力不可违逆。在《性自命出》篇看来，人性之底蕴、本质与品格，源于"天"且为"天"所决定。故人性倘具美善，乃"天"生自成；"天"之神性的美善，决定人性的美善。这是在原始宗教观念的意义上，揭示了人性的先天性及文化原型。仅此而言，此时关于人性意义上的人的审美意识，其实并未真正苏醒。因为仅从"性自命出，命自天降"，我们看不到人性的解放。原始人性在观念上为天、命所系缚，是不自由的。或云，倘若将天、命假定为天生自成的最高的美善，那么人性之美善，仅为依存而已。这种为天、命所规定的人性的"依存美"，隐没在作为偶像、权威与异己之天、命的巨大阴影之中。

与《论语》《中庸》和《孟子》稍作比较，《性自命出》篇的心性论的"美学"，确实显现出思想中介的特点。《论语》保存了诸多春秋末年孔子有关天、命的言述，如"天丧予，天丧予""生死由命，富贵在天"以及"畏天命"等

---

① 杨荣国：《中国古代思想史》，人民出版社，1954，第4页。

等。孔子的仁学作为那一时代的思想之镜子，具有一个神性观念的天学背景，是不奇怪的。在相传为战国初年子思所撰的《中庸》里，称"天命之谓性，率性之谓道，修道之谓教"。孔子的"天命"思想，为《中庸》所继承。而《中庸》自"天命"角度阐述人性，却是孔子言焉未详的。《孟子》一书，有"天"字八十一处，其义大略为三，一指"自然之天"，如"天油然作云"之"天"；二为略具"主宰"（意志）义的"天"，如"无敌于天下者，天吏也"；三是"命运之天"，如"若夫成功，则天也。"① 显然，《孟子》有"天"的思想，人学色彩渐强而神性意识趋于少弱，是与孔子有了不同的。《孟子》罕言"天命"，这与《论语》《中庸》相比，形成了鲜明的反差，它清晰地显示出从孔子经子思到孟轲的时代履痕。《孟子》有"命"字二十一，主要有"生命""寿命""使命""命令"与"辞令"等义，偶指"命运"，如"命矣夫"然。② 说明其心性论的神性色彩愈见淡薄。郭店楚简《性自命出》关于人性的天、命思想，显然由接承孔子而来，它将天、命作为其心性说的一个一般的天学背景，又从这背景的阴影中努力挣出，去预设人性之本源，企图在理论上解读人性自成及美善的起始。孔子有"畏天命"的思想（尽管他同时说"五十而知天命"，即以为"天命"是可知的），体现了人在天命面前主体意识偏于委顿的特点，若论审美意识，自然是不充分的。《性自命出》亦肯定天、命之生成人性的原始性与神秘性，的确说明其天、命思想的某些严厉与阴霾此时其实并未彻底消解，但是不明言对天命的"畏"，其所具有的原始理性稍强，说明人性观念的开始解放与思想的进步，从而接近于《中庸》的心性说。《性自命出》的思想处于孔子与思孟之际，成为从孔子的"畏天命"到孟子不"畏"天命之心性说的一个过渡与桥梁。厘清这一点，对于研究中国先秦儒家心性论的"美学"，无疑是必要的。

二、以"心"释"性"："心"的解放

先秦儒家的人性论，实即心性之说。人性是人的自然性与人文性的统一。人性问题，本来应是生理学兼心理学、人文社会科学等意义上的问题。但先秦

---

① 杨伯峻：《孟子译注》，中华书局，1960，第358页。
② 同上书，第249页。

时生理科学远未成熟，要从生理学角度来谈论人性问题，自然是不可能的。于是，便以人文意义上的"心"这一范畴来描述人性，是谓心性之说。考"性"字，从心从生。此"心"，实指人的意识、思虑、观念、意志与情感等等集成。说明"性"字创构之初，先人已从"心"之角度来看人性。"心"之存有，性之本体，无"心"焉得称为人性？但"心"与"生"合释为"性"，并不是上古文明起始便有的观念。性的本字是生。清代著名学者阮元云，"性字本从心从生，先有生字，后造性字。"① "生"在甲骨文指生长于大地的树木（东汉许慎《说文》释"生"为"象草木生出地上之形"），说明殷商之时，中华先人审美意义上的人性意识尚处于沉睡状态。

孔子仁学的心性思想并不显明。孔子倡言"性相近也，习相远也，唯上智与下愚不移。"（《论语·阳货》）至于性是什么，性与心有无关系以及什么关系，孔子未作明晰的解答。子贡曰："夫子之言性与天道，不可得而闻也。"（《论语·公冶长》）孔子罕言性与天道，亦很少从"心"的角度看"性"。《论语》有"心"字六处，如"七十而从心所欲，不踰矩"然，一般不以"心"释"性"。

然而战国孟子则说："尽其心者，知其性也；知其性，则知天矣。存其心，养其性，所以事天也。"（《孟子·尽心上》）又云，"恻隐之心，人皆有之；羞恶之心，人皆有之；恭敬之心，人皆有之；是非之心，人皆有之。恻隐之心，仁也；羞恶之心，义也；恭敬之心，礼也；是非之心，智也。"（《孟子·告子上》）孟子大谈此"心"，他的人性论，是先秦典型而成熟的心性之说。

显然，从孔圣到孟子的心性说，有一个思想与思维方式的跳跃，在文脉联系上，似乎有些断裂。年代处于孔、孟之际的郭店楚简儒家著作尤其《性自命出》篇的出土，的确让人见出心性之说的历史之链，发现先秦儒门心性"美学"之渐进文脉的历史进程。

《性自命出》有"心"字二十二处。如"心亡奠志""虽有性，心弗取不出""凡心有志也""其用心各异，教使然也""凡道，心术为主""其性相近也，是故其心不远"与"凡思之用，心为甚"等等。大凡都以"心"来说"性"。

---

① 阮元：《性命古训》，揅经室文集，卷十。

其中尤其"其性相近也，是故其心不远"，显然是对孔子"性相近也，习相远也"前半句意义的解读与发挥。意思是：人性何以"相近"，因为人心"不远"之故，说明"其心不远"是性相近的人文之根因。故所谓人性之美善，确决定于人心之美善。又"凡思之用，心为甚"，这是孟子所谓"心之官则思"这一名言的前期表述无疑。

在《性自命出》里，有不少字有一个"心"的组字结构。如叹，写作上难下心；过，上化下心；仁，上身下心；爱，上无下心；悔，上矛下心；德，上直下心；勇，上甬下心等。又，哀，写作竖心左偏旁，右从衣；伪，写作竖心左偏旁，右从为等。如此众多的以"心"为结构之汉字的涌现，自非偶然。除了楚地地域文化因素使然外，确实能够证明，这一伟大民族的审美意识与观念，曾经在先秦孔、孟之际，经历过一个文化心灵觉悟的以"心"释"性"的时代。

这种以"心"释"性"的文字现象，在郭店楚简的其它篇什中，亦时有发现。如《缁衣》，逊字作上孙下心；《唐虞之道》，顺字作上川下心；《成之闻之》，爱字作上既下心；《尊德义》，逊字亦作上孙下心，以及在《老子》中，难字亦作上难下心结构。这种现象，也屡见于《战国楚竹书（一）》，如其《孔子诗论》中，德字为上直下心；退字为上对下心；爱字为虫字左偏旁，右边为上无下心；嬉字为上矣下心；玩字为上元下心；喜字为上喜下心等。又如在其《紂衣》篇中，谋字为上母下心；作字为上者下心；仁字亦为上身下心等[1]，可谓精彩纷呈，十分的有意思。

凡此，都有力地证明《性自命出》等文本的所谓人性论，实则为心性论、心论，其"美学"，实际是"心"的"美学"。

其一，楚简中多见的从心之文字，是先秦文化及审美、发现人文之"心"的最有力的符号遗存。诸多从心字符，往往体现出独特的人文理解与审美意识。正如前引，比如仁字的意义，孔子云"克己复礼曰仁"。仁指约束自己的意绪与欲望以恢复礼这一规范的道德行为与心理境界，孔子将仁看作实践外在之礼规的内在主体依据，但并未强调"仁"的审美心理内蕴。《性自命出》篇的"仁"，却在字符上以从身从心为其结构，传达出人之身、心一体和谐的意蕴。

① 马承源主编：《上海博物馆藏战国楚竹书（一）》，上海古籍出版社，2001。

这种和谐，便是伦理之善与生命的从肉身到精神之美的合契。孔子以"仁"释"礼"，实际上将人对外在之"礼"的遵守与践行，看作人性本然即人心的内在之需与内心之自觉，但未明晰地见诸于文字。楚简《性自命出》却能在天命观的阴影中，显现主体之心神的些许美丽的晨曦。将作为践仁的内在依据即"心"在字符上尤为鲜明地突现出来。关于这一点，在《性自命出》的"悤"（勇）字结构上亦能见出。勇，从甬从力，而《性自命出》之"勇"，却写作从甬从心，这是尤为精彩的。的确，人之勇敢与否，关键不在于"力"而取决于"心"，力大无穷之人，可以委颓不前；手无缚鸡之力者，倒可能英勇无比。所以《性自命出》将"勇"写作"悤"，也是一个有审美深度的文字现象，体现于其间的关于人格的审美意识耐人寻味。

其二，《性自命出》称，"虽有性，心弗取不出"，作为性、心之关系的命题，道出了心对性的主宰与决定的意义。心的人文功能在应"物"而"取"，《性自命出》云，虽"凡性为主"而"物取之也"，"物取"者，心。这是说，"性"是自在的，"性"倘无"心"，便不能应答于"物"（环境）。"性"如何从自在走向自为？须循"心"应"物"而然。"性"不能直接与外物"对话"，必通过"心"来实现。因而，性之美善，本如"金石之有声"而未能自鸣，须待"心"之叩击而得音声之美韵。人性之美善的现实实现，是由人心"取""物"而完成的。楚简《性自命出》的这一见解，同样突出了人格层次上的不离人性的"心"的审美意义。从心体与性体之关系角度强调了主体之"心"在审美过程中的决定性作用。

其三，《性自命出》又云，"道者，群物之道。凡道，心术为主。"这是揭示了"道"与"心术"的一种审美关系。这里的"道"，有本原、主体的意义。而"道"的本义，"道路"之谓。海德格尔指出，"它（道）的'真正的'（eigentlich原本的）含义就是'道路'（weg）。"①说得准确。先秦儒家强调"人道"，侧重在从人际政教伦理角度言述与试图解决人生道路问题，即人格意义上的做怎样的人以及怎样做人。可见先秦儒家的"道"论，比较宗于"道"的

① ［德］马丁·海德格尔：《语言的本质》，《在通向语言的道路上》，张祥龙编译，德文单行本，G.耐斯克出版社，1986，第198页。

本义。作为楚简儒家代表作的《性自命出》，对于"道"的理解，亦本宗于"道路"原旨，否则，其为什么要说"凡道，心术为主"呢？这里"心术"之"术"，繁体为"術"，《说文》云，"术，邑中道也，从行。""术"亦有"行路"的意思。故所谓"心术"者，心行、心路之谓。人生道路如何走？决定于"心术"即"心"之所趋，这是一个重要的人生审美课题。主体之"心"想走怎样的人生道路，对主体而言具有决定性意义。在审美上，首先是主体如何自觉地"知""道"？先秦儒家所言此"道"，基本指"人道"，且此"道"可"知"。此"知"，必具一颗执着于某一人生目标、走某一人生道路而别无他求、他顾与眷恋之"心"。此"心"，不同于道家所倡言的所谓"无"之"心"，亦不同于佛释"空幻"之"心"，而是有如战国末期荀子所说的"虚壹而静"之"心"。《荀子》云："人何以'知''道'？曰：心。心何以'知'？曰：'虚壹而静'"。"虚壹而静，谓之大清明。"主体之"心"执着于、停留于人生之"壹"，将其他杂念、欲望等都"虚"掉了，那么，这也可以做到人"心"之"静"，进入审美境界，其实这是以出世（虚静）之"心"干入世（实有）之事的一种审美心理境界。总之，《性自命出》以"心"释"性"，意味着人"心"的解放，已将人性之美善的问题拿到人格、人心层次上来加以认识与讨论，人格、人心之美善，是人性的现实展开与实现。

三、"美情"的审美

毋庸赘言，凡审美必关乎"情"，无"情"焉得审美？《论语》有"情"字仅两处。所谓"上好信，则民莫敢不用情"与"如得其情，则哀矜而勿喜"的"情"，均作"情实""实际情况"解，均非指审美情感。《孟子》一书，有"情"字四处。如"夫物之不齐，物之情也"的"情"，亦指"实际情况"。"乃若其情，则可以为善矣"的"情"，实指人的本性。可见，孔、孟对审美的"情"的问题，很少关注与眷顾。

然而，郭店楚简《性自命出》篇却大谈其"情"。全篇篇幅不大，而有"情"字十九处，大凡均与审美相关，这在先秦典籍中是罕见的，令人惊讶。

其一，该篇云，"道始于情，情生于性。"这里，值得注意的有两点，第一，所谓"情生于性"，是将"情"的生命根因归之于"性"。的确，作为主体对外在环境、事物的情绪反应，"情"的本原是"性"。"性"之所以生"情"，是因为"性"中本具"情"素之故。《性自命出》说："喜怒哀悲之气，性也"。"气"是人之生命的基因，它本具"喜怒哀悲"即"情"的质素，因而，称"情生于性"，起码在逻辑上是成立的。"性"本生命之气，在"气"这一点上，情、性不能分拆。而既然说性气之中本含"喜怒哀悲"之"情"素，则等于承认此"性"、此"气"之中具有"心"的人文底蕴。因此又可以这样说，性是潜在之情、内在之情与静态之情；情是实现之性、外显之性与动态之性，性、情统一于气（心）。这里，《性自命出》关于心气、情性之关系的言述，之所以可能与审美具有不解之缘，是因为它一般地具备了哲思的深度。第二，所谓"道始于情"的"道"，指人道，类于郭店楚简的另一儒家著述《语丛二》所言"情生于性，礼生于情"的"礼"，并非本原本体意义的"道"。这种"道（礼）生于情"的思想，一是承认"道（礼）"的文化原型，是"情"；二是承认"情"可通贯于"道（礼）"，是道德伦理的人情化与人情的道德伦理化的两者兼备，体现了先秦原始儒家在"情""道（礼）"关系问题上一种颇为宽容的文化、审美态度，不同于后代比如《诗大序》所言的"发乎情，止乎礼义"。

其二，《性自命出》篇又说，"凡声，其出于情也信"，"凡人情为可悦也。苟以其情，虽过不恶；不以其情，虽难不贵。苟有其情，虽未之为，斯人信之矣。未言而信，有美情者也。"这是从心性、从情角度进一步阐述了实现审美的诸多必要条件：

第一，审美的实现，固然原于心性，却有赖于"声"。这里的"声"，指音乐艺术，有如《论语·阳货》所谓"恶郑声之乱雅乐也"以及后世嵇康所言"声无哀乐"的"声"。古人云，"声成文谓之音"，音乐意义的"声"，是具有审美意义的"成文"之"声"。第二，此"声"之所以"成文"，不仅因外显的音响、节奏与韵律，而且决定于内在的心气与性气的"情"，并且其根本之点，是主体所投入与表达的"情"达到了"信"的程度。"信"者，诚实无欺之谓。"信"是音乐及其审美的真实真诚境界与审美标准。无"情"不能实现为审美，然有"情"而无"信"，仍无审美可言，决不能"其入拨人之心也厚"，此之所谓"未言而信，有美情者也"。第三，"声"之"美"，因"其出于情也信"，而且应是"可悦"的。"可悦"指什么？"可"，适度；"悦"，在《论语》里称

"说"（"子曰：'学而时习之，不亦说乎？'"），由《论语》的"说"发展到《性自命出》的"悦"，此乃后者更加重"心"之故。"可悦"可指审美之适度的愉悦。此"可悦"之说，还可与先秦儒家所倡言的"中和"与"哀而不伤"的审美观念相参照。然而，究竟什么才是真正适度的审美？《性自命出》贡献了既同、又不同于孔子的深刻见解。孔子关于音乐艺术的审美观自然不排斥"可悦"之"情"，否则其为何闻韶乐、三月而不知肉味？孔子因其"崇德"而反对"爱之欲其生，恶之欲其死"（《论语·颜渊》）的激烈的审美态度。而相比之下，《性自命出》所提倡的"可悦"，则更富于生命原始的冲动之美感与野性的况味，其云，"喜斯陶，陶斯奋，奋斯咏，咏斯摇，摇斯舞。舞，喜之终也"；又说，"愠斯忧，忧斯戚，戚斯叹，叹斯抚，抚斯踊。踊，愠之终也。"这便是说，无论"喜""愠"或是"喜之终""愠之终"（喜怒、忧伤到极点），只要是人之心性、情感的真（信）的表达，无论这表达的情感平和抑或激烈，都是"可悦"的审美境界，审美的愉悦，既可以是喜剧性也可以是悲剧性的。而且，审美的愉乐与悲伤可以互转，关键在"凡至乐必悲，哭亦悲，皆至其情也。"乐极生悲也罢，由悲哭到喜笑也罢，只要"至其情"，便是艺术审美的佳境。

总之，郭店楚简《性自命出》篇，体现了先秦建构于天、命观文化阴影背景中的、儒家心性说及其重"情"而"可悦"的美学精神，是一个可用以进一步认识先秦儒家"美学"的重要文本。

本文发表于《复旦学报》2003年第1期

郭店楚简《老子》的美学意义——老子美学再认识

据考古，1993年10月在湖北省荆门市沙洋区四方乡郭店村出土的楚简《老子》，是迄今所发现的最古的《老子》抄本。该文本的学术思想，显然更接近于《史记》所言那个"周守藏室之史"老聃所撰的《老子》原本，与1973年10月所发掘的长沙马王堆帛书甲、乙本《老子》、尤其与通行本《老子》相比较，具有重大差别。如果说，通行本《老子》为太史儋所编纂，它所体现的主要是战国中期的道家思想及其美学见解的话，那么，郭店楚简《老子》的思想，可以认为是更直接地接近于道家原貌。楚简《老子》的篇幅，虽不及通行本的五分之二①，但其古朴、深邃的哲学及其美学意识，它所独具的重要学术价值，为体现于老子哲学中的美学意识问题的重新研究与再认识，提出了一个学术新课题。关于这一点，与《论语》比较，也能见出。

一、道："有状混成"还是"有物混成"

无论通行本或郭店楚简《老子》，道都是其哲学及其美学意识的元范畴。道，有事物本原（本体）、运动规律性、道德准则与人生理想境界这四重哲学意蕴。通行本《老子》说，道"可以为天下母"（本原、本体）；"反者，道之

---

① 按：楚简《老子》的篇幅之所以不及通行本的五分之二，学界以为有三种可能：一、该墓曾遭盗掘而导致竹简残损；二、陪葬时未将《老子》全文放入墓中；三、原本如此。既然是古抄本，篇幅短小合乎常理。究竟如何，目前学界尚无一致结论。

动"（运动规律性）；"道生之，德畜之"（形上之道贯彻于形下之德，体用不二，为道德准则）；"道法自然""无为而无不为"①（人生理想境界），此之谓也。

楚简《老子》有道字凡二十四，也依次具有四重意义，比如：一、"道恒亡（无）名朴"；二、"返也者，道动也""天道员员（圆圆），各复其根"；三、"保此道（指德行）者，不欲当盈"；四、"道法自然""亡（无）为而亡（无）不为"②等。说明楚简本与通行本《老子》在思维理路上是一致的。

可是，在思想属性及其深致程度上，两者存在重要区别，体现其美学意识与见解的不同。

通行本《老子》说："有物混成，先天地生。寂兮寥兮，独立而不改，周行而不殆，可以为天下母。"这明白无误地称"先天地生"的"道"是一种"物"。既然道为"天下母"，自然可称为"原物"。由于道是"物"，以往有的学人就说老子的哲学及其美学意识是"朴素唯物主义"的，并引发所谓老子"美学"究竟是"唯物主义"还是"唯心主义"的长期争论。敏泽说，"至于《老子》一书所说的'道'，究竟属于物质性存在，或是观念性存在，长期以来却聚讼纷纭，莫衷一是……笔者认为：老子的'道'，在基本上是属于物质性的。"③道具有"物质性"，自然是"唯物主义"的道论了。

问题是，通行本《老子》一边称道为"混成"之"物"，一边又在该书第四十章赫然写道："天下万物生于有，有生于无"。其第一章也说："无，名天地之始"。显然自相矛盾。因为，如果道为"物"，则无异于说道是有限的、形下的时空存在物，说明老子哲学及其美学意识具有经验性的思维品格。道既然是"物"的经验性原始存在，那么，它当然是原本之"有"。可是《老子》一书不是说道又是一种"无"么？这种关于天地万物及其美既始原于"有"（物）、又是"无"的文本矛盾现象，要么说明通行本《老子》的编纂可能并非出于一人之手，因而在道这一问题上观点相左；要么是该本老子思想逻辑上的不周密。

这种颇为"尴尬"的文本现象，在郭店楚简《老子》这里，是不存在的。

---

① 按：依次见通行本《老子》第二十五、四十、五十一、二十五、三十七章（后文引用该书，不再注明）。

② 《郭店楚墓竹简》，文物出版社，1998（后文引用该书，不再注明）。

③ 敏泽：《中国美学思想史》，第1卷，齐鲁书社，1987，第221—222页。

考通行本所谓"有物混成"，楚简本原作"有状混成"。

可以从楚简《老子》图版有关文字符号的书写得到有力的证明。

笔者检索到"物"字在楚简《老子》全文凡十一见。是为"是故圣人能辅万物之自然""而万物将自化""万物将自定""万物作而弗始也""天下之物""万物将自宾""万物方作""而奇物滋起，法物滋彰""物壮则老"与"是以能辅万物之自然"。这十一个"物"字，简文大多写作"勿"，个别写作"勿"。

而在通行本所谓"有物混成"这文辞相应处，楚简《老子》写作"又腜䖵成"。可见，这里的"腜"，显然并非"物"字。因为正如前述，楚简《老子》另有十一个"物"字。所以，如将这"腜"字也释为"物"，无疑是欠妥的。侯才《郭店楚墓竹简老子校读》一书释"腜"字为"物"，称"但细辨此字字形当为"腜"，与《古老子》的"物"（𤝗）字写法相近，故此字当判为'物'字"①，这是没有将楚简《老子》十一个"物"字的写法与"腜"字细加比较的缘故。

裘锡圭从文字学角度研究楚简《老子》"又腜䖵成"四字，认为《郭店楚墓竹简》一书将该四字释为"又（有）䐉䖵成"，是可取的。裘先生指出，这里的"又"，为"有"；"䐉无疑也应分析为从'有'（首）'爿'声，依文义当读为'状'，'状'也是从'爿'声的"。又说，"䖵"即"蚰"，"蚰"即昆虫之'昆'的本字，可读为'混'"。而"成"，为"成"字的战国楚文字写法，当不成问题。因此，楚简《老子》的这四字，应为"有状混成"而非通行本所谓"有物混成。这里的"䐉"即"状"。"䐉"（状）应即'无状之状'，此字作'状'比作'物'合理"②。此说可从。

"有状混成"与"有物混成"，仅一字之差，其美学意义是不一样的。这里的"状"及其文义，确与《老子》第十四章"无状之状"相应相契。所谓"无状之状"，是对道及其美学意蕴的一种恰如其分的描述与领悟，道既不是"物

① 侯才：《郭店楚墓竹简老子校读》，大连出版社，1999，第47页。
② 裘锡圭：《以郭店老子简为例谈谈古文字的考释》，《中国哲学》第二十一辑，辽宁教育出版社，2000，第187—188页。

质性"的，也并非是"精神性"的，作为事物本原（本体），它是一种原始、原朴意义上的"无的状态"。

"无的状态"自然并非形下之"物"（有）。作为本原存在，便是楚简《老子》所言的"道恒亡（无）名朴""见素保朴"，也即所谓"大象"。"大象"者，"无象"也。"无象"即"无的状态"。以胡塞尔的现象学方法来加以理会，那么，这"无的状态"不是其他什么别的，它是用"括号"将一切生命、生活经验"括了出去"之后的一种"悬置"与"存疑"状态，是真正形上，超越于"物"的状态，正如叶秀山先生所言："经过胡塞尔现象学的'排除法'，剩下那'括不出去'""排除不出去的东西，即还'有'一个'无'在"①。这"无的状态"对于审美的意义，在于"无"逻辑地自由建构起超越于经验时空的人类生命创造的契机，是一种有待于"创造"的本原意义上的"状态"。人类之所以是无可争辩的美的创造者，是因为这世界本"无"，美的创造，便是"无"中生"有"。《老子》所谓"天下万物生于有，有生于无"（楚简《老子》为"天下之物生于有，（有）生于亡（无）"），是预设了本原意义上的逻辑原点，使思想与思维超拔于经验性存在，从而开启美之创造的智慧之门。如果这世界一切皆"有"，一切本"有"，那么，本原意义上的美的创造，便是不可能的，

无疑，楚简《老子》"有状混成"这一命题及其"天下之物生于有，（有）生于亡（无）"这一相关论述，具有追问美之本原（本体）的思想与思维的形上品格。通行本《老子》改"有状混成"为"有物混成"，不仅与该本关于"天下万物生于有，有生于无""无，名天地之始"等论述相牴牾，而且把楚简《老子》已经达到的哲学及其美学意识的深度肤浅化、平庸化了。

二、美之根："玄牝"与"大"

通行本《老子》论道，是从人的生命角度进入哲学及其美学思考的，认为道是人之生命、生存状态的美的本原。在这一点上，楚简《老子》亦然。不过，通行本是同时从男、女两性的生命角度进入，而楚简《老子》不然。

通行本《老子》论美之根源与美之品格，最关键的有两处。

---

① 叶秀山：《世间为何会有"无"？》，《中国社会科学》，1998年第3期。

其一，通行本《老子》第六章说："谷神不死，是谓玄牝。玄牝之门，是谓天地根"。严复《老子道德经评点》一书认为"以其虚，故曰'谷'；以其因应无穷，故称'神'；以其不屈愈出，故曰'不死'。"这是以"玄牝"拟"道"的"天地根"性。张松如《老子校读》指出，"玄牝"者，"微妙的母性"之谓也。据此，陈鼓应进而强调"道"的雌性与阴柔品性，"虚空的变化是永不停竭的，这就是微妙的母性。微妙的母性之门，是天地的根源"[①]。自然，这也是美的根源。通行本《老子》这一段名言以人之女性生殖作比，来言说美之始源意义上的阴柔性，从根本上阐述老子哲学及其美学意识所认同的美的"守雌"与"虚静"属性。

其二，通行本《老子》第二十五章又说，"有物混成"的"道"，作为"天下母"却难以命名，所谓"吾不知其名"也，故只能"字之曰道，强为之名，曰'大'"。这里对道的描述与体悟，显然不同于通行本第六章所言。

笔者认为，此处尤为值得注意的，是一个"大"字。

卜辞"大"字多见，如 𡗗（见郭沫若等《甲骨文合集》一四二一）、"𡘹"（见董作宾《小屯·殷虚文字乙编》七二八）与"𡗶"（见郭若愚等《殷虚文字缀合》八七）等，是一个象形字。

东汉许慎《说文解字》云："大，像人形"，可谓的解。然而这"大"，并非像一般意义上的"人"，更非像女子，而是男子正面而立、四肢伸展之象。裘锡圭指出，"古汉字用成年男子的图形"𡗗"表示（大）。""大的字形像一个成年大人"[②]。所言是。萧兵释"美"字，认为《说文》所谓"美""从羊从大"的"大"，并非大小的"大"，而是"正面而立的人，这里指进行图腾扮演、图腾乐舞、图腾巫术的祭司或酋长"[③]。此说可从。

"大"字本义，像正面站立的成年男性，这实际上奠定了通行本《老子》描述道的又一种朴素的文化意识与美学意识底蕴的基础。

在上古原始母系社会，"民人但知其母不知其父"，先民的原始生殖观念，

① 陈鼓应:《老子注释及评介》，中华书局，1984，第85—86页。
② 裘锡圭:《文字学概要》，商务印书馆，1988，第3页。
③ 萧兵:《楚辞审美观琐记》，《美学》第3期，上海文艺出版社，1981，第225页。

首先是与母系血缘相联系的。后来，原始父系文化代替了原始母系文化，随着原始群婚制的结束与对偶婚制的出现，先民逐渐发现男性在两性生育中同样具有重要的"原生"意义，并加以崇拜。同时，由于男性不可避免地成为父系社会政治、经济与军事等的权力中心，则进一步加剧了这一崇拜。于是，作为这一原始文化现象、生命现象之文字符号的表达，便有"大"这一古汉字的创构。

殷墟卜辞中，"大"字具有两个意义，除表示大小的"大"[1]之外，其根本之义，指男性祖先[2]。而且大小的"大"，实际是男性祖先的引申义。在卜辞中，男性祖先称为"大示"，其宗庙即"大宗"。"大"是原始先祖尊显的名号，这显然体现出对男性生殖"原生"性的一种崇拜意识。由此，在春秋末年的老聃、孔子时代，"大"由表达原始男性生殖崇拜意识，转增为具有哲学、伦理与审美意义上的"原生""原始"之义。否则，我们便很难理解，为什么通行本《老子》要勉强给"道"起名为"大"。以"大"名"道"，就是为了指引人们由"大"悟"道"。在这里，"大"的男性生命、生殖意义上的"原生""原始"性，实际就是《老子》所体悟到的道的哲学本涵与美学意蕴。尽管通行本《老子》称"道"难以名之（"吾不知其名"），故只能"强为之名，曰大"，但先民从男性生殖崇拜的"原生""原始"意识，进而领悟到"道"的本始、本朴、本原（本体）意义这一点，确是具有文化历史的真实性的。它体现了古人的哲学及其美学意义上的生命意识的一种觉醒。

这里的"大"，实际读为"太"（tài），"大"是"太"的本字。从文字造型看，"太"比"大"多的那一点，是古人由"大"进而造"太"字时对男子性器的强调。"大"就是"太"。难怪比如宋朱熹《周易本义》会将"易有太极"一语写成"易有大极"[3]，目的在以此示其"本"。顺便说一句，通行本《老子》诸如"大象无形""大智若愚"与"大音希声"等"大"，都非大小的"大"，都是"太"的本字，读tài，具有本原（本体）的哲学与美学意蕴。

---

[1] 按：如："贞其有大雨"。见郭沫若等：《甲骨文合集》第4册，中华书局，1979，第12704页。

[2] 按：如："亥卜在大宗又𣥺伐羌十"。见商承祚：《殷契佚存》，金陵大学中国文化研究所影印本，1933，第131页。

[3] 朱熹：《周易本义》卷之三，怡府藏版，天津市古籍书店影印本，1986，第314页。

可见，通行本《老子》既以"玄牝"为比来言说"道"的"守雌"与"阴柔"本性（所谓"致虚极，守静笃"）；又以"大"名"道"，这无异于承认"道"本原意义上的雄强与进取的精神品格。

千百年来，人们所认同的道家思想及其美学精神不出乎"守雌""阴柔""虚静"与"退避"等义。由于这先入之见，我们今天看到通行本《老子》这种"矛盾"的文本现象，大约总会以为，这关于以"大"名"道"的论述与思想，一定是后加、后起的。可是偏偏相反，我们在比通行本资格更老的楚简《老子》中，却发现了与通行本以"大"名"道"相类的论述，全文为："有状混成，先天地生。独立不改，可以为天下母。未知其名，字之曰道，吾强为之名，曰大。"而通行本第六章所说的有关"玄牝"之论，在楚简《老子》中未见一字。

这种文本情况，如果排除楚简《老子》出土前曾因盗掘而残缺与陪葬时未将全文放入墓中这两种可能，如果这楚简确为《老子》古抄本全文，如果这古抄本是忠实于由老聃所著的《老子》原本的，那么笔者有理由认为，楚简《老子》仅以"大"名"道"而只字不提"玄牝"之论，说明该文本在描述"道"的哲学本原（本体）思想及其美学意识时，显然并不是从人类母性生命、生殖这一文化基因入手的，它并未将母性与道的思想属性及其美学意识联系起来加以思考。

这是可以理解的。老聃及其《老子》原本所处的时代，大致与孔子同时。这是一个崇尚男性，贬抑女性，歌颂阳刚，树立祖宗权威的时代，原因是此时离中国文化进入"父系"时代更近。自从新石器晚期中国"父系"文化大声喧闹着登上历史舞台，男性的政治、经济、军事、文化与人格地位得到了全面提升与尊重。周代所盛行的宗法制，其政治、伦理意义在于强调帝王与君主的威权，是对男性生殖、血缘与父亲的神性崇拜。从"殷道亲亲"到"周道尊尊"的文化选择，成为整个民族、社会以男性血缘为文化意识中心的现实肯定与时代转递。但根植于"父系"文化的尊男抑女的文化"老"主题并未改变，这正如派伊《亚洲权利与政治》一书所言，此时的中国，"典型的父亲可期待完全的尊敬"。父亲无可替代地是政治的标帜、伦理的表率、文化的象征、人格的偶像与人性生命之根。这个"父亲"的哲学及其审美表达，便是楚简《老子》

与通行本《老子》所言说的"大"。虽然老聃与孔子所面对的同一时代课题是"礼坏乐崩"，但这一时代天命思想的淡化与周天子权威力量的日益削弱，并不意味着深层文化意义上男性、男权与父亲中心地位的被消解。随着身披霞光的男性之高巨形象在古老中华大地上昂首苍穹，必然是女性及其"母系"观念的黯淡与落寞。周代在社会公共事务与私有财产的继承方面，推行严格的"父系"原则，王位、君位与卿大夫爵位的继承等，以嫡长子为第一世袭者，在国家与家族的权力与财产的再分配上，是完全排斥"母系"与女性的。女性历史地位的衰落，使女性"变成了一种私人的事务，妻子成为主要的家庭女仆，被排斥在社会生产之外"①。这就难怪《论语·阳货》记述孔子之言云："唯女子与小人为难养也，近之则不孙（逊），远之则怨"。孔子斯言，将"女子"与"小人"并列，在今人看来，是糟践女性，会激起义愤的，但在孔子及其时人眼里，却并非故意贬损女性，实在是真实地传达了一种当时很正常的时代意绪及其审美观念。

一个时代的哲学及其审美意识，总是折射与凝聚着该时代的文化思潮与意绪，楚简《老子》描述"道"时言"大"而不言"玄牝"，反映了该文本在建构其哲学及其美学意识时，思想与思维层次上对男性文化的强烈认同。

那么，通行本《老子》又为何既以"大"，又以"玄牝"名"道"呢？如果我们认同以"大"名"道"体现了先秦原始道家建构道之本原（本体）论原始思想面貌这一点的话，那么，把通行本《老子》关于道的"玄牝"之论，看作为道家后学所加，是合乎逻辑的。学界一般认为，"简本《老子》出自老聃，今本（引者：指通行本）出自太史儋"②。据《吕氏春秋》《礼记》与《史记》等古籍记载，老聃与孔子同为春秋末年人而老聃稍年长，孔子曾问礼于老聃。又据《史记·秦本纪》"十一年，周太史儋见献公"之记可知，这位编纂通行本《老子》的太史儋与秦献公同时。献公十一年，即公元前374年，处于战国中期，离老聃所处的春秋末期约百年时间。

---

① 《马克思恩格斯选集》第4卷，人民出版社，1966，第70页。
② 按：参见郭沂：《楚简老子与老子公案》，载《中国哲学》第二十辑，第136页。李泽厚：《初读郭店竹简印象纪要》、姜广辉：《郭店竹简与早期道家》，载《中国哲学》第二十一辑，第8、277—278页。

　　太史儋时代与老聃时代相比，其文化观念与时代意绪已经发生了不小的变化。此时七国并雄、天下纷争，曾经作为"天下共主"的周天子的权威与政治力量已趋衰微（注：东周亡于公元前256年）。虽然此时血缘宗族文化中"父亲"崇高的人格魅力并未丧失，但是，曾经被贬抑得毫无"立锥"之地的女性，却得到文化意义上的承认。值得注意的是，此时在哲学上的表述，是"天"这一范畴不再至高无上、独一无二，而是转递为天、地并称。天、地的"根喻"分别是男、女与父、母，亦称乾、坤。这正如大致成文于战国中、后期的《易传》所言，"乾，天也，故称乎父；坤，地也，故称乎母"。天、地并称这一哲学思维构架的文化学原型，是男女与雄雌并提。

　　这一历史性转递，其实早在战国初期的子思时代就已经开始了，而完成于战国中、后期。杨荣国曾经正确地指出，"有一点是不可忽略的：孔墨虽言'天'而不言'地'，子思则是'天'与'地'并言的。可见这时由于血族的宗族关系日形松弛。"①这种"日形松弛"的观念形态，并非意味着战国时代女性社会地位的根本提升与伦理地位的改变，而是雄辩地说明，战国中期的太史儋时代，时人已经同时从男、女两性的生命、生殖角度来建构其哲学及其美学意识，那种原先仅从男性角度"看问题"的思维模式被打破了。曾经被巨大的男性这一历史、文化之"阴影"所遮蔽的关于女性生命及其生殖的文化观念，成为战国时人酝酿、建立哲学及其美学意识之重要的思维与思想资料。难怪成书于战国中后期的《易传》如是说："天地絪缊，万物化醇；男女构精，万物化生。"难怪比通行本《老子》晚出的《庄子·田子方》也说，"至阴肃肃，至阳赫赫；肃肃出乎天，赫赫发乎地。两者交通成和，而物生焉。"至于成书于战国末年的《荀子·礼治》，也同样说，"天地合而万物生，阴阳接而变化起"。凡此思维模式与体现于哲学中的文化视角，都是与通行本《老子》相一致的，这便是男女、天地并称。

　　通行本《老子》同时以"大"与"玄牝"名"道"，仅是战国中期出现的一个著名的文本个案，体现出这一特定历史时期道家哲学及其美学意识的学术气质与思想面貌。当然，通行本《老子》的"玄牝"之论，是后人所添加

---

①　杨荣国：《中国古代思想史》，人民出版社，1954，第155页。

的，可以看作是对楚简本《老子》以"大"名"道"的修正与补充，或曰是对源自原始"母系"文化的女性生殖崇拜的一种哲学、文化意义上的"追忆"与"回顾"。

要之，楚简《老子》以"大"名"道"的美学意义，说明老聃始创道论之初，其实并未自觉地意识其哲学及其美学意识是什么守雌、属阴与崇女的，倒是顺应源自新石器晚期"父系"文化的血脉，与传统男性生殖崇拜观念相联系。这不等于说，老聃心目中的"美"（注：楚简《老子》有云："天下皆知美之为美也，恶已。皆知善，此其不善已"）是什么阳刚的、进取的。因为，当时还未及产生阳刚、阴柔与进取、退避等文化观念及相应的审美观念。将男性与阳刚之美、女性与阴柔之美在观念上自觉地联系在一起，起码是战国中期及此后的事情。楚简《老子》独拈一个"大"字来名"道"，并非对男性文化情有独钟从而有意贬低女性文化，不过是顺其自然地从当时普遍流行的崇天亦即崇父、崇男的社会文化氛围中采撷一定的思想与思维素材罢了。

至于通行本《老子》那种同时以"大"与"玄牝"名"道"、看似"矛盾"的文本现象，可以说两千多年来的老学研究从未认真注意过，大凡学人都从"玄牝"为"天地根"来领会与言说"道"及其"美"的阴柔与守雌性；不去推究所谓"吾强为之名，曰大"的"大"究竟是什么意思，错以为先秦道家从一开始就认为"道"是所谓"致虚极，守静笃"的，如果同时关注到"大"的文化本义及其哲学、美学意蕴，那么，老子原本所谓"道"及其美学意识的文化性格是否纯粹是阴柔与守雌的这一结论，就是值得怀疑的了。而诸如日本学者服部拱《老子说》引东条一堂氏的话说，"此章（注：指通行本《老子》说"玄牝""谷神"之类的第六章）一部之筋骨。'谷神'二字，老子之秘要藏，五千言说此二字者也"[①]以及今日学界所言"母性哲学""守雌美学"云云，岂非无根之谈？

三、儒与道：原本"对立"还是相容

所谓"儒道对立互补"是否是奠定于先秦的汉民族文化心理结构及其基本

---

① 转引自严灵峰：《无求备老子集成续编》，见萧兵、叶舒宪：《老子的文化解读》，湖北人民出版社，1994，第551页。

的审美文化景观，这一问题，自从李泽厚提出这一见解以来，学界并无多大歧义。李先生说，先秦"开始奠定汉民族的文化一心理结构。这主要表现为以孔子为代表的儒家的思想学说；以庄子为代表的道家，则作了它的对立和补充。儒道互补是两千年来中国美学思想一条基本线索。"又说："老庄作为儒家的补充和对立面，相反相成地在塑造中国人的世界观、人生观、文化心理结构和艺术理想、审美兴趣上，与儒家一道，起了决定性的作用。"①这一见解，仅就先秦儒家著述与通行本《老子》《庄子》所体现的思想对应关系而言，确言之成理。这一点，我们只要去看一看通行本《老子》及《庄子》那强烈的反儒言辞以及先秦儒、道两家深层的理性精神，就够了②。

可是，自楚简《老子》出土，"儒道对立"云云的理论是否站得住，是值得讨论的一个问题。

考楚简《老子》全文，未见非黜儒家之论，通行本第十八章关于"大道废，有仁义"那一段攻抨儒家的名言，在楚简原作"故大道废，安有仁义？六亲不和，安有孝慈？邦家昏乱，安有正臣？"其言辞与思想实质，与帛书甲、乙本《老子》所言大体相同。此句帛书甲本为："故大道废，案有仁义？智慧出，案有大伪？六亲不和，案有孝慈？邦家昏乱，案有贞臣？"帛书乙本为："故大道废，安有仁义？智慧出，安有（大伪）？六亲不和，安有孝慈？国家昏乱，安有贞臣？"这说明，体现于楚简本与帛书本的道家思想，显然更接近于道家原貌，其所倡言的"大道"（原道，根本之道）与儒家的"仁义""孝慈"之类的精神旨归、走向是一致而不相牴牾的。"大道"兴而"仁义"存；"大道"废而"孝慈"绝，在这一点上，原始儒、道原本相容、不分彼此。区别仅仅在于，体现于楚简《老子》之道论的原始面貌，是将仁义、孝慈等人生典则作为肯定性思想因素，放在原始道家的哲学及其美学意识的视野之内，而原始儒家的"仁义""孝慈"之论，则一般直接便是伦理规范、一般缺乏哲思意义上的终极关

---

① 李泽厚：《美的历程》，文物出版社，1981，第49、53页。

② 按：通行本《老子》第十八章云："大道废，有仁义；智慧出，有大伪；六亲不和，有孝慈；国家昏乱，有忠臣。"第三十八章又云："故失道而后德，失德而后仁，失仁而后义，失义而后礼。夫礼者，忠信之薄而乱之首。"通行本《庄子》的"胠箧""盗跖""渔父"等篇也有激烈的反儒言述，具体论述与引文在此从略。

怀"与审美诉求。原始儒、道大约都从伦理现实与政治现实出发,"儒"的思想一般停留在政治、伦理这一"实用理性"的层面上,而"道"则从政治、伦理走向哲学与审美理性、并从这理性高度来反视、反思政治与伦理现实。

因此,所谓儒、道原本"对立"、冰炭不容,在这里并不存在。不是"对立",而是相容而致思方式上有差异。

不难发现,楚简《老子》没有如通行本《老子》第三十八章"夫礼者,忠信之薄而乱之首"那样激烈的反儒言述;也不见如通行本第十九章"绝圣弃智,民利百倍;绝仁弃义,民复孝慈;绝巧弃利,盗贼无有",如此对儒家所谓"圣智""仁义"与"巧利"的决绝态度。关于这一点,楚简《老子》原为"绝智弃辩,民利百倍。绝巧弃利,盗贼亡(无)有。绝伪弃虑,民复孝慈。"在此,原始道家只是对"智辩""巧利"与"伪虑"表示非议,并未抨击儒家的核心思想:"仁义"。这说明其对儒家"仁义"抱着宽容的态度,难怪楚简《老子》有"故大道废,安有仁义"的说法。

先秦儒、道两家的对立与紧张,并非自古如此,而是大致从战国开始的。正如《庄子·天下》所言,先秦诸子,原本"一家",先有"一家",然后才有"百家",这称之为天下原本"公而不党,易而无私,决然无主,趣物而不两。"后来便嬗变为"道术将为天下裂"的时代,造成"天下大乱,贤圣不明,道德不一,天下多得一察焉以自好"的局面。在审美上,于是也只能"判天地之美,析万物之理,察(笔者注:即前文所引《庄子》所言"一察"之简文,以便协律。意为各执一端、偏视)古人之全,寡能备于天地之美"了。

儒、道原本相容,可以证明这一点的,可谓在在多是。

据史载,孔丘不仅问礼于老聃,而且对老聃十分钦慕。《史记·老子列传》称,孔子在其门徒面前曾喻称老聃为"龙":"鸟,吾知其能飞;鱼,吾知其能游;兽,吾知其能走"。"至于龙,吾不能知,其乘风云而上天。吾今日见老子,其犹龙邪!"崇拜之情可见一斑。大史笔司马迁还在《老子列传》中说过一句关键的话:"世之学老子者则绌儒,儒学亦绌老子"。"绌"者,此处通"黜",排斥之谓也。所谓"学老子者",当指老聃后学,说明"绌儒"是老聃后学的事情而非老聃,孔、老原本并未相互攻讦、排黜。

从文本看,楚简《老子》说"道",较少玄虚色彩,体现出偏于古朴、与儒相容、相似的思维特色。通行本中一系列关于道之本体的玄虚论，多不见于简本《老子》。除前述第六章"谷神不死，是谓玄牝"不见于简本外，再如通行本第一章"道，可道非常道""玄之又玄，众妙之门"；第十章"涤除玄览""是谓玄德"；第二十一章"道之为物，惟恍惟惚"；第二十八章"复归于无极"与第四十二章"道生一，一生二，二生三，三生万物"等，均未见于楚简《老子》，说明《老子》原本的思维能力与思想水平，大致类于以孔子为代表的儒。

若以楚简《老子》与《论语》所述孔子的言论相比较，则具有惊人的相容、相通与相似之处。楚简《老子》主张"见素抱朴，少私寡欲"，《论语·述而》记孔子语云，"不义而富且贵，于我如浮云。"楚简说，"以其不争也，故天下莫能与之争"，《论语·八佾》称："子曰：'君子无所争'。"楚简倡言"亡（无）为"的生活与审美态度，《论语·先进》则推崇孔子门徒曾点那种"风乎舞雩，咏而归"的逍遥之境，并说"夫子喟然叹曰：'吾与点也！'"意思是说，这一点孔子是很赞成、同意的。更有甚者，孔子首倡所谓"无为而治"这一著名命题。《论语·卫灵公》说："子曰：'无为而治者其舜也与？夫何为哉？恭己正南面而已矣'"。虽然孔子所谓"无为而治"，与通行本、楚简《老子》的有关思想在"出世"这一点上具有程度上的差别，然而，这里孔子将舜的德政即所谓"恭己正南面"看作"无为而治"的政治理想与榜样，恰与楚简《老子》所言"以正治邦"相契合，而"以正治邦"，又与《论语·颜渊》中孔子所说的"政者，正也"之说相呼应。这里，包容关于心"正"、身"正"的某些人格审美的内容。楚简《老子》提倡"守中，笃也"的处世态度与生存策略，孔子则在《论语·八佾》中以"乐而不淫，哀而不伤"的"诗"的精神品格问题，启迪其学生执持一种"过犹不及"的中和、中庸的生活准则。"过犹不及"便是"守中"。而楚简《老子》曾谴责那种"夫天下多忌讳，而民弥叛，民多利器，而邦滋昏""法物滋彰，（而）盗贼多有"的乱世、无道，因而主张"功遂身退，天之道也"。这种思想在《论语》中也有相似的表达，其一是"泰伯"说："天下有道则见，无道则隐"；其二，该书"卫灵公"篇又云，"邦有道，则仕；邦无道，则可卷而怀之。""卷而怀之"云云，意即国家政治黑暗时，文人学子就与当局取不合作态度，且将浑身的本事收藏起来，勿使外露，这也便是"隐"。

这里，在先秦"原始"意义上，可以说是道犹儒、儒犹道。至于原始儒、道两家在谈论各自的学说时，都表现出一种有些洋洋自得、自信而矜持的思想巨人的人格态度。楚简《老子》云："上士闻道，勤而能行于其中。中士闻道，若闻若亡。下士闻道，大笑之。不大笑，不足以为道矣。""道"是如此深奥、玄妙与美丽，是喧嚣中的沉潜与庄严，岂有"下士"能够领会、企及与观照的？"道"横遭"下士"的耻笑与误解，理所必然，否则还是"道"吗？在此，不是可以体会到"道"的横空出世的崇高与渊深无比的精神之力么？与此相仿的，是《论语·雍也》也有此说，孔子云："中人以上，可以语上也；中人以下，不可以语上也。"这岂不是说，儒学是一门"上"学，哪有智力与人格在"中"等水准以下的人可以理解与领悟？这也称之为"惟上智与下愚不移"。可见，孔子对他所悟解和宣说的"道"的钟爱与自珍，实与楚简《老子》取同一思路、同一情感态度与价值评价，这里蕴涵着同一种相容的审美态度。

总之，在美学意义上，先秦原始道家与原始儒家思想与思维的相容、相通与相似，是不争的事实。如果说，在楚简《老子》出土以前，学界持儒、道"对立互补"说尚情有可原的话，那么在今天，再要坚持陈说，恐怕是困难的。楚简《老子》为老子美学的进一步研究，提供了一个值得重视的、新的文本参照。

本文发表于《学术月刊》2001年第11期

汉文字文化原型的探讨

汉文字，是记录语言、交流思想与感情的书面符号，更重要的，每一个汉字，都可能蕴涵着丰富、深邃的文化学意义与信息。在对中国古代汉字文化的研究中，往往可以通过一些相关的汉文字现象，获得相应的文化学课题的进一步解析。本文偶拾三字，试作阐释，以求正见。

一、释"士"

读余英时先生《士与中国文化》一书，知对中国古代"士"文化的研究已颇深入，该书在这一学术领域的诸多建树自不待言。然则，关于"士"这一汉字之文化原型究竟为何？似有再议之必要。

余先生在书中援引杨树达《积微居小学述林》，疑近人吴检斋关于"士，古以称男子，事谓耕作也"一说未确，以为"'士为低级之贵族'，这是正确的论断"，并引用顾颉刚《史林杂识初编》所谓"吾国古代之士，皆武士也"的学术见解，作立论的一个佐证。

笔者在关于中国古代"士"文化的学习与考释中，觉东汉许慎《说文解字》的解释可谓允当。许子云，"士，事也"。此从音训释"士"，非指古代从事"耕作"的"男子"，因为许慎接着进而从形训入手，称"士"者，"数始于一，终于十，从十一"。实乃的论。

大致成书于殷周之际的《周易》本经，原为巫术占筮之书。一般认为成篇于战国中后期的《易传〉所记述的《周易》古筮法，自始至终均为筮数的运演。

此古筮法基于自一至十这十个自然数，即"天一、地二；天三、地四；天五、地六；天七、地八；天九、地十。天数五、地数五，五位相得而各有合。天数二十有五，地数三十，凡天地之数五十有五，此所以成变化而行鬼神也"。这便是说，按《周易》古筮法，古人占筮运用自一至十这十个自然数，其中一三五七九这五个奇数为天数，二四六八十这五个偶数为地数，"天地之数"总和为五十五，构成《周易〉巫术占筮的"大衍之数"。我们知道，整个《周易》古筮法的占筮过程即所谓"十八变"的筮策操作十分繁复，并且在确定一卦之后，进而须通过筮算、确定此卦六爻中何为变爻、何为不变之爻的过程同样十分繁复，限于篇幅，本文不可能在此一一列出。然而由此我们可以见出，《周易》巫术占筮的文化内蕴，恰是基于"数始于一、终于十"的。这是一种自远古承传而来的数的巫术，古代中国之典型的数术。而从事《周易》古代占筮数术的人，便是中国最原始的"士"。从形训角度分析，"士"这一汉字从十从一，完整而简略地将《周易》古筮法自一至十这十个自然数参与其间的筮数运演的文化机制与过程，"压缩"或曰"积淀"在这一字形之中。

《说文》曾引述孔子之言称，"推一合十为士"，可谓以筮"易"释"士"义，深谙易理。

由此不难见出，"士"的文化原型，并非躬耕劳作的山野农夫，亦非起起"武士"或"低级之贵族"，实际是古代与筮数打交道、从事周易巫术占筮的"巫"。

《白虎通》有云："士者，事也。任事之称也。"这"事"，看来便是专指古代巫术占筮而言的。正如其《传》曰："通古今，辨然否，谓之士。"这上知天文、下通地理、知命运休咎、对历史现实、人事然否所谓"了了如神"者，只能是以周易筮数擅于巫术占筮的"巫"，即后代所谓"士"。

在民智尚浅、无事不卜、不占的那个时代，"巫"亦即原始之"士"，是社会的特殊角色。他们声称自己、亦被社会公认为通于神、人（普通民众）之际，是神与人之际的一个"中介"。"巫"是上古颇有学问的社会群团，随社会情势的变迁、社会的进步而不断分化。有些高迁入"官"，但称"官巫"；有的下沉于民间，是谓"民巫"，均被社会所推重。这是由于部分"官巫"以权势为背景、靠山之外，两者都以"神"之代言者自居且共同具有某种知识优越的缘故。

《周礼》将"官巫"称为大史、小史、内史、外史或大祝、大卜等,《曲礼》亦云,"天子建天官,先六大:曰大宰、大宗、大史、大祝、大士、大卜"。他们都是当时掌管史职、兼擅巫事的权威及其社会精神主宰。大士、大卜之类,则卜天筮地、言祭祖、征战、农桑、出行、婚娶、葬礼、生诞等一切天时、地理与人生行为之吉凶,进行卜龟、占筮、占梦、占风、望气等等原始巫术活动的,他们是"巫",即是"士"。古人云,"巫"乃"三易九筮"。三易者,连山易、归藏易、周易是也;九筮者,即指巫史、巫咸、巫式、巫目、巫易、巫比、巫祠、巫参与巫环。除此之外,还有掌群巫之政令的司巫。值得注意的是,这里所引《曲礼》一条材料,已将"天官"(百官之长)这掌祭祀鬼神、治历数等职的"巫"别称为"大士",这种文辞表述与历史记录中的"巫"与"士"的耦合关系,正反映出从巫到士、巫即原始之士的文化学意义。而与"官巫"相对应的,便是"民巫",他们是后代布衣"寒士"的"先人"。

"巫"就是"士"的文化原型,这看来是没有疑问的。刘向《说苑》亦称,"辨然否,通古今之道,谓之士"。诚然,《士与中国文化》一书已大致注意到《说文》等诸多古籍释"士"的确凿材料,而歧作他解,大概是未能从易筮、易数、易理释"士"的缘故。

二、释"井"

《周易》六十四卦之一的井卦,颇耐寻味。

井卦,䷯,巽下坎上之象。依《易传》,巽为风、坎为水,故整个卦象,象风行于水下、有井泉涌起而不竭的意义。上古人智稚浅,谬以为泉涌,乃水下、井底有神秘莫测的风鼓荡之故,因而,创构这一卦象以象征水井,似乎倒也于理可通。《易传》并将这一井卦卦象的意义作了生发,将"井冽、寒泉"比于君子之德,所谓"无丧无得,往来井井"(大意:日日井泉流注不盈溢,天天供人汲取不见枯涸),是乃"井养而不穷也",这也说得过去。

但是,读《易》倘太拘泥于《易传》之解,由于《易传》解"易"处处以伦理为指归,是否能时时探得"易"之堂奥,大约颇有些疑问。因为"易"之文化底蕴,虽包蕴着上古伦理文化因素,却远非仅仅是一个伦理道德问题。比如对这"井"的阐释,倘突破"伦理"囿限,对其文化意蕴可望有些别样的意见。

井这一汉字，甲骨文作丼（《甲》三〇八）或井（《粹》一一六三），原写作井。清代易学家朱骏声《六十四卦经解》云，"井，本作丼，穴地以达泉，古者八家一井。"这一见解，大致承袭了汉代许慎《说文》之说。许子有云，"八家一井，"蕴涵着"井"这一汉字造型的文化意义。

问题在于，这所谓"八家一井"，究竟是"八家合用一口水井"，还是另有什么文化深意？朱骏声释"井"，有"穴地以达泉"一语，看来与许慎原意有些出入。

中国古代有所谓"井田"土地制度。据当代历史学家、易学家金景芳先生考证，大约在夏禹时代，就产生了井田制的雏型。《世本·作篇》说："伯益作井"。伯益，夏禹时东夷部落之首领，相传曾助夏禹治水有功，并初"作井"。

这里，值得注意的，是"作井"之"作"，卜辞写作"乍"或"作"，为丵（《铁》八一、三）丱（《甲》一〇一三），金文亦多如此，有"人工造作、营建"之意。然考"作"之原意，为"封"。据郭沫若《卜辞通纂》《甲骨文字研究·释封》，所谓"作"，当释为"封"，可供参考。

因而，正如郭氏将卜辞中多见的"作邑""乍邑"解说为"封邑"那样，笔者亦以为，所谓"作井"，其实是"封井"之意。这里的"井"，首先不是"水井"之"井"，而是"井田"之"井"。所谓"伯益作井"，看来亦非指伯益以人工开掘、建造水井的意思，而是指"井田"的开辟。

因此，所谓"八家一井"，主要并非指"八家"合用一口"水井"，而是"八家"合为一块"井田"。《周礼·考工记》指出，四周挖掘"沟渔"、标出疆界，以成一"井"，这便是笔者所理解的"封井"。这里，"八家"之"家"，为家庭之意且兼为土地面积单位。"八家一井"，是中国古代的一种土地制度，也是古人的一种生活居住模式。

中国古代井田制在周代比较盛行，至战国渐衰。《孟子·滕文公上》云，"方里而井，井九百亩，其中为公田。八家皆私百亩，同养公田。"这揭示出井田制之一"井"的规模范围。即以"方"为"井"，一"井"包括位于四周的八家私田及位于中央的一份公田，凡九个面积单位，每一单位均为古制一百亩，是谓"井九百亩"。

这种井田制度，八家私田围列于四周而公田居中，是一"公私合营"模式。

以文字表达，即古井字（井）。正如古文字 ⌐（上）、⌐（下）或 刃（刃）等字造型的圆点，是对上、下方位与刀刃之所在加以强调那样，古文字井中间的一圆点，亦是古人造"井"字之初对公田之所在的强调。后来，在渐趋瓦解的井田制中公田被取消，再无必要在"井"之字形上强调公田的位置，于是，其字形便由井转换为井。有人亦以为"井"之原字的中间一圆点，是居中公田所掘水井的文字符号表达，似亦可备一说。朱骏声《六十四卦经解》称："公田之中，庐舍之间，居中作井"，此之谓也。又云，"而百亩环之，沟洫隧路塍堳，视以为经界之准，而永无所改也。"假如将这里所言井田四周的"沟池""经界"在文字造型上表现出来，则"井"实应写作井。

这是一个有趣的文字符号，它揭示出一"井""九分"之制。《周礼·小司徒》说："九夫为井"。似与前述"八家一井"有别。其实，这里的"夫"，原指一家之主、从事耕耘的男子，同时兼指土地面积单位。周制一家即一夫授田百亩，这块土地面积便称为"夫"，井田中央一块公田亦为一夫，遂成"九夫"规制。

在井田文化的发展中，八家（夫）耕作聚居，共养其中央一"夫"。一旦耕耘所得有了剩余，便始交换，起之为商，这便是中国城市的萌生。清段玉裁《说文解字注》说，"方里而井""因为市交易，故称市井"。"市井"两字在后世连用，说明"市"起始于"井"。因而可以说，井田制是中国城市发蒙的文化之摇篮。

这里又涉及到一个"里"字，段玉裁注："里，居也"，"若今云邑居矣"。故里、邑相关。《尔雅·释宫》："里，邑也。"邑是什么？《说文》："邑者，国也。"《公羊传》称，"邑者何？田多邑少称田，邑多田少称邑。"这说明邑与田（井）的原生关系以及自田向邑的转化。邑源自田。在井田中，中央一夫原为公田，自从有了商贸交换，公田便渐渐蜕变为市井，市井之再向前发展，便是城邑的建构、同时是井田制的瓦解。

那么，"国"又是什么？国，繁体写作國，从口从或，像持戈者守卫着一片四周围合的土地。这其实就是从井田发育而成的都城（邑）。所以前文所引《说文》"邑者，国也"，是谓的论。所以，《周礼·考工记》所言"匠人营国、辨方正位"，并非指什么"匠人治理国家"之类，如持此解自是不通，匠人何能治理国家？而是指匠人营造都邑，须看风水。后世"国家"一词之中的"家"，原指井田制中的一个耕耘与居住单位，同样显示了都邑在文化原型意义上与"井"的沟连。段玉裁注云，古时"二十五家为里"，这是取自《周礼·遂人》所谓"五家为邻、五邻为里"之说。而《谷梁传》则说"古者三百步为里"，"三百步"者，指井田之中方三百步的那一区域。据古制，"步百为夫"，方百步者为一夫之制。故此《谷梁传》所言一"里"仅为三夫（三家），显与《周礼》所言二十五家为一"里"之说相距甚大。

这雄辩地说明，古代所谓"九夫为井"是恒值，而邑（里）的范围大小是变迁的。这便是《周易》井卦卦辞关于"改邑不改井"的深层文化学、历史学意义。笔者见到诸多译注《周易》的著作，多有将"改邑不改井"解为"都邑可以搬迁而水井不能搬迁"之类，欠妥。

中国古代都城起源于井田自无疑问，或者说，都城就是一块四周围以城垣而扩大了的井田。在此，原先井田四周的"沟池"演变为护城河，田野阡陌发育为城邑的纵横道路，原先"中央一夫"成为后世王城、宫城的滥觞（作为变则，王城、宫城位置可在中央偏北）。

而且，古人心目中最理想而典型的城邑平面，总被规划、建造为九个区域，这就是《周礼·匠人》所谓"九分其国，以为九分，九卿治之"。其基本文化原型，是"九夫为井"。

不仅都邑如此，就连居舍、陵墓、宫殿群体组合的所谓"风水"地理方位的划分，也是这一文化模式的基本反映或略作变化。如典型的北京明清四合院的平面布局，是为主房居中（偏北）、东南隅为四合院大门，西南、西北、东北隅可设辅助用房，而设东西两厢、南为倒座、北为后房。当然，这九个居住、活动区域的面积、空间尺度不是都相等的，中央一区域，除了空间尺度最巨的主房之外，还包括主房前的一个中庭。又如陵墓地理环境，亦以东南西北（四正）、东南西南西北东北（四隅）、加上一个中域为理想的总体构想。即北为主山（玄武）、东为青龙山、南为朝山、案山（朱雀）、西为白虎山，西北为"龙脉"之起始、东南为水口（出入口），东北，西南两隅亦有山脉环围，八大方位的山水，构成一个如封似闭的自然环境，而陵体居于中央或中央偏北、位于背山朝阳、座北面南的"龙穴"之上。凡此，依然是一个"九夫为井"的文化模式。

值得一提的是，这根深蒂固的井田文化意识，还表现在中国古人的宇宙观念上。据《尚书·禹贡》所记，相传大禹治水分天下为九州，属神话传说，而在观念上，这恰与前述《世本·作篇》"伯益作井"说契合。《禹贡》为战国时人所撰，这"禹治九州"传说又与战国时阴阳家邹衍所持九州之说相符。据《史记》，"所谓中国者，于天下乃八十一分居其一分耳"。在文化观念上，邹衍将天下分为九个"大九州"，每一"大九州"又分为九个"小九州"，认为中国居天下之中且为"八十一分"之一。这无异于说，整个天下是一块大型"井田"、每一"大九州"是次大型"井田"、每一"小九州"（包括中国）是小型"井田"。所不同的，是"中国"这一块"井田"，恰居天下之"中"。

"井"是一种宇宙模式观念，具有美丽的文化精神，它是中国古代传统的宇宙观与建筑时空观。考其文化之源，"九九归一"，是先秦文化古籍《周易》所揭示的八卦、中宫方位之说。这便是"文王八卦方位"所示：离南、坎北、震东、兑西、巽东南、坤西南、乾西北、艮东北及中宫。这九大空间区域，八个方位加一个中位，构成了中国人文化观念上自居室到天下、自小到大的一个生存空间，用文字表达，便是一个与易理相契的、文化意蕴醇厚的丼（井）字。

三、释"大"

在先秦古籍中，"大"这一汉字屡见不鲜，《老子》"大音希声""大智若愚""大巧若拙"、《易传》"大哉乾元""保合大和"、《庄子》"至大无外，谓之大一"以及《礼记》"是故夫礼，必本乎大一"等等，都关系到这一独具衣化魅力的"大"字。

"大"，字义丰富。《辞源》将其归结为六：（一）与小相对。《孟子·梁惠王上》："以小易大，彼恶知之"；（二）事物性质重要。《左传·成十三年》："国之大事，在祀与戎。""大事"即要事；（三）夸张。《礼记》："是故君子不自大其事"；（四）年长。如"大兄"；（五）事物过半。如"大半""大多"；（六）敬词。如"大作""大礼"等。

然而，《辞源》似尚未将"大"的原义释出。考"大"之原义，应为"人"，转义有原始、原本、原朴之意，"大"是"太"的本字。

从字源学分析，"大"取类于"人"，即是与"人"相关的一个字。许慎

《说文》云，"大，像人形。"持论正确。

不过，这里的"人"，专指成年男性，并非泛指一般的"人"，更不是指女子。在甲骨文、金文中，"大"写作大或大，是一男子正面四肢伸展的形象。裘锡圭《文字学概要》称，"'大'的字形像一个成年大人。"又更明确地指出，"古汉语用成年男子的图形大表示'大'。"此值得参考。

关于"大"原指男子这一点，也可从与"大"相联系的文字结构中见出。如"天"，许子云，"天，颠也，至高无上，从一大"。段玉裁《说文解字注》："颠者，人之顶也。""大"指男子，"大"（人）之上那"一"，即"人之顶"，便是"天"之所在。在原始父系社会的文化观念中，自然界"至高无上"的，是"天"；人类社会"至高无上"的，是男性酋长。说明"天"字的创构，涵蕴着对男性的尊崇意识。又如，"夫"，许子云，"丈夫也"。男子之称。段注："从一大则为天，从大一则为夫"。显然，这里的"大"，决非指规模大小的"大"，而是指"人"（男子）。再如"美"字，从字形看，从羊从大，这里的"大"，亦当释为"人"（男子）。萧兵《楚辞审美观琐记》指出，从字形分析，"美的原来含义是冠戴羊形或羊头装饰的大人（原注："大"是正面而立的人，这里指进行图腾扮演、图腾乐舞、图腾巫术的祭司或酋长）。"可见，我们从这里又找到了"大"即男性（人）的又一有力佐证。《说文解字》说，"美，甘也。从羊从大，羊在六畜给主膳也。"此反将"大"释为大小之"大"，实则是取"大"的引申义而弃其本义，与同一部《说文》所谓"大，像人形"的见解相悖，不免令人喟然。

既然"大，像人形"，指正面而立的成年男子，那么由此不难发现"大"的文化意义。初读《易经》，往往会因朱熹《周易本义》将"易有太极"写成"易有大极"而感到困惑。原来，"大"是"太"的本字。在文字结构上，"太"比"大"多的那一点，不过是中华古人出于男性生殖崇拜观念而对男性生殖在文字造型上的强调。"大"不是什么别的，就生殖文化意义而言，指男性；就血缘家族来说，指受到尊重的男性家长、祖先；就国家政治分析，是至高无上，代表天意来统治天下的帝王。因而，比如卜辞所谓"乙未卜：大祷自上甲"（（合）一一八〇），看来将这里的"大祷"释为"大规模举行祷祭"（见张玉金《甲骨文虚词词典》）是欠妥的，笔者以为，"大祷"应是"祖先的祷祭"。同样，卜辞《屯》——三八所谓"大御"，应为"祖先的御祭"之意。因而，帝王别称"大王"，这就不足为怪了。

这一点渗透在中国古代的哲学、美学文化观念之中。在文化观念上，既然中华先民尊男性祖先为家族血缘之生命的原始，那么，当人们以这种文化眼光去探寻自然、社会的哲学本根时，最终便必然会建构"太极"（大极）这一哲学元范畴。这里的"大"（太），在哲学上便是原始、原本、原朴之意，是一种生命的原生态。生命之始、生命之本就是"大"。"大"为什么转义为"原"？因为在古人看来，男性在生殖上具有原生的意义，这正如《易传》所言"大哉乾元"也。依易理，乾元是属于男性生命的原始物质，被古人认为是整个人类生命的始基，称之为"大"。"大"，自有伟大之意，但这是后起的观念。

在哲学、美学上，"大"与"道"相通。在《老子》中，"大"，往往被作为一个元范畴来使用的。老子以为道是万事万物的原朴的本根，它是抽象的，超迈于万事万物之上；又是具体的、存在于万事万物之中。这用朱熹论"太极"的话来说，叫做"物物各一太极，人人有一太极"。正如前文所引，老子说："大音希声"，这里所谓"大音"者，"太音"也、"原音"也，是"根本"意义上的声音，"大音"是听不见、搏不得的，因此称为"希声"。但"大音"又是一切声音的"本然的存在"，这便是老子所难言而领悟到的"道"。同样，所谓"大智若愚"，"大智"者，"太智"也，最高的智慧；"原智"也，根本的智慧。而"大巧若拙"中的"大巧"，也是"太巧""原巧"之意，这里的"大"，都是在哲学、美学意义上对"道"这一本体的描述。

本文发表于《学术月刊》1995年第10期

"大音希声"解

　　王弼本《老子》四十一章有"大音希声"语，帛书《老子》与此同。作为一个重要而著名的哲学、美学命题，"大音希声"一直深受诸多学者的关注。种种释义，所见倒是颇为一致。一是将"大音希声"，说成"最大的声音，听来反而稀声"[①]"最大的声音是听不见的"[②]"声音太大反而听不到声音"[③]；二是译为"最大的乐声反而听来无音响"[④]"最大的音乐听来无声"[⑤]"最大的声音或最完美的音乐是听不见的"[⑥]"伟大的音乐反而听不到多少声音"或"宏大的乐音里极少普通的声音"[⑦]；三则认为"最高的美应该是感官所不能把握的，它是一种与'道'相通的境界"[⑧]。郭店楚墓竹简《老子》原作"大音傲声"，有学者释其义为"大的声音迟疑发出"[⑨]。此拟作别论。

　　凡此阐说，笔者以为与《老子》"大音希声"本义未甚契合。这里试作正解，祈求批评。

①　任继愈：《老子今译》，人民出版社，1985。
②　［苏］杨兴顺：《中国古代哲学家老子及其学说》，杨超译，科学出版社，1957，第124页。
③　许抗生：《帛书老子注释与研究》，浙江人民出版社，1982，第11页。
④　陈鼓应：《老子注译及评介》，中华书局，1984，第230页。
⑤　张松如：《老子校读》，吉林人民出版社，1985，第245页。
⑥　成复旺主编：《中国美学范畴辞典》，中国人民大学出版社，1995，第29页。
⑦　萧兵、叶舒宪：《老子的文化解读》，湖北人民出版社，1994，第530页。
⑧　陈望衡：《中国古典美学史》，湖南教育出版社，1998，第35页。
⑨　侯才：《郭店楚墓竹简老子校读》，大连出版社，1999，第102页。

释"大音希声"奥义，疑难在"大"。"大"有三读。一读dà，其义指大小的大；或表示范围广、程度深；或称年长为大；或作敬辞，如大作、大著等。二读dài如医生别称大夫。三读tài，朱熹《周易本义》将"是故易有太极"，写成"是故易有大极"，大，通"太"。

考《老子》"大音希声"之"大"，应读为"太"（tài）。不仅如此，《老子》"大道出""有大伪""大象无形""大方无隅""大巧若拙""大智若愚"以及诸如《易传》"大哉乾元""保合大和""天地之大德曰生"与《礼记》"是故夫礼，必本乎大一"等等的"大"，都读tài。

考"大"之本义，属"人"。转义有原始、原本、根本之义。大是太的本字。

从字源看，大，实际指人。东汉许慎《说文解字》云："大，像人形。"可谓的解。但此"人"，专指成年男性。

卜辞"大"字多见。如"贞作大邑于唐土"（方法敛:《金璋所藏甲骨卜辞》，六一一），其义指范围广大，与小相对，并非"大"之本义；另一卜辞"贞其有大水"（罗振玉:《殷虚书契后编》下三、四）的"大"，亦然。而卜辞"辛丑卜乙巳岁于大庚"（董作宾:《小屯·殷虚文字乙编》，六六九〇）的"大"，冠于殷先王名号之前，显然表示男性祖先。"乙未卜，大祷自上甲"（郭若愚等:《殷虚文字缀合》，一一八〇）的"大"，也指男性祖先。所以，如果把这里"大祷"释为"大规模举行祷祭"[1]则有误。

甲骨文字"大"的造型，有🕺🕺🕺等，[2]是一象形字，像男子正面而立、四肢伸展之象。

著名文字学家裘锡圭指出，"古汉字用成年男子的图形🕺表示（大），大的字形像一个成年大人。"[3]所言是。

萧兵释"美"字，以为《说文》所谓"美""从羊从大"的"大"，是"正面而立的人，这里指进行图腾扮演、图腾乐舞、图腾巫术的祭司或酋长"[4]。此

---

① 张玉金:《甲骨文虚词词典》，中华书局，1994，第73页。

② 郭沫若等主编:《甲骨文合集》，中华书局，1978—1982，一四二一。郭若愚等:《殷虚文字缀合》，八七。董作宾:《小屯·殷虚文字乙编》，七二八〇。

③ 裘锡圭:《文字学概要》，商务印书馆，1988，第3页。

④ 萧兵:《楚辞审美观琐记》，《美学》1981年第3期，第225页。

说可从。李泽厚、刘纲纪说，美"像一个'大人'头上戴羊头或羊角，这个'大'，在原始社会里往往是有权力有地位的巫师或酋长"[①]。这是同意萧兵的意见。而萧兵等的见解，得启于《说文》"大，像人形"说。

既然"大"字本义像正面而立的成年男子形象，那么，又如何引申具有原始、原本与根本之义呢？

中华原始母系社会文化之群婚制，是先民当时普遍的生殖文化形态。"民但知其母不知其父"，说明先民的原始生殖文化观念，首先与母系血缘相联系。后来原始父系文化代替了原始母系文化，先民逐渐在原始男性生殖崇拜文化中以为男性在两性生殖中所具有的"原生"意义。"大"字的创构，起于对男性生殖崇拜与歌颂，因领悟男性之所谓"原生"意义与功能，而导致由原始生殖文化之"原生"转入，提升为哲学意义的"原生"，这便是"大音希声"的"大"，具有原始、原本、根本之义的文化学依据。

通行本《老子》说，"有物混成，先天地生，寂兮寥兮，独立而不改，周行而不殆，可以为天地母。吾不知其名，强字之曰道，强为之名曰'大'。"这里所言"大"，老子说是"道"的一种勉强表达的称名，是用"大"字来言说"道"的原始、原本、根本之义，亦即"大"指世界的本源、本体。这种理解与领会，实与"大音希声"之"大"义相一致，均源自先民对男性生殖之"原生"的朴素理念。毫无疑问，"大"是"太"的本字，在文字结构上，"太"比"大"多的那一点，是先民由于崇拜男性生殖而对男性性器在文字造型上的强调。"大"又通"泰"。《易经》有泰卦，泰（䷊），乾下坤上之象，乾为天为男为阳，坤为地为女为阴，阳气轻扬上，阴气重浊下，故《易传》有"内阳而外阴，内健而外顺"与"天地交，泰"之言，"天地交"者，实乃阴阳、男女之"交"，这正如《易传》又云，"则是天地交而万物通也，上下交而其志同也"。这便是"大"何以通于"泰"的缘由了。

由此可见，"大音希声"的"大"，不是"大小"之"大"的意思，而具本原、本体之义。如将"大音"释读为"最大的声音""最大的音乐"之类，可谓失之千里矣。"大音"者，原音、根本之音，实即指"道"。"大音"不是声音、

---

① 李泽厚、刘纲纪主编：《中国美学史》第一卷，中国社会科学出版社，1981，第80页。

音乐、乐音本身，而是产生、决定声音、音乐、乐音的本原、本体。"大音"当然无任何声响，当然听不见，否则还会是"大音"么？故曰"希声"。通行本《老子》十四章云，"听之不闻名曰希"，此言是。钱钟书《管锥编》第二册曾以"无"释"大音希声"。谓"大音希声"者，有如"陆机《连机》：'繁会之音，生于绝弦'，白居易《琵琶行》：'此时无声胜有声'，其庶几乎。聆乐时每有听于无声之境。"又说，"寂之于音，或为先声，或为遗响，当声之无，有声之用，是以有绝响或阒响之静（empty silence），亦有蕴响或缊响之静（peopled silences），静故曰'希声'，虽'希声'而蕴响缊响，是谓'大音'。"此以无（静）有、体用解读"大音希声"，值得深长思之。

本文发表于《古典诗学会探》（复旦大学中文系教授荣休纪念文丛·陈允吉卷），复旦大学出版社，2006

"无极而太极"考

"无极而太极"[①]一语，出自北宋初年周敦颐《太极图说》一文。

长期以来，关于"无极而太极"这一哲学命题所指，学界释读不一，仁智互见。一曰："无极"即"太极"；一曰："太极"本自"无极"。本文以为，关于"无极而太极"一语之蕴义，以持"太极"本自"无极"之见，而较为妥切。

一、太极，并非绝对形上

"太极"范畴，始见于先秦典籍唯有二处。其一有云：

> 是故易有大极，是生两仪，两仪生四象，四象生八卦，八卦定吉凶，

---

① 按：周敦颐：《太极图说》云："无极而太极。太极动而生阳，动极而静，静而生阴。静极复动。一动一静，互为其根；分阴分阳，两仪立焉。阳变阴合，而生水、火、木、金、土。五气顺布，四时行焉。五行，一阴阳也；阴阳，一太极也；太极，本无极也。五行之生也，各一其性。无极之真，二五之精，妙合而凝。'乾道成男，坤道成女'，二气交感，化生万物。万物生生，而变化无穷焉。惟人也，得其秀而最灵。形既生矣，神发知矣。五性感动，而善恶分，万事出矣。圣人定之以中正仁义。而主静，立人极焉。故'圣人与天地合其德，日月合其明，四时合其序，鬼神合其吉凶'。君子修之吉，小人悖之凶。故曰：'立天之道，曰阴与阳；立地之道，曰柔与刚；立人之道，曰仁与义。'又曰：'原始反终，故知死生之说。'大哉易也，斯其至矣！"（《周敦颐集》卷一，中华书局，1990，第3—8页）

吉凶生大业。^①

　　一直以来，学界大多从哲学角度，解读这一"太极"之义。认为既然"太极"生"两仪"，"两仪"生"四象"，"四象"生"八卦"，"八卦"通过"定吉凶"而生"大业"，则可见这里所说的，是关于太极的万物演化生成之说，太极为一纯粹哲学范畴而无疑。

　　问题是，如果纯然是关于太极的宇宙生成论哲学，则这里所出现的"吉凶"一词，又当何解呢？总不能将原本属于原始"信文化"范畴的"吉凶"意识，归之于哲学范畴吧？

　　张岱年先生曾说，关于太极这一论述，"总起来看，'太极'是儒家哲学中表示最高实在的范畴。对于'易有太极'四句，历来有不同的解释，汉儒认为是讲天地万物演化的过程，朱熹提出'画卦说'，以为讲画卦的次序；李埈主张'揲蓍说'，以为讲揲蓍的次序。其实朱、李二说都是讲不通的，还应承认汉儒旧说。"^②张岱年先生所见，是将这里所说的太极，纯粹看成了一个哲学范畴。

　　哲学的发生，必不在哲学本身，而在孕育以哲思、哲理等人文因子的原始

---

① 按：通行本《易传·系辞上》，见朱熹：《周易本义》，天津市古籍书店出版社，1986，第314—15页。这里关系到《易传》所言"太极"与后文《庄子》所言"太极"究竟孰先孰后这一问题。拙著《中国美学的文脉历程》曾经指出："《易传》之成书有一颇为漫长的过程，其基本篇章，可能写成于通行本《老子》作者太史儋之后、庄子之前。通行本《老子》有'道'、'器'范畴相应之说，所谓'道生之，德畜之，物刑之，而器成之'。《易传》的'系辞'篇则进而解说为'形而上者谓之道，形而下者谓之器'。后者显然是前者的阐发与概括。可见，《易传》'系辞'成篇于太史儋之后。《易传》'系辞'又有'天尊地卑，乾坤定矣'之说，《庄子·天运》则进而解说为'夫尊卑先后，天地之行也，故圣人取象也''天尊地卑，神明之位也'；'夫天地至神而有尊卑先后之序，而况于人道乎'？尤其'圣人取象也'一句，说明庄子是懂得《周易》'取象'之理的。《庄子·渔父》关于'同类相从，同声相应，固天之理也'的思想，又显然是《易传》'文言'篇'同声相应，同气相求'的阐发。凡此，都可证明《易传》的一些基本部分，可能写于《庄子》之前。"（王振复：《中国美学的文脉历程》，成都：四川人民出版社，2002年，第255—256页）就此而言，《易传》提出"太极"说的时间，在《庄子》"太极"说之前，是可能的。

② 张岱年：《中国古典哲学概念范畴要论》，中国社会科学出版社，2000，第53页。

"信文化"，包括原始神话、图腾与巫术等原始文化形态。这里，我们暂且不说李埏"揲蓍说"，仅就朱熹"画卦说"而言，正是原始巫筮文化的究源之说。朱熹将"易有太极"的太极，写作"大极"，是很精当的。这里的"大"，是太的本字。朱熹说：

> 大，音泰。一每生二，自然之理也。易者，阴阳之变。大极者，其理也。两仪者，始为一画以分阴阳。四象者，次为二画以分太（引者：指太阴太阳，下同）、少（少阴少阳）。八卦者，次为三画（指八卦的每一卦，皆由三爻所构），而三才（天地人）之象始备。此数言者，实圣人作易自然之次第。有不假丝毫智力而成者，画卦揲蓍，其序皆然。①

所谓"一每生二"，指以"大（太）极"为一，一生阴阳即二，便是两仪；两仪（阴爻阳爻）生四象，便是太阴、太阳与少阴、少阳之爻；四象生八卦，即乾坤、震巽、坎离、艮兑（依次象征天地、雷风、水火、山泽）之卦，凡此都可以画出卦爻筮符；所谓"八卦定吉凶"，指以八卦进行占筮，可断人事吉凶。而吉凶休咎一旦判定，便为人生大业指示了明确方向，此之谓"吉凶生大业"。朱熹对其学生作出如下解读：

> 问"易有太极，是生两仪，两仪生四象，四象生八卦"。曰："此太极却是为画卦说。当未画卦前，太极只是一个浑沦底道理，里面包含阴阳、刚柔、奇偶，无所不有。及各画一奇一偶，便是生两仪。再于一奇画上加一偶，此是阳中之阴；又于一奇画上加一奇，此是阳中之阳；又于一偶画上加一奇，此是阴中之阳；又于一偶画上加一偶，此是阴中之阴。是谓四象。所谓八卦者，一象上有两卦，每象各添一奇一偶，便是八卦。"②

这里所言，最清楚不过。朱熹解读《易传》有关"易有大极"要义，确

---

① 朱熹：《周易本义》，天津市古籍书店，1986，第314页。
② 黎靖德编：《朱子语类》，王星贤点校，中华书局，1999，第1929页。

是从画卦角度而言述原始之易的"大极（太极）"。原始之易的太极，并非具有纯然的哲学意义，而是联系、服从于巫筮之易理的，与巫性吉凶意识密切相系。①

朱熹又并非称该巫性之易的太极与哲学绝然无关，他将其称作"太极只是一个浑沦底道理"，是鲜明地昭示其宋代理学家的人文立场的。实际这里所说的太极，尚不能称之为纯粹哲学意义的"道理"，而由巫性的八卦模式，开启了走向哲学之途的无限可能。

《周易》古筮法有"大衍之数五十，其用四十有九"②之言。算卦时，从五十策中任意取出的那一策，并非可有可无，它关系到占筮全局。③首先，如果不从五十筮策中任意取出一策，而使所剩筮策总数变为奇数，当任意分而为二以象两时，便导致占筮无法进行；其次，占筮之初占筮者任意取出的那一策，仅仅是太极的象征，并非太极本身。然而在理念上，建构起了太极与巫筮的内在联系。这里，太极处于不"用"的地位（"其用四十有九"），实际比其余四十九策更为关键，不"用"者，"体"也。当然，虽说这里的太极并非指哲学本体，却在象喻意义上，与一定的哲学之"体"相联系。又，从《易纬·孝经钩命诀》所言"五运"可知，太极是处于"太易""太初""太始"与"太素"之后的一种"质形已具"的状态，因此，这里"易有大极（太极）"的"易"，指"太易"而无疑。

---

① 按：《纬书》云："孔子曰：'易始于太极，太极分而为二，故生天地。天地有春夏秋冬之节，故生四时。四时各有阴阳刚柔之分，故生八卦。八卦成列，天地之道立，雷风水火山泽之象定矣'"（《易纬·乾凿度》，安居香山、中村璋八辑：《纬书集成》上册，河北人民出版社，1994年，第7—8页）这里，暂且勿论《纬书》将《易传》所言"易有太极"的著作权归于孔子可以成疑，《纬书》将《易传》所言"易有太极"改为"易始于太极"，是欠妥的。实际所谓"易有太极"的"易"，指上古巫性之易。《易纬》云："天地未分之前，有太易、有太初、有太始、有太素、有太极，是为五运。形象未分，谓之太易。元气始萌，谓之太初。气形之端，谓之太始。形变有质，谓之太素。质形已具，谓之太极。五气渐变，谓之五运。"（同上，《易纬·孝经钩命诀》中册，第1016页）。

② 朱熹：《周易本义》，天津市古籍书店，1986，第304页。

③ 按：关于《周易》古筮法的占筮仪轨和过程，相当烦难，这里从略。请参阅王振复：《〈周易〉精读》（修订本），复旦大学出版社，2016，第294—303页。

太极这一范畴的第二出典，在《庄子》一书。《庄子》将太极与道作了比较。

> 夫道，有情有信，无为无形。可传而不可受，可得而不可见。自本自根，未有天地，自古以固存。神鬼神帝，生天生地。在太极之先而不为高，在六极之下而不为深。[①]

《庄子》称，道"在太极之先"，却并不比太极"高"；道在六极之"下"，又没有比六极显得更"深"。意思是说，在时间历程中，道，显然比太极更原始，可从二者的人文品位看，又无分于高下，或者可以说是平齐的；道"存"于"未有天地"之时，"固"其"自本自根"，在六极即上下四方的空间方位之"下"，其人文品格不比"六极"深邃。意思是说，道本潜蕴于六极之中，故无所谓深浅。因而可以说，在道家看来，太极与道的人文品性，大致平齐。

这一比较，令人大致扪摸太极的人文品性。在最原始意义上，虽然太极不比道更"先"即更为原始，然而我们不能说，因为道"有情有信"并非绝对形上而纯粹，便简单地推断太极也是如此。不过从前文分析可知，易筮中的太极，其实是包含在画卦与算卦这些具体仪程之中的，它没有与这些"具体"彻底分

---

① 《庄子·大宗师第六》，王先谦：《庄子集解》卷二，《诸子集成》第三册，上海书店，1996，第40页。按：于此，陈鼓应说，所谓"'在太极之先而不为高，在六极之下而不为深'"，"谓道弥宇内，无所不在（陈启天说）。'太极'，通常指天地没有形成以前，阴阳未分的那股元气，这里或当指天。'六极'，即六合。'太极之上'，原作'太极之先'，依俞樾之说改。俞樾说：'按下云：在六极之下，而不为深'，则此当云：'在太极之上'，方与'高'义相应。今作'在太极之先'，则不与'高'义相应，而转与下文'先天地生而不为久'，其义相复矣。《周易·系辞传》曰：'易有太极。'《释文》（引者：陆德明：《经典释文》）曰：'太极，天也。'然则庄子原文，疑本作'在太极之上'，犹云在天之上也。后来说《周易》者，皆以太极谓天地未分之前，于是疑太极当以先后言，不当以上下言，乃改'太极之上'为'太极之先'，而于义不可通矣。《淮南子·览冥训》曰：'引类于太极之上。'按：俞说可从。日本金谷治译注《庄子》本亦依俞说改正为'太极之上'。"（陈鼓应：《庄子今注今译》，北京：中华书局，1983年，第182页）关于这一学术公案，录此以备参阅。

离，易筮意义的太极，是一个源于远古的巫性概念，不能称其为绝对形上，是妥切的结论。像道一样，太极也是难免具有一些思维性的"杂质"的。《老子》云："道之为物，惟恍惟惚。惚兮恍兮，其中有象。恍兮惚兮，其中有物。窈兮冥兮，其中有精。其精甚真，其中有信。"①这里《老子》所说的道，依然存有"物""象"与"信"等思维意义上的"杂质"，并非绝对形上。同样，太极这一人文概念，也内含一些思维性的"杂质"，从前文所引《易纬》有关太极的"五运"说，也可以看得很清楚。

二、太极，是〇还是一

太极，究竟为"〇"为"无"还是为"一"为"有"？学界持见不一。

从道与太极的关系看，道的思维品格基本形上，老庄所言之道为无为虚为玄，是持之有据的。《老子》说："道生一，一生二，二生三，三生万物。"②道生万物的生成序列是：〇生一，一生二，二生三，三生万。道为〇，便是为无为虚为玄，就其逻辑而言，是确凿的。

由此可见，太极与道这两者在思维品格上具有大致的同一性。也就不难得出一个初步推论：与道之品性大致相齐的《老子》所说的太极，也是为〇为无的。

可是问题有点儿复杂。就在通行本《老子》第三十九章中，又明明白白地将"道"说成是"一"是"有"。

> 昔之得一者，天得一以清，地得一以宁，神得一以灵，谷得一以盈，万物得一以生，侯王得一以为天下贞。③

显然，这里所说的一，指"道"，这里的道为一为有而无疑。就此而言，与此道相类的太极，莫非又同时为一为有么？

---

① 王弼：《老子道德经·上篇》，《诸子集成》第三册，上海书店，1986，第12页。
② 同上书，第26页。
③ 同上书，第24—25页。

同一部《老子》，之所以出现如此文本上的矛盾现象，是因为通行本《老子》，并非老聃原著。经考，它是由战国中期太史儋，在《老子》原本基础上编纂而成的。①

考道、太极与气的关系，无论道抑或太极，都与气相关。《汉书·律历志》说："太极元气，函三（按：指三统律。《律历志》："三统者，天施，地化，人事之纪也。"）为一。极，中也；元，始也。"②太极之初，元气初萌，是一种浑沦未分的状态，真不知其终始在何处？太极便是渺茫的元气。而所谓元气，不就是一种原始之有吗？它是原始状态的本有，或者可以称之为思维品格上具有一些"杂质"的"元物"。《易传》说："精气为物，游魂为变。"③这便是了。

关于太极为一为有或者为〇为无这一问题，曾经引动了诸多智者的思考和争论。

据《魏书·李业兴传》："衍又问：《易》曰太极，是有无？业兴对：所传太极是有。"《北史·李兴业传》有同样的记载："又问：易有太极，极是有无？业兴对曰：所传太极是有。"④张岱年先生在引录《李业兴传》后说，"李业兴是北朝经学家，以太极为有，系祖述郑玄之说。南朝经学家推崇王弼、韩康伯，以太极为无"⑤。张岱年又引唐孔颖达《周易正义》云，"太极谓天地未分之前元气混而为一，即是太初、太一也。故老子云：道生一，即此太极是也（引者：这里所言"太极"，指"道生一"的"一"，并非指"道"）。又谓混元既分即有天

---

① 按：王振复：《郭店楚简〈老子〉的美学意义》说："学界一般认为，'简本《老子》出自老聃，今本（引者：指通行本）出自太史儋'（见郭沂：《楚简老子与老子公案》）。据《吕氏春秋》《礼记》与《史记》等古籍记载，老聃与孔子同为春秋末年人而老聃稍年长，孔子曾问礼于老聃。又据《史记·秦本纪》'十一年，周太史儋见献公'之记可知，这位编纂通行本《老子》的太史儋与秦献公同时。献公十一年，即公元前374年，处于战国中期，离老聃所处的春秋末期约百年时间。"（《王振复自选集》，上海：复旦大学出版社，2015年，第247—248页）

② 班固：《汉书》，中华书局，2007，第111—112页。

③ 朱熹：《周易本义》，天津市古籍书店，1986，第291页。

④ 张岱年：《中国古典哲学概念范畴要论》，中国社会科学出版社，2000，第49页。

⑤ 同上。

地，故曰太极生两仪，即老子云一生二也。"①

凡此言述，似乎有些费解，其实意思是明白的。这便是持太极为一为有的见解。从前文所引有关"易有大极"一语所见，既然关于太极，是一分二、二分四、四分八的逻辑序列，则"易有大极"的"大极（太极）"，是一（有）而无疑的，这是体现于儒家典籍《易传》中的见解。顺便说一句，这里所说的"易"，并非指《周易》这部著作，而是指上古原始巫易之理。

从汉代到清末，大凡易学家与经学家，一般多持太极为一为有之说。唐孔颖达《周易正义》，虽引录魏玄学鼻祖之一王弼《周易注》等，而其所说的太极，依然为一为有，称太极为天地未分之前元气的"混而为一"。北宋初年，张载言"太虚无形，气之本体"②，"知太虚即气则无无"③，以太虚言述太极，主张太极为有为一。虽与《易纬》"五运"说不同，而依然坚持太极（太虚）为"实"即为一为有的见解。南宋朱熹说"太极无形象，只是理"④，另一方面称"太极是五行阴阳之理皆有，不是空底物事"⑤。清王夫之注《张子正蒙》云"太虚即气"⑥此类见解之多，在此不必一一赘述。

历史上也不乏持太极为○为无看法的，以道家为多见。别的暂且不说，我们可以从前引太极有类于道之说，来推断太极为○为无的见解。正如前述，既然"道生一，一生二，二生三，三生万物"，那么这里的道，难道不就是○（无）么？既然太极与道性大致平齐，则这里所说的太极，无疑是○是无的。

由于战国中期由太史儋所编纂的《老子》本身，存有关于道为○为无与为一为有两种见解，因而作为与道大致同类的太极属性，也便是既为○为无又为一为有的，它显示了中国先秦关于"太极"之见的文本矛盾。

---

① 张岱年:《中国古典哲学概念范畴要论》，中国社会科学出版社，2000，第49页。
② 张载:《张子正蒙》，王夫之注，汤勤福导读，上海古籍出版社，2000，第86页。
③ 同上书，第92页。
④ 黎靖德编:《朱子语类》，王星贤点校，中华书局，1994，第2366页。
⑤ 同上书，第2367页。
⑥ 张载:《张子正蒙》，王夫之注，汤勤福导读，上海古籍出版社，2000，第94页。

三、"无极而太极"与"自无极而为太极"

无论道为○为无抑或为一为有，都可以证明，与道相类的太极，并非绝对形上。

这不等于说，在整个中国文化与哲学思维中，没有一个绝对形上、彻底形上的哲学范畴。它其实就是与太极理念相系的由《庄子》所阐述的"无极"。

无极这一范畴，由通行本《老子》所首倡。《老子》说："有物混成，先天地生。寂兮寥兮，独立不改，周行而不殆，可以为天下母。吾不知其名，字之曰道，强为之名为大。"①这里的"大"，音泰，即太之本字。可知《老子》关于道的见解，是《庄子》"太极"说的前驱。另一方面，《老子》又首提"复归于无极"②这一哲学命题。其"复归于无极"之说的无极，由其太极之说发展而来。这里所谓无极，是作为逻辑原点之太极的回归状态。《老子》说，道者，"强为之名"则为"大"（太）。"大曰逝，逝曰远，远曰反"③。这是指明了道的永恒运动性与回归性。王弼注云："远，极也。周，无所不穷；极，不偏于一逝。故曰：远也，不随于所适，其体独立。故曰反（引者注：返之初文）也。"④道具有"周行而不殆"的品性，道可以"返璞归真"。

可以肯定，与道（大）同类的太极，也无疑具有回归的属性。从顺行造化角度看，太极化生世界及其天下万物（人）；从逆施成丹角度看，世界及其天下万物（人），又可回归于无极，便是《老子》所说的"复归于无极"。无极这一终极，实际与作为逻辑原点的太极相对应。因此在某种意义上，《老子》所说的无极，等同于太极。

《老子》的这一哲学思想，在《庄子》那里得到了发展。《庄子》改造推进了《老子》的哲学本原本体论，将其由"大"（道）之说，推进到真正的无极说的高度与深度，《庄子》所说的无极，不等于太极。

《庄子》说，"汤问棘曰：'上下四方有极乎？'棘曰：'无极之外，复无极

---

① 王弼：《老子道德经·上篇》，《诸子集成》第三册，上海书店，1986，第16页。

② 同上。

③ 同上书，第14页。

④ 同上。

也.'"① 显然，这里，"无极之外"的"无极"，原自《老子》，指《老子》"复归于无极"的无极，它等同于太极（大）；"复归于无极"的"无极"，却是"无极之外"的又一个无极。它不等于太极，它是太极之上的无极。

这个无极，与老子"复归于无极"的无极同一称名，可是所指不一。正如前文所析，老子之道、太极与《易传》所言太极，在思维品性上并非绝对形上；而《庄子》所言无极，实际是指太极之上的另一个无极，它是《庄子》哲学所预设的具有绝对形上性的逻辑原点，它不是《老子》所说的"大"（无极），而是超越于《老子》"无极"说的。

这一无极，无边无涯，无穷无尽，无始无终，不受时空局限，普在于一切。它与《老子》所说的"大"（道）与《易传》所说的"太极"（大极）的根本区别在于，它并非那种具有思维性"杂质"的元物，而是一种绝对形上的本元，在哲学思维上不具有物、象与信等残存因素。它是由哲学之绝对形上思维所预设的"无动无静"（或曰"本动本静"）状态，即最为始原的真正的宇宙浑沌。这一无动无静，本具趋动趋静的一切可能性。假如以存在论言之，它是不可能不存在的一种存在。它因无动无静、无始无终、无生无灭、无假无真、无是无非、无善无恶、无悲无喜与无美无丑的缘故，从而生成、推动宇宙、世界与人生的一切。《庄子·在宥》说，"入无穷之门，以游无极之野"②，此是。

《列子·汤问》指出：

> 殷汤曰："然则物无先后乎？"夏革曰："物之终始，初无极已。始或为终，终或为始，恶知其纪？然自物之外，自事之先，朕所不知也。"殷汤曰："然则，上下八方有极尽乎？"革曰："不知也。"（"非不知也，不可以

---

① 《庄子·逍遥游第一》。陈鼓应：《庄子今注今译》，中华书局，1983，第11页。按：这一引文，《诸子集成》第三册所载王先谦《庄子集解》缺佚。《庄子今译今注》云，"近人闻一多说：'此句与下文语意不属，当脱汤问棘事一段。唐僧神清《北山录》曰：汤问革曰：上下四方有极乎？革曰：无极之外，复无极也。僧慧宝注曰：语在《庄子》，与《列子》小异。案革、棘古字通，《列子·汤问篇》正作'革'。神清所引，其即此处佚文无疑。'"（语见闻一多《庄子内篇校释》。陈鼓应：《庄子今注今译》，中华书局，1983，第12页）

② 王先谦：《庄子集解》，《诸子集成》第三册，上海书店，1986，第66页。

智知也。"——张湛原注）汤固问革曰："无则无极，有则有尽。朕何以知之？然无极之外，复无无极；无尽之中，复无无尽。无极复无无极；无尽复无无尽。朕以是知其无极无尽也，而不知其有极有尽也。"[1]

这是一段很重要的话。殷汤与夏革讨论有关物无先后、物之终始问题。它认为，假如要判断事物或始或终，在物之外、事之先究竟如何，则以一般的知性而不以智慧去体悟，是难以知晓的。殷汤说，所谓无，便是无极，此之谓"无则无极"；所谓有，便是有尽，此之谓"有则有尽"。无极即原本是无（没有）的，实指无先无后、无始无终，没有极点；而太极是有，虽然与道大致平齐，却是"有尽"而有极点的。从文字学角度看，太极之极，本指宫室建筑的最高处。朱熹曾说，太极好比宫室极高处，天好比宫室一样也有极高处，到这里更没去处。故"原'极'之所以得名，盖取枢极之义。"[2]以枢极义言说太极，其喻义在于"有"，显然是有局限的。

庄子无极一词的词义与此不同。它是"无尽"而没有局限的，是否弃了极这一"有尽"极点的。《列子》说，"然无极之外，复无无极；无尽之中，复无无尽。无极复无无极；无尽复无无尽"，故"朕以是知其无极无尽也"。这是一段深刻、精彩而关键的话。意思是说，在太极之外为无极，在有尽之上为无尽。这种无极、无尽，是彻底而形上的原无本无，就连该无极本身也是无的，此之所以称"无无极""无无尽"。值得注意的是，张湛为这一论述作了一个"注"："既谓之'无'，何得有'外'？既谓之'尽'，何得有'中'？所谓'无无极''无无尽'，乃真极、真尽矣！"又说，"或者将谓'无极'之'外'，更有'无极'；'无尽'之'中'，复有'无尽'。故重明'无极复无无极；无尽复无无尽'也！"[3]

可是，朱熹却不认为在太极之外之上，还有彻底形上的无极。他说，"'无极而太极'，不是太极之外别有无极"[4]，认为周濂溪《太极图说》所说的"太极

① 张湛：《列子注》,《诸子集成》第三册，上海书店，1986，第51页。
② 黎靖德编：《朱子语类》，王星贤点校，中华书局，1999，第2366页。
③ 张湛：《列子注》，上海书店，1986，第51页。
④ 黎靖德编：《朱子语类》，王星贤点校，中华书局，1994，第2367页。

本无极"之义,是指太极即无极,所谓"无极而太极",也便是"太极本无极"的意思。假如真是如此,则中华典籍就没有必要在太极之外再立无极这一范畴了。张岱年先生曾经指出:

> 《太极图说》首句"无极而太极",有一个版本问题。朱熹所见传本作"无极而太极",而当时官修《国史》中的"周敦颐传",尽载《太极图说》,首句作"自无极而为太极"。朱熹以为不应有"自""为"二字(《朱子大全集》卷七十一《记濂溪传》——原注)。明清时代有人认为《国史》本传不可能有误,原本应作"自无极而为太极"。①

此言是。

实际上,《庄子》与《列子》是将无极与太极这两个概念分开来说的,并不如《老子》那般实际将"无极"等同于"太极"。《庄子》改造推进了由《老子》所创造的"大"(无极)说,建构起彻底形上思维的无极论的哲学,将其推进到真正彻底的哲学无极思辨的高度与深度。《列子》强调并阐发了《庄子》关于无极的哲学精义。周敦颐的"无极而太极"说,沿袭、阐发《庄子》《列子》有关论述而来,将其糅于易说之中,是对《易传》"太极"观与《庄子》"无极"说的一个综合。

本文发表于《船山学刊》2020年第5期

---

① 张岱年:《中国古典哲学概念范畴要论》,中国社会科学出版社,2000,第49—50页。

"自然""名教"本末通——魏晋玄学中的儒学因素

魏晋之际，是中国文化、思想、哲学最辉煌与灿烂的伟大时代之一。宗白华《美学散步》一书曾言："汉末魏晋六朝是中国政治上最混乱、社会上最苦痛的时代，然而却是精神上极自由、极解放、最富于智慧、最浓于热情的一个时代。"这一历史时期，首先是战乱连连不绝、政权更变频仍，兵荒马乱之际，遂使民生多艰，衰被华土。加上两汉佛学东渐之后，苦空、解脱之说渐次流布于朝野，愈加平添了一分悲怆之气。即使在中华一统、相对太平盛世的光景，由于整个民族文化正经历着堪与先秦"诸子"时代相比类的文化意识的"人的自觉"与"文的自觉"，这个古老民族的文化之"内心"，仍是躁动不宁的。与先秦相比，"魏晋恰好是一个哲学重新解放、思想非常活跃、问题提出很多、收获甚为丰硕的时期。虽然在时间、广度、规模、流派上比不上先秦，但思辨哲学所达到的纯粹性和深度上，却是空前的。"[1]

这在"纯粹性和深度上""空前的""思辨哲学"，在绝大程度上，指的就是"以无为本"的魏晋玄学。

汤用彤认为玄学是整个魏晋时代的"普通思想与思想主流"。正始之时，何晏、王弼首倡玄学，于是谈玄说无，在经学衰微之际，玄风大畅，整个社会意识形态为之耸动，魏晋玄学在文化品格上，自然可说是直接从先秦老庄之学承传、发展而来的时代新学。问题是，如果将魏晋玄学看作仅仅是由承传"老

---

① 李泽厚：《美的历程》，文物出版社，1981，第86页。

庄"而来的新的社会意识形态，则又是值得讨论的。

实际上，魏晋玄学的思想品格，思想内涵十分丰富复杂，它的文化成因和发展"路数"亦是错综繁复。一般而言。从先秦而来的中国的文化、思想与哲学，总是呈现出一种以儒、道为主的多元并存、多元发展以及以儒、道为主的对立互补态势。自两汉之际"内学"东传之后，则儒、道、释三学的此消彼长、冲突调和成为中国新的时代文化、思想与哲学的重要景观。魏晋玄学的思想基干自然离不开"道"，然而它在文化历程中每前进一步，又是与"儒"相缠、结伴而行的，它首先是一种属于新时代的被儒学化了的新道学（魏晋玄学也在一定程度上受到佛学的影响，这一问题本文暂且勿论。——笔者注）著名历史学家吕思勉曾经指出："世皆称魏晋南北朝为佛老盛行、儒学衰微之世，其实不然。是时之言玄学者，率以易、老并称，即可知其兼通于儒，非专于道。少后佛家之说浸盛，儒、道二家多兼治之，佛家亦多兼通儒、道之学。三家之学，实已渐趋混同。"①吕思勉说玄学"兼通儒非专于道"，可谓的论。可以说，魏晋玄学的生起、建构、转嬗与消亡，均与儒学攸关。玄学的文化主题，是理想的圣人人格模式问题，即汤用彤所言"理想的圣人之人格究竟应该怎样？"②圣人人格的理想模式，在当时的文化观念与时代思潮中，被认为是在所谓"自然"与"名教"之相互关系中历史地生成与展开的。自然者，道也；名教者，儒也。道、儒在人格问题上的冲突与调和，几乎贯穿了魏晋玄学之历史发展的全过程，其思想文化的哲学层次，是自然（体）、名教（用）之关系的理性建构。而名教之学（儒）在构成玄学之文化内涵、在推动玄学之发展中的地位、作用与价值意义，是不可低估、不容抹煞的。

本文试就这一问题稍加论述。

一、儒学危机：魏晋玄学的思想动因之一

考魏晋玄学之思想动因，从思想史上分析，则不能不注意汉代尤其汉末的儒学发展态势。

① 吕思勉：《两晋南北朝史》，上海古籍出版社，1983，第371页。
② 汤用彤：《汤用彤学术论文集》，中华书局，1983，第297页。

自从汉武帝受董仲舒奏议，汉代政治思想界"罢黜百家，独尊儒术"，于是设五经博士，置弟子员，与汉朝封建中央集权相一致的，是哲学、思想文化上儒学定于一尊局面的建立。董仲舒竭力宣说天人感应、君权神授、三纲五常等思想，把先秦的以孔孟为代表的原始儒学，从偏于理性的道德伦理层次，几乎推向了神秘主义之途。儒学的神学化直接推动了盛于两汉之际的谶纬之学的产生。所谓谶，即"诡为隐语、预决吉凶"（《四库全书总目提要·易类六》）之意；所谓纬，是相对于经（经学）而提出来的一个概念，实际是经的神秘化解释。"纬者，经之支流"，"盖秦汉以来，玄圣日远，儒者推阐论说，各自成书，与经原不相比附"，"渐杂以术数之言，既不知作者为谁，因附会以神其说"（同前）。因此，谶纬之学的文化本质，是宗教迷信。遂使阴阳灾变与符命之说横行于天下，人心在"神"的桎梏之下对天道、王权显得诚惶诚恐。比如东汉初年光武帝笃信谶纬神学，在中元六年（公元56年）"宣布图谶于天下"，弄得神神鬼鬼，朝野窘然。虽然其间曾有《白虎通》对谶纬之学的符命灾异之说的改造、曾有古文经学派对谶纬之迷信的怀疑甚或攻抨，比如桓谭多次上疏光武帝，力排这"欺惑贪邪，诖误人主"之说，王充"疾虚妄"、主"真实"，扬雄对谶纬神说也有微词，然而这种种批判，相对于当时泛滥成灾的谶纬迷信思潮，则仍然是相对无力的。这是汉代经学从而亦是儒学的危机。

儒学危机的根本一点是思想的禁锢与自我异化。凡是迷信，不管是宗教还是世俗意义上的，都是对象的被神化同时是主体意识的迷失，是理性思辨的被摧残。这种思想危机必然导致汉末经学也是儒学的衰颓。其衰颓之因，是儒学作为一种社会意识形态和统治思想，无力提出和回答社会现实本已存在并且还在不断产生出来的大量难题，就是说，这种"儒学"与社会现实不可避免地产生了疏离与背谬。

同时，东汉王权自和、安之后，门阀地主豪强势力日盛，宦官，外戚擅政变本加厉，政治乌烟瘴气，这激起大批文人士子即儒生的极大不满。他们品鉴人物、攻击朝政，由于"主荒政缪，国命委于阉寺，士子羞与为伍，故匹夫抗愤，处士横议；遂乃激扬名声，互相题佛，品核公卿，裁量执政"（《后汉书·党锢列传》），是谓"清议"之举。这种"知识分子造反"，自然遭到东汉统治者的残酷镇压，于桓帝延熹九年（公元166年）酿成第一次"党锢之祸"；

接着，由于"清议"之势力在皇权面前不肯就范，对外戚、宦言统绐的反抗更为坚决，于是，又在灵帝执政年间（公元169年）遭致第二次"党锢之祸"，历时达十六年之久，使大批儒士、党人被诛。于是人人噤若寒蝉，人心惟危。其直接的结果，是思想界一片鸦雀无声，不敢也不能有新鲜、独创之见与异端思想。

由此见之，作为魏晋玄学思想动因之一的汉代儒学的危机，有两个主要原因：一是神学对儒学的异化；二是政治对儒学的摧残。这二者的相激相荡，必然使得儒学失去生命活力，成苟延、衰微之势。《汉书·艺文志序》指出，思想"既已乖离，博学又不思'多闻阙疑'之义，而务碎义逃难，便辞巧说，破坏形体"，这是当时的实际状况。试想思想与人身既不得自由，仅仅为了"逃难"，还能做什么真正的学问？于是许多学者士子被逼仄在一个狭窄的注经领域，一方面是思想的凋零与僵化，另一方面却遍注群经又抱残守阙、索隐发微而附会牵强，像郑玄这样的经学大师由于不愿与东汉统治者合作而宁肯在《易》《老》之类的古纸堆里执意爬梳、寻寻觅觅。当时儒学笺注的繁琐与支离正可以说是空前的，甚至"一经说至百余万言"（《汉书·儒林传》），人们经历了一个悲剧性的只有学术而几乎没有思想的时代。

但是，思想可以被一时禁锢，却决不会被消灭。摆过去的历史钟摆总是会摆过来，物极必反。当儒学危机，经学衰颓之际，实际上已经种下了另一粒思想与哲学即后之魏晋玄学的种子，汉代尤其东汉末年儒学的危机，成了从反面而来的一种召唤力量。当一个社会思想与哲学需要寻找历史出路之时，它要么不去思想，"顾左右而言他"，走繁琐注经这一路，实际上这走上的不是真正的出路而是一条逃路；要么弃逃路"拂袖而去"，反其道而行之。你繁琐于前，我简洁在后；你精神迷狂，我崇尚理性；比如你循《易》由象数而尤重图谶；我则尽扫象数而发明义理；你的儒学既然已经走进了一条死胡同；我则独辟蹊径，重新阐解老庄之学以熔裁新学，魏晋玄学正是这样应运而生的。

由此用见，儒学的凋敝是一种从反面而来的思想推动力，推动魏晋玄学不可避免地登上思想历史的舞台。这当然不是说，魏晋玄学的思想基因中只有道而未涉于儒。相反，汉末衰微的儒学一方面从相反的方向成为中国思想史上的魏晋玄学的"催生婆"，另一方面，它的思想因子，又历史地融渗于魏晋玄学，成为生起、建构这一时代新学的有机构成。

首先，从思想渊源角度看，魏晋玄学的生起不仅以老庄之学为思想资料，而且尤重于易学。这易学，虽然不能等同于儒学，却是以儒学为基干的思想、文化与哲学系统。东汉之时，郑玄的五行生成说与爻辰说，荀爽的阳升阴降说、虞翻的象数说、尤其费氏（直）古文易的兴盛以及以扬雄《太玄》与魏伯阳《周易参同契》为代表的黄老派易学丰富复杂的思想资料与某些理论思辨，为魏晋玄学的生起与建构准备了若干思想条件。总体而言，汉代易学重象数，讲阴阳灾异、神秘感应，方法繁琐，这并不等于说，汉代易学作为以"儒"为思想基干的社会意识形态，是唯"象"无"理"的。比如就在汉初易学中，思辨、义理的思想因素还是比较充分的。皮锡瑞《经学通论》一书曾列举《淮南鸿烈》、贾谊《新书》、董仲舒《春秋繁露》、刘向《说苑》以及《列女传》等书中的二十余条材料，说明汉初"说易皆明白正大，主义理、切人事，不言阴阳术数"，这当然有点言之有过，因为汉初之易学并非绝对排斥"象数"的，然而指出汉初易学"主义理"这一点是有根据的。又如东汉古文易学，在文化品格上与今文经学（易学）将儒学与阴阳、灵异、符瑞、图谶等迷妄之说相结合是有所不同的，它"通训诂、明大义、不为章句"，较少附会谶纬神学。廖名春等《周易研究史》指出："汉易虽以象数之学为主流。但以义理解易的传统并未中断，今天仍有线索可循。而明确汉易义理之学的发展轨迹，对于认识与理解魏晋之后义理学派的壮大实有要意义"。此说看来不是无根之谈。可见，魏晋玄学尤重义理，是关于天则、人事；天道、人道的形上之学、本体之学，这种思想内涵与思维方式之历史因子，可以在汉易及其汉代儒学之中找到它的历史遗存。这一遗存，对魏晋玄学的生起、建构自然是有影响的。

其次，三国之时，中国北方盛行的思想主要是所谓的"形名之学"或称"刑名之学"（简称"名家"）。名家不等于儒家，但在偏重于"名教"这一点上儒家与名家是相一致的。名家的基本思想是"名实之辨"；孔夫子也主张"名不正则言不顺"，倡言"正名"。名、儒二家所关心的，是政治与道德伦理。原属于"形下"之学。然而汉末、三国时代，中国思想界讲说政治与道德伦理虽然基本属于儒学、刑名之学范畴，却是已与先秦之时有了区别，即试图从"形上"角度去看待与谈论"形下"问题。这种思考问题的观念、方法尽管不一定像魏晋玄学时期那样自觉，却是受启于《周易·系辞》所谓"形而上者谓之道，形而下者谓之器"之说，追求一种"名实相符"境界。就是说，这种追求，不是魏晋玄学时期突然出现的，而是不但汉末，三国时代已经开始，而且其源头在先秦。汤用彤指出，汉末三国学者讨论政治、伦理问题，已经尝试将问题讨论放在"天人之际"去进引，对所谓"道德论"的解说与阐发，"即是说人君为'道'配'天'，臣下有'德'为'人'，'道德'两字在意义上等于'天人'。故'天''道'不可名状，'人''德'可以言说"①。显然，这是以老庄之思想来谈论、解决儒家的政治、道德伦理问题，而且就所讨论的问题内容本身来说，是将"形下"的政治、道德伦理提到"形上"（天、道）的高度来分析。其实，这就是名教与自然的关系问题。"因为人君的'用'在行'名教'来治理天下，而以'天道'或'自然'去配比'君德'，这样，君体'自然'，也就是以'自然'为'体'，'名教'为'用'了"②。此言极是。

又次，魏晋名士崇尚清谈，其玄风之大畅、之潇洒可谓空前，这种文化与历史之嗜好，其实是由扬弃汉代清议之风而来的。所谓"清议"，前文已有论及。中国士子尤其大批儒生，思考与谈论社会现实问题本来是很讲求实际的，先秦儒生的思维习惯与思想域限，是注重现世、现实、道德、伦理与功利，用一种现实、实在的眼光处理人际关系，看待和提出做人的理想标准以及如何做人，并在社会实践中试图加以践行。而汉代"清议"之举虽然议论朝政、臧否人物，往往措辞激烈，弄得最高统治者脸上很难看，实际上这种所谓士子"造反"，基本上是为统治阶级出谋划策，起到"谋士"作用，是"补天"思想的表现。即便如此，仍为统治者所不容，大批清议之士在两大"党祸"之中惨遭迫害。清议不成，于是将文人儒士的思想逼到了论玄说无、崇尚清谈这条思路上去。人们意识到，清议之举与现实生活尤其是国家政治的关系太嫌密切，尽管七嘴八舌，不过是书生空议论而已，但在汉代这一特定历史时期尤其在中国古代这块土地上，横议政治往往是有危险性的，清议之祸给人的教训是"莫谈国事"，与实际政治保持一段距离。于是，那种看似不着边际、不切实际、天

① 汤用彤：《魏晋玄学论稿》，上海古籍出版社，2001，第125页。
② 同上书，第125页。

马行空式的清谈之风的流渐，就是理所当然的了。清谈与当时的政治统治保持了相当的距离，它一定程度上消解了谈论之思想内容的政治性与伦理性，建构起它的哲思品格。清谈者往往"闭门讲学，自绝人事"（《后汉书·方术列传》），因为有了一个思想沉淀、宁静致远的过程，可能导致思想与思维的深化与向"形上"的超越，因此，清议之路一旦被断绝，魏晋玄学那种清谈之风的来临就为时不远了。

二、正始玄风："名教"本于"自然"

考魏晋玄学关于名教、自然关系问题亦即儒、道关系问题的哲思历程，人致上经历了何晏、王弼的"名教"本于"自然"说；嵇康、阮籍的"越名教而任自然"说，裴颁"崇有"，维护"名教"说；向秀、郭象的"名教"即"自然"说四个阶段。

魏晋玄学始起于曹魏正始（公元240—249年）年间。正始玄风，指三国魏废帝齐王芳正始时期，由何晏、王弼所创立的学说。何晏尤其是王弼的思想内容很丰富，王弼之玄学的认识论有"言、象、意"之辨；其人性论将性、情、欲三分，认为性无善恶而情有善恶；其政治观所涉及和讨论的就是名教与自然的关系问题，宣说以自然为本、以名教为末的思想。自然者，本也、体也、无也；名教者，末也、用也、有也。两者的关系是"崇本举末""崇本息末""以无为本""无以有为用"。总之，王弼的政治学所主张的是"贵无"的思想，或曰名教本于自然之说。

《晋书·王衍传》称："魏正始中，何晏、王弼等祖述老庄，立论以为：'天地万物皆以无为本。'"这简洁地概括了正始玄学两位代表人物的哲学思想。何晏、王弼两人都是当时的才子。据《魏志·曹爽传》附《何晏传》及裴注引《魏略》等书，何晏字平叔，东汉大将军何进裔孙，岳母即魏沛王太妃，他是曹操的外孙。又据《魏略》所记："太祖（曹操）为司空时，纳晏母，并收养晏。"曹操为司空时为建安元年至十三年，故何晏生年不会迟于建安十三年（公元208年），并于齐王芳正始十年（是年四月改元嘉平，亦即嘉平元年）因政事纷争而被诛。据《太平御览》卷三八五引《何晏别传》："晏少时养魏宫，七、八岁便慧心大悟。"《世说新语·夙惠》亦称："何晏七岁，明惠若神，魏武奇爱之。"

约在齐王芳正始元年至八年间，何晏为"清谈"中坚，曹爽"大集名德"，何氏驰骋论域，辩才无碍。何晏在学术上从专注于老庄终而转为"三玄"（《周易》《老子》《庄子》）兼治，有《老子道德论》传世。王弼（公元226—249年）字辅嗣，为王业之子、王粲从孙，为望族之后，曾任尚书郎，亦在曹爽"大集名德"时坐而"论道"却不为曹爽所赏识。实际王弼是一位真心的"天才少年"，《魏志·钟会传注》引何劭《王弼传》云："于时何晏为吏部尚书，甚奇弼，叹之曰：'仲尼称后生可畏，若斯人者，可与言无人之际乎！'"其著述甚丰，有《老子道德经注》《周易注》《周易略例》等著对后世产生巨大的思想、学术影响，王弼是魏晋玄学真正思想意义上的开山鼻祖。

何晏、王弼在名教与自然关系问题上的见解是共同、相近的。两人都推重道家"自然"之说，扬道家之"自然"而不抑儒家的"名教"之论，是何晏、王弼与先秦老庄"自然"说的根本区别与推陈之见。何晏对正始名士夏侯玄关于"天地以自然运，圣人以自然用"的见解表示赞同。王弼则更持"名教本于自然"说，认为名教虽为政事、伦理、制度、而其根、其本、其原型则是"自然"（道）。自然为本，名教为末；自然是名教的"原生"依据，名教为自然的社会派生。自然即"朴"，"朴教始为官长之时也，始制官长，不可不立名分以定尊卑，故始制有名也"（《老子注》三十二章）。在先秦道家，《老子》有云："大道废，有仁义；智慧出，有大伪；六亲不和，有孝慈；国家昏乱，有忠臣。"又说："故失道而后德，失德而后仁，失仁而后义，失义而后礼。夫礼者，忠信之薄而乱之首。"这里，老子的道论即自然论是认为自然（道）与名教（仁义、智慧、大伪，孝慈、忠臣、礼义之属）是对立的；认为社会名教即仁义道德的横行于天下，恰恰是"失道"（自然遮蔽，自然异化）之故，因而在老子看来，自然与名教实际是两相对立、彼此敌应、有我无他的关系。可是王弼反其道而叙之，他把名教（不问是何种名教）看作是自然（道）的社会体现，是"朴散"之"器"。这等于说，"朴散"既然为"器"，则"朴聚"者，常道也。名教，自然只在"朴"之散、聚之际，原来并无差别，"朴"之散、聚只是多与一的关系，末与本，用与体的关系。而"朴"（一）既然能"散"而为"器"（名教），在一定条件下，又何不能重"聚"（多）为"朴"，这是吸收了老子返朴归真的思想，来沟通、凿透名教与自然的逻辑联系。其《老子注》二十八章说："朴，真也。真散则百行出。殊类生，若器也。圣人因其分散，故为之立官长。以善为师，不善为资，移风易俗，复使归于一也。"这一段话，虽然并非专指名教与自然之关系，拿来解说名教始本于自然，又回返于自然，亦是适宜的。

王弼关于名教本于自然的政治观，无疑具有儒学的文化因子，因为他要解决的现实课题是名教。只是他的独异处与高明处，是以"自然"这一哲学观来为名教立论，遂使名教论、也是自然论同时建构起新颖的见解。因此，当王弼的玄学在改造自历史承传下来的道家"自然"说之时，也同时改造了儒家"名教"说。王弼把名教本于自然的见解，精炼地概括在他的"崇本举末"这一哲学命题之中。这里，本与末的并崇与并举，并不是王弼在逻辑上不分名教（末）与自然（本），而是说名教虽然为"末"，却是自然（本）之必然的历史展开。而任何名教只有达到"自然"境界，这种名教才是有利于社会的、可嘉许的、能够实行的。因此，当王弼在说"名教本于自然"时，既是将自然降格为名教，同时又把名教提升到自然（道）这一哲学高度；一方面作为一个哲学家，由于在逻辑上并不去区分是哪种名教、什么样的名教，就以为名教本于自然，遂有替现存名教行辩护之嫌，另一方面，又体现出这位哲学智者企望那种本于自然的、理想的名教的出现。王弼说："竭圣智以治巧伪，未若见质素以静民欲；兴仁义以敦薄俗，未若抱朴以全笃实；多巧利以兴事用，未若寡私欲以息华竞。"（《老子指略》）此之谓也，"巧伪""薄俗""事用"这些名教之弊，只有以"见质素""抱朴""寡私欲"这些道家"自然"观才能得以疗救。因此可以这样说，王弼的名教本于自然的思想，归根结蒂是想以道家"自然"之说认识并解决社会现实"名教"问题。

王弼作为玄学之祖，不仅他的玄学内容与学识的构成中不可避免地吸收、熔铸了自先秦承传下来的儒家学说，而且其治学的观念与方法一定意义上也受启于儒学。王弼（同时还有何晏）出于礼教世家，幼诵儒书，同时也接受过法家、名家之术的教育，他在对《老子》进行笺注的同时（王弼未注《庄子》，但《庄子》思想的影响在他的一些著论中可以见出），尤其用力于《易经》的注释与发挥。王弼之所以重视《易经》，是因为这部先秦典籍的《易传》部分，不仅宣说了大致为春秋战国之时的儒家政治伦理之说，而且其哲学部分，除了杂有阴阳家之论以外，明显地阐发了道家的宇宙论、自然哲学。《易传》在试图以道家"自然"思想阐释儒家政治伦理说方面，可以说做了拓荒的工作。王弼确实把易学玄学化了，他尽扫象数以阐扬义理，他的万物始原说、伏羲重卦说、他对汉代卦气说的取舍以及对《易传》关于"书不尽言、言不尽意"的重新发明等，都在高举"义理"之旗，作哲学文章而着眼于社会人生的政治伦理问题。王弼的名教本于自然之思，显然不能说是对这两者的调和，更不是理论上的混合，而是为名教这一社会事物奠定"自然"这一哲学依据，从其文化思路上看，是较多地接受了《易传》的思想影响，也不能排斥诸如汉初黄老思想（《淮南鸿烈》）以及西汉末在思想上综合儒、道的扬雄的《太玄》等对其思想形成的影响。当然，尽管王弼是一"旨近老子"的魏晋玄学家，但他阐发其玄学思想所依据思想资料与文本，除了道家著论，还有积存了丰富的儒学思想的易著以及黄老派著作。据《释文叙录》和《隋志》，王弼曾著《论语释疑》一书，该书已经亡佚，而据梁皇侃《论语义疏》、宋邢昺《论语正义》及唐《经典释文》诸书，都有关于王弼《论语释疑》佚文的记载。因此，王弼无疑深受儒学的思想影响，他与何晏标举名教本于自然之论，也就无足为奇了。

三、魏末之"玄"："越名教而任自然"

这里所言魏末，指公元249年（嘉平元年）到公元265年，司马炎废魏王曹奂，自立为帝，改国号为晋，这是魏室政权陷落于司马氏之手的时代。这一时期，司马氏为夺取政权，倚儒术而要挟天下，大畅"孝"风，以"大逆不孝"之罪名铲除曹魏势力，其中包括曾依附于曹魏的文人儒士，正如史书所言"魏、晋之际，天下多故，名士少有全者"。与曹爽一起被司马氏诛杀和夷三族者众。其中公元249年何晏被诛，251年扬州刺史王凌与楚王曹彪（曹操子）被诛，254年太常夏候玄、中书令李丰等被诛，258年大将军诸葛诞被诛，260年魏主曹髦被诛，包括阮籍好友嵇康，亦在阮籍去世前一年被诛。正如《与山巨源绝交书》所言，当时"至人不存，大道陵迟"学子儒生多有遁入山林之徒，终而"交謷狂生"，怀着悲郁之情抨击司马氏所推行的礼教的虚伪和政治的残暴。

正是在这一特定的时代背景之下，嵇康、阮籍的所谓"越名教而任自然"的思想就应运而生了。嵇康（公元224—263年），三国魏末文学家、音乐家、思想家。字叔夜，谯郡铚（现安徽宿县西南）人。"竹林七贤"之一，官拜中散大夫，人称嵇中散。"与魏宗室婚，"大约总因这一点，为司马氏所难容而被杀，但他公开的罪名是"言论放荡，非毁典谟"（《晋书·本传》）。代表作:《与山巨源绝交书》《难自然好学论》《声无哀乐论》。亦能诗，以《幽愤诗》为著名。又擅琴，以《广陵散》一曲著闻，并撰《琴赋》。阮籍（公元210—263年），三国魏末文学家、思想家，字嗣宗，陈留尉氏（今河南）人。曾为步兵校尉，世称阮步兵。为"竹林七贤"之一。有《大人先生传》《达庄论》《咏怀》等作品著闻于世。嵇、阮二氏都是"白眼"礼俗的魏末名士，对虚伪的司马氏所推行的所谓名教痛恨之至，都放逸山林、恨别廊庙、雅好老庄。由于仕途阻塞，人命惟危，不得已而与司马氏集团在政治上取不合作的态度。"越名教而任自然"是两人共同的政治、人格宣言。但细细比较．嵇、阮二人还有些不同。在政治上，应当说，嵇康显得更激烈些，因此遭受的迫害更甚。阮籍晚年以"沉默"处世，以醉酒度日，以"口不臧否人物"得以保全自己。曾作《通老论》主张"自然"与封建礼教结合。

"越名教而任自然"的口号确乎有些狂狷意味，它是针对司马氏集团的虚伪名教之治而提出来的。因此，这一口号似乎更像是一则政治、伦理宣言而不像是一个哲学命题。但从思想角度分析，应该说，它是承何晏、王弼"名教本于自然"而来，并且显得更激进，似乎有点弃"名教"而独存"自然"的意思。嵇康反对学习"六经"，"以六经为芜秽，以仁义为臭腐"，认为对于"六经"这些儒家经典"向之不学未必为长夜，六经未必为太阳也"，这些写在《与山巨源绝交书》、《难自然好学论》中的思想，可以说是典型的魏晋玄学的人格、人性的解放之论。嵇康甚至喊出了"非汤武而薄周孔"的口号，实在是淋漓畅快。阮籍也说，"天下残贼，乱危，死亡之术"者（《大人先生传》），何也？由"六经"所规定的典制名教也。《难自然好学论》指出，"六经以抑引为主，人性以从欲为欢。抑引则违其愿，从欲则得自然。""六经""抑引""人性"，戕害"自然"理当在攻抨之列。所以"游心于寂寞，以无为为贵"是两人共同的精神归宿、终极关怀。嵇康把这种思想的主旨，在其《释私论》中归结为"越名教而任自然"，是相当精彩的。

不过，这并不等于说嵇、阮这两位魏末名士在思想深处已是彻底摒弃了儒学。须知凡人生不外进、退二途。进者，儒；退者，道。人生则在进、退之际。

人的生命本性原本总是执着于"进"的，这是生命原驱力使然。因进而不得故退；退而又眷恋于进。这说明人生总在儒与道、进与退、入世与出世之际挣扎、浮沉，人生全部的烦恼与涅槃、欢乐与痛苦、动躁与平静大抵存在、发生在这里。儒学重于政治伦理这一套，尤其是伪善的政治伦理是戕害人性的，然而，儒学所主张的入世、进取之类却是人性的正常展开，也就是说，这本身就是一种人性"自然"。倘若我们拿这样的见解来看待嵇、阮的"越名教而任自然"，那么我们可以看到，这所谓对"名教"的"逾越"，其意并不是否定那种符合于"自然"或回归于"自然"的"名教"而是荼毒于"自然"、使"自然"本性遭到异化的"名教"。如果这一看法能够成立，那么，所谓嵇、阮著述中所存在的既抨击"名教"又赞扬"名教"的矛盾，大约就可以作另一种解释了。嵇康一方面高唱："老子、庄周，吾之师也"，要求自适、自乐、无为自然，所谓"大朴未亏，君无文于上，民无竞于下，物全理顺，莫不自得"（《全三国文》卷五十），这是对"名教"的否定，对"自然"的肯定；另一方面又说"人无志，非人也。但君子用心，有所准行，自当量其善者. 必拟议而后动"（《全三国文》卷五十一）。这又强调立志、守志即循名教之律去修身养性的重要，充满了儒家积极入世之精神。所谓凡人必"有所准行"，不就是提倡名教么？其实在嵇康思想中这两方面并不是矛盾的，因为在他看来，凡"名教"有合乎人性"自然"与违逆人性"自然"的区别。所以对于那种违逆人性"自然"的"名教"须加以抨击、否定；对合乎人性"自然"的"名教"，则其原来就是"自然"的社会体现，何"越"之有？同样，阮籍在《大人先生传》中历数儒家那一种"心若怀冰，战战栗栗""唯法是修、唯礼是克"的状态之后，讥笑那些人格卑下的儒者之徒不过是"大人""裤裆中的虱子"。"且汝独不见夫虱之处于裈之中乎？逃于深缝，匿乎坏絮，自以为者宅也"，这种讽刺可谓辛辣无比；另一方面又在其《咏怀诗》中对儒者、名教大加褒扬："儒者通六艺，立志不可干。违礼不为动，非法不肯言。渴饮清泉流，饥食甘一箪。"这很能让人想起先秦孔孟心目中儒者形象。这种所谓的矛盾，正如前述，其实是并不存在的。

当然，嵇康、阮籍的"越名教而任自然"的思想，在现实实行中也会有所异变。当时有些所谓"名士"把"放达""任自然"理解无所顾忌、直至变成酒色之享乐，给统治阶级以重整"名教"纲纪以理由，《世说新语·德行》记载：

"王平子、胡毋颜国诸人，皆以任放为达，或有裸体者。乐广笑曰：'名教中自有乐地，何为乃尔也?'"乐广此言，应当说是模棱两可、似是而非的。"名教中自有乐地"，典型的儒家之言。它标志着魏晋玄学的思想演进将有一些新的时代特点。

四、元康"崇有"：名教、自然"新释"

历史发展到西晋元康（公元291—299年）年间，由嵇康、阮籍所倡言的"越名教而任自然"的激烈玄风，此时狂放过甚，大批士子口尚虚诞、身则放荡无羁，世风披靡，于是便有裴颁"深患时俗放荡、不尊儒术"，撰《崇有论》"以释其蔽"（《晋书·裴颁传》）。

裴颁（公元267—300年），西晋哲学家，字逸民，河东闻喜（现山西新绛）人，博学多闻，兼治岐黄之术，曾奏修国学、改定度量衡制，刻石写经，官至尚书左仆射。而《崇有论》是其代表作。

裴颁的《崇有论》的现实批评对象，是嵇、阮的"越名教而任自然"之风，就其思想针对性而言，则是何晏、王弼的"贵无"论。本文前面已经谈到，"贵无"这一基本哲学思想，是由何晏、王弼所奠定的。《晋书·王衍传》引述何晏之言称："天地万物，皆以无为本。无也者，开物成务，无往不存也。阴阳恃以化生，万物恃以成形。"王弼《老子指略》亦说："夫物之所以生，功之所以成，必生乎无形，由乎无名。无形无名者，万物之宗也。"这种"贵无"之论，直接承传于老子，又是对老子"道"论的发挥。王弼《老子注》对这一哲学思想的整体思考，是放在有、无关系中来进行的："天下之物，皆以有为生。有之所始，以无为本。将欲全有，必反于无也。"裴颁的"崇有"之见，根本上否定了道家以及何晏，王弼哲学的基础。他们主张天地万物"以无为本"，裴颁则说万物以"有"为"本"。他认为道家及何晏、王弼之流的关于万物"无"中生"有"的思想，首先在逻辑上是站不住的。在他看来，万物既为"群有"，必生于"有"，而不是"无"。因为万物都是"自生"的，其生不由外在于"群有"的"无"来推动。"夫至无者，无以能生。故始生者，自生也。自生而必体有，则有遗而生亏矣。生以有为己分，则虚无是有之所谓遗者也。"（《崇有论》）显然，这里裴颁的哲学的逻辑原点，是认为老庄的"虚无"（无），是

"有之所谓遗者",即是"没有",无原始之一物,即没有什么东西。这是裴颜对老庄之"无"这一哲学之范畴的不理解,他不能理解老庄的"无"指"形上"的"存在",其思想,思维始终达不到道家与魏晋何晏、王弼的哲学抽象的高度和玄思的深度。

裴颜的"崇有"思想,确是有感而发,"虚无之言,日以广衍,众家扇起,各列其说。上及造化,下被万事,莫不贵无"(同前),对纠正由何晏、王弼到嵇康,阮籍以来的一些"狂玄"时弊不无意义,但其哲学理论上的失误,是未能理会"贵无"论真正深致的哲思品格,又把高蹈于现实"形下"的"无"这一"万物之宗,看作造成"狂玄"时弊、时人目空一切、无视礼法的现实根源。他说,名教之所以陷入困境,盖"贵无"之弊也。"悠悠之徒""遂阐贵无之议,而建贱有之论。贱有则必外形,外形则必遗制,遗制则必忽防,忽防则必忘礼。礼制弗存,则无以为政矣。(同前)这是说,由于哲学上倡言"贵无","贵无"即是"贱有"。由于哲学上"贱有",则必体现于世人的行为规范(外形),蔑视与放弃礼制约束(忽防)。而"忘礼"的结果,就谈不上什么政治与政权的稳固了。这种思想体现出裴颜对"名教"、礼制的自觉维护。其政治伦理观无疑是"崇儒"的,而他切入这一"名教"社会现实课题的思想方法、方式,又是属于"道"的,他不是像传统儒家就"名教"而谈"名教",而是自觉地从哲学角度去论证他的"名教"之论的"合理性"。从哲学上看问题,正是道家也是魏晋玄学的文化传统。裴颜的"崇有"论对那种"遂相放效,风教陵迟"的社会风气不啻是一个批判,但他在批判"口谈浮虚,不遵礼法,尸禄耽宠,仕不事事"这一风习时,同时抹煞了魏晋玄学对虚伪,腐朽之名教的批判,这值得注意。

五、元康玄辨:名教即自然

西晋元康时期,是魏晋玄学思潮相当活跃的时期。正如前文所述,在这一时期,大致上始于魏正始、魏末的"名教本于自然"、尤其"越名教而任自然"的思想在士人中深具影响;"崇有"思想亦振扬于一时。同时,作为魏晋玄学关于名教与自然之关系的理论终结、"名教即自然"之说,大致上也产生、流布于这一历史时期,它的代表人物是向秀、郭象。

向秀(公元227—272年),魏晋之际哲学家、文学家,"竹林七贤"之一。

字子期，河内怀（现河南武陟西南）人，官至散骑常侍。曾为《庄子》作注，"发明奇趣，振起玄风"，未竟全注而逝，诗赋以《思旧赋》著名。向秀生年较早，但他的玄学思想由于郭象之故多流渐于"元康"前后。故本文将他与郭象的玄学放在一起来叙说。郭象（公元253—312年），字子玄，西晋哲学家。河南（现河南洛阳）人，官至太傅主簿。续注向秀未竟的《庄子注》，"述而广之"，别为一书。

　　向秀与郭象的玄学主张基本相同，在名教与自然之关系问题上，都持"名教即自然"的见解，都是魏晋玄学发展中的重要人物。向秀的"名教即自然"论比较集中地体现在他的《难养生论》一篇之中。他以为"自然"为根本、"名教"为派生："同是形色之物，未足以相先。以相先者，唯自然耳。"那么何谓"自然"？《难养生论》称："有生则有情，称情则自然。""且夫嗜欲，好荣恶辱，好逸恶劳，皆生于自然。""夫天地之大德曰生，圣人之大宝曰位，崇高莫大于富贵。然富贵，天地之情。贵则人顺己以行义于下，富则所欲得以有财聚人，此皆先王所重，关之自然，不得相外也。"又说："夫人含五行而生，口思五味，目思五色，感而思室，饥而求食，自然之理也。但当节之以礼耳。"

　　可见，这里向秀把人之生活、生命的活动、自然本能比如"求食""思室"以及人的物质生活要求"富贵""荣华"等称之为"自然"，这不同于自然哲学意义上的"自然"观，而是人生哲学意义上的"自然"观。向秀对嵇康在《养生论》中所阐述的那种"修性以保神，安心以全身""清虚静泰、少思寡欲"的"自然"观不以为意，认为这有背于"自然之理"。因为这种"自然"境界须修持而得，不若"率性而自然"。然而向秀又认为，这种自然"率性"并不是绝对拒绝礼俗、可以任意而为的，相反，它"当节之以礼"。向秀称："且生之为乐，以恩爱相接。天理人伦，燕婉娱志，荣华悦志。服飨滋味，以宣五情。纳御声色，以达性气：此天理自然，人之所宜。"这是说，人之自然（性气）与人伦是合一的，人伦不是外加的，人伦如果是善美的，它一定是出于人之自然的，"天理人伦"合契于"自然"，如果人伦（名教）不合于"自然"，这是"有道而无事，犹有雌无雄耳"。（《列子注》向秀语）向秀的这种名教即自然的观点，被谢灵运《辨宗论》称之为"向子期以儒道为一"，实为至论。

　　比较而言，郭象的见解确由向秀而来同时大大发展了。向秀调和名教与自然的矛盾，郭象《庄子注》则不仅认为两者本无矛盾，而且所谓"外王""内圣"本来就是一回事，颇有点"天人不二，不必言合"的味道。郭象说："凡所谓天，皆明不为而自然。言自然则自然矣，人安能故有此自然哉？自然耳，故曰性。"这是说，天理与人性、天与人合于"自然"。又说，圣人居"在庙堂之上"，但仍可"心无异于山林之中"，圣人"常游外以弘内"，能够做到"终日挥形而神气无变"，是何缘故？"夫游外者依内，离人者合俗"也，"夫神人（道——引者）即今所谓圣人（儒——引者）"耳。在郭象看来，庙堂无异于山林、圣人等同于神人（至人、真人）、系缚就是解脱、名教与自然了无差别。

可以见出，在郭象的哲学中，天则（自然）与人事（名教）、无为与有为原本就不是对立的。比如牛马，不系缰绳时"率性自然"。那么"穿牛鼻""落（络）马首"之后呢？就是违反牛马之自然本性，失却本真而迁就于人事、人为之功了。这原是庄子的观点。岂料郭象在《庄子注》中对此作了相反的发挥："人之生也，可不服牛乘马乎？服牛乘马，可不穿落之乎？牛马不辞穿落者，天命之固当也。苟当乎天命，则虽寄之人事，而本在乎天也。"这等于说，"穿落"是牛马之自然本性使然，否则何以为真牛马？牛马之外无所谓"穿落"；"穿落"之外也无所谓牛马，天然与人事合一而不是二分的。由此郭象进而指明，名教与自然也不是二分的。如果把仁义（名教）与人之情性（自然本性）看成是二元的，"恐仁义非人情而忧之者，真可谓多忧也。"因为"夫仁义者，人之性也。"仁义之外无人性；人性之外亦谈不上什么仁义。仁义是人性的社会实现；人性是仁义的自然原型。仁义（名教）、人性（自然）一而二、二而一。

向秀、郭象的这一玄学之见，以老庄对儒学进行哲学解释，具有玄学思辨特点；又以儒家重世用、讲实际的精神改造老庄道学的玄虚性，使形上、形下相交通，既高蹈于"逍遥"之境，又脚踏于"名教"之域，其精神上的进退自如，正是中国传统的文人学子所企望的人生归途。这说明魏晋玄学关于名教与自然关系问题的讨论，至此可以告一段落了，这一场颇为漫长的"对话"终告结束。

本文发表于《玄学十日谈》，上海书店出版社，1990

"惟务折衷"：《文心雕龙》文论思想的文化品格

中国文论史上自先秦至南朝齐梁之最具思想、理论深度的文论，非刘勰《文心雕龙》莫属。是书学界一向研讨尤多，著述林立，成果丰硕，在此勿赘。但有一大重要理论问题，看来尚有进一步讨论的必要。即《文心雕龙》的文论思想、理论系统，究竟是在什么文化、哲学思想的影响下建构起来的？亦即其思想、理论系统的文化性格与哲学本色，倒底是属儒、属道（玄）、属佛，还是儒、道、佛思想的三栖"折衷"？厘清这一问题，对于进一步推动《文心雕龙》文论的深入研究，无疑具有重要的理论意义。

一、亦儒非儒

多年以来，学界多将《文心雕龙》文论思想的文化基质与哲学本色归之于儒。李泽厚、刘纲纪指出，"从《原道》及《文心雕龙》全书可以清楚地看出，儒家的重要经典《易传》的基本思想是《文心雕龙》的根本的理论基础。"[1]王元化先生也说，"《文心雕龙》基本观点是'宗经'"，"《文心雕龙》书中所表现的基本观点是儒家思想，而不是佛学或玄学思想"。[2]这一见解自然是有道理的。《文心》一书对《易传》儒家之论的采用，确实在在皆是。如其《原道》篇所谓"仰观吐曜，俯察含章，高卑定位，故两仪既生矣"。所谓"人文之元，肇自太极，

---

[1] 李泽厚，刘纲纪主编：《中国美学史》第二卷，中国社会科学出版社，1987，第623页。

[2] 王元化：《文心雕龙讲疏》，上海古籍出版社，1992，第10、15页。

幽赞神明，易象惟先。庖牺画其始，仲尼翼其终。而乾坤两位，独制文言"等等言述，直接源自先秦儒家著作《易传》。又如《宗经》篇直言："经也者，恒久之至道，不刊之鸿教也。故象天地，效鬼神，参物序，制人纪，洞性灵之奥区，极文章之骨髓者也。"再如《序志》篇云："盖《文心》之作也，本乎道，师乎圣，体乎经，酌乎纬，变乎骚，文之枢纽，亦云极矣。"凡此，亦是儒味十足的言论。

然而，关于《文心》是否尊儒、宗儒这一问题，并非不值得拿出来作进一步的讨论。

其一，正如前引，尽管《文心雕龙》有所谓"盖《文心》之作也，本乎道，师乎圣，体乎经……"的偏于"儒"的言说以及文中几乎到处可见的是儒家著作《易传》之类的文辞及其思想，但如果将"原道""征圣"与"宗经"篇的主旨通归于"儒"，是失之公允的。比如关于"原道"的"道"，究竟指儒家所倡言的政治伦理、齐家治国平天下之"道"，还是道家作为哲学本原、本体的"道"？这是关系到《文心雕龙》之"文之枢纽"即其"本"属儒抑或属道的根本问题，不可不辨。

显然，《文心雕龙》所言"原道"的"道"，指道家（玄学）哲学的本原、本体意义上的"自然之道"。《文心》一开头就明确指出："文之为德也大矣，与天地并生者何哉？夫玄黄色杂，方圆体分，日月叠璧，以垂丽天之象，山川焕绮，以铺理地之形。此盖道之文也。"这里，刘勰把"文"与天地万象看做并列、并生的一种东西，指出它们都是作为本原、本体之"道"的美的显现，"道"是显现文章之美与自然万类之美的"本在"。就美"文"而言，自当为"心"所造，这"心"，决非计较功利、是非之"心"，而是契"道"、悟"道"之心。这"道"，即《原道》所言"心生而言立，言立而文明，自然之道也。""自然"者，文之本原。文之美，不是用美丽的辞藻"外饰"于伦理道德思想情感之故，而是"自然"即"道"本身就是"文"及其"美"的内在根据，或云"自然"本身就是"美"的。《原道》云："云霞雕色，有逾画工之妙；草木贲华，无待锦匠之奇。夫岂外饰？盖自然耳。"这里，刘勰无疑接受了自先秦道家以来到魏晋玄学关于"道"（自然）为本原、本体的文论思想。刘勰所谓"原道"，是"原"（回归）于道家之"道"的意思。尽管他将"道"（本乎道）与"师乎圣，体乎经，酌乎纬，变乎骚"并提，但刘勰的文论思想首先是"本乎"此"道"的。

这种关于以"道"为"本"又不弃"儒"说，即将"道"与"圣""经""纬""骚"并述的思维方式，类于汉初《淮南子》。《淮南子》有《原道训》篇，称"夫道者，覆天载地。廓四方，柝八极。高不可际，深不可测。包裹天地禀受无形"，指"道"为万物及人文之本原、本体。高诱注云："原本也。本道根真，包裹天地，以历万物，故曰原道。"《淮南子》"旨近老子"兼取儒家之说的思维模式，为刘勰《文心》所承接，此《原道》篇所谓"故知'道'沿'圣'以垂'文'，'圣'因'文'而明'道'"，取一种偏于道家（玄学）又不舍儒说的文论立场。这正如范文澜所言，《文心雕龙》的高明处，在于"识其本乃不逐其末"，其"文以载道，明其当然；文原于道，明其本然"[①]。在标举道家"文原于道"之"本然"论的前提下来称说儒家"文以载道"的"当然"论，这是刘勰的文论之思受到魏晋玄（道）学所谓"崇本以息末"思想影响的缘故。

其二，《文心雕龙·序志》云：予（刘勰）生七龄，乃梦彩云若锦，则攀而采之。齿在踰立，则尝夜梦执丹漆之礼器，随仲尼而南行。"确为刘勰自幼尊孔、尊儒的一大实据，我们没有任何理由怀疑。但问题还有另一面，即刘勰在尊崇孔儒的人生经历中，又同时有崇佛的思想经历。据《梁书·刘勰传》："勰早孤，笃志好学，家贫不婚娶，依沙门僧祐，与之居处积十余年。"王元化《刘勰身世与士庶区别问题》考刘氏"并不是出身于士族，而是出身于家道中落的贫寒庶族"[②]，可谓中肯。刘勰出生、生活于这样一个家庭，自动追崇儒门且于此用心甚为急迫是很自然的。其少时又"依沙门僧祐"，始终以"白衣"身分"寄居"于定林寺，年青时并未正式出家也是可以理解的，所以一遇机会，便舍佛门之清静而登仕去了。可是，刘勰最后还是走上了"出家"的人生归途。刘勰的思想终于遁入空门，固然有"家贫"与出仕受挫这两个外在原因，而其根本之因，应是由于当时时代生活方式、习俗、思潮与氛围所造成的"出家"之途以及刘勰自少时依傍寺庙所培育、积淀而成的从佛人生观，否则，便难以理解其为何终身"不婚娶"。"不婚娶"者，固然有"家贫"这个原因，但如果刘勰心灵深处不具备相当牢结的从佛、崇佛的人生观念，即使"家贫"，也不至

① 范文澜：《文心雕龙注》上册，人民文学出版社，1958，第4页。
② 王元化：《文心雕龙讲疏》，上海古籍出版社，1992，第1—26页。

于"终身不婚娶"。《梁书,刘勰传》称其"遂启求出家,先燔鬓发以自誓",从其态度之如此决绝可以证明,热衷于入世的儒家思想,在此时的刘勰心目中其实已经轰然倒塌。崇佛是一个曲折而漫长的人生过程,也成为奠定《文心雕龙》文论思想亦儒非儒的一个坚实的人格基础。

二、亦道非道

如前述,《文心雕龙》既然以"道"(自然之道)为文章、文思之"本然",那么,由于魏晋玄学的哲学本体论本源于先秦道家的道论,道在魏晋玄学贵无派那里,被解说为"玄""无"。因此,《文心雕龙》的文论思想的本旨有从"玄"、尊"无"、体"道"的品格是必然的。自魏初何晏、王弼倡言玄学贵无之论,到南朝刘勰所生活、活动的齐梁时代,玄学的盛期已过。虽然如此,但玄学广泛深远的思想影响依然存在。刘勰生当此时,其思想受到玄学贵无论的濡染是很自然的。仅从其"原道"之说的推崇于"自然之道"看,就已证明其思想有入于道家一路的特点。道家实为玄学的精神祖先,刘勰对此褒扬有加。《文心雕龙·诸子》云:"李实孔师,圣贤并世,而经子异流矣。"其《情采》篇又称:"老子疾伪,故称'美言不信',而五千精妙,则非弃美矣。"对老子及其文论思想无疑持肯定的态度。《文心雕龙》又说,"庄周述道以翱翔""庄周齐物,以论为名""列御寇之书,气伟而采奇",亦抓住庄子等辈思想的要旨。《文心雕龙·神思》更是鲜明地以道家思想为其理论特色。其一有云,"暨乎篇成,半折心始",十分简炼、准确地解读了《老子》通行本关于"道,可道非常道"的思想精髓。其二又云:"枢机方通,则物无隐貌;关键将塞,则神有遁心。是以陶铸文思,贵在虚静,疏瀹五藏,澡雪精神。"这是《老子》通行本所言"致虚极,守静笃"的南朝齐梁版,也是《庄子》"心斋""坐忘"说的传承与阐解。

无疑,刘勰是老庄知音,《文心雕龙》的文论思想与玄(道)学相契是顺理成章的事。刘勰对一些玄学家及其玄论也很是推重,对傅嘏的才性之辨、王粲的玄伐之说、嵇康的声无哀乐论、夏侯玄的本无之见、王弼的《老子指略》与《周易略例》以及何晏的"无为""无名"观,评价很高,其《论说》篇称它们都是"师心独见,锋颖精密,盖人伦之英也"。又说宋岱、郭象与裴頠诸玄学家"并独步当时,流声后代"。其《明诗》篇又对嵇康、阮籍的诗、文尤为推赞，称"唯稽志清峻，阮旨遥深，故能标焉"。在思维方式与方法论上，《文心雕龙》受玄学影响亦很明显。其《章句》篇所谓"振本而从末，知一而万毕矣"；其《总术》篇所谓"务先大体，鉴必穷源。乘一总万，举要治繁"等等，与玄学"崇本以息末"论相比较，则显然是《文心》之论传承于玄学的。确实有足够的理由证明《文心雕龙》一书的文论，濡染于玄思、玄辨。

然而，这仅是问题的一个方面。实际上，刘勰对玄学的文化立场与态度，并非仅执注于此，而没有任何保留与批判。比如他一方面称何晏等辈，"盖人伦之英也"，另一方面其《明诗》篇却直言不讳地讥评"何晏之徒，率多浮浅"。又称"江左篇制，溺乎玄风。嗤笑徇务之志，崇盛忘机之谈"，显然表达了对玄风独扇的不满。对"诗必柱下之旨归，赋乃漆园之义疏"的诗坛现状，也多有微词。且在《论说》篇里将那玄学崇有、贵无两派一笔抹煞："然滞有者，全系于形用；贵无者，专守于寂寥，徒锐偏解，莫诣正理。"正如前述，刘勰一方面称颂"庄周述道以翱翔"，另一方面，其《情采》篇又说："详览《庄》《韩》，则见华实过乎淫侈"。一方面称玄学天才少年"王弼之解《易》，要约明畅，可为式矣。"这是对王弼注易尽扫象数、专重义理之学的肯定，另一方面在同一篇《论说》中，又称颂"毛公之训《诗》，安国之传《书》，郑君之释《礼》"，说毛苌、孔安国与郑玄的儒家言论，与王弼注易一样，都具有"通人恶烦，羞学章句"的特点。一方面对"非汤武而薄周孔"的阮籍、嵇康大加褒扬，另一方面，其《原道》篇又歌赞"文王患忧，繇辞炳曜，符采复隐，精义坚深"，而"至夫子继圣，独秀前哲，熔钧六经，必金声而玉振"。对以政治教化为目的之儒家的文学观一再肯定。同样，刘勰一方面肯定道（玄）、儒，另一方面又不弃佛说，称玄思虽然幽微，到底不及"动极神源"的"般若之绝境"，这《论说》篇所言"绝境"云云，范文澜谓"用思至深之地。"[1]可见，《文心雕龙》的文论思想的文化、哲学立场，确是亦道（玄）非道的。

三、亦佛非佛

那么，《文心雕龙》对佛学又到底采取怎样的文化态度与哲学立场呢?

---

[1] 范文澜:《文心雕龙注》上册，人民文学出版社，1958，第346页。

　　首先，《文心雕龙》一书中采用佛教言辞与概念之处并不鲜见。如《明诗》篇所言"随性适分，鲜能通圆"；《指瑕》篇所言"而虑动难圆，鲜无瑕病"与《杂文》篇所言"足使义明而词净，事圆而音泽"的"圆"；《论说》篇所谓"故其义圆能，辞忌枝碎"的"圆通"；《比兴》篇所说的"诗人比兴，触物圆览"的"圆览"；《神思》篇有关"研阅以穷照，驯致以绎辞"的"穷照"以及"独照之匠，窥意象而运斤"的"独照"，又如前引《论说》篇"动极神源，其般若之绝境乎"的"般若"等等，大都与佛学观念有关。

　　其次，从刘勰现存著述看，除《文心雕龙》之外，另有《灭惑论》（见于《弘明集》卷八）与《梁建安王造剡山石城寺石像碑》（见于《会稽掇英总集》十六）两文存世，后两文均为佛学著述。其中《灭惑论》尤为值得重视。其文有云："妙法真境，本固无二。佛之全也，则空玄无形，而万象并应，寂灭无心，而玄智弥照。"又言："大乘圆极，穷理尽妙。故明二谛以遣有，辨三空以标天。四等弘其胜心，六度振其苦业。"虽则刘勰撰《灭惑论》一文当在其入梁之后任记室之时，而《文心》之作，约始撰于齐明帝建武三、四年（公元496、497）、撰就于齐和帝中兴二年（公元501），两著写成年代有先后，但两著在崇佛这一点上，无疑是前后相通而一贯的。

　　同时，正如前述，刘勰具有尤擅佛学的学术素养。《梁书·刘勰传》称其"笃志好学""博通经论"，"因区别部类，录而序之，今定林寺经藏，勰所定也"，"勰为文长于佛理，京师寺塔及名僧碑志，必请勰制文"。《梁书》为唐姚思廉所撰，唐贞观三年（公元629）奉命始撰，在其父姚察撰于隋代的旧稿基础上费时七载而成。这一撰写年代，离南朝齐梁未远，故所记称勰"长于佛理"，应当说比较可靠。范文澜氏云，"彦和精湛佛理。《文心》之作，科条分明，往古所无。自《书记》篇以上，即所谓界品也；《神思》篇以下，即所谓问论也。盖采取释书法式而为之，故能理明晰若此。"[1]所言甚是。

　　尤为值得注意的是，虽然以往学界多认为关于《文心》是书体例与思维结构即"法式"受印度佛教因明学影响的见解难以成立[2]，但是，从《文心》一书

----

① 范文澜：《文心雕龙注》下册，人民文学出版社，1958，第728页。

② 按：因为其一，最早于北魏孝文帝延兴二年（公元472年）译出的因明学著作《方便心论》，并未引起学界注意。刘勰生卒年约在公元465至532年，《方便心论》译出时刘勰（转下页注）

现存体例看，其深受佛教成实论思想的影响，则是肯定的。据中国佛教史，齐梁之世，"成实"蜂起，论师云集。《高僧传》称北朝与南朝，共有成实师70余人。南朝"成实"思潮，始倡于僧导。僧导参与罗什译经，著《成实义疏》等。南朝齐代的成实论师，以僧柔、慧次为著名。其中僧柔法师就在刘勰依僧祐所居的定林寺弘法。《出三藏记》有关于"文宣王（引者注：萧子良）招集京师硕学名僧五百余人，请定林僧柔法师"宣讲"成实"的记载。而据《高僧传》，僧祐与僧柔为同辈友好，称"沙门释僧祐与柔少长山栖，同止岁久，亟挹道心。"500余人的宣讲集会，僧祐不仅是参与者，而且是记录者，并参与《成实论》略本的删节工作，撰成一篇《略成实论序》。可见，刘勰依从的僧祐亦精通成实论。至于刘勰本人是否亦精通佛教成实论，虽并无直接证据，但据《梁书·刘勰传》，僧柔圆寂，曾由僧祐制碑，且由擅长于"名僧碑志""制文"的刘勰撰写碑文。可见刘勰与两位大师过从甚密，刘勰受到僧柔、僧祐成实思想的深刻影响，是可能的。[①]

　　从《文心雕龙》的体例看，其借鉴《成实论》的法式结构则是很显然的。《文心》一书内容，分五大部分，即文原论、文体论、文术论、文评论与绪论，《成实论》内容，亦分五大部分，称"五聚"，即发聚、苦谛聚、集谛聚、灭谛聚与道谛聚。这雄辩地证明，《文心》的总体框架与思维模式，受启于《成实论》。而《文心》五部分之各部分内部结构，也与《成实论》"五聚"之每一"聚"基本类似。如《文心》文原论包括原道论、征圣论与宗经论，以正纬论、辨骚论为"余论"；《成实论》的"发聚"也包括佛宝论、法宝论与僧宝论，以十论为"余论"。又如《文心》文术论，分"剖情析采，笼圈条贯"与"擒神性、图风势，苞会通，阅声字"两部分，偏偏《成实论》"五聚"相应位置的"集谛聚"，也分"业论"与"烦恼论"两部分。

　　不难看出，《文心雕龙》全书的体例、结构与思维方式，的确受到佛教《成

（接上页注）大约7、8岁年纪。其撰成《文心》一书约在35—36岁之时（公元501年）。译于北魏的《方便心论》，是否此时已传入南朝以及该书的因明之学是否对刘勰具有实际思想影响，均不可考。其二，印度因明学的另两著《回诤论》与《如实论》，前者译成于东魏孝静帝兴和三年（公元541年），后者译成于梁简文帝大宝元年（公元550年），两者都是刘勰谢世之后的事，当然更谈不上因明学对《文心雕龙》的影响。

实论》的深刻影响。

可是，笔者在研读《文心》时发现，该书的法式、结构，不仅受佛教"成实"思想的影响，而且同时打上了儒家《易经》占筮结构方式的烙印。

《文心雕龙·序志》有云，全书"论文叙笔"，"选文以定篇，敷理以举统"，在总体结构上，具有"纲领明矣""毛目显矣"的鲜明特点。而"位理定名，彰乎大易之数，其为文用，四十九篇而已。"这一刘勰关于全书总体结构的"夫子自道"，可以说，一直为诸多《文心》研究者所忽视。

显然，《文心雕龙》全书凡50篇即"程器"篇及其前共49篇加上第五十"序志"篇这一总篇目数，决非刘勰任意为之，而是精心设计的，是《易经》所载古筮法"大衍之数"即《文心》所提到的"大易之数"的彰显。《易传·系辞上》说，"大衍之数（引者注：即"大易之数"）五十，共用四十有九。"是说古人进行易筮活动时，取筮策五十，任取其中一策不用，以象征太极，用余下的四十九策进行占筮。显然，《文心雕龙》全书凡五十篇，得启于儒家经典《易经》的"大衍之数五十"的"五十"，五十篇为一加四十九，即"序志"篇与其余四十九篇，可见"序志"篇在全书地位的重要。在结构上，刘勰特以"一加四十九共五十"这一模式经营全书，说明其对《易经》的熟悉与钟爱。刘勰采用"大易之数"来结构全书，安排篇目，可谓用心良苦，证明《文心》又确有宗"儒"的一面而非独取佛教"成实"的结构法，具有亦佛非佛的特点。

四、"惟务折衷"

要之，《文心雕龙》文论思想的文化选择，决不是单打一的，说其宗儒抑或宗道（玄）抑或宗佛，均不符其实际，而是道（玄）、儒、佛的三栖相会'是亦儒亦道亦佛又非儒非道非佛，鲜明地呈现出复杂、宏博的精神面貌与人文内涵。《文心》是书，是中国文化史上巨大、复繁、矛盾而深邃的一个文论系统。其基本特色，可用刘勰自述的"唯务折衷"来概括。其"序志"篇云，大凡为文，"弥纶群言为难，及其品列成文，有同乎旧谈者，非雷同也，势自不可异也。有异乎前论者，非苟异也，理自不可同也。同之与异，不屑古今，擘肌分理，惟务折衷"。这里值得注意的是：

其一，为文"惟务折衷"，在刘勰看来，并非其个人有意为之，无论"同乎旧谈"还是"异乎前论",非主观可定,乃"势""理"之必然,换言之,是由为学的时代潮流、时代精神所决定的。刘勰生当南朝齐梁之世,此前,以"道"为文化、哲学基质,以"佛"为灵枢,以"儒"为潜因的玄学曾大盛于魏晋。晋代著名而影响深远的思想、思维之学术事件当推"格义","乃以本国之义理(引者按:道、儒之学),拟配外来思想(引者注:佛学)。此晋初所以有格义方法之兴起也。"①"格义"的内容,在于老庄(道)、般若(佛)并谈,且不舍儒术。如魏晋佛学史上的所谓"六家七宗"之基本教义,是以道(玄)学的"无"来说佛学的"空",并以潜在的"儒"(有)作为其文化、思想背景;并且遗响于南北朝,造成道(玄)、佛、儒三学相会、并谈的为文与学术格局。因此,当时道、儒、佛三学并陈,是时风所趋,并非刘勰一人倡言之故。刘勰治文论有"弥纶群言"之特色,确为时代风气使然。其文论思想的这一基本格局,是这一伟大民族、时代之"势""理"的必然产物。

其二,"惟务折衷"的"折衷",亦言"折中",有判断、处理问题、事物取正无偏之义。故刘勰所谓为文之"折衷",首先是观念意义上的,同时具有方法论意义。(1)从观念上分析,刘勰的文论思想兼取三学而力求态度公允、中正,他采取了一种"鱼亦吾所欲也,熊掌亦吾所欲也"的治学态度,兼蓄并收,又不无犀利、挑剔与批判的眼光。他对道、儒、佛的文论各有褒贬,不盲从前贤与时论,而是"同之于异,不屑古今",总不愿滞累于一家一派,或古或今。

不是站在某一家某一派的单一立场,而是站在道、儒、佛三家之上来评判是非、功过与得失。因此,《文心雕龙》的文论思想的视点很高,有一种俯瞰道、儒、佛三学、高蹈古今的思想、学术气度。(2)从方法上分析,在将宏观意义上的道、儒、佛三学的文论看作一个有机的生命整体的同时,在微观意义的方法论上做了"擘肌分理"的工作。《文心雕龙》体现了朴素辩证的学术思路。虽然对道、儒、佛三学的取舍角度各有所不同,如关于道(玄),肯定其作为文本之原、本体的"自然之道";关于儒,肯定其作为道德伦理的"人道";关于佛,主要是作为道、儒的对立兼补充而提出来的。然而,其总体的观照、分析问题的方法,总在同时兼顾两面,是亦非是,非是亦是,从而使其学

① 汤用彤:《汉魏两晋南北朝佛教史》,中华书局,1983,第168页。

术见解大致停留在兼取两边、又离开两边的"中"点上，总不愿在或道、或儒、或佛这一棵树上吊死，而是认同其"中"点可能是真理之所在，却不是"骑墙"。这种"折衷"有利于探掘《文心雕龙》文论的复杂、丰富的思想深度，是刘勰较其同时代文论家的高明之处，也是刘勰所谓方法论意义上的"圆该"即"圆融"的为文、治学方法。虽然《文心》所体现的三学、古今互答的方法有些地方难免生硬，而总体上是成功的。

其三，"唯务折衷"有一精神内核，便是刘勰试图在道、儒、佛三学综合基础上的自创新格。举例来说，《文心雕龙》在大谈儒家思想之同时，其实并未简单重复儒之古训，而是往往变味，甚至"偷梁换柱"。传统儒家文论有"诗六义"说。《周礼·春官宗伯·大师》以风、赋、比、兴、雅、颂为"六诗"。《诗·大序》称，"故诗有六义焉：一曰风、二曰赋、三曰比、四曰兴、五曰雅、六曰颂"。以刘勰之博学未必不明这传统的儒家诗教，但不予理会，竟自独标他自己的"六义"说。称"故能宗经，全有六义：一则情深而不诡，二则风清而不杂，三则事信而不诞，四则义直而不回，五则体约而不芜，六则文丽而不淫。"标举"情深""风清""事信""义直""体约"与"文丽"，其思想重心已从"宗经"滑行到文体本身，提出"文"须情致深笃、风格清纯、叙事真实、意义直显、体式简约、文辞和丽的审美六标准说。又如当《文心》阐述其"原道"观时，可以说是首倡"性灵"之说，其文云，"仰观吐曜，俯察含章，高卑定位，故两仪既生矣。惟人参之，性灵所钟，是谓三才，为五行之秀，实天地之心。"从《易传》"三才"之说出发，却令人惊羡地落实到人的"性灵"（关乎文之"情性"）问题之上，将"三才"说即天地人中的"人"这一道德主体，变成了属人的"性灵"主体。犹嫌不足，进而将"性灵"解读成"为五行之秀，实天地之心"。这种新文论思想，突破了传统易学的域限，且将"性灵"这一精神主体提升到天地本体的崇高地位。总之，"唯务折衷"，是《文心雕龙》文论思想精彩而独具思想深度与思维优势的文化品格，其间，蕴含了刘勰试图融会道、儒、佛三学的哲学沉思，值得注意。

本文发表于《求是学刊》2003年第2期

对《意境探微》的四点意见

近读古风教授《意境探微》(以下简称《探微》)一书，真切感受到目前学界对意境这一中国美学、文论重要范畴的研究已相当深入。就笔者有限的阅读范围而言，在众多关于意境研究的同类著论中，我以为《探微》所取得的学术收获，无疑是精彩而值得肯定的。

这不等于说该书所论述的一些重要理论问题，不应拿出来作进一步的商榷与讨论。

我对意境问题谈不上系统的理论探索而对此一向颇有兴趣。在此愿浅谈一些初步意见，与古风商榷，以望进一步推动意境问题的研究。

一、关于意象与意境的关系

目前学界关于意境问题的研究，往往有学人将意境等同于意象，以致造成概念、逻辑的混乱。

《探微》一书也说，"作家内心的'意象'(《文心雕龙·神思》)通过'沿隐以至显，因内而符外'(《文心雕龙·体性》)的心灵走廊，再用语言文字把它书写到纸面上来，就成了语言意境"。①这里，暂且不说"语言意境"这一命题在理论上是否能够成立，仅仅称"语言意境"只比作家内心"意象"经"心灵走廊"多了"书写"这一点，就已可见，这是一种建立在将"意境"等同于

① 古风:《意境探微》，百花洲文艺出版社，2001年，第46页。

"意象"之基本认识基础上的见解。《探微》又说，"在刘勰看来，文学的意境，就是作家心中的'意境'（即'意象'）"①这里，也且不说刘勰究竟是否是这么"看"的，而仅是将"作家心中的意境"，直接等同于"意象"这一点，就颇值得质疑。

诚然，意象与意境属于同一范畴群落，两者共通的心理营构之要素，是意、象及其相互生成。《易传》云，"见乃谓之象，形乃谓之器。"象是"见"在主体心灵的图景与印迹，而不是客观外在的"器"及其"形"。象的心灵生成，是外在之物（器）形与声等同五官感觉及主体之认知、意志与意绪等心理因素对应作用的心理成果。就心灵而言，象离意则无象，意离象则无意。要么意、象俱"在"，要么意、象都不"在"。离意之象，离象之意，都是不可思议、不真实的。在王充之前，文本表达意义上的意与象确是分立的，如通行本《老子》所言"道"者"其中有象"、《易传》所谓"立象以尽意"然。但是，心理意义上的意、象本来就是浑融、互渗的。《易传》说，"是故形而上者谓之道，形而下者谓之器。"那么"象"在何处？依我之见，"象"在形上、形下之际。象未必是器（形、声之类）必然的心灵实现与呈现。只有当主体感官、心灵与外在之"器"实现了对接、对应，它才能是一种心理现实。象作为感官感觉（可以是视觉、听觉与触觉之类）的心理成果，由于印现于"心"，这在古人看来，是显得神秘而神奇甚至是不可理喻的。比如，古人仰望高远而深邃之苍穹，他所见到、听到的，实际是苍穹之星云或电闪雷鸣等等，而出于对天的神秘敬畏，遂将所感觉的天的形状、色彩与声响之类，统以"天象"名之，以至直至今日，学界还有以"象"为客观自在之"物"（器、形）的见解，引起有关"象"为"主观"抑或"客观"的争论。这也便是比如《易经》所言卦象、爻象明明不是画在纸上的卦爻符号本身，而人们在言辞、文本表达的习惯上，偏偏会将卦爻符号直接称为卦象、爻象的缘故。

象实际即意象。意象确为意境的心灵之根。两者在心理上自是相通，它们共通于意，共通于象，都是"见"在心里的，都具有物我、主客谐调的心理浑契结构，都共通于艺术审美。

---

① 古风:《意境探微》，百花洲文艺出版社，2001，第47页。

而共通者未必相同，意象与意境的区别仍是明显的。

其一，意象作为心理现实，自人类诞生就存在，意境作为心理现实，尽管其根植于意象，却是人类感觉、认识之趋于成熟与具有人文深度的心理成果。

其二，意象的心理存在是普遍而常在的，人人心中都有意象，而人人心里未必时时、处处都有意境，原因是因为，意境具有一些为意象所不具备的、特殊的人文、心理素质。

其三，就美学与文论之文本表达而言，"意象"一词是普遍可适用、可传达的，西方文籍有"意象"的描述，这是大家熟知的。有些民族的美学、文论之类不用"意象"这一范畴，"非不能也，是不为也"。而"意境"仅属于中华民族，其适用性要"差"得多，"非不为也，是不能也"，"意境"的民族文化特质非常顽强。

其四，就中华民族的美学与文论而言，历史上"意象"与"意境"两范畴同时或交替使用的情况并不鲜见。这并不能证明两者的内涵与外延是相同的。就两者物我、主客的浑契结构而言，意象与意境所达到的浑契层次与人文深度大有区别。拙著《周易的美学智慧》曾经指出，"如果说意象主要是就艺术审美所涵摄的广度而言的，那么，所谓意境主要是指艺术审美所达到的深度。"[1]我们平时常说"意象壮阔""意境深邃"，通常不言"意象深邃""意境壮阔"，已是有力地说明了问题。如李白《古风》其三"秦皇扫六合，虎视何雄哉。飞剑决浮云，诸候尽西来"，或《渡荆门送别》"山随平野尽，江入大荒流"，或《庐山谣寄卢侍御虚舟》"登高壮观天地间，大江茫茫去不还。黄云万里动风色，白波九道流雪云"等句，此所营构的，显然主要是审美意象而非意境之美。王国维称相传为李白所作《忆秦娥·箫声咽》"太白纯以气象胜"，其"西风残照，汉家陵阙"之"寥寥八字，遂关千古登临之口"[2]。这里所言"气象"，也主要指审美意象而非意境。又如杜甫三吏、三别句以及《茅屋为秋风所破歌》，《登岳阳楼》"吴楚东南坼，乾坤日夜浮"、《绝句》之三"窗含西岭千秋雪，门泊东吴万里船"、《旅夜书怀》"星垂平野阔，月涌大江流"与《水槛遣心》之

---

① 王振复：《〈周易〉的美学智慧》，湖南出版社，1991，第206页。

② 况周颐、王国维：《蕙风词话·人间词话》，人民文学出版社，1960，第194页。

一"细雨鱼儿出，微风燕子斜"等名句，所传达的，大致都是审美意象。意象偏于具有明显的空间性，其物象在文本的表达上偏于直接，主观之"意"比较显露。而审美意境，则意味着以"境"代"象"——由于"境"是"象"的"象外之旨"及意蕴，而可能达到人文心理相对深致的程度，有如唐张继《枫桥夜泊》与唐常建《题破山寺后禅院》等诗作所传达的意境。

其五，艺术审美意象之心理结构偏于执著于物（有）象，意境之心理结构处于无、空之际。这问题有些复杂，不是三言两语可以说清楚的（注：已另文撰述）。简约地说，那些写实的、具体描绘物象且作者之"意"执注于物象之作所唤起的美感，往往意象丰赡而意境少欠。就虚、实论之，意象之心理氛围偏于实有，意境则偏于无、空，意象之美实笃而意境之美空灵。意象有如《探微》一书所说的"实境"。"什么是'实境'？'渚涧之曲，碧松之阴，一客荷樵，一客听琴，'句句在目，历历如画，这就是'实境'。"①意象与意境的根本区别，在于主体对物象的执著与否。意境之虚灵空幻，指主体之心境的不系累于物象，如王维禅诗然。《辛夷坞》云，"木末芙蓉花，山中发红萼。涧户寂无人，纷纷开且落。"此诗确是笔笔明写物象，而其所传达的恰恰不是"实境"，而是无、空之境，关键在诗人之心境不系累于此物象，其意境是虚灵、虚寂的。

意境这一美学范畴的生成，经历了漫长的历史酝酿过程。《老子》以"致虚极、守静笃"言说"道"之品性，已标"虚"、无；《庄子》所谓"虚室生白""唯道集虚"以及"心斋""坐忘"之说等，也为中国美学"意境"说，贡献了本体意义的思想资源。时至唐代，王昌龄《诗格》首标"意境"，确是熔铸了佛禅之学的思想与思维成果。这一成果，一言以蔽之，即祛"有"、存"无"且向"空"境生成。在哲学本体意义上，意境是趋转于无、空之际的动态的心理结构。有如王维禅诗《山中》："荆溪白石出，天寒红叶稀。山路元无雨，空翠湿人衣。"这"空翠"之境，是渗融了"禅"境的审美意境。在审美心灵上，它无执于"有"（物）而自由往来于无、空之际，有如清人斌良《空心潭》所描述的那样，意境"清虚本无累"，具有"朗鉴证妙明，澹泊归太始"的审美素质与品格，一般所谓意象，与此不可同日而语。

---

① 古风：《意境探微》，百花洲文艺出版社，2001，第83页。

其六，艺术审美意象之心理结构是动态的，而意境是静而寂的，是静而动，它是静、虚、寂之中的生气流渐与灌注甚或沉郁。关于这一点，只要将诸如唐孟浩然《望洞庭湖赠张丞相》前四句"八月湖水平，涵虚混太清。气蒸云梦泽，波撼岳阳城"与其《宿建德江》"移舟泊烟渚，日暮客愁新。野旷天低树，江清月近人"略加比较，即可体会一二。宋代大诗人苏轼的"意境"说有云，"欲令诗语妙，无厌空且静；静故了群动，空故纳万境。"此乃深谙"意境"三昧之见。唐释皎然有诗云，"古磬清霜下，寒山晓月中。诗情缘境发，法性寄筌空。"寓魏王弼玄学贵无论"得鱼忘筌"之喻，而"法性"即佛性、即空，"筌空"，道出了意境品格静（无）、寂（空）的一面。这种意境，有如冠九《都转心庵词序》所描绘的那样，"清馨出尘，妙香远闻，参净因也；鸟鸣珠箔，群花自落，超圆觉也。"静、寂而无、空的意境，与一般意象大异其趣。

二、关于王昌龄的"诗有三境"说

由于中国美学史、文论史上的"意境"说首倡于唐王昌龄，因而，如何严谨地解读王昌龄的"诗有三境"说，这对准确理解"意境"是至关重要的。

《探微》在谈到这个问题时说，"王昌龄却是明确地将'意境'划分为'物境''情境'和'意境'三种形态，这分别是对山水诗、抒情诗和哲理诗创作经验的总结。"①我以为，这是《探微》一书对王昌龄"诗有三境"从而对其"意境"说的一种误读。

王昌龄说："诗有三境：一曰物境。欲为山水诗，则张泉石云峰之境，极丽绝秀者，神之于心。处身于境，视境于心，莹然掌中，然后用思，了然境象，故得形似。二曰情境。娱乐愁怨，皆张于意而处于身，然后驰思，深得其情。三曰意境。亦张之于意，而思之于心，则得其真矣。"

关于这段著名文论，值得注意的有如下几点。一、王昌龄的"诗有三境"之说，并非如《探微》所言"明确地将'意境'划分为'物境''情境'和'意境'三种形态"。《探微》如此表述，首先是不合逻辑的。"诗有三境"，不是指诗有三种"意境"。"物境""情境"尽管是诗境，却不等于是诗的意境。二、

① 古风:《意境探微》，百花洲文艺出版社，2001，第55页。

"诗有三境"，也并非是山水诗、抒情诗和哲理诗之"意境"创作经验的"总结"。天下所有山水诗、抒情诗和哲理诗，都可能营构了各别的诗境，但显然并不都是有"意境"之作。三、"诗有三境"，指诗境三大品格或曰三大层次。它们依次为"物境""情境"与"意境"。

"物境"之品最低。创作主体虽能做到"神之于心""了然境象"，却依然"处身于境"（注：此"境"，指客观生活环境），即诗之精神始终不超越于"物"而系累于"身"，因而，这种品格的诗境，仅仅是"形似"之境。"情境"这一诗之品格，已经"深得其情"，比起以"物象""身缚""形似"为审美特征的诗的"物境"来说，自是别一诗境，它跨越了"物"累，有"驰思"、想像之品格，然而仍"处于身"，为"娱乐愁怨"所滞碍。"娱乐愁怨"者，情。情为世俗审美意义的诗境、诗美之要素，无"情"焉能为诗？可是，接受了佛禅思想影响的王昌龄的诗之"意境"说，并不以为这"深得其情"的诗之"情境"是最高的诗境。因为这类诗之"情境"，依然沾染于"情"，系缚于"情"，为"情"所累。佛教否定情欲，称"情猿"者，心猿意马、内心纷烦扰攘不已，佛教以妄情为心垢，要求"制情猿之逸慄，系意象之奔驰"。正因如此，王昌龄所推崇的诗的"意境"，正是这种消解了"物"累、"情"累的最高的诗境。这"意境"独得其"真"。此"真"之诗境，用王昌龄《论文意》①的话来说，"凡属文之人，常须作意。凝心天海之外，用思元气之前，巧运言词，精炼意魄"。又云，"用意于古人之上，则天地之境，洞然可观。"这种"意境"，实乃静虚、空灵的"天地之境"，是从世间之有、无向出世间之空超拔的一种诗境。它是主体心灵的一种"无执"，无法执，无我执，无善无恶，无悲无喜，无染无净，无死无生。一般而言，儒家执"有"（政治伦理、物质利益之类）、道家执"无"（自然），佛家主张无所执著于"有""无"而有的执著于空（大乘有宗）、有的无所执著于空（大乘空宗）。无执于有、无而执著于空，这用佛学"三识性"来说，是超越了"遍计所执性""依他起性"而进入"圆成实性"之境。

---

① 按：据考，日僧遍照金刚:《文镜秘府论》天卷《调声》、地卷《十七势》《六义》、南卷《论文意》等，均收录王昌龄诗论，参见王运熙、杨明:《隋唐五代文学批评史》，上海古籍出版社，1994，第204页。

三、关于意境与境界的关系

在中国美学史、文论史"意境"说建构之前，古代文籍早有"境界"这一术语、范畴的提出。汉刘向《新序·杂事》有"守封疆，谨境界"之言，此"境界"实指疆界，具有空间、地理意义。精神意义上的"境界"，见于佛典。《大方广佛华严经》卷一云，"演说如来广大境界，妙音遐畅，无处不及。"其卷五又说，"信解如来境界无边际。"佛教以"空"为境界，如法执、我执，便无佛之"境界"，便是所谓"妄觉"，这正如《入楞伽经》所言，"我弃内证智，妄觉非境界。"因此，从术语、范畴之发生角度言，"境界"比"意境"资格更老。

然自从"意境"一词出，学界便往往将"意境"等同于"境界"。如清石涛《苦瓜和尚画语录·境界第十》所言"境界"，实指绘画之意境。清华琳《南宗抉秘》云，"画中之白，即画中之画，亦即画外之画也。特恐初学而造此境界。"亦是如此。诚然，在美学、文论中，凡说到审美意境、文学意境等地方，用"境界"二字代"意境"，于义可通。

可是，"境界"这一概念、范畴的内涵与外延，又毕竟不同于"意境"。笔者以为，"意境"仅适用于艺术审美领域，而"境界"的适用范围，要宽泛得多，可指称艺术、审美意境在内的人生一切时空境域及心理、心境。在用法上，说"人生境界"可，说"人生意境"（如"儒意境""道意境""佛意境"）则未免别扭，此可证两者并非绝对相同，并非可以随意通用。

《探微》一书说，"……在王国维那里，'境界'与'意境'是相同的，甚至'境''情''景'与'意境'也是相同的。"[①]何以见得？在《人间词话》中，有"境界"一词凡十三，"意境"仅一。在十三处"境界"用语中，所说大凡都是艺术"意境"的意思，因而，此"境界"实指意境。可是有一处所言之"境界"，断不可以"意境"代。这便是，"古今之成大事业、大学问者，必经过三种之境界……"[②]，是何缘故呢？因为此所言"境界"，已经远远超出文学艺术与审美意境的范围，两者在文化内涵上不可同日而语。例如宗教境

---

① 古风：《意境探微》，百花洲文艺出版社，2001，第121页。

② 况周颐、王国维：《蕙风词话·人间词话》，人民文学出版社，1960，第203页。

界、哲学境界与道德境界之类，到底不能说成"宗教意境"等。因此，我们在研究"意境"问题时，不能随意地将"意境"与"境界"等同。也不能说，在王国维那里，甚至"'境''情''景'与'意境'也是相同的"。学人一般将"情景交融"说成就是"意境"，其实"情景交融"只是构成意境的必要条件而非充分条件。"情景交融"者，不一定是意境，因为意象的心理结构也是"情景交融"的。《探微》一书说，"如'上阳人，苦最多'一句，质而无文，空而无象，但却写尽了上阳宫女的苦情，意境还是鲜明的。"①想以此证明此所言"苦情"之"情"即"意境"。可是，既然这"一句"确实"质而无文，空而无象"，又怎么可以说其"意境还是鲜明的"呢？就"上阳人，苦最多"这一句而言，是何等的概念化，连"情景交融"都根本谈不上，何来"意境"？在此我们看到，《探微》一书十分明智而正确地提出反对将"意境""泛化"的见解，而其自己的"意境"说，却依然有些"泛化"的缺失，未免令人遗憾。

四、关于"意境"理论的"现代化""世界化"

先略说"意境"理论的"现代化"问题。

《探微》一书认为，"从梁启超的'新意境'说，到王国维的'境界'说，便拉开了'意境'理论现代化的序幕。"认为现在"'意境'理论已基本上现代化了"。②并说其"现代化""表现"有三，"一是以现代的眼光、现代的意识和现代的方法，从中国古代文论和美学的角度，来研究'意境'。""二是以现代文论和美学为参照，给'意境'范畴注入了现代的血液，并将它建构在现代文论和美学体系之中。""三是将'意境'作为现代文论和美学的一个术语，广泛地用于中国古代文艺、现当代文艺和外国文艺的研究、赏析和评论领域。"③

问题是，《探微》这里所言三大"表现"，能证明这便是"意境"理论的

---

① 古风:《意境探微》，百花洲文艺出版社，2001，第187页。
② 同上书，第364页。
③ 同上书，第364、365页。

"现代化"吗？而且，我们又为什么要去追求这样的"现代化"呢？

我以为，"意境"理论的"现代化"如果能够实现的话，它决定于"意境"这一范畴本涵的"现代化"。然而这能够做得到吗？在我看来，这恐怕是做不到的。"意境"是一个民族性、时代性极强的范畴，其文化、美学本涵，早在唐王昌龄时代已是熔铸完成。在王昌龄之后，历代都有学者对"意境"进行"现代"研究与阐释，如清王夫之以"情景交融"释"意境"那样，其"眼光""意识""方法"与"角度"确是"现代"的，而且已将"意境"这一术语广泛地运用于"研究、赏析和评论领域"，然而这一切，仍不足于证明是"意境"本涵进而是"意境"理论的"现代化"。《探微》试图用以证明的"意境""现代化"的三大"表现"，如果我对此理解无误的话，不妨可以概括为指"意境"的"现代"研究、建构与运用。这当然是事实。可是，其一，现当代学者的"意境"研究，只是从古代"意境"理论采掘思想与思维资源，以完成新时代的中国美学、文论建设，这种研究在文脉上确与古代"意境"理论具有联系，而不能也没有将"意境"这一范畴"化"作"现代"的东西。否则，不仅"意境"，而且一切中国古代美学、文论范畴与命题，都是可以轻而易举地"现代化"的。而且，请允许我在此引申一下，面对古代中国的一切文化、学术遗产，人们要么不去研究，似乎一旦进行"现代""研究"，都可以"现代化"了。试问，研究甲骨文、金文能使其"现代化"吗？出土文物如郭店楚简，战国楚竹书能"现代化"吗？又如，诸如道、气、象、太极、阴阳、中和、虚静、神韵与空寂等范畴，尽管我们今天不可避免是以"现代"的理念、方法去"研究"它们的，但是没有也无法将它们"现代化"。其二，就所谓"现代化"意境理论的"建构"而言，大凡"建构"，不可不与古代文化思想传统有必然的历史与逻辑联系，但是"建构"本身，起决定意义的，是当下、本土文化现实内在矛盾运动的结果。按皮亚杰认识发生论的见解，是这内在矛盾运动顺应与逆对、悖立与整合的产物。建构是消解旧质文化的新质文化。正如《探微》一书所言，梁启超确曾大力倡言诗的所谓"新意境"，似乎确曾"给'意境'范畴注入了现代的血液"，但是这样的"新意境"究竟是什么呢？梁启超曾称颂黄遵宪名作《今别离》之一《咏轮船火车》是"新意境"的代表作，称其诗句如"钟声一及时，顷刻不少留""送者未及返，君在天尽头"与"所愿君归时，快乘轻气球"等，这到底建构了什么"新意境"？读者们都会感到，这算什么有"意境"之作？不过是顺口溜而已。所谓"新意境"，实际是无意境，离本来意义上的"意境"相去太远。又凭什么说这是"意境"理论的"现代化"。其三，至于说到"将'意境'作为现代文论和美学的一个术语"与"意境"一词的"广泛地用"，也不等于说，这便是"意境"理论的"现代化"。现代、当下文论、美学文本确"广泛地用""意境"这一术语，就连笔者这一小文，也到处可见这一"术语"，然而，我们总不能因这一"术语"的广泛运用以及传播而断言这便是"意境"的"现代化"。便是《探微》一书自己也说，所谓"意境"的"现代化"，"即将现代的新思想'化入''意境'论之中。那么，'化入''意境'论中的新思想是什么呢？要搞清楚这个问题是困难的。"①《探微》又指出，'意境'便成为中国审美文化史的活化石。"②真是说得太好。既然如此，那么又如何实现"意境"理论的"现代化"呢？

再简约地说说"意境"理论的"世界化"问题。

"意境"理论能否"世界化"，这是笔者与《探微》一书作者的又一个分歧。《探微》说，"我们现在要将'意境'范畴'推广到西洋文艺'中去，即实现'意境'理论的'世界化'（internationalize），可能吗？我认为，这不仅是可能的，而且是中外文论和美学交流的一项重要任务。"③笔者不认为我们不可以将中国"意境"论等美学、文论思想"推广"到"西洋"或"东方诸国"去，而且这项工作过去、现在与将来都无停止的时候，诸如汉学家的努力与国际会议的交流等，功不可没。但是，这种"推广"与传播难道真的就是"实现'意境'理论的'世界化'"？如果是这样，则"世界化"的实现实在是太容易了。其实，我们不能将国际学界之际的学术交流、传播、对话与推广等同于"世界化"。"世界化"这一概念太嫌笼统与宽泛，使人感到不着边际。而为了加强"世界化"之见解的说服力，《探微》作者特地以2000年11

---

① 古风:《意境探微》，百花洲文艺出版社，2001，第366页。
② 同上书，第33页。
③ 同上书，第383页。

月中旬某教授在昆明"中国美学与民族艺术"研讨会上的发言为证据,称说,意境范畴将可能成为世界美学本体论的范畴。[①]似乎这样一说,"世界化"便不成问题、便是"可能"的了。可是我不免要问,说"意境"将可能是世界美学本体论的范畴,其证据与理由何在呢?按照一般理解,"意境"仅是艺术美感意义上的一种心理、心境,它可以成为"世界美学"的"本体"吗?而且,这个人类居住的星球上,到底有没有一种统一的所谓"世界美学",看来也是有疑问的。

以上粗浅意见,敬祈批评。

本文发表于《复旦学报》2004年第5期

---

① 古风:《意境探微》,百花洲文艺出版社,2001,第383页。

草根性：跨文化美学研究的人文立场

德国汉学家卜松山曾经指出，"进行跨文化交流（注：包括跨文化美学研究）的尝试，我们需要选取一个介于两种文化之间的立足点"①，这立刻使人想到詹姆逊所谓"为研究某一种文化，我们必须具有一种超越了这种文化本身的观点"②的看法。这里，卜松山的"立足点"与詹姆逊的"超越"性"观点"，当然并非一回事。但两者作为跨文化美学研究的人文立场问题，其重要意义是不言而喻的。其一，这一"超越"性的人文立场（立足点），文化群体意义上的人种、民族、时代、历史、地域、语言与学科等等的人文内涵究竟如何？难道真的会存在于"两种文化"比如中美、中德文化之间或之上吗？其二，这种人文立场，是否真的可以由研究主体按"需要"来任意"选取"？而作为与文化根性血肉相联的文化群体的人文立场，到底是应然的还是本然的？

可是，固然我们不能将跨文化美学研究的人文立场（立足点）混同于主体问题，然而，"跨"之意义的人文立场的人种、民族、时代、历史、地域、语言与学科等的"向人生成"，偏偏首先是主体、主体意识与主体性"在场"的一个证明。没有主体（包括个体与群体）的人文立场，是不可设想的。这哪怕就"介于两种文化之间"或之上的人文语境而言，也是如此。好在问题的关键是，一种"主体之死"的哲学、美学宣言，并非是主体真的"死"去的现实证据。

---

① 卜松山:《与中国作跨文化对话》，中华书局，2003，第97页。
② 詹姆逊:《后现代主义与文化理论》，陕西师范大学出版社，1986，第11页。

首先，虽然似乎因"主体之死"给世界留下了一个空白，然则我们的思想与思维却是"命中注定"不得不与这一"空白"打交道，甚至进行一场"战争"。这"空白"却是任何其他什么别的所永远无法填补的。这有力地证明，主体的一种"力"依"在"。"主体之死"，却是主体并不"缺席"。这真是一个充满诗意的悖论。"主体的死亡，也留下指正它的痕迹。这可能意味：主体即使在死亡之后，对于我们来说，也是在场的。"① 其次，当人们振聋发聩地宣布"上帝之死"，继而是"人（主体）之死"时，这世界依然并不缺乏上帝、主体（人）之类的聒噪。否则，究竟谁来宣布"上帝之死""人之死"呢？上帝是人创造的。既然上帝可以"死"去，当然也能"复活"。其实，哲学、美学意义上的上帝是不死的。否则它还能是上帝吗？而上帝，其实是人与人的理想在"天"上巨伟的倒影，上帝作为这世界的"主体"，不过是人作为世界主体的人文预设。因此，那种关于"死"的哲学、美学甚或人类学，其实只是因时代变迁而改变了研究"上帝"、研究"人（主体）"的某种人文理念与方法；改变了其人文素质、品格与思想、思维的水平、方式而已，却无力改变人作为现实主体的"在场"意义。因而，所谓"主体之死"的哲学、美学话语，某种意义上仅是一种思维与理论策略罢了。

跨文化美学研究的人文立场问题，必然关系到两种或以上文化的主体、主体意识、理念及主体性，这已如前述。而既然是"跨"，又必然涉及所谓主体间性与此人文立场的关系问题。我们可以将主体间性理解为一定历史、人文的"向人生成"，理解为介于两种及以上文化主体相互交往、对话而有可能产生的"第三主体"及其性状与成果，却不等于这是跨文化美学研究的所谓"立足点"（人文立场）。主体间性，有可能动态地存在于跨文化美学研究之间或之上（"超越"），然而，这"跨"之成果本身，偏偏是两种或多种文化美学各具不同的人文立场而生成的。所谓"第三性"的生成与"超越"，并不能也没有代替或遮蔽跨文化美学研究各自人文立场的既成、确立与功能。当胡塞尔首先提出"主体间性"这一概念之时，则意味着为跨文化美学研究曾经打下了一个哲学意义的学科、学理基础。但胡塞尔并没有否定"跨"之双方或多方各别人文立

---

① ［德］彼得·毕尔格：《主体的退隐》，夏清译，南京大学出版社，2004，第5页。

场的合法性。他只是否定先验主体之唯我论的偏颇以及清算西方传统的实体论与认识论而已。主体间性，是"跨"之成果而不是"跨"之出发点。倘无这一出发点即人文立场，所谓"跨"之意义的对话、交往断不能现实地实现。当卜松山提出"需要选取一个介于两种文化之间的立足点"时，我们不能责难他在"跨"之意义的对人文立场与主体间性问题的关注，却可以追问，其是否在理论上混淆了人文立场与主体间性的区别。

进而值得思考与讨论的问题是，作为人文学科之"边界作业"的跨文化美学研究，与其人文立场相关的，是所谓"视界融合"。这昭示的意义属于人类学美学范畴的跨文化美学研究。正如美国人类学家吉尔兹所言，"因而对文化的分析，就不是一种寻求规律的实验科学，而是一门寻求意义的解释学"。这种关于"文化的阐释"的"提法"，被叶舒宪确当地称为"跨文化理解的合理性问题"。因为是"阐释"而不是追索客观知识，因而不妨可以称跨文化美学是尤为关注阐释者即主体的一种"人类学诗学"[①]。一切阐释都是主体（我）的阐释，离弃主体则无阐释。凡阐释，包括跨文化美学研究之双方、多方的主体，必有一个前思维、前理解、前意志与前情感等属于"我"的问题，因而在"跨"之意义上的"我"的人文立场，是不能排弃在研究之外的。在"跨"之"边界作业"过程中，"我"的"视界"与对方或多方之"我"的"视界"，必然对"跨"之研究过程、方式与成果的生成施加影响。但在根本上，作为交往、对话即阐释，实际是主体之间、主体阐释之间与阐释意义之间的人文"互动"。它意味着：此主体、彼主体，此阐释、彼阐释，此意义、彼意义是同时发生（生成）、同时建构、同时嬗变与同时凋亡的。由此可能达到趋于思想、思维之人文深度的、有新意的"视界融合"。这种因"阐释"而可能生成的"融合"，恰恰是由各别主体基于各自人文立场来实现的。所谓"我"（主体）的阐释，其实便是对应于"我"之对象（别一主体及其阐释）的"他者"。它当然不是跨文化美学研究各自主体的所谓"立足点"。它也不是双方、多方之间或之上阐释成果的叠加、平均与相互替代。跨文化美学研究必关乎一定的价值理念，这是由于各自人文立场属"我"之故。所以"跨"的结果，有可能生成一种新的

---

① 叶舒宪：《原型与跨文化阐释》，暨南大学出版社，2002，第5、6页。

价值观念或达到价值理念的"融合"。这种"新"与"融合",依然从一定的"我"的人文立场出发,它不是"价值中立"。

不仅如此,本文所谓人文立场,实际是属于文化"原型"意义上的一个概念。它并非指研究者个人那种潜在的政治、道德之类的立场,而是指决定族群主体之人文意识、理念与思想的那个"原型"。荣格将所谓的"集体无意识"理解为"种族记忆",一种潜在的精神本能。弗莱称"原型"是"典型的即反复出现的原始意象"。如果我们将荣格的"原型"从他的理论"黑箱"中加以实践意义上的"还原",那么所谓"原型",便是由历史、人文所积淀的族性基因、人文根性,我在此将其称为"草根性",它是属于族群之"我"(主体)的,是本土的。它其实是必然生存于当下之族群本土文化的一种深"在"的种族惰性。所谓"野火烧不尽,春风吹又生",是其"典型的即反复出现的原始意想"。跨文化美学研究此"我"与彼"我"的人文草根性以及人文立场,本然地具有"差异性",否则便不是"本土"的。"差异性"的本"在",才使得"跨"成为可能与必要,才本能地获得文化美学之"跨"的人文动力与张力。尽管"跨"之对话、研究,由于族群主体"草根性"及其语言、学科之类的"差异"而有时变得困难重重,然而,这一"差异性",并不能成为跨文化美学研究尤其中国美学的跨文化研究所谓"失语"的证据。既然这种有"差异"的草根性,是族群之历史、人文不断积淀的结果,那么,跨文化美学研究,就是以异文化为参照系所进行的自我阐释,而不是对异文化"客观"知识意义上的所谓"把握"。跨文化美学研究,就有可能使得各自族群的草根性得到进一步的历史、人文的陶冶、锻炼与成长。草根性,也可以是应对所谓"文化殖民"的一种自身保护力量。所谓"和而不同"而不是文化趋同化,正是跨文化美学研究有待于实现的一种人文理想。就此意义而言,赛义德的"东方学",只是较多地体现政治文化意义之对"文化殖民"的警惕,并非建立在民族当下之文化"草根"真正自信的理念基础之上。

本文发表于《社会科学辑刊》2006年第5期

马克思主义文艺学的中国化——纪念《在延安文艺座谈会上的讲话》发表五十周年

　　毛泽东文艺思想的文化实质，是马克思主义文艺中国化，即由马克思主义文艺学基本原理与中国现当代具体文艺实践相结合所创生的一种中国美学文化形态，它的特点是结合中国革命与文艺实践的"创造"。这正如1943年7月王稼祥首次提出"毛泽东思想科学范畴时所言"毛泽东思想是马列主义与中国革命相结合的中国共产主义""它是创造的马克思主义"。①又如1945年刘少奇在中共"七大"所阐述的那样："毛泽东思想，就是马克思主义在目前时代的殖民地、半殖民地、半封建国家民族民主革命中的继续发展，就是马克思主义民族化的优秀典型。"②自然，毛泽东文艺思想也是这样的"优秀典型"，这在毛泽东《在延安文艺座谈会上的讲话》（以下简称《讲话》）中，首先得到了光辉的体现。美国学者威尔伯·施拉姆指出，马克思主义被领袖自觉地"中国化"给群众，变成无穷的物质力量从而导致革命的胜利。文艺亦然。"中国化"无疑是毛泽东文艺思想的基本文化品格。《讲话》的发表，标志着独具中国特色、以"从实际出发"为基本文化精神的毛泽东文艺思想的成熟，标志着中国革命美学文化的理性"自觉"。

---

① 《中国共产党与中国民族解放的道路》，《解放日报》1943年7月8日。转引自冯天瑜、何晓明、周积明《中华文化史》（下）第1127页。
② 《论党》，人民出版社，1980，第21页。

一、"从实际出发"的基本文化精神

这里所说的马克思主义文艺学的中国化，即体现于《讲话》的毛泽东文艺思想，是中国新民主主义革命及其文艺实践客观需要的必然产物，它的基本文化特色，表现在既反对文艺学教条主义，又能抵制某些西方现代主义文艺观的消极因素，具有葱郁的"从实际出发"求实的文化精神。

马克思曾经指出，"理论在一个国家的实现程度，决定于理论满足这个国家的需要的程度"①。从生产与消费原理，从一种理论、学说传播与接受的角度看，"需要"是一种文化"原动力"，它一定程度上可以决定外域文化在本民族的"实现"。需要什么决定选择什么。"五四"前后，与马克思主义文艺学一起东渐于中国文坛的，还有形形色色的西方现代主义文艺学等思潮。毋庸置疑，处于新民主主义革命时期的反帝反封建的特殊国情和以农民为主体中国老百姓的求生存、求解放及其文化饥渴，决定了须以马克思主义救中国、救文艺而不是其他。"五四"之后大量马列文论的译介，犹如"星星之火，可以燎原"，那是因为"需要"。特殊国情为马克思主义文艺学的中国化提供了广阔、丰厚的文化土壤和"实现"的契机，《讲话》的思想精神与文化内涵，正体现出马克思主义文艺学在当时中国所能达到的深刻的"实现程度"。

然而，这种"实现"远非轻而易举。实际上，马克思主义文艺学的意识形态特性与中国新民主主义特殊国情之间的文化对应与契机，仅仅为"实现"提供了可能，要使可能成为现实，必须具备一个文化中介，这便是善于集中群众智慧力量、体现人民意志愿望的毛泽东及其革命领袖们的思想与实践。毛泽东的过人之处，表现在不仅懂得马克思主义及其文艺学的基本原理，而且尤其熟悉中国革命实际和中国农民。埃德加·斯诺曾说："这个人身上不论有什么异乎寻常的地方，都是产生于他对中国人民大众，特别是农民……的迫切要求作了综合和表达，达到了不可思议的程度。"②与以农民为革命主力军的广大人民群众保持血肉联系这一点，深刻地影响毛泽东在观察、思考、分析和解决中国文艺问题时，拒绝教条式地对待马克思主义及其文艺学，而始终以中国革命及

---

① 《马克思恩格斯选集》，人民出版社，1995，第1卷，第10页。

② ［美］埃德加·斯诺：《西行漫记》，吴景崧译，生活·读书·新知三联书店，1979。

文艺实际需要为取舍。《讲话》指出，"我们讨论问题，应当从实际出发，不是从定义出发。"《讲话》在论述一系列文艺学基本问题时，都坚定地贯彻了这一原则。

比如谈到文艺批评标准问题，毛泽东提出"政治标准第一，艺术标准第二"这一著名论断，并未照搬恩格斯关于文艺批评"美学的历史的观点"，而是在强调"历史的观点"的基础上突出"政治标准第一"。从表面看，这似乎比恩格斯的文艺思想"倒退"了（前几年有人曾这样责难），并目我国文艺界现在也已恰当地以思想与艺术相统一的批评标准代替毛泽东的这一命题。但实际上当年毛泽东关于两个批评标准的思想，恰恰是从当时中国革命及其文艺实际出发的。试问，当时民族与阶级斗争何等尖锐复杂与艰苦卓绝，文艺不以"政治标准第一"，难道还有其他更符合革命根本利益与发展文艺的命题么？两个标准的思想，是契合当时实际的对恩格斯文艺批评标准思想的中国化。今天，笔者重新肯定毛泽东的这一文艺思想，并不是赞成在无论何时何地评判作品的优劣都须以"政治标准第一"而不及其余，乃是意在充分肯定体现在毛泽东文艺思想深层的这种注重实际求实的文化精神。同样，《讲话》也用了不少篇幅论及文艺的普及与提高的关系问题，也是从中国革命现实与文艺实际出发的，并不因为马恩文艺论著没有论述过而不敢提及。

这说明，只要注重不断发展中的中国社会与文艺实际，就有可能使马克思主义文艺学中国化、现代化。马克思指出，"对象如何对他说来成为他的对象，这取决于对象的性质以及与之相适应的本质力量的性质；因为正是这种关系的规定性形成一种特殊的、现实的肯定方式"[1]。马克思主义文艺学的文化性质本身是注实践与实际的，必然要求一个从社会与文艺实践出发的主体及其思想与之相对应，也只有密切联系实际的主体才能将马克思主义文艺学中国化。但是，文艺学的教条主义就不是这样。尽啻那里充满了马克思主义文艺学的美丽词句，由于不切合实际，不懂得应用，虽然主观上选择了它，却是无"根"的选择。马克思主义文艺学对于接受者来说，其实不构成"对象"，文艺学教条主义者也并非是"一种特殊的、现实的肯定方式"的主体。《讲话》指出，"教

---

[1] 《马克思恩格斯全集》，第42卷，人民出版社，1979，第125页。

条主义的'马克思主义'并不是马克思主义，而是反马克思主义的"，实乃一针见血。由《讲话》所体现的毛泽东文艺思想不是洋教条，不崇尚玄思与空发议论，它贴近于生活，切合文艺实际，用毛泽东的话来说，叫做"有的放矢"。它既富于革命的新鲜思想，其基本原理多是马列所论述过的，又是东方式的，土生土长的，具有所谓"山沟里的马克思主义"的本土文化气质，它是当年延安整风批判教条主义在美学领域的新收获。马克思主义文艺学在中国传播的早期，出现教条主义倾向有时是难免的，即使是向往革命的文艺家与马克思主义者也可能如此。但《讲话》早已克服早期文艺学比如视"一切文学，都是宣传"[1]的偏颇之论，强调文艺学的党性原则却不再理睬所谓"文艺也永远是，到处是政治的'留声机'"[2]的过激言辞，肃清了当年苏联"拉普"派对中国文艺学的恶劣影响，医治了马克思主义文艺学在中土传播过程中的教条主义"文化幼稚病"。

同时，因为毛泽东文艺思想是从当时中国革命实际与文艺实践出发的，这决定了它对"五四"前后传入的西方现代主义文艺观及其影响采取比较严厉的文化态度。这当然并不等于说，毛泽东无论何时何地都盲目排斥一切外来文艺学思想，而是恰恰相反。实际上，马克思主义文艺学的思想优势以及中国新民主主义革命及文化建设的正相需要它，导致一些西方现代主义文艺思潮在中土往往昙花一现、轰动一时又很快走上"英雄"末路（当然，其影响总是存在并且其合理文化因素必然渗透于中国处于发展中的文艺学体系之中），乃是因为在文化选择中，现代派不仅总体上受到中国传统文艺学的推拒，而且常常受到中国新民主主义革命现实的排斥。在《讲话》中毛泽东所批判的"人性论""文艺的基本出发点是爱，是人类之爱"以及"我是不歌功颂德的""暴露文学"观等等，过去文艺理论界把它们作为一般的资产阶级文艺观来看待，其实都是些有代表性的西方现代主义文艺学观点。"人性论"是西方现代派的一个哲学基础；"爱"是其人道主义精神底蕴；而"暴露"之类又是"存在主义"等文学观的基本观点。这些观点曾经在部分中国知识分子群中获得知音，却难

① 李初梨：《怎样地建设革命文学》，《文化批判》第2号，1928年2月15日。
② 瞿秋白：《瞿秋白文集》第2卷，人民文学出版社，1953，第968页。

以在被毛泽东称为"手是黑的，脚上有牛屎"的广大普通老百姓中间受到青睐。毛泽东作为无产阶级革命家，自觉地意识到这一"实际"。而《讲话》评说这些西方现代主义文艺观点时显得"火药味"颇浓，我们只要想想这篇在当时令人耳目一新的《讲话》是在炮火连天的年代里诞生的这一"实际"，也就不难理解了。

二、中国化了的基本文艺观

那么，《讲话》主要在哪些文艺学的基本问题上将马克思主义文艺学中国化了呢？

除了前文所述文艺的批评标准与文艺的普及和提高等观点之外，首先是关于文艺为什么人服务的问题被中国化了。

文艺与人民群众的关系问题曾经受到马列文论的高度重视。早在1844年1月，恩格斯在《大陆上的运动》一文中，肯定欧仁·苏的小说《巴黎的秘密》描绘了"下层等级"的贫困遭遇，指出西欧文学从过去描写国王与王子之类到开始表现穷人阶级的生活，是小说创作的一个彻底的革命。在《诗歌和散文中的德国社会主义》一文中，要求文学"歌颂倔强的、叱咤风云的和革命的无产者"。十九世纪八十年代，恩格斯又提出作家描写工人群众"为恢复自己做人的地位"而进行不屈的斗争，认为工人的斗争生活有权"在现实主义领域中占有自己的地位"①。这已经孕育着文艺为人民群众服务的思想。1905年，列宁撰写《党的组织和党的出版物》一文，明确提出文艺"不是为饱食终日的贵妇人服务，不是为百无聊赖、胖得发愁的'几万上等人'服务，而是为千千万万劳动人民"服务的思想。

关于这一点，《讲话》根据新民主主义革命的实际需要，显得更强调、更突出，成为毛泽东文艺思想的理论核心。《讲话》指出："什么是我们的问题的中心呢？我以为，我们的问题基本上是一个为群众的问题和一个如何为群众的问题。"为什么人的问题成为文艺学的"中心"，这在以往的马克思主义文艺学发展史上从未提出过。毛泽东自觉地认识到这一文艺学的根本问题关系到文艺的

---

① 《马克思恩格斯选集》，第4卷，人民出版社，1959，第462页。

性质与发展方向，这种文艺的人民性是由当时中国新民主主义革命现实与目的所决定的。由于这一特定历史时期所建立的抗日统一战线，人民群众作为一个历史范畴是分层次的，毛泽东在谈论这一问题时，理论上要比马克思主义文艺学的创始人显得更细密与精确。他说："我们的文学艺术都是为人民大众的，首先是为工农兵的，为工农兵而创作，为工农兵所利用的。"我们知道，农民占了中国人口的大多数，而且中国农民确实是中国工人阶级与士兵的文化母体，文艺应该而且事实上同时在为农民服务，但是毛泽东深刻理解中国革命的性质，看到中国农民作为革命同盟军的伟大力量及其阶级的局限性，提出文艺的工农兵方向而非仅提文艺为农民服务的文艺思想，正是其吃透马列文艺学基本精神，又善于应用于中国具体实际，理论上坚强而成熟的表现。

其二，与文艺为人民群众服务思想密切相关的，是文艺与政治的关系，党性原则与政治倾向性问题。马克思曾批判《巴黎的秘密》这部小说宣扬基督教慈善主义和资产阶级改良主义的政治思想倾向。恩格斯也指出，十九世纪三十年代"青年德意志"所谓的"倾向文学"，不过是"用一些能够引起公众注意的政治暗喻来弥补他们作品才华的不足"，这种文学的"倾向"，只是"反政府情绪的畏首畏尾的流露"。马恩论文艺的倾向性问题，都是从文艺与政治关系着眼的，他们对四十年代风行于世的"真正的社会主义"文学的评论、对拉萨尔的历史悲剧《济金根》、考茨基小说《旧人与新人》和哈克奈斯小说《城市姑娘》等一系列文学批评，都贯穿着从政治角度看待文艺的思想。1885年恩格斯给敏·考茨基的信中说："我决不反对倾向诗本身。悲剧之父埃斯库罗斯和喜剧之父阿里斯托芬都是有强烈倾向的诗人，但丁和塞万提斯也不逊色；而席勒的《阴谋与爱情》的主要价值就在于它是德国第一部有政治倾向的戏剧。"[1]这种关于文艺的政治倾向性问题，曾被列宁俄国化，发展为文艺学的党性原则。

这在《讲话》中被毛泽东根据当时中国革命形势的需要概括为"文艺从属于政治"论。毛泽东指出，"在现在世界上（注：请注意这个限制性介词），一切文化或文学艺术都是属于一定的阶级，属于一定的政治路线的""无产阶级的

---

① 《马克思恩格斯选集》，第4卷，第454页。

文学艺术是无产阶级整个革命事业的一部分，如同列宁所说，是整个革命机器中的'齿轮和螺丝钉'"。这一理论表述非常明确。关于这一问题，尽管1980年初，邓小平在《目前的形势和任务》中正式提出，"不继续提'文艺从属于政治'这样的口号"——这是根据我国当代现代化经济建设与文化建设实际所作出的正确修正，但决不等于说，毛泽东在《讲话》中根据马列文论原理所提出的"从属"论本来就是纯粹偏颇的。因为它恰恰是马克思主义文艺学与当时中国革命具体实际和结合的必然产物。在从实际出发这一点上，毛泽东文艺思想与邓小平的文艺思想的基本文化精神是一致的。在整个上层建筑领域，由于政治是经济的集中表现，政治常常强有力地制约、支配其他意识形态包括文学艺术的发展，这一点在激烈的阶级、民族与党派斗争的历史时期表现得尤为突出，因而"文艺从属于政治"这一命题的提出，基本上是源于当时的客观实际的。一旦客观实际变化发展了，马克思主义文艺学与毛泽东文艺思想的个别具体结论，自然必有需要修正之时，而体现于其间理论联系实际的文化精神常青。况且，就在《讲话》提出"文艺从属于政治"的同时，毛泽东仍然辩证地指明文艺不等于政治，"又反转来给予伟大的影响于政治"的固有审美属性与独立的审美功能，就是说，在强调文艺政治思想倾向性的同时，毛泽东在理论上并非否定文艺的审美本质。因而那种认为毛泽东文艺思想的"内核"完全是"实用功利"的指责是缺乏根据的。

与此相关的将马克思主义文艺学中国化的另一方面，是根据当时延安文艺界的实际情况，发展了关于文艺家改造世界观的新思想。文艺家的世界观，一定程度上决定文艺作品的思想品格；作品的思想品格，又决定了文艺的政治思想倾向。文艺与政治关系问题的解决，除了摆正文艺与生活的关系之外，关键在于文艺家世界观的改造。当时延安解放区文艺工作者相当一部分来自大后方，比如从上海"亭子间"中走出，向往革命，却对"自己的描写对象和作品接受者不熟，或者简直生疏得很"，甚至头脑里还是一个小资产阶级思想王国。因而《讲话》要求文艺家的世界观"由一个阶级变到另一个阶级"不是没有道理的。毛泽东并且自己现身说法，讲了如何从一个"学生出身的人"经过长期痛苦磨练而转变思想感情的过程。这一重视文艺作者主体修养的文艺思想是对马列文论的一个贡献。

其三，在文艺与生活关系问题上，《讲话》创造性地将"存在决定意识，意识对存在的反作用"这一马克思主义光辉哲学融渗于毛泽东文艺思想，批判地汲取诸如黑格尔"文艺美于生活"、车尔尼雪夫斯基"生活美于文艺"的某些可资借鉴的思想因素，辩证地分析、解决文艺与生活之关系这一文艺学的基本课题。

一，《讲话》首先指出，艺术美、生活美"两者都是美"。因为文艺虽则可独立存在，却有机地统一于整个人类社会生活之中，没有什么艺术可以独立存在于整个生活之外，艺术美仅仅是生活美的一种特殊形态。二，然而生活美是"自然形态"的，艺术美是"观念形态"的。从美的自然形态看，生活美具有无比光辉。生活之广阔、丰富、深邃并且千变万化，非艺术美可以企及，生活美的客观容量远胜于艺术美。在此理论基础上，毛泽东坚如磐石般地建构了他那著名的"人类的社会生活是文学艺术唯一源泉"的学说。三，但从美的观念形态看，艺术美却"可以而且应该"高于生活美，比"普通的实际生活更高，更强烈，更有集中性，更典型，更理想，因此就更带普遍性"。因为艺术美是人类"第二次创造"的"第二自然"。这里所谓"更高"，指艺术美思想意义与外在形式的升华与完善；"更强烈"，指艺术美浓缩、凝聚生活之强烈的情感因素；"更有集中性"，指其所揭示的矛盾冲突往往更尖锐；"更典型"，指其个性独特、不可重复而又揭示出生活的某些本质方面；"更理想"，指艺术美必然渗融着文艺作者健康的审美评价；"更带普遍性"，指艺术美能够普遍发挥其巨大的社会认识、教育与审美功能。《讲话》对这一基本文艺学课题的阐述既唯物又辩证，是毛泽东文艺思想从文艺实践与实际出发的杰出智慧的代表。

其四，在中外文艺遗产的批判、继承问题上，《讲话》也注入了"中国化"的文化精神。马克思主义创始人对文艺遗产曾给予高度重视。他们认为，"每一个时代的哲学作为分工的一个特定的领域，都具有由它的先驱者传给它而它由以出发的特定的思想资料作为前提"[1]，搞传统虚无主义不是马克思主义态度。正如在资产阶级学者把黑格尔像门德尔松对待斯宾诺莎那样当作一条"死狗"对待时，马克思公然承认自己曾是黑格尔的学生。一切文艺的发展，也必

---

[1] 《马克思恩格斯选集》，第4卷，第485页。

然建立于扬弃与消解中外文艺传统的基础上。马克思、恩格斯曾对希腊神话给予高度评价，列宁也认为"只有确切地了解人类全部发展过程所创造的文化"①，才能创造无产阶级新的文化与艺术。毛泽东立足于文艺的"创造"，认为凡是"创造""决不可拒绝继承和借鉴古人和外国人"，反对"硬搬与模仿"这种"最没有出息的最害人的文学教条主义和艺术教条主义"。这一论述今天读来仍然给人启迪良多。一，面对本民族悠久的文艺学传统，妄自菲薄、数典忘祖或媚古崇古都是不可取的，要有一种"六经责我开生面"的批判精神与历史责任感，应当认识到，越是民族的，就越有可能是世界的。二，对于外国的文艺学遗产，应该抱着毛泽东所言的"凡属我们今天用得着的东西，都应该吸收"的态度。是否吸收即决定取舍的标准，是"我们今天""用得着"还是"用不着"。这就很可说明前文曾提及毛泽东在《讲话》中为何对西方现代主义文艺观持严厉态度的缘由了。因为当时革命实际一般还"用不着"它，否则，批判地汲取其一些思想艺术因素不仅可以而且是必要的。三，对中外文艺学遗产的批判继承直接关系到文艺学的民族性与世界性关系问题。毛泽东文艺思想在这个问题上的见解毫不含糊，即始终坚持以"我"为主，以本民族的时代生活、文艺学的实际为根据、为主体，兼蓄并收，有容乃大。这正如毛泽东后来所阐述的那样，"艺术上'全盘西化'被接受的可能性很少，还是以中国艺术为基础，吸收一些外国的东西进行自己的创造为好"②。文艺学"应该越搞越中国化，而不是越搞越洋化"③。

三、"中国化"的基本特点

正如前述，毛泽东文艺思想的基本文化精神，是"从实际出发"，而在这马克思主义文艺学中国化的过程中，还具有其自身的一些特点。

其一，"中国化"是随着中国革命实践的发展而发展的，首先在哲学上获得突破。

---

① 《列宁选集》，第4卷，人民出版社，1995，第384页。
② 《毛泽东著作选读》下册，中共中央文献编辑委员会编，人民出版社，1986。
③ 同上。

从五四运动到二十年代中叶，整个毛泽东思想处于初创期。尽管此时毛泽东一般尚无暇更多地关注中国文艺问题，但有两点对以后毛泽东文艺思想体系的建构具有重要意义。一，毛泽东于1926年初所撰写的《中国社会各阶级的分析》以及1927年初所撰写的《湖南农民运动考察报告》等文章中，就已只有那种"不唯上、不唯书、唯求实"的实践论思想因素，他那对湖南农民运动的考察报告，同样具有"从实际出发"的求实的文化气质。二，此时，毛泽东同时考察了湖南农村的文化教育状况，指出："中国历来只是地主有文化，农民没有文化。可是地主的文化是由农民造成的。"正如其分析社会各阶级的阶级性那样，其观察问题的立足点始终在人民群众一边，体现出历史唯物主义的思想倾向。虽然这里尚未直接涉及文艺问题，却为以后文艺问题的解决提供了一般的世界观与方法论因素。

尔后在秋收起义、井冈山斗争，在反"围剿"直到长征时期，在无比艰苦、残酷的斗争环境中，政治、军事与经济等理论问题，自然是毛泽东关注与思考的中心，今天收在《毛泽东选集》第一卷里的文章，都是有关这方面的思想结晶。然则这一时期，毛泽东创作了不少思想与艺术堪称一流、风格雄健、气度豪迈的诗词作品，证明这位伟大革命家具有"魂系艺术"的激情澎湃而深沉的内心生活。此时他的文艺思想尽管一般处于相对沉寂状态，但无疑是在不息的酝酿之中。而且毛泽东在这一时期对教条主义与经验主义的坚决斗争，为毛泽东文艺思想的成熟作了思想准备。

直到1937年7月与8月发表《实践论》与《矛盾论》两篇不朽著作，标志着整个毛泽东思想的成熟，也为毛泽东文艺思想奠定了坚实的哲学基础。《实践论》指出，"实践的观点是辩证难物论的认识论之第一的和基本的观点""真理的标准只能是社会的实践"。这为以后体现于《讲话》的诸如文艺"源泉"论、"为什么人服务"论、"批评标准"论等所有马克思主义的基本文艺观，提供了准确而又正确的哲学说明。毛泽东将文艺的生产与消费，首先看作人类特殊的认识与改造世界的社会实践，在此基础上建构他的文艺思想体系。同时，《矛盾论》指出，"事物的矛盾法则，即对立统一的法则，是唯物辩证法的最根本的法则"。毛泽东在深刻地分析矛盾的普遍与特殊、共性与个性、同一与斗争、外因与内因等一系列辩证法范畴时更强调后者。这使得后来《讲话》分析诸多文艺问题时充满了辩证法并能抓住重点，比如前文所述对一系列中国化了的基本文艺观的分析莫不如此，这里勿赘。

《实践论》与《矛盾论》赋予毛泽东文艺思想葱郁的哲学理性精神，这里有三点值得注意：

1. 毛泽东文艺思想，是首先作为伟大革命家与哲学家的文艺思想，其哲学基础与精神，比当时中国一般文艺家的文艺思想的哲学基础显得更坚实、更鲜明。

2. 因为毛泽东哲学思想的成熟早于他的文艺思想，因此我们可以看到，体现于《讲话》的毛泽东文艺思想的思辨方式，一般不是从对具体文艺问题的分析上升到哲学高度，而是从哲学高度俯瞰一系列文艺问题，进行实事求是的具体分析。

3. 考虑到《矛盾论》与《实践论》一起，同样是毛泽东文艺思想的哲学之"根"，我们关于毛泽东文艺思想基本文化精神更完整的表述应该是："一切从发展中的实际出发。"

其二，马克思主义文艺学在中国的早期传播，一般具有"俄国化"的倾向，这在一定程度上影响毛泽东文艺思想文化品质的建构，而毛泽东所坚持的"从实际出发"的哲学原则，又使毛泽东文艺思想成为扬弃了"俄国化"马克思主义文艺学的产物。

毛泽东曾经对斯诺说过，他于1920年冬季接受马克思主义最早读到的是陈望道翻译的《共产党宣言》及考茨基的《阶级斗争》和柯卡普的《社会主义史》。我们从《讲话》中还可以看到，毛泽东关于"文艺为什么人服务"的思想蓝本，可能更直接地来自列宁《党的组织与党的出版物》。毛泽东文艺思想中鲜明的阶级与民族斗争观念，也更多地具有列宁主义的思想特色。中国新民主主义革命早期，许多中国共产党人的头脑里的马克思主义及其文艺观，往往不可避免地"充满了俄国的味道"，毛泽东也曾指出，"中国人找到马克思主义，是经过俄国人介绍的"。所以当时的基本文化氛围与文化心态，具有颇为浓重的"以俄为师""一切均借俄助"的思想倾向。毛泽东的伟大之处，是无论在革命的战略与策略思想还是文艺观上，首先自觉地在中国革命与文艺实际中发现问题，以马列主义为指导而注重结合实际分析问题，以马列主义之"矢"，

"射"中国革命之"的"，做到"有的放矢"，首先从当时"必与俄国打成一片，一切均借俄助"的文化重围中冲出，坚定地走马克思主义及其文艺学中国化的路。

其三，毛泽东文艺思想的无产阶级与中国新民主主义革命属性这一点，并未导致排斥中国古代传统文化思想因素，相反，由《讲话》所体现的马克思主义文艺学的中国化，一定意义上还主要是对某些儒家文艺观进行消解的产物。

美国学者费正清曾经认为，由毛泽东所领导的"延安时代和以后的思想改造，曾利用过中国的传统术语，并且援引了儒家思想的理论根据""这使马列主义看起来不十分像舶来品了"①。笔者对这一见解不敢苟同。因为毛泽东思想及其文艺观的"理论根据"的感性部分，明明是中国革命与文艺实际，其理性部分是马克思主义及其文艺学的基本原理。不过就《讲话》所体现的毛泽东文艺思想而言，确实在一定意义上批判地吸取、改造与生发了某些古代儒家传统文艺学的思想因子。

比如《讲话》尤为重视文艺的社会政治功能，将为什么人的问题看作文艺学的中心问题，这与中国传统儒家文论在某一点上不是毫无历史联系的，从这里不难发见诸如孔子"诗可以兴，可以观，可以群，可以怨"②及白居易"文章合为时而著，歌诗合为事而作"③之类文艺思想的历史遗影。又如，《讲话》很重视文艺家的世界观改造问题，也蕴涵着中国古代儒家重人品以及重视人品与文品统一的传统文艺学的历史遗韵。这种为人与为文的统一，在毛泽东那里自然具有新的时代与阶级的崭新内容，却难以绝对割断与历史的联系，一种潜移默化的影响存的。再如，在毛泽东文艺思想的基本文化精神中，显然蕴涵着毛泽东观察、分析文艺问题强调"因时""适时"的思想成分，他的"从实际出发"、理论联系实际的文艺观，具有强烈的"时"的观念与时代感。《讲话》说，"文艺服从于政治"，这"政治"不是抽象的，"今天中国政治的第一个根本问题是抗日"，这是紧扣"时代"论述文艺与政治之关系的一个显例；又说

① ［美］费正清:《美国与中国》，商务印书馆，1971。
② 《论语·阳货》，刘宝楠:《论语正义》，《诸子集成》第一册，上海书店，1986。
③ 白居易:《与元九书》，《白居易集》(全四册)，中华书局，1999。

"在现在世界上""为艺术的艺术，超阶级的艺术，和政治并行或互相独立的艺术，实际上是不存在的"，这是结合"时"的因素论艺术的阶级性；同样，《讲话》对诸如文艺的普及与提高、两个文艺标准、对文艺为四种人服务的分析及前文所述对西方现代主义文艺思潮采取严厉态度等等，都渗透着自觉而强烈的"时"的意识。毛泽东看待文艺问题，很注意"目前"，即着眼于眼下的"实际"而不作不着边际的空论，正如他在学生时代所说，"前古后今，一无可据，而可据者惟目前"①。而于"目前"有意义的文艺思想，才能于将来有意义，也真正能做到统摄古代。这使我们想到先秦主要体现儒家思想的《易传》，《易传》那种因时而异、因时而变的"与时偕行"的著名思想，是否也同样影响了毛泽东文艺思想的文化精神，值得我们继续思索。

本文发表于中共上海市委宣传部文艺处编《毛泽东文艺思想论文集》，1992

---

① 毛泽东:《讲堂录——青年毛泽东修身与国文笔记手迹》，中央档案馆编，北京出版社，2016。

从社会实践看"共同美"

"各个阶级有各个阶级的美。各个阶级也有共同的美,'口之于味,有同嗜焉'。"①毛泽东同志关于"共同美"的这一观点,一般被理解为在一定条件下,不同阶级的人,可能对同一审美对象产生相对共同的美感。这种理解固然有道理。然而,美感是美的反映,美是引起美感的源泉。不同阶级的人所面对的各个审美对象,如果不是客观存在着美的某种相对共同性,那种相对共同的美感又从何而来呢?所以,所谓"共同美",首先应当是指客观存在的美本身的相对共同性,它是由不同阶级的人,在一定条件下,进行积极的相对共同的社会实践所诀定的。

当人类尚未诞生之时,地球上一切事物,尽管已经存在,并且按其自身固有的规律不断发展,却无所谓美丑。美的事物及由此而引起的美的观念情趣,是人类出现以后才有的。既不是出于什么超然的涵盖一切的理性,不是来自神的启示,也不是神秘的心灵的直觉,美是随着人们的社会实践而来到人间的,它首先是社会生产实践的产物。

社会生产实践是人类区别于动物的根本标志和特有的社会活动。动物本身是自然界的一个组成部分,它在自然界里的活动,固然也可能多少改变自然的面貌,如果象马克思那样,姑且把这种活动也看作是一种"生产",那么,动物"生产"的只是供自己生存和繁衍的东西。它们只能消极、片面、无意识地

---

① 转引自何其芳:《毛泽东之歌》,《人民文学》,1977年第9期。

适应自然规律，优胜劣败，物竞天择，始终是被自然统治的"奴隶"。动物既不能创造美，也没有欣赏美的能力。虽然某些动物的巢穴、织网的构造其美妙程度往往使人惊羡，但毕竟是动物无意识的本能活动的产物。虽然，据达尔文发现，比如某些鸟类的雄鸟，仿佛有意在雌鸟面前展示自己灿烂多姿的羽毛，而其它没有这般美羽的鸟类就不这样"卖弄风情"，有些鸟类还似乎喜欢以色彩鲜艳之物来妆扮自己的窝和经常玩耍之处，好象那些小生命跟人一样也有美感似的。实际上，这只是动物的生存竞争和遗传本能的表现，是受生物界所固有的雌雄淘汰规律所制约的。人类则不然。"有意识的生活活动直接把人类和动物底生活活动区别着。"①人类的生产活动是有意识、有目的地进行的，并且伴随以丰富的感情活动，具有不可比拟的创造性。因此，人类改造自然、社会的广度和深度，是动物所望尘莫及的。

只有有意识的创造性的生产劳动才能创造美。当第一个原始狩猎者选择一块重量和形状适当的石块向野兽投掷过去的时候，这个活动无疑是自觉地进行的，因此是一个创造。这个最原始的工具——石头，就是人手的延长。这个工具及猎获物，就是人的体力和智力的光辉体现，即人的积极的本质力量的对象化。可以说，这是人类最初创造的"作品"。

因此，美是人类遵循客观规律进行创造的、从而能够推动社会历史向前发展的社会实践的产物，是人类的积极的生活显现。美是人类把自己积极的本质力量对象化了的具体可感的东西。

既然如此，"共同美"，作为阶级社会中一种特有的审美现象，它的客观存在，难道可以是同各阶级的人们积极的本质力量无关的东西吗？当然不是。因此，要正确认识"共同美"，不能不对阶级社会的人的本质作一点分析。

"人的本质，不是单个人所固有的抽象物，在其现实性上，它是一切社会关系的总和。"②马克思关于人的本质的这个科学论断，其内蕴是十分丰富深刻的。它告诉我们：一、现实生活中人的社会本质，不是孤立存在于"单个人"身上的东西；不是有多少"单个人"，就有多少不同的人的本质，不是"单个

① ［德］马克思：《1844经济学-哲学手稿》，《马克思恩格斯全集》，第42卷，1979，第58页。
② ［德］《马克思恩格斯选集》第1卷，第18页。

人"身上的"抽象物"。二、人的社会本质不是"固有"的，天生不变的，而是随着人们的"社会关系"的发展而发展的。而"社会关系"，实质上是人们进行社会实践质必然构成的那种关系，即社会实践关系。因此，人的社会本质，是随着人们所从事的社会实践的发展而发展的。阶级的人们所从事的社会实践的性质往往不同，可以决定形成不同阶级的人的本质。三、这里特别强调的是，人的社会本质，是"一切社会关系的总和"，即一切社会实践关系的"总和"。在阶级社会，除了阶级关系，各阶级的人之间自然还可能存在其它社会实践关系。比如民族与民族之间的实践关系、时代与时代之间的实践关系以及各阶级的人们在生产实践中与自然界的关系等等。所有这些决定人的社会本质的社会实践关系，或者本身具有鲜明的阶级内容、或者渗透着阶级内容、或者受阶级关系的支配与制约。因此，同阶级关系完全无关的、超阶级的社会实践关系是不存在的，但也不能认为所有这些社会关系都等于阶级关系。必须从"总和"上把握人的社会本质。阶级社会的人的社会本质，都带有阶级烙印，然而"都带"并非"只有"，在特定的社会实践关系中，也可能客观存在着某种相对共同性。这种阶级社会的人们相对共同的积极的本质力量对象化的过程，即在一定条件下，各个阶级所进行的相对共同的积极的社会实践，就是"共同美"的源泉。

那么，这种相对共同的积极的社会实践表现在哪里呢？

就空间意义而言，地球上处于同年代的以各国劳动人民为主体的人民内部、各个阶级和阶层的社会实践，具有相对共同性。尽管现实存在的各个国家或民族可能处于不同的历史发展时期，人民往往在不同的社会制度下生活，社会生产力的发展水平也可能不一致，实际上，各国人民内部所包括的具体阶级和阶层往往是不同的，他们正在进行的社会实践也是可能不同的。然而，全世界一切劳动人民所进行的物质生产和精神生产，共同创造着社会赖以生存和发展的物质财富和精神财富。属于人民内部的处于上升时期的某些剥削阶级和阶层、或者可能包括没落阶级的某些阶层、政治派别的某些人们，在一定历史条件下，他们所进行的某些社会实践活动，可能同劳动人民的社会实践具有相对共同性。法国资产阶级大革命时期的第三等级内部，新兴资产阶级同城市贫民和农民之间显然存在着劳动与资本的矛盾。但是，在共同反对封建贵族和僧侣这一点上，他们的社会实践同劳动人民反封建的社会实践，有相对共同之处；秦始皇的社会实践，通常是多么不同于秦统治下的那些"黔首"们的社会实践。在修筑万里长城这个历史壮举中，我们看到了千千万万黔首的决定性作用。万里长城这一美的事物无疑是劳动人民的实践产物。然而也不必抹煞个别封建统治者的某种组织作用。早在修筑之前，这个伟大工程的计划和蓝图已经在个别头脑中开始酝酿了，而且它客观上反映了被统治阶级抵御外族侵略的意志、要求和利益；第二次世界大战时期，面对同一个凶恶的民族敌人，那些不愿当亡国奴的统治阶级的阶层、政治派别，以至于个别王公贵族或大资产阶级的政治代表，也曾经暂时投入或靠近反法西斯的社会实践，与劳动人民之间呈现出相对共同性。

就时间意义而言，任何时代的人民的社会实践，无疑具有历史延续性，既是前一时代的必然结果，又是后一时代的必要前提。无论是人民的生产斗争、阶级斗争和科学文化艺术实践活动，都具有客观内在的批判继承关系。既然是社会实践，当然决不可能在密封的罐头式的环境中进行，它必然不仅同现实社会中的其它阶级的社会实践发生千丝万缕的联系，而且会同历史上的社会实践的成果和经验发生直接或间接的影响。"人们自己创造自己的历史，但是他们并不是随心所欲地创造，并不是在他们自己选定的条件下创造，而是在直接碰到的、既定的、从过去承继下来的条件下创造。"①人们今天高度发展的社会实践，是历史发展的产物。于是，在其性质上，此一时代人民的社会实践，与彼一时代人民的社会实践，必然具有相通之处。

总之，阶级社会中的一切社会实践，都能达到改造客观世界的目的。不过，其改造客观世界的地位和作用是不同的。那些代表极端反动、腐朽、黑暗的社会势力的人们所进行的社会实践，总是自觉或不自觉地违背自然和社会发展的客观规律，破坏社会生产力，阻碍历史的前进，毁灭美的事物，这正是他们消极的本质力量的体现；那些革命的、新生的、处于上升时期的阶级和阶层，或者在特定历史条件下，没落阶级的某些同进步阶级的社会实践步调趋向一致的阶层、政治派别的人们，他们所进行的社会实践，总是自觉或不自觉地顺应自然、社会发展的客观规律，促进社会生产力的发展，推动历史的前进，不断地

---

① ［德］《马克思恩格斯选集》第1卷，第603页。

把自己多少是积极的本质力量对象化，创造美的事物。所以，阶级社会里全部社会实践的客观内容，已经不象原始社会那样单纯了。就其性质而言，可以分成积极的社会实践和消极的社会实践两部分；就社会实践与美的相互关系来说，又可以分为创造美的社会实践和毁灭美的社会实践。创造美的社会实践，不是无产阶级一个阶级独有的。早在无产阶级诞生以前多少世纪，这种实践活动已经不知创造了多少美的事物。历史上曾经出现的新生事物，尽管它们不可避免地带有那个时代、阶级的局限性，却都是当时人们积极的社会实践的产物，人的积极的本质力量对象化的东西，在当时是美的，有些直到如今，仍然具有积极的审美意义。创造美的社会实践，也不是从事体力劳动的那些阶级所仅有的，处于上升时期的剥削阶级也曾经创造过美，或者没落阶级的某些人们，也可能在客观上对美的创造起过某种积极作用。尤其创造美的社会实践，往往不是一个阶级、更不是单个人所能独立进行的。比如，千姿百态的菊花之美，不是一个花匠、甚至也不是一代花匠所能创造的，它是千百年来无数劳动者积极的本质力量对象化的结晶。花匠为了创造菊花的美，需要各方面前人或旁人为他创造许多客观条件，优良的菊种，肥沃的土壤以及适用的种花工具等等。只有这样，美的新菊才能培育出来。一个较为单纯的美的事物的创造尚且如此，更不用说那些丰富复杂的美的创造了。因此，从这种意义上来说，阶级社会的美的事物，确是一切积极的社会实践关系的一个"总和"。

承认除了无产阶级，历史上或现实生活中属于人民范畴的其它阶级和阶层，可能不同程度地参加积极的社会实践；承认这些社会实践符合自然、社会发展的必然规律，能够推动历史前进，因而都能创造美，或者对美的创造在客观上起某种积极作用，并不是也不能抹煞不同时代、不同阶级的美的阶级倾向和个性特点。事实上，古今中外，人们所创造的无数美的事物，没有两个是绝对相同的，正如一棵绿树上没有两片相同的叶子一样。但是，既然都是美，任何一个具体的美的事物，也就不能脱离美的一般本质而存在。这种美的一般本质就是：真。

真的东西，当然不一定是美的。"四人帮"真实存在着，却奇丑；车尔尼雪夫斯基曾经例举的那只青蛙，看了使人想起冰冷的死尸那样的不舒服、不愉快，尽管也是一个真的存在，也不美。然而，凡美的事物，必然是真的。

虚假的东西，当然不美。关于真的概念，各个阶级各不相同或是不尽相同的，带有不可抹煞的阶级性。然而这并不是说，各个阶级有各个阶级的真。真本身是不以任何人的主观意志和愿望为转移的，它客观存在着，是一种"身外"之物。

历史上曾经出现过的属于社会美的事物，不管是哪个阶级所创造的，不管其阶级倾向怎样，不管其具体显现如何丰富多样，总是一定程度上符合自然、社会发展的客观本质和规律，内蕴着真的因素。

艺术是真、善、美的辩证统一。生活美通过作者头脑中的创造，具体显现在艺术形象之中，就是艺术美。艺术美一旦产生，就成为"第二现实"，艺术的真也就客观存在。它是以社会生活的真为客观依据的。善是艺术的思想倾向，真是艺术的客观基础，所以艺术美能够反映生活的真理，它是真理的形象。所谓艺术真实，即指作家的主观认识和反映，符合客观存在的、反映在艺术形象之中的、社会生活的某些本质规律；指作者善于运用"美的规律"，把在社会实践中认识到的社会生活的客观真理性内容，恰到妙处地熔铸在艺术典型之中。所以，艺术的真，就其客观内容而言，就如社会生活本身的本质规律那样，是没有任何阶级性的，这样的艺术美，正如列宁在评价托尔斯泰时所说的那样，因其反映出社会生活的"革命的某些本质方面"，可以"真正为全体人民所共有"①。

列宁的这一科学论断，对我们认识"共同美"具有普遍指导意义。托尔斯泰这位俄国宗法制农民利益和愿望的表达者，虽然放肆地鼓吹阶级调和和不抵抗主义，把最精巧的和特别恶劣的爱的宗教梦呓和荒诞无稽的天国幻想，作为真理来颂扬。然而，他的一些作品，却愤怒地控诉了沙皇专制的黑暗和暴虐，尖锐地抨击了贵族生活的无耻与虚伪，也鞭挞了资本主义的种种罪恶，以清醒的现实主义无情地撕下了旧制度的一切假面，真实地反映了一八六一年到一九〇五年俄国社会生活的整整一个时代，因而有"共同美"。古希腊时代的悲剧艺术或神话史诗，在思想内容和艺术形式上丰富多采，往往是当时社会现实生活真实的反映。一方面反映出处于人类童年时代的人对自然、社会发展的客观

---

① ［苏］《列宁论文学艺术》第1卷，人民文学出版社，1983，第282、288页。

规律存在着敬畏心理，另一方面又喊出了他们反抗的呼声，强烈地体现出要求改造社会、征服自然的美好理想，在某种意义上成为我们认识那个社会的高不可及的范本。同样，我国文学史上无数名篇佳作，屈原、李白、杜甫的某些诗，苏轼、李清照、辛弃疾的某些词，关汉卿、王实甫、汤显祖的某些戏剧，小说《红楼梦》《水浒》等等都通过与其所反映的社会生活内容大致和谐的艺术形式，反映出一定社会生活的本质的某些方面，给人们以艺术的真的认识与享受，显示出永久的艺术魅力，具有"共同的美"。

　　总之，所谓"共同美"，来源于人们积极的社会实践，只有当阶级的人们由于正在从事相对共同的、积极的社会实践，不惧怕客观真理，并且能够对这种真理的形象加以欣赏时，才能面对同一审美对象，产生相对共同的美感。

本文发表于《复旦学报》1980年第2期

生活美与艺术美的辩证关系——学习《在延安文艺座谈会上的讲话》

　　生活美与艺术美的相互关系，是马克思主义美学值得研究的一个重要问题。全面地认识两者的辩证关系，对繁荣社会主义文艺创作具有现实意义。毛泽东同志的《在延安文艺座谈会上的讲话》强调，生活美是"最生动、最丰富、最基本的东西"，"它们使一切文学艺术相形见绌"，并着重指出，生活美艺术美"虽然两者都是美，但是文艺作品中反映出来的生活却可以而且应该比普通的实际生活更高、更强烈、更有集中性、更典型、更理想，因此就更带普遍性。"这一著名论断充满了辩证法思想。但长期以来，人们对此却常有不同认识，或者认为生活美绝对高于艺术美；或者主张艺术美必定高于生活美；或者说两者秋色平分，难比高下。智见仁见，莫衷一是。十年内乱期间，林彪、"四人帮"鼓吹所谓"源于生活、高于生活"的虚伪口号，阴谋文艺、虚假文艺一时泛滥于文坛。有的同志在批判否定唯心主义唯意志论的同时，似乎又不自觉地沾上了一点机械唯物论。因此，进一步学习与研讨是必要的。

一、"自然形态"与"观念形态"

　　毛泽东同志的上述著名论断，是在扬弃有关美学思想遗产的基础上建立起来的。

　　生活美艺术美的所谓优劣高下问题，在西方美学史上曾经有过热烈争论。

柏拉图从"理式"论和"模仿"说出发，认为最高、最真实、最美的是"理式"世界。"理式"派生一切，却不把真实和美的品格赋予艺术。在他看来，"床"有三种，"第一种是在自然中本有的，我想无妨说是神制造的"，这是最"高"最"美"的；"第二种是木匠制造的"现实生活中的"床"，它是那个"本然的床"的"理式"的"模本"；"第三种是画家制造的"，它是现实生活中"床"的又一"模本"，因此艺术是"理式"世界的"模本的模本"，"和真理隔着三层"①，艺术既不真实也不美。假如说现实世界因其比较靠近至真至善至美的"理式"世界而能"分享"到一点美的话，那么，离"理式"世界更其疏远的艺术，岂非连现实生活那样一点点可怜的美也不存在了？柏拉图的这一美学思想包含着生活美绝对高于艺术美（实际上他不承认有艺术美）的意思。这显然是客观唯心主义的，又是形而上学的。

黑格尔断然抛弃了柏拉图的形而上学，但他的艺术辩证法却和大致承继的客观唯心主义的"理式"论搅合在一起。他那关于"艺术美高于自然美"的命题，实质是"绝对理念"高于现实生活的另一种理论表述而已。他从客观唯心主义哲学观出发，手里拿着"理念"这把尺子，目光炯炯地到处寻找真正的美，结果他"发现"，自然领域，包括一切社会生活，不过是"理念""外化"的初级阶段，这意味着"理念"的"堕落"和受尘世的"污染"。因此"理念最浅近的客观存在就是自然，第一种美就是自然美。"②自然美（包括社会美）虽然也是一种美，却是美的一种低级的"不完全不完善的形态。"然而艺术远比自然优越。艺术作为一种精神现象，处于"理念"的复归即静穆和谐的"绝对理念"这一"较高境界"中，是"理念"自我发展的高级阶段的产物，"因为艺术美是由心灵产生和再生的美，心灵和它的产品比自然和它的现象高多少，艺术美也就比自然美高多少"。"总之，"只有艺术美才是符合美的理念的实在。"③

黑格尔关于"艺术美高于自然美"的结论是头脚倒置的。他深邃的头脑辩证地猜中了艺术美创造过程中精神因素的能动作用，不无深刻地唾弃了艺术

---

① 参阅［古希腊］柏拉图：《文艺对话集》，人民文学出版社，1963，第69—71页。

② ［德］黑格尔：《美学》第1卷，第160、4页。

③ 同上书，第183页。

"模仿"说中的形而上学思想因素，认为"单纯的模仿"，"那就象一只小虫爬着去追大象"①是最无出息的艺术爬行主义，一种无聊的"巧戏法"。黑格尔在充分肯定艺术美的优越性时，由于其客观唯心主义立场，是以贬低生活美为沉重代价的，这位辩证法大师不能把辩证法贯彻到底，最后不得不陷入一种新的形而上学，他把艺术美高于生活美看得过于绝对。

车尔尼雪夫斯基从"美是生活"这一著名美学定义出发，论述生活美艺术美之间的关系，由此必然得出"生活美高于艺术美"这一结论。因为他在解释什么是"生活"这一概念时，虽然充分肯定人的物质生活，却把人在现实生活中的精神的能动作用错当作黑格尔的"理念"加以抛弃了。他认为"现实的美是完全的美""真正的美是现实的美。"他在回答黑格尔和黑格尔主义者斐希尔时写道："现实中的美，不管它的一切缺点，也不管那些缺点有多么大，总是真正美而且能使一个健康的人完全满意的"。他认为，人们所以需要艺术美，不是为了弥补生活本身的缺陷，而是生活美实在太丰富之故。因为太丰富，才需要而且也只能使艺术"模仿"生活。生活的缺陷仅仅表现在它的美并不总是出现在人们面前，好比黄金有时埋没于土中而不被认识，因此，艺术美只是"钞票"，它是"黄金"（生活美）的"代用品"，它的全部价值是由"黄金"决定的。②在他看来，在生活面前艺术是怎样的苍白无力，他甚至对艺术提出这样的责难："我们的艺术直到现在还没有造出甚至象一个橙子或苹果那样的东西来。"③可见车尔尼雪夫斯基对生活美、艺术美关系问题的哲学思考过于机械了。他把艺术美的源泉从虚无飘缈的"理式""理念"世界重新拉回到现实人间，却又多少捡起了柏拉图的"模仿"说，对艺术美投去轻蔑的一瞥。这是用一种片面性反对另一种片面性。

毛泽东同志在论述生活美、艺术美的相互关系问题时，依靠辩证唯物主义突破了黑格尔与车尔尼雪夫斯基的阶级与时代局限，批判地继承了他们学说中的合理因素。

---

① ［德］黑格尔：《美学》第1卷，朱光潜译，商务印书馆，1979，第54页。

② ［俄］车尔尼雪夫斯基：《车尔尼雪夫斯基选集》上卷，季谦等译，生活·读书·新知三联书店，1958，第84、127、37、82页。

③ 引自朱光潜：《西方美学史》下卷，人民文学出版社，1963，第580页。

首先，毛泽东同志为生活美艺术美辩证关系的论述确立了一个基本出发点和"座标系"，即指出"两者都是美"。社会生活尽管纷繁复杂变化无穷，却是一个有机整体。无论艺术美，还是自然美和社会美（即毛泽东同志在《讲话》中说的生活美），都有机地统一于整个人类社会生活，没有什么可以独立存在于外。尽管就反映论而言，艺术美是对客观现实生活的能动反映，然则艺术美一旦被创造出来，就成为由一定物质媒材，按照一定美的规律确定下来的客观存在的"第二自然"，生活美的形象特征艺术美必然也具备，它们都是现实对人的本质力量通过一定的形象形式的肯定性实现，因此在本质上，两者没有区别。

其次，毛泽东同志又指出了美的具体事物的两种不同存在形态，即"自然形态"与"观念形态"。生活美是"自然形态"的美，艺术美是"观念形态"的美。或从美的创造角度看，又可将美的事物大致分成由物质生产所创造的物质产品的美，由精神生产所创造的精神产品的美。这里应当指出：（一）所谓"自然形态"，并非仅指天然生成的、未经人直接加工的自然美的具体存在形态；同时也指未经艺术加工的社会美的具体存在形态。社会美中诸如万里长城、大运河、中华民族以及英雄豪杰等社会事物，尽管或者是由物质生产所直接创造的美，或者归根结蒂是同社会物质生产、社会斗争密切联系的美，在具体存在形态上，同日月星云、高山大海等自然美确有不同，但它们相对于由精神生产、经过艺术加工所创造的艺术美来说，毕竟还是一种"自然形态"。（二）"自然形态"的美与"观念形态"的美在一定条件下可以相互转化。"自然形态"的美即生活美是"观念形态"的艺术美的源泉，生活美的诞生、发展和成熟促使了艺术美的出现，推动了艺术美的发展；而作为"观念形态"的艺术美"都是一定的社会生活在人类头脑中的反映的产物。"艺术美一旦作为"第二自然"重新投入现实生活时，其形态所蕴涵的观念与情感的力量，会影响人的精神世界，给生活美以有力的馈赠，丰富和在深一层次上推动生活美的发展。（三）任何美的事物的创造，本质上都是主体与客体、主观与客观、精神与物质相统一谐调的社会实践过程。艺术美的创造固然是精神劳动，然不能脱离一定物质条件，这劳动必然渗融着创造主体的主观精神因素，包括对生活的感受、艺术想象、情感和思维诸种心理因素的和鸣。当然，生活美创造过程中也包涵感受、想象、情感和思维等多种心理因素。但同样是创造，其渗透在创造实践中的主观精神因素毕竟各具不同的特点，正因如此，才决定了生活美艺术美的社会价值与具体存在形态上的不同特点。黑格尔承认艺术美是一种精神创造，但这种创造是排斥现实这一源泉和动力的；车尔尼雪夫斯基抓住了生活美，却否认艺术美是生活美基础上的一种心灵的创造。他们都不能在具体存在形态和社会价值的意义上，真正科学地把握生活美艺术美的辩证关系。

毛泽东同志把生活美称为"自然形态的东西"，说艺术美是"观念形态的"，这使我们认识到，比较，应当是形态意义上的比较；要分什么优劣高低的话，必须坚持具体分析：在自然形态上，生活美使一切文学艺术"相形见绌"；在观念形态上，艺术美"可以而且应该"高于生活美。

二、三个"最"不是陪衬

以往对生活美艺术美相互关系的研究，有时偏重于毛泽东同志提出的六个"更"，而忽视生活美的三个"最"，其实六个"更"与三个"最"不可偏废，不能把在自然形态意义上生活美"最生动、最丰富、最基本"的属性放在陪衬地位，以至于造成一个错觉，以为艺术美高于生活美是绝对的、无条件的。

从美的自然形态看，生活美具有许多为艺术美永远不可企及的特征。首先，整个社会生活领域无比广阔、形态无比丰富、底蕴无比深邃，并且变化无穷，已经、正在、将要产生的生活美无尽无垠。尽管古今中外的艺术品浩如烟海，但它们远远没有也不可能把社会生活中一切领域的美包罗无遗地反映出来，因此在美的客观容量方面，生活美的丰富多采是艺术美所远远不如的。其次，社会生活的深刻内容，它的内在的辩证法，是艺术所无法穷尽的。作为整体意义上的艺术美，可以深刻地反映生活美，但并非任一文艺作品中的艺术美，都是对生活内容的最深刻的揭示。不少文艺作品在反映生活的本质上甚至是相当肤浅的。再次，从生活史和艺术史发展角度看，生活美的发展史，比较艺术史是更为悠久的。据考古证明，当具有独立审美意义的艺术品被完整地创造出来之前很久，生活美已经在功利目的上带着明显实用的胎记，在人类社会生活中到处存在着。

生活美是艺术美的源泉，不管艺术美怎样令人愉悦地邀人青眼，它绝对不能改变它对生活的依存关系，犹如母亲之于婴孩，安泰之于大地。艺术创作既然要集中突出生活美中许多东西，也就必然会忽视、无暇顾及生活中其它许多美的事物，艺术美的创造也就只能做到近似地描绘生活美的程度，近似地达到与客观社会生活本质规律的一致。"不言而喻，图画不包括对象的全部，画家落后于他的模特儿……图画怎么能够和它的模特儿'一致'呢？只是近似地一致。"①因此，人们通过艺术对生活美的探索、追求和反映是无止境的。

生活美向人展现在实实在在的现实世界中，即使生活美中属于人的心灵的美，也必然显现在美好的行为中，因而生活美的形象具有真正可感的直接性。艺术美则通过一定的物质手段，文字符号、音符形式、色块线条等等，描绘出一个艺术想象中的形象世界，它是生活形象的审美心灵化，因而艺术的真实，不是如生活美那样实实在在的真实，而是意想的真实，艺术美总不具有比如那种大自然本身所固有的，无法复制的野趣和风韵。这就是为什么人们迷恋于艺术之余，还要留连湖光山色的缘故了。尽管千姿百态的艺术美，怎样使得无数艺术宫殿的"善男信女"，带着近乎宗教一般的感情如痴如醉，但人们还是念念不忘生活本身的美。一轴山水、几行诗句，固然使人心驰神往，也只能掇群英于万一，在大海舀一瓢饮，自然美所独具的自然形状特征，具有那种为任何艺术美所无法代替的抚慰或震撼人心的美的魅力。

因此任何小看或忽视生活美的观点都是有害的。生活是源、是本，艺术是流、是华，无源之水会干涸、无本之华会枯萎，这是毛泽东同志一贯强调的。"巧妇难为无米之炊"，这对艺术美创造来说，也是颠扑不破的真理。即使最有才华的文学家艺术家，其艺术修养再高、艺术技巧再娴熟、艺术经验再丰富，到底不能脱离生活这个源泉去凭空创造艺术美，更谈不上比生活美"更高"了。即使面对的是历史题材，那种历史生活自然不是作家能够重新直接体验的，但创作仍旧必须以自己直接的生活经验为基础。只有深入现实生活、对现实生活有了深刻的体验和理解、才有可能对那特定历史生活具有相类似的体验和理解，创造出高于历史生活的艺术美。

认识到在自然形态上生活美的三个"最"，才能使作家自觉地去热爱生活、向生活的深处开拓、师法造化，努力去发现生活中无穷无尽美的宝藏，作为艺

---

① ［苏］列宁：《列宁选集》第2卷，人民出版社，1974，第134页。

术美创造不竭的源泉，在生活美的天地里美化心灵，为创造更多更高的艺术美准备主客观条件，而不至于盲目地到脱离生活美的"自我"境界中去寻找什么"新大陆"。

三、值得注意的"可以而且应该"

生活美的三个"最"固然不是陪衬，而毛泽东同志关于艺术美"可以而且应该"比"普通的实际生活更高、更强烈、更有集中性、更典型、更理想，因此就更带普遍性"的提法也是值得注意的。"可以"亦即可能，并非必然。逻辑上当说甲"可以"高于乙时，实际上同时包含甲高于乙、甲等于乙、乙高于甲三种可能。艺术美是"应该"高于生活美的，这一点没有疑义，否则，人们在创造生活美的同时，何以还要不倦地创造艺术美呢？只是要把艺术美高于生活美的这种可能变成现实，是需要一定条件的。这就是在生活基础上的艺术典型化。它应当达到的艺术成就即是所谓六个"更"。这是毛泽东同志对艺术典型化要求的整体的把握。所谓"更高"，指艺术美思想意义上的高度"可以而且应该"一般地超过生活美；"更强烈"，指艺术美的感情色彩；"更集中"，指其所揭示的矛盾冲突；"更典型"，指其独特鲜明的个性形式，其中蕴涵着一定社会生活的某些本质方面；"更理想"指其渗透着艺术家健康的审美评价；而"更带普遍性"主要是就艺术美能够发挥的巨大社会作用而言的。这一论述本身在理论上确是相当准确的。它论及了艺术美的思想性与艺术性的统一、理智与情感的统一、个性与共性的统一、客观对象与主观评价的统一等等。概括起来可以说，在观念形态上艺术美高于生活美。

艺术美所以"可以而且应该"高于生活美，因为它是通过艺术典型化的方法，在生活美基础上人的第二次能动的精神性创造，这是在观念形态意义上更深一层次的创造。创造性的社会实践愈丰富，人的内心世界对客体的丰富深刻性的追求便愈迫切。当人们在生活美创造实践中经历过第一次精神上的愉悦与满足之后又不满足于这"第一次"，于是在艺术美的创造中观念地重新经历一次，并且可能更深刻，显然是十分愿意的事。两种创造活动都包含着创造主体精神因素的"物态化"，然在"物态化"什么样的精神因素这一点上是有区别的，这就是艺术美可以高于生活美的原因所在。

生活美的创造主要是人对世界实践——精神的掌握。人制造物质产品的首要目的为求实用，然后才在不影响其实用功能前提下，可能进行美饰。或者由于历史的久远、时代之变迁，比如中国古长城、埃及金字塔、罗马斗兽场遗物之类，才在其实用意义的消退中历史地愈益增长着一定的审美价值。因此，生活事物的审美属性是次要的，主要的还是物质功利性。这里，生活事物的实用功利性和审美属性是相互纠缠的，且其审美属性依存于实用功利性，或者是由其实用功利性历史地发育转化而来的。在本质上，生活事物是因物质上的善而美，可能形式上具有一定的审美特征，但到底以善的内容胜。即使自然美，也首先必须对人的物质生活无害，才能被欣赏。这就在一定程度上，造成生活美既丰富又散而庞杂的特点，隐匿于实用功能背后一时不易捕捉的特点。考察生活美创造时人的诸种心理现象，最活跃、甚而可起决定作用的精神因素，是创造主体的意志和物质性需求。因此生活事物物质性的善，一般是构成生活美的一个不能离开的基本要素。

艺术美把生活美中原先存在的物质性的善过滤干净了，它是在某种实用目的被满足前提下人的某种特殊精神的升华。画饼不为充饥，画树不供烧炊，艺术美的善完全不是物质性、实用性的。艺术美必然渗透以一定阶级、时代和民族的思想道德愿望，并且一旦被鉴赏，就可能起某种善的社会效果，但生活美之善在这里已转化为艺术美精神性的道德教化作用。描绘于洞穴深处关于野牛的原始壁画，似乎具有"实用"性，即希望通过这种带有巫术意义的描绘，有利于捕杀更多野牛，然而这种"实用"目的毕竟无法实现。现代人体生理挂图，在医学上有一定实用价值，正因如此，它才不是艺术美。艺术美并非与人的物质生活截然无关，它要直接满足人的审美需要，但艺术"美的特点并非刺激欲望（注：物质性欲望）或把它点燃起来，而是使它纯洁化、高尚化。"[①]因此那些一味刺激感官的卑下之作，是同艺术美的精神境界背道而驰的，艺术美必须更集中、更纯粹。

艺术美"可以而且应该"高于生活美的另一个地方，在于它把那种由于社会生活的发展随时可被历史所淹没、稍纵即逝的生活美，以及人发生于瞬间的

---

① ［法］库申:《论美》,《古典文艺理论译丛》第8期，人民文学出版社，1961，第63页。

审美感受，确定在一定美的艺术形式之中，同时把生活美本来所客观存在的形式美艺术地拣回来，加以审美"物态化"，创造成具有相对独立审美意义的艺术的形式美。

十九世纪英国学者罗斯铿曾经感慨地说过，"我从来没有看见过一座希腊女神的雕像比得上一位血色鲜丽的英国姑娘一半美。"①从生活美的自然形态特点看，这话有理。然而那位"血色鲜丽"的英国姑娘如今在哪里呢？倒是比如米洛的维纳斯这位断臂的爱神雕像，仍旧放射着夺目的艺术美光辉。历史上真实存在过的佐贡多夫人的姿质早已化为尘埃，但达·芬奇以其为模特儿的名画《蒙娜丽莎》的美是不朽的。西方著名批评家瓦萨尔《历史鉴赏中的〈蒙娜丽莎〉》一文曾这样写道："这双晶莹的眼睛几乎是湿润的，就象有生命似的……那松软的头发好象真的是从皮肤上长出来的，她那凝视的神态自然得不能再自然了。而那鼻子……非常容易使人相信它真的是在那里呼吸。"蒙娜丽莎隐现于嘴角的那个神秘的微笑、阿Q临刑前"立志要画得圆"的认真划押的神态、麦克白夫人由于参与谋杀国王邓肯，内心极度恐惧而老是擦手的动作，以及雕像《拉奥孔》中拉奥孔痛楚的微吟等等，在时间跨度上，都由生活原型的短暂变为艺术典型的长久，在空间的广度上，亦由生活原型的偏狭变为艺术典型的广阔，真正的艺术美简直可以超越时空。

生活美的自然形态，不仅有丰富的特点，同时又是庞杂的，在形式上有时难免显得杂乱和不够完整，按照毛泽东同志的说法是"粗糙的东西"。大自然的声响丰富多彩，既有春鸟秋虫的千吟百啭，又有扰人的嘈杂音调，于是艺术创造就来加以过滤，把那些悦耳的乐音确定在具有一定节奏和韵律的音乐形式之中；大自然的色彩固然绚烂多姿，但有时不免斑驳凋零，于是艺术创造就来加以筛洗，把那种悦目的色彩和谐地确定在具有空间形式的绘画作品之中。"不断的隐藏和挑选，删除或增添，他们逐渐找到一些不再跟自然一样，然而比自然更完美的形式，艺术家把这些形式称之为理想的美。"②

① 转引自《朱光潜美学文学论文选集》，第一集，湖南人民出版社，1980，第112页。
② ［法］夏多布里昂：《基督教真谛》，《古典文艺理论译丛》，第2期人民文学出版社，1961，第106页。

客观生活美的自然形态是多侧面多层次的，但在现实生活的一定时空条件下，往往只能把其美的一个侧面、一个层次显现于人前，而让其它侧面、更深的层次掩藏着。艺术美创造站在理想高度，通过取舍、浓缩、夸张、突现，力求全面深刻地揭示全部的美，写出人人心中所有人人笔下所无的美的艺术形象来。画家可把生活中本来不同时开放的四季花卉，艺术地画在一幅作品中，以充分表现多侧面的美。小说家笔下的典型形象、往往嘴在浙江、脸在北京、衣服在山西。艾克曼认为鲁本斯的风景画美在"完全是临摹自然的。"①其实"临摹"（即模仿）最多只能将生活美一个侧面的美显现出来，或者甚至失去美。歌德却以为鲁本斯的画美在艺术上特殊的投射处理，"人物把阴影投到画这边来，而那一丛树又把阴影投到和看画者对立的那边去"，多侧面地表现了物象。歌德说："这是违反自然的"但"我还是要说它高于自然。"既忠于自然，又"违反"自然，"按照他的更高的目的来处理自然。"②这是艺术美"可以而且应该"高于生活美的一个关键。

社会生活总的发展趋势，处于萌芽状态的、潜在于生活深处的新生活美，即高尔基所谓"第三种现实"，往往一时不为常人所发现，艺术却"可以而且应该"描写"第三种现实——未来的现实"。③当某种生活美稚嫩地刚刚萌芽时，艺术已经敏锐地预示了它那必然的强大，当属于未来社会的某种生活美尚未完整地诞生时，艺术已经观念性地预演了它必然的诞生和富于活力的形态，艺术常常把"第三种现实"的壮丽图景召唤到人们面前来。当登月理想变成现实以前许多世纪，在《嫦娥奔月》中已经神化地"实现"了，当处于人类童年时代的古希腊人，由于低下的生产力，慑于自然力量，不得不在观念中听命于神时，英雄俄狄浦斯敢于在神面前猜破人的秘密，歌颂肯定人的伟大力量。至于无产阶级文艺作品所描写的共产主义理想的美，更是灿烂夺目。的确，艺术美形象是生活理想的"载体"。

同样，当生活丑尚未完全丧失其存在的全部现实合理性，因而暂据历史舞

---

① ［德］歌德:《歌德谈话录》，爱克曼辑录，朱光潜译，人民文学出版社，1978，第130页。
② 同上书，第134页。
③ ［苏］高尔基:《文学论文选》，戈宝权译，人民文学出版社，1958，第409页。

台之一角，正在扮演一个反面角色时，艺术已观念性地预言它的必然的没落与消亡。作为自然形态的生活丑，令人厌恶、恐惧、愤怒，不能引起任何健康的美感。但由于真实地反映了这种生活丑，其艺术形象本身是美的。老葛朗台、严监生的守财吝啬、夏洛克的贪婪残忍、达尔杜弗的伪善之类，其丑的本质在令人嘲笑否定之中，使艺术形象达到了对美好的社会理想间接的肯定，这形象同样能给人以美感，这要归功于渗融在这个否定生活丑的特殊艺术形象之中的生活理想和诗的精神。

总之，毛泽东同志的著名论断要求我们，不要因为忽视生活美而远离广大劳动群众美的劳动生活，在个人小天地里或者无病呻吟，或者一味咀嚼个人的悲欢，或者难以摆脱公式化、概念化的俗套，或者在文艺创作中只满足于对生活美肤浅的开掘，或者虽然艺术上日臻完善，却缺乏较深刻的思想性和意识到的历史内容；不要迷恋于那种与时代、人民和党的"大我"相隔膜的"自我"境界；也不要因忽视艺术美而在创作中粗制滥造，象某些西方现代派那样，轻视甚至反对艺术典型化，或者照搬生活、缺乏艺术的追求与锤炼，以至于可能陷入自然主义式的创作歧途。

本文发表于《复旦学报》1984年第1期

"人"的再发现：现代主义冲击和现实主义深化

在热烘烘的西方现代主义文学精神对我国新时期文学已经造成巨大冲击的今天，对这种重要文学现象进行认真的沉思无疑是必要的。西方现代主义究竟给我们带来了什么？是富于现代意识的诸多文学观念、范畴、"语汇"或异域情调，是"叙述""文本"，还是所谓"审美理想的沉落"？[①]

笔者以为，独特的西方现代主义文学精神，蕴涵着关于"人"的悲观意识，它标志着文学精神在"人"的更高文化层次的觉醒与解放、"人"的再发现。我国新时期文学由于这种"西学"东渐所面临的冲击，根本上是关于"人"的文化观念的冲击，它开始有力地打破我国传统现实主义文学的精神框架，促使后者一定程度上实现文学精神的现实主义深化。

一、"人"之神性的完美与美梦的破灭

应当从人与神的调和对立看待这一重要文学现象。两千五百余年前的苏格拉底曾经说过，"认识你自己"，预示了文学关于发现与认识"人"自身的艰难历程。

古希腊文学关于"人"有过一次十分辉煌的发现，不过其发现的是具有神性的绝对完美的"人"。古希腊人一面追求理性、智慧与知识，一面狂热地推崇人体美。雅典与斯巴达城邦关于"人"的文化观念互为补充，便是充满乐观

---

① 毛崇杰:《现代主义崛起》,《审美理想沉落》,《文艺研究》,1987年第1期。

情调的"人"的美好理想：智慧过人并且体魄强健。这正如柏拉图所言，"最美的境界是不是心灵的优美与身体的优美谐和一致，融成一个整体"？回答："那当然是最美的。"①黑格尔后来也指出，"希腊人以自然和精神（也指人体与智慧）的实质合一为基础，为他们的本质……希腊人的意识所达到的阶段就是'美'的阶段。"②

但这种关于"人"的"美"，是"完人"的"美"，毋宁说是"神人合一"的"美"更为恰当。古希腊文学中的"神"都是具有"人"性的，正如其"人"具有"神"性一样。"人"性的"神"就是"神"性的"人"。人由于相信神的完美也就相信"人"如神一般的完美，于是对自身的精神与肉体充满了乐观信念。当古希腊人在冥冥之中意识到自身的所谓"原罪"时，却并非因这"原罪"而象中世纪那样"人"在神面前显得委琐卑微、诚惶诚恐，倒是某种意义上由这"原罪"的刺激，推动知识的追求、哲学的沉思、化作运动场健美人体的展示与力量的拼搏。人相信"人"的原型是神，相信自己无所不能，于是毫无顾忌地执着于奋斗，追求神那样的尽善尽美境界，"人"是太完美了，因为我们决不能说，神在善或美方面还有欠缺。这个尽善尽美境界就是柏拉图的最高哲学概括：理式。因此，在希腊神话传说、史诗与悲剧中，是按照人所热切追求完美的"人"的尺度去塑造神的形象，神的"静穆、伟大"，恰恰体现出人对完美人性的无限向往。神性就是人性观念在天国的折光，神的美，其实就是人所企望的、不切现实的"人"的完美无缺。无疑，这种文学精神，具有人性与神性观念相与流溢的美学意蕴。

文艺复兴时期的文学精神，人性被进一步发现与高扬，却在相对明丽的人性观念背后，仍不可避免地拖着某种属于中世纪的神性观念阴影，文学在高歌人性的同时，情不自禁地以神的尺度去赞美"人"。这里，借用《哈姆莱特》中一段著名的话来说明这一时期文学精神的实质，是恰当的。"人是多么了不起的一件作品！理性是多么高贵！力量是多么无穷！仪表和举止是多么优雅！多么出色！论行动，多么象天使！论知识，多么象天神！宇宙的精华，万物的灵

---

① ［古希腊］柏拉图：《文艺对话集》，第64页。
② ［德］黑格尔：《哲学史讲演录》第一卷，贺麟译，商务印书馆，1959，第160页。

长!"这在高度肯定人的理性与力量的同时也讴歌了神,认为"人"之所以如此"了不起",归根结蒂是因为"人"是"神"所创造的"作品""象天使""象天神"的缘故,"人"终于仍然依偎在神的怀抱,这是尤其令人深感悲哀的。

无疑,古希腊与文艺复兴时期的文学精神,是初步发现并讴歌人的伟大力量并且通过对神的塑造,虚构"人"的更加完美无缺的形象,以此虚幻地弥补"人"自身的不足。人在文学中塑造与讴歌神有两个相互关联的目的:一是表现出"人"的软弱无力;二是"人"终于不屈服于这种软弱无力的历史地位,即使在现实中绝对没有可能,也要在文学世界中通过虚构企求"人"象神一般达到完美境界,正如歌德所言,"十全十美是上天的尺度,而要达到十全十美是人的尺度。"①这种认为人性完美如神的文学精神,体现出"人"的童年、少年时代的自信与自爱,具有人类正常童年与少年时代稚浅的乐观主义的文化意识特征。

然而,西方现代主义文学精神的实质是"人"的再发现,由传统的关于"人"的乐观精神一变而为悲观精神。

首先是叔本华的人生悲观哲学成了文学的精神内蕴,使文学踯躅在人生"孤寂、空虚、厌疲与痛苦"的"怪圈"之中。尼采的强力意志与超人哲学自然不象叔本华哲学那样阴暗,但他关于"上帝死了"的哲学宣言,意味着"人"已经不需要上帝的扶持而能独立地面对现实世界的挑战,"人"对上帝失去传统信仰的同时,对自身、对文学也失去了幼稚的迷信,"人"的自恋自爱一旦丧失,其远远没有也不可能达到的完美人性,立刻显露出固有的巨大缺陷。于是,文学便由以往高歌人性的完美转而发现与诅咒人性的丑恶,否定整个人生。"人生丑恶无比""人生毫无价值,令人作呕""并没有什么'精神',也没有什么理想,什么思维,什么意识,什么灵魂,什么意志,什么真理;这一切真理全都是无用的虚构"②之类思想,成了西方现代主义文学的经常性主题。好比以前老是躺着,现在猛地一站起来,由于一时的"晕眩"而眼前一团漆黑,于是不免悲观得要命。由于新时代刚要到来或者刚刚到来,"人"虽然已经断然地要

---

① [德]《歌德的格言与感想集》,程代熙等译,中国社会科学出版社,1982,第61页。
② [德]尼采:《权力意志》,第292节,孙周兴译,陕西人民出版社,2007。

与过去决裂，但宇宙之浩茫与人生之无涯，使"人"向往未来又一时不知未来究竟是什么，于是作为"社会良心"的文学内心冲突骤起，深感孤独与苦闷甚至要死要活。也象一个刚刚推开母亲保护的孩子，开始具有强烈的自体独立意识但涉世未深，面对新天地决意举步向前却四顾茫然，于是不免在内心激起痛苦甚或绝望的呼喊。由于"神"之美梦破灭，西方现代主义文学一致认为"人"自身的形象是很不美妙的，其所有派别，几乎都反来复去地写着一个字：丑，用未来主义名诗《我是谁》中的一个诗句来概括，"我是谁？——我的心灵驱使的小丑"。"人"在文学中的自损、自贬达到如此程度，这是与古希腊、文艺复兴时期的"完美"文学观根本不同的。

这种关于"人"之再发现的文学精神，很重要的是近、现代自然科学飞速发展的产物。比如，哥白尼的太阳中心说，由于推翻了地球中心说而引起人的文化意识的宇观性开拓，人由此发现自己并非象神那样是这个世界的中心；又如，达尔文的物种进化论，发现"人"的原型原来不是神（不是神创造了人），而是最低等的单细胞草履虫，犹如大梦初醒，人心灵上的震憾与悲哀是无以复加的；再如，弗洛依德的泛性学说，也不无"残酷"地揭示了人的动物性。这种被压抑的动物性（性欲），就是所谓无意识、潜意识。这种动物性在古典时期是亵渎神圣，羞于见人的，被"人"之"完美"的神性观念所掩盖着，现在，由于这种揭示（出"丑"）使人以为自身完美的观念改变了。社会生产力尤其自然科学愈发展，人愈是清醒地发现了自身的不足与局限。这种关于"人"的内在灵魂的觉醒，适逢外在一、二次世界大战所造成的全球性灾难，愈加使西方现代主义文学精神陷入悲观深渊。但这种"悲观"，并不意味着文学面临"世界的末日"，而是标志着文学精神的历史性进步。

二、从具有神性观念的现实主义到新时期文学精神的现实主义深化

文学是人学。无论现代主义还是现实主义，都首先是一种关于"人"的文学精神。当西方现代主义文学精神一旦东来，作为一种文化传布外因，由于其精神实质与传统现实主义的反差最为强烈，因而它对我国传统现实主义文学精神的冲击尤大，正在促成后者失去其神性观念，达到文学精神的现实主义深化。

其一，开始打破传统现实主义文学精神所谓"人"是"完美"的"典型"观念。

新时期的现实主义文学，已经不再象以前盛行于我国文坛的传统现实主义"典型"论那样，将所谓"塑造高大完美的典型形象"作为"社会主义现实主义文学的根本任务"，也不将"高大完美"的"典型"作为衡量作品思想艺术价值的标准，这种文学观念的转变，并不意味着现实主义文学不要去表现英雄业绩与英雄人物，而是反对传统现实主义中的神性因素。

传统现实主义"典型"理论的文化哲学原型，是古代西方柏拉图的"理式"论。"典型"，希腊文TUPOS，与另一希腊字Idea是同义词，意思是"模子"与"原型"。而Idea的词义是"理式"，它的派生词Ideal的含义是"理想"，这是众所周知的。因此，从字源上分析，柏拉图的的"理式"其实就是"典型"；"典型""理想"与"理式"三者彼此相通，这便是为何西方古代文论所说的"理想"就是近、现代所指"典型"、柏拉图的"理式"与黑格尔的"理想"具有观念上的源流关系的缘故。

这种"典型"与"理式"的原在意义纠葛一直未被现实主义文学研究者所关注。人们的目光仅追溯到亚里士多德的摹仿说，以为亚氏既然摒弃"理式"、主张文艺是对现实的摹仿，这应是传统现实主义"典型"论的滥觞了，殊不知柏拉图的"理式"才是"典型"论的历史源头与理论雏型。"理式"，是被哲学精致化了的"神"，它是绝对完美的，这种"理式"神性的完美，恰恰与传统现实主义"典型"的"高大完美"相重合。

有人也许会问，柏拉图的"理式"是超现实的"神"，而传统现实主义所提倡的"典型"是现实的，怎么能将"理式"等同于"典型"呢？其实，既然"理式"是被哲学精致化了的"神"，也就不同于宗教之"神"。因此，所谓"理式"，既是非理性，又是理性的；既是超现实的，又是现实的，正如前文所述，它确切地概括了古希腊人关于人性完美的看法，实际上是一个"人神合一"的哲学、美学范畴。"理式"虽然据说在"天上"，但决不是与世俗现实无关，"理式"世界本身就是破观念地扭曲的世俗现实世界。因此，当柏拉图实际上在谈论艺术"典型化"原则这一问题时，一方面要求画家把现实中"每个人最美的部分集中起来"，另一方面又要求艺术形象达到"神"一样的"完美"，可见这里柏拉图取的是"人神合一"的态度。而当亚里士多德谈到"典型"问题时，提出"照事物的应当有的样子去摹仿"这一文学现实主义的著名命题，却以希腊名画家宙克什斯所谓集中一切美人之美点画就的《海伦》为其立论依据。这立刻让人见出，虽然主观上亚氏讨厌其师柏拉图的"理式"，但在其现实主义"典型化"观念中仍不可避免地渗透着一定的"神"的观念，这是因为，正如柏拉图要求"集中""每个人最美的部分"那样，亚里士多德实际上也主张"典型化"是集中一切美人的美点。但这里所请"集中"，只有神才能办得到而断非人力所为。而且，所谓"应当有的样子"。即"理想"中的"样子"；所谓"理想"，自然可以理解为现实的"未来"。"未来"是什么？当某个社会现实还存在一定的神的观念时，人们对未来的向往则难保不具有某种神性意蕴，任何未来，虽往往远胜于过去与现在，却绝对不会如海伦一般完美无缺，难怪海伦这个绝世美人只是一种神话存在而不是现实存在，同样，"完美"的未来只能是幻想中的未来（因幻想而带有一定神性观念的未来）而不是历史的未来。

要之，由于神与神的观念在人类的一定历史阶段总是顽强地观念地存在着，因此，必然深受这种文化观念影响的传统现实主义"典型"文学精神，从起步之初到终了就注定要打上神性观念的"终生"烙印，"典型"与"理式"具有"同构同质"的一面，毋庸置疑，传统现实主义尚有非现实的一面，为此，我们可将以"完美"为最高"境界"的传统现实主义"典型"论，称为具有神性观念的现实主义。

这种现实主义在"十七年"及以前的中国文坛，影响了几代作家的文学观念。"十七年"固然并非毫无值得肯定之处，但对英雄典型加以神化的不良倾向曾经愈演愈烈。从诸如朱老忠、梁生宝、欧阳海到萧长春、高大泉、李自成等的创作与评论，很可以看出具有神性观念的现实主义文学精神的消极面。这种倾向发展到"文革"十年，"理论"上的"三突出"与实践中的"样板戏"，使作为"人学"的文学，几乎变为"神学"。

但这种神性的阴霾在新时期现实主义文学精神中已经大为减弱。这种文学空前痛苦地感觉与表现出"人"的不完美与缺陷来，开始清醒地意识到"人"并非是神一般的英雄，北岛《宣告》一诗云，"我并不是英雄/在没有英雄的年代里/我只想做一个人"。孔捷生《大林莽》诗有云，"英雄梦也剥落了，这不是个英雄的年代……早就没有什么英雄了"。这种简直是在那里诅咒"英雄"的"非英雄化"文学观与现实观，固然由于绝对否定现实中英雄的存在而大为偏颇，然而它对打破长期以来笼罩着"英雄如神"的精神氛围的旧式文学世界而言，不啻是一种新鲜的思想。当新时期文学在对包括英雄在内的生活原型加以艺术概括、敢于正视"人"的各个文化层次与侧面之时，当其决不回避"人"的缺陷、决不将这种缺陷作为"非本质"因素加以抛弃而企图建造圣洁的文学殿堂之时，当通过艺术创造，使文学中的"人"更象现实中的人而不是将"人"抬高到神那里去之时，则无疑意味着这种文学精神正在向"中世纪"告别。

其二，正因为新时期现实主义文学开始打破对完美人性的迷信，进而开始打破对完美现实的迷恋，从而开始蕴涵关于"人"与现实双重的忧患意识，使其颇具尖锐的文学批评意向。现实主义文学的忧患意识对现实的清醒估价，催人意识到"人"在现实中的历史地位、力量、命运以及"人"把握现实的历史责任。由于不再一味地歌功颂德、不再以廉价的乐观迎合人肤浅的审美需要而使现实主义文学精神真正趋于深化，这是值得肯定的。我们的文学从来没有象今天这样清醒。

当然，这种深化是分阶段的。回顾起来，在所谓"伤痕"文学中，大量作品直接反映了民族的灾祸与现实的苦难，仿佛集中了整个民族的眼泪汇成汹涌的巨流，由于来不及陷入沉思而使这种文学的忧患意识大致停留在政治、道德之类的层次上，无疑，"伤痕"文学偏重于忧患情感的宣泄；随之而来的所谓"反思"与"改革"文学具有"顾后""瞻前"的意向特征，两者在价值取向上呈互补态势，由于这类文学的注意力作纵向两方的挪移，更能触及正在发展中的现实的本质，不减其情感的抒发而增加了忧患理性的力量，则无疑比"伤痕"文学深化了一步；但如果说，表现在新时期前三类文学中的忧患意识大致局限于社会与民族这一层面的话，那么，那些所谓比较优秀的"寻根"文学作品（多数一般与尤其低劣者除外），则除了表现为忧国忧民忧族的心态之外，还蕴涵着对"人"自身缺陷，自身价值、人追本求远的文化自觉意识，且将表现与揭示"人"本身的"忧患之根"作为文学精神的最高境界。这里，显然开始接纳、消化西方现代主义文学关于"人"和"人"的现实悲观精神。这种西来"忧患"意识的冲击,有助于新时期现实主义文学精神从"莺歌燕舞"的天堂乐园中走向人间,开始用冷峻的目光注视现实、用自己的头脑学会思考而不再是神的弄臣或侍唱。它意识到,令人忧心如焚的恶劣社会现实是人所造成的,人的素质的低下决定了社会现实的素质,现实的局限正是人自身的局限。因此,文学应当与"人"一样,尽快抛弃自恋癖,从古代与近代式的盲目天真走向当代的成熟。

其三,西方现代主义文学精神东渐之时,适逢我国正在进行大规模经济文化建设与改革开放之日,这使新时期现实主义文学随之发现文学世界的广阔,萌发横向参照的世界意识。为神所染指的传统现实主义文学天地,由于为神所束缚的人的自由度是十分有限的,显得尤其狭小与拘谨,这种可悲的境况正在得到改变。

首先,新时期现实主义文学精神的视角所关注的,不仅是民族的"现实",中国的"现实",而且是当今世界的"现实",在吸收民族文学有益养分的同时,不再迷恋于民族文学传统,因为这种迷恋实际上是对民族历史"老人"的迷恋,是崇祖意识在文学精神中的表现。它意识到,民族文学的丰厚土壤是不能离异的,离异则意味着断了"母亲"的"血脉"与"文脉",然而,要是将民族文学传统加以神化与凝固化,老是依偎在民族传统的怀抱而不思进取与开拓,新时期的现实主义文学精神将永远长不大,永远是不健全的。所谓"愈是民族的,就愈是世界的"这句话,只有将"民族"理解为"开放性的、善于吸取异族长处与特点的民族"时才具有积极意义。昔日那种因我们的文学不能走向世界而说"中国就是联合国"的阿Q式的自大,正在成为历史的陈言。正如任何想要走向现代的民族都不可能在孤立的国际环境中得到发展一样,新时期中国现实主义文学的发展也必须以世界文学为参照系。任何民族文学在关于"人"的精神内蕴上都具有共通与可比的一面,新时期的中国现实主义文学也有权利在文学的世界舞台树立自己的光辉形象。

其次,由于新时期现实主义文学对外在广阔世界的发现,促成了对"人"之内在世界的发现与开掘。从传统现实主义偏重于表现关于政治与道德等的客观现实,发展为注意对人在政治、经济、法律、道德、家庭、文化、军事等社会生活中主观现实的表现,这无疑是在西方现代主义文学精神冲击下的新时期现实主义文学精神的深化。比如，纯粹的西方"意识流"固然不为中国时风所需，但吸吮这种文学精神的有益养分，却刺激了我国新时期文学心理现实主义的发展。原先偏重于描述人之外在行为的板结的文学土层被掀翻了，广阔而深邃的心理领域、灵感与诗意有机会得到空前的宣泄。尤其对性心理的表现，撕下了一本正经然而又是虚伪的道学或假道学文学的神圣假面。不是由于文学向世界展现了有节制的情欲而必然说明是"人"与文学的堕落，而是对神的亵渎；尽管我们有充分理由要求某种"性文学"不要成为肮脏的泥淖，但恰恰在这里，新时期的现实主义文学宁可拒绝虚假的上帝而去追求人生的真实。弗洛依德的精神分析学说纵然有许多谬误，但它的传入为新时期现实主义文学的性心理深化带来了契机。

总之，现实主义不是无边的，因而并非万能，无边与万能恰恰是神的属性，它自有其"天生"的局限。但是，新时期现实主义文学精神已从以往只注意自己鼻子底下的一点点现实，逐步意识到应当培养文学的当代全球意识，参加到世界文学的大循环中去，容纳各种文学思潮、观念、流派、"文本"与技巧、更新血液与机体，从而焕发其青春。

三、深化还只是刚刚开始

尽管西方现代主义文学精神的冲击一定程度上促成了新时期现实主义文学的深化，但对这种深化的估价似乎不容过于乐观，任何对这种"冲击"与"深化"的拔高与神化（完美化）都是不必要的。文艺理论界有人说，从新时期中国文学的发展态势看，短短数年，就已将历时近一个世纪的西方现代主义文学各个流派全都操演了一遍，可见中国的"现代主义"的发展如何神速云云，言下颇多自得。其实，除了个别优秀之作，迄今为止的所谓"新潮"文学，基本上仍处于对西方现代主义的模仿水平，因而由现代主义冲击所引起的现实主义文学精神的深化是有限的，象《阿Q正传》那样吸取了西方荒诞派文学精神的现实主义杰作，有待于出现在将来，也难保一定会出现。

以普遍看好的徐星的《无主题变奏》为例，作品写到，"我搞不清除了我现有的一切以外，我还应该要什么。我是什么？更要命的是我不等待什么。""也许每个人都在等待，莫名其妙地在等待着，总是相信会发生点儿什么来改变现在自己的全部生活，可等待的是什么你就是说不清楚。"任何读过或观看过塞缪尔·贝克特荒诞派名剧《等待戈多》的人都不难发现，《无主题变奏》的这一段话，不过是《等待戈多》那一个"等待"主题的简单搬用。这篇作品尤其喜欢写"国骂"，共二十余例，"那他妈太无主题了，见了他妈那个……"，作者的另一作品《城市的故事》的篇头题词"无为在歧路，有为也他妈在歧路"运用了同一老手法，人们当然不必责备作者写作态度的不严肃和泼皮相，这些都是愤世疾俗的心理压抑不住的宣泄与喷涌。当愤激与痛苦之情无法以文绉绉的美文学语言来描述时，似乎只有多骂几句"恶俗恶俗的""他妈的"才仿佛心里舒坦些。这种"黑色"情绪，自然不能不与作者对社会人生的某种体验有关，但显然同时由于西方现代主义文学某些相类情绪的触发。至于对"笑"的描述："大笑冷笑/坏笑/窃笑/讪笑/……皮笑肉不笑，这些就是生活中的全部作戏感。"读这样的句子，立刻使人想起西方现代主义文学中常见的那些"含泪的笑""疯狂的笑"之类，给人以早曾相识的陈旧之感。西方现代主义常以"疯狂""忧愁""悲哀""绝望""孤独""荒诞"等等字眼作为最典型的审美情绪来表现，于是，我国新时期的有些作品也将这类字眼经常时髦地挂在嘴边。刘索拉《寻找歌王》："孤独这两个字虽然扯淡，可又死乞白赖地缠着我。"徐星《无主题变奏》："可我孤独得要命，愁得不想喝酒，不想醉什么的。"刚一接触这类作品，很有点为作品所表现的"痛苦""孤独"之类所打动，接触多了，又会嫌它们缺乏思想的深度与艺术的魅力。同样，因为有了乔伊斯的《尤利西斯》、福克纳的《骚动与喧嚣》以及贝克特《等待戈多》等作品大量人物独白不加任何标点符号，才有我国某些"新"作尾随其后。马拉美曾经说过，"诗写出来原是叫人一点一点地去猜想，这也就是暗示，亦即梦幻或神秘性的完美的应用，而象征正是由这种神秘性构成的。"①有的甚至主张，好作品就是好在谁也不懂，乔伊斯就曾说过，他的《费尼根的苏醒》的晦涩难懂程度，要"让评论家瞎忙三百年"。因有诸如此类的文学主张在前，才有我国当代文坛有人视"神秘"为"美"（应当说，"神秘"是一个不容忽视的审美

---

① 转引自林骧华：《西方现代派文学评述》，上海人民出版社，1987。

范畴，但它本身不是美），并有某些文艺评论者坚持认为那些"几乎是难以识读"的作品未必就是要不得的。

尽管当一个民族的文学试图追随前驱的世界文学潮流时，开始阶段的模仿常是难免的，不必对这种模仿求全责备，然而，那些曾经轰动一时的作品的意义，也许越到将来，就越是仅能证明我国新时期文学曾经经历过一个模仿阶段而已。因为文学的生命在于独创，模仿不是真正的艺术。实在可以说，由于西方现代主义文学精神的冲击，新时期现实主义文学的深化已经开始，但关于"人"之再发现的独特文学精神，实际上并未真正成为我们文学的血肉与灵魂。因为这种"深化"，主要不是一个关于文学自身封闭运动与技巧的问题，而是涉及到关于"人"的文化观念的根本转换。

从表面看，我国新时期文学尤其"新潮"文学的一度崛起与当年西方现代主义文学的繁荣在社会背景上具有相似之处，大致上都是起于社会大灾难、大破坏之后的一种文学现象，但是骨子里两者在关于"人"的再发现这一点上是有差别的。正如前文所言，西方现代主义文学是在文化哲学上完成了人对自身的再发现之后诞生的，而在我国当今的民族文化意识中，这种对"人"的再发现至多只是刚刚开始。牢固地建立在农业文化基地上的传统民族文学观念大厦，由于这大厦基地的文化性质局限，总是不可避免地、顽固地保存着关于"人"的神学殿堂。这种文学的神性观念掌握了一代又一代接受文学的大众。于是，大批文学读者，即使他们今天所面临的现实处境远不是完美的，他们的现实人性当然是具有缺陷的，但仍然乐观地相信：一切都很美好。这种文化心态，决定了对那些以"痛苦""忧患"与"荒诞"等为主题的"新潮"作品持排斥态度，很快使中国的"现代主义"之作走上英雄末路。"纯文学"作品为何知音日少？主要不是因为传统的文学欣赏习惯问题，而是文化落差、相互"语言"不通使然。同样，愿意学习西方现代主义文学新观念与新技法者在当今中国文坛虽不乏其人，他们也确实视西来的"现代"精神为知音同道，然而，活跃于当今文坛的作家与评论家，一般未受西方近、现代那样的先进自然科学观念与文化哲学精神的熏陶与洗礼，除了少数先进先驱，并未普遍地真正实现关于"人"的文化观念的根本转换，就是说在一般的文学头脑中还残存着一定的"神"的地盘。某些文学家持激烈地反传统的文学主张，这自然可以看作他们已不再将传统作为偶像来崇拜，标志着主体意识的觉醒，同时又可悲地将本不是"神"的西方现代主义文学精神作为"神"来崇拜，误以为它是无比"完美"的，从而亦步亦趋，一味模仿，"人学"又几乎再度蜕变为"神学"。比如，在《等待戈多》《荒原》《秃头歌女》等西方现代主义文学那里，本是关于"人"的深沉的哲学沉思，在模仿者那里却蜕变为道德的愤怒了。

这说明，时代、民族，主要是社会生产水平的悬殊所构成的中西文化落差，造成了文学的水土不服，南橘北枳现象。无视这种巨大落差，指望通过"横移"以达到新时期现实主义文学精神的进一步深化与现代化，是不切实际的。因为，比如同样表现"痛苦"，在西方现代主义文学那里，将一、二次世界大战所造成的"痛苦"与"人"再次发现自身的"痛苦"交织在一起而偏重于后者，由于"人"的再发现，摆脱了神的羁绊，是高扬了人的精神而不是将人的精神压垮，是人在精神上感到独立自足的一种"酒足饭饱"式的"假性痛苦"，因此，从历史角度看，西方现代主义文学尽管充满了"痛苦"与"绝望"等字眼，其精神实质却是喜剧性的。而在我们这里，由于文学中缺乏一种关于"人"的哲学沉思，剩下的却一般是实实在在的、刻骨铭心的"饥肠辘辘、嗷嗷待哺"式的"痛苦"，许多作品都用悲观绝望的眼光而不是以悲剧的理想去反映十年"内乱"就是一个明证。如果说前者表明的是"人"站立起来的"痛苦"，那么，后者的悲苦却正是"人"暂时无法摆脱神的纠缠的表现。因此，人们有足够理由批评新时期某些所谓现实主义作品的悲观情调过于浓重却缺乏真正悲剧的力量。在肯定西方现代主义关于"人"的悲观意识时，也要警惕我们这里的一些作品使人一味地悲观下去，以至于思想失去平衡而导致意志消沉，留下的只是人绝对的渺小形象；注意那种尚未走出神的氛围、却又不幸跌入魔道的不良倾向。

最后应当指出，现实主义文学精神的深化是一个漫长的历史过程，其间必然存在关于"人"与"神"的观念性冲突，我国当前文学界的诸多论争常常表现在这一点上。比如，姚雪垠先生所创作的历史小说《李自成》，可以说是一部典型的蕴涵着神性观念的现实主义作品，因而其现实主义是很不充分的，姚先生对《李自成》"文学成就"的辩护，一定意义上是为"神"辩护，他与文艺理论家刘再复的辩难，是新时期现实主义文学要"人"还是要"神"的辩难。又如，报载王元化先生与林默涵同志关于"样板戏"不同观点的文章，也同样表现出究竟是要"人"的现实主义还是要具有神性观念的现实主义的分歧。但我国新时期关于"人"而不是"神"的文学意识正在日益觉醒之中，"完美如神"的文学观念正在现实主义文学的意识深层中遭到唾弃，这是毋庸置疑的。

本文发表于《文艺理论研究》1989年第2期

方法与对象的"适应"——与党圣元商榷

　　近读刊于《文艺研究》1996年第2期的党圣元《中国古代文论范畴研究方法论管见》(以下简称《管见》)一文,觉得该文关于把中国古代"文论范畴与文化哲学精神、文学创作和批评鉴赏结合起来,在融会贯通的基础上进行考察研究"的学术见解,是值得肯定、具有理论参考意义的;该文对学界近年那种"将文化哲学概念、范畴与美学概念、范畴混为一谈"的不良倾向所提出的批评,原则上也是中肯的。然而,在该文所论及的应当如何正确地理解中国古代美学、文论范畴研究之对象与方法的对应关系问题上,看来尚有进一步讨论的必要。与此相关,《管见》一文对国内学界关于"周易美学智慧"研究所涉及的中国古代美学、文论范畴研究的方法论问题所进行的尖锐"批评",除个别地方言之成理以外,也许由于对某些实证与逻辑注意不够,恐难以理服人。鉴于此,本文不揣浅陋,试与党圣元先生商榷,以求正见。

一

　　日本美学家竹内敏雄《美学总论》绪言指出:"比什么都应该最先关心的,是选择适应于美学研究对象本身的方法,把任何方法都在'适应'这种情况下灵活运用。"的确,方法的特点决定于科学研究的对象的特点。中国古代美学、文论范畴研究方法论的建构与选择,尽管不可以没有主体因素,却绝不是主观随意、可由研究者的某种意志、好恶凭空杜撰或随意取舍的东西。在其科学性和有效性上,它首先是研究对象本然存在所决定的一种对应性"话语系统"。

　　这当然不等于说研究主体在方法论的选择上是绝对被动的。实际上，由于中国古代美学、文论范畴这一特殊学术课题的本然存在是多侧面、多层次的，它与文化、哲学、艺术、语言等等动态、深层的联系丰富而繁复，而对中国古代美学、文论范畴之任何特定的学术研究，总是只能从对象的某一或某些侧面与层次、某种角度与范围入手的，必须由主体在意识到"方法受制于对象"的前提下来自觉地设定，因而这一设定，一方面体现了主体的不"自由"，另一方面则意味着由于对象本然存在的多侧面、多层次性而导致方法"适应"于对象的多种可能性，给每一时代、民族、学派、学者个人在研究方法的多样选择与运用上以广阔的思维空间和思想自由。中国古代美学、文论及其范畴问题的研究，曾经选择、运用诸如笺注、文字训诂、点评式以及哲学、美学、文艺学、社会—历史学研究等方法，本世纪二、三十年代及改革开放以来，由西方传入的诸如精神分析学、形式主义、结构主义、原型说、比较批评、文化人类学、分析哲学、文化哲学以及系统论、信息论、控制论等方法论，也曾不同程度地闯入这一学术领地，并且，新的研究方法论的选择、运用仍将层出不穷。这样的方法论的自觉设定，显示出一定的思维的张力与思想的自由度。

　　问题的关键，不在于哪种方法论先进抑或落后，而在于研究方法与研究对象之间必须达到实际上的"适应"。

二

　　《管见》一文把对中国古代文论范畴研究的侧面、层次，大致上设定于文化哲学，这无可非议。不过，这一设定如果是科学的、有效的，则意味着它是与特定研究对象的侧面、层次相"适应"的。《管见》一文从其第一部分开头就说自己是"从发生学角度"来研究传统文论范畴之方法论问题的。其理论支点是，"从发生学角度来看，传统文论概念范畴的产生与中国古代文化哲学有着非常密切的血缘关系"。我想，这是错把中国古代大致上成熟于春秋、战国之时的"文化哲学"，看成传统文论概念、范畴由之"产生"的"血缘"母体了，似乎中国古代美学、文论范畴的文化之根，不是深扎于中国远古文化（尤其是远古审美文化因素）的肥壤沃土之中，而是直到晚近才成熟起来的"文化哲学"。基于这一基本认识，《管见》一文要求以文化哲学的方法研究中国古代文论范畴之"产生"的方法论观点是否有道理，也就值得讨论了。

从对象来看，范畴是"帮助我们认识和掌握自然现象之网的网上纽结"[①]。中国古代美学、文论范畴的思想与思维品格，首先表现为一定理性对相关意识群、概念群与观念群的高度浓缩与概括。因而凡是传统美学、文论范畴，总是简约而内蕴丰富、深邃的，它是一种成熟的美学理论形态，反映了由一定思维方式所把握到的中国古代审美与文学艺术现象之本质联系。它是一种理性思维工具，积淀着中国古代审美艺术、文化的种种社会历史内容以及感觉、情感、想象、意志甚至宗教意识等文化心理内容。它的思想与思维、历史与逻辑，构成其意涵互融的两重性。自然，每一中国古代美学、文论范畴的建构，都经历过漫长的历史酝酿与生化过程，其间，哲学或文化哲学确实起了重要的催化作用，比如先秦老庄哲学为大致上成熟于魏晋的一些美学、文论范畴准备了"哲理"基础。

但是中国古代美学、文论范畴的"发生"，作为研究对象就根本不是一个哲学或文化哲学问题，而是包含一定哲学或文化哲学之前期意识萌芽因子的远古原始文化问题。最原始的中国文化究竟是怎么一回事，就确凿实证而言我们迄今可以说一无所知。仅从比较接近于最原始文化之有限的野外考古以及现存记载着某些来自远古的文化信息、传说、神话的文化典籍分析，中华远古文化作为文化的原始"混沌"，是人们把握世界的四种基本实践与认识方式的文化温床。这四种方式是功利实用、求神崇拜、科学认知和艺术审美。它们在"发生"之时是四位一体的，浑朴地构成一种原始絪缊状态，其间充满列维·布留尔《原始思维》所说的"神秘的互渗"。在这里，哲学或文化哲学的前期文化感觉、意识因子自当开始萌生，但哲学（更不用说文化哲学）却远不是可以作为文化的形上之魂独立自存地高蹈在尚处于原始混沌状态、远未成熟的这四种人们把握世界的基本方式之上的。在中国文化发生之初，根本谈不上有什么文化哲学，这是常识问题。既然如此，那么所谓发生学意义上的"传统文论概念范畴的产生与中国古代文化哲学有着非常密切的血缘关系"的见解，就不能不是无根之谈。

---

① ［苏］《列宁全集》第38卷，人民出版社，1972，第90页。

　　从发生学角度分析，传统美学、文论范畴究竟是"发生"于远古文化还是文化哲学？这是笔者与《管见》一文之间存在的一个分歧。以党圣元所谈到的"气"为例，就目前所掌握的资料来看，不要说在"气"之文化感觉、意识、情感、认知等原始因子"发生"之初决不是什么"文化哲学"，即使退一步，拿比较晚近的殷周之际关于"气"的文化意识与观念来说，也仍然不是什么"文化哲学"。比如卜辞"贞隹我气有不若十二月"（明二三二二）、"庚申卜今日气雨"（粹七七一）与"气至五日丁酉允有来艰"（菁一）等都有一个"气"字。气是汔的本字。《说文》称"汔，水涸也"，当为的解。饶宗颐《殷代贞卜人物通考》从此解。其引申义为尽、止（讫、迄）、乞（求），于省吾主是说。显然，"气"在甲骨文时代的确没有任何"哲学意义"。可是，《管见》一文大约为了证明文化哲学作为研究中国古代文论范畴"发生"之方法论这一学术见解的正确性，竟然这样认为："譬如'气'，可谓是一个极其古老的文化哲学概念。据考证，早在殷周甲骨文和青铜器铭文中就有了'气'字，虽然这时它还不具有哲学意义。"这里，真不知为什么《管见》一文要断言"气"是"一个极其古老的文化哲学概念"？难道中国文化史上真有什么"极其古老"却"不具有哲学意义"的"文化哲学概念"（范畴）吗？

　　也许因为《管见》一文作者对文化哲学的方法论太偏爱，以至于将文化哲学关于对象的涵盖面过分扩大了。诚然，魏曹丕《典论·论文》"文以气为主"这一命题的提出，标志着"气"作为古代文论范畴的正式成熟。"气"在魏晋也大致具备了美学范畴的品格。魏晋之前，先秦老子曾说："道生一，一生二，二生三，三生万物。万物负阴而抱阳，冲气以为和。"此乃哲学上以"气"为自然演化之始因与中介之说。"气"在老子那里主要是一自然哲学范畴。管子称，"凡物之精，化则为生"，"流于天地之间，谓之鬼神；藏于胸中，谓之圣人，是故名气"。这一"气"论引入"精"的概念，与《易传》所谓"精气为物"的思想相呼应，并使"气"的思想与思维大致从自然哲学向人生哲学转递，只是还残存一定的"鬼神"（神秘）意识。庄子则从"气"看人之生死问题，所谓"人之生，气之聚也；聚则为生，散则为死"，把人生哲学更具体化了，且从天人合一角度，指出"通天下一气耳"。凡此，可见关于"气"之思想与思维的历史推进，的确具有一定的哲学或文化哲学的精神意蕴与理性意义，并且其中包含一定的审美意识的觉醒及其观念的建构。因此，从哲学或文化哲学的角度对"气"这一范畴比较晚近的历史发展阶段进行研究，无疑是适宜而必要的。

不过，研究中国古代美学、文论范畴的发生及其发展、成熟、转换甚或消解的历史轨迹与形态这些学术课题，难道在方法论上可以对春秋、战国之前许多个世纪的前期文化现象弃之不顾吗？比如老庄的"气"论，作为哲学或文化哲学（其中自然包含一定的美学因素），决不是突然降临、突然成熟的。早在殷周之际的《周易》本经中，就已存在作为原始巫术文化之"气"（《周易》本经称为"咸"，"咸"即"感"之本字）的文化意识与神秘观念，它是当时人们心目中相信占筮"灵验"的一种神秘"感应力"。李约瑟《中国的科学与文明》曾经指出："它（指气）虽则在诸多方面有类于希腊文中的'空气'，我依然宁肯不作翻译。因为，'气'在中国思想家那里的精神含蕴，是难以用任何一个单一的英语词汇表达得出的。"并说，"它可以是一种感应力"。正因"气"在比较接近其文化原型的易筮中是一种神秘的"感应力"，这种文化意识与观念发展到春秋、战国的哲学时代，才有如前述管子所谓"气""流于天地之间，谓之鬼神"以及《易传》所谓"精气为物，游魂为变"等具有一定神秘文化色彩的哲学阐释。无疑，由于原始巫术文化观念中的"气"，是贯彻于巫术操作始终的一种生动、有力、使人感到畏怖的盲目力量与精神氛围，它决定了占筮的成败，这种关于"气"之比较接近于"原始"的观念，已经包含古人对某种事物现象发生、演变之终极原因的神秘感悟与认知因子，所以"气"发展到先秦哲学时代，才能逐渐酝酿、发育为一个哲学发生论、本体论范畴。同样，"气"在甲骨文中的本义为"水涸"，水涸是由流水蒸发而来的，这种自然现象的发生与演替想来一定会引起古人的惊奇和初步的思索，产生寻找其终极根由的冲动。因此，虽然甲骨文中的"气"字不具有任何哲学意义，却在文化发生学意义上与后代之"气"的哲学相联系，滋生一种从比较接近原型的原始文化向哲学超越的文化心理条件。而由于哲学与美学所关注的往往是同样的自然与人生课题，可以说，哪里有哲学，那里就会有某种相应的美学因素存在着。哲学的美学意蕴与美学的哲学之魂，共同统一于人类文化的总体之中。所以，作为先秦哲学发生论、本体论范畴的"气"，不仅"发生"于先秦哲学时代的前期文化之中，而且作为这一前期文化与后代"气"的美学、文论范畴的文化中介，本具一定的"诗性"品格因素，唯其如此，到魏晋之际，由于大量"诗化"审美实践的积累与激发，"气"才可能从哲学范畴发育成熟为古代美学文论范畴。

由此不难发现，中国古代美学与文论的诸多范畴，就其"发生"而言，不是如《管见》一文所强调的那样，是"从中国古代文化哲学概念、范畴中导引出来的"，而是中华远古文化（比如作为这一文化的现存之文本、属于比较原始层次的巫术占筮文化等）本身所本然存在的文化基因使然，是其本身的内部矛盾运动推动了相应的美学、文论范畴的发生。后代成熟的哲学或文化哲学，既不是古代美学、文论范畴的文化之源，也并非是一种可以被某种外在力量所任意"导引"的对象，而仅仅是古代美学、文论范畴从发生走向成熟之漫长文化历程的一种中介。

三

笔者一向认为，倘要研究中国古代美学、文论范畴的发生、发展、成熟、转递与消解的文化本质与历程，从方法必须"适应"于对象这一点而言，包含一定的文化哲学因素的文化学而不是单纯的文化哲学方法，是可供选择、运用的研究方法论之一。

试以一些古代美学、文论范畴的研究为例。比如"道"，甲骨文无此字。《说文》称其原本"所行道也"，路之谓。《尔雅》说，"途，道也"。道之形下本义指路途，后随文化之递进，才由形下之义的道路之"道"，转递为形上的哲学之"道"。老庄所谓道，主要有世界本源、本体、规律性、人生准则（德）与理想人生境界（返朴归真，包括艺术审美）等彼此相关的意涵。《易传》"一阴一阳之谓道"的道，指自然、人生演替的规律性。孔夫子所谓"道不行，乘桴浮于海"之道，则特指原始儒家所推重的政治方略与伦理规范。"道"之哲学、伦理学意义是后起的，其中涵蕴以一定的美学与文论意识，有待于发育为古代美学、文论范畴。中国古代哲学与美学的显著的文化品格之一，是其思想与思维模式在世间达到从形下向形上的超越，又自形上到形下的回归；是从人生到自然，再由自然到人生。就"道"而言，无论儒、道两家还是在中国化的佛教那里，它并非是绝对的形上、玄虚的，它在精神超拔的同时，也是精神的落实。它似乎注定要接受形下的比如政治伦理（先秦道家也有一定的政治伦理观，不过不同于先秦儒家罢了）规范的沾溉，包含着一个执着于人生、关系到审美之为人为文、品人品文的生活情调、准则与道路问题。做怎样的人以及怎样做人，是中国哲学、文化哲学也是美学、文论所一直关注的中心"话题"，正因为如此，这"道"、那"道"，其意涵繁复而深邃，却始终不离道路之"道"的本义。就本义而言，"道"最初并非是哲学范畴。

又如"阴阳"，本义指山的向背。甲骨文中有"阳"字，但未见"阴"字。金文中"阴""阳"俱见。许慎释"阴"为"水之南山之北"，释"阳"为"高明也，从阜"。《周易》本经中孚卦九二爻辞"鸣鹤在阴，其子和之"的"阴"，取其本义，指背阳之处。《帛书周易》将通行本《周易》夬卦卦辞"扬于王庭"写作"阳于王庭"，是"阳"从其本义转为有"公布、宣扬"的意思。《诗·大雅》有"相其阴阳，观其流泉"之记，此"阴阳"首次连用，指所笃信的神秘风水地理。而周幽王二年（公元前七八〇年），太史伯阳父解释地震的起因"阳伏而不能出，阴迫而不能烝，于是有地震"。此阴、阳指颇为神秘的阴气、阳气即两种相反相成之盲目自然力，初具一定的哲学意味。《易传》说，"乾，阳物也；坤，阴物也"。至此阴阳观念与男女两性相联系。而其所谓"一阴一阳之谓道"中的阴阳范畴大致进入哲学（包含一定美学因素）思考层次。可见，阴阳作为哲学范畴，远不是自古就有的，在此之前，它经历了好几个非哲学、美学的文化发展阶段。不过，即使在最初的阴阳指山之向背这一前期文化形态中，由于观念上已将山的地理、地势与阳光照射关系分成向（阳）、背（阴）两部分，已经开启后代阴阳哲学、美学范畴那种一分为二也是合二而一的文化意识之门。当然，其最初也不是一对哲学范畴。

再如"象"，它最初也并非哲学或文化哲学概念。起码在殷周之际，它就与原始巫术文化相联系。在原始术文化中，象指神秘物象（巫术前兆）、由这物象投射于古人心灵的心象、依这心象所绘制的卦爻之象以及卦爻之象投射于信筮者心灵的又一心象（占验结果），此为巫学（文化学）意义上"象"的四层次。这四个层次的动态转递即作为"象"这一后代美学、文论范畴的前期文化形态，恰与艺术审美的整个动态过程构成异质同构关系。艺术审美从审美物象（客、实），到审美主体的审美心象（主、虚，物象在主体的审美心理现实），到审美主体依其心象所创造的、物态化的艺术意象（客、实，作品），再到艺术意象在接受者心灵中所激引的艺术境象（主、虚），也具有动态转递四层次。谁都承认，这里充满了美学意蕴。而从巫术到艺术，正如卢卡契所说："在巫术的实践中包含着尚未分化的，以后成为独立的科学态度和艺术态度的萌芽。"①对这"萌芽"现象的研究，是文化学而不是文化哲学的任务。

《管见》一文说，传统文论范畴的"绝大多数"，比如"道、气、中和、阴阳、刚柔、象、文质、通变、形神、自然、才性、境界等范畴，最初都属于哲学范畴，后来被引入文学理论批评"。其实从以上分析可知，诸多中国古代文论范畴"最初"都不"属于哲学范畴"（为简约本文篇幅，前文仅择其中三个范畴略陈己见）。这里，再如《易传》所言的"太极"，其实也不是《管见》一文所称"属于宇宙本体论方面的一个哲学范畴"。《易传》说："是故易有太极，是生两仪，两仪生四象，四象生八卦，八卦定吉凶，吉凶生大业。"这里的"太极"，确实具有一定哲学意义，大致上是战国时人思考、解说天地（两仪）、四时（四象）生化运动的一个逻辑原点，但总体上依然是一个文化学范畴，这一点只要看一看这段名言最终落实到"八卦定吉凶，吉凶生大业"就可明了。或者可以说，它明显体现出战国时人关于太极的文化思想与思维开始了从原始巫学观念向哲学层次的转递。而《管见》一文为了证明"太极"一开始就是"哲学范畴"的观点以便为其所主张的文化哲学方法寻找依据，在征引这段话时只好将"八卦定吉凶，吉凶生大业"这样显然是指文化而非哲学、文化哲学的部分删去了。

由此可见，《管见》一文在方法论问题上说出一些有价值之意见的同时，或者在对象意义上将一系列传统美学、文论范畴之"最初""极其古老"的前期文化形态说成"文化、哲学概念"或"哲学范畴"，把文化哲学或哲学范畴混同于文化学范畴；或者将不利于证明自己观点的确凿材料加以裁剪，试图"削"对象之"足"，"适"方法之"履"，以摆脱理论上可能遭遇的困难。《管见》一文曾恰当地引用钱穆《中国文学讲演集》中"欲求了解某一民族之文学特征，

---

① ［匈牙利］卢卡契：《审美特性》第1卷，中国社会科学出版社，1986，第318页。

必于某文化之全体系中求之"的正确见解，并认为"这对于传统文论概念范畴及其体系的研究来说，也完全是适用的"，却不知为什么在阐述传统文论范畴的"发生"及其转换之研究方法论问题时，偏偏不是主张"在其文化之全体系中求之"，而仅仅要求从"文化哲学""求之"。

四

正因为《管见》一文在研究方法必须"适应"于研究对象的问题上存在可议之处，因而，它在不指名实际上是在对拙著《周易的美学智慧》所涉及的中国古代美学、文论范畴研究方法论问题进行批评时，就显得不准确。首先应当指出，笔者学养粗浅，且该书写于八十年代，出版于九十年代初，是学界首先糅用文化学的方法研究周易美学智慧及其深巨历史影响的作品，不足之处自是难免，因而尤为渴求中肯的批评，得以引为学术上的知音。但《管见》一文中的批评难以令笔者信服。

党先生批评说："有的学人在研究《周易》的所谓'美学智慧'时认为《周易》中存在着诸如太极、阴阳、生死、中和、形神、意象以及刚柔、动静等'一系列审美范畴'，这就是典型的将文化哲学概念、范畴与美学概念、范畴混为一谈了。"这里有两个问题先应当加以申述。其一，拙著说《周易》的美学内容是一种"智慧"，是从文化学角度立论的。拙著"前言"通过对古希腊神话传说中"智慧"一词的阐解，指出缪斯女神具有"预知未来"的"智慧"，说明了"智慧的原始意义是与原始占卜（巫术）相联系的"的观点。"前言"又明确指出，"这里对《周易》美学智慧的探讨与研究，是从中华原始神学和人学的关联（巫学）意义上来使用'智慧'这一文化学范畴的"。因此，拙著所说的"周易的美学智慧"，并不是说《周易》已具有成熟的美学。该书不同于其他同类著作的地方，是从文化学角度，探讨中国古代美学及其范畴存在于《周易》这一文本中的前期文化形态（原始巫术占筮）及这一文化形态向哲学、美学层次的动态转换。使用"智慧"这一范畴，正是为了突出该书作为文化学—美学著作的学术个性的追求。其二，拙著"前言"明明写着："就《周易》美学智慧而言，中华美学史上的诸多审美概念、范畴、观念与理论，比如精气、阴阳、天人合一、意象、中和、刚柔、动静、神以及中华原始的生命美学智慧、原朴的系统论、符号论美学智慧和形式美论等等，都可以在《周易》之中找到其文化原型或历史形态。"这里所说的是"中华美学史上的诸多审美概念、范畴"，不知出于何故，《管见》一文却将其误读为拙著认为"《周易》中存在着""一系列审美范畴"。难道在党圣元看来，这前后两者是可以混同的吗？拙著曾重申："在解说《周易》本文的《易传》中，有如天地、乾坤、阴阳、尊卑、刚柔、动静、损益、盈虚、美恶（丑）、意象、形神、往复、进退、生死、方圆、远近、天人以及天文人文之类具有一定美学智慧因素的范畴也比比皆是。"这里所列举的一系列对偶范畴，明确写着的，是"具有一定美学智慧因素的范畴"，怎么到了党先生笔下，就变成拙著主张"《周易》中存在着""一系列审美范畴"了？又如拙著写道，虽然《周易》一书，"确已洋溢着葱郁的中和美学智慧"，但"中和作为一个完整的美学范畴尚未明确提出"。这在理论上，显然已把"审美范畴"与"美学智慧"作了区分，而《管见》一文却不愿看到这一点。《管见》一文还"批评"说："有的学人"，"认为《易传》中的卦爻形符号，本身就是一种符号美学"，"这样的说法确实太离谱了"，又加以引申说，"如果认为卦爻形符号就是一种符号美学，那么六十四卦岂不可以称之为六十四种美学命题或概念或范畴，然而这却是非常荒唐的"。这种强加于人的批评令人费解！凡是学过一点易学的，看来都知道，只有在《周易》本文中才有卦爻符号（不是"卦爻形符号"）。《周易》本文大约成书于殷周之际，而《易传》即第一次解说《周易》本文的七篇大文（古称"十翼"）目前学界一般认为成篇于战国之时，那里都是文字表达，没有一个卦爻符号。所以，至少在拙著《周易的美学智慧》中决不至于弄出这样低级的错误来。不知《管见》一文所谓"《易传》中的卦爻形符号"的引文，是从哪里引来的。同时，拙著凡近四十万字，究竟在哪里说过《周易》卦爻符号"本身就是一种符号美学"？又在哪里主张"六十四卦""可以称之为六十四种美学命题或概念或范畴"？实际上，拙著仅仅认为卦爻符号及其相应的文辞表述是"符号美学智慧的源起"而非什么"符号美学"，这在全书目录中早已写得明白。同样，拙著在论述意象、生命、阴阳与中和等美学智慧时，都力求从文化学角度，依次重点解析其各别的"滥觞""发蒙""建构"与"范型"等等问题，从其前期文化形态及其转换来进行探讨。在学术领域，对于每一个诚意欢迎批评的人来说，他不应指望、更不能苛求批评句句是对的，被批评者应当有些雅量。不过在批评中，他有理由要求尊重起码的古人所言"务得事实，每求真是"（班固《汉书·河间献王传》颜师古注）的"对话"规则。如果连起码的"事实"都得不到尊重，则如何求得"真是"？

本文发表于《文艺研究》1997年第2期

方法：究竟有什么问题

一般而言，方法作为人认识、把握世界的思路、方略、途径、方式与手段，首先是思维意义上的致思进路；是什么制约主体，采用何种方法去思考、处理问题，当然是主体一定的思想及理念。因此，所谓文学、美学研究的方法论，包含了思想与思维、理念与实践之双重、互融的人文与学术特性。

日本学者竹内敏雄《美学总论·绪言》曾经指出，比什么都应该最先关注的，是选择"适应"于美学研究对象本身的方法，把任何方法都在"适应"这种情况下灵活地加以运用。方法的选择与运用，不是主体可以随心所欲、为所欲为的，不是可以任主体的某种主观意态、好恶与期待来凭空取舍的。在一定意义上，方法固然由对象的某种"自然质素"来决定，诸如圆图吞枣之类所以不科学、无效，是因为这方法的选择与运用违背枣的"自然质素"之故。

这当然不是说，研究主体在方法的选择与运用上是绝对无能为力、绝对受制于对象的。主体在选择与运用方法上的自由，意味着必然是由主体在意识到"方法一般地受制于对象"的前提下，来自觉地设定与达到。这既体现了主体的方法在对象前面的不自由，又意味着由于对象本然地存在的多侧面、多层次的无限丰富性与深邃性，而导致方法"适应"于对象的无限可能性，这给予每一时代、民族、学派与个人的研究方法的多样选择与运用、以无限广阔的思想、思维与理念、实践的自由空间。

问题的关键在于，不仅方法须"适应"于对象，而且对象也是在一定方法的选择与运用之中生成的。实际是方法与对象的相互"适应"。文学、美学研究的方法与对象之关系，是一个相互"对话"、同时建构、一并消解的动态过程。

笔者以为，一个完整的研究过程存在着对象A对应于方法A、对象B对应于方法B这两重关系。在研究过程开始之初，研究主体可能出于对对象"自然质素"的"前理解"与对研究成果的"前期待"，同时对一定研究方法的"前把握"与主观偏好，声言并决定以某种或某几种方法研究某对象，此时方法与对象的关系大致是静态的，并未真正构成彼此"适应"、彼此生成、彼此消解的实践动态关系。然而，此时主体的声言与决定，作为方法A尽管与对象A大致处于分立、静态之中，却多少会进而影响对象B、方法B之动态关系的确立。贺麟曾说，"我们不能设想某个事物离开我们的意识而存在，因为'设想'一个事物，那事物就已经进入我们的观念之中了。"①声言、决定运用某一方法，是"设想"之中的方法A，它是对象A得以"观念"地"存在"、得以"登场"的主观召唤因素，它已经开始改变对象的所谓"自然质素"而多少着染因"设想"而呈现的主观色彩。

这毕竟仅仅是两者在"设想"而非真正实践意义上的联系。然而对象B与方法B之关系，作为研究过程的真正展开直至结束之两者的相互"适应"，即相互生成、建构与凋亡，既是实践意义上对象之学术、人文属性及意义的主观现实实现，又是实践意义上主体方法的客观现实实现。对象生成方法，方法生成对象。两者的相互生成及其过程与程度，决定了研究成果的人文品格与学术水平。

二十年间我国学界关于文学、美学研究方法论的选择与运用，假如暂且不说其首先值得充分肯定的正面经验与学术收获、成果不论，那么笔者以为，其问题可能表现在如下四方面：

1. 在西方文学、美学的研究方法论入传之初以及直至现在，学界一直涌动着一股对于入传之西土方法论的崇拜意绪，可以看作是"文化殖民"的一个必然产物。其典型表现，在移植、译介种种西方文学及美学方法论时，唯西学是瞻，几乎很少学者对东渐之方法的人文、思维局限说"不"。甚至误以为，

---

① 贺麟:《现代西方哲学讲演集》，上海人民出版社，1987，第76页。

凡"拿来"的都是"真经"，都是"合法"而有效的，有如歌迷、球迷迷恋自己的偶像。崇拜是对象的被神化，同时也是主体意识的迷失。凡是以为对象是完美与高大无比的，那一定是你自己跪着的缘故。有如韦勒克、沃伦的《文学理论》，每每被学人称之为"经典"。而所谓"经典"，难道在一般具有较多真理性的同时，偏偏具有更加顽强的思想与思维的封闭性、保守性而更值得注意吗？因此，一些中国学人心目中的，方法，作为西方文学、美学方法论的"他者"，必然要比西方方法论本身"完美"得多，因而实际上也虚妄得多。而对西方方法论的迷信，只能说明中国学人方法论思想与思维的不够成熟。

2. 目前一般中国学人都意识到多种方法论的融通是十分重要而必不可免的，尤其对于诸如跨文化研究、比较文学、人类学美学等研究而言，它体现为人文、学术视野的开阔与思路的活跃。一个具有相当难度与深度的学术课题，往往需要多种研究方法的兼用才能有所斩获。然而，种种方法论的兼用与融通，绝对不等于是多种方法的罗列与拼凑，绝对不意味着这是文化、学术视野的拓展。别的暂且不论，多年以来，笔者每年都有机会审阅数十本博士学位论文或来自诸多学术刊物的匿名文稿，发现其中相当多的论文，都声称自己运用某种或某几种西方入传的方法，有的甚至达七八种之多，以表示自己方法论的"超前"、不"守旧"与"博学"。可是问题在于，首先是其声明与实际不符。一篇自称"文化哲学"的论文，实际只是一般的哲学论文；一篇声称研究"情感"问题的哲学论文，却没有在理念与方法上区别与论证其真正哲学意义上的"情感"问题与宗教学、伦理学、社会学、美学、人类学等意义的论文有什么不同；一篇"中国美学"论文，其实不过是中国艺术学或中国文论。反正只要宣称是什么方法，便似乎一定是什么方法，同时一定是什么方法的成果，这是关于方法的独断论。凡此说明，这一类论文实际并未真正进入前文所述对象 B 对应于方法 B 的动态研究过程。其次，多种研究方法在同一课题、领域与过程的融通，本来是一件严肃、严格且相当困难的事情，但在一些学人的论文中，却似乎变得轻而易举。比如关于"象"的研究，有论文称其自己兼用了诸如人类学、跨文化美学、比较文学、社会学、符号学、形象学、心理学与艺术学等多种方法，可是实际仅是这种种方法的口头声明，所谓"融通"则谈不上。种种的"学"，尽管有交叉、相通之处，而其各自的学科、学理、外延、内涵与致思方式不大一样，并非只要"杂凑一锅"就会是"美味佳肴"。未必所运用的方法愈多样，其研究成果便愈具科学性、真理性。情况也可能相反，即"加得愈多，减得愈多"。

3. 种种方法的引进与革新自然是好事，就一个民族、时代、学派与个人的学术研究而言，发现、确立与掌握更多的研究方法，体现其思想与思维的活跃与自由。这不应该造成一个错觉，以为在学术研究实践意义上的此方法与那方法，天生有什么高下、好坏、先进落后、前沿守旧之别。问题的关键，在于方法与对象是否相互"适应"。就实践过程的学术、人文思维而言，所有文学、美学之类的各种方法只要体现其历史与逻辑相统一的基本精神，就是值得肯定的、有效的与健康的方法，否则，即使那方法是所谓处于学术"前沿"与"时髦"的，但对于某一研究领域与过程而言，也是不值得肯定的、无效的与不健康的。不要无视历史（材料）。不要将历史简单地化为逻辑问题，因为逻辑不是理论尤其理论发现的原动力，而是相反，须把逻辑问题拿到具体历史、现实领域去求解。历史优先，则意味着"不是我占有真理，而是真理占有我"。努力将"我注六经"与"六经注我"相结合，便是历史与逻辑、实证研究与理论发现相统一。

4. 正如前述，方法论的重要意义与价值在于，不是看其选取何种方法，而是看其实际运用得如何。谈到如何实际运用，决定于学术实践活动中主体所实现的种种条件与因素，其中主体的人格因素是尤为重要的。如果不是潜心于学、敬畏学术，如果不能执著于学且具有相当的知识储备，尤其如果不具有关于当下现实的问题意识与优良的思辨能力，等等，那么，即使被人称之为最"先进"的文学、美学的方法论，对你而言，又有什么意义？它只是异己的存在。因而，如欲推进文学、美学方法论的革新与创造，关键的一点，在于进一步提高主体思想与学术素养，进一步完善主体人格。

本文发表于《求是学刊》2006年第2期

中国美学史著写作：评估与讨论

自开学术风气之先的施昌东《先秦诸子美学思想述评》（中华书局，1979）出版以来，三十余年间，由中国学人所撰各类中国美学史著不断涌现，迄今已有数十种之多，成为学界活跃而成果丰硕的研究领域之一。然而，在如何总体评估这一史著写作的功过得失、学术现状、未来趋势及其研究理念与方法等重要问题上，却存在着对整个中国美学评价偏低、为某种悲观意绪所笼罩的现状，以至于对史著写作的看法，存有颇为严重的分歧。赵汀阳《美学只是一种手法》《人文杂志》，1996年第2期）认为，所谓的"那些美学理论没有用处"，美学仅仅是一种"手法"而并非是什么"学"，故倘以这样的"美学理论"来指导中国美学史的研究与写作，会是很困难的。呼延华《美学转性：转向何处》（《中华读书报》，1997年4月16日）言称，今日之中国美学及中国美学史研究，已经面临"存亡的二元选择"，要么"转型"，要么"破产"。季羡林《美学的根本转型》（《文学评论》，1997年第5期）指出，中国美学包括其史著写作，由于"跟着西方美学家跑得已经够远了，够久了。越讨论越玄妙，越深奥，越令人不懂"，故"走进死胡同"是必然的归宿，而"唯一的办法就是退出死胡同，改弦更张，另起炉灶"。黄念然《中国美学史研究的三大困境》（《福建论坛》，2006年第8期）与方英敏《中国美学史写作偏至论》（《佛山科学技术学院学报》，2007年第6期）两文，论说中国美学史著的写作，从"研究对象""主体视界"到"史观及历史叙述方法"等，已然全面陷入"困境"或"偏至"之中。张弘《近三十年中国美学史专著中的若干问题》（《学术月刊》，

2010年第10期）一文，逐一评说国内多种具一定代表性的中国美学史著，几乎均不值一哂，等等。由此可见，学界一时弥漫着一种仿佛面临"学术末日"却"世人昏昏唯吾独醒"的焦虑意绪。

有趣的是，凡此言述、否定与攻讦，主要来自那些并非直接从事中国美学史著写作者。季羡林生前就曾在其有关文章中申言，"我虽然也算是学术界的一分子，但决不属于美学界"。在这"旁观者清"之睿智的辉光中，凸显了中国美学史著写作"敝帚自珍"的尴尬与"掩面而退"的窘迫。

这并非否认迄今中国美学史著写作可能的幼稚、缺失甚或错误，也决不拒绝任何包括非美学史研究、写作者的批评。尤其在"批评堕落"的今日学界，那些敬畏于学术理据之严正的批评，十分必要且应予尊重。然则，无论是这一史著之写作及对它的评估，都应持一颗平常心，提倡、坚持"求是"之则。

一、评估：实验、探索之学术路向值得肯定

三十多年以来的中国美学史著写作，依其路向、体例言，大致包括断代史、通史、门类史、范畴史与宗教史等五大类。

断代类美学史，以前述施昌东《先秦诸子美学思想述评》为首出（按：其另著《汉代美学思想述评》，亦初版于中华书局，1981）。施氏两著作为初创期的研究，因缺乏"前车之鉴"而有些"机械性的解释"（按：前述黄念然一文批评语，言之成理），但包含其难能之治史的先行觉悟。正值改革开放、思想解放伊始，能敏锐而较早地投入于这一史著写作，应属不易。虽写来有些呆板，所据史料亦嫌不够，但一般史著应具之时序、人物、著言、意识、思想与评价等要素，基本具备。张弘《近三十年中国美学史专著中的若干问题》称，"中国美学史的专著撰写，最初是随着20世纪80年代的'美学热'而起步的。当时影响最大的是美学家李泽厚领衔主编的《中国美学史》第一卷率先问世"。此说未确。《中国美学史》第一卷，由中国社会科学出版社初版于1984年，比施氏《先秦诸子美学思想述评》晚约五年，也比李泽厚《美的历程》（1981）晚约三年。李泽厚、刘纲纪主编《中国美学史》第一卷（其第二卷分上下册，由同一出版社出版于1987年），自有其重要学术成果与影响在，但确非"率先问世"。

从其实际成果看，时段自先秦至南北朝，是一部未完成的中国美学通史，应属于断代类中国美学史著范畴。

通史类美学史著，以李泽厚《美的历程》为先。该著将自觉的修史意识，化为别具一格之思性、诗性之趋于双兼的"宏观"性书写，摄取历史的一个个节点与转折，作轻灵的"美的巡礼"①。写法往往不按一般史著既定的模式与规矩，在流畅的文笔叙述中，可见诗人洋溢的才气与学者迸发的新见，亦因一些篇章书写匆匆而过、稍欠严谨而让人有些不够满足。但首先应予肯定的，是作者可贵的求异性学术思维与治美学史首先立于哲学的大局观。

门类艺术美学史著的写作，如蔡仲德《中国音乐美学史》（中国台北，1993），蔡子谔《中国服饰美学史》（2001）与陈传席《中国绘画美学史》（2002）等，显示其各自的研究实绩与实验、探索意义。难度在于研究者的学识、学养，须同时具备相当水平的哲学理论视野、美学理论分析与门类艺术的专业学问基础。多有在美学与门类艺术学的致思逻辑与材料的思想融合上，做出了有益的探问。蔡仲德中国音乐美学史著的实验性写作，尤得益于相关史料的努力搜求，其《中国音乐美学资料注释》（上下册，1990）的撰成、出版于前，为之奠定了基础。有的门类美学史因缺乏必要的哲学、美学分析及其学术眼光，实际是充满了美学字眼的艺术学（如文论、画论与书论等）著述。

中国美学范畴史著的写作，最早出版的，是由王振复主编且为撰写者之一的三卷本《中国美学范畴史》（2006）。此前，已有诸多富于成果的中国美学范畴、命题的研究。王国维《古雅之在美学上之位置》（1907）的"古雅"说与《人间词话》（1908）的"境界"说，与蔡元培"以美育代宗教"②（1917）这一著名美育命题的研究等，具筚路蓝缕的开拓之功。进而，有朱光潜首以其白话文体所撰美学命题研究之作《无言之美》（1924）与宗白华《中国艺术意境之诞生》（1943）两文的发表。改革开放以来，叶朗《中国美学史大纲》（1985）

---

① 李泽厚：《美的历程》，文物出版社，1981，第1页。

② 按：蔡元培于1917年8月在北平神州学会发表题为"以美育代宗教"的讲演，同年以同名论文，发表于《新青年》杂志，自是功不可没。早在1906年，王国维《去毒篇》一文，首倡"美术（按：指文艺）者，上流社会之宗教也"之说，当为蔡元培创"以美育代宗教"说之学术先声。

较早提出研究"审美范畴"的重要性并在其书中对某些范畴进行了有学术见地的研究。曾祖荫《中国古代文艺美学范畴》一书，出版于1987年。蔡锺翔主编《中国美学范畴丛书》（第一辑，2001）等，是这一学术课题研究的新收获。《中国美学范畴史》的"导言"曾提出一个中国美学范畴群落"动态三维结构"之说，此"由人类学意义上的'气'，哲学意义上的'道'与艺术学意义上的'象'所构成，这三者，作为中国美学范畴的历史的本原、主干与基本范畴，各自构成范畴群落且相互渗透，共同构建中国美学范畴的历史、人文大厦"。[①]全书是中国美学范畴研究从"论"向"史"的推进，力图弄清数百范畴、命题之际的历史与人文的逻辑结构。而此书的写作，并未处处彻底贯彻这一"动态三维结构"说。

宗教类中国美学史著，以祁志祥的《中国佛教美学史》（2010）为新的收获。尽管据作者所言，该书由其《中国美学通史》（三卷本，2008）的有关章节"单独取出""加以增补、改定、核对"[②]而成，然研究这一学术课题的难度，众所周知。故其实验性与探索性，尤为明显。20世纪八九十年代之际，王志敏、方珊《佛教与美学》（1989）与曾祖荫《中国佛教与美学》（1991）二著出版较早，祁志祥《佛教美学》出版于1997年。这一《中国佛教美学史》，致力于厘清其"史"的线索，无疑具有巨大而深邃的学术拓进的余地。

还有区域类美学史著的写作。比如关于中国台湾、香港、西藏、新疆或江南、岭南、中原与东北地区等这些以区域美学为主题的美学史著，尚有待于写出。大凡区域历史之美学史料及其思想相对独立的发生、发展与转递，足以让今天的学人可以撰写出特具地域风光、神韵与思想特点的区域类美学史。这里，邱紫华《东方美学史》（上下册，2003）一书有些特别，它主要以"东方"这一特定文化区域的埃及、印度与日本等美学史发展的线索、节点及其特征为研究对象，严格而言，应不属于中国美学史研究范畴。然而，一是有鉴于该书所持的学术理念与立场，仍以中国学人且以中国美学为本位、为背景，可称为"东方美学史"的"中国研究"，此正如"西方美学史"的"中国研究"然，故或

---

① 王振复主编：《中国美学范畴史》"导言"，山西教育出版社，2006，第1页。

② 祁志祥：《中国佛教美学史》"后记"，北京大学出版社，2010。

可归之于广义的中国美学研究的范畴；二是虽以"东方"为主题，由于总以中国学人的学术眼光、理念、方法与本位去把握"东方"，已然涵蕴以区域为人文场所的比较美学史的比较意识，由此而撰写主旨在于"影响比较""平行比较"之真正的中外、中西或中印、中日等区域之际的比较美学史著，应是可以期待的。

以何种学术理念统驭中国美学史著的写作，关涉于以什么人文立场、眼光"俯瞰"美学且以什么方法来解读历史。三十多年以来的研究，推动了这一正在成长中的学术。归纳起来，大致是三大理念及其方法论的统驭、实施与探索。

其一，坚持马克思主义美学的唯物史观。三十多年间之早期的美学史著，对此颇为强调。如前述《中国美学史》第一、二卷，《中国美学史大纲》与敏泽《中国美学思想史》（三卷本，1987）、周来祥主编《中国美学主潮》（1992）等，大都多少具有这一特色，不过不像施氏"述评"二种那般有些"机械"。科学的马克思主义历史观，并不缺乏一定的真理性、合法性与有效性。而究竟如何以该"马克思"为指导而非简单照搬，如何进行具体入微、理据充分而可靠的美学分析，殊非易事。同时应当指出，只要是科学的，则无论运用什么主义、理念与方法来研究中国美学史，都可以。国内诸多中国美学史研究，尽管认同、选择其他一些研究理念与方法，而对此并不违背。这说明，我们这一代学人的学术环境，已经趋于自由与宽松。

其二，艺术哲学的理念。从《美的历程》《中国美学史》第一、二卷、《中国美学史大纲》《中国美学思想史》到《中国美学主潮》与陈望衡《中国古典美学史》（1998）等，在一般地坚持以马克思主义为指导的同时，其具体研究的基本理念与方法，大致都持"艺术哲学""诗化哲学"兼"思辨哲学"的人文学术立场。所谓"艺术哲学"的基本要义，是将中国美学史的美学研究，放在艺术与哲学、艺术诗性与哲学思性之际。然同为艺术哲学的理念，其所取角度显然还有不同。《美的历程》一书所写，基本是一个关于历代中国艺术文学的"美的历程"，而基本不是关于文论、画论、乐论与书论等理论形态研究的"美学"的"历程"；或曰该书的"美学"，主要从所选取的历代重要艺术文学现象中揭示出来，而主要不是从历代各种艺术理论文本、言说来加以揭示。

而《中国美学史》第一、二卷，兼以艺术文学现象与理论文本且以理论文本的思想内容为主要研究对象，且大致从哲学角度进入。如直接以先秦诸子学中的思想言说与魏晋玄学的理论文本为哲学意义之研究对象，即使面对南朝梁刘勰《文心雕龙》这样的文论文本，也首先从哲学入手，且由该哲学来阐述其美学思想。

其三，文化哲学的理念。尽管目前有多种史著标以"文化"这一字眼，而真正严格地以文化人类学、文化哲学的理念与方法治理的中国美学史著，尚不多见。陈炎主编且为撰写者之一《中国审美文化史》（四卷本，2000）的治学理念，基本基于将文化看做物质与精神及其意义之三维这一文化观，故该著所预设的研究对象为"审美物态史""审美理论史"及其二者之际，自无不可。然按愚之见，以文化哲学为理念的文化美学关于"文化"的理解，是一个包括物质（物态）、精神（思想）、行为（活动）、制度（结构）、传播（嬗变）、语言（符号）与意义（价值）等七维及其动态联系。陈著基本七取其三（按：其中第三维即陈著所论有关物态文化与精神文化的"意义"），值得肯定。拙著《中国美学的文脉历程》，注重于从文化学、哲学进入，研治中国美学史之文化学、哲学意义的"文脉"及其传播与价值，如书中首先运用文化人类学关于巫学的理念与方法，研究中国原古审美意识之萌生何以可能这一课题，进而主要从文化哲学角度着眼，研治历代比如唐代佛学的美学与宋明理学的美学思想等。

前述三大理念与方法论的研究，涉及一些具体问题，简析如次。

其一，关于时限理念。历史是自然时间兼人文时间的一定发展、演替之流，不同人文时间兼自然时间的时间观关于中国美学史之时段的截取，显示出作者对历史的特定理解。

迄今诸多中国美学史著之内容所设时限，以起于先秦、止于清末即所谓"古代"为常见。有的自先秦上推从夏代写起，自无不可。但夏代大约仅是中华远古审美意识的发蒙期，如称夏代也有什么"美学思想"（按：思想，有系统之见解，具一定之理论形态），毕竟悖于常理。有的以20世纪末、21世纪初为其史著所写时段的下限，以示其"通史"之"通"，如周来祥主编《中国审美文化通史》（六卷本，2007），当然是值得赞许的。此前，其《中国美学主潮》首次突破中国美学史的"古代"观，将其下限，定在20世纪80年代。拙著《中国美学史新著》（2009），于"古代"之后，设全书最后一章即第八章"20世纪中华美学的现代格局"，对此"格局"的"守成主义"（以现代新儒学的美学思想为代表）、"自由主义"（以现代主义美学思想为代表）与"激进主义"（以马克思主义美学思想为代表）三者之冲突、调和的历史联系与本涵进行论证。张法《中国美学史》（2000）出人意料，它将中国美学史的下限，设于1840年。认为"1840年以前，是分散世界史中的中国史""1840年以后，是统一世界史中的中国史"①这一史识，强调"世界"对于中国的意义与政治、战争事件对于中国美学史之发展的严重影响，无可厚非。当然，由于这本美学史大致仅写到这里为止，造成诸如清末、民初"王国维"等如是重大"美学"的"缺席"，似嫌不足。

其二，所有已经出版的中国美学史著，均以试图揭示历史的"本质规律"为学术宗旨，其历史观念与治史观念，大都是"本质主义"的。然要论具体所持的"本质规律"，各类史著又不尽相同。陈望衡《中国古典美学史》将中国美学史的发展，依次分为"奠基"（先秦）、"突破"（汉魏南北朝）、"鼎盛"（唐宋）、"转型"（元明）、与"总结"（清）等五期；②张法《中国美学史》认为，中国美学史发展的"主干"，为"朝廷美学"（从夏至汉）、"士人美学"（先秦直至明清）、"市民美学"（宋、明、清）与"民间美学"（无"独立的形态"，却为前三"学"之"基础"）；③拙著《中国美学史新著》，将春秋战国前，称为"巫史"、原始审美意识"发生"期；自先秦子学到秦汉经学时期为"前美学"期，从魏晋南北朝至隋唐为"建构"期，宋明理学时期为"完成"期，清代"实学"盛行，促成中国古代美学走向"终结"，20世纪西学东渐，助推中国美学史建构"现代格局"。④此可谓各持己见、各行其"是"。而显在的一个问题是，几乎所有的中国美学史著，大致以朝代的更替为美学史分期的依据，凸显政治、政体对于美学发展的严重影响，而并不处处、时时符合"美学"的

① 张法：《中国美学史》，上海人民出版社，2000，第336页。
② 陈望衡：《中国古典美学史》"目录"，湖南教育出版社，1998。
③ 张法：《中国美学史》，上海人民出版社，2000，第337页。
④ 王振复：《中国美学史新著》"目录"，北京大学出版社，2009。

历史实际。

其三，对史料尽可能的尊重与敬畏。如果说，《美的历程》以"诗性"兼
"思性"的"宏观"、近乎随笔体的写法而邀人青眼的话，那么叶朗《中国美学
史大纲》等的好处，便在于其研究显得"笨拙"而"实在"，对相关史料的掌
握与运用较为丰富而翔实。①无疑，从史料做起，是为学尤其治史之正途。又
如于民、孙通海《中国古典美学举要》（2000）与于民主编《中国美学史资料选
编》（2008）两著，作为历代美学史料的辑要，值得参阅。再如，李泽厚、刘
纲纪主编《中国美学史》第二卷（上下册），之所以往往持论有据，得益于相
关史料的掌握较为齐备。同样，断代史系列即吴功正《六朝美学史》（1995）、
《唐代美学史》（1999）与《宋代美学史》（2007）等三著，亦在这方面用力甚
勤，值得称许。

综上所述，三十多年间中国美学史著的写作，走上了一条基本正常而趋于
多样化的实验与探索之路，尽管仍存在各种问题，但这无疑是一种初获丰硕成
果、正在成长中的学术。因而，学界有些耸人听闻的所谓"破产""死胡同"与
"困境"之类说法，实在并不符合该学术领域的研究现实。

二、讨论：三个理论问题有待厘清

以上从总体评估三十多年以来中国美学史著写作的实绩与路向，说明这一
学术领域的研究，并不如某些学人所说的那么糟糕。不过，其中所涉及的一些
理论问题，尚有进一步厘清的必要。

第一个问题，"研究对象"之"困境""偏至"说评析。

正如前引，有些学人将中国美学史研究的"对象"，列为其所说的"三大
困境"或三大"偏至"之一。黄念然一文认为，目前，国内中国美学史"研究
对象的困境"，表现为将中国美学史写成"中国审美意识史""中国审美理论
史""中国美学范畴史""中国审美活动史"或"中国艺术本质的思想史"等，

---

① 按：由叶朗任总主编：《中国历代美学文库》（十七卷，一千余万字，高等教育出版社，
2003）的编写与出版，为集体劳动成果，依然可证叶朗教授治史首重史料的良善学风。叶
朗曾参与国内最早出版的《中国美学史资料汇编》（1962）的工作。

方英敏有关研究"对象""偏至"说，亦大致与此同类。这种说法是似是而非的。

其一，任何中国美学史研究，且不说因文本体例、类型之不同而研究对象有别，即使比如同样是"通史"，细究其研究对象，也必然有异。且不说如李泽厚《美的历程》与叶朗《中国美学史大纲》之研究对象多有不同之处，以周来祥主编《中华审美文化通史》与祁志祥《中国美学通史》两者相比，虽书名同标"通史"二字，而实际上的具体研究对象，亦多有差异。这方面的实例俯拾皆是，故反不必在此多以举证。假设两著的研究对象绝然相同（实际上做不到），岂非犯了学术雷同之大忌？因而大致可能相同的，仅仅是同一研究领域、范围而非研究对象。同一研究领域、范围之研究对象的相同是相对的，不相同是绝对的。

其二，同样是中国美学史著，由于撰写者的人文立场、学术理念、方法、学养与资料掌握甚至学术兴趣等的不同，必导致其选取不尽相同甚而很不相同的研究对象来进行研究。这也便是说，任何学人关于中国美学史研究所选取的对象，可以无不打上个人、团体的思想烙印而具倾向性（或称之为"偏至""偏向"亦可），这就造成比如以"审美意识""审美理论""美学范畴""艺术本质"甚至"审美活动"等为独特研究对象的各呈学术风貌的中国美学史著。本来这是普通、普遍而正常不过的一种学术现象。可在一些学人看来，却成了中国美学史研究关于"研究对象"的"困境"或"偏至"了。

其三，在笔者看来，唯其处于同一学术领域之不同学人对于研究对象的不同预设，才使得不同史著之不同学术个性、成果的呈现，成为可能。研究对象是必然而且可以是多种多样的。这其实是一种学术自由，对此，应当提倡宽容。这也是提倡学术争鸣并可能促进学术繁荣的一条正途。张弘《近三十年中国美学史专著中的若干问题》一文，批评王文生《中国美学史——情感论的历史发展》（2008）说，王著之所以"完完全全是在以偏概全"，毛病出在以"情感"为历史发展线索的研究，这是"研究对象存在局限"。这一批评值得商榷。首先，鉴于"情感"（与此相关的还有"意象"）问题在中国美学史上具有无可争辩的重要地位，以"情感"为研究对象来研究中国美学史的"历史发展"，无可厚非。其次，《郭店楚简·性情篇》关于"道始于情"这一著名命题所触及的，是中国文化、哲学与美学的一根重要神经，以"情本"论作为中国美学史的发展线索，不是没有理据的。最后，以"情感"作为中国美学史的一条主要线索、研究对象来展开研究，是王文生的自由，这种选题上的"另类"，不仅是可以允许的，而且是值得提倡的。至于其以"情感"为研究对象之如何研究以及研究得如何，才真正是我们需要认真批评的。笔者一直提倡"历史与逻辑相统一"的研究理念与方法。其要点是，"不要将中国美学的历史问题简单地化作逻辑问题，而是相反，要把逻辑问题放到具体的历史领域、文化'语境'中去求得解决"。[①]以"情感"为中国美学史的主要研究对象，是关系到研究者之研究理念与方法的一种逻辑预设。就该预设而言，在没有仔细阅读、研究王著全书之前，就断言其预设"以偏概全"，是没有道理的。这里，重要的不是作为预设的研究对象本身，而是研究对象预设之后实际上的怎样研究以及研究得怎样，这也便是历史与逻辑如何统一的问题。

其四，关于"历史与逻辑相统一"这一治史方法论，恕笔者在此稍加评析。尽管就治史而言，国内外学人所持的各种方法论可谓层出不穷，而最朴素最重要的，是这一方法论。这用胡适的一句名言来说，即所谓"大胆假设，小心求证"。关键是两者是否统一。治史之可能的成败，均决定于此。试以李泽厚《美的历程》为例。该著的大为成功之处，是宏观地大致从哲学高度俯瞰自远古至明清的"美的历程"，其间，诸多独立的学术见解及其关于中国美学史的"大局"观，曾经积极地影响了此后许多关于中国美学史的研究。但那种"匆匆赶路"式的体例，如有关元代美学等，就写了那么一点，显然不能让读者所满意。又如，书中一直令人称许的所谓"儒道对立互补"的见解，称"儒道互补是两千年中国美学思想一条基本线索""以庄子为代表的道家，则做了它的对立和补充"，就有点儿站不住脚。首先，李著所言"儒道对立互补"，自当始于春秋末期的孔子与老聃。仅以孔子（前551—479）言，就显然不能说自孔老到清末为"两千年"。其次，原始道家的代表是老聃而不是约为战国中期的庄子（前369—前286）。可李著却说，与儒家"对立和补充"的，是"以庄子为代表的道家"而不是老聃。最后，据郭店楚简《老子》，李著所说的"儒

[①] 王振复：《中国美学的文脉历程》"后记"，四川人民出版社，2002。

道互补对立"，在春秋末期根本不存在，两者并非"对立"，而是"原本相容"，这在《论语》的记述中也有诸多实证。①《郭店楚墓竹简》一书，出版于1998年，李著未及引用有关史料，固情有可原，然其对于《论语》相关资料是有所忽视的。再说，所谓"两千年"的中国美学"基本线索"，是否仅为儒、道两家，其间，是否应有些佛家的地位呢？

其五，从研究对象问题上所谓"以偏概全"的诘难可见，一些学人心目中有一种未切实际的追求与情结，即所谓"全"与"通"。然而，其实这很难也不必做到。一般而言，某一学术领域的资料（史料）与知识量，是相对地具有一定恒值的，而提倡尽可能地占有材料甚至席卷式地占有，是应该的。然而，这也终于未能做到绝对的"全"与"通"。这里，仅就史料而言，且不说比如由叶朗总主编《中国历代美学文库》的篇幅竟如此浩繁，十分难得，却依然未能做到对有关史料"一网打尽"。如关于"意象"这一重要范畴的最早出处，大约为东汉王充《论衡·乱龙篇》有关"夫画布为熊麋之象，名布为侯，礼贵意象"这一则重要史料，就未能收录于书中。②而迄今篇幅最大的中国美学史著作，大概要推前述《中华审美文化通史》。其所涉时代，从远古至21世纪，可算"通"了。然则从其横向的内容看，该书其实较多的仅限于中国大陆汉族的审美文化史。从地域看，似乎如中国台湾、香港、澳门与西藏等地区的中华审美文化史也未写入，又如何能说"全"呢？况且正如笔者前述，文化基本包括物质、精神、行为、制度、传播、符号与意义等及其动态联系，中华审美文化亦然。而任何一部中国美学史著，无论篇幅如何浩繁，看来也远未能将此囊括无遗。虽称"通史"，其实未绝对地"通"。因此，研究对象意义上的不"全"不"通"，倒是绝对的，而"全"与"通"云云，只具有相对的意义。一般中国美学史，或以"审美意识"、或以"美学范畴"之类作为其研究对象，就不能说是陷于什么"困境""偏至"之中。其是否具有真正的学术价值，不决定于书名是否标以"通史"二字，也一般不在其篇幅的大小，而须看其做学问之"逻辑"与"历史"两者所能达到"统一"的程度。

---

① 按：限于本文篇幅，恕勿赘引。请参阅王振复：《中国美学的文脉历程》，第141—147页。

② 按：参见叶朗总主编：《中国历代美学文库·秦汉卷》关于《论衡》的收录部分。

其六，从对象与方法之动态联系分析，任何中国美学史研究之对象与方法的关系，其实是一种二重结构。首先，在未真正进入研究、撰写过程之前，研究者关于研究对象与研究方法及其联系，仅是一种心灵蓝图，具有一定的虚拟性与可期待性，可称为对象 A 对应于方法 A。其次，一旦进入研究实践过程及其成果，由对象 A 发展为对象 B、方法 A 发展为方法 B，它多少会改变原先对象 A 与方法 A 之关系，而实现为对象 B 对应于方法 B 之动态而新型的关系。它可以是关于对象 A 与方法 A 之关系的修正甚至否定。这种关系，是两者之间的相互"适应"。日本美学研究者竹内敏雄《美学总论·绪言》说："比什么都应该最先关心的，是选择适应于美学研究对象本身的方法，把任何方法都在'适应'这种情况下灵活运用。"因此，尽管对象 B 具有一定的知识域限及其质的规定性，它影响了方法 B 的选择与实现，而方法 B 的能动性，恰恰表现为促成对象 A 向对象 B 的转化与实现。因此，学术研究的对象与方法，是一种同时建构、相互发展与一起消解的动态关系，两者的相互"适应"，实际就是前文所说的"历史与逻辑相统一"。可见，如果说，研究对象同时也是研究方法陷于所谓"困境""偏至"之中的话，那一定是对象与方法两者彼此不相"适应"的缘故。

第二个问题，"面向事实本身"的"方法论"解读。

张弘《近三十年中国美学史专著中的若干问题》一文，有四处谈到所谓"面向事实本身"（"面向事情本身"）这一"方法论问题"。一曰："至关重要的，是要依据'面向事实本身'的原则"；二曰：如张法所言，"要'直接面对中国古代的事实本身'"并说"这是相当可贵的"；三曰：如祁著在个别"思想资料"的"发掘"方面，"体现了'面向事情本身'的原则"；四曰："任何理论框架都不免有削足适履的弊病。所以最好的做法，仍旧是本着'面向事情本身'的原则。"这里给人的强烈印象，似乎所谓"面向事实本身"与现象学所言"面向事情本身"是一回事。笔者对现象学理论没有什么研究，故只能简略言之，以便向识者请教。

其一，作为治史"原则"，难道所谓的"面向事实本身"就是现象学第一命题"面向事情本身"吗？无论胡塞尔、海德格尔还是伽达默尔的现象学理论，都从未提出、论证过所谓"面向事实本身"。胡塞尔说："合理化和科学地判断事物就意谓着朝向事物本身（Sachenselbst），或从语言和意见返回事物本身，在其自身所与性中探索事物并摆脱一切不符合事物的前见。"①可见，现象学首先是一种"摆脱""不符合事情"之"前见"从而"回到事情本身"的哲学方法论。现象学的阐释学，并非主张"摆脱"一切"前见"（实际上也"摆脱"不了），它要"摆脱"的，是那些"不符合事情的前见"。这里的关键，是"事情本身"究竟指什么以及"前见"对于阐释现象学的意义。

在现象学看来，世界是由种种事实及其总和所构成的，事实作为构成世界的基本元素，指事物与事物之间的关系，可见事实不等于事物。而关系又构成世界的事态。最基本之事态，指基本（原子）事情关系，此即现象学所说的"事情本身"。可见，尽管在逻辑推导中，"事情本身"与"事实"相联系，但显然不能彼此等同。洪汉鼎《何谓现象学的"事情本身"（Sachenselbst）（上）——胡塞尔、海德格尔、伽达默尔理解之差异》（《学术月刊》，2009年第6期）一文指出，在语义上，将"事实"（tatsache）、"事态"（sachlage）与"基本事态"（sachverhalt）加以区别是必要的，指出其中"sachenselbst是指一种最基本的事情关系，意思是事物（或事情）的相关性，或事物可能处于何种状态"，"因此它是一种可能的事态或逻辑的事态，而不是实际存在或实际不存在的事实"。这是将"事情本身"与经验意义上的"事实"之差异作了分析。

这一有关基本概念之语义上的厘清十分必要。对于现象学之方法论的误解，往往是从将"事情本身"混同于所谓的"事实本身"开始的。胡塞尔现象学"面向事情本身"所强调的，在于通过"现象直观""开显"所谓"先验自我"即"意向性"，虽将"事实本身"作为其逻辑论证的一个环节，却是对"事实本身"的拒绝。胡塞尔所言"现象"，当然并非指经验事实即"直接的所与"，也不是如《易传》所言那种"见（现）乃谓之象"的现象，其一般地缺乏生存性、历史性意义的哲学视野，是不言而喻的。难怪会受到海德格尔的生存现象学与伽达默尔关于"历史"的阐释现象学的质疑与修正。如果说，胡塞尔的"面向事情本身"、意谓"回到"所谓"知识"的绝对基础"即"意向性"

---

① ［德］胡塞尔：《纯粹现象学通论》，见《纯粹现象学和现象学哲学的观念》第一卷，李幼蒸译，商务印书馆，1992，第75页。

该"认识"之原点的话，那么，海德格尔则将"回到事情本身"、理解为"此在"之"显现"或曰"揭示"，认为"事情本身"并非"先验自我"（意向性），而是与"当下即是"之"此在"相联系。其《存在与时间》所谓"存在"与"时间"的纠结点之一，是"此在"之生存性与"回到事情本身"相联系。在阐释学问题上，海德格尔承认从"事情本身"而非"事实本身"出发，认知与处理"前见""前把握"是合理的。这不等于说，他抹煞一切阐释行为、过程发生之前的"前见""前把握"。他只是将所谓"此在"之生存的"实存性"与"事实性"相区别，认为与"回到事情本身"相联系的"实存性（faktizitaet）不同于事实性（tatsaechtigkeit）"①而"事情本身"正是"科学"地"理解"或曰阐释的真正的基石。伽达默尔的阐释现象学观点，将海德格尔关于"存在"是语言、文本的思想，推进到"历史"领域。历史并非那些曾经发生、发展与消亡了的"事实本身"，它永远无法等同于"事实"。阐释以"事实本身"为不可企及的"上帝"（彼岸），这是因为任何历史，都是关于"事实"的"第二面貌"。因而，历史作为阐释，实际是与"事情本身"而非"事实本身"直接打交道（"谈话"）。通过历史，可能"回到事情本身"，却难以"回到事实本身"。当然这里所言"事情本身"总是与一定的"事实"相联系的。伽达默尔说："每一种理解和每一种相互理解都想到了一个置于其面前的事物。"②阐释所直接面对的，是"面前"的"事情"，而将"事实"置于阐释的背景之上。这是因为，任何关于历史的研究、解读，都不可避免地受到"前见"，"前理解"之一定程度的遮蔽，这是阐释现象学的"宿命"，任何阐释活动，都只能处于阐释之途中而非终点。同时，"诠释学的一切前提不过只是语言"③（文本）。语言、文本作为被阐释者与阐释者的阐释本身，是关于"此在"的同一存在方式，两者彼此对应同构，否则不可阐释。

① 洪汉鼎:《何谓现象学的"事情本身"（Sacheselbst）（上）——胡塞尔、海德格尔、伽达默尔理解之差异》，载《学术月刊》，2009（6）。
② ［德］伽达默尔:《诠释学I：真理与方法》（修订译本），洪汉鼎译，商务印书馆，2010，第534页。
③ 施莱尔马赫语，转自［德］伽达默尔:《诠释学I：真理与方法》（修订译本），洪汉鼎译，商务印书馆，2010，第539页。

前文有关现象学之若干理论见解的初步阐述远未完备，而由此可见：（一）鉴于现象学关于"事情本身"与"事实"的含义本是不同，且现象学理论根本没有"面向事实本身"这一命题，因而，张弘一文是谬将"面向事情本身"与其所谓的"面向事实本身"并提，虚构了"面向事实本身"这一貌似现象学理论的伪命题。（二）任何有关历史的写作包括中国美学史著的写作，都是曾经存在之"事实"的阐释而非"事实"本身。因而，中国美学史研究所面对的史料或曰研究对象，如古代留存至今的文学艺术作品、出土文物与美学、艺术学著述等等，是以语言、文字、符号方式之关于曾经存在以往审美、艺术活动过程、经验、感受等的描述、记录与阐释，而非经验意义之审美、艺术创造与理性思考本身。一句话，曾经存在的"事实本身"现在（当下）已经不"在"。因此，要求所谓"直接面对中国古代的事实本身"之中国美学史的研究"方法"，是不存在也是根本不能付之实施的。同时，强调"直接面对""事实本身"，不啻是一"经验崇拜"，亦可能有以经验描述遮蔽理性研究历史的危险。这正如阿多诺所言："经验务必自行停止抵抗，这便是那种以非概念方式来同化对象（按：即经验对经验）的美学之所以毫无价值的原因所在。"①（三）对于中国美学史研究的方法论而言，任何与对象相适应的方法都是合理而有效的，包括这种"现象即本体"的现象学阐释法，都可一试。有鉴于前述有关现象学阐释（被阐释者与阐释者之同构对应）处于"此在"之同一存在方式这一点，如黄念然一文所言那种"研究始终处于'历史的眼光'与'现在的眼光'的纠缠之中"的所谓"主体视界的内在困境"，看来是不存在的。因为，就此文所强调的"现象即本体"、可"释放出更大的解释学空间"的现象学而言，曾在（过去）、此在（当下）与将在（未来）是一无尽的时间之流，曾在与将在的意义，决定于此在即当下（现在）。现在是历史的现在，历史是现在的历史，两者同构对应。否则，处于"当下"（现在）语境中的阐释不可实现。这也便是人们为什么常说所谓"一切历史都是当代史"的缘故。因此，就中国美学史研究而言，所谓研究的视野与眼光，其实只有一种，便是联系于曾在与将在的"此在"即"现在的眼光"。

---

① ［德］阿多诺：《美学理论》，王柯平译，四川人民出版社，1998，第587页。

第三个问题，"文化决定论"与文化哲学研究方法问题探讨。

正如前文所云，张弘教授认为拙著《中国美学的文脉历程》的错失，是"文化决定论"，在于"把美学问题放在受文化与哲学影响的外在环境下进行研究"。

其一，就人类文化本身而言，文化究竟有没有决定什么的意义？答案是可以肯定的。自从19世纪中叶以来，如英国文化人类学家泰勒《原始文化》、弗雷泽《金枝》、马林诺夫斯基《巫术科学宗教与神话》、法国文化人类学家列维—施特劳斯《结构人类学》、列维—布留尔《原始思维》与日本中村元或俄罗斯一些学者的文化人类学著述，尽管其各自的具体理念、方法与学术结论有别，却都在不同程度上，承认、重视文化这样、那样的决定作用与意义。美国学者塞缪尔·亨廷顿认为，对于人类的文明冲突而言，文化（文明）"恰恰是水桶上那最短的一块木板"，"对一个社会的成功起决定作用的，是文化"。[①]而博厄斯《原始人的心理》一书指出，对人类的思想、行为、习俗等起决定作用的，是"文化"而非"遗传"。玛格丽特·米德说："文化总是煞费苦心，千方百计地在错综复杂的条件下，使一个新生儿按既定的文化形象成长"，个人人格的差异，"可以完全归因于作用不同的社会条件"，"而该作用又是文化机制所决定的"。[②]某些文化人类学研究者，指明与强调文化的"决定作用"与意义这一点，一般并无不当。而强调过分以至于陷入对"文化决定"的崇拜意绪，就有可能在学术理念上，导致"唯文化决定"而不及其余的谬误。其谬失在于，"文化决定论"不仅倡言"唯文化决定"，而且在人文思想与思维方式上，它先将"文化"设定为一种先在、外在与异在而非本在的决定性根因而且具有"既定"性，它将事物之间普遍的因果联系人为地加以重构，从而走向糟糕的极端文化决定论、文化宿命论与文化独断论。

其二，《中国美学的文脉历程》的研究理念与方法，固然主要"从中国文化与哲学角度研究中国美学的文脉历程"（该书"前言"），但这不等于是所谓的

---

① ［美］塞缪尔·亨廷顿、劳伦斯·哈里森主编：《文化的重要作用：价值观如何影响人类进步》"前言"，程克雄译，新华出版社，2002。

② ［美］玛格丽特·米德：《三个原始部落的性别与气质》，宋践等译，浙江人民出版社，1988，第268、266页。

"文化决定论"。所谓"文脉",指中国美学史之本在、内在的中华文化、哲学的本涵与基因及其时代嬗变。该书曾提出、论证一系列中国美学"文脉"的学术课题。比如,关于中华远古文化"神话、图腾、巫术"三要素且以原巫文化为主、以巫性为中国美学发生之基本人文根因说;关于始自动物之象(大象)、巫筮之象(艺象)、礼仪之象(王充"礼贵意象")、审美意象(刘勰"窥意象而运斤")、再到审美意境(王昌龄"意境"说)这一范畴系统生成、演化之文脉历程的研究;关于以郭店楚简《老子》与通行本《老子》相比较,得出原始老子美学思想并非"守雌"的新结论,推翻学界所谓老子美学一贯崇尚"阴柔"的陈见,又从原始儒、道思想的比较中,得出先秦儒、道"原本相容"的新结论,推翻学界长期以来儒、道"原本对立互补"学术之见的研究;关于巫象之动态转换与艺象之动态转换两者"异质同构"从而揭示中国美学从巫性向诗性转嬗之内在人文机制的研究;关于魏晋美学"以无为空"的研究;关于唐王昌龄审美"意境"说,以佛学"三识性"说解读"诗有三境"(物境、情境、意境)的研究;关于宋明理学之"道德作为本体,审美如何可能"、得出"幸福"与"崇高"两范畴、从道德之善走向审美人格塑造问题的研究;关于清代实学(按:不是学界通常所言之"朴学")美学思想的研究,等等,都是有赖于首先从文化与文化哲学角度看问题的缘故。任何学术著述都不可避免地存在一定的学术欠缺(仅仅处于不同学术层次、水平而已),拙著自无例外。然而,该书的学术欠缺,根本不是将文化、哲学看做"外在环境"的什么"文化决定论"。该书努力揭示中国美学史发生、发展及其品性和一定文化、哲学思想之间所本在之历史、人文意义上的动态联系。比如,以往诸多中国美学史研究,往往专注于所谓"真善美、假恶丑"这一思维与思想域限,当然是可以的。汤一介就曾认为,中国哲学及其美学是讲三个"合一":天人合一为真,知行合一为善,情景合一为美,反之则为假恶丑。笔者所做的工作,仅仅从文化人类学关于巫学的角度进入并得出结论,巫学意义上的吉凶,其实正是中国哲学、美学意义之真假、善恶与美丑的文化根因与根性之所在。如果不首先从文化之巫进入,则如要探寻哲学、美学之真善美、假恶丑的所由为何等等,会是相当困难的。至于"文脉"这一汉译,笔者至今尚不清楚,在2002年该书问世之前,是否已有人将"context"(一般译为"语境")别译为"文脉"。然"文脉"(意为"上下文关联""来龙去脉")该汉译,确是笔者自家体会,并以中国美学的"文脉"为该书的研究主题。而张弘此文,批评此"汉译颇易产生误解",却未有只字说出任何理据。

其三,文化人类学理解与尊重人类文化(包括中国文化)之整体性、系统性、有机性、模糊性、矛盾性等这一全息集成的现实及其流变。认为从"自然的人化""人化的自然"角度看,物质、精神、行为、制度、传播、符号与价值诸要素,动态而有机地统一、整合于作为文化主因、主题、主体与终极的人,求知(科学)、求善(道德),求神(宗教)与求美(艺术)等四大把握世界的基本方式与基本实践,彼此有机联系且归原于人。因而,属人的哲学、宗教(巫术)、伦理与艺术审美等等,没有什么可以不属于这一大文化范畴。文化人类学的这一大文化理念,一是不承认诸如文化、哲学与艺术审美的关系,是什么外部、内部关系,不承认艺术审美的存在与发展,文化、哲学之类仅仅是它的什么"外在环境"。文化人类学将属于大文化范畴的艺术审美的生成、发展与消亡的本因与动力,归之于大文化本在的内在矛盾运动。因而,文化美学并不认为可以将以艺术审美为主题的研究,放在所谓"受文化与哲学影响的外在环境下进行"。那种韦勒克式的所谓"内部研究""外部研究"的流行见解,不是文化人类学的学术主张。二是文化人类学关于美学的研究,仍然以艺术审美为主题。这是因为,它清醒地看到、承认艺术审美是人类审美活动的重要人文场域。就中国美学史研究而言,笔者并非以为,中国历代文学艺术(意象系统)与文论、画论、乐论等(理论系统)及其二者的人文关联不是中国美学史的重大研究主题,相反,无论就《中国美学的文脉历程》还是其余一些美学史著述而言,都力图注重于对艺术审美课题的文化学、哲学意义上的研究。然而,这不等于只有将目光始终专注于艺术审美这一主题而不及其余才算是"美学"。其实除了艺术,大文化视野中的诸如宗教、哲学、伦理与科学技术等本身,都有一个审美问题。不过,其审美属性、形态、程度与方式等不同于艺术审美罢了。否则,所谓宗教美学、伦理美学与科学美学等命题,就难以成立。而且,比如在佛学美学、科学美学领域的审美,往往更显得理性冷峻、灵性颖悟而有深度。

其四,这里可再就中国美学史与中国哲学之关系问题言之。美学当然不等于哲学，两者的学科域限、研究对象、方法角度与所关注的重点自当有别，也无疑不能将中国美学史写成中国哲学讲义。然而，如《近三十年中国美学史专著中的若干问题》一文所谓"美学是美学，哲学是哲学"的说法，毕竟有悖于常识。自1750年"命名美学之父"德国鲍姆嘉登将"Aesthetics"（感性学）定义为"美学"以来，便往往可能给人造成一个错觉，误以为美学既然在学理上已然成立，那么，美学对于哲学的相对独立性，足以使其彻底告别哲学的"关怀"而自行其"是"。其实，无论中外古今，大凡美学，都首先与一定的哲学（同时与一定的文化）有不解之缘。美学无非主要是关于人类感性、情感以及自然、人文意象的哲学或文化哲学之有系统的一种精神现象学。美学的哲学本涵与哲学的美学意蕴，本是有机、系统地统一于人类精神之学的。哲学乃美学之魂，没有哲学思辨的美学不可思议。当古希腊哲人讨论"美自身"即"美之为美"时，这既是美学也是哲学的一个问题。柏拉图的"美是理式"以及此后黑格尔的"美是理念的感性显现"等这些众所周知的著名命题，是美学、哲学双兼的。诸如人是什么、人应当如何、人走向何处诸问题，就既是哲学也是美学命题。因而，离弃一定哲学理念及其研究、分析的所谓"美学"，实际是一种"伪美学"。中国美学史上，诸如老庄的"道"、《易传》的"生"与"时"、唐王昌龄所言"意境"、宋程朱所说的"理"或明清之际王夫之采自因明学与佛学的"现量"说，等等，倘若不对其进行相应于美学的哲学分析，比如关于"意境"，如不去进行哲学意义之佛学的解读，那么试问，这所谓的"美学"究竟还剩什么？因此笔者仍须指出，中国美学史著的写作，固然往往以审美性的艺术作品与艺术理论文本为其主要研究对象，但这不等于说，凡是以艺术为对象的研究，便一定是不证而自明的美学或中国美学史。对于中国美学史而言，并非每章每节都须以审美性的艺术为题材、为论题，并非须臾不能相离。与艺术审美直接、间接相系的，是一定的哲学与文化。而无论美学还是哲学，均以一定的文化为其人文温床。否则，人们便难以对诸如中国佛教、道教、巫术、伦理、科技与自然景观等进行有理、有据而有效的美学或文化美学之史的研究。

鉴于如前之分析，笔者以为，传统美学或曰诸多学人所通常理解的美学及其历史研究，在思维框架与人文理念上，是将美学及其史学介于艺术学与哲学之际。而文化美学及其由文化美学理念与视野所观照的中国美学史研究，将史的美学介于文化学、哲学与艺术学之际。努力揭示中国文化学意义上的"气"（文化本原）、文化哲学意义上的"道"（本原、本体）与艺术学意义上的"象"（艺术意象）这三者互异互同、互渗互融的人文性兼历史性，正是数十年以来笔者给自己提出的一大学术课题且初获研究成果之所在。鲍桑葵说："如果'美学'是指'美的哲学'的话，美学史自然也就是指'美的哲学'的历史。"①同理，如果美学是指"美的文化哲学"的话，那么，中国美学史自然也可以是"美的文化哲学"的历史，这与所谓的"文化决定论"毫不相干。

本文发表于《学术月刊》2012年第8期

---

① ［英］鲍桑葵:《美学史》，张今译，广西师范大学出版社，2001，第5页。

东方美学史研究的奠基之作——读邱紫华《东方美学史》

对于那些相信学术著述可以"速成"并且"高产"的人来说，花费十余年时间而仅写成一部约90万字的《东方美学史》（商务印书馆2003年版），不啻是一个"最后的神话"，或者起码要怪该书作者邱紫华教授的"动作太慢"、跟不上"时代"。

尽管并非写作时间愈长就学术质量愈高，并不是"慢工"一定能出"细活"（这是不成正比的），但大凡学术水平上乘之作，无一不是凝结学者大量劳动与心血的结晶。因此，当我读到该书"后记"作者自云"本书的写作使我对'呕心沥血'这四个字有着切肤似的感触"时，便不免心生感动。"细雪敲窗听风声，青灯犹照夜读人。寒气透衣如纸薄，冻墨滞笔似铁沉。"邱教授的这一首"自题"，让人体味到真正学术研究的甘苦。无疑，对于学术中人而言，沉潜于学海而别无他顾，过一种苦读、苦思之青灯黄卷般的写作生活，是注定而首先应予提倡的。

因为是国内第一部东方美学史，便少了可资借鉴的参照（大约可参考的，仅有诸如托马斯·门罗《东方美学》与今道友信《东方的美学》之类），尤须面对学术新领域，去踏倒荆棘，艰难跋涉。第一个困难，便是大量思想资料的如何搜求。这搜求之所以不易，一在地域之广，从古埃及、古巴比伦、希伯来、波斯、印度到日本等等；二是历时弥久，从近、现代一直须追寻到公元前五、六千年；三则品类繁多，从宗教、哲学到艺术文化，从田野考古到文辞典籍都在搜集之列。该著在这方面，可谓不吝心力，显出做学问的工夫。我以为从现有成果看，比较起来，有关印度与日本美学部分的资料工作做得更好。如对印度吠陀经典的研究，其中尤其对《奥义书》美学思想的解析，显然是建立在对这一文辞典籍的精心研读的基础上的，所以能够说得贴心贴肺，不是泛泛而论，得益于作者对相关资料的熟悉。有些章节，比如埃及美学部分，相当多的资料引述，主要来自黑格尔《美学》与奥夫相尼科夫主编《中近东美学》等，显得有些单薄，这是受这些民族美学现存资料本来就少的局限。作为弥补，该书作者通过阅读、分析其大量艺术作品，比如绘画、雕塑与建筑等，从中爬疏可以用来论证东方美学思想的材料，其中辛苦，可想而知。

我注意到，该书附录"中文参考书目"百余种，仔细审读全书可知，这些书目的开列，不是为了炫耀自己读书之"博"、吓唬读者，而是其中多数的思想与言辞，是该书曾经参考与引用过的。一个学者的学风是否踏实与严峻，首先须看其对待资料的态度。尽可能搜集丰富、翔实的资料是为学而且能够成功的根本。所谓"奠基"，史料是优先的。史料就是"事实"。邱教授说："什么是事实？可以共证者为事实。事实必须是屡试不爽，多次反复依然如是。"（该书第1204页）这正应了古人的一句名言："务得事实，每求真是。"（班固《汉书·河间献王传》颜师古注）尊重"事实"（资料），从史料出发，是这一部书取得成功的基本学术素质之一。

这就涉及到为学的所谓"逻辑原点"与"历史原点"的关系问题。大凡学术研究，不论所面对是怎样的课题，如何掌握、从什么角度切入，以什么样的观点与方法去研究，这首先是"逻辑原点"如何预设的问题。这种预设之所以重要，因为没有它，主体便无以真正进入研究过程。然而，这种预设究竟是否有效，是否具有科学性与真理性，归根结蒂，须看其与"历史"（史料）是否合契。不是将历史问题简单、粗暴地主观剪裁为"逻辑"（理论建构）问题，而是相反，必须把"逻辑"拿到"历史"领域里去求得具体的解决、得到检验。这便是"逻辑"与"历史"的统一。

《东方美学史》在这一点上做得如何呢？邱教授引用维柯的话："凡是学说（或教义）都必须从它所处理的题材开始时开始。"接着指出，对东方美学的研究，亦必须"从开始处开始"（该书第1223页）。首先从研究东方审美发生如何可能的原始思惟和原始宗教与艺术"开始"，体现了"回到原点"的艺术理念，某种程度上达成"逻辑原点"与"历史原点"的一致。该书认为，东方美学具有五大特点，即神秘性、直觉体验性、主体性、生命性与诗性，这种逻辑的建构，由于建立在翔实资料与分析、论证的基础上，便不是虚浮的空论，而是将逻辑放到历史领域去求解的一个明证。该书体例，是一个总论、下设五编。表面看，是以"论"带"史"的写法，实际却是"论"从"史"出。因而，体现在"史"的叙述中的作者的学术见解，是平实而中肯的。

《东方美学史》让我们听到了中国学者与东方美学的"声音"，这对破除"西方美学中心"论、开展东、西美学的平等传播与对话，具有重要价值。东方美学包括中国美学，不是西方美学"阴影"之中的美学，它独具思惟、思想与情感深度，它独具神韵与魅力，这便是《东方美学史》告诉我们的。在文化殖民主义流播于中土与东方的今天，东方美学正在做奠基的工作，来迎对"西方"的挑战。正因是初步奠基，因而难免有某些缺失与欠周之处。我真切地体会到将一个个东方民族的美学史及其文脉按时序疏理清楚是何等的烦难，却仍然有理由期望使有关"史"的线索更清晰些。在欣赏该书有关东方美学范围精彩论证从而引起思索的同时，又觉得该书对某些东方美学范畴的解读可能不免粗疏、简略了些，但我要肯定地说，《东方美学史》的出版，在这一领域无疑具有重要意义。

本文发表于《光明日报》（2004）

中国学研究人文主题的转换

如从著名阿拉伯史学家、古兰经学家阿布杜拉·白达瓦鲁斯（Abdalla Beidavaeus，？—1286）首先将中华伏羲易图传入欧洲算起，那么，一般地被西方学界称为"汉学"的中国学研究，大约肇始于七百多年之前。[①]自那时以来，中国学研究走过了曲致而丰繁的许多岁月，其学术、人文与历史之发展所呈现的，是中国学研究人文主题的转换及其"中国形象"的重构。

一、从"东学西渐"到"西学东渐"

当笔者以为，人类文化是一个由物质、精神、行为、结构（制度）、传播、符号与价值（意义）等动态七维所构成的有机存在及其过程时，则无异于表明，本文试图略加论析之中国学研究人文主题的转换这一问题，首先应属于这一人类文化整体之重要的传播一维。中国学研究，作为一门正在不断改变其人文主题的学科，是文化传播学的一个特殊门类。

---

① 按：此据德国汉学家安德烈·弥勒（Andre Muller，1630—1694）：《阿布杜拉·白达瓦鲁斯中国史》（1678）一书所言。阿布杜拉关于《周易》伏羲卦图向西方的传播与介绍，曾有力地影响17—18世纪德国著名数学家、哲学家莱布尼茨关于"二进制"数学的研究，可能为将中华古代文化、学术入传于欧之第一人。当今中国学学者一般以由马可·波罗口述、鲁斯蒂谦执笔《马可·波罗游记》为西方汉学之始。这一传统看法，似待商榷。当然，如从公元6至9世纪，日本遣隋使、遣唐使与留学生来华且使中国诸多文化典籍、名物人传于日本算起，则整个国外中国学的历史，应远不止于700年。

作为世界与中国"对话"一种特殊的人文、学术传播方式，它走的大致是一条从所谓"东学西渐"到"西学东渐"之路。

这里所言"东学西渐"，指中国文化及其历史、哲学、宗教、伦理、经济、政治、科技、艺术、文字语言及其价值观等从东方向西方，从中华向世界的传播与研究。其推动力，是洋人（主要是西人）立足于本民族、国家、地域的人文立场，以"同情与敬意"的人文态度，纳"东学"于"西说"；其外在条件，是"东学"本身的独异性与可能的优越性。它是经洋人所选择与理解的洋人眼中的"中国"，而非中国人心目中的中国，是以入渐于西方世界的中国材料为研究对象的一种"西学"。

早期西方中国学大致以19世纪40年代为下限。没有人可以怀疑此时这种中国学传播、研究的真诚态度与可能的真理性，也无可否认其往往对于中华文化以及学术的某种崇信态度，其间，必然充满诸多"真诚"的误读。尤其在16至18世纪，西方诸多来华传教士可能出于对异在之古老中华的着迷或惊讶，便在一定程度上，向西方亦真亦幻地重构一个"辉煌"的"中国"。一部由译改《赵氏孤儿》而西方化的《中国孤儿》，一座建造于法兰西的中华园庭，一本由比利时神父柏应理所撰《中国哲学家孔子》（1687），或是当初由白晋向西方传播易图之类，曾经在那颇为封闭的西方，渐渐吹拂一股关于"中国热"的人文春风。"中国由于孔子的伦理体系，为政府部门选拔人才的科举制度，对学问而不是对作战本领的尊重以及精美的手工艺品如瓷器、丝绸和漆器等，开始被推举为模范文明。"[①]

19世纪40年代之前的西方中国学，大致是"传教士汉学"活跃的历史时期，其人文"心目"中的"中国形象"，偏于正面甚而崇高完美，其传播主体的人文态度，往往陶然于关于"中国"之审美兼崇拜的二律背反又合二而一之中。那时来华传教士的人文使命是传教，所谓"东学西渐"，所谓"汉学"，仅是其传教的一项副产品。

然而，时至1840年至21世纪初的今天这一个半多世纪的时间内，"东学西

① ［美］斯塔夫·里阿诺斯：《全球通史》，吴象要、梁赤民译，上海社会科学院出版社，1999，第223页。

渐"式的国外中国学，大致包含了诸如"学院派""政治意识形态派"与"民间派"等不同人文诉求的中国学研究。具体言之，自1840至1949年，诸多国外学人，从其老一辈那里的"崇信"氛围中退出，忽而出现太多有关中国落后、愚昧与丑陋的言说，回归于所谓"理性的审美"，实际是以学术研究的方式来对中国文化进行"审丑"。自1949年至中国改革开放，尽管诸多学人以所谓纯学术态度，继续从事关于"历史之中国"的研究，体现出"学院派"中国学的人文特色；但此时西方中国学的研究趋势之一，显然是某种强烈政治意识形态的介入，从所谓东方"竹幕""铁幕"的外部，来窥视、把握"现实之中国"的所谓"真实"。自改革开放至今，国外中国学呈现出更为复杂、多向的发展态势。如20世纪90年代初费正清离世而"哈佛时代"结束前后之美国中国学的人文主题，就颇不一致；80年代中叶，保罗·柯文（Paul Cohen）倡言其所谓"中国中心观"来抨评"冲击—回应"说；更有通过研究，或证明"中国威胁"、或证明"中国和平崛起"的尖锐对立。

当然，综观整个国外中国学研究，依然可见一条"学术"主线大致贯彻于始终。从伯希和、理雅格、高本汉、佛里尔、葛思德、高罗佩到李约瑟，或是从日本井上哲次郎、服部宇之吉、津田左右吉到伊藤道治的研究，都不同程度、在不同领域以追寻关于"中国"的"真理性学问"为本旨，大有值得肯定的学术成果。瑞典高本汉的汉音韵学研究与英国李约瑟的《中国的科学与文明》等等，即为如此。

"东学西渐"式的国外中国学，总体上具有两大特点。其一，其研究对象，从易学、道学、敦煌学、西夏学、藏学、汉古文字学、哲学、艺术学、伦理政治学到社会学等，几乎遍及中国一切文化与学术领域，大致可分"历史之中国"与"现实之中国"两大类。1949年之前，以研究"历史之中国"为主，较少政治意识形态的介入；1949年至今，以研究"现实之中国"为主，有较多政治意识形态特色。其二，尽管所投入的原始资料，一切均源于中国，而其研究理念、立场与方法，都以国外学人及其理想为主我，以中华为他者，是主我与他者之间所发生的一场宏大而深致的人文"对话"，作为特殊之"西学"的"主我"立场与主题从未改变。

既然有"东学西渐"，作为"对话"与回应，便一定有"西学东渐"。这里所谓"西学东渐",首先指中国学人以"中国"立场、态度对国外中国学研究的研究,可以说是世界范围之中国学研究的一种学术新形态或曰分支。那么,这一学术新形态,大概始于1919年王国维关于著名法国汉学家伯希和《近日东方古言语学及史学上之发明与其结论》(见《观堂译稿》上)一文的译出,迄今未足百年历史。由于众所周知的原因,这一形态的中国学,在经历一个颇长时期的基本沉寂之后,以近年改革开放为契机,才得以活跃起来。其基本特点有五。

其一,回归一批研究资料。古老中华文化大量资料、典籍与文物等,旧时曾以各种方式流散于欧西、日本等国,如敦煌经卷与甲骨文等。近年资料等回归工作,有所开展。如2010年11月第四届中国学论坛于上海召开之际,上海图书馆宣布,购得瑞典著名藏书家罗闻达所藏西方汉学藏书凡1 551种(涉10余语种)入藏于该馆。其二,译介、出版国外中国学研究诸多成果。此始于中国社科院情报研究所所辑、出版《国外中国研究》(内部资料,凡三卷,1977年4—6月)与北京大学古典文献专业编辑、出版《国外中国古文化研究》(内部资料,1977年)。其三,出版多种学术著述与期刊,此以中国社科院文献情报中心编《中国西藏研究概述》(1979年)为先。其四,相继成立研究所、中心等不下于几十家。其五,召开各类学术会议,组织讲学与招收研究生。1995年11月,中国社科院在海南首度召开"中国国际汉学研讨会"。2004年8月,上海市人民政府主办、上海社科院承办首届"世界中国学论坛",至2013年3月,已举办了五届,且自第四届起,改由国务院新闻办与上海市人民政府共同主办。在讲学交流上,以美国加州大学伯克利分校中国研究所魏斐德率团访问中国于1980年为早。同年,美加州大学洛杉矶分校黄宗智于中国社科院、南京大学做中国学学术演讲。

国内中国学发展至今,大致具有三个特点:第一,研究指向一般以国外中国学研究成果及其理念方法为素材、为对象。其人文立场,恰与国外中国学的研究相映对,是一种站在"东学"之立场而对于"西学"的研究。原先作为"东学西渐"之"西学"的主我,变成了作为"西学东渐"之"东学"的他者;原先作为"西渐"的他者,又嬗变为主我。一个广阔而深邃之流动无尽的人文与学术空间,充满选择、扬弃、发现与创构的无限可能。第二,它是一种特殊的发生于中外之际跨文化、跨学术的研究方式,其特殊之处,在于其一般须以国外中国学的研究为研究对象。由此,可以将国内中国学研究与一般的国学与跨文化研究等区别开来,否则,所谓国内中国学研究就会显得包罗万象、漫无学术与学科边界,成为所谓"无边的中国学"。第三,任何学术研究仅仅是一个不断发现真理的过程,而并非绝对真理,国内、国外中国学在进行学术"对话"之际,前者固然可以而且必须学习、借鉴后者一切优长、超前的研究成果及其理念、方法,然亦有必要以冷峻之理性、艰苦的工作且以敬畏于学术的人文态度,重新审视、了解国外中国学研究的具体资料、结论与治学之方法,提倡"批评的中国学",努力凸显学术主我即"我为主体"的人文精神。

二、"汉学""中国学"之辨

当今学界以"汉学""中国学"并提、共存的情形可谓屡见不鲜,诸多著述、期刊、研讨会与研究机构等,或以"汉学"称之,或以"中国学"命名,似乎各行其是、各得其所。然而古人云,"名不正,则言不顺;言不顺,则事不成"。仔细分辨"汉学""中国学"这两大称名,恐怕并非毫无意义。

这里所谓"汉学"(Sinology),原本是由西方学人所提出的一个学科概念,自当断无国人称自己关于中国的研究为"汉学"之理。该"汉学"本属西学范畴。并非指中国历史上的汉代经学,也不是仅指国外学人关于中华汉民族文化与学术之研究。自从1814年法国雷慕沙于法兰西学院首创"汉语和鞑靼满族语言与文学"讲座(简称"汉学讲座"),"汉学"这一学术称谓,就在欧西学界渐趋流行,用以指称关于"中国"研究的学问。其中卓然成家的,比如在法国,从雷慕沙、儒莲、德理文、沙畹、伯希和、傅舍到考狄·葛兰言,都被冠以"汉学家"。这折射出西方在相当长一个历史时期有关"中国"研究的一个特色,即偏重甚或专注于"历史之中国",诸如研究古老中华之卜筮、汉古文字、音韵、训诂与古籍版本、目录等。

李学勤曾指出,"汉学一词,在英语是Sinology或Chinese Studies,而前者的意味更古典些,专指有关中国历史文化、语言文学等方面的研究","汉学的'汉',是以历史上的名称来指中国,和Sinology的语根Sino来源于'秦'一样,不是指一代一族"[①],此言不差。可补充一点,从Sinology一词词尾logy看,还

---

① 李学勤:《汉学漫谈》,载《东方》,1992年第1期。

有成型、僵化之博物馆藏学问的意思。

这种"意味更古典些"的"汉学"之名，有如"唐人街"这一称名比"中华街"显得更"古典"。而其学术研究指向，有如博物馆所藏那些典籍、文物之成型甚至僵化的部分，一般难以涵盖有关"现实之中国"的研究。在世界文化传播范围内，固然"汉学"这一称名习用已久且普遍流行，看来便是国内外部分学人对之情有独钟、爱不释手的一个原因。但其涵盖面较"中国学"为狭小，是显然的。尽管因历史沿革的特殊语境而以"汉学"指代"中国之学"，却可能产生歧义，以至于有的西方学人会误以为，所谓"汉学"即"汉族之学"，不主张将"西渐"的比如藏学之类，归于"汉学"。至于国内有些学人与研究机构，行文、做事也往往自称"汉学"，大约是人文态度、学术理念上的一种习惯成自然吧。

相比而言，中国学这一称名，既偏重于指称国外、国内学人关于"现实之中国"的研究，这正如费正清所言，他在于"关注中国的现在和未来，而不是它的过去"[①]；又可在学科概念上，包括中、外学人关于"历史之中国"的研究而不产生歧义。当然，这都是就文化传播学意义而言的，没有或不能进入中外文化传播与交流领域的关于"中国"的研究，不能归于中国学范畴。这是"中国学""汉学"与一般国学三者的区别。

中国学这一学术称谓提出的时间，自然要比"汉学"晚近，可能在20世纪40年代。傅斯年曾撰文云，"说到中国学在中国以外之情形，当然要以巴黎学派为正统"[②]。有意思的是，这里作者显然已经认识到，中国学有"中国以外"与以内之分，这也便是笔者前文所略析"东学西渐"与"西学东渐"这两方面构成整个"中国学"的看法。而在这同一篇文章中，却是"汉学""中国学"并用，可能既体现"汉学"这一概念之传统的力量，又表现出始用"中国学"的行文特点。

以中国学指称关于"中国"之研究，还体现出大一统之"中国"的人文理念与理想，而不仅仅是汉族与汉文化，它在地域、领土上，包括960万平方公里

① ［加］保罗·埃文斯：《费正清看中国》，陈同、罗苏文等译，上海人民出版社，1995，第38页。

② 傅斯年：《法国汉学家伯希和莅平》，载《北平晨报》，1933-01-15。

的陆地与300万平方公里的海域。长期以来，国外有关"中国"的研究，其中有些研究之主题，却是对于"中国"这一地理、政治与文化时空的遮蔽与质疑。葛兆光指出，当代某些西方与日本学人，推重关于中国的所谓"区域研究"，其中那些趋于真理性的结论与见解，固然值得尊重，可是，"区域研究的方法，在很大程度上，却意外地引出了对'同一性中国历史、中国文明与中国思想是否存在'的质疑"。①日本与韩国的有些学人，一贯重视关于"亚洲"（或"东亚"）的研究，且取得了一些不俗的研究成果，应予肯定。然而有些却通过似乎是"纯学术"这一方式，企图达到对于"中国"的"消融"与否定。早在明治时期，有的日本学人，"追随西方民族与国家观念和西方中国学，逐渐形成日本中国学研究者对于中国'四裔'如朝鲜、蒙古、满洲、西藏、新疆的格外关注，他们不再把中国各王朝看成是笼罩边疆和异族的同一体"。这种显然渗融某种强烈意图的"学术思潮"，其实自明治至今，一直不绝如缕。如"二战之前的1923年，矢野仁一出版了他的《近代支那论》，开头就有《支那无国境论》和《支那非国论》两篇文章。矢野认为，中国不能称为所谓民族国家，满、蒙、藏等原来就非中国领土"。②人们不免奇怪，尽管历史上历代王朝的疆域多有变迁，而五千年来的中国，一直是一个坚如磐石的巨大存在，这在文化上尤其如此，并不是某些国外学人所鼓噪的什么"想象的共同体"。难道很早以来的中国，因为是一多民族的共同体，就"国将不国"了？可见如矢野其人的所谓中国"无国境论"和"非国论"，意欲何为，一目了然。如此，国内中国学还肩负着从学术研究维护中国一统、凸显中国主题、重塑"中国形象"的神圣使命。

三、"和合共生"还是"文明冲突"

无论国外、国内的中国学研究，绕不过去的，是关于现今、未来之中国这一人文主题。仅就美国的中国学研究而言，如费正清《美国与中国》及其与邓嗣禹合著《中国对西方的回应》、布热津斯基《大棋局》和约翰·奈斯比特等《中国大趋势》，尤其是塞缪尔·亨廷顿《文明的冲突与世界秩序的重建》等著述，莫

---

① 葛兆光:《宅兹中国》，中华书局，2011，第9页。

② 同上书，第9—10页。

不从不同视角、不同程度触碰这一人文主题的敏感神经。又如瑞士日内瓦外交与国际关系学院张维为的《中国震撼》等，也是中国学研究的新收获。凡此，可被看作从不尽相同之人文立场，对于"中国问题"的讨论与应答，基本涉及对中国之现代、当下与未来的考察、评述与预测，且都将其置于世界背景与全球化的语境之中，但其各自的立论依据、人文诉求往往不一甚至大相径庭。

国际中国学学界对中国的日益关注，且较多地将其目光由传统之中国转向现今的中国，究竟说明了什么？当老资格的中国学研究者费正清在其著作中以其所倡言的"冲击—回应"说，偏重于从文化外因论探涉中国因传统之顽强而只能缓慢进入近代、现代化过程这一问题时，他那本源于外在之西方文化与文明的"冲击"才促成中国"回应"从而导致嬗变的见解，不免让人感到似乎有一些纯学术意味的书生气与学究气。然则，费氏及其美国东方学会关于"东方"包括中国之近、现代的研究，一开始就有一种学术使命，意在维护美国及其全球利益，从而促使其研究努力而有意摆脱有关中国"古典传统"之纠缠，走向现代与当下。这其实在以其"中国中心"说与费氏商榷的保罗·柯文那里，也同样表现出来。不过保罗·柯文将中国现代嬗变的根本原因，仅仅归于中国之"中心"即其内因而已。比较而言，塞缪尔·亨廷顿力倡全球"文明冲突"论，已经不是坐而论道式的所谓书斋里的学问了。"文明冲突"论提出于苏东社会主义制度解体未久的1993年，完备于其《文明的冲突与世界秩序的重建》（1996）一书。该书中译本（新华出版社，2002年）说，"文明冲突是未来世界和平的最大威胁"。其意思是说，并非人类"文明"必然导致"冲突""战争"从而是和平的"最大威胁"，而是不同文明的存在，才必然引发"冲突"。按照这一逻辑，为求避免"冲突"及其"战争"，人类只有一种选择，未来"世界秩序的重建"，便是变七种或八种文明为一种文明，它其实就是以美国为代表的"西方文明"，这无疑是"文明霸权"论。

亨廷顿指出，未来战争的可能性，来自伊斯兰、东亚尤其是中国的"兴起"，他表示对"最危险"的"美中关系"深为担忧。这种有点蛊惑人心的"悲观"论调，是中美关系和平相处的腐蚀剂。作为文化发展之程度与水平的所谓文明，自古便是多元性的统一，多种文明之间难道仅仅因其不同而必然会引起"冲突"吗？亨廷顿说，尤其"伊斯兰文明和儒家文明"可能共同对"西方文明"进行"威胁"而提出"挑战"。关于"伊斯兰文明",这里暂且勿论。以"和为贵""中庸""中和"思想为要义的中华儒家文明,过去究竟在哪一历史时期,曾经对"西方文明"构成"威胁"与"挑战"?未来又有什么依据使得这种"威胁"与"挑战"成为"必然"?美国"9·11"事件的发生以及阿富汗、伊拉克与利比亚战争的发生,难道仅仅是由于"文明"的"不同"?亨廷顿又说,未来"国际冲突"之"根源",将主要是"文化"(文明)而非"意识形态"与"经济利益",而他在2006年10月一次接受《伊斯兰》杂志专访时却说,"权力还会一如既往地在全球政治中扮演中心角色",在此看似矛盾的言说中,可见其实他所说的"文明冲突",指全球范围内以美国为首的"意识形态""经济利益"与"权力",与其他一些国家包括中国的冲突。

可见,当下以美国中国学为代表的有些研究,是怎样地以其"文明"之言来表述"冲突"这一政治、人文主题。某种政治意识形态及其理念渗入国外中国学的研究,似乎是一个宿命。而作为回应,诸如《中国震撼》对西方所谓"中国威胁"论与"中国破产"论的批驳,以及对"中国模式"的肯定,便是具有积极意义的研究。在此值得注意的,是以"文明冲突"论为代表的当下西方中国学研究的某些鼓吹"冲突"的言述,是怎样地有害于世界和平及其秩序。而国内中国学研究面对这一"文明冲突"论之类,却较多时候保持了令人难堪的沉默,以为那种沾染了政治意识形态的中国学研究,为"君子"所不为,但须看是什么样的政治意识形态。比如"和合共生"这一诉求,即是一大人文命题,也是一大国际政治主题与理想,作为对"文明冲突"论之类的回应,是必要的。就此而言,如2010年11月6日至7日第四届"中国学论坛"在上海的召开,尤为值得肯定。它的主题是"和合共生:中国与世界融合之道"。它改变国内中国学研究通常的"民间"格局,不妨可称之为"官方中国学",体现国内中国学研究的多维性。只是不必引起某种误解。其"和合共生"这一人文主题,一定包含某种重视冲突与斗争的思想。以"有理、有利、有节"之斗争求"和合",则"共生"之;倘以无原则的妥协求"和合",则适得其反。"斗争"与"和合",其实也是"共生"的。

本文发表于《学术月刊》2013年第6期

中国佛教美学

法海本《坛经》的美学意蕴

　　《坛经》传世版本颇多，其中法海本是迄今所发见的最古的本子[①]。该本题为"《南宗顿教最上大乘摩诃般若波罗蜜经六祖惠能大师于韶州大梵寺施法坛经》，兼受无相戒弘法弟子法海集记"，凡一卷，五十七节，约一万两千言，发见于敦煌石窟，故又称敦煌写本。郭朋《坛经校释》一书指出：在诸多传本中，"真正独立的《坛经》本子，仍不外乎敦煌本（法海本）、惠昕本、契嵩本和宗宝本这四种本子"，法海本的刊行年代尚难确定。据该本第四十九节记慧能（惠能638—713）圆寂、神会一系借托慧能"遗言"以自抬情事，则尚可推测，法海本大约刊行于唐慧能圆寂未久的禅宗"荷泽"时期[②]。

　　法海本所述，最接近于慧能曾应刺史韦璩之邀、于广东韶州（今曲江县）大梵寺（初名开元寺）弘传禅法之语要，可将其作为慧能禅学思想的基本"实

[①] 按：日本学者石井修道称，《坛经》版本多达十四种（见《伊藤隆寺氏发现之真福寺文库所藏之"六祖坛经"绍介》）。印顺《中国禅宗史》："《坛经》的各种本子，从大类上去分，可统摄为四种本子：敦煌本、古本、惠昕本、至元本。"（该书第272页）又说：法海本"已不是《坛经》原型"（第247页），却是"现存各本中最古的。"（第266页）

[②] 按：法海本《坛经》"四九"云："上座法海向前言：'大师！大师去后，衣法当付何人？'大师言：'法即付了，汝不须问。吾灭后二十余年，邪法撩乱，惑我宗旨。有人出来，不惜身命，定佛教是非，竖立宗旨，即是吾正法。'"印顺《中国禅宗史》说："这分明是荷泽门下所附益的。"（该书第223页）又说："这是影射慧能灭后二十年（七三二），神会于滑台大云寺开无遮大会定佛教是非，竖立南宗顿教的事实。"（第290页）

录"来研究。如欲探讨唐南宗禅教义宗要的美学意蕴这一学术课题，以法海本为文本对象，是可取而有价值的。

一、《坛经》旨归：般若学还是佛性论

研究法海本《坛经》美学意蕴问题，有一个理论前提，即该本所传佛禅思想，究竟是般若性空之学还是佛性涅槃之论。如果这一基本问题不先加以厘清，那么，想要贴切地进入其美学讨论，将会是相当困难的。

在佛教中，般若学与佛性论属于不尽相同的两大教义系统。

般若，梵文Prajñā之简略音译，指不同于世俗智慧的佛教"灵慧"、"般若波罗蜜"一词的略词。佛典所言"波罗蜜"，有"渡"、"到彼岸"之义，故"般若（般若波罗蜜）"的字面意义，指到达最高或完美的超常智慧之彼岸。《摩诃般若波罗蜜经》卷二一有云："得第一义度一切法到彼岸，以是义故名般若波罗蜜。"

般若是根本智、究竟智、无上之觉慧。不同佛教宗派往往都倡言般若，而涵义有别。佛典有所谓"共般若"、"不共般若"之分与"世间般若"、"出世间般若"之异。龙树《大智度论》卷一零零："般若有两种：一者共声闻说，二者但为十方住十地大菩萨说。"般若者，无上圆常之大觉也。中国天台宗大师智顗《金光明玄义》卷上有所谓"实相般若"、"观照般若"与"方便般若"之说，丁福保将其释为般若"三德"，分别称"所证之理体"、"实智"与"权智"。[①]

尽管如此，佛教般若说的根本旨要仅在"性空"二字。其远绪为印度原始佛教的"诸法无常，诸行无我，因缘而起"说。万法因缘而生，念念无住，故无自性（无质的规定性），故曰"性空"。《维摩经·弟子品》云，"诸法究竟无所有，是空（性空）义。"一切事物、现象，说到底都是"假有"，所以称为"无所有"，"无所有"即是性空。

既然一切事物、现象都是"空"的，那么，所谓色空、生灭、垢净、罪福、我无我、善不善、明无明、尽不尽、佛众生、一相无相、有漏无漏、有为无为

---

① 丁福保编纂：《佛学大辞典》，文物出版社，1984，第920页。

以及世间出世间等等，在"空"这一点上，都无分别、均属不二。万物万事的所谓"分别"，不过是"假名"而已。凡"假名"，均是"不实"之词。而斥破"分别心"，即离尘拔苦为性空，性空即般若。

龙树更将般若学发展到"中"观之境。龙树《中论》所谓"三是"偈以"中道"为般若彻底圆融之义。既不执于假有（假名）、又不滞于性空，离弃空、有两边，是谓"中"。正如《成唯识论》所言，"故说一切法，非空非不空，……是则契中道。"中者，绝待之称、不二之义、双非双照之目、破空破假、无弃无得，进而斥破执"中"之见，即连"中"这一文字称谓，也是一个"假名"、不可妄执。倘偏执于"中"实际便是以"中"为"假有"，执着便是"假有"，执"中"便堕入"恶趣空"。

这是典型的般若性空之义。

比较而言，佛性论以"一切众生悉有佛性"、皆可成佛为旗帜，其所弘扬的"话题"，是成佛的条件、标准与理想以及如何成佛等，宣传佛性即真如、即觉悟的思想。

般若学与佛性论的主要区别在于：般若义以万法为空，终无自性，在观念上，不仅"空"了现象，而且"空"了本质，就连所谓本质之"空"，也是"空"的，"空空者，如也。""何等为空空？一切法空，是空亦空。是名空空"。[①]好比药能破病，病破已，药亦应出。若药不出，即复为病。以空破诸烦恼病而执空复为患。因而以空舍空，故曰"空空"。佛性说也承认万物万事从现象到本质都是虚妄而空幻的，然而这"空"，却是可被执着的。佛性说说，可执之"空幻"，即是佛性、涅槃。这可执之"空"，是一种"存在"，佛典也称"妙有"。

在"四大皆空"这一点上，般若学与佛性论的主张并无二致。再往前走，两者就有了区别。如果说，般若性空之学以"桶底脱"式的无所执着为精神上的"终极关怀"，那么，佛性涅槃之论则以执着于性空（佛性）为终极关怀。《涅槃经》强调，"佛性常住，无变易故"，就是这个意思。如果说，般若学主张在无"家"可"归"的永恒"空寂"中，永远是精神孤旅的漂泊，那么，佛

---

① ［印］龙树著，鸠摩罗什译:《大智度论》，中国台湾新文丰出版股份有限公司，卷四六。

性论却以佛性为"妙有"、以成佛为旨要、在念念无住的"空寂"中，寻找精神的"栖居"。

《坛经》法海本的基本佛禅思想，无疑是佛性论而非般若学。这一点，可先从慧能那首著名的得法偈得到证明。

其偈云："菩提本无树，明镜亦非台，佛性常清净，何处有（一作"惹"）尘埃！"关于这一名偈，学界一直关注与研究的，是其与神秀所作之偈（"身是菩提树，心如明镜台，时时勤拂拭，莫使惹尘埃"）在顿悟与渐修上的区别，当然很有必要。然而仔细想来，此偈第三句"佛性常清净"其实尤为重要。因为它明白无误地告诉人们，所谓得法偈所"得"之"法"，即"佛性"耳。其意是说，佛性即空，本是清净。清净之佛性本是有之，此即"妙有"。"妙有"即意味着叫被执着，有一个精神归宿处。

"佛性常清净"是慧能名偈关键的一句，自《坛经》惠昕本始，直到北宋契嵩本与元代宗宝本，竟无一例外被改为"本来无一物"。而且，法海本关于"般若"的言辞比比皆是，如多处言说《金刚经》的"般若"之论，就连该本标题也有"般若波罗蜜"字样，给人以法海本宗"般若"而排"佛性"的文本假象，是何缘故呢？

首先应当指出，"本来无一物"的意思，是说万物"本无"，这原本是一魏晋玄学命题，其思想源自先秦《老子》"天下万物生于有，有生于无"。佛教，包括唐代禅宗的佛理，专以谈空（性空）说有（妙有、实有或假有）而不宗于"无"。可以说，《坛经》惠昕本等在此是以玄学老眼光"误读"般若之学。

这种"误读"，始于汉译佛经，并一直影响到唐及此后。汤用彤曾经指出，"自汉之末叶，直迄刘宋初年，中国佛典之最流行者，当为《般若经》。即以翻译言之，亦译本甚多"。从最早支娄迦谶译《道行》到罗什入长安重译诸多"般若"经籍，遂使"盛弘性空"、"此学遂如日中天"。又说："而其所以盛之故，则在当时以《老》、《庄》、《般若》并谈。玄理既盛于正始之后，《般若》乃附之以光大。"①所谓"六家七宗"以本无宗受玄风熏染尤显。此"本无"者，实为"本空"，是以"无"释"空"，李代桃僵。正如汤用彤所言，"'无'

---

① 汤用彤:《汉魏两晋南北朝佛教史》上册，中华书局，1983，第164页。

为'空'字之古译，故心无即'心空'。即色自号为'即色空'。本无即'本空'"①所言极是。

这便是说，由于玄学浸润，推动了由印度东渐的般若学中国化的历史进程，使得本以"空"为"空"、未执于"中"的般若性空之学，嬗变为中国僧人与哲人通常以本体之"空"为"妙有"（注：类似于玄学之"无"）的执着关注。由"桶底脱"式的无所执着，变成了对"空"（佛性、妙有、类似于无）的有所执着，这实际上开启了般若之学向佛性之论转递的"方便"之门。

明乎此理，便不难理解，为什么如宗于"般若"的慧远却说出"至极以不变为性，得性以体极为宗"②这样的话来。这里所言"至极"、"得性"与"体极"云云，明显是慧远受玄风影响、将以空为空、无分别而终未执"中"的般若学看作佛性论了。"慧远的'法性'与般若性空不是一回事，'性空'是由空得名，把'性'空掉了；而'法性'之'性'为实有，是法真性（引者注：妙有、佛性）。实际上，慧远的'法性论'更接近于魏晋的'本无'说。"③可谓中肯之见。

这也就不难理解，为什么法海本《坛经》体现出"般若"与"佛性"之言说杂陈于一书的文本景观；为什么慧能得法偈"佛性常清净"此句竟如此容易地为后人所改动、并长期被认可。郭朋说："这句偈语的首篡者先把般若'性空'误解为'本无'，再以'本无'来篡改'佛性'"。④所说是矣。

而法海本的佛性论宗旨，到底是难以篡改的。研究此本的美学蕴涵问题，必须还其佛性论的本来面目。法海本所述得法偈赫然写着"佛性常清净"五个大字。而该本又同时多处写道，"如是一切法，尽在自性。自性常清净"。"世人性净，犹如青天"。又说"即见自心自性真佛"、"真如净性是真佛"，等等，都非常明确地表述了慧能的佛性论立场。至于那么多有关金刚、般若等言辞，正如慧能自己所言，乃是佛性"转"《金刚》、而非《金刚》"转"佛性。是借《金刚》说"佛性"，而不是相反。在法海本中，"般若"一词往往可作"佛性"

① 汤用彤：《汉魏两晋南北朝佛教史》上册，中华书局，1983，第238页。
② 慧远：《法性论》，按：全文已佚，仅存此两句，见《高僧传·释意远传》。
③ 赖永海：《中国佛性论》，上海人民出版社，1988，第30页。
④ 郭朋：《坛经校释》，中华书局，1983，第17页。

解。比如"菩提般若之知，世人本自有之"、"故知本性自有般若之智"，既然"菩提般若"、"般若之智""本自有之"、"本性自有"（注：重点号为引者所加），那么，这所谓"般若"，即为"妙有"，而非以"空"为"空"、无执之"空"。"妙有"也是一种"空"，不过是可执之"空"，此"空"者，佛性也。

二、佛性：颠倒与夸大了的"完美"人性

既然法海本《坛经》的思想宗旨是佛性论，那么，我们就可以对这佛性论的美学意蕴问题加以进一步的探讨了。

大凡佛教，无论属何宗派，其教义均以否定现实为逻辑前提。进而，也就同时否定了人的美、自然与社会之美。丁福保编纂《佛学大辞典》，收录词目二万余条，其中没有一条是关于"美"的，可见，"美"在佛教教义与信徒的视野之外。

这不等于说，佛教教义都是"反美学"、或者无任何美学意蕴的。佛教否定、消解人与自然、自然与社会、自然与文化之美，却不足以割裂其典型教义、其信众之生活、修持方式等与美学意蕴的关系。一般佛教教义，以言说成佛标准以及如何成佛为主要圭臬而当然不是美学讲义。然而，由于在成佛标准以及如何成佛等问题上，必然沾溉、渗融着被扭曲、夸饰了的人关于人与自然、社会及其人的生存处境、未来理想、异化和生命存在意义的思考——其实，这些也都是美学的主题。因此在佛教教义中，有可能存在种种打上引号、别致与深层次的"美学"，确切地说，这里包含丰富、复杂而深邃的美学意蕴。

关于法海本《坛经》的美学意蕴问题，也应作如是观。

法海本标树"佛性"之帜。这"佛性"，往往被称为"真如"。所谓"真如净性是真佛"、"顿见真如本性"与"真如是念之体"等等，都是关于"佛性"的义同而言别的言说。《唯识论二》说，"真谓真实，显非虚妄；如谓如常，表无变易。谓此真实于一切法，常如其性，故曰真如。"佛性，其实是一种"真正如实"的人的原本生命状态。《大乘止观》云，"此心即自性清净心，又名真如，亦名佛性，亦名法身，亦名如来藏，亦名法界，亦名法性。"名异而实同。真如是本体，不生不灭、不增不减、无终无始，但为染缘或净缘所触，生种种法。染缘为妄念横生，现万物假有之相；净缘为妄念不生，为本体实有，万相虚妄

（假有）而本体（真如、佛性）实有（妙有），正是佛性论、大乘有宗之见。

《坛经》的这种佛性论，深受相传为印度大乘佛教著名论师马鸣所撰、真谛所译《大乘起信论》的影响，是显而易见的。所谓"一心"、"二门"、"三大"为理论框架的真如缘起论，是《大乘起信论》的基本佛学思想。"一心"者，真如也，别称"众生心"，芸芸众生本具"真如"之意，即"人人皆有佛性"；"二门"，指"一心"（真如）生起二门，染缘、净缘之谓。染缘所起称"心生灭门"；净缘所起称"心真如门"（不生不灭门）。前者指现象、世界假有；后者为本质，世界妙有（空）。这"二门"，犹浩茫之海水与海浪的关系。海水本可平静，为风所吹（染触）则浊浪滔天、瞬息万变。可是，作为海水与海浪的水的"湿性"，是始终不会"变坏"的。这"湿性"，就是本具的真如（佛性），它虽时时依缘而起，生为海浪，却是其"湿性"始终未变，自性清净。这里，笔者以为，"起信论"所言"二门"，有类于中国传统人性论的所谓"性、情、欲"三层次说，即性如水之"湿性"、情如平静之海水、而欲是滔天浊浪；所谓"三大"，《大乘起信论》说，"一者体大，谓一切法真如平等不增灭故。二者相大，谓如来藏具足无量功德故。三者用大，能生一切出世间、世间善因果故"。这便是说，真如是无生无灭、真正平等、真实如常、毕竟常住的体性；真如具有大智大悲、常乐我净的功德；真如体性，具足一切功德而外现报应。初修世间之善因得世间之善果；终修出世间之善因种出世之妙果。

可见，《大乘起信论》的"一心"、"二门"、"三大"在逻辑上是统一的，是对真如缘起（佛性）论的理论演绎。

《坛经》佛性论，以"真如净性"为可被执着的"真佛"境界，这便是前文所言"真如净性是真佛"的意思。这里，"真佛"即"起信论"之"一心"。《坛经》又言，"莫起诳妄，即是真如性"，字面上是对什么是"真如性"的解说，实际包含"起信论"所谓"二门"的思想。即不起诳妄，是"心真如门"；缘起诳妄，是"心生灭门"。至于《坛经》所谓"真如是念之体，念是真如之用"，则简化了"起信论"关于"三大"的佛学思想而以体、用这一对范畴来概括真如及其缘起的逻辑关系。"起信论"中的因果业报思想，也在一定程度上影响了《坛经》法海本。《坛经》所说的"常后念善、名为报身。一念恶，报却千年善亡；一念善，报却千年恶灭"，是"起信论"业报思想影响《坛经》所留下的一抹史痕，所谓善恶果报系于"一念之差"也。不过，总体上《坛经》是不倡言"业报"的（这一问题后文还要谈到），而且即使谈"业报"，也仅仅把它看作在"一念"之中完成的、局限于内在心理之境而不认为是一个长期的"践行"过程。

研究法海本《坛经》佛性论美学意蕴问题时，须十分注意"念"这一佛学范畴。在《坛经》看来，佛性即真如即"无念"。法海本说："顿渐皆立无念为宗，无相为体，无住为本。"并且说，这是"我此法门"。所谓"法门"，进入禅宗"法"境之"门"径。印顺说："'无相为体，无住为本，无念为宗'，这是《坛经》所传的修行法"。①此言不差。因为此处所言"无念"之类，确关于"顿渐"，"顿渐"是修持方式。但是，岂有佛教修持说可以离开其本体论而独立的？尤其对南宗这顿教而言，"无念"即"顿"、"顿"即"无念"，也便是无念即佛、佛即无念，可谓即体即用、体用不二。

"念"在佛教中指极短的瞬间、刹那、兼指刹那而起的直觉内省。法海本这样描述佛性："无念者，于念而不念。"这是说，如一心只在刹那体念真如本性（佛性）的"正念"（八正道之一）上，那么即是灭杂念、妄念而入佛性、涅槃之境。正如《维摩经·观众生品》所言，"又问：'欲除烦恼，当何所行？'答曰：'当行正念。'"与此相关，法海本又说，"无相者，于相而离相"、"无住者，为人本性，念念不住"。相，事物表相。生活于表相之际而不执着、沾染于此相，是谓"离相"，这是"无念"的功德；住，静寂，兼有执着义。这是说，佛性即不系累，"无住"于俗念、烦恼，也便是人之本性（自性）刹那、刹那无染于俗世"万境"。用法海本的话来说，叫做："念念时中，于一切法上无住。一念若住，念念即住，名系缚；于一切上，念念不住，即无缚也。此是以无相为体。于一切境上不染，名为无念。"

可见，"无念"确是法海本《坛经》佛性论的中心"话题"，是南宗关于"佛性"的典型说法。不滞累、不执缚于虚妄、杂念与假有，即真如、佛性，即妙有、执着，这也便是对"空"的执着，此《阿含经》所谓"无我无欲心则休

---

① 印顺：《中国禅宗史》，上海书店出版社，1992，第357页。

息，自然清净而得解脱，是名曰'空'"。

《坛经》认为，空乃万法之真如、本质的真实。未经尘世污染（佛性本自有之）、或是通过顿悟重新荡涤了尘世污染的"自然清净"（成佛，回归于佛），这是南宗教义的根本。却超越佛禅之域限，沾溉葱郁的美学意蕴，以颠倒的"话语"，显人性的"本色"与"元色"，是人性之灿烂的"元美"（类似孟子"性善说"所谓"善端"、所谓"人皆可以为尧舜"，等于说"人人皆可成佛"）。或是回归于原点的人性之"美"，却借"佛性"这个奇异的字眼、呈现在凡夫俗子所说的佛禅"泥淖"之中。

在有的佛教教义中，佛性本是外在于崇拜者之崇拜对象的一种空幻的属性。佛教有"净土"、"佛土"之说。佛土者，佛所住之国土、领土。《大乘义章》十九云，"安身之处号之为土，约佛辨土名为佛土。"作为一种佛教"理想"，佛性是净土、佛土的圆满属性，也是可被追求、执着的一种境界，毋宁说是人对彼岸、出世间的一种精神向往。因此，这种佛性论，是以此岸与彼岸、世间与出世间、人与佛原本对立、分离为逻辑起点的。

法海本《坛经》断然拒绝这一逻辑起点。它明确地说："法元在世间，于世出世间。勿离世间上、外求出世间。"①佛性（法）既在世间、在世间与出世间之际，那么，如"离世"而"外求"，是南辕北辙、似觅"兔角"而不得。法海本既说"佛性常清净"，又称"人性本净"、"世人性本自净"，可见在其世间即出世间的思维框架中，佛性与人性是同构的。佛性，既是可被追摄的人性之美的"本体"，也是因现实人性之受污染、不完美而用佛教"语汇"所虚构的一种人性模式，它是被颠倒、夸大的完美人性。

由于在本体意义上，承认佛性即人性，"人人可以成佛"，这无疑消解了佛的权威性。因为既然"人人可以成佛"，也就无所谓"佛"。既然佛犹人、人犹佛，"即心是佛"，那么，这无疑等于解放了人自身。在美学上，这是将至高无上的佛降格为人，同时将人与人性上升到佛与佛性的高度。这种人对自身的精神提升，是人的自恋、自爱与自我崇拜，但在这崇拜之中，又体现出人的审美

① 按：关于这一句，惠昕本、契嵩本与宗宝本《坛经》均作："佛性在世间，不离世间觉。离世觅菩提，恰如求兔角。"

理想。它意味着，人可以在佛的辉煌、灿烂实际是虚妄的灵光中，真实地体验其自身的崇高形象。

然而，彼岸与佛性的完美境界，本来就是观念的、逻辑的"存在"，而不是历史的、真实之现实的存在，因此，佛性与佛，恰恰因其是人性与人之颠倒、夸大的完美形式，也就便是人性与人的一种历史形态的异化形式。

因此在观念上，佛与佛性的观念性建构，既是人对完美、崇高与自由之绝对的向往与追求，在这里，人无疑寄托着真正是属人的"终极"理想，又是人与人性之现实的真正的贬损与不自由。它既是人企图从对佛的偶像崇拜中"拔离诸苦"、回归于对自身的审美、是一种审美的"觉悟"，又因佛禅的"遮蔽"，是对现实审美的戕害。

三、见性成佛　即心是佛　自救自度

那么如何成佛呢？也便是如何在此岸、世间到达精神的彼岸与出世间、完成完美人格的建构与执着呢？

《坛经》给人指明的唯一路径，是"见性成佛"、"即心是佛"、自救"自度"。也就是说，这个世界上本无什么"佛"的偶像，故不用指望有什么外在的、作为精神偶像的"佛"来接引你到"西方"。"西方"无"佛"。而"佛"即"菩提般若之知，世人本自有之"。"自性常清净"、好比"日月常明"、"世人性净，犹如青天，惠如日，智如月，知惠常明"。既然如此，那么试问，还有什么可能与必要迷失自性与本心而别求他"佛"呢？别求他"佛"就是迷失主体自身。既没有崇拜对象、也没有崇拜外在偶像之内在的精神需要，那么，这是从根本上消解偶像崇拜。崇拜的本质，是对象的神化，同时是主体意绪的迷失与迷狂。如果不再预设一个崇拜对象也便是主体意识的开始确立。而拒绝外界权威与偶像，让人自己独立地张扬主体意识，独自与这个世界进行"对话"并面对这个世界的挑战，这里，该具有多少葱郁的美学意蕴？

《坛经》谈到"归佛"问题。法海本写道："若言归佛，佛在何处？若不见（注：现）佛，即无所归。既无所归，言却是妄。"作为弘传佛性论而非般若学的《坛经》法海本，"归佛"当然是其要义。然而，它并没有主张"归"于他"佛"，而是"自性"复归、归于"本心"。"他"处本无"佛"在，何"归"之

有？离"自性"无别"佛"、离"本心"无别"佛"。因此，如不"见性成佛"、"即心是佛"，便是非真实的"归佛"。既然崇拜他"佛"即外界权威不是真正的人之精神的归依，那么大谈对他"佛"之类的崇拜，岂不是虚妄？这便是前引"既无所归，言却是妄"的意思。《坛经》在谈论这一重要的佛教命题时强调指出，由于众生自性本是圆满具足，所谓"归佛"，只是"自归"，岂有他哉？"经中即言自归依佛，不言归依他佛，自性不归，无所依处？"真是说得一点也不含糊。慧能在说法时要求他的门徒尤其在这一点上把眼睛擦亮，"各自观察（按：这里有"觉悟"义），莫错用意。"

那么又如何是"自归"呢？法海本《坛经》说，"自归"就是不离世间、此岸的"自度"。只有"自度"，才是"真度"。慧能开导他的门徒说，"众生无边誓愿度，不是惠能度"。"自度"是自性觉悟，度，唯有依靠自己。这个世界上没有一个外在的"导师"可以代替你的"自度"，慧能自己决不承认是这样的"导师"。慧能说，"各于自身自性自度。何名自性自度？自色身中，邪见烦恼、愚痴迷妄，自有本觉性，将正见度。既悟正见，般若之智，除却愚痴迷妄众生，各各自度。邪来正度，迷来悟度，愚来智度，恶来善度，烦恼来菩提度，如是度者，是名真度。""度"者，一般佛典所言"波罗蜜"也，意思是"到彼岸"。佛教有所谓"五度"、"六度"与"十度"之说。如"五度"：一、布施，慈心施物做好事；二、持戒，持种种戒律来慎身谨行律己；三、忍辱，忍天下难忍之辱，所谓难舍能舍、难忍能忍；四、精进，即难进能进、精勤不懈、勇励一切之善、矢伏一切之恶；五、禅定，心寂而止妄也。"六度"，即前述"五度"加一"慧度"。意思是能观空、断惑、证理而渡生死海。至于"十度"，即在"六度"之后，加"方便度"（善巧方便、自积功德、度一切有情）、"愿度"（修上求菩提、下化芸芸众生之大愿）、"力度"（行"思择力"与"修习力"，修习思维诸法）与"智度"（修自利利他、普渡众生之智）。而慧能在法海本所说的"真度"，显然继承而主要是发展了一般佛典关于"度"的见解。

其一，由于慧能的佛禅思想的逻辑基础是出世间即世间、彼岸即此岸与佛、人同一说，因此，其"真度"就在世间、此岸，并非要"度"到彼岸去。这种"真度"说，在很大程度上消解了传统佛教的内容，具有明丽的世俗特色。

其二，既然认为没有必要，也不可能对彼岸、出世间或作为崇拜对象的佛与佛性作出精神性建构，那么，这就意味着，凡是"真度"，必靠"自力"而非"他力"提携，也不存在任何来自彼岸、出世间的"他力"可供依靠。"真度"，是主体自身之精神不离世间、此岸的一种觉悟，便是法海本所谓"自有本觉性、将上见度"的意思。

其三，"真度"是精神的解放、人格意义上的一种精神修养，是瞬时的觉悟，即所谓"即得见性，直了成佛"。因此在慧能看来，一般佛典所言"布施"、"持戒"与"忍辱"之类，便是"假度"。而且，"真度"是无须假以时日的，是当下即悟、当下即是，更无涉于因果业报、三世"轮回"。人面对这个喧嚣不已的世界、倘能时时、处处、事事保持一颗湛然圆明的"平常心"、保持心田宁静，这便是本觉、便是"真度"。

其四，"真度"，不仅是"成佛"即成就完美人格的方式，更是人之精神的"自归"。正如前述，"真度"是"归佛"、是"识心见性"、是人自己救度自己。这已触及了宗教、哲学与美学的"终极关怀"问题。值得注意的是，法海本《坛经》承认人性本是圆满、本无缺陷、本无"原罪"。而且认为人性之所以本是圆满、什么也不缺，乃是由于人人本具觉悟、灵明之故。可见，慧能对人、人性充满了自信与信任。慧能实际上无异于说，一个不承认"他佛"的现实世界，可望是觉悟了"自性"、"本心"的"自佛"的世界。尽管"自佛"也是一种"佛"，然而它是真正地具有人格素质与人情味的。人可以而且必须由自己觉悟来"关怀"自己、而不必迷执于外在权威、偶像来预设人的"终极"。难道这不是关于人、关于这个伟大民族的一种精神的解放吗？早在公元七八世纪之际，慧能实际上宣告了"他佛"即作为客观崇拜对象之佛的"死亡"，这在中国佛教史、思想史与美学史上的地位与意义，是否与尼采宣告"上帝之死"在西方宗教学、哲学与美学史上的地位与意义一样重要？慧能也是具有一点怀疑精神的，即怀疑与否定"他佛"的"存在"。所不同的是，"上帝死了"之后，西方人的精神似乎便无"家"可"归"，人的生存焦虑与紧张并未能"彻底"消解。而发生于东方唐代的"他佛"的"死亡"，却又使这"佛"复归于人的"心性"（自性、本心）。可见，这个伟大民族是多么充满自信地"守望"着人的"自性"、"本心"、又是何等地钟爱人自己。在这种中国佛学的美学蕴涵或者说渗融着美学意蕴的佛学中，不是可以让人体会到传统儒家的人学而非神学思想尤其是"性善"之见、对慧能禅要的渗透与影响吗？

如前所言，这似乎颇难以分清其究属佛学还是"美学"。两者在对立之中的相通与相契，正是法海本《坛经》这一文本内容的魅力所在。中国美学有一个特点，往往在一些并非有意谈"美"的文本里，偏偏包容深刻的美学思想或是典型的审美意识，大约《坛经》是又一个显例。

四、禅悟与诗悟：无生无死、无染无净、无悲无喜

《坛经》重"自度"、"真度"，实际是重"顿悟"。慧能说："故知一切万法，尽在自身中，何不从于自心顿现真如本性"。① 又称，须"令学道者顿悟菩提，令自本性顿悟"，"迷来经累劫，悟则刹那间"，如"外修觅佛，未悟本性，即是小根人"。综观法海本《坛经》，虽繁言万余，究其要旨，"顿悟"而已。

顿悟，唐南宗禅之"心要"。寂鉴微妙、不容阶级、一悟顿了、速疾证悟圆果之谓。《顿悟入道要门论》曰："云何为顿悟？答：顿者，顿除妄念；悟者，悟无所得。又云：顿悟者，不离此生即得解脱。"

佛教顿悟说并非始于六祖慧能。相传灵山之会，世尊拈花，迦叶微笑，此顿悟之玄机。中国佛教史在道生之前，将顿悟仅仅看作渐修达到一定阶段、自然而必然证得的妙果，认为参悟成佛须经十个阶段，称十地、十住。所谓十住：一、发心住；二、治地住；三、修行住；四、生贵住；五、方便具足住；六、正心住；七、不退住；八、童真住；九、法王子住；十、灌顶住。支遁、道安认为，修持至第七住才始悟真际、佛性。七住虽云功行未果，然佛慧渐趋具足，七住为趋于顿悟之性界。这是"小顿悟"说。

"小顿悟"被认为在理论、实际上是不彻底的。依竺道生之见，顿悟者，常照之真理。真理湛然圆明，本不可分，佛学史所谓"理不可分"是也。既然如此，那么悟入真际，必然不容阶差、一通百通、一了百了，以不二之灵慧照未分之真际，是谓体非渐成，必然圆顿。这是"大顿悟"说。《肇论疏》云："竺道生法师大顿悟云，夫称顿者，理不可分，悟语极照。以不二之悟，符不分之

---

① 按：这里"自身"二字，契嵩本、宗宝本作"自心"，称"故知万法，尽在自心"。

理。理智恚释，谓之顿悟。"

生公孤明独发，而慧能的"顿悟"说既承传道生之见、又倡新说。

第一，道生佛学思想有二：一是般若扫相义；二是涅槃心性义，融般若性空与涅槃佛性之论而成一家言，处于从前者向后者转换之始。道生主张众生皆有佛性、连一阐提也具佛性、均可成佛，是中国佛学史上涅槃佛性之论的首倡者。然而，道生顿悟说所指顿悟之"理"，究竟是般若学不可妄执的"空"、还是佛性论可被执着的"空"（妙有），在其佛学逻辑上似不大分明。其顿悟说有"般若"、"佛性"兼具的特点，反映了中国佛教顿悟说初起时的特征。而慧能的顿悟之论，却是其佛性论的根本。《坛经》说："佛是自性作，莫向身外求。自性迷，佛即众生；自性悟（指顿悟）众生是佛。"在慧能看来，佛即顿悟，顿悟即佛。佛性在何处？在于顿悟。顿悟、佛性两者同一。

第二，道生认为，顿悟者，刹时悟理，通体彻了，此前没有所谓小悟、渐悟或部分之悟的可能，道生斥破"小顿悟"说。而道生同时又认为，佛教修持虽无渐悟却应有渐修的存在，此即通过读经、禅坐坚定信仰、抑息烦恼。认为渐修不导致渐悟，却是顿入佛地的基础。道生《法华经疏》云，"兴言立语，必有其渐"、"说法以渐，必先小而后大"。认为渐修实为信修，所谓"悟不自生，必借信渐"。[①]信渐并非渐悟，却为顿悟的突见扫斥碍阻。而法海本《坛经》主张"不立文字"、"直了成佛"。虽则说教又摒弃文字、就连《坛经》本身的存在与传读，不能不是所谓"不立文字"的反证，但慧能教人不滞累于文字、不主张读、坐、斥破文字障的主张，具有葱郁的思想价值。"又见有人教人坐"、"即有数百般以如此教道者，故知大错。"禅坐、读经之类，在道生那里是"信修"的方式，慧能统统不要这些"劳什子"，因为这是"外修"而非"自悟"、"自度"。这体现了思想的解脱。

第三，道生仅将顿悟看作圆果，其顿悟说是其全部佛学的重要内容，而不是佛学本体论。而慧能的全部佛学，实际是围绕着"顿悟"来展开的。"顿悟"是其佛学的出发点，也是其归宿，具有本体意义。尤为重要的是，所谓顿悟，不在西方也不假于西方，此岸即是、当下即是；不假于外求，自性、自心清净

---

① 按：见慧达：《肇疏论》所引道生语。

即是，所谓"迷人念佛生彼，悟者自净其心"也。此之"佛就在心中"，心中之佛即顿悟。《坛经》说，"若自悟者，不假外善知识。若取外善知识，望得解脱，无有是处。"《坛经》不认为有一个"善知识"作为权威、偶像来接引众生"顿悟"西方，慧能本人根本不承认自己是"导乎先路"的"善知识。"真正的"自悟"、"自度"，是主体当下的觉体圆明，是一种最佳的主体精神境界。

然而要紧处在于，既然所谓"客观之佛性"、"彼岸的佛性"之说法不能成立，那么，我们说顿悟是主体心境，实在是关于顿悟的一种"方便"说法。作为禅门"究竟"的顿悟，是恒常之自性清净、荡涤了污俗的自心、本心，它本自圆满，唯本独存，在逻辑上是"无对"、"无待"的。顿悟即常然湛圆之本体、烛照大千之宇宙精神；倘"方便"，入之于世而应之于人，那么，它是无生无死、无染无净、无悲无喜的一种"中性"境界，是非有非非有、非无非非无、非正非非正、非反非非反的"零度"的生存状态的"美"，读者若有"悟"于此，是禅悟，大抵也是诗悟了。

在这一点上，可以引入一些禅诗文本来加深对这一问题的理解。

禅悟有三境："落叶满山空，何处寻行踪。"是追寻禅这一本体而未得的境界；"空山无人，水流花开。"开始斥破法执（事执）、我执（心执），已趋空寂、灿烂之境而实未彻底了悟；"万古长空，一朝风月。"一尘不染，本体突见，瞬间永恒，刹那已成终古，时间是瞬时永驻、空间则万类一体，最是禅境本色。

值得注意的是，这里所言禅悟三境，包括渐、顿在内。法海本《坛经》是南宗顿教"宗要"惟以第三境为是。

这种禅的意境、作为完美的"空"（妙有）、作为本是圆融具足的宇宙精神。在王维的诸多禅诗中也出现过。

王维（701—761）一生以诗、画名重于世。慧能入灭那年（713），王维还是一个13岁的少年才俊，但他一生对禅学很有修养。后曾亲撰《六祖能禅师碑铭》，阐述慧能佛学思想。该"碑铭"中所叙，所谓"无心舍有，何处依空"、"举足举手，长在道场；是心是情，同归性海"[①]，实得六祖禅要真髓。清赵殿成笺注《王右丞集》，其《序》称王维"而又天机清妙，与物无竞。举人事之升

---

① 王维：《六祖能禅师碑铭》，《全唐文》卷三二七，中华书局，1983。

沉得失，不以胶滞其中。故其为诗，真趣洋溢，脱弃凡近。"也颇得王维禅诗之堂奥。

王维禅诗之名篇，如《辛夷坞》："木末芙蓉花，山中发红萼。涧户寂无人，纷纷开且落。"《鸟鸣涧》："人闲桂花落，夜静春山空。月出惊出鸟，时鸣春涧中。"《山中》："荆溪白石出，天寒红叶稀。山路元无雨，空翠湿人衣。"一向脍炙人口，读来惊心动魄。

依笔者之体会，凡此禅诗"主题"（实际诗人撰此诗，并无"主题先行"，否则便非禅诗矣），以"空寂"二字便可概括。诗之意象丰富，芙蓉、桂花、山鸟、红叶、空山、春涧诸景，森罗于前，这与他诗无别。然而在别的诗篇中，可因景而触情、缘情，也许会激起无限遐思，建构人格比拟，如所谓"仁者乐山，智者乐水"、"悲者，秋之为气也"然。古今中外，无数的诗作都在喟叹人生、描述生老病死、喜怒哀乐。而在王维笔下，凡此一切都被消解了。无论春花秋月、山鸟红叶、夜静天寒，总之一切入诗之情景，都还原为"太上无情"的自本自色，原质原美。且观芙蓉自开自落、自长自消、关人底事？这里没有主观、主体的执拗，所呈显的，是宇宙的原本太一、一尘不染又圆融具足、没有诗人心灵的一丝颤动，连时空域限都被打破了。无尘心、无机心、无分别之心；没有任何内心牵挂、没有滞累、没有焦虑、没有紧张，也没有妄执，真正可以说是"零度写作"，做到"是心是情，同归性海"、"脱弃凡近"。

王维的禅诗，不啻是法海本《坛经》佛性论及其美学蕴涵的别一文本。在此，禅悟与诗悟大致是合一的。合于何处？其一，都是直觉，直观；其二，都是突然而至；其三，都是自发、自由、自然而然、不为外力所强迫；其四，都静观而达于空寂、空灵；其五，都是无情感的"元情感"、无愉悦的"元愉悦"、无审美的"元审美"。总之，某种意义上可以说，禅诗之"悟"即禅悟[①]。严羽《沧浪诗话》说："大抵禅道惟在妙悟，诗道亦在妙悟。"可谓的论。

而所谓"元审美"，是将一般人对自然与尘世生活沾溉以种种情感的审美"放在括号里"的"审美"。审美一旦"放"进"括号"加以"悬搁"之后，那么，人的审美世界、审美关系与审美过程，大约便只能是王维禅诗那般的"空

---

① 按：禅悟与诗悟毕竟还有区别，拟另文撰述。

寂"了。"空寂"是生命原本的空白与寂静，却并非一无所有，它是一种生命原始的"存在"。僧肇《涅槃无名论》说："夫众生所以久流转生死者，皆由著欲故也。若欲止于心，既无复于生死。既无生死，潜神玄默，与虚空（空幻）合其德，是名涅槃矣。"涅槃即空寂，"斯乃穷微言之美"。道安《安般守意经》又说："得斯寂者，举足而大千震；挥手而日月扪；疾吹而铁围飞；微嘘而须弥舞。"这种佛教的"空寂"、不是死寂，在"元审美"意义上，是人之生命出离生死烦恼、破心中贼、持平常心、顿悟人生、精神空灵的一种深邃境界。

本文发表于《复旦学报》2001年第5期

唐王昌龄"意境"说的佛学解

　　中华古代诗学史上影响深巨的"意境"这一范畴，是唐代王昌龄《诗格》①关于"诗有三境"说中首先提出的。如欲探寻"意境"深微的哲学、美学本涵，

①　按：关于《诗格》，自《四库全书总目提要》称该书为后人"依托"（宋陈振孙致疑在前），其作者是否为唐人王昌龄，学界意见曾有不一。《中国大百科全书·中国文学》（1986年版）收录周振甫所撰"意境"条目云，"但《诗格》是伪作，几成定论"。《辞源》（1915年版）、《辞海》（1980年版）、《中国学术名著提要·文学卷》（1999年版），均未言王昌龄撰《诗格》。目前一致的意见，认为《诗格》为王昌龄所著。其根本依据，北宋欧阳修、宋祁《新唐书·艺文志》始载王昌龄《诗格》二卷。北宋去唐未远，当属可信。此后，南宋陈应行重修宋蔡传《吟窗杂录》曾辑录《诗格》，元代辛文房《唐才子传》（今人有《唐才子传校笺》、《唐才子传校笺补正》），明代胡文焕《诗法统宗》与清代顾龙振《诗学指南》等，均主《诗格》为王昌龄所撰说。1943年，罗根泽依据清末光绪年间发见于日本的日遣唐僧空海（遍照金刚）《文镜秘府论》，断言该书所辑《十七势》、《论文意》等，"为真本王昌龄《诗格》的残存"（见罗根泽《中国文学批评史（二）》，第30页，上海古籍出版社，1984年版）。罗根泽指出，"遍照金刚以前的研究诗格、诗势而姓王的，只有王昌龄一人"（同前）。王运熙、杨明《隋唐五代文学批评史》指出，"《文镜秘府论》、天卷《调声》、地卷《十七势》、《六义》、南卷《论文意》等各章节，均采录王氏诗论"。认为比如《十七势》开头引'或曰'，有的本子作'王氏论文云'；《六义》引'王云'，《论文意》首云'或曰'，古钞本《文镜秘府论》旁注'王氏论文论云'"等，"均指王昌龄"（第204页，上海古籍出版社，1994年版）。1996年，张伯伟综述有关王昌龄《诗格》考证、研究资料，撰成、出版《全唐五代诗格校考》，将王昌龄《诗格》厘作三卷。古风《意境探微》认为，"这是目前最为完备详实的一部《诗格》文本"（第54页，百花洲文艺小版礼，2001年版）。

必须从解读其"诗有三境"说进入。《诗格》云：

> 诗有三境：一曰物境。欲为山水诗，则张泉石云峰之境，极丽绝秀者，神之于心。处身于境，视境于心，莹然掌中，然后用思，了然境象，故得形似。二曰情境。娱乐愁怨，皆张于意而处于身，然后驰思，深得其情。三曰意境，亦张之于意，而思之于心，则得其真矣。

关于这一"诗有三境"说的著名论述，学界见仁见智，分歧颇大。

笔者认为，王昌龄所言"物境"、"情境"与"意境"的"诗有三境"说，指的是中国诗歌的三种审美心理、品格与境界，而作为第三种品格与境界的"意境"，主要是对于禅诗而言的。就"意境"的哲学、美学之本体而言，在无与空之际，是一种从"无"趋转于"空"、又沾溉于"无"的"元美""境界"，一种消解了"物境"（物累）、"情境"（情累）之无善无恶、无悲无喜、无染无净、无死无生的空灵之境。

限于篇幅，本文解读"意境"及"诗有三境"，不准备从道家之"无"谈起。仅将本文的阐解与研究，集中在有关佛学方面。认为欲解"诗有三境"之义，从解读佛学"境"、"意"与"三识性"入手，是一个可行的思路。

一、"三识性"：佛教境界的三品格、三层次

先略说佛教所谓"境"。

在佛学中，境是一个重要范畴。何谓境？心识所游履、攀缘谓之境。这不同于时空意义上实在的物理之境。实相、妙智内证于心田，谓之法境；色（一切事物现象）为五识、五根所游履、攀缘谓之色境。《俱舍颂疏》卷一云，"色等五境为境性，是境界故。眼等五根各有境性，有境界故。"此所言境界，是低层次、低品位的。境界（境），指心识悟禅、度佛之程度与品格。境界自有高下，佛禅以圆境、究竟为极致。《无量寿经》卷上云，"比丘白佛：斯义弘深，非我境界。"《入楞伽经》卷九称，"我弃内证智，妄觉非境界。"佛教以般若为能缘之智；诸法为所缘之境。所谓境智者，心识无别、无执、无染之谓。所观

之理谓之境,所照之心谓之智;所观可悟,所慧在禅。熊十力说:"真如为正智所缘者,即名境界。心、心所返缘时,其被缘之心,亦名境界。"①所谓"正智",空寂、觉悟之心。这正如《大乘义章》卷三所云,"了法缘起未有自性,离妄分别契如照真,名为正智。"此之谓也。

佛禅所言境界,与审美心灵境界自当有别。然而,它所倡、所悟的境智,包含了一种绝对完美的成佛理想;或是破斥于执碍滞累,以空为空,毋宁可被看作世俗意义的企望人性、人格自由无羁之审美理想的方便说法。

在佛经中,"意境"、"境界",往往同义而异称。再说佛学"意境"之"意"。主要有两解。

其一,指"六根"说的第六根,称意根。眼耳鼻舌身意谓之六根,是在五官感觉之上再标意根。正如《大乘义章》卷四所云,"六根者,对色名眼,乃至第六对法名意。此之六根能生六识,故名为根。"佛教六根说,以前五根为四大所成之色法,第六根即意为心法。

其二,指大乘佛学"八识"说的第七识即末那识。意,思理之义,在佛学中与心、识等范畴、名相相构连。

值得注意的是,《唯识论》卷五有云:

> 处处经中说心、意、识三别义:集起名心,思量名意,了别名识,是三别义。

这里所谓"思量名意"的"意",是什么意思呢?笔者以为须同时解读"集起名心"、"了别名识",才能理会。

佛禅所言"集起名心",指"八识"说之第八识即阿赖耶识,又称藏识。《唯识论》卷三指出:"诸法种子之所集起,故名为心。"集起之谓,梵语质多(Citta),诸法于此识熏其种子为集;由阿赖耶识生起诸法为起。熊十力说:"若最胜心,即阿赖耶识。此能采集诸行种子故。"因而又称种子识。这是指第八识含藏前七识一切种子,具有所谓采集、含藏种子的深邃意蕴与巨大功能,它

---

① 熊十力:《佛家名相通释》,中国大百科全书出版社,1985,第77页。

是前七识的"根本依"，实指世界之空幻——作为"存在"与运行的逻辑原因与根因。假设佛教承认这个世界有"美"，那么，这第八识就是"美"之根因，其实是指"空"之所以为"空"的根本因。

佛禅所言"了别名识"，是就眼识、耳识、鼻识、舌识、身识与意识等前六识而言的。这里应当强调指出，前六识的功能在于对事物、事理的"了别"。了者、了解、明了；别者，分别、不等之义。了别不是了悟，远非究竟智，故未入于毕竟之空境。佛家大力倡言了悟，主张拒绝概念、推理与判断，拒绝世俗意义的理性与功利。同时，这前六识又依止于第七、第八识，而前六识又分出前五识与第六识两个层次。前五识大致对应于五官感觉。而第六识所谓"意"识，已具有超乎五官感觉（五识）的意味与品性。而且，从依止关系分析，前五识远未进入真理境界，且以第六识即"意"识为近因；第六识超于"五官"（五识），已开始从"虚妄"不实之境拔离，具有趋向于"真"而并非到达于"真"的境地，又以第七识为近因。

佛禅所言"思量名意"，当指第七识即末那识。这里的"意"指什么？《止观》二上有云，"对境觉知，异乎木石，名为心；次心筹量，名为意。"这是说，与"集起名心"的"心"即前文所言第八识相比，作为"思量"（又译为"筹量"）名意之"意"的第七识，是"次"一等的。然而，正如《瑜伽》卷六十三所言，第七末那，乃是"最胜"之"意"即所谓品性最高之"意"。按佛经所言，末那识本具两大"意"之功能：一曰"恒"；二曰"审思量"。此即《识论》卷五所云："恒、审思量，正名为意。"末那虽为第七识，究竟并非根本识。作为"意"识，它永"恒"地依止于第八识即种子识，它的"思量"功能，固然因其未彻底斩断"思惑"而未得究竟圆智，这便是《大乘义章》卷二所谓"思虑造作、名思"的意思。可是，第七末那作为"最胜"之"意"，既"能生"前六识，又永"恒"地依止于藏识，因而就其"转识成智"而言，它具有非凡的"心法"之功能与品格。而且依佛经所言，第七末那固然以第八藏识为依据，而第八藏识亦以末那为依转，这便正如《楞伽经》卷九所云："阿赖耶为依，故有末那转。"义如《智论》六十三所言，"藏识恒与末那俱时转"。实际上是说，第七、第八识互为根因。

佛学有三识性说。三识性者，一曰遍（徧）计所执性；二曰依他起性；三曰圆成实性。试问，这三识性说与王昌龄所倡言的"诗有三境"说关系何在？

第一，遍计所执性。其旨在"遍计"与"所执"。"遍者周遍，计者计度，于一切法周遍计度，故说遍计。""所执"，关乎我执、法执，系累之谓。凡俗众生"依妄情所计实我法等，由能遍计识，于所遍计法上，随自妄情，而生误解"①。遍计所执者，普遍妄执之谓，计度即了别、分别与计较。因而遍计所执，是指前六识"了别名识"的一种境性。

第二，依他起性。诸法依他缘而生起之识性。依他而缘起，自无实性。他，指根因。前六识以末那为"意"根，即前六识依第七末那为根、为止；末那又以阿赖耶识即八识为根因，终趋圆成而臻于圆境，但其具有趋转于非空非有、非非空非非有的品格与趋势，这便与唯识论所谓"思量名意"之"意"相对应。

第三，圆成实性。诸法真实之体性，真如、法界、法性、实相与涅槃之异称。《唯识论》卷八云，"二空所显，圆满成就诸法实性，名圆成实。"指八识论之"意"（境）趋于圆成的根因，又是不离于依他起性、且超越于依他起性的一种成佛"理想"与最高境界，与唯识论所谓"集起名心"相对应。

"三识性"说，是佛教尤其是唐代慈恩宗的基本教义之一。认为依"了别名识"之"境"言，为虚妄不实，所谓"遍计所执"，未得圆果；依"思量名意"之"境"言，为"依他起性"，因其相对真实而趋转于绝对真实之境，依他缘起固然未臻圆成，而无依他即无圆成，其功能在"转识成智"；依"集起名心"之"境"言，为"圆成实性"，乃是以第八识即阿赖耶识（藏识、种子识）为第一根因的"最胜"之"境"。此"境"含藏一个原型、理想即种子。假设这是"美"的根因，便是无与伦比、独一无二之"元美"了。这"元美"便是毕竟空幻，又因此第八识以第七末那为根因，故这毕竟空幻并非"恶趣空"。正如《识论》谈到"圆成实性"时所言："此即于彼依他起上，远离前'遍计所执'，二空（引者注：破斥法、我二执为二空）所显，真如为性。"此之谓也。

因而，第七末那与第八阿赖耶，即"依他起性"与"圆成实性"、即"思

---

① 熊十力：《佛家名相通释》，中国大百科全书出版社，1985，第199页。

量名意"之"意"与"集起名心"之"心"（境）两者，是不即不离、非即非离的依转之关系。假如相即不二，无所谓"依他起"与"圆成实"之别；假如相离不一，真如、佛性、种子、圆成即"元美"，又何以依缘而生起，所谓"依他起"，也因失去"圆成实"这一根因而无"存在"之依据。故两者是不异不不异的关系。如果不异，真如、佛性之类，应不是依他起之实相与圆智；如果不不异，真如、佛性等便不异于"依他起性"。这说明两者之间的逻辑关系，是富于张力与弹性的。

以"了别名识"对应于"遍计所执性"。以"思量名意"对应于"依他起性"；以"集起名心"对应于"圆成实性"，这便是笔者所理解、诠释的即佛教所倡言之境界（意境）的三品性、三层次说。

二、"诗有三境"：诗歌境界的三品格、三层次

围绕"三识性"即佛学所倡言之境界的三品格、三层次说作出简略讨论之余，进而解析唐人王昌龄的"诗有三境"尤其"意境"之说，便有豁然开朗之感。

首先，正如前述，佛禅所谓"意"，在"六根"说中，指第六识"意"识之"意"，这"意"（意根），是前五识之直接根因；在八识论中，"意"又指第七识即末那识亦即"思量名意"之"意"，它作为前六识之意根，又趋转于第八识即种子识。

可见，无论佛学"六根"说还是八识论所谓"意"，都被逻辑地设定为拔离于五官感觉（五识）即消解了"遍计所执性"的那种心灵，可以说是一种超于五官感觉的境界，而且"依他"而"起"，其境性是趋转于"圆成"的。"意"（境）本沾溉于五官感觉、却因这沾溉本身因缘而起，便驻守于"泥淖"之境。然而，凡夫俗子不是不可以自我觉悟的。佛性作为人的自然本性，是人人皆有的。这其实便是"集起名心"之"心"（本心、本性），亦是圆成实性，或者称为"种子识"。佛教以人的五官感觉（五识）为"妄觉"。"妄觉"之"境"的品格与层次是最低的，这便是前文所引"妄觉非境界"的意思。然而，佛教坚信人人皆有之佛性即"种子"、藏识、圆成实性本身作为根因，本然地具有"祛蔽"之品性而回归于本在的澄明之境。不过，这种"祛蔽"与回

归，有一动态之中介，便是八识论之第六识（意）、第七识（"思量名意"之"意"），而尤其指与第八识互为依转的第七末那。这用"三识性"说的话来说，其实便与"依他起性"相对应，并且趋转于"圆成实性"。佛教坚信，人的俗念、妄觉即五官感觉必然被消解。这种消解，可以是有时间段（长期修持）的，也可以瞬时完成（一悟顿了）。其根因是因为人之本性（佛性）因本具"依他起性"而可以向相反的两个方向发展，它的向下"堕落"便跌人五官妄觉之境，它的向上提升，便趋转于"圆成实"境。

佛学所言"意"（境），即"存在"于此。

其特点是，一、消解与断然拒绝世俗五官之妄觉；二、因消解了"物累"、"情累"而成空幻、或回归于空幻；三、它的究竟是非世俗的，不系累于"物"、"情"而具"意"趣的、中性的。作为一种"心"境，在科学判断意义上无所谓真假、在道德判断意义上没有善恶，在世俗审美意义上说也不是美丑，却因消解了世俗之真假、善恶、美丑而趋于"元真"、"元善"、"元美"之"心"（意、境）的"存在"。

其次，毋庸置疑，王昌龄"诗有三境"之说，说的是诗境而非佛禅之境问题。然而，其说却深深地蕴涵佛禅"意境"说的思想与思维因子。诚然不能刻板地将"诗有三境"说，对号人座式地与"佛有三境"说相对照，而前者深受后者的影响与启发，是显而易见的，尤其在思维模式的借鉴方面。

王昌龄把诗境分为"物境"、"情境"与"意境"三大层次，等于是说诗境有三品。"物境"之品最低。因为，它虽"了然境象"即诗人能做到使"物象"、"莹然掌中"、烂熟于心，却始终系累于"物"，故其境界仅得"形似"。也可以说，无论从诗境的审美创作与审美接受角度看，这种诗品的境界，仅以"形似"之"物象"构成主体内心的韵律与氛围。这从佛禅观念分析，不过处于"物累"、"机心"之境而已。众生尘缘未断，机心不除，为物所累，机根种植，心被"色"碍，处于遮蔽状态之中。"情境"之品次之。这一诗境品格，因跨越于"物"而高于"物境"，可是仍为"娱乐愁怨"所碍，虽具"驰思"（诗之想象），但仍"处于身"缚之中。"娱乐愁怨"者，情。从世俗审美角度看，情为诗境、诗美之本。刘勰《文心雕龙》云，"登山则情满于山，观海则意溢于海。"情、意充沛，然后才能为诗，诗美的飞扬或沉潜，必有情、意之驱动，无"情"

焉得为诗？可是，"情"与"物"一样，在佛学观念那里是被彻底否定的。在佛教看来，"深得其情"的诗，并非真正的好诗，因为它沾染于情，系缚于情，为情所累。欲界众生以男欢女爱之情为贪欲，佛教以情欲为四欲之一，所谓"情猿"说，指"情"为尘垢，心猿意马者，妄情之动转不已。《慈恩寺传》卷九有云，禅定，静虑，因定而发慧，就是"制情猿之逸懆，系意象之奔驰。"成佛、涅槃，就是消解"有情"而入于"无情"之境。佛学所谓"六根"即"六尘"，旧译"六情"，以为未斩断"情缘"。因而《金光明经》说："心处六情，如鸟投网。常处诸根，随逐诸尘。""六根清净"，即"六情清净"。而"六根"之难以清净，是因为计较、分别且妄情伴随而尘起之故。王昌龄所言"娱乐愁怨"之"情境"，在佛教看来，便是心垢、妄情、六根未得清净，并非"美"之最高境界。

至于作为诗境第三品格、层次的"意境"，其品最高。高在何处？

第一，诗之"物境"，固然"神之于心"。却"处身于境"，此"心"、"境"为凡心、凡境；诗之"情境"为"娱乐愁怨"之俗情所左右，"皆张于意而处于身"，即仍在"身"缚泥淖之中。故"物境"、"情境"，都滞累于"身"（物、形）或是偏执于"情"。

第二，"意境"则不然。它是消解了"物累"、"情累"之余的一种诗境。王昌龄《论文意》说："凡作诗之体，意是格，声是律。意高则格高，声辨则律清。"又说："用意于古人之上，则天地之境，洞然可观。"这里王昌龄所言"意高则格高"的"意"，已非为"物"、"情"所系累的俗"意"，而是"天地之境"，有如冯友兰所谓"天地境界"，一种至上的宇宙精神。王昌龄《论文意》又说："意须出万人之境，望古人于格下，攒天海于方寸。诗人之心，当于此也。"此"意"高于"万人之境"，从高处俯瞰与回眸"古人"。王昌龄独标"意境"，对当下"万人"与历史上"古人"诗的"物境"与"情境"是不满意的。《诗格》言"意境"，言简意赅，仅说"亦张之于意，而思之于心"，等等，然而《论文意》的有关论述，确是王昌龄"意境"说的又一精彩阐述。《论文意》还指出："凡属文之人，常须作意。凝心天海之外，用思元气之前，巧运言词，精炼意魄。"这种关于诗之"意境"之"意"的理解，显然在意识、理念上深受佛禅关于"意"的熏染。此"意"，已从"物境"与"情境"中解脱出来，它趋于一尘不染之境，空灵得很。就诗境的创造而言，其"意境"就是"精炼"、沉寂于诗人内心深处的一种"意魄"，进入"凝心天海之外，用思元气之前"的境界，这实际是王昌龄以易、老之言来描述"意境"的一种佛禅领悟。试问"天海之外"、"元气之前"是什么境界？难道不就是以"心"、"意"之观照、悟对的彼岸与出世之境的方便说法么？这"方便"，实际已将易老与佛禅糅合在一处，其立"意"之高，盖此"意"消解了"物累"、"情累"之故。亦因得助于此"意"之中有易老思想因子与佛禅之"意境"说的有机融合，才能使主体的诗的精神从此岸向彼岸跨越，又回归于此岸，使心灵在世间、出世间往来无碍。而其间，"看破红尘"的佛禅之"意"在建构诗之"意境"时起了关键作用。就诗境的接受而言，又是诗之文本符号的"巧运言词精练意魄"，从而召唤接受者基于人性、人格深处之宇宙精神的一种心灵的极度自由的状态，即渗融着佛禅之"意境"的艺术审美意境。

第三、王昌龄"诗有三境"说对"物境"、"情境"与"意境"三者似无褒贬，而实际称"意境"独"得其真矣"，已很说明问题。王昌龄说"物境"，"故得形似"；"情境"，"深得其情"，缄口不言这两者究竟是否入于"真"境，实际由于"物境"与"情境"为"物"、"情"所系累、滞碍，在佛家看来，是不得其"真"的。甲骨卜辞中迄今未检索到"真"字，《易经》本文亦未见"真"字。"真"字首见于战国《老子》（通行本），其文云："其中有精，其精甚真"，"质真若渝"，"修之于身，其德乃真"。《庄子·齐物论》有"道恶乎隐而有真伪"之说。《成唯识论》卷九有"真如"观："真谓真实，显非虚妄；如谓如常，表无变易。谓此真如，于一切位，常如其性，故曰真如。"真如，又称"如"、"如如"，指本体。佛学以为语言符号永远无以表述绝对真理，只能"照其样子"（如）尽可能接近绝对真理之境，所谓"言语道断"，亦有这个意思。因此如果将"真"预设为事物本体，那么，佛教所谓"真如"，实际是"如真"之谓。真如、法性、佛性、自性清净心，如来藏、实相、圆成实性与真，皆同义而别名。王昌龄说"意境""得其真"，这是以渗融着佛学"真如"、"圆成实性"的理念来说诗之"意境"的真理性兼真切性与真诚性。离弃"身"根与"身"缚即"真实"。这种"真"，首先指第八阿赖耶即种子识的真理性与本始性。而第七末那虽非种子识，却是转识成智的关键，它与第八识互为依转。因而，它虽非"真"却离"真"未远且是趋转于"真"的。诗之"真"境，自然不等于佛禅之"真"，否则，便把佛禅"意境"说等同于诗之"意境"说了。而王昌龄"意境"说中渗融着佛禅"意境"说及其"真"观的文化底色，这一点自无疑问。王昌龄在谈"物境"时称"处身于境"，在说"情境"时称"皆张于意而处于身"，都提到了"身"，在笔者看来，这是以"身"这一概念来统称、暗指佛教所谓前六识、前六根。而在《论文意》中谈"意境"美问题时，却提出欲构诗之"意境""必须忘身"这一重要思想，称之为"夫作文章，但多立意"、"必须忘身，不可拘束"（《论文意》）。这里有两点必须辨明：一是诗境之"忘身"，不同于佛境之"忘身"，然而前者显然融汇了后者的文化意蕴。后者指"六根清净"（六情清净）且趋转于"末那"、"种子"之"真"境。前者接受了后者的观念影响，已有关于佛教八识及"三识性"说的悟解存矣。此指诗之"意境"必舍弃"物"、"情"之累，便是"忘身"。然而并非如佛禅教义那般，要求遁入"空"（真）境，在诗的意象意义上，便是缘"象"而悟入。二是这诗境之"忘身"，自应包含王昌龄诸如对庄子"坐忘"、"心斋"说的领悟与理解，但是，庄周的"坐忘"之类入于"无"境，而王氏的"忘身"，源自佛禅之"空"观却出入于"无"、"空"之际，或言"无"、"空"双兼。王昌龄《论文意》说，凡诗之"意境"，"若有物色，无意兴，虽巧亦无处用之"。又说，"并是物色，无安身处"。此所言"物色"，是"物境"、"情境"之"物"累、"色"累的另一说法。"有物色"，便诗"无意兴"，遑论"意境"？因此，这"无意兴"之"意"，又显然包含了对佛教"意境"说的观照了悟。真的，诗人若无此悟对，文辞"虽巧"，又有何"用"？如妄执于"物色"，便"无安身处"，便找不到精神回归之路了。因此，诗的"意境"裁成，精神上必先"忘身"（有如佛教"六根清净"），才得悟入"真"境。"忘身"，是"真"的空寂而美丽的"安身处"。

中国诗学史上由唐人王昌龄所首倡的"意境"本义，无疑受到了佛教"意境"说之深刻的濡染与影响。艺术审美意义上的"意境"，指由一定文本符号系统所传达、召唤的艺术创造与接受的心灵境界。其审美品格在于：其一，一定的文字语言符号系统（如文学的字形、字音语言系统与音乐的音符、音响、节奏与旋律等），是构成审美之象的必要条件。象在文本层面，必不离于"物"（形），否则，审美主体何以"见"之为"象"？有如王维禅诗《辛夷坞》的芙蓉、涧户、红萼、开落，《鸟鸣涧》的桂花、春山、月华、山鸟，《山中》的荆溪、白石、山路、红叶等，构成诗境的意象与意象群。其二，艺术审美之象虽对应于"物"（形），却无"妄执"之性，或曰：一旦"妄执"，断非审美之象，无"妄执"便是既非执于"物"（形），又不执于"情"。这用佛学"三识性"来说，便是无"遍计所执"，不为"物"、"情"所累，已是开启了审美"意境"的智慧之门。其三，艺术审美"意境"与非"意境"的审美意象的根本区别之一，在关于"情"的执与不执。如诗的审美意象如此丰富、壮丽，这在别的诗人心目中，往往伴随以无限遐想与情感的激涌，其情是悲剧、喜剧或是正剧式的，从而建构人格比拟，有如孔子所谓"仁者乐山，智者乐水"，屈子之于《桔颂》，宋玉所言"悲者，秋之为气也"，以及韩愈的"不平之鸣"等等。世上无数的诗篇都在喟叹人生，以俗情的执着与宣泄为诗的境界，但是，试看王维的一些禅诗，无论春花秋月，山鸟红叶，荆溪白石还是山路无雨、空翠人衣，总之，诗中所描述的一切景物，在象、意与境之意义上，都无执于悲喜、善恶之"神色"，显现为"太上无情"的"本然"。其文字语言符号的审美功能，都在引导读者趋转于情感的无执，仿佛根本没有任何审美判断似的。其四，因此，无遍计所执，无悲无喜，无善无恶，无染无净，无死无生，是消解"物境"更是消解"情境"的一种心灵的"无执"。这用法海本《坛经》的话来说，叫做禅者，"立无念为宗，无相为体，无住为本"。"无念"，心不起妄念之谓，"无相"，不滞碍于假有之谓；"无住"，因缘而起，刹那生灭，故无自性，故曰"空"。这里，不起尘心，没有机心，亦无分别心，确是王昌龄所言惟有"意魄"存矣。无所执着，无所追摄，没有任何内心牵挂，没有焦虑，没有紧张，没有诗人心灵的一丝颤动，仿佛连时空域限都被打破，这一境界，类似佛学所言的"集起名心"的种子识之"圆成实性"。其五，然而这里仍需强调指出，中国诗学史之"意境"说，至唐王昌龄才第一次提出，其"理想"内核属于佛禅这一点自不待言，却不等于说其思想观念意识惟"佛"而无其他。正如前述，"意境"这一美学范畴的建构，除了佛学的严重影响，还有先秦及此后的道家"虚静"思想的历史性参与与融渗。因而，它的终极是"空"，它指向于"空"，或正如前述，它的"理想"内核偏于"空"。而实际上，它是从"无"趋转于"空"的一种境界。一曰物我两忘、物我两弃；二曰静寂空灵；三曰圆融本然；四曰，不如意象那般壮阔，却很深邃；不如意象那样辉煌，却很灿烂；五曰，因有道家情思参与其间，便不是绝对空寂，更非死寂，而是趋转于"空"而回眸于"无"。有如佛学"八识"论所言，它无执于前六识，如第七识所谓"思量名意"，转识成智，是一种依转的境界。假如以渗融着道家思想的中国佛教般若学的"三般若"说来作比喻性描述，那么王昌龄所言之诗学"意境"，其美在弃"文字般若"、经"观照般若"、向"实相般若"的依转之中。因此，它是生命力的虚实、动静与空无的双向流渐。归根到底，它是蹈虚守静，尚无趋空的，是致虚极，守静笃，尚玄无而趋空幻。

它可以用冠九《都转心庵词序》的话来说，叫做"清馨出尘，妙香远闻，参净因也；鸟鸣珠箔，群花自落，超圆觉也"。也可以蔡小石《拜石山房词序》的话来说，"终境，格胜也"。这其实指"意境"。它显然与王昌龄所谓"意境"，"意高则格高"的见解相契。

诗学"意境"说与佛教"意境"说的文脉构连，是一不争之事实。宋严羽《沧浪诗话》云，"大抵禅道惟在妙悟，诗道亦在妙悟"。这实际是顺着王昌龄"意境"说的思路，说诗境与佛禅之境的合一于"悟"：其一，都是直觉、直观的；其二，都是突然而至，不假外力强迫的；其三，都是自然而然的、自由的，不沾慨于"物境"与"情境"的；其四，都是静观的，静中有动的；其五，都是"无情"，"无悦"的，用后世王国维的话来说，即都是"无我之境"。但诗学"意境"与佛教"意境"毕竟仍有区别：其一，前者色彩明丽而深邃，后者偏于沉郁而神秘；其二，前者的境界是空灵，后者是空幻；其三，前者缘象而悟入，不执于象却始终不弃于象，后者虽从象入观，而破斥物象之虚妄、直指人心、本心；其四，两者都在破斥妄情、追求"忘身"的真实，但前者倡言"无情"，其审美判断的"情感"是"中性"而生动的，后者所主张的"无情"，是"看破红尘"、"遁入空门"意义上的，故不免有些枯寂的；其五，两者都在于安顿人的精神生活与精神生命，而其意念，前者由出世间回归于世间，后者离弃世间而趋于出世间。

三、"意境"说接受佛学影响并非偶然

王昌龄"意境"说无疑具有佛教"意境"说之精神意蕴，已如前述。而从王昌龄的某些人生经历、诗歌创作与作品分析，其"意境"说接受佛学之深巨影响，亦是可能的。

王昌龄（约698—757）字少伯，《旧唐书》卷一九零下《文苑传》称其为"京兆"（唐长安，今西安）人；《新唐书》卷二零三《文艺传》下称其为"江宁人"（今南京人）；殷璠《河岳英灵集》卷中又云"太原王昌龄"，《唐才子传》从之。今人傅璇琮《唐才子传校笺》据《新唐书》卷七二《宰相世系表》所载"琅邪有方庆、瑸（引者注：王瑸，为王昌龄同族）……"与《博异志》所言"琅邪王昌龄自吴抵京国"句，认为："则王瑸之族望为琅邪（今山东胶南市琅邪台西北），王昌龄当亦同此。""《博异志》为唐人传奇，所载大多怪诞不经，然称王昌龄为琅邪，当亦有所本。"作为盛唐诗坛之著名诗人，王昌龄的诗歌成就及思想理念、审美理想，自与其人生经历具有尤为密切的关系。王氏出身颇为贫寒，开元十五年登进士第，曾仕为秘书省校书郎，后迁为江宁丞。开元二十七年（739），因获罪而被贬谪岭南；天宝六载秋，又以所谓"不护细行"，被贬为龙标尉。唐时岭南与龙标（今湖南黔阳县西南）皆为蛮荒之地。王昌龄两度被贬，可证其仕途未顺。又据《新唐书·文艺传》所记"以世乱（引者注：安史之乱）还乡里，为刺史闾丘晓所杀"。

这种人生境遇，有可能促使王昌龄在思想感情与理念上以佛禅出世之思为知音同调。适值其所处时代，为唐代佛教鼎盛之时，诗人骚客几无不以习禅、崇佛为尚，故王昌龄具有一定的佛学修养甚至钻研颇深，不是没有可能。《唐才子传》云，"昌龄工诗，缜密而思清。"这一记载，以《旧唐书·文苑传》所言"昌龄为文，绪微而思清"、《新唐书·文艺传》所言"昌龄工诗，绪密而思清"为本，其间"思清"一词，正是对王昌龄之思想情感偏于清净无为的准确揭示。《唐才子传》又云，王昌龄"又述作诗格律，境思、体例"，此所言"境思"者，指《诗格》关于"诗有三境"说的思想与思考，"诗有三境"尤其"意境"之说，具有"思清"的特点，是"境思"即对诗歌审美境界之思想与思考的结果，其间受到"佛有三境"说之熏染，是顺理成章之事。《唐诗纪事》卷二四王昌龄条，有"谓其人孤洁恬澹，与物无伤"之语，亦可证王氏染于佛禅空

恬、澹虚一路的从佛心态。

从诗歌创作方面分析，《王昌龄集》收录其诗凡145首，虽则其总体审美品格，正如《唐才子传》所言，"王稍声峻，奇句俊格，惊耳骇目"，有雄俊浑莽之气，其边塞诗的这一风骨品貌，恰是代表其诗歌的主调。其描写闺怨一类的诗作，亦在忧怨之中见其清峻的特点。可是，所谓禅诗或具禅趣、禅思之诗或是描摹寺塔意象及与佛僧、诗僧等人交游、唱和之作，在昌龄诗歌中亦占相当比重。其中，《香积寺礼拜万迴平等二圣僧塔》："如彼双塔内，孰能知是非"、《斋心》："日月荡精魂，寥寥天府空"、《听弹风入松阕赠杨府》："空山多雨雪，独立君始悟"、《宿裴氏山庄》："静坐山斋月，清谷闻远流"、《独游》："超然无遗事，岂系名与宦"、《同府县诸公送綦毋潜李顾至白马寺》："月明见古寺，林外登高楼"、《诸官游招隐寺》："金色身坏灭，真如性无主"、《送东林帘上人归庐山》："道性深寂寞，世情多是非"、《静法师东斋》："闭户脱三界，白云自虚盈"、《素上人影塔》："本来生灭尽，何者是虚无"、《题僧房》："彼此名言绝，空中闻异香"、《题朱鍊师山房》："叩齿焚香出世尘，斋坛鸣磬步虚人"与《黄鍊师院》之三："山观空虚清净门，从官役吏扰尘喧。暂因问俗到真境，便欲投诚依道源"，等等，都不同程度地表达了王昌龄的出世、向佛之心。其间，"空"、"悟"、"超然"、"真如"、"虚无"、"出世"、"清净"与"真境"等词以及"孰能知是非"、"岂系名与宦"、"道性深寂寞"、"本来生灭尽"与"便欲投诚依道源"等辞句，清楚不过地显现王昌龄内心的佛禅境界。又有《宿天竺寺》（《王昌龄集》未录）一首，发"心超诸境外，了与悬解同"之沉吟，可以看作其禅思、禅趣之直白。清人赵殿成《王右丞集笺注》附录王昌龄与王维"同咏"之作，其诗云，"本来清净所，竹树引幽阴。檐外含山翠，人间出世心。圆通无有象，圣境不能侵。真是吾兄法，何妨友弟深。天香自然会，灵异识钟声。"这是与王维《青龙寺昙壁上人兄院集》一诗的唱和之作。其"人间出世心"一句，可以说是王昌龄熔裁佛教"意境"而构建诗学"意境"说之主体心态、思想的有力注脚。而"真是吾兄法"一句，其实此言"真"，也是王昌龄本人所领悟、认同的佛禅"心法"，它立即使我们想起"诗有三境"之"意境"说所言"则得其真矣"之"真"。王昌龄与王维等人交厚，其佛禅空幻的思想、理趣是一致的。正因如此，王维的禅诗《过香积寺》一首，《文苑英华》误以此诗为王昌龄所作，所谓"薄暮空潭曲，安禅制毒龙"，也正是王昌龄的出世心与文心。写出名篇《题破山寺后禅院》的常建（708—765？）有诗《宿王昌龄隐居》云，"清溪深不测，隐处唯孤云。松际露微月，清光犹为君。"再确当不过地以"深不测"之"清溪"、"隐处"之"孤云"与"松际"之"清光"来比喻、象征王昌龄的人格、诗格与文格，可谓恰到好处。

　　无疑，王昌龄《诗格》以佛学修养建构其"诗有三境"尤其"意境"之说，并非偶然。

本文发表于《复旦学报》2006年第2期

"格义""六家七宗"的佛学之见及其美学意蕴

　　早在三国魏与西晋时期，中国佛教美学的玄学化进程已然开始，东晋是它辉煌灿烂的继续与深入。魏与西晋之时，中国佛教美学玄学化主题，主要以玄学"贵无"派的"本无"以言说佛教般若学之"性空"；以玄学"虚静"称述佛教之"空寂"；以玄学"言意之辨"解读佛教之"真俗"二谛。时至东晋，这一主题更见发扬光大。

　　东晋佛教美学玄学化的历史与人文进程，首先是与诸多玄学化的名僧的传教言说与实践活动联系在一起的。竺法雅、支道林、于法兰、于法开与于道邃等，都是玄学化的名僧。其中，佛图澄弟子竺法雅与康法朗等独标"格义"之说，首揭佛学研读、传播之法。南朝梁慧皎云：

　　　　竺法雅，河间人，凝正有气度。少善外学，长通佛义。衣冠仕子，咸附咨禀。时依雅门徒，并世典有功，未善佛理。雅乃与康法朗等，以经中事数拟配外书，为生解之例，谓之格义。及毗浮、昙相等，亦辩格义，以训门徒。雅风采洒落，善于机枢。外典、佛经，递互讲说。与道安、法汰，每披释凑疑，共尽经要。①

　　这里，其中所谓"以经中事数拟配外书，为生解之例，谓之格义"，云云，

---

① 《竺法雅传》，慧皎：《高僧传》卷四，金陵刻经处本。

可被看作是对于佛教"格义"之义的一般性解读。所谓"事数",指佛典之常见的名相法数,指佛典一些基本术语、概念与范畴之类,它们往往以"数"名之,如四谛、五阴、六道与十二因缘等。据南朝梁代刘义庆《世说新语·文学篇》云:"事数,谓若五阴、十二入、四谛、十二因缘、五根(五蕴)、五力、七觉之属。"此"事数"之"数",具数字之义,更指佛教法数即佛智。"数"者,慧心之所法。中华传统易学重"数",此"数"具命中注定之义,所谓"天数",为前定之"命"。然而《易经》以把握时机、趋吉避凶、生生不息、尊天命以就人事为易理之根本,此中华文化终于未笃信天命而强调人为之标征。佛教所谓"事数",固然具有命运理念之余绪,而佛教教诲众生解脱之道,实际在于跳出"数"之"轮回"。佛教有"数灭"说,此乃以智慧断灭惑障烦恼而证之寂灭涅槃。所谓"外书",指佛典以外之书,这里主要指《老子》《庄子》等道家典籍。

陈寅恪说:"所谓'生解'者,六朝经典注疏中有'子注'之名,疑与之有关。因为'生'与'子'、'解'与'注',都是可以互训的字。所谓'子注',是取别本义同文异之文,列入小注之中,与大字正文互相配拟。这叫做'以子从母''事类相对'。这样的本子叫'合本'。'格义'的比较,是以内典与外书相配拟;'合本'的比较,是以同本异译的经典相参校。二者不同,但形式颇有近似之处,所以说'以经中事数拟配外书,为生解(子注)之例'。例者,格义的形式如同合本子注之例也。"[1]

所谓"格义",为佛教学者讲说佛典意义的一种理念、方法。以《老子》《庄子》等"外书"的一些术语、概念与范畴,解读一时为人们所难解之佛教法数(教义、思想),或递互宣说,是谓"格义"。

先有竺法雅等人倡言"格义",时至释道安,一时曾被舍弃。《高僧传·释僧光传》引道安言云:"先旧格义,于理多违。"可见其不赞成竺法雅"格义"之见。然此"格义"之法,确源远流长。据僧祐《出三藏记集》卷五《喻疑》(僧叡撰)云,"汉末魏初","寻味之贤始有讲次,而恢之以格义,迂之以配说"。证明早在佛典译传初期,实际已有格义方法之运用。东晋释慧远,亦使

---

① 陈寅恪:《魏晋南北朝史演讲录》,万绳楠整理,贵州人民出版社,2008,第61页。

用"格义"之法。有《高僧传·慧远传》所记为证："远年二十四，便就讲说。尝有客听讲，难实相义，往复移时，弥增疑昧。远乃引《庄子》为连类，于是惑者晓然。是后安公特听慧远不废俗书。"

不过应当指出，这里由竺法雅等所倡言的"格义"，或可称为狭义之"格义"，因为它局限于"经中以事数拟配外书，为生解之例"，因而受到释道安等人（注：还有鸠摩罗什）的批评；其实，大凡佛典译传，大教东渐，法言流咏，不可不运用广义的"格义"之法。广义之"格义"断不可废。汤用彤指出：

> 但格义用意，固在融会中国思想于外来思想之中，此则道安诸贤者，不但不非议，且常躬自蹈之。故竺法雅之"格义"，虽为道安所反对，然安公之学，固亦融合《老》《庄》之说也。不惟安公如是，即当时名流，何人不常以释教、《老》《庄》并谈耶！①

所言是。"格义"有广、狭二种。广义的"格义"，实际是理念、思想意义上的佛学的中国化、本土化，始于印度佛教初传之际。在魏、西晋尤其东晋时期，这种中国化、本土化，通过佛经汉译，主要为哲学、美学意义之玄学化。

且不说早在东汉末安世高所译《安般守意经》中，就已使用广义"格义"之法来翻译"安般守意"四字的含意："安为清，般为净，守为无，意名为，是为清净无为也"。此处"清净"一词，固然为佛家译语，而"无为"也者，乃老庄之言。当"安般"这一佛教术语，汉译又称"阿那波那"或"安那般那"等，为梵文Āāpāna之初译，指小乘禅数学意义出息、入息、镇心之观法，指情志入定于空境。安世高以"清净无为"译义，为中国佛教广义之"格义"的典型实例。这是糅用老庄关于"致虚极，守静笃""清虚无为"之旨，来言说佛法空境。即使"清净"此种佛家语，其实亦从道家"清静""清虚"之中化裁而出。

尽管"格义迂而乖本，六家偏而不即"②，后人的批评甚为苛求，而"格义"

---

① 汤用彤：《汉魏两晋南北朝佛教史》上册，中华书局，1983，第169页。

② 吉藏：《中观论疏》卷一，《大正藏》第四十二册，P0004c。

者，必由也。中国佛教广义之"格义"，旨在以"无"说"空"、以"空"会"无"。

以"无"说"空"、以"空"会"无"，使思想、精神出入于"无""空"之际，往来方便。此亦便是汤用彤所谓东晋之时"以《老》《庄》《般若》并谈"①，亦即以本土老庄之"无"，以"误读"印度般若性空之学。结果，生成玄学化了的中国般若性空之说。是乃佛教广义之"格义"的本体精神实质。

这种"格义"的文化传播现象，具有深度之哲学、美学的本体论意义。

正如本书前述，早在魏与西晋之时，对于名教与自然之关系问题的争论，大致发生于儒、道（玄）之际。儒家持"名教"，道家崇"自然"，两相分立。从哲学、美学之本体论角度，来探讨两者之间可能的妥协与包容，成为一股汹涌的时代潮流，其思想、思维之焦点，集中于哲思、美韵意义的有、无之际。玄学"贵无"派的何晏、王弼与阮籍、嵇康宣说"名教本于自然"与"越名教而任自然"，其所取思路，皆"崇本息末"，即坚持一种重本体（无）、轻现象（有）的哲学和美学主张，崇尚虚无，毁弃礼法。便继而有玄学"崇有"论的代表人物裴頠撰《崇有论》，从哲学、美学的本体论角度，来论述"名教"（有）的合理性，这是一种重现象（名教，有）、轻本体（自然，无）的哲学与美学思路。然而，无论"贵无"抑或"崇有"之说，都没有在哲学、美学上建立有无、本末之际那种即体即用、即用即体的逻辑关系，没有解决儒之名教与道之自然的矛盾。于是，便有向秀、郭象以"玄冥""独化"说以为"贵无""崇有"并举，主张"名教即自然"，使哲学、美学本体意义之"有""无"矛盾得以缓解与妥协。于是时至向、郭，晋代玄学向前发展的内在动力，便失却发展势头。

而晋代玄学的历史与人文发展，因佛教般若学的进一步普及与深化而重新获得了动力。这便是以"空"为本体的佛教般若学，与作为玄学之文化潜因的儒学以及作为玄学之文化基质的道学，因时代盛弘般若性空之学，得以形成新的文化、哲学和美学"对话"格局。

其一，首先在文化、哲学与美学上无视儒、佛之间的对立与差别，称"周孔即佛，佛即周孔，盖外内名之耳"。说"周孔救极蔽（弊），佛教明其本耳"。

———
① 汤用彤:《汉魏两晋南北朝佛教史》上册，中华书局，1983，第164页。

其结论是，"故逆寻者每见其二，顺通者无往不一"①。在理念上，将儒、佛看作同一；在思维方式上，类于西晋向、郭的"名教即自然"即儒、道（玄）同一。难怪时人曾以儒之五帝、五行与五德等，配拟佛之五戒之类。

其二，在文化、哲学与美学上，又无视道、佛之间的对立与差别，称"夫佛也者，体道者也。道也者，导物者也，应感顺通，无为而无不为者也。无为，故虚寂自然；无不为，故神化万物"②。这又将道、佛即无（玄）、空看作是同一个东西，说"佛"能"体道"（无），而"道"（无）之"无为"，并非"虚静"，而是"虚寂"。"虚寂"即佛教所谓"空幻"，无异于云，"道"之"无为"等同于"佛"之"空幻"，做一些以"无"说"空"、以"空"会"无"之事。其思维模式，其实与当时的儒、佛同一说相同。

由于东晋之时玄学之儒学因素仅仅是玄学之潜因，其文化力量相对少弱，故而此时儒、佛同一说，并非时代文化、哲学与美学之主流。

然而，道、佛同一即以"无"说"空"、以"空"会"无"的情况就不一样。与西晋相比，东晋般若性空之学的译传，是空前的。据僧祐《出三藏记集》卷八，释道安有关般若经典的注述甚丰，其在襄阳十五年间，开讲《放光经》（引者按：即《放光般若经》），常每岁再遍。"及至京师，渐四年矣，亦恒岁二，未敢惰息。"③可见其事佛、传述之勤。又如鸠摩罗什，从其后秦弘始三年（401）腊月居长安，至弘始十五年（413）四月圆寂此十一年间，凡译经三十五部二百九十四卷④，以大乘般若经类为主。其中，有异译《摩诃般若波罗蜜经》（《大品般若经》）《小品般若波罗蜜经》；新译《金刚般若经》《大智度论》《中论》《百论》与《十二门论》等。在慧远著述中，亦具诸多大乘般若学篇章，如《大智度论钞序》与《大乘大义章》等。⑤慧远亦曾研读鸠摩罗什所译《大智度

---

① 孙绰：《喻道论》，《弘明集》卷三，四部丛刊影印本。

② 同上。

③ 道安：《摩诃钵罗若波罗蜜经钞序》，梁僧祐：《出三藏记集》卷八，金陵刻经处本。

④ 僧祐：《出三藏记集》卷二，金陵刻经处本。按：该书卷一四又称罗什译经，三百余卷。唐《开元释教录》卷四说，其译经七十四部三百八十四卷。录以备参。

⑤ 慧皎：《高僧传》称慧远所著"集为十卷，五十余篇"。《大乘大义章》，见日本京都大学人文科学研究所《慧远研究·逸文篇》。

论》。当时佛教学者推崇般若性空之学，已是时风所趋。释道安《合放光光赞随略解序》有云："般若波罗蜜者，无上正真，道之根也。"支遁亦说："夫般若波罗蜜者，众妙之渊府，群智之玄宗，神王之所由，如来之照功。"①。

可见时至东晋，大乘佛教的般若性空之学，日益深入人心，那些曾经接受中华传统道家思想熏染的义学沙门或是晋代名士，自觉或不自觉地企图填平道（玄）佛、无空与此岸彼岸之间的鸿沟，以"无"说"空"、以"空"会"无"，大做文章，从而推动中华本土化的般若性空之学之建构。从其具有理论思辨深度的人文阴影中，放射出哲学与美学的灿烂光华。

于是东晋时期，中华本土化的般若性空之学及其佛学流派即所谓"六家七宗"，应运而生。

关于"六家七宗"，最早提出者为后秦僧叡，其《毗摩罗诘提经义疏序》有"六家偏而不即"之言述。南朝梁宝唱《续法论》，曾引用南朝宋昙济《六家七宗论》，而昙济此《论》已佚。直至唐代元康《肇论疏》，才明确提出："论有六家，分成七宗。第一本无宗，第二本无异宗，第三即色宗，第四识含宗，第五幻化宗，第六心无宗，第七缘会宗。本有六家，第一家为二宗，故成七宗也。"②

"六家七宗"的诞生，为佛教广义"格义"之产物。其各家各宗的思想见解，实乃般若性空之学与晋代玄学进行"对话"的一个结果，从其思想品格与思想偏向来看，皆为玄学化之佛学。"本无"这一中心范畴，实为"本空"之别名，此正如《肇论》"宗本义"所云："本无、实相、法性、性空、缘会，一义耳。""六家七宗"，以本无、即色与心无三家为要，其与晋代玄学之关系最密切。

第一，本无宗（包括本无异宗）。持"本无"说者主要为释道安。"本无"者，以"无"为"本"之义。《昙济传》说，"昙济著七宗论，第一本无宗曰：如来兴世，以本无弘教，故方等深经，皆备明五阴本无"，"无在元化之

① 道安：《合放光光赞随略解序》，支遁：《大小品对比要钞序》，梁僧祐：《出三藏记集》卷七、卷八。
② 元康：《肇论疏序》，《肇论疏》卷一，《大正藏》第四十五册，P0163a。

先，空为众形之始，故称本无，非谓虚廓之能生万有也。夫人之所滞，滞在末有。苟宅心本无，则斯累豁矣。故崇本可以息末者，盖此之谓也。"①吉藏《中观论疏》亦称，道安所云"本无"，"本空"之谓。诸法空寂，此以"格义"言之，称"本无"。从"无在万化之前，空为众形之始"这一表述看，此"无"即"空"，"空"即"无"。当然，这里所言"无""空"，实指中道、中观之"中"。

此约所诠之理对破偏病，故名为中。

中，诸佛菩萨所行之道；观，谓诸佛菩萨能观之心。②

此由隋代三论宗大德吉藏（549—623）所转述之本无宗兼本宗的予本见解，与南朝宋昙济《六家七宗论》称本无宗所倡"无在元化之先，空为众形之始，故称本无"说的基本精神相符。

"本无"一词，首见于早期汉译《道行般若经》，以"本无"对译"如性"（见前）、"真如"义，后世所译该经"真如品"，初译为"本无品"。无疑，释道安"本无"义的关键性表述，是"无在万化之先（前），空为众形之始"这一句话。从其思维方式看，道安将"无""空"对应，谈论"万化之先（前）""众形之始"是什么这一佛学根本问题。"无"即"万化之先（前）"，"空"为"众形之始"，既"无"又"空"，似乎是二元论。而"万化之先（前）"即"众形之始"，故此"无"即代指"空"。考虑到晋代及此后诸多义学沙门、智者哲人的思维习惯与角度，释道安所谓"本无"，当为"本空"之说，其实是以"本无"来说"本空"。如此也许并非证明释道安连"无""空"都不分，而是当时慧风东扇、法言流咏，讲说般若性空的权宜、方便之故。这正如《世说新语·假谲篇》所言"无为遂负如来也"。

自先秦老庄至魏晋玄学时期，关于世界（"万化""众形"）是什么、美是什么诸问题，中华哲人都将"无"认同为它的本原、本体。通行本《老子》早就指出，"故天下万物生于有，有生于无"。这是典型的道家关于世界及其美的

---

① 《昙济传》，《名僧传抄》，《续藏经》第1辑第2编。
② 吉藏：《中观序疏》，《中观论疏》卷一，《大正藏》第四十二册，P0002a。

哲学本原论。在魏王弼那里，却将《老子》的这一句话，解说为"天下之物，皆以有为生。有之所始，以无为本"①。这是本原、本体二者兼说，既说美的东西、美之现象来之于何，又称本原、本体意义之美是什么以及何以可能，且以言说本原、本体为重点。这正是魏晋哲学、美学的思想与思维之特色。魏晋名士与诸多沾染名士风度的大德高僧，崇尚清谈，人们对那些看得见、摸得着的陋风恶俗，那些丑恶情事深恶痛绝，又以具体形象之美为浮浅，其清谈主题，多集中于抽象玄思，关于"三玄"（《老子》《庄子》与《周易》）以及佛、玄关系等，"谈论既久，由具体人事以至于抽象玄理，是学问演进的必然趋势""因其所讨论题材原理与更抽象之原理有关，乃不得不谈玄理。所谓更抽象者，玄远而更不近人事也"②。其实，这也是审美心理的"必然趋势"。

从《昙济传》《中观论疏》所述，本无宗之入思方式，类于玄学自无疑问，均重本原、本体，所谓"崇本息末"，自当无有不妥。然则，如从美学角度研究或谈论审美问题，由于审美不仅关乎本原本体界，而且关乎现象界，就不仅仅是所谓"崇本息末"的问题。审美是本体界与现象界的回互涵泳。从哲学美学或文化美学角度谈美，可以仅专注于美的本原、本体，而从现象学美学谈审美，并非"崇本息末"而是"崇本举末"。考本无宗所言之"夫人之所滞，滞在末有"一句，可见，其以"末有"这一"现象"为"滞"而无美、无审美可言，这是本无宗仅从一般哲学美学、未从现象学美学角度涉及审美问题之故。

从文脉角度分析，如果说先秦的哲学、美学主"心性"说③而秦汉主宇宙论，那么时至魏晋，其哲学、美学的宗旨，已偏重于本体论。这一趋势，以魏王弼开其端，所谓"得意在忘象，得象在忘言。故立象以尽意，而象可忘也"④。"忘象""忘言"即所谓"扫象"，为的是拂去现象而直探本体。晋人"已不复拘拘于宇宙运行之外用，进而论天地万物之本体。汉代寓天道于物理。魏晋黜天道而究本体，以寡御众，而归于玄极（王弼《易略例·明象章》——

① 王弼：《老子道德经注》，《王弼集校释》上，楼宇烈校释，中华书局，1980，第110页。

② 《汤用彤学术论文集》，汤用彤论著集之三，中华书局，1983，第205页。

③ 按：先秦儒家偏于"心性"问题的道德解，道家偏于"心性"问题的自然哲学解，墨家偏于"心性"的逻辑解。

④ 王弼：《周易略例·明象》，载于楼宇烈《王弼集校释》下，中华书局，1980，第609页。

原注）；忘象得意，而游于物外（《易略例·明象章》）。于是脱离汉代宇宙之论（Cosmology or Cosmogony）而流连于存存本本之真（Ontology or theory of being）[1]。此言不差。如果言说审美，则为同时关乎本体（本原）与现象，当然，当谈论审美现象时，依然须从本体（本原）论进入。

在晋代哲学、美学本体论的时代诉求中，般若学之"空"这一本原、本体范畴，由于中国般若学的日益成熟，而必参与这一时代哲学、美学本体论的思想和精神及其理论建设。本无宗及本无异宗，是其重要代表。在以往印度来华佛典的译传中，"空"是最活跃、最重要的佛学概念与范畴，"本无"作为"本空"的玄学化，有吉藏《中观论疏》所言"一切诸法，本性空寂；故云'本无'"为证。此以"空寂"之义释"本无"，是"空寂"的方便说法。之所以行此"方便"，是当时人们暂时尚未深诣"空寂"之故。更有释道安本人所言可资证明。道安说："夫执寂以御有，崇本以动末，有何难也？"[2]既然此"执寂"之"寂"，与"御有"之"有"相对应，可见这里亦可将"寂"读为"无"的。在应该用"无"字之处，道安却述之以"寂"，可见在其心目中，"寂"与"无"互通。实际上，"寂"并不等于"无"。尽管早在先秦《老子》那里，已有"寂静"之说，然而，自从印度佛学东渐，"寂"者，实际指"空"空幻，已与原先作为"无"之"寂静"含义有别。佛典以"离弃烦恼"，入于"空境"为"寂"。"寂"者，"灭"也，涅槃之异名。《维摩经·问疾品》净影疏云："寂是涅槃。又，寂，真谛。"而释道安既然称言"执寂以御有，崇本以动末"，可证其将"寂"（空，空幻）作为哲学、美学之本体者明矣。也便是说，本无宗从此建立起以"寂"（空，空幻）为本体的本体论。难怪释道安要说："般若波罗蜜者，无上正真，道之根也。"[3]此"般若"为智慧；"波罗蜜"，渡到彼岸，亦即解脱，空。此不仅为天道之"根"，亦为人道之"根"。从美学言，当然也是美之"根"。

将"寂"（空，空幻）这一"道之根"悬拟于彼岸，来言说出世间的"空寂"之"美"，作为佛教般若之理想与终极境界，以佛之奇异的"放大光明"，来返照此岸（世间）的黑暗与丑恶，这是首度从哲学本体论角度对传统之中华

---

① 《汤用彤学术论文集》，汤用彤论著集之三，中华书局，1983，第233页。

② 道安：《安般守意经注序》，僧祐：《出三藏记集》卷六，金陵刻经处本。

③ 《合放光光赞随略解序》，僧祐：《出三藏记集》卷七，金陵刻经处本。

道（玄）家美学本体论的一种颠覆。所论在无、空之际。重在发明以"空"为本体。处处沾染玄学"本无"思辨模式的佛教般若性空美学，作为晋代佛教美学思想之叙述的一大奇观，亦是广义之"格义"的一个理论成果。

这里仍须指明，尽管本无宗及本无异宗同属于一家，都标榜"本无"（本空），但二者在见解上，还是小有侧重的。本无宗以"无"（空）为事物现象（诸法）及其"美"之本原、本体；本无异宗，则侧重与称言"无"（空）在"有"先、"无"（空）为"有"（末有）之本原，重在于触及世界万类即"万化""众形"之美的根因为何。本无宗追溯一切法即一切事物现象及其美之本原、本体何以可能，认为只有当"宅心本无（本空），则斯累（滞累）豁矣"，强调本原、本体之美，将"末有"即现象作为"累"者而加以舍弃。这一"崇本息末"之本原、本体说，显然是佛教"空"论与先秦老庄、三国魏何晏、王弼"贵无"论的结合。

在逻辑上，本无宗，又与传自西晋元康年间郭象玄学"崇有"之所谓万有"自生"说，有些勾连。郭象云，"物之生也，莫不块然而自生"①。此来自裴頠《崇有论》"故始生者，自生也"之言。《名僧传抄·昙济传》云，"本无之论，由来尚矣。何者？夫冥造之前，廓然而已。至于元气陶化，则群象秉形。形虽资化，权化为本，则出于自然。自然自尔，岂有造之者也。"首先，无论裴頠、郭象或是本无宗，皆并未将万类及其美之发生，归之于西方那样的神、上帝或是中国先秦所言之"天""天命"，本无论不以外在"造物者"马首是瞻，而称万类"自生"。排除了"他者""他生"之可能。说明此说对这一世界和人依然抱有信心。问题是，这一"自生"究竟如何可能？如果"自生"无需任何因果、条件，则便为佛教所谓"无待"，此亦即"空"，亦佛经所言"无生"，真可说是"空为众形之始"。该"众形"，自当包括美之形象、意象在内。然则，假定"无待"之"空"，可"自生"世界之"众形"，那么其"自生"之"生"，作为事物现象之存在方式，便不能不是一种内在运动，或称为内在矛盾运动亦可。凡运动，自当并非无缘无故。既然如此，因运动之"有待"而必仍在因果之中。

———————————

① 郭象：《庄子·齐物论注》，郭庆藩：《庄子集释》本，上海书店影印本，《诸子集成》第3册，1986。

而堕入于因果者必非"空"。因而，所谓"空为众形之始"的"自生"说，不能不在逻辑上遭遇困难。其次，一切诸法，本性空寂，故曰"本无"，这是道安之见，而《昙济传》却指"本无"即"元气"。然而，"元气"本为"有"而并非"本无"。故本无宗此言，自相矛盾。许抗生指出："元气是最初的物质存在，它能陶化万物。但元气与宇宙开端的空无状态究竟是何关系呢？道安似乎并没有交待清楚，到底是从空无中产生元气呢？还是元气本来就有的呢？如是从空无中产生元气的，这就是无中生有，对此道生是极（竭）力加以反对的，他接受了郭象的观点，认为虚廓之中是不可能生万有的。如果承认元气是本来就存在的，那么宇宙最初也就不是空无状态，这又与'无在万化之先，空为众形之始'的根本'本无'观念发生了矛盾。"①此言甚是。然释道安以"元气"说"本无"，重蹈王弼之覆辙。

第二，即色宗。此宗代表人物为支道林（支遁）。支道林作为一代名僧，特具名士风度，一生辛勤笔耕，撰《即色游玄论》《大小品对比要钞》《释即色本无义》《道行指归》与《逍遥论》等，也撰有诸多诗作。原著大多亡佚。现存著说若干，可见于安澄《中论疏记》《出三藏记集》《广弘明集》与严可均《全晋文》等。近人丁福保所编《全晋诗》，钩沉支道林诗凡十八首。

安澄《中论疏记》引《山门玄义》："支道林著《即色游玄论》云：'夫色之性，色不自色。不自，虽色而空'"。支道林法师所撰《即色游玄论》说：至于说到一切事物现象之本体，由于事物现象并非从事物现象中来，所以，虽然一切事物现象是存在而运动的，然而却是空幻。一切事物现象因缘和合，刹那生灭，没有任何质的规定性，故其本体为空。

《即色游玄论》主题，一言以蔽之，即色为空。

> 夫色之性也，不自有色。色不自有，虽色而空。故曰：色即为空，色复异空。②

① 许抗生：《僧肇评传》，南京大学出版社，1998，第74页。
② 《支道林集·妙观章》，刘义庆：《世说新语·文学第四》，刘孝标注，载于《诸子集成》第八册，上海书店，1986。

一切事物现象之本体，不源自事物现象。从本体看，事物现象并非自已存有，虽为事物现象，其本体却为空。故曰：一切事物现象即空，而事物现象与其本体之空不一。

这两段引文，虽为后人转述，却基本表达了支道林的佛学见解。显然，支道林未持"色空一如"说。与释道安"本无"义比较，显然有别。从现象、本体之关系角度分析，由于在思维方式上，释道安"本无"之说，深受何晏、王弼"贵无"即"以无为本"思想之影响，其哲学、美学之见重本体、轻现象的倾向甚为明显。支道林"即色游玄论"，则具有本体和现象无所谓轻、重之思维与思想特点。此主要体现于"色即为空"以及"即色游玄"这两个佛学命题之中。

此"色"，指一切事物现象。"即色"者，即色即空，故云即色为空；"玄"，一种广义的"格义"说法。此处以"玄"说"空"，实指"空"。在思维方式上，"即色游玄义"，类于玄学"独化"说。是借"玄"说"空"、以"玄"误读"空"。郭象有"独化于玄冥之境"之言，支遁所谓"游玄"，类于郭象之"独化"，两者均指孤寂之精神境界；"游玄"，又通于"玄冥"，"玄冥"实指"无"。"独化于玄冥之境"，一个即"独化"即"玄冥"之现象与本体相"即"的佛学、玄学命题。其思维方式，亦便"崇有"与"贵无"、"名教"与"自然"两者兼得。在思想品格上，"即色游玄"，实乃"即色游空"，思维上又显然类于西晋郭象。此其一。

其二，支道林不仅称"色即为空"，而且指称"色复异空"。"色即为空"者，色空相即，体用不二；"色复异空"者，色空相离，体用不一。支道林一方面承认一切事物本体与现象（色）皆是空幻，另一方面又认为，一切事物本体之空与现象不一。故可云，虽支道林思维上具有本体与现象无所谓主次、轻重之特点，然而并不等于说，所谓"色即为空"，是将色、空二者等量齐观。从佛教缘起性空论分析，所谓般若性空，现象空与本体空同一，且本体空即现象空，反之亦然，或曰不仅空本体而且空现象。此现象空者，实乃假有。而支道林所谓"色即是空""色复异空"之言说，实际保留了一个以"色"为"有"而非"假有"的逻辑地位。这一"有"，即为"游玄"之"玄"。这正如唐元康《肇论疏》所言，"林法师但知言'色非自色'（引者按：即前引支道林所谓"色不自色"），因缘而成，而不知'色本是空'。犹存假有也"。这批评一针见血。我们看到，虽然支道林说过诸如前引"色即为空"如是之话语，实际并未彻悟般若性空之学关于"色即是空，空即是色"之真谛。何为色空不二？彻底的般若性空之学，根本不承认有所谓色、空二维结构。现象空也罢，本体空也罢，两者其实是一回事。仅仅由于言说之"方便"，但称现象、本体而已。对于般若性空来说，不是本体空之现象或不是现象空之本体，皆不可思议。人们之所以以色空、体用、本末、现象本体之类对应范畴来言说般若性空之第一义谛，确为教化所需，图个"方便"，否则无以言说。然而支道林"即色游玄"此一命题，有不离弃于外物而"游"空之义，保留所谓现象之"有"，未从彻底之般若性空之立场论证现象即"假有"这一问题。支道林的佛学思想，尚未彻底舍弃玄学思辨关于世俗、现实、此岸的肯定性判断之故。汤用彤云："至若待缘之假色（引者按：假有）亦是空，则支公所未悟。"[1]

其三，那么，支道林"即色游玄"义的美学意蕴究竟何在？

"即色游玄"，不离"色"而"游玄（空）"、实乃游"空"之谓，其"美"在"即色"而"游玄"之际。支道林以为，既"色即为空"，又"色复异空"。该二命题之逻辑关系，背悖而合一。"色"，处于佛教般若性空说与传自老庄的道（无）论之际。"即色"之"色"，其既为"假有"又为"有"。故此支公所言"色"，并非彻底之"有"（道家的"无"），亦非彻底之"假有"（佛家之"空"）。"色"，在无与空之际。

此正可证明：支道林的美学立场，趋于空幻又留恋于道（无）之境。在佛教般若性空教义中，本无现象"有"之地位，此"有"，正是被佛教所否定之世俗、现实、此岸、人生及其美，实际指世俗现象。般若学所言"即色"，乃空幻不离色尘之谓，有"即色（假有）"即"即真（空幻）"之义。释道安曾主张"据真如，游法性"[2]，即主张由"假有"此现象，直接把握"真如"本体，以"游法性"之境。道安此"游"，确以离弃于色尘为前提，亦即离弃作为"假有"或曰虚妄的世俗之美事美物，所谓"不恋红尘"是矣。支道林则不

---

① 汤用彤：《汉魏两晋南北朝佛教史》上册，中华书局，1983，第184页。

② 道安：《道行经序》，僧祐：《出三藏记集》卷七，金陵刻经处本。

然。其将"色"定位在"假有"与"有"、即出世间之空与世间之有之际。因而，其"即色"之"色"，逻辑上具有非空非有、亦空亦有之体性。从"游玄"之"玄"看，既不指空不指无，又指空指"无"。如此处有"美"，则其"美"在空、有二者若即若离、不即不离之中。既然此"色"除指"假有"（空）外，又指"有"（道、无），那么仅从此"有"处看，支道林的审美旨趣，显然与道无具更多之历史与人文联系。

支道林既为般若学者，又是玄学清谈之名士。支遁云，"夫般若波罗蜜者，众妙之渊府，群智之玄宗，神王之所由，如来之照功"，"登十住之妙阶、趣（趋）生之径路"；又说："徒知无之为无，莫知所以无；知存之为存，莫知所以存。希无以忘无，故非无之所无；寄存以忘存，故非存之所存。莫若无其所以存。"[1]同一篇序文，持般若、道无两种言说。前者持佛家般若口吻，后者如老庄之言。值得注意的是，此二说并非"井水不犯河水"、各奔西东，而在当时佛学之时代"语境"中，尤其在支遁本人看来，其学理之逻辑并无什么矛盾。就支遁本人之审美人格而言，确是亦佛亦道、出入佛、道，甚为潇洒自由。支遁"家世事佛，早悟非常之理（引者按：佛理）"，"沈思道行（按：指《道行般若经》）之品，委曲慧印之经，卓焉独拔，得自天心"[2]，又雅爱清谈、山水，与王洽、刘恢、殷浩、许询、郗超、孙绰、桓彦表、王敬仁、何次道、王文度、谢长遐、袁彦伯等名士交游。"会稽有佳山水，名士多居之，谢安未仕前亦居焉。孙绰、李充、许询、支遁等，皆以名士冠世，并筑室东山，与羲之同好。"[3]确为一个"即色游玄"之人格且践行之。此"即色"，恰恰乃"游玄"（游空）之前提，不"即色"不足以"游玄"，"即色"即为"游玄"之乐。此如其所言"清和肃穆，莫不静畅"[4]"何以绝尘迹，忘一归本无。空同无所贵，所贵乃恬愉。"[5]

显然，无论释道安之"游法性"，抑或支道林"即色游玄"之"游"，均

---

① 支遁：《大小品对比要钞序》，僧祐：《出三藏记集》"经序"卷八，金陵刻经处本。

② 《支遁传》，慧皎：《高僧传》卷四，金陵刻经处本。

③ 《晋书·王羲之传》，中华书局，1974。

④ 支遁：《八关斋会诗序》，《广弘明集》卷三〇，四部丛刊影印本。

⑤ 支遁：《闿首菩萨赞》，《广弘明集》卷十五，四部丛刊影印本。

借鉴先秦庄子"逍遥游"。《庄子·逍遥游》"乘云气，御飞龙，而游乎四海之外"，《庄子·德充符》"而游心乎德之和"，《庄子·田子方》"吾游心于物之初"与《庄子·应帝王》所谓"游心于淡，合气于漠"等，都有一"游"字在，都指精神自由之审美，指精神从实用、功利之域解放而出。释道安与支道林均称言"游"，一则直言"游法性"，由庄生所谓"游"此一"话头"入而其心性冥契于般若"法性"；一则假言"即色游玄"，因此"色"更多地保留以道无此"有"之属性，故支遁之佛学理论、人格践行，在崇佛之同时，更多地具有名士那般向往道无之境和自然之美的特点。此"游"之审美境界，因有佛教"般若性空"的参与，已不同于先秦老庄。亦与一般的魏晋玄学有别。老庄与玄学倡言之"游"，在世间，弃"有"（儒）而入"无"（道）；支道林之"游"，既遣于道无而悟入空境，又沾溉道无而流连其"风景"。支道林受魏晋玄学之影响，看来较释道安为甚，其般若性空之学更未曾彻底，空得不够。其倡言"即色"，在逻辑上，既舍弃"色"，又在一定程度上执着于"色"（世俗）之"美"。故总体上，其对于空之审美，以"即色"之"色"此"假有"为前提，又以肯定世俗之"色"（事物现象）为补充，有一点"出淤泥而不染"的美趣。刘孝标注云：

> 支氏《逍遥论》曰："夫逍遥者，明至人之心也。庄生建言大道，而寄指鹏鷃。鹏以营生之路旷，故失适于体外；鷃以在近而笑远，有矜伐于心内。至人乘天正而高兴，游无穷于放浪，物物而不物于物，则遥然不我得。玄感不为，不疾而速，则逍然靡不适，此所以为逍遥也。"[①]

这里，支道林重新解说庄生"逍遥"之含蕴，称"鹏鷃"之"逍遥游"，既"失适于体外"，又"在近而笑远"，并非亦空亦无、非空非无、以无趋空、以空回无的"遥然不我得"之审美。称庄子所谓"至人"的那种"游"，已不是我辈所游履之"逍遥"。其明确提出"至足"之"逍遥"说。诘问："苟非至足，岂所以逍遥乎？"①，又称所谓"至足"，"建同德以接化，设玄教以悟神"②。该用词仍具"格义"之特点，"接化""悟神"云云，盖佛家语。确是一种新时代"即色"之"游"且涉于审美。

即色宗之见，固然与老庄不无关系。而对于当时郭象《庄子·逍遥游注》所谓"夫小大虽殊，而放于自得之场，则物任其性，事称其能，各当其分，逍遥一也"之"适性"说，又持批评之态度。《高僧传》记云："遁常在白马寺，与刘系之等谈《庄子·逍遥篇》，云各适性以为逍遥。遁曰：'不然。夫桀跖以残害为性，若适性为得者，彼亦逍遥矣'。"③是的，若仅言"适性"即所谓任性而为，那么桀跖之类以"残害为性"，岂非亦为"逍遥"？人性有善有恶，恶的人性，任意而为之此一"逍遥"，当然与审美无涉。而"即色游玄"，必同时关乎外在对象之"色"即事物现象和人性（人格）即主体之"心"的"玄"，因"色法"而关乎"心法"，这里，断非一切"即色"即可成为审美意义之"游玄"。

支遁本人的人格美，亦具魅力。"人尝有遗遁马者，遁受而养之。时或有讥之者，遁曰：'爱其神骏，聊复畜耳'。"可见与一般文士之好无别。"后有鹤者。遁谓鹤曰：'尔冲天之物，宁为耳目之玩乎？'遂放之。"痴痴然与仙鹤对话，物我一如，又放鹤归去，翔其自由，以为未可亵玩，此则道家之审美心胸。"遁幼时尝与师共论物类，谓鸡卵生用，未足为杀，师不能屈。师寻亡，忽现形，投卵于地，壳破雏行，顷之俱灭，遁乃感悟，由是蔬食终身。"④"师寻亡""现形""投卵""壳破雏行之类，为佛教神话，但支遁因而"感悟"、终身"蔬食"，即信守佛教戒律的行为，可见真乃佛门中人。亦佛亦道，支遁人格之美即在于此。

第三，心无宗。此宗为支愍度（支敏度）、竺法温⑤与法恒所创立。刘义

---

① 支遁：《逍遥游论》，刘义庆：《世说新语·文学第四》，刘孝标注，《诸子集成》第八册，上海书店，1986，第55页。

② 支遁《大小品对比要钞序》，僧祐：《出三藏记集》卷八，金陵刻经处本。

③ 《支遁传》，慧皎：《高僧传》卷四，金陵刻经处本。

④ 同上。

⑤ 按：竺法温，即竺法蕴，竺道潜（竺法深）弟子。佛徒法号，往往喻佛之义境。如本为"法温"，似于义境无通，"法温"似为"法蕴"传抄之误。

庆《世说新语·假谲篇》云："愍度道人始欲过江,与一伧道人为侣。谋曰:'用旧义往江东,恐不办得食'。便立心无义。"此将"心无义"之始,归于谋食使然,似乎有点儿"法论"未转而"食轮"先转的意思。心无义创始之因,自当并非如此简单。汤用彤引陈寅恪《支愍度学说考》,以为"心无之义,创者支愍度,传者道恒、法蕴"[1],此说中肯。

心无之义,吉藏《二谛章》概括为"空心不空色"。吉藏之《僧肇·不真空论》云:"心无者,无心于万物,万物未尝无。此得在于神静,失在于物虚。"此"无",实"格义"之"方便"用法。"心无"即"心空"之谓,某种意义上,亦可说为"谬说'心空'"。如果僧肇关于"心无"的解说,真实而准确地传达了支愍度"心无"义真谛的话,那么,所谓"无心于万物,万物未尝无"这一"心无"之义,实际便是:于"万物"之上"无心"而"万物"不一定"无",或曰"空心于色,色未尝空",或曰"空心不空色"。"空心不空色",以"格义"言之,即所谓"心无色有"亦即"心空色有"。

佛教般若性空之学,持"心空法空"之见,斥破我执、法执。此"法",在这里有"一切事物现象"之义,类于佛学概念"色"。妄执于心之计较、分别,称我执;执持于心外之物境,称法执。"我执,法执"者,"心有色有"也。《唯识论》有云,"由我、法执,二障俱生。"是斥破"我执法执",则"心空法空"即"心空色空"耳。

元康《肇论疏序》,称"心无"义以"心空为空",而"不空因缘所生之心为有"[2]。意思是,心不滞累于物,故"心空",而物本身为"有"。

　　　心无者,无心于万物,万物未尝无。此得在于神静,失在于物虚。[3]

此述支愍度"心无"义之"得"与"失"。无执于心,为"得";不知物性

---

① 汤用彤:《汉魏两晋南北朝佛教史》上册,中华书局,1983,第189页。

② 元康:《肇论疏序》,《肇论疏》卷一,《大正藏》第四十五册,P0163a。

③ 僧肇:《不真空论第二》,《肇论》,上海佛学书局影印本宋本,《中国佛教思想资料选编》第1卷,中华书局,1981,第44页。

亦空之理，为"失"。僧肇此言是。"得"在于心神宁静即心神空寂（"神静"乃"格义"用语，实为"清寂"）；"失"在于"物虚"（"物虚"亦"格义"用语，实为"物空"即"色空"），"心无"义不明"物性"（色性）是"空"，终归是其"失"。

"心无"义"空心不空色"，斥破了我执，却未斥破法执，为"心空色碍"。

值得注意的问题是，既然"但于物上不起执心"（心空），又是怎么"不空色"（色碍，不空外物）的呢？既然"不空色"，又如何能做到真正的"心空"？这种"我空法有"的佛学主张，其远因，是印度小乘佛教关于心物关系的基本见解，即否认心体实有而不否认客体实在，与大乘的"我法二空"有异。

芸芸众生的"心"，总是有"我"，总是系累于贪欲、嗔恨、分别、计较与烦恼，恶行皆由"心"而起。一旦此"心"悟入"无我"之境，便是"心空"。因此，所谓"法执""我执"，归因于"心执"；所谓"人法二空"，实为"心空"。小乘教义一般推崇阿罗汉果。小乘"佛教徒自称，在修持中虽然已破我执，但不破法执，虽已证我空，但未证法空，虽已断烦恼障，但还未断所知障"[①]。实际是"空"得不够彻底，尚保留一点"物有"的思想与思维因素。从其近因看，中国自先秦始，即重视人之心体究竟如何以及如何修持这类根本的哲学、美学问题。比如孟、荀的人性、心性说，实际说的是人心本善、本恶之见。某种意义上可以说，中国传统"人性"论，即"人心"论，以为只要人心求得解放，便是人性之解放。或者说，试图将人性及其美学问题，逻辑地放在"人心"（心性）层面上来求得"解决"。因此，"六家七宗"中的这一"心无"义，可说是中华传统"心性"说与印度来华小乘"我空法有"义之晋人"格义"的一个产物。印度佛教心性论，包括心识论与心性染净论等。在中华佛教哲学、美学史上，"心"是一个极为重要而基本的佛学范畴，所谓"肉团心""缘虑心""集起心"与"如来藏心"等等，曾经引起热烈、深刻而持久的讨论，从而推动中华佛教哲学与美学的发展，无论是印度还是中国佛教的哲学、美学，都是由世界本原、本体论与人生论及其修持论等所构成的，它们所要回答的问题，无非是：世界源起于何？世界及其本体如何可能？世界应当怎样？世

---

① 黄心川：《印度佛教哲学》，《中国佛教史》第一卷附录四，中国社会科学出版社，1981。

界的归宿究竟在哪里？而其中，人"心"安"在"与人"心"如何解脱，是其关键。因此，佛教的哲学与美学一定意义上可以说是一种"心学"。在此，笔者想说的是，随着这一早期佛教美学史论述的深入可以看到，无论南北朝关于"佛性""阿赖耶识"与"真心本觉"的论辩，还是以后如有可能，研究、写立与发明，多尤为离不开一个"心"字。而东晋时期的"心无"（心空）义，可以让看出中国佛学及其美学作为一种特殊"心学"的一点苗头。"心性"义的"美学"，在佛教般若性空说与魏晋玄学之际，既要以"心无（心空）"为"美"之本，又因"空心不空色"而让世俗现象（色）之可能的美，得以肯定。从般若性空角度看，此乃"心""色"二维而未圆，因而"心无"之"美"，并非"圆照"之境。从魏晋玄学尚"玄"（无）分析，依然是玄无之美在此未褪尽风色，而让其"栖居"于魏晋玄学的历史与人文的"阴影"之中，这是哲学与美学之特有意思的一道风景。

要之，关于"六家七宗"，僧肇曾说其中以本无、心无与即色三家为重要。此言是。笔者以为，从逻辑结构看，"本无"义所讨论的，主要是世界源起于何、世界及其本体如何可能的问题，其中"本无异"义，侧重于"世界本原"（"无在有先"）。"心无"义关注人"心"安"在"、人"心"何为、人"心"如何解脱等问题。只是在其"不空外色"之前提下，企望人"心"亦得解脱而已，所以受到后代持彻底之般若性空学者如僧肇等的批评。正如前述，"即色"义所谓"色即为空，色复异空"，前者类于"本无"，后者类于"心无"。其在"六家七宗"中的位置，相当有趣。"六家七宗"的其余诸宗义，如"识含""幻化"与"缘会"等，又与"心无"相通而有区别。如"识含"义，称三界为长夜，心识为大梦，世俗群有，皆如梦幻，而梦幻既醒觉，即暗夜晓曦，倒惑断灭，三界惟空。佛教以欲界、色界、为色界为"三界"，指芸芸众生未脱生死烦恼之世界。一旦觉醒，放大光明，心无尘累，"美"得灿烂。这类于后世《大乘起信论》所言"一心开二门"，"自性清净心"因缘于"时"而开出"心真如门"与"心生死门"。由竺法汰弟子道壹所创立的"幻化"义，正如安澄《中论疏记》所说，"一切诸法，皆同幻化"，"心神犹真不空，是第一义。若神复空，教何所施？谁修道？"一切事物现象皆为空幻，佛教都作"如是说"。可是幻化宗"发现"了一个"理论困难"，如果万法皆空，那么"心神"究竟是空还是不空? 如果"心神"亦空(幻化),那么"教何所施? 谁修道?"意思是,"谁"为"修道"的主体。因而"心神犹真不空"。其实正如乎述: 众生"修道"之时,可证并未悟道成佛或"中观""毕竟空"境,自当有"我"(主体),而一旦成佛往生"西方"或般若顿悟,便是"无我"即"空","美"之至也。从另一角度看,幻化宗义,正与"心无"(心空)义对应而相反,是自魏晋至南北朝"神不灭"说另一说法。由于道邃所创立的"缘会"义,正如吉藏《中观论疏》所云:"明缘会故有,名为世谛。缘散故即无,称第一义谛。"这从俗谛、真谛之关系角度立说。"世谛",世俗之谛即俗谛;"第一义谛",真谛。般若性空之学认为,万法因缘(即"缘会")而起,刹那生灭,故无自性,故一切空幻。但是,这里"缘会"义认为,"缘会"和合"故有",而"缘散故即无(空)",前为俗谛,后为真谛。这种"格义",有庄周的影子。《庄子》曾以"气"之"聚散"论生死,称"聚则生,散则死"。"缘会"的"会",有"聚"义。因而在思维方式上,"缘会"义没有斩断与传统庄学的人文联系。至于"有""无"用语,则更来自老庄而无疑。但以因缘的"会""散"来论证俗(有)、真(空)二谛,是打上了庄生烙印的缘起论。

东晋时期的"六家七宗"说,显然体现了这一时代雅爱抽象玄思的人文特色,潜隐于佛学教义中的哲学本体论等,因其人文哲学作为一种有思想深度的思维,将美学"唤上前来"。"六家七宗"没有一字谈到美学(偶尔有"美"或"恬愉"等字眼),并不等于说其没有任何美学意义甚至思想。如果说,"本无"义以世界"本空",从本原、本体上触及"空"的美学之魂,它提供了一种思考、论证美与丑的思维深度的话,那么,从其对世俗、现实、现象之美与丑的否定中,已开始将一种趋于思维深致的美学理念,建构于中华佛教美学。其实"六家七宗"以及此后可能将要研究、论述的佛教流派教义的美学,都具有这一特点。"本无异义"更多地从哲学本原角度,来说"空"之"美"的人文根因问题。"即色"义以"色"在"有"与"假有"之际、以"玄"之"即色"即"空",重新解读"逍遥""游玄(空)"的精神自由之"美"。"心无"义要求斥破"心"之障碍,即使"不空外物",亦在强调"心无(空)"的无所执著之"美"。然则不达"究竟"。且尤为受到批评:"时沙门道恒,颇有才力,常执心无义,大行荆土。汰曰:'此是邪说,应须破之。'乃大集名僧,令弟子昙壹难之，据经引理，析驳纷纭。恒仗其口辩，不肯受屈，日色既暮，明旦更集。慧远就席，攻难数番，关责锋起。恒自觉以义途差异，神色微动，尘尾扣案，未即有答。远曰：'不疾而速，杼机何为？'坐者皆笑。心无之义，与此而息。"①当然，这是遭到另一"佛门中人"的批评，说明其曾经产生了不小的人文影响。而"识含"义认为"心识""含"藏"美"的种子，但为"惑"所蔽，"群有"未"美"，提倡"觉"（空）性。"幻化"义以"心神犹真不空"说，提出中华佛教美学上关于审美主体（心神）这一重要问题。"缘会"义以"缘""会"为假有，"缘""散"为"无"（空）。所谓"缘""散"，尘缘了断，故为"第一义谛"之"美"。

显然，"六家七宗"以"本无""即色"与"心无"三家为主，三家以"本无"为重，而"本无"义，又须以道安的佛学、哲学与美学理念为宗要。正如前述，道安不仅为"本无宗"的开创者，而且其组织佛经汉译，首倡所谓"五失本三不易"②。"自汉魏迄晋，经来稍多，而传经之人，名字弗说，后人追寻，莫测年代。安乃总集名目，表其时人，诠品新旧，撰为经录，众经有据，实由其功。"③又教化弟子僧众数百，为时之最大僧团，且注经作序，"序致渊富，妙尽玄旨，条贯既序，文理会通，经义克明，自安始也"④，"道安是我国东晋时最博学的佛学家"⑤。在其以"玄"解"空"、大弘般若性空、倡言"无在元化之前，空为众形之始，故谓本无"⑥学说之同时，又在《安般守意经注序》等诸多汉译佛经序文中，倡导禅学、禅法。道安所谓"得斯寂者，举足而大千震，挥手而日月扪，疾吹而铁围飞，微嘘而须弥舞，斯皆乘四禅之妙止，御六息之大辩者也"⑦之言，传达了关于禅寂之惊心动魄的美感。其《阴持入经序》又强调，"以大寂为至乐，五音不能聋其耳矣；无为为滋味，五味不能爽其口矣。"⑧

① 《竺法汰传》，慧皎：《高僧传》卷五，金陵刻经处本。
② 道安：《摩钵罗若波若蜜经钞序》，僧祐：《出三藏记集经序》卷八，金陵刻经处本。
③ 《道安传》，慧皎：《高僧传》卷五，金陵刻经处本。
④ 《道安传》，僧祐：《出三藏记集》，金陵刻经处本。
⑤ 《中国佛教思想资料汇编》，第1卷，中华书局，1981，第32页。
⑥ 《名僧传·昙济传》引《七宗论》。
⑦ 道安：《安般守意经注序》，僧祐：《出三藏记集经序》卷六，金陵刻经处本。
⑧ 道安：《阴持入经序》，僧祐：《出三藏记集经序》卷六，金陵刻经处本。

寂，涅槃，亦称寂灭。离所有幻相谓寂。《维摩经·佛国品》云："知一切法皆悉寂灭。"僧肇《维摩经注》："去相故言寂灭。"寂者尤其"大寂"即根本之"寂"，可谓"至乐"。这一"至乐"之美感，道安《人本欲经序》称其"邪正（引者注：即正邪）则无往而不恬，止鉴（鉴止）则无往而不愉。无往而不愉，故能洞照而旁通，无往而不恬，故能神变应会。神变应会，则不疾而速，洞照旁通，则不言而化"[①]。道安《了本生死经序》云，此则"道鼓震于雷吼，寂千障乎八紘，慧戈陷乎三有，于是碎痴冠，决婴佩，升信车，入谛轨，则因缘息成四喜矣"，故"美矣，盛矣"[②]。显然，凡此禅悦之境，其心理内涵，既丰富又深致，难分孰为禅、孰为美。

本文发表于《美学与艺术评论》第17集

---

① 道安:《人本欲生经序》，僧祐:《出三藏记集经序》卷六，金陵刻经处本。
② 道安:《了本生死经序》，僧祐:《出三藏记集经序》卷六，金陵刻经处本。

东汉时期佛教美学意蕴的初始酝酿

所谓中华佛教美学意蕴的初始酝酿，发生在东汉时期，是指它最初的积渐过程及其结果。自大致两汉之际印度佛教东渐于中土，经东汉约二百年初传，其广度与深度，都处于初始阶段而难称普及与深入。佛教先是在朝廷、王族与极少数士子中间传播。这是在中印异域文化之间所进行的一场充满艰难与误读的人文"对话"，彼此深感惊奇、困惑、恐省而又同情。

佛教的最初入传，开启了中华文化、哲学与美学的剧烈嬗变。当中华历史上第一个"学为浮屠"的贵族楚王刘英"信佛"，当第一位初信佛教的帝王汉桓帝刘志"于宫中立黄老，浮屠之祠"（《后汉书·裴楷传》），当严佛调作为第一人"出家做和尚"①之时，人们也许始料未及，这种初始的剧变，已经在酝酿之中，仿佛能够让人听到它那奔腾而隐隐涌动的潮声了。

一、禅定"守意"（寂）与般若"本无"（空）之"乐"

这主要始于安世高所译介之禅数学与支娄迦谶所译介之般若学。安译禅数学，属印度小乘一系。禅，指禅定禅观；数，指数息数法，皆重于身心修持。吕

---

① 按：《晋书》卷九五《艺术·佛图澄传》载"王度奏章"云："汉代初传其道，唯听西域人得立寺都邑，以奉其神。汉人皆不得出家。魏承汉制，亦循前轨。"但临淮（今属安徽）严佛调于汉灵帝末年赴洛阳，与沙门安玄共译《法镜经》，为第一位汉籍僧人。只是汉末未传译佛经律部，估计严氏"出家"未受"具足戒"（比丘戒）仅思想信仰而已。又，严佛调参与译经为汉光和四年（181年）。

澂云："所谓'数'，即'数法'，指毗昙而言。"①禅数学是禅学与毗昙学的合称，二者在身心入定的修为上，具有共通性。

安译《佛说大安般守意经》云："安般守意。何等为安？何等为般？安名为入息，般名为出息。念息不离，是名为安般。"②此指修持者控制呼（出息）吸（入息）而禅定，便是《安般守意经》所谓"从息至净是皆为观，谓观身相堕，止观还净，本为无有"③。

这一佛教修为"常法"，似乎与审美无甚联系，其实并非如此。早在印度佛教入渐中土之前，先秦儒、道两家，作为中华先秦美学的主要学派，一主"有"的审美，体现于道德人格及其艺术等（儒），如《论语·学而》有云："礼之用，和为贵。先王之道，斯为美。"一主"无"的审美（道），通行本《老子》所言"致虚极，守静笃"与《庄子》的"心斋""坐忘"之说，都指审美过程中主体审美心灵以"无"为美这一问题。"有"与"无"的审美，起于经验、形下又上升为超验而形上，从而达于哲学意义的本原本体。

仅就道家"无"的审美而言，审美的发生、过程与境界，主体必瞬时忘其功利荣辱，收摄纷散之心而刹那凝神观照，它是对于儒家所主张的"俗有"之境的挥斥。《安般守意经》的"数法""禅数"，其要旨在于通过数息入定，"眼不观色，耳不听声，鼻不受香，口不味味，身不贪细滑，意不志念，是为外无为。数息相堕，止观还净，是为内无为也"④，从而达成"六根清净"，拒绝世俗美的诱惑，破斥俗有、超越道无而入于佛之空幻。这种不同于儒"有"、道"无"的修持方式，蕴含着第三种"审美"因素，为吾皇皇中华旷古所未有。

斥有、祛无而守空（守意），是《安般守意经》关于"寂"（空）之审美的根本点，在于"断内外因缘"、跳出轮回而得趣于禅定之"乐"。《安般守意经》有"四乐"说："守意中有四乐。一者知要乐；二者知法乐；三者知止乐；四者知可乐。是谓四乐。"⑤其须经初禅"离生喜乐地"，二禅"定生喜乐地"，三禅

---

① 吕澂：《中国佛学源流略讲》，中华书局，1979，第28页。
② 《佛说大安般守意经》卷一，安世高译，《大正藏》第十五册，P0165a。
③ 同上书，P0167c。
④ 同上书，P0169c。
⑤ 同上书，P0164a。

"离喜妙乐地"，四禅"舍念清净地"。以此"四禅"（"四乐"），对治于俗世"四欲"①，而得"乐"必"非身"。所谓"非身"，须作人之肉身的"不净"之"观想"。所谓"观想"，比如眼见肉身肥硕，当念死尸肿胀；白净肌肤，只当是一副白骨；浓发黑眉，看作朽败发黑；朱唇明眸，意想腐血紫赤。凡此，是对人之肉身欲望的断然拒绝。这种"四乐"，与审美相构连，并非指五官的快感，亦非精神臻于道无之境之本原本体的美感，而是消解五官快感与道无之美感时所实现的那种精神状态与境界，由禅定禅观而臻于空寂之境。

破斥世间"有""无"，关键从缘起说领悟世俗的苦厄与烦恼。佛教基本教义的"四谛"即苦、集、灭、道——人生本苦，苦必有因，苦可解脱，解苦之途，成为其教义的基础。人生本苦作为四谛说的逻辑原点，惟在彻底渲染人生之苦，才得凸显从一切苦厄拔离的必要，惟有离苦才能得乐，离苦即得乐。

"守意"，不使心神纷散而染机巧与分别之心等，有类于尚"无"而瞬时审美的凝神观照，即物我两忘、主客浑契、排除杂念、分别与功利等，进入主客一如之境。而禅观之"守意"在"寂"，瞬时的凝神审美在"无"，两者"异质同构"。

佛教"守意"又称"非身"，即对肉身作"不净"之观想，做到眼不视色，耳不听声，鼻不受香，口不味味，身不贪细滑，意不志念，对肉身及其欲望进行彻底的精神洗涤与否弃。否弃人的肉身和五官欲望的真实性，肯定"禅数""禅观"精神（念）的真如性，则入定于禅乐之境。

其"美感"的"洪荒之力"，真如释道安《安般守意经注·序》所云：

> 得斯寂者，举足而大千震，挥手而日月扪，疾吹而铁围飞，微嘘而须弥舞。②

"寂"作为"禅观""神通"之境，不可思议，其空寂之伟力，无以复加。从美学角度看，禅寂这一"美感"体验，无疑显得更深邃、更精微、更恢弘，

① 《法苑珠林》卷二所谓"四欲"，指"情欲""色欲""食欲"和"淫欲"。
② 道安：《安般注序》，《中国佛教思想资料选编》第1卷，中华书局，1981，第34页。

"美"得令人惊心动魄。

支译佛典的历史与人文功绩，是将印度大乘空宗一系的般若思想，初译于中土。其般若之学，从此参与了中华古代美学思想体系的建构，并施加影响于深远。

支译般若学，以缘起说、因果论为其基本教义，在这一点上，它与安译禅数学无有多大区别。然则，安译小乘学重在宣说"业感缘起"而高标"人无我"即"非身"说，倡言"安般守意"。大乘空宗般若学，主张诸法无我，诸行无常、涅槃寂静，称说"人无我"而"法无人"①，人、法二空而立"无有自性"（空）之说。

对于中华美学而言，般若与佛一样，是一种全新的人文哲学理念。般若，梵文Prajñā音译的简称，亦称般若波罗蜜，意译为"智度"，"觉有情"与"自觉觉他"之谓，意即通过"菩萨行"，以般若之智成就空幻而普度众生，大不同于中华本土所言"智慧"，而是一个全新的佛学、哲学与美学范畴。般若学的译介，遂使中国美学从此在一定程度上，拓宽了它的思维广度，加深其思想深度。

先秦亦有"智慧"说。《论语·雍也》记孔子言说："务民之义，敬鬼神而远之，可谓知（智）矣。"《论语·里仁》"朝闻道，夕死可矣"的"道"，即原始儒家所倡言的人生智慧。孟子则称，"虽有智慧，不如乘势"②。意谓人生的最高智慧，在于审时度势。纂编于先秦战国中期的通行本《老子》称，"大道废，有仁义，智慧出，有大伪"，将儒家的"智慧"说贬得一无是处，推崇其作为最高"智慧"的"道"。然则无论儒、道的思维与思想域限，都在此岸世间，与入渐之印度佛教的智慧观及其美学意蕴迥然有别。般若智慧，一指圆融涅槃

---

① 按：称"无我"。在"有我"与"无我"问题上，印度小乘之学内部曾有论争。部派佛教犊子部，以"不可说之补伽特罗（pugadala）"为"我"。此"我"，意为"常一不变"，而世间万法因缘而起，刹那生灭，故性空。"无我"之"我"，不可称为"五蕴之我"，亦并非"离五蕴而存有之我"。经量部提出"胜义补伽特罗"说，此指"真我"，与犊子部所持不一。"无我"说的逻辑是，正如《中阿含经》卷三十所言，"若见（引者：现）缘起便见法，若见法便见缘起"。既然万法五蕴集聚，空无自性，那么，诸法性空，即是"无我"。
② 《孟子·公孙丑上》，《诸子集成》第1册，上海书店，1986，第108页。

之境，洞见佛性，烛照实相，所谓照彻名智，解悟称慧；二指圆成涅槃的方式途径。解粘而释缚，涤垢以离尘，出离生死、登菩提岸而转痴迷者，佛教曰智慧，简言为"空"。

众生心总是囿于世间"持想"而"想入非非"，是世俗芸芸堕入虚妄深渊的一大病根。般若学提倡"无想"，此《道行般若经·道行品》所言"不当持想"，指心识的无所执著，以"无想"为般若之智。"不当持想"，亦即"无生"，指"心无所动"而无有贪求，此则为净观。"无想"即"无相"，指不落名言，斥破虚妄的现象世界。这一实现，便是佛教的"无得""无着"①。将世俗意义的事相、形象、本质及其发展变化的美，加以彻底扫除，从而做到心灵与境界"空诸一切"，一种被称为"般若性空"的"美"，在否定之时被肯定。

般若性空之"美"与"美感"究竟何以可能？很难对其进行知识论意义的定量定性分析，惟在彻底否定世俗分别、功利、生死、悲喜的念想与真假、善恶、美丑之时，才可被观想领悟。无论"诸色"（一切事物现象）抑或主体、主观（痛痒、思想、生死、行识）所引激的苦乐与美丑等，皆处于"无住"之境，即是所谓"无着""无缚""无晓"，"无所生乐是故为乐"，"是为乐无所乐"②。

般若学教义亦讲"自然"，指主体无着、无缚、无知即空。对于痛痒（触）、思想（念）、生死与行识而言，所谓"过去色""当来色"（未来色）与"现在色"，一切皆空。在先秦老庄美学那里，自然作为原朴之美，是道是无。这里所谓"自然"，是借老庄之言来说般若空智的一种新的"美感"体验，指性空这一般若智慧，以本土"自然""误读"佛教之"空"。

般若"自然"之"美"及其"美感"，《道行般若经·清净品》又以"清净"二字加以概括。"舍利弗白佛言：清净者，天中天！为甚深，佛言甚清净。舍利弗言，清净为极明。天中天！甚清净。舍利弗言，清净无有垢。天中天！佛言甚清净。舍利弗言，清净无有瑕秽。天中天！佛言甚清净"③；清净，离弃

---

① 按:《道行般若经·强弱品》"经法本净，亦无所得"。
② 《道行品第一》，《道行般若经》卷一，《大正藏》第八册，P0428c。
③ 《清净品第六》，《道行般若经》卷三，《大正藏》第八册，T08，P0442a。

尘世之物欲与烦恼,以智慧的"清净"为至要,归根结蒂一句话,"清净者,天中天"。

佛教所谓"天",有最胜之光明、自在与清净之义,亦称"无趣"。趣即趋。佛徒所向往的菩提,最胜、最乐、最善又最为妙高,故称"天中天"。其"美"的庄严与崇高,达到"清净"的极致。佛教入渐中土之前,中华本土,惟有道家所言"清静"而断无"清净"一词。清净作为佛家语,有无垢、空寂、明觉而无所执著义,此《大智度论》所以说"惔然快乐者。问曰:此何等乐?答曰:是乐二种。内乐涅槃乐。是乐不从五尘生。譬如石泉水自中出不从外来。心乐如是",而"能除忧愁烦恼心中喜欢,是名乐受"①。

二、得风气之先,创造中华佛教艺术审美新品类

东汉佛教初传、佛经初译时,佛教美学意蕴的初始酝酿,大凡体现于三大方面。

先说佛塔佛寺的新建与佛像的绘塑,得风气之先,创造了中华佛教艺术审美的新品类。

《四十二章经·序》有云,东汉永平年间,明帝感梦遣使求法,"至大月支国,写取佛经四十二章,在十四石函中,登起立塔寺"。东汉末年的《牟子理惑论》言之更详:"于是上悟。遣使者张骞、羽林郎中秦景、博士弟子王遵等十二人于大月支写佛经四十二章,藏在兰台石室第十四间。时于洛阳城西雍门外起佛寺,于其壁画千乘万骑,绕塔三匝。又于南宫清凉台及开阳城门上作佛象。明帝存时,预修造寿陵,陵曰显节,亦于其上作佛图象。"②

这里,暂且不说明帝感梦遣使求法记载的真实性问题。关于中华佛塔佛寺的创建源于印度这一点,是毋庸置疑的。《长阿含经》第四《游行经》称,传说释迦圆寂,其舍利(灵骨)分为八份,建塔以为供奉。据《八大灵塔名号经》,八大佛塔分别建:迦毗罗卫城蓝毗尼(佛陀诞生处)、摩揭陀国尼连禅河畔

---

① 《大智度初品中放光释论第十四之余》,龙树:《大智度论》卷八,《大正藏》第二十五册"中观部类",P0120c—0121a。

② 牟子:《理惑论》,《中国佛教思想资料选编》第1卷,中华书局,1981,第10页。

（佛陀成道时沐浴处）、波罗奈斯城鹿野苑（初转法轮处）、舍卫国祇树给孤独园（说法处）、曲女城（说法处）、王舍城（说法处）、广严城（说法处）、拘尼那揭（说法处）。《大般涅槃经》亦有相似记载。渥德尔云："这些早期宝塔也许不过是半圆形土冢，有点像史前期的坟墓，非常不同于后来的砖石高塔结构。"①塔，梵文写作stupa，巴利文thūpo，汉译"窣堵坡""塔婆"，本义为"累积"。"窣堵坡"的最早型式，是"一个坟起的半圆堆，用砖石造成，梵文名安达（anda），其义为卵，其下建有基坛（Mēdhi），顶上有诃密迦（Harmika），义为平台，在塔周一定距离外建有石质的栏楯（vēdika），在栏楯的四方，常饰有四座陀兰那（torana），义为牌楼，这就构成所谓陀兰那艺术"②。在今印度中央邦马尔瓦地区保波尔附近，有山奇大塔，始建于公元前273至前232年的阿育王时代。塔四周建石质栏楯。栏楯四方，饰以牌楼者凡四，亦称天门。其形制，于两石之上戴以柱头，上横架上、中、下三条石梁。石梁中间以直立短柱相构，其上饰以对称性浮雕，多取材于佛陀本生故事或佛传故事。在犍陀罗艺术来临之前，当时印度尚未受到希腊神像雕塑艺术的影响，在当时的佛教理念中，佛陀如此庄严而伟大，凡胎俗子，如果直接面对佛陀形象，便是冒渎神佛。因而，雕刻佛陀形象在当时不被允许。即使雕刻佛陀说法情景，"也只是弟子围列左右，中央却不设佛体，而留下一棵菩提树或莲座算是象征"③。

印度佛塔起源悠古，它是中国佛塔的"印度元素"。印度部派佛教时期，相当于中国西汉，尚无成文佛经，亦未造佛像，仅以佛塔为崇拜对象。印度贵霜王朝的迦腻色迦王时代（78—123），佛教隆盛，遂逐渐出现成文佛经，其大多书于桦树皮与贝叶之上。公元一世纪后期，印度出现原始佛像。据考，后人曾从地下发掘迦腻色迦王时古钱币一枚，上刻镌释迦佛像，四周有一"佛"字，以希腊字母拼写。在今阿富汗西部（毗邻于古印度的迦尔拉巴特），有佛塔遗址发现，年代约在公元一、二世纪，证明此时印度佛塔等艺术，已向外传播。

---

① ［英］渥德尔：《印度佛教史》，商务印书馆，1987，第208页。

② 常任侠：《印度与东南亚美术发展史》，上海人民美术出版社，1980，第12页。

③ 按：参见王振复：《建筑美学》"塔的崇拜与审美"有关章节，云南人民出版社，1987；中国台北地景出版股份有限公司，1993。

但汉桓帝建和二年（148），安息僧人安世高来华传小乘，迄今尚无直接证据称其同时携来小型佛塔等佛教艺术品。这不等于说，汉明求法使者归来时肯定未将塔寺理念等输入中土。鉴于印度佛陀圆寂未久便有塔的建造及其崇拜，且此后曾极为繁盛，有佛塔"八万四千"之传说。因而印度佛塔理念较佛像为先传渐于中土，是可能的。似乎可以说，《四十二章经·序》所言"登起立塔寺"，要比《牟子理惑论》所谓"时于洛阳城西雍门外起佛寺"等记载，显得更为真实些。

正如中华佛教一样，佛寺佛塔的建造，从一开始，就走上一条"中国化"之路。

方立天曾说，所谓佛教"中国化"，既是中华佛教学者从大量入传经典文献中精炼、筛选佛教思想、制度和修持方式的结果，又使之与中土固有的文化传统相融合，形成独具本土特色的宗教，表现出有别于印度佛教的特殊精神面貌和中华民族传统精神的特征。印度佛教传入中土后，形成了汉地佛教、藏传佛教和傣族等地区佛教三大支，是佛教的汉化、藏化和傣化。[①]

印度佛教初传，在佛寺佛塔的建造上，必与印度原型大异其趣，首先是其哲学或文化哲学及其美学的"中国化"。

就佛塔佛寺而言，"据说，我国之塔，当以汉明帝永平十八年（75）所建之洛阳白马寺为最先"[②]。"当初白马寺的主题建筑，为一方形木塔。塔据寺之中心位置，四周廊房相绕。稍后，三国时笮融在徐州建造的浮屠祠，亦建木塔在祠域内"。这一塔例，已与印度佛塔大为不同。其舍去了印度山奇大塔的四座天门牌楼，改为木制结构，且建于寺院中庭。这一合建形制，源于印度"支提"窟。"支提"建于石窟或地下灵堂之内，称"塔柱"，以供佛徒绕塔礼佛。在中土，原先的塔柱，已演变为中土的方形木塔，窟殿已由地下升到地面，改制成脱胎于中国古代民居、宫殿一般形制的寺了。由此开启了寺塔彻底"中国化"的文化与审美历程，继而寺、塔分建，将塔建于寺外，或仅建寺或仅建塔。

---

① 方立天：《佛教中国化的历程·引言》，载《方立天文集》第1卷，中国人民大学出版社，2006，第41页。

② 刘敦桢：《刘敦桢文集》，第一卷，中国建筑工业出版社，1982，第4页。

据南朝齐王琰《冥祥记》所言，《牟子理惑论》称"时于洛阳西雍门外起佛寺"，指的就是洛阳白马寺。杨衒之《洛阳伽蓝记》卷四有云，"白马寺，汉明帝立也，佛教入中国之始"，这大约据后人传说而追记，连同前文所引刘敦桢所言，其历史真实性待考。然则佛寺包括佛塔的"中国化"，确是必然早晚要发生的文化和美学事件。

金文有寺字，刻于沃伯寺簋，写为上"止"（趾）下"手"结构。寺字本义，手足之谓。供人使唤者，寺。《周礼·天官·寺人》有"寺人"之记，其注云："寺之言侍也"。《六书正》卷四称，"寺，古侍字"。《诗·大雅·瞻仰》有"匪教匪诲，时维妇寺"的吟唱，以"寺"与"妇"并提。从秦代始，宦侍者所居官舍称为寺。西汉景帝中元六年设太常寺一职，为九卿之一。北齐亦设太常寺。又有作为中国旅舍原型的所谓鸿胪寺，始造于秦。秦至汉初称典客，武帝太初初年改名大鸿胪，东汉有鸿胪寺这一建筑样式，可能是中国佛寺之"寺"这一称谓的原始。相传明帝求法使者蔡愔等归汉时，有印度僧人迦叶摩腾（或称"摄摩腾"）等首度来华。[①]鉴于鸿胪寺本有接应宾客之功用，迦叶摩腾等初次来华住于洛阳鸿胪寺，是可信的。这大概为何后代供佛像、僧人住地奉佛与信徒烧香拜佛的处所称为"寺"的缘由。至于中土最早寺塔之名白马，据称因当时迦叶摩腾等曾以白马驮带印度经卷、佛像来至洛阳之故。

中华寺院，从一开始，就走上了文化与审美意义的本土化之路。

印度"支提"窟内设"塔柱"，而中土寺佛塔终于分而建之，使得有可能将寺塔造得尽可能的广博、巨硕而高大，体现了以儒家文化为主的崇尚正大、端严美学风格的中国气派。有如以体硕、高耸形象为主要特征的楼阁式塔与密檐式塔，在建筑美学的理念上，显然较多地汲取中国传统建筑亭台楼阁的深刻影响。

中土佛塔的檐层，绝大多数为奇数，有一、三、五、七、九、十一、十三、十五甚至十七层等，偶数檐层的塔例极为罕见。这在文化与美学上，也是本土化的体现。早在殷代，当关于"间"的建筑意识发生时，"一座建筑的间

---

① 按：《魏书·释老志》、慧皎《高僧传》称，与迦叶摩腾同来中国洛阳的，亦有竺法兰。竺法兰与迦叶摩腾，为中天竺人。

数，除了少数例外，一般采用奇数"①。尤其在先秦道家哲学创立、发展为东汉道教之后，土生土长的道教，正如葛洪《抱朴子》所言，崇尚"道生于一，其贵无偶"②的哲学与美学信条。中国佛塔檐层尚"奇"，显然与此相关。而中华佛塔的平面，有多种。圆形平面象征佛教的圆寂、圆融、圆圆海等；正方形平面，象征四圣谛、四大皆空等；正六边形，象征六道轮回、六如、六根净等；正八边形，象征八正道、八不中观等；而正十二边形者，象征十二因缘与十二真如等。

中华信徒一旦开始建造佛寺佛塔，寺塔的地理、环境之位置关系，亦是本土化的。传统民居、宫殿与陵寝等平面，皆崇尚中轴对称，如明清北京紫禁城（现北京故宫）的平面布局然，中土佛寺的平面布局，追求中轴对称格局，常为三大殿层层递进，有严格的中轴线，主题建筑设在中轴线的高潮点上。从美学而言，中国人不喜欢那种阴郁、局促与小家子气的建筑风格。

一些考古资料，可印证东汉佛教艺术的历史存在。据南京博物馆、山东省文物管理处合编《沂南古画像墓发掘报告》，"山东长清孝山堂祠堂佛像、四川乐山城郊麻浩和柿子湾崖墓浮雕坐佛以及四川彭山东汉墓、四川绵阳何家山一号墓、白虎崖墓中出土摇钱树上的陶制或铜铸佛像、江苏连云港孔望山摩崖石刻雕像中的佛像等"，则"基本可以确认"③。值得注意的是，其头部周围刻一圆环，可以看做佛光之状的刻画。佛经指释迦牟尼眉宇间放射光芒，象喻佛的无上智慧普照，又称宝光。东汉画像墓的立童佛光，显然是画像石艺术中所出现的佛教因素，其艺术与宗教灵感，可能来自印度犍陀罗佛教造像头、背部有佛光之造型的借鉴。佛教，无论中印，都具有虔诚的光崇拜。所谓"放大光明"者，喻佛之智慧。破暗为光，现法曰明。从佛经所言可知，佛光普照及众生心田而祛世界之丑恶、不公与人生之苦厄、无明，为大智大明、大净大德。以佛光之照临一切，不仅是佛教的光崇拜（此源自印度原古火崇拜、太阳

---

① 刘敦桢主编：《中国古代建筑史》，中国建筑工业出版社，1980，第9页。

② 葛洪：《抱朴子·内篇·畅玄卷第一》，载《诸子集成》第8册，上海古籍出版社，1986，第1—2页。

③ 孙昌武：《中国佛教文化史》第1册，中华书局，2010年，第184页。此资料与看法，由《中国佛教文化史》一书采自俞伟超：《东汉佛教图像考》，载《文物》，1980，第5期。

神崇拜），而且因崇拜而蕴含以"光世界"这一"理想"诉求，不免趋入审美之域。

据考古，四川乐山一个东汉石墓的石刻佛像，为坐姿式，高39.55厘米，宽30厘米，其面部已残损，但其头部佛光的雕刻颇为清晰，坐像似身披通肩袈裟，其右手作上举状，伸出五指，手掌向外，好似作"施无畏印"①。据考，该作品完成于东汉后期。②这是东汉时期印度佛教入渐于川蜀的明证。

东汉始造佛塔佛寺与绘塑佛像作为风气之先，为中华美学史及其佛教美学，首度触及了一个佛教崇拜与艺术审美的关系问题。

宗教崇拜，是对象的被神化同时是主体意识的迷失。崇拜之所以发生，是因为主体心灵"跪着"的缘故。崇拜夸大了对象的尺度，扭曲了对象的性质，它是与主体心灵的被贬损和被矮化同时发生、同时建构、同时消解的。而艺术审美，又偏偏是积极性的人的本质力量通过意象系统（形象与情感等）方式的一种对象化，作为对主体意识的肯定，是审美意义的主体意识的现实实现。因而，佛教崇拜与艺术审美是背反的。可是，佛教崇拜又偏偏在迷幻的崇佛氛围中，让人体会到佛（神）的绝对崇高的"真善美"。佛的完美或称圆美，恰恰是属人而非属神的审美理想。佛的空幻与慈悲，曲折地体现出人所向往、追求的人性的自由与人格的伟大。就此而言，佛教崇拜与艺术审美二者又是合一的。

据不完全统计，一部丁福保《佛学大辞典》收录词条凡三万六千余，几无一个词目是直接、正面谈论与肯定世俗之美的③。然则，艺术、审美作为人类把握世界、现实的基本实践方式之一，本具顽强的文化生命力，亦是人性、人格的构成要素之一。中华初始的佛教艺术包括塔寺与佛像之类的美，作为佛教"方便说法"的一种方式，又在教义宣弘之时被肯定。

---

① 按：施无畏印，佛教手印之一。《守护国界主陀罗尼经》云："右手展掌，竖其五指，当肩向外，施无畏。此印能施一切众生安乐无畏。"
② 按：参见闻宥：《四川汉代画像石选集》第59图，群众出版社，1955。
③ 按：丁福保编纂《佛学大字典》仅收录"二美"词条云："定慧之二庄严也。《吽字义》曰：'二美具足，四辩澄湛。'"此"二美"之"美"，指"禅定""智慧"。

三、审美：从"乐"到"悲"以及"乐""悲"相系的历史与人文转递

印度佛教东渐，开始促成中华文化与哲学的历史与人文嬗变，从"乐"的审美，开始趋于"悲"（苦）以及"乐""悲"相系的审美。

中土从先秦至西汉的文化及其哲思美韵，原是以"乐"为主流的。"乐"是传统"礼乐"对立而统一的文化因素，是中华漫长历史时期的重要美学范畴之一。并非先秦与西汉之时不存在"悲"这一世俗情感，浩瀚的文化典籍有关悲苦的记述甚多。其关于"悲"（忧患）的审美意识，发蒙很早。在《易传》称文王为"作易者，其有忧患乎"之前，郭店楚简《性自命出》篇，就有"凡忧患之事欲任，乐事欲后"之说，"凡至乐必悲，哭亦悲，皆至其情也"。《诗经》有云，"心亦忧止，忧心烈烈"；"心之忧矣，不遑假寐"；"知我者，谓我心忧；不知我者，谓我何求"，等等，给人以忧思如焚的感觉。至于战国末期大诗人屈原忧愁、忧思而作《离骚》，"恐皇舆之败绩，哀民生之多艰"等，是典型的悲苦离忧的审美。

然则印度佛教入渐中土之前，中国人有关"悲"（苦）的美学理念与意绪，大凡都是"伤时忧国"型的。"伤时"，是对于时世的忧虑；"忧国"，忧家国社稷天下之谓。《庄子》称，"人之生也，与忧俱生"。庄生之"忧"，大凡是生活（人生）之"忧"。《庄子·秋水》说，"得而不喜，失而不忧"①，是很"哲学"很"美学"的放达，仅止于现实人生之"无"的境界。

佛教入渐之前，中国人固然以人生之悲（苦，忧）为美学诉求之一，而比如老庄所谓人生之"乐"，是指从世道、人生忧苦境遇之中"出走"的"逍遥游"。儒家《易传》有"乐天知命，故不忧"与"和兑（悦）"等易学命题，亦能证明中华民族有关悲喜、苦乐的人文理念与意绪，重在生活之悲而非生命之悲；重在人格之悲而非人性之悲。中国人原本以为，人生快乐既然在世间此岸，就不必去向往出世间的"乐"与"美"。先秦儒家称"性与天道"，"圣人存而不论"，更何来、何谈彼岸的"美"及其"乐"？

---

① 庄子：《庄子·秋水第十七》，王先谦《庄子集解》（卷四），上海书店，1986，第101—102页。

可是，自从印度佛教始传、东汉佛经初译，这种关于"乐"的审美格局，开始被打破，成为东汉"悲"（苦、空）的美学诉求所发生的一个历史与人文触因。

众生从佛教"四谛"说逐渐生起了一种苦空观，体会到人生的无论成毁与否，都苦海无边，以为世间的欢愉安乐，皆虚妄不真。佛教有二苦、三苦、四苦、五苦、八苦乃至一百十种苦等"无量诸苦"说。如生老病死为四苦，再增怨憎会苦、爱别离苦、求不得苦和五取蕴苦为八苦等。尤其是欲海难填的"求不得苦"，绝对而无有穷时。佛教种种"苦"（空）说，好比久旱逢甘霖，当时尤得中华本土文化的"心印"，遂使东汉朝野得风气之先者，开始重新审视中华原有的人生悲喜、苦乐观，将人之生命而非生活、人性而非人格的"悲"（苦、空），营构为一种新的哲学与美学理念。大教东来，拓进了中华审美形上的思维与思想，开始改变中土原本仅从生活与人格维度看待、认识苦乐悲喜的"思维定势"，以佛教"究竟智"为"根本"之乐、"根本"之喜，可以看作一种深层的"美学"在成长。

关于这一点，诵读一下《古诗十九首》，大约不难理解。该诗第三首云，"青青陵上陌，磊磊涧中石。人生天地间，忽如远行客"，陵陌、涧石，本无情之物，勾起诗人有关人生寄旅的忧思。第四首，"人生寄一世，奄忽若飘尘"，似乎是对第三首的生动诠释，人若微尘，倏忽而逝。第五首，"上有弦歌声，音响一何悲"，"不惜歌者苦，但伤知音稀"，"弦歌""何悲"，歌"苦"而"知音"难觅。第十一首，"四顾何茫茫，东风摇百草"，"人生非金石，岂能长寿考"，"四顾"茫茫荒草，喟叹人生速朽，不免悲从中来。第十四首，"白杨多悲风，萧萧愁杀人"，"悲风"四起，愁绪"杀人"，"故乡"安在？第十五首，"生年不满百，常怀千岁忧"。"昼短苦夜长，何不秉烛游"，生命如此短促，"苦空"意绪，难以释怀。第十九首，"忧愁不能寐，揽衣起徘徊。出户独彷徨，愁思当告谁"，月光如水，"忧愁"难抑，不免心起"彷徨"，无以诉说。

《古诗十九首》反复吟咏的，主要是佛教关于"生命空幻"的美学主题，却以类似先秦道家"虚无"之言来组织诗章。这一东汉末年的无名氏之作，真正是当时民族文化心灵开始受到佛教美学精神濡染的典型体现。

四、拓展出一系列关乎审美的新名词、新概念与新范畴

东汉时期佛经的初译及其流播，为中国美学史及其佛教美学，拓展出来自佛教的一系列新名词、新概念与新范畴，它们都统一于佛教之"空"这一理念，遂使中国美学原本的哲学基石即其本原本体，开始丰富、改变其风色。

正如前述，佛教改变、丰富了中华本有的"智慧"观，创造了"清净"等佛教语汇，关键在于输入了印度的"空"观，却以"本无"这一采自中华老庄的哲学名词，来译介佛教的空谛。

支娄迦谶曾一再以"本无"一词译读佛教的"空"。《道行般若经·照明品》云："般若波罗蜜即是本无。""何所是本无者？一切诸法皆本无"，"一本无，无有异。"[1]"过去本无，当来本无，今现在怛萨阿竭本无等无异。是等无异为真本无。"[2]一切事物现象因缘而起，刹那生灭，故空无自性。无论世间法出世间法，皆无例外，均为"本无"。"本无"是佛教最基本范畴"空"的中华早期译名。它丰富了中华美学的本原本体论。人们体会到，美与美感的根因根性，可以是儒之"有"、道之"无"，也可以是佛之"空"，或者是三者合一。从而为中华美学开拓了一个新的空间。《老子》云，"是故天下万物生于有，有生于无"。"本无"，虚静无为义，而《道行般若经》以"本无"说性空、真如、实相，开始拉开尔后魏晋佛教所谓"格义"的哲学与美学之灿烂的人文序幕。

一是"本无"这一译名，暗合印度小乘尤其"说一切有部"关于"一切法自性有"的佛学主张。所谓"自性有"，指事物现象皆"空"而本质尚为"实有"。尽管《道行般若经》是大乘空宗的般若类经典，这无碍于支译对所谓"三世实有，法体恒有"佛理有所传达。在佛教史上，《道行般若经》的经义，有自小乘"实有"说向大乘"性空"论转嬗的理论倾向。支译以"本无"说"性空"，竟然无意之间，在言说与肯定般若性空之"美"的同时，亦稍稍从"自性有"角度，触及了现象"空"而本质为"有"之"美"这一问题。

---

① 《照明品第十》，载《道行般若经》卷五，《大正藏》第八册，P0450a。
② 《本无品第十四》，载《道行般若经》卷五，《大正藏》第八册，P0453a。注：怛萨阿竭，如来早期译名。

二是支译以"本无"代"性空"、以《庄子》所言"野马也，尘埃也"指喻"本无"，这一"误读"，却折射出中华传统文化、哲学尤其老庄美学的顽强生命力。当印度般若性空之学及其美学诉求开始逐渐传播于中土之际，这一佛教教义的中国化即"方便说法"，可让一时难以为人所理会的般若学，在中土变得亲切可人而容易被接受，就佛教之"空"及其一系列新范畴而言，"本无"这一理念有接引之功。

三是般若性空之学，原旨在于无所执著。《道行般若经·清净品》说：

> 知色空者是曰为著。知痛痒、思想、生死、识空者是曰为著。于过去法知过去法是曰为著。于当来法知当来法是曰为著，于现在法知现法是曰为著。如法者为大功德，发意菩萨是即为著。①

这里一连用了六个"著"字。著者，执也，滞累已心于对象义。执包括法执我执，起于妄见。无所执著，指既不执于俗有又不执于空幻；既不执于假有又不执于真如；既不执于空、有二边又不执于中道，这是大乘般若性空、中观学最根本而重要的思想。无所执著作为佛学命题，同时也是一个美学命题。两者区别在于，般若性空之说，彻底斥破法执我执，连斥破本身亦不能被执著。否则，好似"药到病除"而"药"未出，依然止于滞累妄境。老庄亦言"无所执著"，包括不执著于功名利禄与社会意识形态等，道家反对"造作"，提倡"自然无为"②。而"无"本身，确是其执著对象，此亦《老子》所谓"致虚极，守静笃"。从美学言之，般若性空之学，以彻底的无所执著为"原美"，它是彻底消解了世俗质素与色彩的"本美"，《道行般若经·泥犁品》云："般若波罗蜜

---

① 《清净品第六》，载《道行般若经》卷三，《大正藏》第八册，P0446b。
② 按：牟宗三云："照道家看，一有造作就不自然、不自由，就有虚伪。造作很像英文的artificial人工造作"；"道家一眼看到把我们的生命落在虚伪造作上是个最大的不自在。人天天疲于奔命，疲于虚伪形式的空架子中，非常的痛苦。基督教首出的观念是原罪original sin；佛教首出的观念是业识（karma），是无明；道家首出的观念，不必讲得那么远，只讲眼前就可以，它首出的观念就是'造作'"，并将ideology（意识形态）译作汉语"意底牢结"。见牟宗三：《中国哲学十九讲》，上海古籍出版社，1997，第85、87页。

无所有，若人于中有所求，谓有所有，是即大非。"①此是。

时至东汉，中国美学史因佛教东来而呈现了一种前所未有的新气象，开始形成新格局。且不说汉字原本并无"佛"及其概念与理念，这一汉字的创设，对于中国文化及其哲学与美学而言，真乃非同小可。甲骨文至今未检索到"空"字。空，从宀（音mián），工声，本指建筑物空间，未具任何哲学、美学的形上意义。《论语》有"空空如也"这一命题，意思是"什么也没有"，属经验层次的思想与思维，未涉于哲思美韵。而正如前引，安译《大安般守意经》"气灭为空"这一命题，尽管以"气灭"译佛教"刹那生灭"不免是"误读"，却是中国佛教及中国佛教美学关于"空"从未有过的新的理念与思想。刹那生灭者，空也。因其哲学意蕴葱郁深邃而具美学品格，使原本"空"义，一下子从形下向形上之义提升，无疑开拓了中华民族的哲学与美学的思维空间。《牟子理惑论》称，"佛者，言觉也"。佛即空，悟"空"者，"觉"之谓。众生觉悟即佛，悟"空"为第一义。这与审美攸关。先秦有"禅"字，义为封土为坛，洒地而祭。"禅让"一词，表帝位让授于贤者。此"禅让"之"禅"，本无哲学、美学的思维与思想深度，岂料初译佛经以"禅"（禅那）一词译"禅定"，"思维修"与"静虑"诸义，不仅为教义且为哲学、美学意义的一大创设。"色"字本义初浅，初译佛经又以该字指称一切事物现象，有变碍、质碍、假有义，其义深矣。又如"法"义，亦较中华本义大为开拓而尤显深远。

佛经初译，带来了中国哲学、美学初步然而深刻的嬗变。尽管初传之际，固有"夷夏之辨"的中土信徒或士子，曾以"道术"比拟佛法，以"神仙"称述佛陀，以"灵魂不灭"类比"佛性常住"，以"无为"言说"般若"，等等，而中国文化、哲学与美学的转递，是实实在在而值得充分肯定的。

据《四十二章经》，"佛言：财色于人，譬如刀刃有蜜，不足一餐之美。小儿舔之，则有割舌之愚也。""财色"如"刀刃有蜜"，如"小儿舔之"，乃为"割舌之愚"，这并非"美"而是丑，美的观念转变了。又，沙门夜诵《遗教经》，其声悲苦，思悔欲退。"佛问之曰：'汝昔在家，曾为何业？'对曰：'爱弹琴。'佛言：'弦缓如何？'对曰：'不鸣矣'。'弦急如何？'对曰：'声绝矣'。

---

① 《泥犁品第五》，载《道行般若经》卷三，《大正藏》第八册，P0441a。

'急缓得中如何？'对曰：'诸音普矣。'佛言：'沙门学道亦然，心若调适，道可得矣'"。这一"弹琴"之喻，多持老庄口吻，其中如"调适"之"适"，直接采自《庄子》。这是"误读"亦是释、道二者的融通。不取"弦缓""弦急"二分，而"适"于"急、缓得中"，传达了佛教大乘的"中观"精神而不滞累于此，"美"之存矣。

本文发表于《美育学刊》2019年第3期

"解空第一"：僧肇《般若无知论》《涅槃无名论》的美学意蕴

　　《般若无知论》与《涅槃无名论》二著，同是我国东晋时期高僧僧肇（384-414）[①]的重要佛学论述，在其"僧肇四论"中堪称双璧。论其旨趣，《般若无知论》以摒除显性概念、范畴、逻辑、推理与判断的知识论、认识论为思想旗帜，提倡、论述中观意义的"般若无知"，与美学所说的瞬时发生的审美直觉之境相融通；《涅槃无名论》则以为，佛教所谓"涅槃"，是一种舍弃名言而不可言说、不可思议的高妙境界，与美学的绝对审美理想、审美妙悟相契合。二者指归不一，又同是不可多得的僧肇的"解空"之见。

　　僧肇，东晋大德鸠摩罗什四大弟子之一，中华佛教史上著名而重要的义学沙门。梁慧皎《高僧传·僧肇传》云：

　　　　释僧肇，京兆（按：今陕西咸阳）人。家贫以佣书（被雇而抄书）为业。遂因缮写，乃历观经史，备尽坟籍（《三坟》《五典》等典籍），志好玄微，每以庄老为心要。尝读《老子》道德章，乃叹曰："美则美矣。然期

----

① 按：关于僧肇生卒年，学界持见不一。《高僧传·僧肇传》称其于"晋义熙十年（公元414年）卒于长安，春秋三十有一矣"。上推三十一载，僧肇应生于384年。日本学者冢本善隆《肇论在佛教史上的意义》一文持僧肇生于374卒于414年说（见日本京都大学人文科学研究所研究报告《肇论研究》，法藏馆本）。本书采《高僧传》说。

栖神冥累之方，犹未尽善。"后见旧《维摩经》（三国吴支谦所译《维摩诘经》），欢喜顶受，披寻玩味，乃言始知所归矣。因此出家，学善方等（大乘经典总名），兼通三藏（佛教经律论）。及在冠年，而名振关辅。[①]

东晋隆安二年（398），僧肇远赴姑臧（今甘肃武威）从师于罗什。后秦弘始三年（401），随从罗什抵长安，"及见什咨禀，所悟更多"。从事译经、注经与撰述，尤以撰述为要。其主要著论，为《物不迁论》《不真空论》《般若无知论》与《涅槃无名论》[②]等。《高僧传》称，"秦人解空第一者，僧肇其人也"，便是后人对僧肇的高度评价。

僧肇佛学，属于中国本土化的大乘般若中观系统，尤擅中观之学，富于佛教美学的人文意蕴与价值。

僧肇般若中观之学的佛学主题，大致以中国本土的人文、哲学眼光与思辨方式，来"解空"而力避"六家七宗"的"格义"之法。本文试将《般若无知论》与《涅槃无名论》二著的佛禅思想相对照：一为"般若无知"，一为"涅槃无名"，二者从不同侧重阐说佛禅之见，从而推进中国佛教及其美学意蕴的发展。

一、上篇："般若无知"与审美直观

作为"解空"之作，僧肇《般若无知论》的思想主题，是对世俗"有知"即知识论和认识论的怀疑与否弃，提倡般若中观意义的"无知"即"真智"说。

---

① 《僧肇传》，慧皎：《高僧传》卷七，金陵刻经处本。

② 按：由南朝梁陈间人汇编成集的《肇论》，除收入《宗本义》《物不迁论》《不真空论》《般若无知论》等外，亦收入《涅槃无名论》一文，世称"僧肇四论"。关于《涅槃无名论》的真伪，石峻：《读慧达〈肇论疏〉述所见》（《图书季刊》第五卷第一期，1944）与汤用彤：《汉魏两晋南北朝佛教史》认为非僧肇所撰。日本横超慧日：《涅槃无名论及其背景》（载日本京都大学人文科学研究所《僧肇研究》）以为系僧肇所作。吕澂：《中国佛学源流略讲》（中华书局，1979，第101页）认为，"此论是否僧肇所作，还可以研究"。许抗生：《僧肇评传》云："僧肇本作有《涅槃无名论》一文，但现存的《涅槃无名论》虽原为僧肇所作，然已经过了后人的篡改和增补。"（南京大学出版社，1998，第35页）本文采《涅槃无名论》为"僧肇所作"说。

在美学上，佛教所倡言的"般若无知"，相通于审美直观。

人类智慧，假如可以分为"圣智"（般若之智）与"惑智"（世俗之知）两大类，则等于误以为，"惑智"具有与般若同等的人文品格与地位。这在僧肇看来是不妥的。"惑智"不能与"圣智"相提并论。《般若无知论》说："取相故名知。""取相"实为一般知识论、认识论的共同特征，人类关于世界的理性知识与认识，都是从"取相"即感受事物表象的感性认识开始的，而在僧肇看来，"取相"即滞相，即系累于、有执于事相。一旦有执，则智慧蒙暗而不能洞见真理，故须力祛之。僧肇佛学，对世俗之知包括科学认知与人文德性之知等，显然抱着不信任的人文态度。僧肇以为，世界真谛可被悟入，惟有与"惑智"相背的"圣智"即般若之智，才是洞彻真谛的放大光明之途。其《般若无知论》一文引述《放光般若经》与《道行般若经》有云：

> 《放光》云："般若无所有相，无生灭相。"《道行》云："般若无所知，无所见"。①
>
> 信矣！是以圣人虚其心而实其照，终日知而未尝知也。故能默耀韬光，虚心玄鉴，闭智塞聪，而独觉冥冥者也。②

般若之所以为无上佛慧，是因无执于世界万象及其生灭且无执于般若中观本身的缘故。般若无相、无别、无生灭亦即"无知"。这便是《般若无知论》所言"圣人以无知之般若，照彼无相之真谛"③的境界。

僧肇的佛学主张在于，真智并非一般俗虑所能获取。既然世间万有形相皆为虚妄，既然执取于万相因"有知"而为歧途，那么以"真智"观照于"真谛"，便是"不得般若，不见（现）真谛"的必由之路。

无相、无别、无生灭，作为般若之智，在于斥破且否弃世俗之"知"。

这里，僧肇坚信自己向众生所指明的，是悟得世界真谛的一个正见。其逻

---

① 僧肇：《般若无知论第三》，《肇论》，载《中国佛教思想资料选编》第1卷，中华书局，1981，第147页。
② 同上书，第147页。
③ 《中国佛教思想资料选编》第1卷，第148页。

辑是，既然世界及其万有形相都是虚妄不实的，既然执持于万相、滞累于分别是不可靠的，那么，以真智（圣智）照彻真谛便是无上究竟。

> 以圣（佛）心无知，故无所不知。不知之知，乃曰一切知。故经云："圣心无所知，无所不知"。……若以所知美般若，所知非般若。①

僧肇肯定般若智慧证悟真谛的品格与功能，建立于佛教信仰、对治于知识论、认识论的般若中观学说之上。因而，假如从世俗之知的角度来赞美般若，那一定是"非般若"。

"般若无知"论断言，主体执取于万类形相且加以分别（比如分别形相、生灭等），那只能获得"惑取之知"而非般若之智。"惑取之知"即众生之知，具有世俗众生以有知即分别即是非与执相为其思想与思维的特点。般若之智通向真谛之境，则意味着"无知"即无相、无别而离弃了因缘与轮回的泥淖。般若之智所证悟的境界，一般地排斥显性概念、范畴、逻辑、判断与推理。般若本身，正如涅槃那样，难以用言语、文字符号来加以表述。它是一种难得而直了顿悟的心灵之境，有类于西方现象人类学所谓"现象直观"，但两者的哲学基础迥然有别。般若之智的了悟方式，与世俗思维的概念、范畴、逻辑、推理与判断不一，在这里，如果想要以所谓三段论与矛盾律、排中律等来获取认知，是南辕北辙、无济于事的。

作为"解空第一"，僧肇的般若中观说，有如罗什所译龙树《中论》"因缘所生法，我说即是空。亦为是假名，亦是中道义"②的教义。亦空亦假亦中，又非空非假非中。空、假、中三维的是亦非是、非是亦是，便是"般若无知"的语言呈现。离弃空、有（假有）二边而说"中"、且无执于"中"（"中"亦假名），谈空说有而非空非有。其言说重点，在于离弃空、有而无执于"中"，从"中"观悟又无滞于"中"，可称"般若中观"。悟入于无知即无相、无别与无缘之境，与斥破有相、有知与缘起是同一的。

---

① 《中国佛教思想资料选编》第1卷，第147—148页。

② 《观四谛品》，《大正藏》第三十册，"中观部类"，龙树：《中论》卷四，P0033b。

《般若无知论》说：

> 缘法故非真，非真故非真谛也。故《中观》云："物从因缘有，故不真；不从因缘有，故即真。"今真谛曰真，真则非缘。[①]

诸法因缘生起为假，假而非真，虚妄不真故不得真谛。诸法因缘生起称为假有，断不能得取中道实相；因缘假有自非中道，中道非假非真而即假即真。中道实相，既是因缘断灭，又非滞累于"中"。

然则，以般若之智观照真谛，又与俗知（"惑知"）攸关，否则，般若之智又如何由现象、由假名所显现、所证知呢？般若之智并非与俗世、俗知与假名绝然无涉。企图从一般的佛教因缘论求取中道实相，是将中道实相等同于一般的空幻之境了。而绝对离弃因缘，又不得真谛。有知无知，即有相无相、真谛俗谛与俗知圣智，等等，二者非一非二、亦一亦二，非彼非此、亦彼亦此，是双非双照、双照双非的中道关系。

这是因为，假定般若之智"唯照无相"，则一旦绝对离弃于有相，则又何能称为无相？倘然中观之境与世界万有绝然无涉，也即无所谓无相了。因而僧肇开示众生，不要指望在世间、轮回之外去印证什么中道解脱即理想之境。这便是"唯照无相，则无会可抚"[②]的意思。

《般若无知论》所以问：

> 真般若者，清净如虚空，无知无见，无作无缘。斯则知自无知矣，岂待返照然后无知哉？[③]

般若之智，是对于因缘的断灭，此即所谓"般若无知"，然而般若之智又并非与"缘"（因缘）绝然无涉。般若、真谛固然"非知"（无知），却是"照

---

① 僧肇：《般若无知论第三》，《中国佛教思想资料选编》第1卷，第149页。
② 《刘遗民书同附》，《肇论·般若无知论第三》，《中国佛教思想资料选编》第1卷，第156页。
③ 《般若无知论第三》，《中国佛教思想资料选编》第1卷，第148页。

缘"而"非知"。中道与因缘的关系，确系双非双照、双照双非。

在美学上，僧肇的"般若无知"论作为般若中观之见，令人意外地触及了美学的一根神经，这便是审美直观。

审美直观，大凡可归类于"现象直观"范畴，指审美主体于当下不直接依凭一定的显性概念、范畴、逻辑、推理与判断，而刹那实现了对于审美对象的审美观照。审美直观实现之时，排除显在的实用功利、理性分别、是非判断和机巧心理等因素，拒绝显性知识、理性之类的直接参与，不直接表现为一定概念、逻辑与推理的思考方式，其人文时间特性，是"当下立见""当下即是"，可以用所谓"放下屠刀，立地成佛"一语来加以形容。有如激赏"亭亭净植""出淤泥而不染"的莲华之美，为当下、刹那实现的审美直观，没有物我、主客的分别，也暂时排除柴米油盐、荣辱得失与功名利禄等念想，主体的心灵心境，此时突然沉浸、洋溢与融和于物我、主客浑一以及愉悦、幸福、温馨或崇高、净化等精神氛围之中。无功利、无目的、无物欲、无分别、无是非与无机心，是审美直观的典型的心态与心境，这相通于僧肇所倡言的"般若无知"之境，或者称为"般若无知"相通于审美直观也是可以的。

审美直观也是一种心灵的当下"无知"状态。它直接排拒世俗意义的功利心与知识理性意义的分别心，有类于般若禅悟。在中华美学史上，关于审美直观的瞬时发生与实现问题，首先为老庄道论的美学所揭示。审美直观的无欲无知，意味着物我、主客相浑契，归趣于虚无，这正如通行本《老子》所说"致虚极，守静笃"，也便是《庄子》所说的"心斋""坐忘"。

《庄子·人间世》说，"闻以有知知者矣，未闻以无知知者也"。[1]这里，庄生关于俗世仅知"有知知者"而不悟"无知知者"的状况深感不满。庄子所谓"无知"，指以虚无为精神归趣的哲学之境。庄子的"无知"作为虚无之道，通于审美直观，是一种有别于儒家世俗意义的"知"（孔子仁学意义的"智"[2]）。当所谓"智者"发生、实现审美直观时，其审美心灵的状态、氛围与境界，无

---

① 《庄子·人间世》，王先谦：《庄子集解》卷一，《诸子集成》第3册，上海书店，1986，第24页。

② 按：《论语·雍也篇》云："子曰：'智者乐水，仁者乐山。智者动，仁者静。智者乐，仁者寿'。"刘宝楠《论语正义》卷七，《诸子集成》第1册，第127页。

疑是对于虚、无的执著。

尽管僧肇所言"无知"一词源自《庄子·人间世》,但其所指意涵是不同于《庄子》的。《庄子》的"无知"指虚无之境,便是将功利、欲念、情感与意志等消解为"无"的境界而且执持之。僧肇的"无知"之境,可以有如下四个层次:其一,拒绝直接而显性的知识;其二,拒绝、消解了以功利心为主的世俗心态;其三,将主体所面对的世界看作空幻;其四,不仅"看空"假有而且不执着于般若之智即般若中观本身。

僧肇"无知"与庄生"无知"二者的人文素质、内涵与品格显然不一。正如《华严经随所演义钞》卷一所云,此乃佛家所谓借语用之,而取义则别矣。

作为无知有知即无相有相、真智惑知等双非双照、双照双非关系的僧肇"般若无知"说,其本身蕴含了人类关于"知"问题的整体与幽微的思考及其成果。

世俗意义的人类认识世界、观照美与人自身等一切事物现象,本是不可以没有"知"的,这是指人的感性及由感性所升华的理性认知。从世俗角度辨析,知性、理性是人的本性与心灵的重要构成,是人性之所以高贵的地方。人类之所以为人类,首先是因为本具知性与理性的缘故,"知"就是人的性命之本在。人如果无所"知",则只剩下兽性而成为非人了。人类知性与理性的生成,便是知识的获取及其思维过程。人类获得知识有一个前提,即必起于物我、主客的判然有别,必生分别心、是非心与机巧心等尘心。知识催醒人类的主体意识。主体意识作为一把双刃剑,促成人的自我觉醒与自我认同,其中包含生成一定的主体审美心灵条件;又令欲望、分别、是非与机巧之心滋生,这又有违于审美。

可是对于审美而言,却不可直接有"知"又不可绝然无"知"。前者,指欲望、分别、是非与机巧等不可直接参与;后者,指由历史地生成的人类的主体意识,审美须有一定的主体心灵条件,如果一定的主体意识未曾启蒙、觉醒,那么审美是不可能发生的。有如孩提,其在襁褓之中而童蒙未开,知识及其主体意识未获生成,则遑论审美?一旦长成已具一定的主体、主观条件,又往往陷于分别、欲望等心灵牢笼而悖于审美。

因而,人类不可以没有感性、知性与理性,更不可以没有超感性、超理性，这其实便是僧肇所说的"般若无知"，或者用美学的话语来说，叫做"审美直观"。

大凡审美，正如《老子》所言，"见（现）素抱朴，少私寡欲"。素者，未染之丝；朴者，不析之木。回归于"素""朴"，便入"涤除玄鉴"之境，通过祛蔽，刹那重现被欲念与分别、是非、机巧之心所"污染"的人的原朴本性，便是所谓"道"的境界。所以，如果将"私"与"欲"，理解为知识主体、功利实用主体即"有知"的心灵因素，那么直接的"私"之"欲"，令瞬时审美被抑而不可能真正地发生，故而必然将其排除在审美之外。老子这里所说的"少私寡欲"，似与审美不能契合，应当说，审美直观发生之时，必"见素抱朴"而"无私无欲"。这时直接而显性的"思""欲"与意志等作为"知"的因素是不"在场"的。《庄子》说，道者，"素朴而天下莫能与之争美"，这是指直接、瞬时的审美之境。从审美现象看，已将知识、分别即"有知"及欲念与计巧等尘心，刹那涤除干净。虽则如此，这不等于在间接而隐性的意义上，"私""欲"与意志等心灵因素绝对不参与审美过程而发挥其隐在作用，它们是作为审美直观之心灵的蕴涵、氛围或是背景而"在"的。就此而言，老子所谓"少私寡欲"，又倒是与审美现象有所契合的。

僧肇所谓"般若无知"，与老庄"道"即"无知"自当有别。两者的根因、根性不一，不能笼统言之。必须强调，前者为空而后者为无。不过，僧肇的"般若无知"指中道实相，为中观之境，不是一般佛教教义如涅槃成佛论所说的"空"，更并非所谓"恶趣空"（顽空）。

从儒道释三学各别的人文、哲学思维审视，三者所说的审美，多有差异。

儒家谈审美，是可以归于其历史性范畴的，一般不弃于"有"（有知），一般并非指刹时发生的那种审美直观，而主要是指与礼、仁（道德伦理）等社会实践所兼容的道德的审美。这种审美，一是指正如康德所言，当道德趋于完善，一定条件下人的"自由意志"走向审美是可能的。"道德作为本体"，遂使审美成为"可能"。道德意义的"幸福"与"崇高"通于审美。"幸福"感与"崇高"感，两栖于道德与审美。二是说，在历史长河与生活实践中，由于儒道释三学的逐渐融合，在比如宋明理学的儒家思想体系中，也可能包含着道、佛所主张的美学因素及与儒家审美论的融合，便有可能使宋明理学的道德之"有"

本体化，此即所谓"道德形上学"，有可能因本体的开显而升华为种种审美的精神现象，与人格之完善相结合。

道家所说的美及其审美，在于与儒家之"有"相对的那种超验之"无"。假定将儒家所肯定的经验世界，尤其是道德世界及其世俗现实的美与审美"悬置"起来或曰"放在括号里"，那么正如叶秀山先生所言，这世界与美作为"存在"，便是"无"的境界①。审美直观，就是当下立现之"在（being，道，无）"。"无"的美与审美，作为本体的现象及其开显，可缘象而体会；作为现象的本体，即老子所言"象罔"，也便是《庄子》"庖丁解牛"篇所说的"无听之以耳，而听之以心""以神遇，而不以目视"②的境界。这是指超越儒家之"有"、超越经验层次之老庄式的"无知"之美与审美。

假定将经验之"有"（儒）和超验之"无"（道）及其美与审美都统统"放在括号里"加以"悬置"起来，那么试问，这世界及其美与审美又究竟如何可能？

答案只有一个：这世界只"存在"一个"空"。"空"是消解了儒"有"、道"无"之后的一个境界。"空"之所以是可能的美与审美，也是消解了"有""无"之美与审美的瞬时所呈现的一种意蕴。这便是，斥破世俗之"有"（儒之入世）与斥破"无"（道之出世）及其世俗性认识以后所感悟的"空"的境界，又必与"有""无"及其认识，构成双非双照、双照双非的关系，这在僧肇的"般若无知"论看来，便是顿悟到一种"原美"。这里值得强调的是，这种"原美"之境，离弃顽空与假有，即非空非有而"中"且无执于"中"的一种境界。这一境界，无生无死、无是无非、无善无恶、无染无净、无悲无喜，

---

① 按：叶秀山：《世间为何会有"无"？》一文说，"经过胡塞尔现象学的'排除法'，剩下那'括不出去'"，"排除不出去的东西，即还'有'一个'无'在"（《中国社会科学》，1998，第3期）。

② 按：《庄子·天地》："黄帝游乎赤水之北，登乎昆仑之丘，而南望还归。遗其玄珠，使知索之而不得，使离朱索之而不得，使喫诟索之而不得也。乃使象罔，象罔得之。黄帝曰：异哉！象罔乃可以得之乎？"《庄子·养生主》："始臣之解牛之时，所见无非牛者。""方今之时，臣以神遇，而不以目视，官知之止而神欲行。"（王先谦：《庄子集解》卷三，第71页；卷一，第19页）

亦无所谓世俗意义之美丑。有如唐王维《辛夷坞》"木末芙蓉花，山中发红萼。涧户寂无人，纷纷开且落"那般的太上无情而意蕴葱郁。

比如穿鞋，儒家以穿鞋（遵循经验事实、伦理规矩等）为自由为美（有）；道家以不穿鞋、纯为天足为自由为美（无）；佛家般若中观系则说，鞋及人之穿与不穿的生活，皆虚妄不实，都是空幻的而且须永远无执于此"空"。僧肇"般若无知"论的般若中观说，主张无所谓空亦无所谓有，离弃空有二边为"中"，又无执于"中"的那种"自由"，它是在"有"与"无"之外、又联系于"有""无"的一种"在"，并且在于"当下"又无执于"当下"，这用僧肇的话来说，便是中道实相之境。

"般若无知"作为中观，是解构了儒的经验之"有"与道的超验之"无"，进而解构大乘有宗涅槃佛性论的执空之见尔后所了悟的一种境界。无执于中道之空即"般若无知"。其所谓"原美"，确"在"于"中"即"当下"，又非滞累于"中"，为一"直观"可知矣。

"般若无知"所领域的中道实相（断不可执著），正如前述，其作为现象之本体，固然无可执著；作为本体之现象，又可能缘象而悟入，所以相通于审美的"现象直观"。这也便是一些禅诗之美与审美之魂的所在，必缘此假名而悟入，便是"般若无知"的"原美"。

应当再次强调，在美的现象与审美中，被瞬时所消解的概念、范畴、逻辑、推理与判断等知识理性以及前文所述的那些功利、是非与分别等尘心，并非毫无意义。其如果直接参与，必阻碍审美直观而为非审美，然则凡此人文心灵因素，又是一切审美包括"般若无知"、审美直观不可或缺的心灵蕴涵和背景。否则，般若中观、审美直观也是断不可能的。这确如古人所云，譬如蜜中花、水中盐，体匿性存，无痕有味。

"般若无知"与先秦老庄所说的虚、无意义的"无知"以及出世间与世间等，实际是一种非二非一、双非双照的中道关系。"般若无知"固然并非一定是审美直观，却又并非一定的非审美直观。正如出世间并非世间、同时又非绝对出世一样，反之亦然。这种中道关系，就"般若无知"而言，就是佛教所谓"照缘"。

在此意义上，具有双非性的"般若无知"与审美直观，同时具有双照性。

"般若无知"并非一定是审美直观、却又与审美直观相契相融。

这意味着，僧肇所倡言的"般若无知"说，实际指般若与儒有、道玄与佛空之际的一种精神境界，其人文意蕴，在儒有、道无与佛空之际，且以儒之有、道之无为解构对象与心灵背景。如果说，老庄所言说的道家"无知"是关于虚无的直观与审美的话，那么僧肇所称述的"般若无知"的"原美"与"审美"，固然在佛与道、空与无之上，又在佛与道、空与无之中。浸淫于佛禅空幻之理想，深受魏晋玄学、玄无之道的影响，又以否弃儒有、道无与顽空的态度与方法，是僧肇"般若无知"美学观的一个基本特点。

二、下篇："涅槃无名"与审美之悟

孔子有云，"名不正则言不顺，言不顺则事不成"，"则民无所措手足"①矣。"名正言顺"，一直是儒家传统的不刊名教之一。岂料僧肇《涅槃无名论》，却提出了一个值得令人深思的关于"涅槃无名"②的佛学命题：

> 夫众生所以久流转生死者，皆由著欲故也。若欲止于心，即无复于生死。既无生死，潜神玄默，与虚空合其德，是名涅槃矣。既曰涅槃，复何容有名于其间哉？斯乃穷微言之美，极象外之谈者也。③

什么是涅槃？僧肇的答案很是简了：心灵之了断生死烦恼即是。涅槃一词，汉译为灭，指了断生死烦恼与造作虚妄，离相而悟入寂灭之境。此境高妙，不可言说、不可思议，超言绝象，便是"涅槃无名"说的宗要。它与美学的关系，在于"斯乃穷微言之美，极象外之谈者也"。这种"美"，甚至以"微言"即以最少言语都无法谈论、连最起码的言谈都不适用于它，是因为它是不容"有名于其间"的缘故，它是一种"象外"之"美"，它真是"神"了。

按佛教教义，涅槃分"有余""无余"两类。《涅槃无名论》"开宗第一"

---

① 《论语·子路》，《论语正义》卷十六，《诸子集成》第1卷，第283页。
② 僧肇：《涅槃无名论第四》，《肇论》，《中国佛教思想资料选编》第1卷，第156页。
③ 《涅槃无名论第四·奏秦王表》，《中国佛教思想资料选编》第1卷，第157页。

云："经称有余涅槃、无余涅槃者，秦言无为，亦名灭度。"有余涅槃，未得究竟而未能彻底断灭生死烦恼，也未彻底断除果报；无余涅槃，是一种彻底斩断三界烦恼与一切因果之链的境界。

《涅槃无名论》说，所谓涅槃，"寂寥虚旷，不可以形名得；微妙无相，不可以有心知"，"然则言之者失其真，知之者反其愚"。因而僧肇以为，涅槃不仅"无知"而且"无名"，这是首先对于无余涅槃而言的。"无余者，为至人教缘都讫，灵照永灭，廓而无朕，故曰无余。"然而其"无名"论，却并没有将有余涅槃彻底排除在外，是何缘故呢？

其一、"有余无余者，盖是涅槃之外称，应物之假名耳"。有余、无余境界不一，然而其言说本身，都为假名则一；其二、从有与无的联系看，"涅槃非有亦复非无，言语道断，心行处灭"，"果有其所以不有，故不可得而有；有其所以不无，故不可得而无耳。"①涅槃之无论有余无余，都系于世俗的有无而超于有无。许抗生说："说涅槃为有，然已超越了生死，五阴（色、受、想、行、识）永灭；说涅槃为无，然其灵知独照而不竭。五阴永灭与'道'（宇宙之真谛）相同，故其体虚而不改，所以不可为有；然而其'幽灵不端'，'至功常存'，所以又不可为无。因此涅槃应是超越了有无，泯灭了称谓，不可以有无来题榜的，涅槃只能是非有非无的，超言绝象的。"②然而，如果仅从有无关系看，这有无，仅仅关涉于俗谛：

> 有无之数，诚以法无不该，理无不统。然其所统，俗谛而已。经曰：真谛何耶？涅槃道是。俗谛何耶？有无法是。③

涅槃关乎有无而并非有无本身。"别有妙道妙于有无，谓之涅槃"，"而曰有无之外别有妙道，非有非无，谓之涅槃"。④

---

① 《涅槃无名论·开宗第一》，《中国佛教思想资料选编》第1卷，第158—159页。
② 许抗生：《僧肇评传》，南京大学出版社，1998年，第226页。
③ 《涅槃无名论第四·越境第五》，《中国佛教思想资料选编》第1卷，第161页。
④ 同上。

《涅槃无名论》设问:"论旨云涅槃既不出有无,又不在有无。不在有无,则不可于有无得之矣;不出有无,则不可离有无求之矣。"这岂不是说涅槃"有名"了么?答案是"夫言由名起,名以相生,相因可相,无相无名,无名无说,无说无闻。经曰:'涅槃非法非非法,无闻无说,非心所知'"。

"然则玄道(指涅槃)在于妙悟,妙悟在于即真,即真则有无齐观,齐观则彼己莫二。"这一"妙悟"对象,便是涅槃。涅槃有无莫二,不在有无而不出有无,超于有无之谓。

这里,《涅槃无名论》的佛学旨要与美学相系之处在于:

其一、所谓"无名",实指假名。假名非涅槃,而涅槃不离假名。僧肇该文,主要内容有所谓"九折十演"①,逐一展开关于涅槃问题的论析。其论析主题,在于涅槃究竟无名有名、品性与如何成就涅槃正果等佛学问题。正如前述,果然涅槃与有无相关,而涅槃"无名"抑或"有名"以及是否可被言说等,是值得一辨的。

僧肇断言:"涅槃无名"。"无名"一词,源于通行本《老子》"道常无名"②句。道作为世界万类现象的本原本体,并非绝对不可言说,然则一经言说,却不是那个本原本体的恒常之道。道,不"在"言说之当下,而当下之言说又趋向于道;道,自当可勉强地给以命名③,而一旦命名,道即不"在"又趋向于"在"。如此看来,道无"常名"又勉强可以"名"之。

涅槃是以佛家之言所表述的人类之一大绝对理想之境。因为是理想,其中蕴含了一定的美与审美因素,审美也是诉诸于、趋向于理想的。然而关于美,可以言说的,仅是世间无数美的东西、美的现象。而美的东西与现象的本原本

---

① 按:"九折十八演"为"'开宗'第一""'核体'第二""'位体'第三""'征出'第四""'超境'第五""'搜玄'第六""'妙存'第七""'难差'第八""'辨差'第九""'责异'第十""'会异'第十一""'诘渐'第十二""'明渐'第十三""'讥动'第十四""'动寂'第十五""'穷源'第十六""'通古'第十七""'考得'第十八"和"'玄得'第十九"。

② 通行本《老子》第三十二章,王弼注《老子道德经》上篇,《诸子集成》第3卷,第18页。

③ 按:通行本《老子》第二十五章云,"有物混成"之"道","吾不知其名",只能"字之曰道","强为之名,曰'大'(按:太之本字)。"(见王弼《老子道德经注》上篇,《诸子集成》第3卷,第14页)

体，即古希腊柏拉图所说的那个"美本身"，则是难以言说的，因而"美是难的"①。柏拉图以为，惟有作为"上智"的少数"哲学家"可以"理解"与言说"美本身"，作为"多数"的"下愚"是力所不逮的，这是所谓"天才"说。这与中国先秦《老子》所说不尽相同。

涅槃既"无知"又"无名"。所谓"无知"，是与"般若无知"相一致的；所谓"无名"，实际也是涅槃和般若的共同特征，同时包含既不可言说又必加以言说这两个义项。好比以指指月②。指非月，月非指。指为能指而月为所指，二者非一非二，非二非一。智者以指指月，月者有如涅槃，涅槃本身"无思""无名"。涅槃与涅槃之名言，又二者不一，有如月与指不一。故不可将涅槃与涅槃之名言相互等同；涅槃与涅槃之名言，既不一又不二，有如以指指月，如无指，则何以指月？指固然并非月，然而倘若无指，月又在何处、何处是月即月之安"在"？因而，涅槃又因此涅槃之假名而得以"方便"。这便是《大智度论》所说的"义"（所指）与"语"（能指）的关系，亦即《涅槃无名论》所谓"涅槃"与"说涅槃"二者，是"无名"与"有名"、所指与能指的辩证关系。

与此相涉的美与美的东西，或称为美与美之现象二者的关系，也是如此。涅槃作为绝对理想，或可称为"原美"，此朗朗然之月也，真谛之谓，可指、可望而不可企及矣；涅槃修持及涅槃的假名，以指指月之谓耳，摄求之谓，俗谛之谓。"不在有无"而"不出有无"，其修持，其过程，其审视，其名言，可能有美的现象与审美因素"妙存"于此，又并非"美本身"。

其二、关于顿悟、渐悟二项，作为成佛、涅槃的方式问题，在中华佛教史上的思辨与论析，最著名而重要的，当推晋宋之际的佛教名僧竺道生。在此之

---

① 按：柏拉图：《国家篇》云："另一种（引者按：这里，柏拉图指少数哲学家）能够理解美本身，就美本身领会到美本身，这种人不是很少吗？"柏拉图：《大希庇亚篇》云，"一切美的事物有了就成其为美的那个品质（按：指"美本身"）"。参见《柏拉图全集》第1、2卷，王晓朝译，人民出版社，2003。

② 按：《大智度论》云："如人以指指月，以示惑者，惑者视指而不视月。人语之言，我以指指月令汝知之，汝何看指而不看月？此亦如是。语为义指，语非义也。"参见《大智度初品中十方诸菩萨来释论第十五》，《大正藏》第二十五册，"般若部类"，龙树菩萨造、鸠摩罗什译《大智度论》卷九，P0125b。

前，先有僧肇《涅槃无名论》"诘渐""明渐"等关于渐悟问题的诘问与阐述。这里，僧肇持渐悟之见，是与其师鸠摩罗什所持略同的。其主要理由有四：第一、涅槃本身圆融无碍，而"三乘"①之于修道众生，因结缚过甚未能一次顿了，"结是重惑，而可谓顿尽，亦所未喻"。故只能渐悟。第二、涅槃妙境固然无分别而浑整为一，却是其道蕴无限的，故未能一次顿了。僧肇说，"况乎虚无之数，重玄之域，其道无涯，欲之顿尽耶？"又说，"为道者，为于无为者也。为于无为而曰日损，此岂顿得之谓？"②第三、众生悟力不一，三乘修持果位有别，意气之"量"有限之故，故未能顿尽。"三乘众生俱济缘起之津，同鉴四谛之的，绝伪即真，同升无为（涅槃），然其所乘不一者，亦以智（般若之智）力不同故也。夫群有虽众，然其量有涯"；"夫以群生万端，识根不一，智鉴有浅深，德行有厚薄，所以俱之彼岸而升降不同，彼岸岂异？异自我耳"。③第四、众生经"七住"④而终未圆成，仍须进修"三阶"（三住），这是渐悟必行的反证。可见，僧肇是一个坚定的渐修、渐悟论者，显然与竺道生首倡且持顿悟说有异。

僧肇《涅槃无名论》专论"无名"，其所谓"言语道断，心行处灭"⑤，是什么意思呢？这是说，所谓涅槃，须默照神会才是，如果一旦以"言语"说明，"道"（指涅槃）便不"在"；一经"心行"（思虑），"道"则"灭"矣。好比"说似一语即不中""过尽千帆皆不是""拣尽寒枝不肯栖"，千言万语，与涅槃无涉。在佛之涅槃的真理面前，言说与思考，是无用而无力的。这在佛教哲学、佛教美学上，属于语言哲学、语言美学范畴。然而，虽则僧肇不信任言语、文字，一切佛教宗门却又始终不舍于言语、文字。关于这一点，只要去看看一部大藏经，其实都是在言说佛教"真理"包括言说涅槃问题就可以了。即使僧肇本人，也不是在此以诸多文字，喋喋而娓娓地言说涅槃、般若的不可言说、不

---

① 按：大乘所言"三乘"，为声闻（小乘）、缘觉（中乘）、菩萨（大乘）之总名。

② 《涅槃无名论第四》，《中国佛教思想资料选编》第1卷，第164页。

③ 同上书，第166页。

④ 按：佛教有"十地"（十住）之说，以为渐悟成佛，须经"十地"即十个阶级才告成佛，又有修成于"七住"（七地）为"小顿悟"说。

⑤ 《涅槃无名论第四·开宗第一》，《中国佛教思想资料选编》第1卷，第158页。

可思议吗？仅仅将这种种言说，看作佛教的"方便法门"罢了。《庄子》提出"非言非默"①这一语言哲学命题，意思是"道"只能在"言""默"之际。其实，佛教的涅槃与般若的所谓"真理"，也只能在"言""默"之际，不过其哲学基础不同于庄子而已。

僧肇言说"无名"而倡言渐悟，其理由有四个，已如前述，且以第一理由最为重要②。因而，值得在此简略讨论的，是佛教渐悟与审美之悟的关系。

在美学上，大凡审美的主体心灵一旦实现为审美直观，则意味着悟境已成。其悟觉的心灵结构与氛围、底蕴，必与一定现象的观照、直觉与体悟等相系。其间，必有静态而平和、暂时"忘"去是非、善恶与情感等因素的参与。康德从无功利的功利、无目的的目的、无概念的普遍有效和无概念的必然等四个方面，揭示了审美判断的内在心灵结构、氛围与底蕴。瞬时审美总是当下而"在场"的。审美，全神贯注于对象，便是所谓"凝神观照"；其时，宁和的心灵、心境必不可缺，大悲、大喜、狂躁、妒忌和阴郁等心境条件，必不利于审美，此之所以"生气灌注"；审美情感或曰美感，作为人的愉悦、幸福与崇高甚而灵魂之净化的情感方式，是一种基于且超越于人的生理快感的全人格的感动，因而，其历史和人文的内核便是心灵之悟。

悟，指精神的解放、心灵的顿了。佛教是最讲"悟"的宗教③。作为对于世界真理、真谛的领会，主要由于悟之时间性、阶位与品性的不同，而可分渐悟、顿悟两类。小乘讲渐悟，大乘渐、顿互说。三乘之二的声闻、缘觉，尚谈不上真正的"悟"。自无始以来，惟有大乘菩萨的无漏种子，超越声闻、缘觉的位行而直了菩萨果性，这便是顿悟与顿悟的刹时实现；菩萨无漏，必须经过声闻、缘觉二乘果位、自浅而深、逐渐成就为菩萨，是为渐悟，这是指渐次圆

---

① 《庄子·则阳》，王先谦：《庄子集解》卷七，《诸子集成》第3册，第175页。

② 按：《文殊师利问疾品第五》，僧肇《维摩经注》再次强调这一点。其文云："群生封累深厚，不可顿舍，故阶级渐遣，以至无遣也。"

③ 按："当人们怀着疑惑来到佛面前，他给的回答为他整个的教义提供了一个身份。'你是神吗？'他们问他。'不是。''一个天使？一个圣人？''不是。''那么你是什么呢？'佛回答说：'我醒悟了。'"参见休斯顿·史密斯：《人的宗教》，刘安云译，刘述先校订，海南出版社，2013，第79页。

成而非毕其功于一役。在时间性上，渐悟是一个历时性的悟，它是具有时段性的。

渐悟作为审美之悟的方式之一，在个人审美经验中，由于其经验是一个累积过程，经验有丰欠，学养须积累，悟力往往随之增强或减弱，所以审美渐悟不可避免，而且是历时性即具有时段性的；就一个民族、时代而言，其审美的实践及经验，同样也是一个历史性的不断展开的过程，这里，充满了可能而必然的渐悟。无论个人或群团的审美之悟，都可以是一个渐进过程。这里，充满了传播、影响、回互甚或倒退，是实践、经验的不断积累甚或反复。而且，审美的"慧海"广深无比，任何对于事物现象包括审美现象的观照，不可能一次臻成，或者说，完成了一次，不能保证此后就不会有第二、第三次直至无数次。所谓悟境，总是处于不同的历史与层次，它们无穷无尽。审美之所以可能实现为"悟"，是因为此悟的智慧内核，实际为熔融于意象之中的理性和理解力因素，即被称为悟性的那个东西，是被把握到的现象、情感与本体、思性兼诗性的相互渗融。这里，无论佛教所谓渐悟、顿悟的悟，还是审美之悟，决定此悟的广度和深度的，实际是那个融渗于诗性、与诗性相融的思性因素，或者可称之为识性、认识力，也是一个历史的成果。这一成果，永远不会彻底成熟。可见，无论僧肇所谓渐悟即历史性的审美之悟或是顿悟，都是"未完成时"的，都只能永远"在路上"。所谓渐悟，离弃而且不离于世间；而究竟之智，顿时悟于空幻、中道实相者，顿悟耳；审美之悟，包括渐悟、顿悟，悟在生活真理及其真实之境。审美相融于涅槃与中道，悟于世界意象与人类情感的底蕴。

关于悟的问题，在僧肇所着的其他一些佛学篇什中，亦往往论及，它有时与美、丑观念联系在一起。试以《答刘遗民书》一文为例。该文有云：

> 君既遂嘉遁之志，标越俗之美，独恬事外，欢足方寸，每一言集，何尝不远。①

这是以"越俗之美"，来称许刘遗民的"嘉遁之志""独恬事外"。所

---

① 《答刘遗民书》，《中国佛教思想资料选编》第1卷，第151页。

谓"越俗",超越、舍弃于世俗之谓。"越俗"的"俗",指儒的"有"与道的"无"这一类人生之境。因而这里僧肇所说的"越俗之美",指佛悟之"美"。僧肇说:

> 公以过顺之年,湛气弥厉,养徒幽岩,抱一冲谷,遐迹仰咏,何美如之?每亦翘想一隅,悬庇霄岸,无由写敬,致慨良深。君清对终日,快有悟心之欢也。^①

这是以敬畏、崇仰之心,称"过顺之年"(按:六十多岁。《论语》子曰:"六十而耳顺"。)的慧远幽居于庐山的崇佛之"美",并说,这是人间其他的美所难以比拟的。又称"君"(刘遗民)有居士"悟心之欢"。何为"悟心之欢"?惟有领悟空境的真谛,才得体验。又称颂云:

> 并得远法师《三昧咏》及"序"。此作兴寄既高,辞致清婉,能文之士率称其美。可谓游涉圣门,扣玄关之唱也。^②

这一种"美",首先并非仅指文篇辞藻之美,这可以从"游涉圣门(佛门)、扣玄关(涅槃之境)之唱"一言得知。此"美"非比寻常。僧肇又有"妙尽"说。

> 疏曰:谈者谓穷灵极数,妙尽冥符,则寂照之名,故是定慧之体耳。
> 言象莫测,则道绝群方;道绝群方,故能穷灵极数;穷灵极数,乃曰妙尽;妙尽之道,本乎无寄。夫无寄在乎冥寂,冥绝故虚以通之;妙尽存乎极数,极数故数以应之;数以应之,故动与事会;虚以通之,故道超名外。^③

---

① 《中国佛教思想资料选编》第1卷,第151页。
② 同上书,第152页。
③ 同上书,第152、153页。

"穷灵极数"，指深契于涅槃之境。"妙尽"，指悟道臻于极致。极致的佛道，"妙尽冥符"，便是对于"涅槃"的"寂照"，达到所谓"道超名外"的境地，这便是"涅槃无名"。涅槃，缘名而"在"又不是"名"也不在"名"中，因而超乎"名外"。其实，这也便是绝对理想性的"妙尽"之"美"。

在中华美学史上，"妙"是一个活力四射且隽永有味的美学范畴。它由通行本《老子》首先提出，所谓"元（玄）之又元（玄），众妙之门"①。老子所说的"道"，作为本原本体之美，是天下万类的"众妙之门"，可见，道是一种"根本妙"。这里，僧肇以"妙尽"称言佛教涅槃空境，是借道玄（无）之"妙"，来言说佛性空幻寂照之"美"与证印佛教涅槃之境。既沾溉于道玄之"妙"的假名又无滞累于此；既沾溉于"空"之假名亦无滞累于此，是不离假名而又超言绝象，这用僧肇《维摩经注》的话来说，叫做"美恶齐旨，道俗一观"②。

最后还需指明，僧肇佛学的基本思想，主要在于大乘空宗的般若中观之学，它的"涅槃无名"说，虽然所说"涅槃"之见源自印度，却是中国化、中观化了的"涅槃无名"论。僧肇说：

> 如来去常故说无常，非谓是无常；去乐故言苦，非谓是苦；去实故言空，非谓是空；去我姑言无我，非谓是无我；去相故言寂灭，非谓是寂灭。此五者，可谓无言之教，无相之说。③

从中观看，"说无常"不等于"是无常"，"无常"是"说"意义上关于无常的一个假名，并非无常本身。余皆可类推："言苦""言空""言无我"与"言寂灭"，不等于"是苦""是空""是无我"与"是寂灭"。这里僧肇所论，大凡属于般若中观之言，所谓"无言之教，无相之说"，如是如是。唯《涅槃无名论》一文宗要，以"涅槃无名"为题，属于涅槃佛性论的佛学范畴，显与般若中观说有别。然则僧肇论"涅槃"，在其思维思想上，依然深受"般若中观"

---

① 《老子》第一章，王弼：《老子道德经注》上篇，《诸子集成》第3册，第1页。
② 僧肇：《维摩经注·弟子品第三》，《肇论》，《中国佛教思想资料选编》第1卷，第172页。
③ 《中国佛教思想资料选编》第1卷，第175页。

说的影响。僧肇言说涅槃"无名"，皆从有无、有名无名、真谛俗谛与动静等不落二边来加以论述、辨析。正如前引，僧肇《维摩经注》有"渐悟"说，且论"佛无国土"头头是道，所谓"法身无定，何国之有""无定之土，乃为真土"①。这的确显然将涅槃佛性论"般若中观"化了，《涅槃无名论》的佛教美学因素，亦应作如是观。

本文发表于《学术月刊》2019年第12期

---

① 《中国佛教思想资料选编》第1卷，第170、169页。

慧远佛学及其美学意蕴

慧远（334—416）作为东晋庐山僧团的佛教领袖，与北地高僧鸠摩罗什遥相呼应，是中国佛教史上的高僧大德。俗姓贾氏，雁门楼烦（今山西崞县东）人，《世说新语·文学》注引张野《远法师铭》称其"世为冠族"。据《释慧远传》，慧远年少之时，"博综六经，尤善庄老"。东晋永和十年（354）慧远时年二十一，钦敬江东豫章名儒范宣子，意欲南渡与之交游隐居，因战乱道途阻隔而未就。遂前往恒山，从释道安习佛教般若学，悟佛高明。《高僧传》记慧远之言称"儒、道九流，皆糠秕耳"，"安公（道安）常叹曰：'使道流东国，其在远乎'！"东晋兴宁三年（365），慧远随师南抵湖北襄阳，宣述般若"心无"义。太元三年（378），因苻丕攻襄阳，道安被拘而不得出，慧远南下荆州，行至浔阳（今江西九江），"见庐峰清静，足以息心，始住龙泉精舍"，又住西林寺。遂信徒日众，香火旺盛，刺史桓伊仰慧远智量，为筑东林寺。自此慧远"卜居庐阜三十余年，影不出山，迹不入俗，每送客游履，常以虎溪为界焉"。[①]慧远聚徒讲经，撰述佛论，与罗什探讨，携门徒发愿往生西方净土，年八十三而终老于匡庐。日人镰田茂雄云，慧远"在南北朝佛教的地平线，开辟了很广大的基地。慧远可以说是中国初期佛教的转捩者，其在思想史上有不可磨灭的意义"。[②]谢灵运《庐

---

① 慧皎：《高僧传》卷六，金陵刻经处本。

② ［日］镰田茂雄：《中国佛教通史》第二卷，中国台湾佛光文化事业有限公司，1998，第324页。

山慧远法师诔并序》称，"法师（慧远）嗣沫流于江左，闻风而说（悦），四海同归"①，其影响耸动朝野。

一、法性、涅槃与"原美"

慧远著述，后人编为十卷凡五十余篇。除已亡佚之《法性论》外，有《沙门不敬王者论》《明报应论》《三报论》与《大智论钞序》等，另书信十四篇及少许铭、诗与赞等，主要收录于《弘明集》《广弘明集》《出三藏记集》与《高僧传》。

考慧远佛学精魂，"法性""涅槃"说为其题中应有之义。

关于《法性论》，仅《高僧传·慧远传》存有二句："至极以不变为性，得性以体极为宗"。意为：涅槃以永恒不坏为法性，证得法性以体悟涅槃为宗要。

东晋佛学，以"无"说"空"，大倡般若中观"毕竟空寂"义，另一派则倡言涅槃佛性说，慧远的"法性""涅槃"之见，即如是。

一般美学意义之审美理想，为真善美之集汇，追摄十全十美境界。佛教基本教义一再申言，对世间真善美不作留恋与肯定，却不等于说，佛教并无审美理想的追求。般若中观之学与涅槃佛性之论，皆为理想性佛学。区别在于，般若中观论无执于空；涅槃佛性说有执于空。《涅槃经》卷四有云："灭诸烦恼，名为涅槃。离诸有者，乃为涅槃。"涅槃，是以出离、断灭世俗与现实即此岸之虚妄、尘垢、功利与分别等，及其真善美为前提的，然则其彼岸之"理想国"，曲折而颠倒地寄寓着一种以空为执的审美理想，实际是希冀以空为理想来解释、改造此岸世界及其人性。涅槃这一理想之境，因可被执著于空境而为妙有即法性。法性者，金刚不坏、无可亵渎与戏论。慧远《大智论钞序》云：

> 尝试论之：有而在有者，有于有者也；无而在无者，无于无者也。有有则非有，无无则非无。何以知其然？无性之性，谓之法性。法性无性，因缘以之生。生缘无自相，虽有而常无，常无非绝有，犹火传而不息。夫然，则法无异趣，始末沦虚，毕竟同争（按：疑为净字），有无交归矣。②

---

① 谢灵运：《庐山慧远法师诔并序》，《广弘明集》卷二三，《四部丛刊》影印本。
② 慧远：《大智论钞序》，僧祐：《出三藏记集》"经序"卷一〇，金陵刻经处本。

将世间万有执持为有，这是以有为有；将事物本原本体之无执持为无，是以无为无。执持于有而为有这一本原本体，并非指世界万有、人生万象；执持于无而为无这一本原本体，就不是指没有。如何理解这一点？所谓无的性质，指空；空之属性，称法性。法性空幻，因缘断灭，一切事物现象因缘而起，无自性实相，虽世界万有、人生万象是有，却为恒常不变之空。世界与人生真谛并非与世界、人生万象绝然无关，好比火燃薪、薪传火之常燃、常传以至于不息一般。万法缘起及其发展趋向，始终空幻，为彻底之空幻而无例外，故世间万象及其本原本体，统归于空幻法性。

方立天说："这一段话是慧远晚年对于世界的总观点，它集中地表达了慧远对'法性'和客观物质世界以及两者之间关系的看法。"①大旨在于，世界与人生究竟是什么，亦间接回答了美究竟是什么这一问题。

世界、人生及其"美"的本原本体，并非儒家所言之有，亦非道家所说的无，而是佛家所谓空。

此空，即慧远所言法性或曰涅槃。

就佛教美学而言，世界的本原本体是法性，空幻联系于"美本身"。慧远所谓"无性之性，谓之法性。法性无性，因缘以之生"，与审美相系。所谓"无性"，实指"空性"；"无"，"空"之谓。以"无"代"空"，是魏晋佛门的方便说法。慧远以"无"说"空"，所运用的，大致仍为"格义"之法。慧远佛学深受魏晋玄学影响而无疑。从空与法性，可显世界绝对之"美"，慧远对于世界及人生，依然抱有信心。

在慧远看来，尽管世间充满污秽，却仍然有救；尽管人生烦恼不已，仍可回归于清净、澄明之境。"至极以不变为性，得性以体极为宗"，芸芸众生，可"得性"而达于"至极"，真理可鉴而终极可期。此为成佛之纲，又是人性审美之要。然则"至极"也好，"得性"也罢，皆殊为不易，须"以不变为性"，"以体极为宗"。法性金刚不坏；涅槃之境即破斥法执我执，以一切外尘、内心为空幻。无物无心，无是无非，无生无死，无悲无喜，法性存焉，涅槃臻成。此"反

① 方立天:《魏晋南北朝佛教》,《方立天文集》第一卷，中国人民大学出版社，2006，第80页。

本求宗"①也。

假如说，鸠摩罗什的佛教之思以无所执著"毕竟空寂"为并非终极之"终极"，那么慧远则坚信，破除法我二执之空境，可以且须加以执著。前者以空为空；后者以空为法性。前者为精神之永远漂泊，而作无穷无尽之消解；后者是精神的有所皈依，即存一"至极"的精神圣地。在美学上，前者与后者皆以现实、此岸之美为虚妄不实。前者实际并未将空看作美的"家园"，它以空之永恒"无执"，不能亦不必建构人的精神"故乡"，固然空得彻底而绝对，空得澄明自由，实际并非在"原美"的幸福中，毋宁说有某种精神的漂泊感在。而后者的慧远，实际以空为妙有、为皈依、为精神幸福之故乡，其"法性""涅槃"，便是可被执著之"原美"。

问题在于，慧远这一佛教思想的美学意蕴如何孕育。慧远以释道安为师，他所习得的，应是般若性空之学，而为何偏偏成熟其涅槃佛性之见？

拙著《中国美学的文脉历程》曾指出，"在印度佛教中，般若性空之学与涅槃佛性之论属于不尽相同的两个佛学思想体系"，"般若之学与佛性之论在关于事物本质之'空'的无所执著还是有所执著这一点上见出了分野"。"印度佛教般若经典主要译介于魏晋，玄学有接引之功"，"而印度般若性空之学对'空'的无所执著所体现出来的'终极'（实际上无所谓终极）观与思维习惯，不是魏晋时代所能立即领会与适应的。于是便有以魏晋玄学关于事物本体'无'的先入之见即'前理解'来'误读'般若性空之学"。②东晋情况亦大致如此。慧远少时"尤善庄老"，其思想旨趣，在从学道安之后固然已由庄老而入般若，却依然难以彻底摆脱玄学那种"求宗""明宗"③追摄事物及其美之本质与终极的思想与思维之影响。

慧远以"法性""涅槃"为成佛之终极，总体决定其对美的基本看法。世间之一切美的事物似乎固然难入其法眼，而其悬拟于出世间的"原美"之光辉，

① 慧远：《沙门不敬王者论五篇并序》，《弘明集》卷五，《四部丛刊》影印本。
② 王振复：《中国美学的文脉历程》，四川人民出版社，2002，第410、411页。
③ 按：慧远：《沙门不敬王者论五篇并序》有"求宗不顺化"、"明宗必存乎体极"等言，《弘明集》卷五，《四部丛刊》本。

却要"照亮"世间及其人心之黑暗。"法性""涅槃"而非"性空",是慧远所执著体悟的"原美"。唐元康《肇论·宗本义》疏曾引述慧远之言云:"性空是法性乎?答曰:非。性空者,即所空而为名。法性是法真性,非空名也。"此言区别般若中观之"性空"与涅槃佛性的"法性",尤为中肯。问题是,这出世间之"原美",难道与世间没有关系吗?当然并非如此。世间尘染,众生烦恼,使"原美"处于遮蔽与系累之中。然则慧远对于佛教、成佛,对于世界与人性,实际并未丧失信心,其坚信成佛之可能而众生之心可被改造,以至达成涅槃之境。佛国、法性、涅槃之"原美",作为成佛的接引,作为涤除尘累、污垢而特具精神提拉、升华的动力和魅力,实际便是对于尘世之美的宗教式肯定。

二、"冥神绝境"与审美

慧远佛学,深受《大品般若经》与《大智度论》等般若中观说之影响,具有将般若义玄学化的思想与思维倾向,同时兼具禅学及净土思想之深湛修养。从世界之本原"法性"的证悟,到"涅槃"之境的精神性投入,是一"反(返)本求宗"的成佛之路。慧远《沙门不敬王者论·求宗不顺化三》有云:

> 凡在有方,同禀生于大化,虽群品万殊,精粗异贯,统极而言,唯有灵与无灵耳。[①]

慧远将"群品万殊"分为"有灵"、"无灵"二类,是佛教所谓众生"有情"、成佛"无情"的另一说法。

> 有灵则有情于化;无灵则无情于化。无情于化,化毕而生尽,生不由情,故形朽而化灭。有情于化,感物而动,动必以情,故其生不绝。其生不绝,则其化弥广而形弥积,情弥滞而累弥深,其为患也,焉可胜言哉?是故经称:泥洹不变,以化尽为宅;三界流动,以罪苦为场。化尽则因缘永息,流动则受苦无穷。何以明其然?夫生以形为桎梏,而生由化有。化

① 慧远:《沙门不敬王者论五篇并序·求宗不顺化三》,《弘明集》卷五,《四部丛刊》本。

以情感，则神滞其本，而智昏其照，介然有封，则所存唯己，所涉唯动。①

　　这里，慧远将世界之"生""化"，即由"有灵""无灵"而相应地分为"有情于化"与"无情于化"两大类。"无灵""无情于化"，因"生不由情"，"故形朽而化灭"，实乃"无生"；"有灵"即"有情于化"，因"感物而动，动必以情，故其生不绝"，实为"有生"。"有生"者，"生不绝"，乃"情"累之故。

　　可见，"情"乃"泥洹"（涅槃）、成佛之大敌，"情弥滞而累弥深，其为患也"。所谓"三界②流动，以罪苦为场"，"罪苦"者，苦海无边之谓。其间六道轮回，具生老病死四苦与爱别离苦、怨憎会苦、求不得苦与五蕴炽盛苦等，共八苦，可谓"苦难深重"矣。那么"苦"因何在呢？便是"生""化"俱来的众生之"情"。"情"因"流动"（妄动）而致有情（有灵）众生"受苦无穷"，遂使"神滞其本，而智昏其照"。"情"乃"生"之"累"耳。佛教有"情尘"说，称六根为六情、六尘。妄生计较、分别者，"情"；心猿意马者，亦"情"。《慈恩寺传》九云："制情猿之逸懆，系意象之奔驰"。如是如是。

　　　是故反本求宗者，不以生累其神；超落尘封者，不以情累其生。不以情累其生，则生可灭；不以生累其神，则神可冥。冥神绝境，故谓之泥洹。③

　　"情"为万恶之源，自然是应被否弃的世俗审美之源。从佛教逻辑而言，"不以生累其神"者，无生；"不以情累其生"者，无情。"冥神绝境"，即无生无情。离弃于世俗生死、功利与苦乐，便"泥洹"（涅槃）成佛，亦是一种"原审美"。这实际是以佛教之语汇所表达的审美理想，便是"反本求宗"，其思想品格，是"冥神绝境"。冥，冥契，亦称冥一，弃精神之有生有情（有灵）、达

①　慧远：《沙门不敬王者论五篇并序·求宗不顺化三》，《弘明集》卷五，《四部丛刊》本。
②　按：佛教认为，有情众生所处生死、往复之世界为三：欲界、色界、无色界，统称迷界。
③　按：参见慧远：《沙门不敬王者论·求宗不顺化三》。

成无生无情（无灵）之冥契而出离生死、舍"有"为"空"之谓。"绝境"之"绝"，拒绝、绝缘义，又具到达、终极之义。"境"，本义指物境、外境，这里具心识攀缘义。故所谓"冥神绝境"，指冥契于无生、无情之绝对高妙的佛教境界。此境，离弃于诸相而冥寂，融通一切而无碍。

从审美而言，慧远的审美理想观，在凡夫俗子的"外道"看来，是不可理喻甚而是怪异的。从来的世俗性审美，皆无功利性目的，无主客二分，无是无非，是一刹那的审美过程，依然有"人情"在，成为世俗审美发生与实现的主体精神动因之一，此《文心雕龙》所以称"登山则情满于山，观海则意溢于海"。凡世俗之审美，必关乎"情"，无"情"焉能审美？此"情"，总与"生"相系。战国郭店楚简《性自命出》篇就曾称，"道始于情，情生于性"。在这性→情→道的关乎审美的思维逻辑中，"性"为审美发生与实现之动因（本原），"情"是"性"、"道"之间的一个中介，一种不可或缺的主题心灵动因。这里所言"性"，实际指"气"，"喜怒哀悲之气，性也"。气为人的生命之根，作为"性"，却具"喜怒哀悲"之"情"。可见"气"、"性"与"情"，三者合一。总之，从来刹那发生与实现的世俗审美，决不可排斥"情"。此"情"无功利、无目的、无分别、无计较。《性自命出》说："凡人情为可悦也"。又称，"苟有其情，虽未之为，斯人信之矣。未言而信，有美情者也。"[1]"人情""可悦"，关乎审美愉悦，总与审美、接受主体心灵的真诚（信）融合在一起，展现为"美情者"之境界。

慧远佛学所蕴含之佛教审美观，偏偏持"无生""无情"而"冥神绝境"，意味着"反本求宗"，似乎与审美遥不可及。实际这里所言"无情"，无妄情、无迷情之谓，亦指非"累其生"、"累其神"之"情"，指无功利、无分别与无机心。此三"无（空）"，恰与世俗审美心理机制具相通之处。世俗瞬时的审美，亦具三"无"之"心"。当然，其"心"之精神底蕴与境界，还是各具特性的。佛教的"法性"与"涅槃"，作为佛教人文之理想，实际是世俗审美理想颠倒而绝对的一种表述。

在中国佛教史上，慧远是往生"西方净土"的大力提倡者与努力实践者，

---

[1] 湖北省荆门市博物馆：《郭店楚墓竹简》，文物出版社，1998。

故被称为"莲宗初祖"。不管这种佛教理想能否实现，作为其执著追求，是一种被佛教所拥抱、夸大的审美理想。慧远的"净土"思想，大致来自什译《佛说阿弥陀经》[①]：

> 极乐国土，七重栏楯，七重罗网，七重行树，皆是四宝，周匝围绕。是故彼国名曰极乐。
>
> 极乐国土，有七宝池、八功德水，充满其中，池底纯以金沙布地。四边阶道，金银、琉璃、颇梨合成。上有楼阁，亦以金银、琉璃、颇梨（玻璃）、砗磲、赤珠、玛瑙而严饰之。池中莲华，大如车轮。青色青光，黄色黄光，赤色赤光，白色白光。微妙香洁。舍利弗，极乐国土，成就如是功德庄严。[②]

这一"净土"理想，以"极乐"（善美）为旨归为主题，反复宣说"极乐国土"之境。纯属精神之向往，充满佛教神秘而神奇的"乌托邦"意味，显得空幻、飘渺而美丽。其文辞表述，作为方便说法之方式，又是世俗而现实的，富于想象的现实图景之描述，确是佛教崇拜与艺术审美的二律背反又合二而一，此"方便权智"，描绘西方"极乐"，称其"超言绝象"，不可思议、不可言传，仅在于"假言施设"。有如慧远笃信成佛而往生"西方"，又于庐山"创造精舍，洞尽山美，却负香炉之峰，旁带瀑布之壑，仍石累基，即松栽构，清泉环阶，白云满室"[③]，似乎既追摄"西方"之美善，又享受此岸、现实之美善，看似自相矛盾。其实从世俗看，固然庐山精舍风景雄奇而秀丽，其美可羡，而从佛教言之，则世间之"美"，仅具"方便"意义。从"外道"看慧远的往生，固然虚无缥缈，而佛门中人对此的宗教体会，确是真诚、真实与真切的。由此所体悟的"极乐"，类似于审美之快感，且因精神迷思之故，更让人如痴如醉。追求西方"极乐"，固然不切世俗"实际"，却冥契于佛教大乘有宗所言"实

---

① 按：此即支娄迦谶译：《无量寿经》，郭朋：《汉魏两晋南北朝佛教》认为是西晋竺法护所译，待考。此经后由鸠摩罗什重译，题名《佛说阿弥陀经》。
② 鸠摩罗什译：《佛说阿弥陀经》卷一，《大正藏》第十二册，P0346c、0347a。
③ 《慧远传》，慧皎：《高僧传》卷六，金陵刻经处本。

际"或曰"真际"。其所寄托的"理想国"在"西方",而其"理想"之土壤,却总在世间在脚下,试图让"理想"之光"照亮"现实的黑暗和人性的丑陋。

三、"神不灭"与审美"形神"

"形神"问题,是中华美学史的重大主题之一。魏晋以降,愈显其重要。审美"形神",在中华美学史上真正成为重要之题,与东晋慧远等辨说佛教"形尽神不灭"大有关系。

早在西汉初期,《淮南子》曾言述人之生命有云:

> 夫形者,生之舍也;气者,生之充也;神者,生之制也。一失位则三者伤矣。①

这是印度佛教进入中土之前,中华古代关于"形神"问题的典型表述,从生、气角度,对人之生命形、神的完整理解,其理论建构,在于联系"气"而说"形神"。②

印度佛教进入中土之前,中国人关于"形神"的思考、认识与表达,总与人之生(气)的意识、理念密切相系。大教东渐,又一般与人之死(寂,空)的意识、理念相系。两汉之际,桓谭(前23~前56)撰《新论》倡"神灭"说云:

> 精神居形体,犹火之燃烛矣……烛无,火亦不能独行于虚空。③

人"生之有长,长之有老,老之有死,若四时之代谢矣",人"则气索而死,如火烛之俱尽矣"④。可见自桓谭始,有"形尽神灭"之论,显得朴素而唯

---

① 《淮南子·原道训》,高诱:《淮南子注》卷一,《诸子集成》第七册,上海书店,1986,第17页。
② 按:参见王振复:《〈周易〉的美学智慧》第六章第三节,湖南出版社,1991。
③ 桓谭:《新论·祛蔽》,《弘明集》卷五五,《四部丛刊》本。
④ 同上。

"物"。此由抨击起于西汉末年之谶纬神学而来，着眼点关乎人的生、死之际。《新论》"形神"一词，已始连缀而成。南朝范缜的"神灭"说，当继桓谭之说而起，却是对于佛教包括慧远等"神不灭"的攻讦与批判。

关于"神不灭"，早期佛籍《牟子理惑论》曾云：

> 魂神固不灭矣，但身自朽烂耳。身譬如五谷之根叶，魂神如五谷之种实。①

"身自朽烂"而"魂神固不灭"，不信人之精神、肉身同生共死。

慧远《明报应论》称，"夫四大之体，即地水火风耳，结而成身，以为神宅"，"灭之既无害于神"②。"神宅"可灭而"魂神"不灭。

"形尽神不灭"的有神说，是慧远佛学思想的基石之一。

依佛教教义，世界既为"四大皆空"，则无论物我、主客与形神，皆虚幻不实。大乘空宗主张破斥二执，大乘般若中观学，为破斥二执最为彻底之一支。大乘有宗持涅槃佛性论，亦主张破斥。

问题是：既然一切皆空，那么就连成佛之"我"，岂非亦为空幻不实，则"成佛者谁"便成一大疑问。无"我"之存有，则谁成佛又哪得成佛？

真是一个二律背反。关于此，佛学理论之解决，有二途。

其一，印度原始佛教以为，世界业感而起，并无独立于世、业感缘起的主体"我"。部派佛教犊子部曾就主体问题提出"不可说的补特伽罗"（pudagala，"不可说之我"）说，以为"补特伽罗"作为业感缘起，即为轮回、解脱不可言说之"我"。其依有情五蕴而立而不可说者，即五蕴之我又离五蕴而存有之我，蕴与"我"非一非异、非异非一。《俱舍论·破戒品》云，"犊子部执有补特伽罗，其体与蕴不一不二"，"此如世间依薪立火"，薪燃火在，薪尽火灭。二者"不一不二"又"非一非二"。

此涉及"神不灭"说的薪火之喻。

---

① 《牟子理惑论》，《弘明集》卷一，《四部丛刊》本。

② 慧远：《明报应论并问》，《弘明集》卷五，《四部丛刊》本。

关于所谓"补特伽罗"指什么及其与中土慧远之"形尽神不灭"说的文脉联系，黄心川说，"犊子部这个我虽然说的（得）很玄妙，但归根结底它还是一种脱离自然、脱离人的意识的人类认识的变种，是一种用哲学雕琢过的灵魂"①。称"补特伽罗"是以佛教哲学"雕琢过的灵魂"这一点，很有意思。

除犊子部持"补特伽罗"说外，部派佛教经量部又提出所谓"胜义补特伽罗"说，"胜义"即"真实"之义，意为"我"乃"真实"之存有。

此二说，实际承认世界"法有我空"。"我空"之"我"，即"补特伽罗"，因业感、蕴集而空，自不同于一般哲学与美学的所谓主体，大约可称为"似主体"。

其二，大乘佛教主张，世界"我法二空"，否弃"人我"亦否弃"法我"。五蕴是假名，如幻如影而空无实体。然空宗、有宗于此持见有别。前者无执于"我法二空"，破斥彻底；后者破有而空，而破空之时却以空为执，即将"我空"、"法空"执为妙有。

妙有，正如"补特伽罗"，为成佛、涅槃找到一个"主体"（似主体），此即佛典所言"神"。此"神"，"形尽"而"神不灭"。

佛教所谓"神"及"神不灭"，不同于中华传统所言鬼神，亦非基督教的上帝。

慧远力倡"形尽神不灭"说，显然远绪于印度原始佛教关于"补特伽罗"（我）与大乘有宗关于"妙有"主体说，且与承传于汉之桓谭与王充等诸"神灭"之论的余绪展开论辩。《慧远传》引录刘遗民之言有云：

> 盖神者可以感涉，而不可以迹求；必感之有物，则幽路咫尺，苟求之无主，则渺茫何津？②

慧远坚信，佛"神"神秘，"不可以迹求"而可"感涉"，近在"咫尺"而

---

① 黄心川：《印度佛教哲学》，任继愈主编：《中国佛教史》第一卷（附录四），中国社会科学出版社，1981，第534页。
② 《慧远传》，慧皎：《高僧传》卷六，金陵刻经处本。

为妙有、存有之"主"。如"无主"即无"神"这一主宰，则从此岸到彼岸如此"渺茫"，靠"谁"幽渡津梁？慧远说，形神，如"火之传于薪，犹神之传于形；火之传异薪，犹神之传异形"①。慧远解释道：

> 夫神者何耶？精极而为灵者也。
>
> 神也者，圆应无生，妙尽无名，感物而动，假数而行。感物而非物，故物化而不灭；假数而非数，故数尽而不穷。②

"神"，"精极"而"灵者"，它是"补特伽罗"，"不可说之我"。"神也者，圆应无生"。"无生"，"不生不灭"之谓。"感物"，"不灭"之"神"功。其自身"非物"，"故物化而不灭"，"数尽而不穷"。《周易》讲"感"，有咸（感）卦，其义在于少男少女相"感"于气与生，为古代中华关于生命、生殖问题及其美学之典型表述。这里慧远"神不灭"说所谓"感"，为"无生"之义。共立论之基，非气亦非生，是"业"是"无生"。可见慧远"神不灭"的佛学美学观与传统中华生命美学（气美学）之哲学基础的严重分野。以《周易》术数说，承认万物有灵而命里注定，又主张循天则（数）而尽人事，具有对命运的抗争思想，其美学可以"天行健，君子以自强不息"来作旗帜。而慧远则说"假数而非数，故数尽而不穷"。此仅指佛教"名数""法数""禅数"之类，以数表示，可有三空、四大、五蕴、六根清净、八正道等名数、法数。佛教所言数，为智之异名，数寓佛智。与"补特伽罗"相关。佛教有所谓"数取趋"说，"数取趣"者，即梵语"补特伽罗"。《玄应音义》一云："补特伽罗，此云数取趋也。言数数往来诸趣也。"而趣者趋也，众生所往之国土。《俱舍论》八云："趣谓所往。"可见慧远所言"数"，指与补特伽罗即不可言说之"我"相契的一种佛禅智慧，便是"不灭"而永恒之"神"。

"神不灭"说作为佛教的一大要题，在东晋及此后南朝，曾引起激烈争论，推动了佛教"形神"与中华传统"形神"观的"对话"，从而发生以中华传统

---

① 慧远：《形尽神不灭五》，《沙门不敬王者论五篇并序》，《弘明集》卷五，《四部丛刊》本。
② 同上。

"形神"观为人文之基、融合佛教"形尽神不灭"说之新的审美"形神"说。由于直接从佛教"神不灭"说发展而来，佛教不以"生"之"气"为其"形神"之底蕴，而以"无生"之"空"为底蕴，故而自东晋至南北朝，与中国艺术审美相关的"形神"说，一般只言"形神"而不说"气"的，改变了汉初《淮南子》有关"形神气"之生命美学的基本思路。

东晋"神不灭"说的推行遇到诸多阻力，反对者大有人在。孙盛《与罗君章书》云，"吾谓形既粉散，知神亦如之"，主张"神灭"。陶潜撰《形》、《影》与《神》诗三首，其中《神》诗云，"三皇大圣人，今复在何处？彭祖寿永年，欲留不得住"。此为朴素唯"物"、经验之论，几可令"神不灭"论者哑口无言，南朝范缜亦称，"形存则神存，形谢则神灭"①。

假如没有慧远等辈"形尽神不灭"说曾风行于东晋，中华美学史上的审美"形神"说尤其"重神似轻形似"之说，绝非如今所呈现的样子。在论辩中，慧远以佛教学界之权威，撰《形尽神不灭》一文而欲扫荡天下。当此前陆机称"丹青之兴，比雅、颂之述作，美之业之馨香。宣物莫大于言，存形莫善于画"②时，古人所经验感悟之世界，大致为"物""形"之世界，所谓美丑，是这一世界的一种属性与价值。西晋文学家左思曾说："美物者贵依其本，赞事者宜本其实。匪本匪实，览者奚信？"③此"本"、"实"，并非指与"物"（形）相对应之"神"，而指"美物者"之本原"气"（生）。东晋之前说"神"论"形"，一般总以"气"（生）为其文化、哲学与美学之原。

时值东晋，美学意义之"形神"问题逐渐倍受关注，不能不是佛教"神不灭"说的严重影响之故。

据僧祐《出三藏记集》卷十，慧远本人曾云："心本明于三观，则睹玄路之可游，然后练神达思，水镜六府，洗心净慧，拟迹圣门。寻相因之数，即有以悟无，推至当之极，动而入微矣。"这是一个大德高僧相系于空寂之美的悟入与表述。"三观"，佛教空观、假观与中观之谓。空观，万法皆空，观悟诸法之空

<hr />

① 《范缜传》，《梁书》卷四八，姚思廉撰，中华书局，1973。

② 张彦远：《历代名画记·叙画之源流》，沈子丞编：《历代论画名著汇编》，文物出版社，1982，第35页。

③ 左思：《三都赋·序》，萧统编：《昭明文选》，《四部丛刊》本。

谛。假观，观悟诸法之假谛，诸法本无实体，借他而有，故为假。假者有三：法假、受假、名假，诸法虚妄不实而自性假；诸法含受业蕴而成体假；诸法假言施设而因名为假。中观，观悟中之真理。一为双非之中观：观诸法非空非假；二为双照之中观：观诸法亦空亦假。三为洞明世界及其"美"，是谓三谛矣。心"本明"于三谛，"则睹玄路之可游"矣，真可谓出入无空之境而往来自由方便。"即有以悟无"，即"形"以"悟"空也，以"无"说"空"，实乃"悟空"。此"空"（无），佛教有时亦称"神"。故"即有以悟无"，实即"即形而悟神"。

在审美上，佛教"神不灭"论是对审美"形神"说的一个推助。

试看戴逵（？—396）《闲游赞》："我故遂求方外之美"①。"方外"，语出《庄子·大宗师》"彼游方之外者也"。《闲游赞》云，"始欣闲游之遐逸，终感喜契之难会"。可见所"求"之难。是因审美境界"实有神宰，忘怀司契，冥外傍通，潜感莫滞"。如不能做到"忘怀"而破斥"滞"累，则何以"傍通"于"冥外"？可见所言"神宰"之"神"，熔铸了佛教所谓"不可言说之我"（补特伽罗）的思想因子。关于此点，大约亦可从《闲游赞》的一个发问见出：

　　　详观群品，驰神万虑。谁能高佚，悠然一悟？②

"群品"指世界万类；"高佚"乃彻底亡佚之谓。细细观审万类群品，人之种种精神意绪逸驰于空无之境。可谁又能彻底传诵"驰神万虑"悠然领悟于空幻呢？戴逵所"求"的"方外之美"，已由道无趋于佛空。此《闲游赞》所以称"缅矣遐心，超哉绝步"，大约惟"求"于佛之空幻了。

再读佚名《庐山诸道人游石门诗序》。此篇开头所言"石门在精舍南十余里"之所谓"石门"，为庐山北部名胜③；"精舍"，指慧远所卜居、弘法的庐山龙泉精舍。该篇称庐山"七岭之美"，又美于何因呢？"夫崖谷之间，会物无主。应不以情而开兴，引人致深若此"。"会物"指造化，万物因缘和合；"无

---

① 戴逵：《闲游赞》，《艺文类聚》卷三六。
② 同上。
③ 按：郦道元：《水经注》云："庐山之北，有石门水，水出岭端，有双石高竦，其状若门，因有石门之目焉"。

主"，无生、无心、无情之谓。"会物无主"，即诸法太上无情之义，故"不以情而开兴"而"引人致深"。这是由参悟"会物无主"而入于佛禅空幻之深境。该篇又云："俄而太阳告夕，所存已往。乃悟幽人之玄览，达恒物之大情。其为神趣，岂山水而已矣。"这又是以道家语"幽人之玄览"①说佛家"大情"。"大情"之"大"，太的本字，指原始、原朴，原本，故"大情"。太情、原情、本情，亦即太上无情之谓，实乃悟入大寂、大觉与大乐之境。"大情"作为美之"神趣"，非指山水之美，而以说山水美为"方便"，称言空境之"美"。

东晋审美"形神"说受佛教"形尽神不灭"观之思想的濡染，自不待言。从诸艺术审美"形神"说诸多文本考察，大凡依然广采"格义"之法，据无（玄）以入佛，有时甚而以儒为本土人文潜因之一。

书圣王羲之（321～379，或303～361）撰《题卫夫人〈笔阵图〉后》、《笔势论十二章并序》、《书论》与《用笔赋》诸篇，大凡皆为书法重神之论。《笔势论十二章并序》云，书法之美，在"视形象体，变貌犹同，逐势瞻颜，高低有趣。分均点画，远近相须。播布研精，调和笔墨。锋纤往来，疏密相附。铁点银钩，方圆周整。"②羲之重书形、笔势而尤重气韵。其最高审美理想为"神"。其《书论》云，"夫书者，玄妙之伎（技）也"③。"玄妙"犹言神妙，是以玄学口吻说"神"。其《用笔赋》说："至于用笔神妙，不可得而详悉也。"④凡"神妙"之美，皆不可言不可道。正如其《笔势论十二章并序》称，"夫欲学书之法"，"凝神静虑"，"意在笔先"⑤。"凝神"，神思专注于无、空之境。"静虚"，梵文dhyana，禅定、静息心虑之谓。心不驰散，欲念断灭为静虑。无功利无分别无机之心为静虑。羲之以佛家言叙书艺之美，较庄生所言"心斋"、"坐忘"⑥的"虚

---

① 按：通行本《老子》原为"涤除玄监"。监，镜子。后人亦作"涤除玄览"。
② 王羲之：《笔势论十二章并序》，《佩文斋书画谱》卷五，文物出版社，2013。
③ 王羲之：《书论》，《佩文斋书画谱》卷五。
④ 王羲之：《用笔赋》，《佩文斋书画谱》卷五。
⑤ 王羲之：《笔势论十二章并序》，《佩文斋书画谱》卷五。
⑥ 按：《庄子》："回曰：'敢问心斋'。仲尼曰：'一若志，无听之以耳而听之以心，无听之以心而听之以气。听止于耳，心止于符。气也者，虚而待物者也。唯道集虚。虚者，心斋也'"。《庄子》又云："堕肢体，黜聪明，离形去知，同于大通，此谓坐忘。"

静"说又进一步。心斋、坐忘之根因，是虚无、静笃，而"静虑"的根因在空幻。空幻者，乃佛家所言神境耳。

顾恺之（348～405）言说如何以绘画塑造人物形象之美，创"传神写照"此一美学命题。据南朝刘义庆《世说新语·巧艺》，顾恺之画人物"或数年不点目睛。人问其故。顾曰：'四体妍蚩，本无关乎妙处，传神写照正在阿堵中'"①。顾氏之画论主题，亦实一"神"字。以得"神"即"传神写照"之难，而画人物"数年不点目睛"，盖"神属冥茫"②之故。

> 凡生人亡有手揖眼视而前亡所对者，以形写神而空其实对，荃生之用乖，传神之失矣。空其实对则大失，对而不正则小失，不可不察也。一像之明昧，不若悟对之通神也。③

凡画人物必讲究经营位置，尤须"实对"。"实对"赖"形"以成。以"实对"之"形"传写节奏、韵律、气度与高逸之品涵，即入"神"之美韵。"若长短、刚软、深浅、广狭与点睛之节，上下、大小、酞薄，有一毫小失，则神气与之俱变矣"④。故人物形象之美，"形"的塑造固然重要，而"实对"之"形"仅手段而已，关键在于"悟对之通神"。

东晋、南朝刘宋年间宗炳（375～443）崇佛，撰《明佛论》（按：一名《神不灭论》），曾赴庐山问学于慧远。《明佛伦》重申"神不可灭，则所灭者身也"之见。宗炳与当时主张"神灭"者何承天展开激烈争辩，又驳斥慧琳《白黑论》。《明佛论》云，"悲夫！中国君子明于礼仪而暗于知人心，宁知佛心乎？"称如不懂"神不灭"即"精神我"之理，乃"井蛙之见"。宗炳山水画论，深受"神不灭"即"精神我"之影响。以为"圣人含道映（按：亦作应）

---

① 刘义庆：《世说新语·巧艺第二十一》，刘孝标注，《世说新语》卷五，《诸子集成》第八册，第18页。
② 顾恺之：《魏晋胜流画赞》，见张彦远：《历代名画记》卷五，沈子丞：《历代论画名著汇编》，文物出版社，1982。
③ 顾恺之：《论画》，张彦远：《历代名画记》卷五。
④ 同上。

物，贤者澄怀味象。至于山水，质有而趋灵"。此"灵"，即"神"。"夫圣人以神法道而贤者通；山水以形媚道而仁者乐"①。此"道"合玄（无）、空（幻）之学因素，是显然的，故"贤者澄怀味象"。"澄怀"，心灵澄彻而明净，不为物累，不为形役，不为心劳，达至道家"心斋"、"坐忘"之境，且无有佛教所谓法我二执。"澄怀味象"，又一"形神"之论而无疑，山水"质有而超灵"之"有"，指"形"；"灵"，指"神"。"以形媚道"，指形神统一。"媚"，女色之美容，这里用作动词，喜好之义。山水之美，并非美在其"形"，而是美在"以形媚道"，其义在于重"道"（神）。所谓"应会感神，神超理得"，"又神本亡端"②。"神超"、"神本"之言，证明宗炳重"神"的人文及其美学立场源于慧远"神不灭"说。

道、释、儒三学趋于兼修的思想、思维及其美学之思，起码从西晋玄学贵无派王弼等辈至东晋慧远、宗炳及南朝刘勰等人，皆为如此，而程度不一、各有侧重罢了。由佛教"形尽神不灭"论所参与、哺育与影响的审美"形神"说，在东晋及此后，可谓蔚为大观。刘勰《文心雕龙》大讲"神思"，显然由宗炳所言"万趣融其神思"接续而来。刘勰、钟嵘又倡"性灵"，此为文学美学史之重要一页，其思想之源，不能不与"神不灭"说相关。早在东晋文论中，"形神"问题亦深受重视。谢灵运（385～433）《山居赋并序》，有"援纸握管，会性通神"、"研精静虑，贞观厥美"③之言，其《与诸道人辨宗论》云，"六经典文"，"必求性灵真奥，岂得不以佛经为指南邪"，此乃"唯佛究尽实相之崇高"④。东晋之后，渐渐以"品"评判艺术审美，钟嵘《诗品》提倡"品"之美；唐司空图撰《诗二十四品》亦然。唐张怀瓘《书断》与《画断》⑤提出品评书、画及书画家之人格标准，以神品、妙品、能品为序，神品为上。清《国朝书品》倡"五品"之说，依次为神、妙、能、逸、佳。包世臣（1775～1855）《世舟双楫》云："平和简净，遒丽天成，曰神品。酝酿无迹，横直相安，曰妙品。逐

---

① 宗炳：《画山水序》，沈子丞：《历代论画名著汇编》，第14页。
② 同上。
③ 谢灵运：《山居赋并序》，见《谢灵运传》，《宋书》卷六十七，中华书局，1974。
④ 谢灵运：《与诸道人辨宗论》，《广弘明集》卷一八，《四部丛刊》影印本。
⑤ 按：张怀瓘《画断》已亡佚，若干逸文，见于唐张彦远：《历代名画记》。

迹穷源，思力交至，至能品。楚调自歌，不谬风雅，曰逸品。墨守迹象，雅有门庭，曰佳品。"此"五品"说，由张怀瓘"三品"说而来。学界有称，包氏所言逸品，类于张氏之神品；包氏之神品、妙品，大约类于张之妙品；而包的能品、佳品，又类于张的妙品。虽如此，时至唐代，当推神品为第一。"神品"之说，根源于慧远"神不灭"说。

慧远力倡"形尽神不灭"，在当时佛教界且在艺术审美"形神"说的建构上，影响深远。"形尽神不灭"原为佛学思想，似乎尚具一些宗教迷信，却在历史与人文的陶冶中，自佛教崇拜向艺术审美转嬗，从神秘向神妙、神奇递变，而终于融于中国艺术美学之思的大泽中。

本文发表于《复旦学报》2020年第1期

"常乐我净":《大般涅槃经》的美学意蕴

对于南北朝及此后中国佛教及其佛教美学而言,由昙无谶所译《大般涅槃经》(北本),善根、故得成菩提的佛学命题与思想,有力地灌输于当时大批崇信涅槃学善男信女的头脑,使得涅槃成佛学说深入人心,义学沙门有关"因果佛性"、"智慧"即"佛性"与"大涅槃"诸说的讨论与争辩,也便趋于严正而深切。其间,《大般涅槃经》关于"常乐我净"这一著名佛学命题,与佛教美学具有更多的内在文脉联系。这里仅作简析。

> 云何为佛性?以何义故名为佛性?何故复名常乐我净?若一切众生有佛性者,何故不见(现)一切众生所有佛性?
> 中道之法名为佛性,是故佛性常乐我净。
> 如是中道能破生死故名为中,以是义故,中道之法名为佛性,是故佛法常乐我净。①

"常乐我净",是在"佛性"、"中道"意义上立说的一个佛教命题,亦称"涅槃四德"。

何者为常?常即恒常,常一不变之谓,佛性常住的意思。法身佛本性无生

① 昙无谶译:《师子吼菩萨品》第十一之一,《大般涅槃经》(北本)卷二七,《大正藏》第十二册涅槃部类。

灭为本性常；报身佛常生起而无间断称不断常；化身佛无已、复现而竟不断灭为相续常。佛教有七"常果"说，指菩提、涅槃、真如、佛性、庵摩罗识、空如来藏与大圆镜智。诸法因缘生起，刹那生灭，是则无常。一旦立地成佛，则意味着轮回断灭、离弃因缘，即入恒常之佛境。所谓"大涅槃"，即是"非因缘作"。世间因缘轮回，一旦涅槃成佛，则是因缘之消解。"一切诸法有二种因：一者正因；二者缘因"①。断缘为"常"，佛境不可坏者即常。无"身聚"、离弃"五阴"（即"五蕴"）之积聚，唯存"法性"即"常"。"法性"即"理"，"理"作为"法性之性""不可坏"。

何者为乐？适悦于身心称乐。佛教有"三乐"说：禅定静虑为"禅乐"；离弃生死、证成涅槃为"涅槃乐"；修十善受享天之妙音为"天乐"。佛教又有"五乐"说：一、"出家乐"。祛世间烦恼苦厄，出家斩断尘缘，永尽苦痛。二、"远离乐"。初禅天之乐。远离欲爱、烦恼而禅定，以得喜乐。三、"寂静乐"。二禅天之乐。静观而澄心，发深妙、微邃之乐。四、"菩提乐"。成无上佛境，获法界自在之法乐。五、"涅槃乐"。永绝生死之苦，入无余涅槃，为究竟寂灭之乐。《大般涅槃经》（北本）卷二五有云：

> 有四种乐。何等为四？一者出家乐；二者寂静乐；三者永灭乐；四者毕竟乐。①
> 又涅槃者名毕竟归。何以故？能得一切毕竟乐故。②

"毕竟乐"即"大乐"。这是相对于凡夫之"乐"而言的。所谓"大乐"的"大"，犹如佛经所言"大我"、"大寂静"与"大涅槃"之"大"，具有原本、根本之义，故"大乐"者，根本、无上之"乐"。"毕竟有二种。一者庄严毕竟；二者究竟毕竟。一者世间毕竟；二者出世毕竟。庄严毕竟者，六波罗蜜；

---

① 昙无谶译：《师子吼菩萨品》第十一之三，《大般涅槃经》（北本）卷二九，《大正藏》第十二册涅槃部类，535b。
② 《师子吼菩萨品》第二十三之一，《大般涅槃经》（南本）卷二五，《大正藏》第十二册涅槃部类。

究竟毕竟者，一切众生所得一乘。一乘者名为佛性。以是义故，我说一切众生悉有佛性"①。

"涅槃即是常乐我净"②"得安乐者譬诸菩萨得大涅槃常乐我净"③。此"常乐我净"之"我"，并非印度原始、部派佛教所说的"补特伽罗（pudagala）之我"，而指轮回之主体；部派经量部提出"胜义补特伽罗"说，"胜义"即"真实"。经量部认为有"真实之我"，是与一切有部不同的。佛教"三法印"说主张"诸法无我"，这与"诸行无常""涅槃寂静"说相应，这里的"无我"指诸法惟空，亦可称为"我空"。彻底之空便是毕竟空，指无所执著。一旦以空为执，便以空为妙有。这妙有，实即"涅槃我"。佛教以五蕴因缘和合为"假我"，以涅槃成佛为"真我"。

这里的"我"指"真我"，自当并非世俗哲学、美学意义的主体主观，而指佛教所谓实相、真实与本体意义"大自在"的"本我"，一种绝对自由的主体之境。一旦进入"大我"境界，即成"大涅槃"而"无我"（无执之我）了。

"无我"，是对世间、世俗之"我"、系累于世间烦恼苦厄之"我"的彻底舍弃。芸芸凡夫总以自身心为"我"，这在《大般涅槃经》看来，此"我"断无"自在"，实乃"妄我""假我"。倘然以此"我"与审美相系而进行审美观照，则为"伪审美"。

何为"常乐我净"之"净"？清净之谓。离烦恼之系累，舍恶行之过失者为"净"。净者，如来本性，无染而纯净。此亦便是汉译佛经所谓"性善"。与"性恶"相对。并非指孟子"人性本善"与荀子"人性本恶"义，一般不从道德角度去理解，故并非伦理哲学范畴，而为一佛学范畴，指涅槃成佛的本涵与依据。涅槃学以为，人皆具佛性，悉得成佛，何以至此？佛性"善"故。修持、成佛即向善，为本善之回归。万善皆行，诸恶莫作，即向善矣，亦即"善"之发现。离烦恼之尘垢，弃苦厄之累染，为佛性本善"放大光明"，便相通于

① 昙无谶译：《师子吼菩萨品》第十一之一，《大般涅槃经》（北本）卷二七，《大正藏》第十二册涅槃部类。
② 《师子吼菩萨品》第二十三之一《大般涅槃经》（南本）卷二五，《大正藏》第十二册涅槃部类。
③ 同上。

净的"审美"。所谓"是光明者即是如来,如来者即是常住。常住之法不从因缘。"①离弃于因缘牢笼,便潜通于解脱之"美"。

"常乐我净"这一佛学命题的美学意蕴在于,"常"指涅槃性境恒常不易;"乐"指舍离世俗臻于涅槃的根本"大乐";"我"指精神"大自在",所谓"大自在"故名为"本我";"净",即"本净""大净"、佛性、佛境的本善本寂。"常乐我净"乃"大涅槃"之至臻圆境耳。

> 何故为心不贪著?为得解脱故。何故为得解脱?为得无上大涅槃故。何故为得大涅槃?为得常乐我净法故。何故为得常乐我净?为得不生不灭故。何故为得不生不灭?为见(按:现)佛性故。②

"大涅槃"是一个佛教"理想",体现涅槃学出世间的理想之光,祈愿照亮世间的黑暗,从而在精神上,引领芸芸众生成佛且冀望荡涤世间的污泥浊水,追求世界的"光明"之境。但凡理想,无论社会理想抑或审美理想,如果有待于现实之实现,那一定具有世俗性。此佛教美学理想的提出与建构,实际是企冀以宗教崇拜、弃世与幻想的方式,在否弃世间、世俗的同时,来言述与肯定性地实现新的世俗、世间的"真善美",具有尤为强烈的理想色彩。

佛教有所谓"四颠倒"说,认为世间人生的生死轮回,本是无常、无乐、无我与无净的,而世间芸芸却执为常乐我净,实际是妄执、妄见,迷途而不知返。因而,涅槃学大倡佛教涅槃意义"常乐我净"的理想境界,以宗教崇拜的慈悲心怀与言述,祈冀救治世俗人心。

《大般涅槃经》与佛教美学的联系,固然不能不与佛教信仰与崇拜密切关联,却并非纯粹的信仰与崇拜,它具有一定的逻辑力量与思想深度。早在译传于三国曹魏时代的《无量寿经》中,有关西方极乐净土之"真善美"的描述,

---

① 昙无谶译:《光明普照高贵德王菩萨品》第十之一,《大般涅槃经》(北本)卷第二一,《大正藏》第十二册,涅槃部类,489a。

② 昙无谶译:《师子吼菩萨品》第十一之二,《大般涅槃经》(北本)卷二八,《大正藏》第十二册,涅槃部类,529b。

显得奇思异构而无比美丽①。《佛说无量寿经》说西方净土有云：

> 八功德水，湛然盈满，清净香洁，味如甘露。黄金池者，底白银沙；
> 白银沙者，底黄金沙。水精池者，底琉璃沙；琉璃池者，底水精沙。玛瑙
> 池者，底琥珀沙；琥珀池者，底珊瑚沙。砗磲池者，底玛瑙沙；玛瑙沙者，
> 底砗磲沙。白玉池者，底紫金沙；紫金池者，底白玉沙。或有二宝、三宝
> 乃至七宝转共合成。其池岸上有旃檀树，华叶垂布，香气普熏，天优钵罗
> 华，钵昙摩华，拘牟头华，分陀利华，杂色无茂，弥覆水上。②

其美，可谓独一无二无以复加。然而其理想佛国之蓝图，是人间无数宝物
的集萃，且以感性形象的虚构与幻想，来感染、打动信众，一般属于佛教信仰
层次。《大般涅槃经》则不尽相同，它以"常乐我净"这一命题的逻辑论证，来
诉诸信众的佛教理性，从而建立牢固的佛教信仰，且在此信仰之中从理性体会
佛国"美"境。这不啻可以看做东方古代宗教理想及其美之"理性的信仰"与
"理性的胜利"③。

《大般涅槃经》关于"常乐我净"的佛教美学意蕴，涅槃成佛这一微妙理
想——作为"妙有"，更符合中国人一贯的偏于崇实的接受习惯，更易被当时
南北朝人所接受。大乘般若中观之学是富于佛教美学理想的，其以空为空无执
于空，无碍无得毕竟空寂，这在偏于崇尚实际的信众尤其下层信众那里，可能
一时难以理会，而大乘涅槃学的佛教美学理想，以空为执，变般若学的"无得"

① 关于彼岸佛土之理想，除了西方净土，还有兜率天、药师净土与莲华藏世界等。
② 康僧铠译：《佛说无量寿经》（卷上），《大正藏》第十二册宝积部类（无量寿经类）：271a-b。
③ 按：斯达克：《理性的胜利》一书"导论：理性与进步"提到，"世界各大宗教都强调神秘
与直觉，唯有基督教把理性和逻辑作为探索宗教真理的指导"，"其他各大宗教都认为诸神
在本质上是语言所无法言表的，而内省才是精神修炼的正途。但是从早期的基督教开始，
教父们就在谆谆教诲：理性是上帝至高无上的馈赠。"（斯达克：《理性的胜利——基督教
与西方文明》，管欣译，复旦大学出版社，2013，第2页。）笔者以为，固然作为"理性的
信仰"之西方基督教义，可称为"理性的胜利"，固然佛教强调"神秘与直觉"，其佛智
境界"是语言所无法言表的"，"内省才是精神修炼到正途"，这不等于说，佛教教义的逻
辑建构和思想，不能不是所谓"理性的胜利"。

为"有得"，其教义所蕴含之美学理想相对坐实，对于中国人的接受与欣赏口味来说，是更为适宜的。而且南北朝时，般若学的盛期已过，涅槃学与成实学等等正当其时，故在佛教美学理想上大批信众青睐涅槃成佛之说，是势所必然的事情。

"常乐我净"说将《阿弥陀经》一类经典的西方净土信仰，安置在具有一定佛学思辨深度的基础之上。其一、早在东汉末年，阿弥陀信仰始入传于中土。所谓"净土三大部"①的"净土"理想之"美"，通过佛经的文字描述，而一般缺乏富于佛学理论色彩的逻辑论证。如《无量寿经》说西方净土宝物无数，华林遍野，"行行相值，茎茎相望，枝枝相准，叶叶相向，华华相顺，实实相当，荣色光曜，不可胜视"。力图以最美文字来打动凡心，可称之为"文字涅槃"；其二、一方面通过文字描述，让人无限地向往彼岸、出世间之"美"，另一方面，又以对此岸、世间之苦厄、罪错、痴妄情景的描绘，来对芸芸众生加以劝诫，此《无量寿经》所谓"贫穷乞人，底极斯下。衣不蔽形，食趣支命。饥寒困苦，人理殆尽"云云，将社会的苦难、穷者号饥啼寒的惨状呈示于前，自当值得肯定，而其本意，却在与西方极乐佛国理想的强烈对比中，坚定净土信仰，而未能真正彻解世俗现实苦厄的真实根源；其三、宣扬"往生"佛国的便捷容易。只要闻说、执持阿弥陀佛名号，可使信众临终之时，心不颠倒，即得往生阿弥陀佛极乐净土。"无有三涂苦难之名，但有自然快乐之音，是故其国名曰极乐"②。佛教有"三往生"说：一曰"大经往生"，《无量寿经》所宗；二曰"观经往生"，《观无量寿经》所倡；三曰"难思往生"，《阿弥陀经》所言。皆称"往生"之容易。"往生"之"生"，"永生"之谓，毕其功于一役。"往生"之"乐"，"极乐"也，世间无有，无与伦比。闻佛言或呼佛名号，即得"往生"，有求必应。应佛之导引，去往娑婆世界、弥陀佛之极乐世界，称"往"；化生、再生与永生于莲华佛土，为"生"。"往生"之"真善美"，非比寻常。

---

① "净土三大部"指《无量寿经》二卷，曹魏康僧铠译、《阿弥陀经》一卷，姚秦鸠摩罗什译，《观无量寿经》一卷，南朝刘宋畺良耶舍译。
② 康僧铠译：《佛说无量寿经》卷下，《大正藏》第十二册宝积部类（无量寿经类）：271b。

"常乐我净"之说,是对所谓尽善尽美之西方净土境界的逻辑展开与概括,并非一般的文字描述。"常"即"恒常","乐"即"永乐","我"即"本我","净"即"寂灭",都是涅槃"无生"即因果无生、永绝因缘之"美"的佛理阐解,为净土信仰奠定了一个佛学依据。

本文发表于《美与时代》2019年第3期

从佛教须弥座到建筑须弥座

在中华古代建筑艺术绚丽多姿的历史画卷中，有一种重要的须弥座建筑艺术现象，不在佛门或不涉佛教的人可能往往难以理解它的文化原型。当人们的文化审视目光或艺术鉴赏视线一再为那些引人注目的宫殿、陵寝、佛塔与园林建筑艺术等所深深吸引时，隐现于其际的须弥座由于它的形相平易与质朴，也是总是不太为人们所注意。不像中华古代建筑艺术中的传统形制大屋顶或斗拱之类具有相当的"知名度"，须弥座建筑艺术是一般人所颇为陌生的。其实，建筑须弥座艺术造型往往是中华古代重要建筑的一种台基型式。它的形态可随各重要建筑的不同整体造型而显得多种多样，以至于在这里简直难以描述它的一般常式。然而，建筑须弥座艺术的文化意蕴是独特而隽永的。

只要留心一下一些中华大地上的重要建筑艺术作品，作为台基型式的建筑须弥座艺术现象是颇为常见的。如始建于辽代（公元一零九六年）、重建于元代至元八年（公元一二七一年）的北京妙应寺白塔，其台基分三层，其上、中两层为须弥座造型，粗壮稳健的覆钵形塔身与高擎的"十三天"①相轮塔刹就建造在这个须弥座台基上。座落在北京北海琼华岛上的白塔，也是一座覆钵式的喇嘛塔，始建于清顺治八年（公元一六五一年）。塔身巨硕，其上部塔刹亦饰

---

① 按："十三天"，这里指佛塔塔刹的一种名称。塔刹的主要特征，为套贯于刹杆的诸多圆环，称为相轮，冠表全塔，以作礼佛之用。相轮的圆环数一般从三、五个到数十个，环数愈多，则愈显崇高。喇嘛塔大多采用十三相轮制，称为"十三天"。

以"十三天"与铜质伞盖,悬挂着十四个铜钟。其台基,也是一个砖石所筑的折角式须弥座,它使全塔造型显得塔势如涌,崇高神圣又坚固稳定。又如,北京西黄寺清净化域塔,是清代西藏班禅六世的衣冠塔。此塔平面布局为主塔居中,其四角各有一座塔式经幢。其挺立于中央的主塔台基,还是一个平面为八角形的建筑须弥座。

中国佛塔以及其他佛教建筑多取以须弥座的台基形式,这毫不足怪。有趣的是,某些似与佛教无涉的中华古代建筑,也每每以建筑须弥座为其台基型式的。

比如雄伟的天安门城楼,整座建筑物座落在一个占地两千平方米的以汉白玉为材料的建筑须弥座之上;又如北京故宫太和殿这样重要的宫殿建筑,不用说,是不可能不以一个建筑须弥座为其庞大台基的。其他比如北京皇史宬(表章库)、太庙、九龙壁等等。其台基样式也是这样那样的建筑须弥座。建筑须弥座艺术,简直成了中华古代建筑的一个经常性母题与富于魅力的独特文化"语汇"。

更有趣的是,一九五八年四月建成的天安门广场人民英雄纪念碑,它一不是古代建筑,二不是佛教建筑,却也将经过适当改造了的建筑须弥座"语汇"恰到好处地运用在上面。这座高三十八米的著名纪念碑叠用了两层须弥座。下层大须弥座四面,镶嵌以八大块汉白玉浮雕,展现中国革命的光辉历程与丰功伟绩;上层小须弥座四周,镌刻以簇拥的花卉形像,象征对先驱的缅怀与敬仰。双层须弥座承托着高大的碑身与碑顶,它无疑是新时代的建筑适度地运用须弥座艺术的一个成功例子。

这就雄辩地证明,在中华古代的建筑文化与艺术心理上,对建筑须弥座艺术有一种顽强而传统的偏爱,并且这种文化与艺术偏爱可以说一直延续到今天。

问题是,这种传统偏爱究竟从何而来?建筑须弥座艺术的文化原型又是什么?这是本文想要加以解答的。

其实须弥座不是别的,它原是古代印度佛教教义中的须弥山之岭的一种神圣的佛座,别名须弥坛。而须弥山——佛经所说的佛山,梵文写作Sumeru。

佛教认为,须弥山是处于"世界""中心"的"山"。"凡器世界之最下为风轮,其上为水轮,其上为金轮即地轮、其上有九山八海,即持双、持轴、担木、善见、马耳、象鼻、持边、须弥之八山八海与铁围山也。其中心之山，即为须弥山。"①又认为此山"入水八万由旬②，出水八万由旬，其顶上为帝释天所居，其半腹为四天王所居，其周围有七香海七金山、其第七金山有咸海，其外围曰铁围山，故云九山八海。"③僧肇亦说："须弥山，天帝释所住金刚山也。秦（指中国）言妙高，处大海之中。"④

这就是佛教所弘扬的一种佛国本相，"世界"面貌与秩序境界。

→建筑须弥座（局部）

这里，我们对佛教须弥山的诸多"特性"很感兴趣，这些"特性"，对于本文试图"破译"建筑预弥座艺术的文化与审美底蕴是至关重要的。

这些"特性"是：其一、须弥山处于"世界"的"中心"；其二、其性坚固不坏。须弥山既然是"天帝释所住之金刚山"，"其性坚利，百炼不销"，"故佛经中常以金刚喻坚利之意"，那么，须弥山的"特性"，当然也是其固难摧的；其三、此山"入水"很深、"出水"很高，"妙高"无比，并且处于"大海之中"。

---

① 丁福保编纂：《佛学大辞典》，文物出版社，1984，第1127页.

② 按：天竺路程单位名称。据说帝王一日行军里程称"由旬"，一说天竺四十里；一说三十里。

③ 丁福保编纂：《佛学大辞典》，文物出版社，1984，第1127页.

④ 见《注维摩经一》，《中国佛教思想资料选编》第1卷。

　　而须弥座，不就是须弥山之巅的佛座吗？既然须弥座与须弥山是密不可分、本为一体的，那么，佛教须弥山的上述三大"特性"，其实也就是须弥座的"特性"；既然须弥山是佛山，须弥座是佛座，那么，这些处于"世界"之"中"，其性坚固不坏与"妙高"（崇高）无比等等"特性"，其实也就是佛性与佛的品格。

　　正是佛教教义中关于须弥座的这些"特性"，由于古代中印伟大民族文化的交流、融会、撞击与历史契机的催迫，激发了古代中国人的丰富想象，完成了从佛教须弥座到建筑须弥座艺术的文化学意义的转换。

　　其一，中华古代尤其汉民族的文化意识中，有一种非常执拘的空间意识，这就是"尚中"意识。由于社会生产力水平低下，社会生产实践范围的狭小，远古人类的地理知识当然是十分贫乏的。我们的老祖宗也不例外。正如德国著名哲学家恩斯特·卡西尔所言，"人总是倾向于把他生活的小圈子看成是世界的中心，并且把他的特殊的个人生活作为宇宙的标准。"[1]其实，对于一个氏族或民族而言，也可因实践范围囿于"生活的小圈子"而将这个"小圈子"认作"世界的中心"。因此，华夏氏族曾将本氏族从事生产与生活活动的地域称为"中原"、"中国"与"中州"之类就不足为奇了。华夏曾虔诚而自豪地相信本氏族处于天下之"中"，而将华夏族以外的地域贬称为"夷狄"之地。承继华夏文化血脉的汉民族称"中国"为"冀州"，顾炎武引《路史》云，"中国曾谓之冀州。"[2]胡渭亦说，"《九歌》云；'览冀州之有余，横四海兮无穷。'《淮南子》云：'女蜗氏杀黑龙以济冀州。'又曰：'正中冀州曰中土。'则号中国为冀州也。"[3]这"冀州"之"冀"，通"齐"，"齐"之本义为"脐"。"脐"处于人体之中位，因而又如郝懿行所说："齐，中也。齐州即中州。"[4]"中州"即"中国"。反正，"中国"处天下之"中"这一点，是中华古人笃信不疑的。

　　随着社会文化思想的进一步拓展，这里，"尚中"的自然空间意识，慢慢地渗融于中华民族的社会意识之中，俱备了新的文化学意义。这就是，当社会产

① ［德］恩斯特·卡西尔：《人论》，上海译文出版社，1985，第20页。

② 顾炎武：《日知录》卷二，崇文书局，2020。

③ 胡渭：《禹贡锥指》卷三，上海古籍出版社，2013。

④ 《尔雅·释地》郝懿行注，商务印书馆，1937。

生阶级与国家之时，关于"中"的崇高地位，自然非统治阶级及其代表者帝王而莫属了。《诗·小雅》云，"溥天之下，莫非王土；率土之滨，莫非王臣。"帝王及其地位，自然是处于"王土"（亦即"中土"）之"中"的。

那么，依靠什么来象征居于"天下之中"的这种民族传统文化与审美意识呢？

首先是依靠建筑艺术。因为，建筑艺术是人类运用建造手段，对自然空间最有力的人为的经营与改造。建筑物具有庞大而触目的特点，这在强烈而触目地表现"尚中"民族文化意蕴这一点上，似乎没有其他艺术样式可与相比。

《吕氏春秋》一书将关于建筑的"尚中"文化与艺术观念表述得很清楚："古之王者，择天下之中而立国，择国之中而立宫，择宫之中而立庙。"①这里，"国"，从"囗"，从"或"。"囗"，像四周高墙；"或"，通"域"。"国"指四周筑起高墙的那一个区域，实际是指人王盘桓其间的都城与王城。都城、王城必要求修筑于"天下之中"。而"宫"即指王城中的宫城，又要求修造在王城的中位。"庙"，指祭祖的宗庙，由于古人尊祖，又将宗庙修建在宫城的中位。

这种表现在中华古代建筑文化空间秩序上的"尚中"观念，可以说是一脉相承的。早在《吕氏春秋》成书以前许多个世纪里，以"尚中"为文化特征的建筑艺术空间秩序曾一再地在先秦建筑文化中出现，否则《吕氏春秋》就不会如此加以总结了。据考古发现，早商建筑遗址中就体现出一种建筑"中轴线"观念，即在建筑平面布局中，无论当时的原始宫城或四合院，均力求以"中轴"成对称态势，重要的主体建筑必排列在"中轴线"上。这种中华建筑文化艺术模式直到清代而无有改变，比如唐代长安城、明清北京故宫以及山东曲阜孔府等建筑平面布局一概如此，只有皇家或江南私家园林建筑艺术一般可以除外。

这就是说，当中华古代进行营事活动时，一种传统而顽强的"尚中"文化艺术意识总是令人虔诚、严肃而愉快地支配着民族的头脑，只要客观条件允许，就会以一定的建造手段，将这种文化艺术的心理要求显现出来，变成现实。确立建筑平面"中轴线"是"尚中"民族文化艺术心理的显现，同样，在一些重

---

① 《吕氏春秋·慎势篇》，《诸子集成》第六册。

要建筑物上设计与建造建筑须弥座艺术型式，也是为了满足"尚中"文化艺术心理的需要。

正如前述，须弥座本来是印度佛教所弘扬的须弥山之颠的佛座，这与中华古代的"尚中"民族文化艺术意识本来互不相关。然而，当印度佛教东渐之时，它那教义中与中华民族文化艺术意识中相似，相通与相符的部份，总是首先会被接受下来，并且在佛教的深入传播中逐渐发扬光大，作为一种入传的新文化艺术因素丰富了中华民族的文化艺术宝库。这种印度佛教文化影响表现在佛教须弥座那种居"世界"之"中"的"特性"，恰与"中国"居"天下"之"中"的"尚中"传统观念一拍即合，这很对中华古人的文化艺术口味。于是，经过中国化的改造，使佛教须弥座转化为中华古代平易、质朴而又现实的建筑须弥座艺术现象。

其二，中华古代建筑物一般以土木为材料，石材或其他材料的建筑只是偶一有之，这种建筑用材"嗜好"是农业文化在营事活动上的反映。以土木为材由于土木的可塑性远较石材为大，有利于中华古代建筑群体结构态势的形成。但以土木为材的中华古代建筑有一点因材料而造成的不足，就是容易被自然力或人力所损蚀。而中国古代的建筑文化艺术观念之一，又是将对都城、宫殿、坛庙与陵寝建筑等的建造，看作"立万世之基业"一样的。实际上，人们本也相信，任何建筑物是不可能永垂不朽"立"于"万世"的，土木建筑尤其会被风雨与人力捐毁。但那种与民族、国家（王权）联系在一起的、祈求建筑"永垂不朽"的传统文化艺术的心理要求，却应当得到满足，而且颇为强烈。于是，作为文化艺术精神的一种奇妙的补偿，从佛教须弥座转化为中华传统建筑的须弥座艺术就成为必然的事情。佛教须弥座不是恰好具有"金刚"般坚固不坏的这一文化"特性"么？这是与中华古代建筑艺术所追求的"不朽"、"永恒"的观念相吻合的。人们不仅要求通过一定的建筑形像，表现"中国"居"天下之中"的民族文化艺术与自豪的民族感情，而且祈望建筑物的长存不坏，进而希冀国家宗庙社稷万世不覆。

这种建筑文化艺术上的美好愿望，使中华古人敏锐地吸取了本是属于佛山之颠的佛教须弥座的神圣意义，依照中国传统的文化艺术尺度，创造出了建筑艺术中实的须弥座，其文化原型源自印度佛教，却扎根在中华古代建筑艺术的现实土壤里，而且一直影响到当代，这是多么有趣并且值得令人深思。

其三，由于中华古代建筑艺术一般以土木为材，群体组合，由于土木材料的长度与力度有限，因而无论建筑的个体或群体重在向地面的横向发展，本不以高峻见长。这一建筑艺术的形态特征恰好体现出中华传统的文化艺术心理，重现实、重人生的儒家思想促使中华民族建筑的序列强调向平面的四处延伸，且以"中轴线"布局向纵深发展，其形象一般显得安逸、平缓、欢愉而少紧张、少亢奋与惊奇感（汉代开始直接受印度佛教建筑文化艺术思想影响的中国古代佛塔一般除外），其文化艺术意蕴在于逻辑清晰、脚踏实地，以便勾起丰富切实的人间联想。在传统儒家看来，人生的快乐既然在地上，在此岸，也就不必让建筑物向高空发展，不必扶摇直上去呼唤苍天，不必以欧洲中世纪式的教堂尖顶指向神秘苍穹，以便去观瞻天国的"和美"；不必建造尺度夸张、突兀而立的建筑形象，渲染一种属于上帝的意蕴，使人深感自身的渺小而有原罪的感觉。在中华古代的儒家思想看来，这一切都没有必要。儒家喜欢地上的体面、威风、排场、阔气与实际，以土木为材，群体组合，比较平缓而不显得过份高峻的一般的中华古代建筑物，使他们称心如意。

但是，中华古代建筑物一般偏于平缓这一特点，毕竟又是它的一个不足。这个不足实际上是无法弥补的。不过人的文化艺术需求是多方面的，总是力求趋于全面的，这对一个民族而言也同样如此。当佛教须弥座观念随同印度佛教一起传入东土时，人们惊喜地发现：佛教须弥座那"入水"很深，"出水"很高的"妙高""特性"，在文化艺术观念上恰好可以弥补中华古代建筑物一般偏于平缓的缺憾，并且，佛教须弥座不是"处大海之内"么？这义与"中国"别称"海内"这一点相契合，真是"妙不可言"。

于是，首先在中国化的佛塔、佛寺上，其台基型式往往采用建筑须弥座形制，表现出佛教弘扬教义兼艺术审美的文化两重性；进而在诸多重要的中华古代建筑物如天安门、太和殿、九龙壁等台基型式上竞相修筑建筑须弥座，以标举王权的崇高。这种崇高主要是属于文化艺术审美的，同时具有歌颂王权的文化意义，但都打上了为佛教文化观念所熏染的文化烙印；进而又在一些重要的纪念性建筑比如北京天安门广场人民英雄纪念碑上建造建筑须弥座，这种建筑须弥座艺术在审美上具有强烈的崇高感，其文化艺术之"根"，却可以追溯到佛教须弥座。

须弥座从印度佛教文化观念向中华传统建筑文化艺术现实的奇妙转换耐人寻味。这种独特的文化艺术现象，既体现了佛教教义的生命力，也体现了伟大的中华民族善于吸收异族文化从而进行创造的宏大气魄，对于研究中印古代佛教思想与民族文化艺术的交流融合，无疑具有启迪意义。

本文发表于香港《内明》1989年第209期

中国佛塔的文化价值

中华佛塔，是中国古代建筑艺术的一种特殊型式，它以其特有的艺术形象与文化面貌，屹立于广袤的中华大地，巍巍然文章灿烂、风格独具，"重峦千仞塔，危登九层台。石阙恒逆上，山梁作斗回"、"弹土木之功，穷造型之巧"，具有丰富、深邃的文化价值与文化意蕴，是中华古代建筑艺术和建筑文化的瑰宝之一。

本文仅就中华佛塔的独特文化价值略陈管见，以弘扬民族文化、并就教于文化学家与建筑专家。

一、印度佛塔文化的传入给中华古代建筑带来了新的文化"语汇"

中华古代原无佛塔文化，它是随印度佛教文化的东渐一起传入东土的。学界一般认为，印度佛塔文化的输入，大约是在两汉之际。相传东汉初年汉明帝夜梦金人，金光熠烂，以为神奇，有通人傅毅为帝释梦，认为明帝所梦金人就是西方的所谓佛。于是明帝派中郎将蔡愔、秦景、博士王遵等十八人往西域求佛，这便是所谓"汉明求法"说，佛学界一般指为印度佛教入传之始。其实印度佛教文化的前来中土，在时间上可能比这要稍前一些。因为傅毅为帝释梦时既然将帝梦之"金人"释为"佛"，那么由此可见，在此之前，个别中土人士已有关于"佛"的文化观念，傅毅头脑中的"佛"的观念是印度佛教入传中华必早于汉明求法的一个证据。而在西汉，已有张骞出使西域，这给佛教东来的时间稍早于东汉初年的说法提供了又一个证据。不过这些都是逻辑性"证据",仅仅为佛教的东来提供一个大致的历史座标。

至于中华佛塔的诞生,大约是在汉明年间。据有关史籍记载,永平十年(67),往西域求法的蔡愔、秦景等人偕天竺大月氏国迦叶摩腾、竺法兰二僧来华,用白马驮带经卷回归洛阳。汉明帝命人在洛阳西雍门外建白马寺,是为中华佛寺之首。至于佛塔,大约是与中华佛寺之建立同时的。我国著名建筑学家刘敦桢曾经说过,"我国之塔,当以汉明帝永平十八年(75)所建之洛阳白马寺为最先"。[1]据说,当初的佛塔是建在佛寺的空间环境之中的,白马寺的塔为方形,为楼阁式,据寺之中心位置,四周廊房相辅,气势不凡,是谓白马寺浮图。此后不久,即中平五年到初平四年(188~193)又在徐州建浮图祠塔,"下为重楼阁道",塔顶"垂铜盘九重"。[2]也是楼阁式塔。

佛塔与佛塔文化观念是"舶来品",它为中华古代建筑带来了新的文化"语汇"。

首先,它丰富了中华古代的墓葬制度。

中华最早的墓葬制度,原是"墓而不坟"的,即人之残骸葬于地下,地面上没有隆起之封丘,不见任何标志与痕迹,所谓"墓"者,"没"也。东汉崔实《政论》,称"古者墓而不坟,文、武之兆,与地平齐"。这一见解在早于东汉问世的《易传·系辞》中得到印证,"古之葬者,厚衣之以薪,藏之中野,节封不树"。可见并非无根之论。这种墓葬制度在观念上很可能起源于中华古人对大地的崇拜。中华古人拜天又拜地,以为人由天地相感而生,犹如父母,正如《易传·序卦》所言,"有天地,然后万物生焉","有天地然后有万物,有万物然后有男女"。因而一旦人之亡去,必葬于地下。不露痕迹,是对大地母亲精神回归的象征。据说春秋晚期,中华古代的墓葬制度有了发展,这是与孔子的文化观念联系在一起的,孔子"克己复礼",对"礼"即伦理制度及其文化观念尤为重视。为了便于祭祀与对死者葬于何处的识别,首先在其父母的墓地上封土,"封之,崇四尺",[3]于是,由于这种封土为丘的墓葬制度契合当时

---

① 《刘敦桢文集》,第一卷,中国建筑工业出版社,1982,第4页。

② 《三国志·吴书·刘繇传》,中华书局,2009。

③ 《礼记·檀弓上》,《礼记译注》上册,上海古籍出版社,1997。

"重礼"之时代文化精神的需要，便野火般地漫延开来了，渐渐地被赋予了一定的，新的文化意义与价值，即以坟的不同高度与占地面积的大小，象征死者的身份地位。身份地位或显贵或卑微，其墓坟封土便或高或低、占地面积或大或小。所以战国时代的君主之墓坟，已具有尚高尚大的文化意义，所谓"棺椁必重，葬埋必厚，衣衾必多，丘垄必巨"①也，成为伦理文化意绪的一种标帜。

印度佛塔的入传一定程度上是对中华传统墓葬制度观念的冲击与改造。

早在印度佛教在公元前五——六世纪崛起之前，印度本土其实早有塔这种特殊的建筑样式，其文化价值与意蕴在于对人之生殖力的崇拜。黑格尔曾经指出，在印度，用崇拜生殖器的形式去崇拜生殖力的风气产生了一些具有这种形状和意义的建筑物，一些象塔一样的上细下粗的石坊。在起源时这些建筑物有独立的目的，本身就是崇拜的对象，后来才在里面开辟房间，安置神像，希腊的可随身携带的交通神的小神龛还保存着这种风尚。但是在印度开始是非中空的生殖器形石坊，后来才分出外壳和核心，变成了塔。②所以可以说，印度塔的原始文化意蕴在于尚生，是对人之生殖力的一首颂歌。

但佛教在印度诞生后，与传统文化有根本的不同，表现在佛塔的文化主题方面也较其文化原型有了改变，即从尚生转换为祈死，是死的静默与寂沉。它是古印度用以掩埋佛骨的一种坟墓建筑型式，称为 Stupa（梵文，窣堵坡）或 Thupo（巴利文，塔婆）。相传公元前五世纪，佛教创始者释迦牟尼圆寂之后，佛之遗体经火焚化，其门徒取"舍利"（即骨烬）葬为"窣堵坡"，发展为舍利塔。"窣堵坡"，平面为圆形，以象征佛之圆寂。它是"一个坟起的半圆堆，用砖石造成，梵文名安达，其义为卵，其下建有基坛，顶上有诃密迦，义为平台，在塔周围一定距离处建有石质的栏楯，在栏楯的四方，常饰有四座陀兰那，义为牌楼，这就构成了所谓陀兰那艺术。"③比如"山奇大塔"是属于陀兰那艺术的，其四周，确建有石质栏楯，栏楯四方有四座牌楼，亦称天门，其形制构造，于两石柱之上戴以柱头，上横架上、中、下三条石梁，石梁中间以直立短柱相

① 《墨子·节葬下》，《墨子间诂》，《诸子集成》第四册。
② ［德］黑格尔：《美学》第三卷上册，朱光潜译，商务印书馆，1981，第40页。
③ 常任侠：《印度与东南亚美术发展史》，上海人民美术出版社，1980，第12页。

构，整个造型对称稳健，宗教意绪强烈。

这种印度佛教墓葬制度传来中土，在两种民族文化的碰撞中经历了文化炉变，使以楼阁式和密檐式塔为代表的中华佛塔脱颖而出，跃然于中华建筑文化舞台而数千年未有衰颓之势，它摆脱了原有中华墓葬的"重礼"倾向而一心事佛，这在一定意义上开拓了中华墓葬制度的新的文化视野。中华古代的墓葬原先由于拜地的缘故，虽经孔子的革变使其封土为坟，但其高度仍是较低的，好像有一股文化意义上的"地心吸力"，促使其不愿离开大地母亲温暖的怀抱。比如，前述孔子父母的坟仅"崇四尺"，按先秦一尺为0.23米，四尺合0.92米，这样的坟高若与后代的陵墓高度比较，自然是微不足道的。汉代的帝陵自然比孔子时代的坟墓大为增高了，但也不是很高的。如西汉诸帝陵的高度，据勘测，长陵：24.24米；安陵：24.24米；阳陵：27.27米；茂陵：36.36米；平陵：26.66米；杜陵：28.27米，渭陵：28.78米；延陵：25.75米；义陵：21.21米；康陵：26.66米。相比之下，后代经过佛教墓葬文化观念熏陶的中华墓葬的高度，却要高得多。这里，最典型的大约要数唐太宗的昭陵了。唐太宗昭陵一方面契合所谓"请因山而葬，勿需起坟"之意，颇合中华古代原先"墓而不坟"的古制，另一方面昭陵选址在长安九嵕峰，首开唐代依山为陵之风气。九嵕峰海拔近1 266米，山势高峻伟岸，气度非凡，因而这"因山而陵"的墓葬制度，在文化观念上实际是以整座山峰为陵，以示其崇高神圣。这种陵墓自然并非佛教建筑，然而佛教关于超拔于世间、追求涅槃境界的文化观念经过炉变而折射在这种陵墓制度上，导致中华陵墓高度实际上的提高乃至观念上的飞升。同时，正如前述，它打破了中华传统墓葬制度重视伦理的单一文化主题，并不是以死者生前社会地位的高低来决定墓坟的高低，中华佛塔的高度，往往是象征佛门行者得道的深浅。印度佛教原是打破常规礼制的，它诞生于对印度种姓制度的反抗中，尤其在大乘教义中宣扬人人皆可成佛的思想，这是佛教力图阐扬与实践的平等观念，它与传统印度伦理相背离。中华佛教虽然常常不免与传统的中华伦理思想相纠缠，但其总体上却是超越通常社会伦理的，这一点表现在建筑文化上便是打破了墓葬制度伦理观念的垄断，而在中华佛塔的文化观念中有一点大致与传统伦理思想无涉的"自由"。而且，中华传统墓葬制度由于起自对大地母亲的崇拜，虽从"墓而不坟"发展到封土为坟，总体上却一般地以土葬为其文化常式，这种"入土"文化以人之残骸消融于大地为指归，表现出人对大地的亲昵与依恋。然而中华佛塔文化作为一种墓葬形式，却在印度佛塔的基础上变中华传统的土葬为焚化，这种葬法的革新来自相应的佛教观念，它一般地割舍了人与大地的感情，使佛教的色空观念在中华得到了另一形态的张扬。释迦牟尼佛的舍利子或后世禅师的舍利子用佛塔的形制来供奉，是佛教色空与圆寂观念的象征。当然，中华佛塔并不是印度佛塔的因袭，它一方面采纳印度佛教的若干文化观念，比如焚化遗体留取舍利加以供奉是纯粹印度式的，另一方面在中华佛塔文化中又保留一些中华传统墓葬文化的基因，比如中华佛塔的地宫实际上是中华传统坟墓形制的改造，地宫设于地下，在塔之底部，用以藏纳佛舍利和死者遗物之类，它改制了中华土葬文化的模式，又留遗着土葬文化的痕迹。

二、突兀、高峻的中华佛塔形象打破了传统建筑偏于平缓的格局

中华佛塔文化不仅给中华建筑增添了文化新"语汇"，而且以其形象的突兀、高峻，打破了中华传统木制构建一般偏于平缓的格局。

中华传统建筑基本以土木为材料是人们所熟知的，然而这种以土木为材的材料条件给中华传统建筑文化带来了怎样的严重后果却未必人人了然。一般而言，由于土木质地相对柔韧、可塑性大、易于人工改造，这就造成了中华传统建筑结构的灵活性、形象的丰富性与建筑群体沿着大地平面向四处铺排的广阔性。土木作为建筑材料既易于被人工所改造，也易被自然力所损蚀，由此决定了中华传统建筑高台基的创造、斗拱的发明和屋檐的出挑。因为倘不是高台基，室内以泥土夯实的地面容易潮湿；倘没有斗拱用以减少室内、室外梁柱的重压而起到分力作用，这种木材梁柱的重荷力本是更其有限的。其实斗拱本身就是以木为材的一种赐予，倘建筑以石或以其它东西为材料，这种无论在科学还是美学意义上都堪称奇妙的斗拱本来就无从创造；同样，倘不是以土木为材，高台基这种型式不仅没有必要，而且屋檐出挑在科学意义上也是多余的。因为高台基、墙体、立柱以土木为材，易被风雨侵蚀，所以才有出挑深远的屋檐对台基、墙体与立柱起到保护作用。而且，由于以土木为材料，这种材料巨大的可塑性才为中华传统建筑的群体组合提供了可能性。中华传统木构建筑的空间造型以群体组合著称于世，群体多重进深、房屋连属徘徊，这首先是土木这种建

筑材料的加工的简易性所提供的"自由"。

可是，以土木为材不仅具有材料学意义上的种种优点，而且也具有不可避免的缺陷与不足，这便是由于土木的硬度与长度极为有限，某种意义上促使中华传统木制建筑一般具有偏于平缓的特点，就是说，其高度是很有限的，这与西方古代建筑相比，形成明显的特色。更为重要的是，中华古人似乎老是想不到要将房子造得更高大些，往往满足于建筑群体比较平缓地向大地四处伸展，有一种脚踏实地、亲恋土地的文化情结在起支配作用。这除了受土木材料的限制，更重要的是受儒家清醒理性精神的制约，儒家以为人生的理想与快乐既然在地上，在现世，就不必让建筑向高空发展、不必以西方古代哥特式教堂尖顶去呼唤苍穹、进行一场人与上帝之间的"对话"。正因受这种文化思想的影响，就连土木建筑所能够达到的最大高度也没有达到。

这种局限与不足后来为中华佛塔这一特殊建筑样式所弥补，由于文化观念、建造观念大相径庭，尽管中华佛塔仍以土木为其主要材料，却发挥出土木材料的最大可能性，建造起大量高峻伟岸、英姿勃发的中华佛塔，从而在高度上大大超越其余中华传统的木构建筑，成为中华木构建筑大家族中的"伟丈夫"。中华佛塔之突兀、高峻，与比较平缓的古代其它建筑相比，这一点是十分突出的。如，建于明万历年间的北京慈寿寺塔高50余米，建于金代的通县燃灯塔高53米，正定开元寺塔48米，景县舍利塔63.85米，太原永祚寺双塔54.7米，常熟崇教兴福寺方塔60余米，应县木塔67.31米，开封祐国寺铁塔54.66米，广州六榕寺花塔57米，大塔雁64米，料敌塔84米，为现存中华佛塔之冠。而据《洛阳伽蓝记》称，曾有洛阳永宁寺塔"九层浮屠一所，架木为之，举高九十丈；有刹复高十丈；合去地一千尺。"这里所言，虽不无夸张，因为，倘以古制一尺约等于今制0.23米折算，永宁寺塔高可230米，这在古代当不可能，但是，此塔其势巍巍是可以断定的。总之，中华佛塔的高度在一般中华传统建筑中往往是无与伦比的。它们常常一个个都是孤高出世的庞然大物，此岑参《与高适薛据同登慈恩寺浮图》诗云，大有"塔势如涌出，孤高耸天宫。登临出世界，磴道盘虚空。突兀压神州，峥嵘如鬼工"的气概。

正因中华佛塔在文化面貌与形象特征上显得如此突兀、高峻，所以具有独具一格的审美文化价值，千百年来，它以其无可替代的建筑艺术造型，屹立于大江南北、边陲内地，往往发育成为古迹名胜而邀人瞻仰欣赏。或者挺拔伟丽、气势喷涌；或者英姿临风，意象飘逸；或者庄严静穆，令人心撼沉思。比如北魏河南登封嵩岳寺塔的丰润雄奇、唐代大小雁塔的秀美稳重、山西佛宫寺塔的鬼斧神工、河北定县料敌塔的巍然形象，又如玄奘塔名满天下、妙应寺塔崇高神圣，还有，比如上海松江方塔的轻盈俏丽，各地多见的"文峰塔"的痴情寄托等等，往往从浓重的佛教神圣氛围中显现出来的崇高与优美，千秋伟构、姿容万千，简直无法描述，给人以精神的陶醉与美的享受。

三、中华佛塔的建造，从宗教角度加深了中华传统建筑的哲学意蕴

并不是说中华传统建筑缺乏文化哲学的沉思，早在印度佛塔文化伴随佛教入传之前很久，中华传统建筑文化已经具有葱郁的哲学理性，具有深沉的哲理品质，它证明中华民族并非是一个头脑肤浅的民族。比如在中华传统建筑空间意识中，中华古人自古以来就有一种"建筑即宇宙"的深刻文化见解。"宇宙"一词，有本来义与引伸义两解。"宇宙"的引伸义指的是时空，此即《尸子》所言"四方上下曰宇，往古来今曰宙"与《淮南子》："往古来今谓之宙，四方上下谓之宇"。这里的"宇"，就是"六合"指空间，"宙"即时间。"宇宙"的本来义就是建筑。所谓"宇"，《说文》云，"屋边也"即屋檐；所谓"宙"，从"宀"（读mian），屋顶之象形，在汉字中，穴、宇、宅、宁、完、宗、定、室、宫、宰、家、宿与寝诸字，其义都与建筑有关，均从"宀"。"宙"，也是一个富于建筑文化涵义的汉字。"宙"原义为梁栋，《淮南子》高诱云："宇，屋檐也；宙，栋梁也。""宙"又通"久"。单有"宇"（屋檐）不能成屋，必有梁栋（宙）的支撑才能使建筑物立于大地，而"宙"支撑的持久则意味着建筑物时间生命的延续，所以"宙"既是梁栋、又是梁栋的一种时间属性，"宙"后来就升华为时间范畴了。从中华古代建筑文化的美学角度看，"宙"是一个非常富于哲学与美学意味的汉字，它与"宇"一样，共同揭示了中华古代宇宙观的形成与建筑的血肉联系，或者可以说，中华古代原始的宇宙观，是从建筑实践活动中与建说物的造型中衍生而成的，其实就是中华古代建筑文化的时空意识。正因如此，宇宙即是建筑，建筑即是宇宙，宇宙是自然，建筑为人工，两者统一，天人合一。这种深刻的文化哲学思想在中华古代建筑文化观念中并非绝无仅有，它雄辩地证明中华建

筑文化中隐藏着深邃的哲学智慧。

然而中华佛塔文化的崛起，则无疑拓宽、加深了中华传统建筑文化哲学智慧的领域。由于整个中华文化智慧相对地缺乏宗教精神与宗教激情，使得中华传统建筑文化具有鲜明的现世性（伦理性）与此岸性，中华传统建筑文化哲学意义上的超越与升华是以现世与此岸为域限的。正如前述，儒家以现世、此岸的人生快乐为指归，儒家认为人生理想既然在今生今世，也就不必去关心什么前世或来世，儒家提倡人生必有所作为，重实际、重人伦教化，不大愿意作高度抽象的哲理思辨，儒家哲学的关注热点是"生"，同样不大去考虑人之死与死的意义。所谓"未知生，焉知死"，说得一针见血。这种文化哲学思想影响到建筑，便是十分强调建筑的伦理性、建筑的脚踏实地不愿向高空发展的特征，即使建造陵墓，也是按照"事死如事生"的原则，着眼点仍在于"生"。道家哲学有遁世思想倾向，但也不是"遁"到彼岸去，而是仍在此岸。就建筑文化而言，仅仅儒家热衷于朝堂之上、道家迷恋于山水园林之际罢了。但是，宗教建筑尤其佛教的佛塔与寺庙建筑的文化意蕴就与此不同，中华佛塔通过一系列建筑"语汇"的拼接与组合，具有非同寻常的文化哲学主题，它所寄托的文化哲学思虑并不以此岸为界，而是在此岸、彼岸之间往复摆动，佛家对"死"这一人生课题思考很多，它与中华重"生"的哲学相结合，则无疑加重了中华哲学关于人生的忧患意识。佛家追求超越生死的涅槃境界，这一点在中华佛塔的建造中表现得十分突出。涅槃境界在哲理层次上无疑加深了中华人生哲学的深度。

比如以中华佛塔的建筑平面看，现存佛塔的平面构图常为正四边形或正八边形，它象征佛法的所谓四相八相，释迦牟尼生涯中的诞生、成道、说法、涅槃为四相。四相之中再加上上降兜率、托胎、出家、降魔谓之八相。又象征佛法的四圣谛与八正道。四圣谛：一、凡人都必受苦；二、苦必有因；三、苦必求解脱；四、解脱之道。八正道，即所谓正信仰、正思维、正言语、正作业、正生活、正努力、正思念、正禅定。现存中华佛塔中，也有平面为正十二边形、正六边形或圆形的塔例。如历史十分悠久的嵩岳寺塔为正十二边形密檐式塔、建于北魏末年的佛光寺祖师塔平面为正六边形、唐代泛舟禅师塔平面为圆形，它们分别象征佛教的"十二因缘"、"六道轮回"和涅槃、圆寂等佛教教义。以中华佛塔的圆形平面构图论，佛教尚"圆"，以圆象征圆满、圆通、圆遍、圆融之意，佛教认为修持的终极是涅槃这是一种圆果境界。故圆形平面之佛塔，意在象征佛之圆轮光明、无缺完满，这既是对教义的宣扬，又寄寓着一定的哲理思索的。

又如，从佛塔之构造看，自下至上为地宫、基座、塔身与塔刹。就塔刹言，它冠表全塔，其形圆、尖不等，其意专于崇高。在梵文中，"刹"有"田土"之义，象征佛国，它直接苍穹、显扬高尚的佛性，有如西方古代哥特式教堂的尖顶。这种塔刹源自印度窣堵坡之塔刹，但已经被华化了。原有意义上窣堵坡之"刹"，只置小小一刹杆与三重圆伞，形式相当简朴，而中华佛塔据佛经教义，塔刹上贯套圆环，佛家称为"相轮"，取圆寂、涅槃的象征之义。此《术语》所谓"相轮，塔上之九轮也。相者，表相。表相高出，谓之相。""人仰视之，故云相"。而轮者，转法轮之意也。总之，相轮也有圆融、高显、说道、瞻仰等复杂的佛性哲理内容。大凡相轮，九轮即可，而中华佛塔的相轮，常有超出九轮的。如永宁寺塔多至三十轮。一般喇嘛塔则采用"十三"相轮制，所谓"十三轮"即象征"十三天"，"三十轮"即"三十天"，按中华古代空间观念，所谓"九天"，已指天之极高处，在中华佛塔上的相轮竟有"十三"、"三十"之数，此是极言佛法崇高无限。

由此可见，中华佛塔文化观念中的哲理思考是在世间与出世间，它不限于此岸而向彼岸超越，这就给整个中华古代建筑文化在一定意义灌注了一定的宗教精神，中华佛塔犹如一股激情从大地涌出，既是宗教的迷狂，又是哲理的沉悟和审美的愉悦，具有独异的文化价值。

本文发表于《佛教文化》1990年第2期

《坛经》法海本思想因缘

《坛经》，唐六祖慧能所创立的中国佛教禅宗的一部重要宗经，其基本内容，记录了慧能的"南宗"禅学思想。慧能曾应刺史韦处厚（琚）之邀，于广东韶州大梵寺弘传禅法。其言说，由门徒采辑成书，是为《坛经》原始。

在颇为漫长的传世过程中，《坛经》屡被后人增补、附会、刊行，遂形成不同版本。据日人石井修道称，这些版本大抵达14种之多（见《伊藤隆寿氏发现之真福寺文库所藏之"六祖坛经"绍介》）。然学界一般认为，迄今所发现的内容相对独立的是4种版本，其余均为相应的翻刻本或传抄本。

这四种通行的版本是：一、法海本。题为"《南宗顿教最上大乘摩诃般若波罗蜜经六祖惠能大师于韶州大梵寺施法坛经》，兼受无相戒弘法弟子法海集记，"一卷，57节，约为12 000字，晚近被发现于敦煌石室，故又称敦煌写本；二、惠昕本。题为《六祖坛经》，二卷，十一门，约14 000字，为北宋邕州罗秀山惠进禅院沙门惠昕于干德五年（公元967年）的改订本，晚近被发见于日本京都堀川兴圣寺；三、契嵩本。全称《六祖大师法宝坛经》，一卷，十门，约20 000字，即曹溪原本，为北宋僧人契嵩至和三年（公元1056年）改编本。元至元二十七年（公元1290年），由德异重刻于吴中休休禅庵，为德异本；四、宗宝本。全称《六祖大师法宝坛经》，一卷，十门，约20 000字，由元风幡报恩光孝禅寺住持宗宝、于至元二十八年（公元1291年）据曹溪原本改编而成。

比较而言，《坛经》四通行本以契嵩本与宗宝本篇幅愈见增繁。其中宗宝本以窜附、颠倒与增补过甚而尤为后人诟病，这正如明人王起隆《重锓曹溪原本法宝坛经缘起》一文所言，"宗宝之于《坛经》"，"更窜标目，割裂文义，颠倒段落、删改文句"，倘与法海本相校，虽有关慧能的说法部分两本基本相合，毕竟发挥过多。惠昕本据卷末所言，为悟真之弟子圆会所传。此本以悟真为法海三传弟子，有云："洎乎法海上座无常，以此《坛经》付嘱志道，志道付彼岸、彼岸付悟真，悟真付圆会"。日人宇井伯寿《禅宗史研究·坛经考》称此为"惠昕本系统"，在内容上，惠昕本比较接近于法海本。据法海本卷末所记，"此《坛经》，法海上座集。上座无常，付同学道漈、道漈无常、付门人悟真，悟真在岭南漕溪山法兴寺，见今传授此法"这里，法海本称悟真是法海再传（不同于惠昕本所言传法谱系），以说明法海本成集、刊行年代之早。现行法海本《坛经》刊行之确切年代尚难确考。考虑到该本卷尾有关于慧能圆寂情事的记录、且记有神会一派借托慧能所谓"吾灭度后二十余年，……有人出来，不惜身命，定佛教是非，竖立宗旨，即是吾正法"的言说以此自抬这些情况，则尚可推测，《坛经》法海本的成书刊行年代，大约在离慧能圆寂之后未久的禅宗"荷泽"时期。

由此不难见出，虽则现行《坛经》法海本亦不乏后人增益的内容，但其所阐述的基本禅学思想，则无疑是属于慧能的。如欲探研中国禅宗之"原道"，选择众多版本中的《坛经》法海本这一"古本"作为话语阐释的文本，应当说是可取的。

中国化的佛教禅宗的思想体系是怎样形成的？这是一个饶有兴味的佛学学术课题。本文以为，从思想因缘分析，佛教真如缘起说，扬弃了般若性空说的涅槃佛性之论，竺道生的佛教顿悟观以及儒家心性之见，是《坛经》法海本禅学直接的思想源泉。

试撰《坛经法海本思想因缘》，以求正见。

一、佛禅本色：真如缘起

对一个佛教宗派的思想成因进行研讨，必须从其佛学世界观这一问题入手，中国禅宗的佛学思想体系是如此巨大、深邃，在其漫长的历史发展过程中又具有不尽相同的时代精神与时代特色，然而，要论禅宗之世界观意义上的思想本色，则是佛教真如缘起说，它体现在《坛经》法海本之中。

《坛经》法海本中关于真如缘起说的阐述可谓比比皆是。所谓"真如净性是真佛"、"故知一切万法，尽在自身中，何不从于自心顿现真如本性"、"一闻言下大悟，顿见真如本性"，"莫起诳妄，即是真如性"、"真如是念之体，念是真如之用"以及"当念时有妄，有妄即非真有；念念若行，是名真有"、"自识本心，自见本性"、"不识本心，学法无益，识心见性，即悟大意"等等，都表达了真如缘起思想。

真如缘起说，是中国禅宗的一个基本佛学观念。所谓真如（梵文BhOtatatha），《唯识论二》称，"真谓真实，显非虚妄；如谓如常，表无变易。谓此真实于一切法，常如其性，故曰真如"。指真正如实、常住不变的世界本体，是宇宙自然、社会人生即一切事物现象（万法）的本原、存在。在佛典中，真如有许多别称，主要有如来藏、自性清净心、法身、实相、佛性、法界、法性与圆成实性等等，《大乘止观》云，"此心即自性清净心，又名真如，亦名佛性，亦名法身，亦名如来藏，亦名法界，亦名法性。"《往生论》注云，"真如是诸法正体。"所谓缘起，因缘、待缘、自缘而起也，一切事物现象皆依缘而起变易。缘者，攀缘之义；起者，性起之谓。在佛教看来，一切世间法与出世间法均依缘而起，缘起是人之心识攀缘而生的一个境。缘起论，成为佛教各宗派世界观与佛学思想的一个理论基础。《杂阿含经》云，"此有故彼有，此生故彼生，"说的就是缘起。所谓真如缘起，佛经说，即如来藏缘起。真如作为本体，不生不灭，不增不减、无始无终，但为染净所驱，生种种法。染缘而现六道，净缘出起四圣。染缘为妄念横生，现为万物假有之相；净缘为妄念不生，为本体实有。万象虚妄而本体实有，正是大乘有宗之见。真如为体缘为用，真如依缘而起，却不为其它什么而生。丁福保《佛学大辞典》称，"真如更有所生，即非真如也。"说的就是这个意思。显然，真如缘起说，是以真如为逻辑原点所建构的关于世界本原，生成与变化的佛学理论。

《坛经》法海本所阐释的真如缘起说，自然也是以真如为本体存在、以本体缘起来解释世界之逻辑原型、及其生成变化的佛学理论。当慧能在大梵寺说法之时，不管这位大和尚是否意识到，他总是想要圆满地回答什么是佛、以及如何成佛这两个根本的佛学命题。而要作出这样的回答，不能回避关于世界的根本看法。世界的本相究竟是什么？这是首先需要解答的。在这里，《坛经》所阐明的佛学世界观与佛性论是统一的。在慧能看来，世界，不管在世间还是出世间，其本原实相是一种"妙有"，亦即《坛经》所说的"真如"、"真有"，它是佛教顿悟的对象，是禅宗信徒所执着地追求的对象。

从思想因缘看，《坛经》真如缘起说的建构，深受相传为印度大乘佛教著名论师马鸣所撰、由真谛所译的《大乘起信论》的影响。《大乘起信论》的基本佛学思想，是以"一心"、"二门"、"三大"为理论框架的真如缘起说。所谓一心，即指真如，亦称"众生心"，众生本具真如之意。所谓二门，即由一心（真如）生起二门。二门者，依缘所起也。染缘所起即"心生灭门"、净缘所起即"心真如门"（不生不灭门）。心生灭门指的是现象、世界假有；心真如门指的是本质，世界本体。真如作为一心，本为自性清净，是净法。然而真如不守自性清净之境，染缘横起，便生妄念，则为无明，为染法，从而生成现象界这一生灭变化无常的假有虚妄。这二门，犹如浩茫之海水与海浪的关系，海水本可平静，为风所吹则浪涛汹涌，瞬息万变。然而，作为海水与海浪的水的湿性，是始终不会变坏的。真如正是这水的"湿性"，虽时时依缘而起，生为海浪，却是湿性始终未变，自性清净。所谓"三大"，《大乘起信论》云，"一者体大，谓一切法真如平等不增灭故。二者相大，谓如来藏具足无量性功德故。三者用大，能生一切出世间世间善因果故。"这便是说，众生心即真如，具有无生无灭、真正平等、真实如常、毕竟常恒的体性；众生心的自性，具有大智大悲、常乐我净的功德；众生心的德性，具足一切功德，外现报化。初修世间之善因得世间之善果；后修出世间之善因而得出世之妙果。在此"三大"中，真如之体性、德相与妙用得到了统一。

《坛经》的真如缘起说，以"真如净性"为"真佛"境，这便是前文所引"真如净性是真佛"的意思。"真佛"就是"起信论"所说的"一心"；《坛经》又说，"莫起诳妄，即是真如性"，从字面意义分析，是对什么是"真如性"的解说、实际这里包含着"起信论"所谓"二门"的思想。不起诳妄，是"心真如门"；缘起诳妄，是"心生灭门"；至于《坛经》所言"真如是念之体，念是真如之用"，大致上概括、扬弃了"起信论"关于"三大"的佛学内容。《坛经》以哲学上的体用这一范畴、概括地描述了真如与缘起的辩证关系，其表述显得简洁而明了。当然，在《大乘起信论》真如缘起之"三大"思想中，存在着一定的因果业报思想，这是因为"起信论"的"真如缘起"与古印度的"业感缘起"具有内在的历史联系的缘故。发展到中国《坛经》，依然可以见出关于"业报"的历史之痕。《坛经》说："常后念善，名为报身。一念恶，报却千年善亡；一念善，报却千年恶灭。无常已来，后念善，名为报身。从法身思量，即是化身，念念善，即是报身。"这种将前后、业报、善恶系于一"念"的思想，正是《坛经》"立无念为宗"之顿教思想的体现，与印度传统的业报之说相比，是有所不同的。

《坛经》法海本的真如缘起说，具有鲜明的染净不二、世间即出世间的佛教观念特色，其实，这在由《大乘起信论》所表达的、印度"阿赖耶识缘起"论中可以找到它的理论原型。限于篇幅，本文不可能对很复杂的"阿赖耶识"问题加以详尽的讨论。就阿赖耶识与缘起之关系而言，《大乘起信论》指出，"依如来藏故有生灭心，所谓不生不灭与生灭和合，非一非异，名为阿赖耶识"。不生不灭，真如本体，同时也是"心真如门"；生灭者，依缘而起之妄念也，亦指"心生灭门"。真如与缘起即体与用的关系，是一种"非一非异"的"和合"关系，也就是说，生灭与不生灭、染法与净法、世间与出世间、俗谛与真谛，是一种"非一非异"的"和合"境界。说其"非一"，是因为两者殊相有别，岂可同日而语；说其"非异"，是由于真如本体与万相假有（虚妄），是一种犹如水之"湿性"与水波一样不可须臾离开的"和合"。这也正如净觉所说的真如与众生"体一无殊"。净觉《楞伽师资记·原序》说，"真如妙体……寄住烦恼之间"，"故知众生与佛性，本来共同。以水况冰，体何有异。冰由质碍，喻众生之系缚，水性灵通，等佛性之圆净。"这种"和合"，就是"起信论"所说的阿赖耶识。阿赖耶识是世间即出世间、染净不二、体用同一之和合的"种子"，乃《楞伽经》所谓真识，即"起信论"所言真心与无明相和合而起染净法之"识体"也。

二、从般若学到佛性论

在研讨《坛经》佛禅思想之成因与其禅学宗风时，往往会遇到佛教般若学与佛性论的关系问题。对此，有的论者采取回避态度；有的则干脆指出，由于般若学与佛性论"是分属于性质不同的两种思想体系的"，为求在思想上不至于"混同空、有两宗"，就说《坛经》法海本那些关于般若系的"性空"之说与金刚之论，是对这部中国禅宗经典之作的"窜改"，并且断言，如果说"在

慧能思想里，有着很大的金刚思想的成分，"那么，"这不过是一种习而不察的历史误会"。(见郭朋《坛经校释·序言》)

笔者以为，如欲探讨《坛经》的佛学思想底蕴，对早已存在于法海本的那种般若学与涅槃佛性论杂陈的文本现象，是不能回避的。法海本曾多处记述了属于性空般若学系统的《金刚经》思想，如说慧能往求黄梅五祖之前"忽见一客读《金刚经》，惠能一闻，心明便悟"，说弘忍"大师劝道俗，但持《金刚经》一卷，即得见性，直了成佛"，又直接引述"《金刚经》云：'凡所有相，皆是虚妄'"之语，称弘忍传衣，"夜至三更，唤惠能堂内，说《金刚经》"等等，至于法海本直接记述般若性空之说，更为多见。凡此，总不能把它们统统排斥在学术研究的视野之外。尽管在法海本中，可能已经增益了一些属于惠能后学的禅风言说，然而，倘说凡此一切都是"窜改"与"历史误会"，总觉得难以令人信服。尤其就《坛经》该书书名而言，赫然标出"最上大乘摩诃般若波罗蜜经"字样，言在宣扬般若之说自不待言。而郭朋先生说："这里，把摩诃般若波罗蜜经也插进坛经标题里，是不伦不类的"。(同前)其持论是否中肯、平实颇值得商讨。

诚然，在佛教中，般若性空之学与涅槃佛性论属于不尽相同的两个思想体系。般若性空思想之远端，是印度原始佛学的"诸法无常、诸行无我，因缘而起"说。万法因缘而起，念念不住，故无自性、故曰"性空"。"性空缘起"论的思想精义，为"四大皆空"，就连"空"也是"空"的，"空空，如也"。这亦便是"般若"。般若者，智慧之谓。如能默照于此，便悟入般若之境。佛经上说，因缘所生之法，究竟而无实体曰空。《维摩经·弟子品》云，"诸法究竟无所有，是空义"。龙树《中论》则说："因缘所生法，我说即是空。亦名为假名，亦是中道义。"中者，不二之义、双非双照之目、绝待之称也。这里的"二"与"双"，指空与有。离开空、有两边，是谓中道。既破性空、又破假有，进而更斥破执"中"之见，是毕竟空，乃无上智慧，这是典型的大乘空宗的般若性空之学。

般若性空之学谈"空"、且不执着于此"空"。比较而言，涅槃佛性论说"有"。佛教所谓"有"，是就与之相对应的"空"而言的。有所谓此有、实有、假有、妙有的区别。如称因缘依他之万法者，假有；圆成实性（真如、佛性）者，妙有。般若学以万法为空、终无自性，不仅"空"现象，而且"空"本质，就连所谓本质之"空"亦是"空"的；佛性论虽然认为一切事物现象虚妄不实

（空）、一切事物的本质也是"空"的，然而，又承认这本质"空"是一种"存在"，佛性是"存在"，真如是"存在"，亦称"妙有"。两者的根本区别在于，前者彻底斥破它根本不承认的一切事物现象的那"自性"；后者则执着地追求作为事物本质的"空"。这"空"，就是涅槃，就是佛性。如果说，般若性空之学以无所执着为精神上的"终极关怀"，那么，涅槃佛性论则以执着于事物本质之"空"（佛性）为终级关怀。尽管庄如在《大般涅槃经》里同样可以见到许多关于"空"的言说，所谓"空者"，"内空，外空，内外空，有为空，无为空，性空，无所有空，第一义空，空空，大空"。可是在本体论意义上，佛性论并非空诸一切、以空为空，而是以空为实相（妙有）的。《涅槃经》强调，"佛性常住、无变易故"、"唯有如来、法、僧、佛性，不在二空（注：指内空、外空）。何以故？如是四法，常、乐、我、净，是故四法，不名为空"。

但是，佛教空、有两宗这种佛学观念上的区别，归根结蒂仅仅是同一宗教思想内部的区别，没有，也不可能在两者之间存在着不同逾越的思想鸿沟。在笔者看来，这便是为什么以涅槃佛性论为主旨的《坛经》法海本同时记述着诸多有关般若学之言说的缘故。

中国佛教的般若性空之学，肇始于高僧鸠摩罗什在中土对印度般若学系统佛经的译传，成就于中国僧人僧肇。僧肇是罗什弟子，他的《不真空论》、《物不迁论》、《般若无知论》、《涅槃无名论》等四论，主要论述了般若学所谓"不真"故"空"的思想。然而，由于时代与民族文化的熏染，中国佛教般若学的兴起，开始是与晋宋二代的"以无为本"的玄学交融在一起的。《晋书·王衍传》说，"何晏、王弼立论，天地万物皆以无为本"。哲学理性上的返本、摄宗意识、谈有说无的魏晋名士的清谈风度，是当时佛玄趋于合流的时代学术氛围。而玄学的本体论有力地影响了大乘空宗般若学佛典的译介与流布。汤用彤《汉魏两晋南北朝佛教史》说，"惟僧肇特点在能取庄生之说，独有会心，而纯粹运用之于本体论"。追摄本体是什么的哲学旨趣，是魏晋之际中国佛教所谓"六家七宗"的共同特点，其中的本无宗受玄学之熏陶尤显。玄学哲学观念的渗入，推动了印度大乘般若之学中国化的历史进程。由于玄学观念及其思维特点的渗融，本来以事物本体之空为空的印度大乘般若之学，终于嬗变为中国僧人对事物本体之"空"作为一种"妙有"的执着关注。这种印度大乘般若之教义的中国玄学化，实际上开启了中国般若性空之学向涅槃佛性论转递的"方便"之门。笔者以为，指出这一点是重要的。

这一特点，也表现在慧远的佛学思想中。据《高僧传·释慧远传》，慧远曾有《法性论》曰："至极以不变为性，得性以体极为宗"。"至极"即中国佛教所追寻的涅槃、佛性、真如、本体，它固然原本不空不有，空有双离，却是其"性""不变"，而且是一个可被体悟、默照、追执的对象。慧远的这一佛学名言，本意是在谈论大乘空宗的般若学，其思想归趣，却不由自主地开始跨入主张以佛性为"妙有"的涅槃之境。这一点，早已被元康《肇论疏》所看破："问云：性空是法性乎？答曰：非"。这里，慧远的"法性"论，已经不是本来意义上的般若之见。赖永海《中国佛性论》一书指出，"慧远的'法性'与般若性空不是一回事，性空是由空得名，把'性'空掉了；而'法性'之'性'为实有，是法真性（引者注：妙有、真如、佛性）。实际上，慧远的'法性论'更接近于魏晋的'本无说'，即都承认有一个形而上学的实体"。可谓中肯之见。而一旦承认事物实体（空）为"妙有"，便已悟入涅槃佛性境界。

从般若性空之学到涅槃佛性之论的发展，是一个历史过程，本文不可能对此进行详尽的论述。有一点是重要的，正因为从"般若"到"佛性"之论的发展，是一种客观的历史存在的事实，因而，无论你读慧远、僧肇还是竺道生等人的佛学着论，都会碰到这两种佛学思想从言辞到内容相杂糅的文本现象。所不同者，慧远、僧肇的思想属于般若学范畴，而道生的思想却偏于佛性论。由此我们便不难理解，以涅槃佛性论为归趣的《坛经》法海本出现某些属于般若学的言辞与思想，正是体现了从前者走向后者的历史痕迹。而且，历史上的佛学家的基本佛学思想，自然可归为某宗某派，这并不等于说，慧能或其它高僧的佛学思想一定是纯之又纯的。如果发现不纯，或说这不纯的部分一定是后人的"窜改"，恐怕也嫌武断了些。

而《坛经》法海本之所以保留、杂陈某些不属于禅宗佛性论的般若学的言说与思想，之所以在中国佛教史上曾经发生过从"般若性空"向"涅槃佛性"的历史性转换，归根结蒂在思想本涵上这两种不同宗风的佛学还具有相通的一面。这正如萧衍《注解大品序》所言，"以世谛言说，是涅槃，是般若"，"涅槃"论说"妙有"、"般若"之智尚性空、中道。然而，两者的内在联系在于，"涅槃是显其果德，般若是明其因行"。"显其果德"是对佛性圆果的执求；"明其因行"，虽然就佛教观念而言，是无所追求，无以执着，因为"至如摩诃般若波罗蜜者，洞达无底、虚豁无边，心行处灭，言语道断，不可以数术求，不可以意识知，非三明所能照，非四辩所能论"，却是可被悟契的。而"无所执着"本身，虽是不滞累于"空"，而精神上却依然须有一个"归宿处"，就此意义而言，也是一种消解了执着的"执着"。表面看来，般若之学惟"明其因行"而不"显其果德"、别无它求，而实际上的"果德"则渗融于未"显""果德"的"因行"之中。这又正如萧衍所言，般若之学仍旧指明了"菩萨之正行、道场之直路、还原之真法、出路之上首"（同前）。汤用彤《汉魏两晋南北朝佛教史》说，"'般若'、'涅槃'，经虽非一，理无二致，'般若'破斥执相，'涅槃'扫除八倒（引者注：佛教所谓小乘、大乘迷执之八种"转倒"。常乐我净为凡夫之四倒，非常非乐非我非净为一乘之四倒。）'般若'之遮诠，即所以表'涅槃'之真际。明乎'般若'实相义者，始可与言'涅槃'佛性义。而中华人士则每不然"。他们或执'般若'之空以疑'涅槃'之有"，就《坛经》法海本的"般若"、"涅槃佛性"说的理解而言，则难以圆融无碍。这是任意割裂"般若"、"涅槃"学之故。

当然还须指出，尽管《坛经》法海本颇多关于"般若"之论的言辞记述，其中不少实际所表达的思想，却是对般若学的扬弃与消解，因而《坛经》的基干思想，无疑是属于涅槃佛性论范畴的。这一点郭朋先生也看到了，他在《坛经校释·序言》中说，这是"慧能转金刚，而不是金刚转慧能"。《坛经》云，"菩提般若之知，世人本自有之"、"若大乘者，闻说金刚经，心开悟解，故知本性自有般若之智，自用智惠观照，不假文字"。由这里所言"本自有之"、"本性自有"可知，慧能借"般若"这一文字符号所反复申明的，实际是佛性这一"妙有"境界。这里所谓"般若"，是佛性，真如的活参说法。中国禅宗一直要佛徒参悟佛性之境时不要为文字所障，这倒是一个显例。

三、不容阶级　一悟顿了

综观《坛经》法海本，虽繁言万余，究其要旨，"即心顿悟成佛"而已。《坛经》说，学佛须"从自心顿现真如本性"、"会学道者顿悟菩提，令自本性顿悟"、"一闻言下大悟，顿见真如本性"、"迷来经累劫，悟则刹那间"、"若悟无生顿法，见西方只在刹那。不悟顿教大乘，念佛往生路遥"，《坛经》论顿悟，令人倍觉精彩。

《坛经》的顿悟说，是慧能所创立的中国禅宗的成佛"心要"。从思想因缘分析，此顿悟说，是有关佛学思想的历史累积与升华，是中国晋宋间义学高僧竺道生佛学顿悟观的直接的历史发展。

禅宗所谓顿悟，寂鉴微妙，不容阶级，一悟顿了。速疾证悟圆果，为顿悟。《顿悟入道要门论》曰："云何为顿悟？答：顿者，顿除妄念；悟者，悟无所得。又云：顿悟者，不离此生即得解脱"。

佛教顿悟说的始作俑者，自然并非六祖慧能，而且严格地说，也不始于竺道生。相传灵山会上，世尊拈花，迦叶微笑，是谓顿悟说之缘起。就中国佛教而言，早在道生之前的支遁、道安以及慧远、僧肇等僧人的佛学思想中，已经埋下了佛教顿悟说的思想因子。不过在道生之前，中国佛学顿悟说在思维逻辑上，并未能"快刀斩乱麻"一般地斩断它与渐修、渐悟的逻辑联系。当时的佛学家，将顿悟仅仅看作是渐修达到一定阶段时自然而必然证得的妙果，其思维方式，有类于从量变到质变的飞跃。佛教将对妙果的证得、参悟成佛分为十个阶段，称为十地，亦称十住。十住者，指既得信后进而住于佛地之位也。一、发心住；二、治地住；三、修行住；四、生贵住；五、方便具足住；六、正心住；七、不退住；八、童真住；九、法王子住；十、灌顶住。支遁、道安的顿悟说认为，修持至第七住才始悟真际、佛性。七住虽云功行未果，然佛慧已趋具足，因而，七住为顿悟之性界。正如《支法师传》有云，"法师研十地，则知顿悟于七住"。这在中国佛学史上称为"小顿悟"。七住为何是顿悟与否的分界线呢？《肇论疏》这样解说，"六地以还，有无不并，有二之理，心未全一，故未悟理也"，未得圆明境界；而"七地以上，有无双涉，始名悟理"，一切具足，圆融无碍。

在竺道生看来，"小顿悟"说在理论与实践上是不彻底的。依生公之见，顿悟之对象是常照之真理，真理湛然圆明，本不可分，这在佛学史上称为"理不可分"。既然真理不可分异，那么，佛徒悟入真理之极慧，自然不容阶差，一通百通、一了百了。以不二之灵慧照不分之真际，乃主客相契，物我浑一。《大涅槃经集解》称，"道生曰：夫真理自然，悟亦冥符。真则无差，悟岂容易（引者注：容许变易之意）?"这在佛学史上被誉为"大顿悟"。《肇论疏》云，"竺道生法师大顿悟云，夫称顿者，理不可分，悟语极照。以不二之悟，符不分之理。理智恚释，谓之顿悟"。这说明，顿悟是一种精神上的直觉，是整个心灵对所悟对象（真理）的总体把握。真理倘被理智、理性所切割，这不是冥悟而是理解，理解是对真理的分析。悟是一种灵感，是突现的心灵的"闪电"，是顿除妄念。悟空而不执于"空"，这是般若义的顿悟说。如果一切妄念顷刻断尽，刹时尽破心中之贼，而达到即心即佛的真如境界，便是"涅槃佛性"义的顿悟说。

正因为道生的顿悟说，建立在"理不可分"，刹时实现，不容阶级的理论基础上，使其与"小顿悟"说相比具有不相同的理论品格。汤用彤《汉魏两晋南北朝佛教史》说，"然顿悟之义究始于竺道生。其余支道林（遁）诸说，自生公视之，当仍是渐悟，非真顿也。"可谓中肯之见。

道生孤明独发，直接开启了记述在《坛经》法海本中的慧能的顿悟说。以笔者看来，慧能承传了竺道生的顿悟说，又具有自己的思想特点。

其一，从佛学思想的总体看，道生佛学根本有二：一、般若扫相生义；二、涅槃心性义或者说，道生的学说，能融会般若空观和涅槃佛性论之精义而成一家言、它正处于从般若性空向涅槃佛性论的转换之始。道生主张众生皆有佛性、连一阐提也具佛性、均能成佛，他是中国佛学史上涅槃佛性之论的真正首倡者。但是，道生顿悟说所悟照的那个对象（本体）即"理"，究竟指"般若"学中不可妄执的"空"，还是"佛性"说中可以执著的"空"（妙有）？在理论逻辑上似不大分明。所谓顿悟说理论基础的"理不可分"的那个"理"，究竟指"般若"之"理"抑或"佛性"之"理"？不太显明。因而，道生顿悟说的本体论基础，有一种"般若"、"佛性"兼备的特点，反映了中国佛教顿悟说初起时的情况。

相比之下，由于慧能的佛性论在理论上已告成熟，虽然《坛经》法海本中有关"般若"的言辞颇为多见，而其顿悟之论，却是牢固地建立在涅槃佛性论基础之上的。《坛经》每每指出，"佛是自性作，莫向身外求。自性迷，佛即众生；自性悟（指顿悟），众生是佛。"此处所谓"自性"，并非指"般若"学意义上的般若（不可妄执之空），而是"佛性"论意义上的佛性（可被执着之空）。慧能的得法偈云，"菩提本无树，明镜亦非台，佛性常清净，何处有尘埃?"这是佛性论意义上的顿悟说的理论基础，此处所言顿悟之对象，是"常清净"的"佛性"，而不是所谓"本来无一物"的"般若"学意义上的不可妄执的"空"。这说明，《坛经》要求人们所顿悟的，虽然也是"实相无相"的"空"，却是心识可以执着的真如妙有。

其二，竺道生主张"大顿悟"说，直接启发了慧能的顿悟说，由此可以见出前者是后者的直接的思想源泉，因为两者在"不容阶级、一悟顿了"这根本之点上是相同的。而仔细比较，仍有差别。道生以为，顿悟者，当然是刹时全部悟理，在此之前没有小悟、渐悟或部分之悟的可能，道生斥破"小顿悟"说。然而道生又认为，佛教修行虽然没有渐悟之类可言，却应有渐修的存在。此即信徒通过读经、修持，以此坚定佛教信仰，抑制烦恼。这渐修不导致渐悟，却是顿入佛地的一个基础。道生《法华经疏》云，"兴言立语，必有其渐"、"说法以渐，必先小而后大"。说的就是这个意思。道生认为渐修不同于渐悟，渐修实为信修，所谓"悟不自生，必借信渐"（见慧达《肇论疏》所引道生语）。"信渐"并非渐悟，却在为顿悟的突见扫斥障碍。可见道生的顿悟说，尽管原则上不同于在他之前所盛行的"小顿悟"说，却由于刚从前贤之说脱胎而来，仍难免带有前人的某些思想旧痕与印迹。

比较而言，《坛经》法海本在主张"不立文字"、"直了成佛"这一点上是更彻底的。虽则要说教又想彻底摒弃文字是谁也做不到的，就连《坛经》本身的存在与传读，亦是不得不立于文字的一个证据。然而，慧能一宗的佛禅观念，却是教人不滞累于文字，不主张读经修持，就是对文字障的挥斥。不仅如此，慧能在《坛经》里进而教导后学废弃禅坐、不立功课："善知识！又见有人教人坐，看心看净，不动不起，从此置功。迷人不悟，便执成颠，即有数百般以如此教道者，故知大错。"这成为禅宗后学所谓"磨砖不能作镜，禅坐岂能成佛"的思想源头。读经、禅坐在道生那里是诚悟的一种"信修"内容，慧能却统统不要这劳什子，在他看来，因为这不过是"外修"而非"内修"。《坛经》说，"外修觅佛，未悟本性，即是小根人。闻其顿教，不假外修，但于自心，令自本性常起正见，烦恼尘劳众生，当时尽悟"。小根之人是"信修"者，顿者才是"大器"，"不假外修"，是对信仰的怀疑，是对前贤所铸典籍，功课，修行方式的怀疑，《坛经》的顿悟说，体现了慧能禅学思想的解放。

其三，由此可以见出慧能禅学关于顿悟的本体论意义。在道生那里，顿悟说是其全部佛学的重要内容，却不是他的佛学本体论，其所崇尚的本体是般若、是佛性。而在慧能禅学中，顿悟就不是一种严格意义上的佛教修习方式，因为它不假文字、不立功课、废弃禅坐。顿悟具有本体的意义。《坛经》通篇在谈佛性，也通篇在论顿悟。何谓佛性？就是顿悟。佛性在哪里？在于顿悟。顿悟与佛性两者同一。因为在《坛经》看来，所谓佛性，不在西方，当下即是；不假外求，自性清净即是，所谓"迷人念佛生彼，悟者自净其心"也。在《坛经》中，慧能口口声声所称颂的佛性，不是一个客体论范畴，并不是说有一客观外在的佛性权威在引导众生走上成佛之路。而是说"佛就在心中"，心中之佛就是顿悟。《坛经》说，"不能自悟，须得善知识示道见性，若自悟者，不假外善知识。若取外善知识、望得解脱，无有是处。识自心内善知识，即得解脱。"这便是说，迷妄不能自悟者，逻辑上必须外求一个"善知识"去开导他，然则一经"善知识"去开导，便无所谓《坛经》所说的主体的自悟。我们读《坛经》，不要误以为慧能主张在主体之外另有一个可作为"导乎先路"的"善知识"，就连慧能本人，也不是这样的一个"善知识"，慧能谆谆教导于学生的，始终在于主体之自悟。因此，自悟之外便无所谓"他悟"，"他悟"不是真悟。真正的顿悟，不假外力，不是他度，而是刹即的自我解脱、是主体的觉体圆明；因此，所谓善知识，不是外界的一个佛的偶象，而是清净自性"佛性我"或称"顿悟之我"。从主客观论角度分析，顿悟应是主体的一种最佳的精神境界，正如前述，顿悟应属于主体范畴。然而《坛经》更深层的哲学与佛学意蕴在于，既然所谓"客观之佛性"的说法是不能成立的，因为佛性是自性本身，那么，说顿悟是一主体心境，归根结蒂还不是慧能所说的禅门"究竟"；即然佛性是恒常的自性，它自性圆满，自我独存，那么，倘说顿悟仅是一主体境界，这在逻辑上便是"无对"的。因为，既然不存在所谓的客观存在的佛性，也就无所谓仅仅可以称之为主体的顿悟。在慧能看来，佛性与顿悟原本同一，既不在物我，也不在主客，而是常然圆明之本体，是烛照大千的宇宙精神，它类于海德格尔的"存在"、老子之"道"。

四、成佛土壤与儒家"心性"

在研究《坛经》法海本禅学思想成因时，关于儒家"心性"学说对慧能佛性论的熏染与影响这一点，也是不能忽视的。

　　《坛经》论佛性、说顿悟，从不离"自心"、"自性"一类佛学范畴而立论。慧能说，"听吾说法，汝等诸人，自心是佛，更莫狐疑"、"只汝自心，更无别佛"；又说"自性本净"、"自性自净自修自作自性法身，自行佛行，自作自成佛道"、"自性常清净，日月常明，只为云复盖，上明下暗，不能了见日月星辰，忽遇惠风吹散卷尽云雾，万象森罗，一时皆现。"凡此等等，呈现在我们面前的，是一种不离"心性"之见的中国化的佛教，或者被某些学者称之为"心的宗教"。

　　正如前文所言，意能的禅宗立教之基，是大乘佛教的真如缘起论。而真如便是佛性、佛性便是顿悟、顿悟便是自性清净、自性清净便是自心、本心。因而"心性"之论，实际上是慧能禅学的逻辑起点，也可以看作成佛的土壤。

　　《坛经》论"心性"，自有其自身的思维特点，在慧能看来，"心"与"性"，存在着既分又合的关系。《坛经》云，"心是地，性是王。王居心地上。性在王在，性去王去。性在身心存，性去身心坏"。这里，"王"是支配的意思。是说心、性之关系，心是大地，是基础；性是一种支配力量，这种支配力对心的支配才是所谓的性。性的本蕴，意味着对心的支配；因而，离心无别性，离性无别心，心与性的关系，是一而二，二而一；从心为大地基础而言，性者，心也；从性对心的支配来看，则心者为性。性是什么？佛性而已。佛性之本体存在，即心即顿而已，离自心之顿悟则谈不上所谓佛性，佛性不假外求，他求，佛性就是自心，自心悟则佛性顿见，自心迷而佛性坏。

　　这种禅学"心性"论，自然不可避免地带有印度原始佛教关于"心性本净"说教的思想遗痕，也历史地受到般若性空之学的濡染，而最直接的影响，则多少来自中国本土的儒家"心性"说。

　　首先，从竺道生的般若、佛性论到隋唐之际华严、天台宗、再到慧能的禅宗，都主张一切众生（包括一阐提）悉有佛性、均可成佛，这种佛性论的建构，与中土儒家"心性"的关联是意蕴深远的。孔子云，"性相近，习相远"。孔子并未来得及建构他的"共同人性"论，却对其后学的"共同人性"论作出了历史性启示。孔子的"性相近"说直接启悟了孟子的"共同人性"说。《孟子·告子上》认为，人性是相似的，共同的，"故曰：口之于味也，有同耆焉；耳之于声也，有同听焉；目之于色也，有同美焉"。进而，孟子得出了"圣人与我同类者"、"尧舜与人同耳"的结论。当然，这种"共同人性"论的所谓"共同"，仅指人性的"同类"与相似性，在理论上尚不是真正成熟的、彻底的。比较而言，荀子的"共同人性"论，更富于哲学本体意味，《荀子》说，"天行有常"、"天命之谓性"、"凡性者，天之就也"、"生之所以然者谓之性"、"不事而自然谓之性"、"不可学不可事而在人者谓之性"。这里所谓"天"、"天命"，讲的是自然天生，或人力不可违逆的自然。正因荀子所谓的"性"是自然天生的，因而人性是共同的，人性本同，是其人性论的基本思想（至于荀子主张人性本恶，是另一个问题）。

那么，先秦儒家所主张的"共同人性"，究竟"共同"在哪里？"共同"在都是"自然天生"这一点上。这立刻使我们想起《坛经》所谓"佛性本自有之"的著名论断。实际上，作为中国化的佛性论，慧能所谓"佛性"，从真谛看，是佛性；从俗谛看，即人性。禅宗的佛性论，建构在出世间与世间之际。这种佛性，由于指的是人的"自然"，在慧能看来，它首先不在客观、不在彼岸、不在西方，净土即在人间，因而在俗谛意义上是与儒家的"人性"相合的。同时，所谓"佛性本有"，翻译为儒家语言，便是"人性"者，"本始材朴"也。

其次，先秦儒家论人性，即承认人性生而有之，又从不离"心"而别作他"性"之说，所谓人性论，某种意义上是"人心"论。这正如《孟子》所云，"尽其心者，知其性也；知其性，则知天矣"。自孔夫子始，先秦儒家的人性论，非常注重人格修养，这种人格修养，实际是伦理学意义上人之内心的琢磨、锻炼与陶铸。孔子以仁释礼，主旨在将外在的强制性的"礼"（伦理及其典章制度），说成是人的内在、自觉的本能要求，这种本能要求，是"性"，也是"心"；孟子与荀子在人性本善、本恶问题上是观点对立的，但在人格修养问题上又具共同的一面，一从"性善"谈人心、一从"性恶"谈人心。《孟子·公孙丑上》云，"我善养吾浩然之气"。何谓"浩然之气"？内气也，心气也。《孟子·尽心下》称，它的主要品格是，"充实之谓美，充实而有光辉之谓大，大而化之之谓圣，圣而不可知之之谓神"。这种伟大、崇高、刚阳气十足的人格修养境界自当显现于外，而首先、根本上是人之内心的一种修养。焦循《孟子正义》说，"充满其所有，以茂好于外"。内心实存，外放光辉，内外一致，而尤重内心磨砺，这是"内圣"之学。荀子亦重内心修养，认为道德之起，改恶成善，皆决定于心之抉择，主张"积虑"，《孟子》说，"情然而心为之择，谓之虑"，"圣人积思虑"。因而，修身即养性，养性即省心，心性合一，是儒家典型的心性不二之见。

由此不难见出，《坛经》的"心是地，性是王"说，是怎样从儒家的"心性同一"说中吸取了思想因子与灵感的。慧能关于心性之"非二同一"的思维模式，可谓深受儒家思想的影响。尽管先秦儒家的"心性"说有"性善"、"性恶"之区别，这一点与慧能禅学的"心性合一"之见有区别，然而，从先秦儒家到唐代禅宗，在移性即养心，心、性双修这一点上不无相通之处。当然，儒家的修身省心养性是有过程的，而禅门则主张心之顿悟，自性立见，这是两者的区别。

又次，《坛经》所宣扬的心性观，某种意义上与孟子的性善说具有更多的精神联系。孟子主张"善端"，认为人性本有"仁义礼智"四大"根本善"。后天修养的目的与途径，是人心对这种"善端"的发现与回归。孟子心性说将伦理之善本体化了，具有比较强烈的伦理学的思维特点。慧能禅宗的心性论，倡导"佛性本自清净"。所谓"清净"，其本无善无恶，说明禅门思考问题，自始于哲学而非热衷于伦理学。这不等于说禅学没有一定的蕴涵于佛学的伦理思想。倘从伦理学角度诠解禅学，则所谓"清净"，有类于孟子的"善端"，所谓成佛，就是通过人心之顿悟、对清净之佛性的发现与回归。《孟子》曰："人皆可以为尧舜"。《坛经》则说人人可以成佛。其思维模式具有相通之处。这种人性本善、人性平等、因而人人均可成为圣人的儒家思想，恰与佛性本自清净、一切众生悉具佛性、人人可以成佛的禅门旨要相映成趣，值得深长思之。

本文发表于《海上论丛》第一辑

原始佛学经典《阿含经》

《阿含经》，印度原始佛学的基本经典、佛学史上的煌煌巨著。近人梁启超评论说："'阿含'为最初成立之经典，以公开的形式结集，最为可信。以此之故，虽不敢谓佛说尽于'阿含'，然'阿含'必为佛说极重之一部分无疑。"[1]此说不为过誉。《阿含经》在佛教史与学术史上具有崇高的地位。

一、"五佰结集"与《阿含经》的形成

阿含，梵艾Agamsutra，亦译作阿han、阿含暮、阿笈摩。意译"法归"、"无比法"。《长阿含经序》谓"万法所归趣也"。《翻译名义集》四："法之最上者也。"亦意爲"教"、"传"即"传承的教说"或"集结教说的经典"。《一切经音义》二十四："展转传来以法相教授也。"《阿含经》是印度原始佛教汇集的重要典籍。《瑜伽师地论》卷八十五："师弟展转，传来于今，由此道理，是故说名阿笈摩。"

佛学界一般认为，此经基本内容在印度佛教第一次结集（五百结集）时已被确定，至部派佛教形成前后被系统整理，约公元前一世纪写成文本。

原来佛陀释迦在世时，只是口头上向其弟子和信众宣说佛法，未能编著经籍。据吕澂《印度佛学源流略讲》引《大唐内典录》卷四、前齐《善见律毗婆沙》有关资料考证，佛陀圆寂于公元前四八六年。是年二月十五日平旦，佛于

---

① 梁启超：《中国佛教研究史》，生活·读书·新知三联书店，1988，第290页。

俱尸那入灭。其遗体火化后，佛陀大弟子大迦叶默自思惟，恐佛陀之真实言教为那些伪造的假学所惑乱，觉宜集法藏，使佛法住世，利益众生。乃请阿阇世王为檀越，于王舍城之毕波罗窟，自六月二十七日开始结集。因印度佛教史上这第一次结集的参加者为五百阿罗汉（arhants，学行最优功德圆满的比丘），故名为"五百结集"。这次结集由大迦叶主持。被称为"多闻第一"的佛弟子阿难随从佛陀二十五年、又长于记忆，由他回忆、诵出佛陀所说之法，经大会批准其转述正确无误，是为经藏。又由优婆离忆诵佛教戒律供大会审定，是为律藏。

这些经、律，当时自然无法见诸于文字，仍按惯例，通过师徒口传方式流传于后世。为求便于记忆传诵，据《法华经·方便品》，将自古相传的佛经按类分为九种，称为"九分教"或"九部经"：

（一）修多罗（契经），简短的散文体经文；

（二）祇夜（重颂、应颂），颂体经文；

（三）伽陀（讽颂，孤起颂），偈体有韵的经文；

（四）因缘（尼陀耶），关于佛说因缘的经文；

（五）阿波陀那（譬喻），经中的譬喻部分；

（六）如是语，（本事、伊帝曰多伽），佛说弟子过去因缘的经文；

（七）本生（阇陀伽），佛说佛陀过去因缘的经文；

（八）未曾有（希法，阿浮陀达磨），佛显现种种神通的经文：

（九）论议（优婆提舍），议论和问答诸法玄义的经文。

此则所谓小乘九部。

后来在这"九部经"基础上，发展为"十二部经"，即在"九部经"基础上增加了三部：

（十）授记（和伽罗那），佛给弟子预言未来修行果位的经文；

（十一）优陀那（无问自说），无人发问，佛自说之经文；

（十二）方广（毗佛那），佛说方正广大教义之经文。

这所谓"十二部经"之说在诸多佛教典籍中所载不同，这里采用《大智度论》卷三十三的见解。《大智度论》是大乘之作，但这里沿用了小乘教的观点。

这种"九部经"、"十二部经"的说法、材料，也为今人任继愈主编《中国佛教史》所引用。

佛学界有学人认为，由阿难、优婆离所忆诵，为"五百结集"所审定的经、律，"所集者则此诸阿含是也"①、此说似欠妥当。因为在"五佰结集"上佛所说之法虽被诵，仍以口头形式流传于世、并未以文字符号形式固定下来，前述所谓"九部经"仅仅是《阿含经》的一个雏型，不等于《阿含经》本身。据后来如觉音曾经解释，现存"九部经"只是此经的一部分。因此，很可能"五百结集"的直接成果是"九部经"以口头承传于世，尔后重新编著为"阿含"。不过仍须指出，《阿含经》的基本精神是最接近于佛陀所说之法的。一般认为，《阿含经》编成于公元前四、三世纪，佛教部派出现之前后，离佛陀圆寂一百余年。

二、《阿含经》的基本教义

《阿含经》有南传、北传之分别。南传巴利文经藏有《长部》、《中部》、《相应部》、《增支部》和《小部》凡五部；北传佛教有《长阿含经》、《中阿含经》、《杂阿含经》与《增一阿含经》凡四部，其内容与南传《阿含经》前四部大体相应。

为何北传"阿含"如此题名？佛教史上有云，时阿难说经无量，恐往后难持难诵不可忆，虑其散漫无序，故以"丛书"格式总持之。《增一阿含序品》曰：

> 契经今当分四段，先名"增一"二名"中"三名曰"长"多璎珞，"杂"经在后为四分。

《分别功德论》上卷云：

> 分四段者，文义混杂，宜当以事理相从，大小相次……以一为本次至十、一二三，随事增上，故名"增一"。"中"者，不大不小，不长不短，事处中适也。"长"者，说久远事，历劫不绝。"杂"者，诸经断结，难诵

---

① 梁启超：《中国佛教研究史》，生活·读书·新知三联书店，1988，第271页。

难忆，事多杂碎，喜令人忘。

《弥沙塞五分律》说得明白：

> 迦叶问一切修多罗已。僧中唱言，此是长经，今集为一部，名"长阿含"。此是不长不短，今集为一部，名"中阿含"。此是为优婆塞优婆夷天子天女说，今集为一部，名"杂阿含"。此是从一法增至十一法，今集为一部名："增一阿含"。

梁启超氏认为《法华玄义》所言"增一，明人天因果；'中'，明真寂深义；'杂'明诸禅定；'长'破外道"，"此说不免杜撰"①。窃以为然也。当时佛教初弘，"四阿含"虽将佛说加以编纂，恐未必如此条分缕析耳。"阿含"四分的编纂标准，主要是依篇幅长短来分类。当然这种分类，有时也照顾到经文的内容，如《长阿含经》中的《沙门果经》确是斥破外道的，却不能说全经都是这一主题。同样，《杂阿含经》中也确有关于止观的内容，却不能由此以偏概全。

"五百结集"佛弟子所忆诵的佛说内容，决定了以"九分教"即"九部经"为其雏型的《阿含经》之基本内容。关于佛弟子所演诵的内容是否包括论藏，正如英国著名佛教学者渥德尔所言，"意见很不一致"。他认为从后来部派佛教上座部和大众部的有关记载来看，都未提到论藏（阿毗达磨）曾经在"五百结集"时被忆诵过，"既然这两大宗派的一致性可以确定现存最古老的经典传统，那么看起来当初只有两个藏（指经藏和律藏——引者）"。又说，部派佛教一切有部和法藏部有关于当初"毗奈耶让阿难像背诵经藏一样的背诵阿毗达磨"的记载，雪山部也曾提及阿毗达磨这一藏，"但未说明是谁背诵的"。由此得出结论："不管本母或阿毗达磨在第一次结集中是否真的演诵过，一切早期部派都具有阿毗达磨这一个第三藏"②。这一结论有点模棱两可。我国佛教学者吕澂则说得十分肯定："结集的内容，传说有经、有律，甚至还有阿毗达磨。有经律是可

---

① 梁启超：《中国佛教研究史》，第273页。
② ［英］渥德尔：《印度佛教史》，王世安译，商务印书馆，1987，第184页。

能的，有阿毗达磨，就根本不可信。"①

　　笔者以为，既然论藏即阿毗达磨作为佛教中独立的一藏，是对佛说的系统阐释与发明，那么，在《阿含经》成型之原始，即"五百结集"佛弟子所忆诵的佛所说一切法本身，除了经、律两部分，自然颇难包括成型的论藏在内。然而，这并不等于说此时没有任何论藏的经义因素。正如渥德尔所言，第一次结集佛弟子对佛说的忆诵实际是"演诵"。这种演诵，一方面要求准确无误，处处忠于佛陀原说；另一方面又难以绝然排除佛弟子对佛说有属于萌芽状态的阐解。而且，佛陀本人也应有对自己所说法的若干论释，这必然导致《阿含经》成型之初，已潜存论藏的萌胚因子。前文已经论及，"九部经"中已有"论议"（优婆提舍）即议论和问答诸法玄义的经文存在。该"论议"，亦称"论"，丁福保氏有言，"佛自论议问答而辨理也，而佛弟子论佛语、议法相，与佛相应者。亦名优婆提舍。三藏中之阿毗达磨藏Abhidharma是也。"②当然，不能将"九部经"中的这种"论议"等同于论藏，但至少由此可以说明，《阿含经》成型之初，已存论藏之胚因。

　　《阿含经》是弘传印度原始佛教基本教义的重要经典。

（一）弘扬了四圣谛、八正道说

　　四圣谛者，苦、集、灭、道之谓也。亦即苦谛、集谛、灭谛、道谛。按佛家之言，"谛"即真理。佛陀认为，人生及世俗世界的一切，本性都是"苦"。《杂集论》卷六："谓有情生及生所依处，即有情世间，器世界如其次第若生、若生处、俱说名苦谛。"苦必有因，其因"业"和"惑"，此即集谛。《俱舍论》卷二十二："一切三界烦恼及业皆名集谛。"有苦因此须断灭，这是灭谛。它反映了佛教要求通过修持而达到的最高目的，亦即绝"集谛"所包括的"业"、"惑"，达到涅槃这一佛教的最高理想境界。而要达到这一理想境界，必须要有途径和方法，这便是道谛。佛教的主要修习方法是八正道，《杂集论》卷五有云，"由此道故，知苦、断集、证灭、修道，是略说道谛相。"四圣谛说在《中阿含经》之《圣谛经》里亦被阐述。

---

① 吕澂：《印度佛学源流略讲》，第16页。
② 丁福保编纂：《佛学大辞典》，第1321页。

八正道，佛教三十七道品之一类，包括彼此相联系的八种通向涅槃境界的修习途径和方法。据《中阿含经》卷七、卷五十六记载，此为释迦佛在鹿野苑初转法轮向五弟子所弘扬的教义：（1）正见，对教四圣谛等的正确见解；（2）正思维，对佛教教义的正确思维；（3）正语，修持口业，所语必符佛理；（4）正业，身业必须清净；（5）正命，生活戒律符合佛教仪规；（6）正精进，不断勇于修持涅槃之道法；（7）正念，不断思念四圣谛等真理、思念出家修道以培植慧根；（8）正定，禅定静虑，心专注于一境，由迷转悟。《杂阿含经》指出，与八正道相反的是"邪见"、"邪思"、"邪语"之类的八邪道，必破斥邪恶、以"正"为利剑，依佛而行，使戒者发慧，定慧双修。《中阿含经》将八正道归并为相统一的戒定慧三个主目，八正道是由戒、定而生慧的佛修方法论。

四圣谛与八正道说的内在联系在《杂阿含经》卷十五里记述较多。该经有云，佛陀曾于鹿野苑向原先跟其一起修持苦行的侍者憍陈如等五比丘，宣说自己悟彻的四圣谛、八正道教义，从不同层次加以启悟，此即佛陀所言的"三转十二行"。佛陀首次将四圣谛即苦集灭道的要义宣示给五比丘，此为一转（示转）。复次，又指明佛教修行（实行八正道）时应取何种态度，要求知其苦谛："苦圣谛智，当复知"；断其集谛："苦集圣谛，已知当断"；证其灭谛："苦集灭，此苦灭圣谛，已知当作证"；修其道谛；"复以此苦灭道迹圣谛，已知当修"，此为二转（劝转）。又次，宣说修持结果和四种逐层深入的认识境界："此苦圣谛，已知，知已出"；"此苦集圣谛，已知已断出"；"苦灭圣谛，已知已作证出"；"苦灭道迹圣谛，已知已修出"。相应的便有眼（观见）、智（决断）、明（理解）、觉（觉悟）四种境界，此为三转（证转）。佛陀说："诸比丘，我于此四圣谛三转十二行，不生眼、智、明、觉者，我总不得于诸天魔梵、沙门、婆罗门、闻法众中得出得脱，自证得成阿梅多罗三藐三菩提。"而在此关于四谛的证悟中，处处强调"当正思维"。

（二）宣说了十二因缘论

《阿含经》中关于十二因缘论有丰富的论述。这是四圣谛之一的集谛的理论展开，也与其余三谛苦、灭、道相联系，内蕴着轮回说的思相因素。

《中阿含经》卷四十七：

云何比丘知因缘？

世尊答曰：阿难，若有比丘见因缘及从因缘起知如真，因此有彼，无此无彼，此生彼生，此灭彼灭。谓缘无明有行，乃至缘生有老死；若无明灭则行灭，乃至生灭则老死灭。

生命何起？痛苦何由？痴愚何解？命运何定？归宿何在？这一系列人生问题都由佛陀深沉思索过。佛陀认为：诸行无常，诸法无我，一切流转无住，一切都由因缘和合而成，都成于因果联系，人之生命、命运、人生均为有因必果，有果必因，自因自果，自求解脱。十二因缘论将人生概括为因缘相续的十二个环节，亦称"十二有支"，即：无明、行、识、名色、六处、触、受、爱、取、有、生、老死。关于十二因缘的具体内容与环环相续的内在联系，《杂阿含经》卷十二有充足的解译。

这便是，无明缘行。无明指人的愚痴未悟状态，行指意志妄为。是说妄行缘十九知。"痴闇无明大冥，是名无明。"

行缘识。识者，托胎时之心识。心识驱动，向与意志相应处投生。由引业力，识相续流，如火焰行，往彼彼趣，凭附中有，驰赴所生，结生有身。"云何为识？谓六识身。"

识缘名色。名，心；色，身。指母胎中的身心由此得以发育。"云何名？谓四无色阴。""云何色？谓四大。"

名色缘六处。六处，亦称六入，指眼耳鼻舌身意五种外在感官和内在之心等，即六根。"谓六内入处：眼入处，耳入处，鼻入处，舌入处，身入处，意入处。"指胎儿由身心混沌状态转生为不同认识器官，相当于人之将生。

六处缘触。触者，触觉。幼儿降生，和环境相触。"谓六触身：眼触身、耳触身、鼻触身、舌触身、身触身、意触身。"《俱舍论》卷九亦云："次与境合便有识生。"

触缘受。受，感受。"谓三受；苦受、乐受、不苦不乐受。"指人之童年，年事渐长，感觉良多。

受缘爱。爱，贪欲。"谓三爱：欲爱、色爱、无色爱。"为人生之青年阶段由感受而妄生贪爱。

爱缘取。取，追执。贪爱导致狂热追求执取，为人生成年阶段。"云何为取？四取：欲取、见取（指执着于迷痴）、戒取（指执着于非佛教的信条仪规）、我取（指执着于个人偏见）。"

取缘有。有，业。"云何为有？三有：欲有、色有、无色有。"由执取过刻，必遭后世相报。

有缘生。生，来世之生。"云何为生？若彼彼众生，彼彼身种类生，超越和合出生，得阴，得界，得入处，得命根，是名为生。"此生之"有"产生后世之果报，决定来世。

生缘老死。"发白露顶，皮缓根熟，支弱背偻，垂头呻吟"是名为老；"身坏寿尽，火离命灭，"是名为死。以生为缘，必然老死。

《阿含经》十二因缘论以为人生现象的原驱力和人生痛苦的总根源是"无明"。故通过佛教修习、断除无明，也就斩断十二因缘之链，超越生死，进入无死无生的涅槃之境。正如《杂阿含经》卷十二所言："若无明离欲而生明，彼谁生死？老死属谁者？老死则断，则知断其根本，如截多罗树头，于未来世成不生法"。

（三）奠定了三法印的佛法基础

三法印这一佛学基本理论，给定了三种印证究竟是否真正佛教的尺度标准或标帜。三法印说的基本教义为：（一）诸行无常。一切事物因缘和合而起，故永恒流迁无住，变化无常，念念生灭；（二）、诸法无我。既然一切事物现象皆因缘和合、流转恒变，那么，必然没有独立实体、实相与主宰者；（三）、寂静涅槃。指熄灭生死、轮回而后获得的一种精神境界、佛教修习所要达到的最高理想。《大乘起信论》云："以无明灭故，心无有起；以无起故，境界随灭；以因缘俱灭故，心相皆尽，名得涅槃。"

这种三法印说，早在《阿含经》中已奠定了理论之基。《杂阿含经》卷十："一切行无常，一切法无我，涅槃寂灭。"《增一阿含经》卷十八在三法印基础上加上"一切诸行苦"成为四法印说："今有四本末（法印异译），如来之所说。云何为四：一切诸行无常，是谓初法本末，……一切诸行苦，是谓第二法本末，……一切诸行无我，是谓第三法本末，……涅槃为永寂，是谓第四法本末。"

与三法印说密切相关的是《阿含经》所提出的五蕴说。印度原始佛教破斥婆罗门教的梵天创世论而标举包括色、受、想、行、识的五蕴论，以色指地水火风"四大"及其所造之无生命物质，由色和其余属于精神性的四蕴构成一切生命体，这五种因素按一定因缘因果处于永恒的聚合、分解之历程中，故诸行无常、诸法无我，而欲脱离五蕴因果之轮回，惟有寂灭涅槃之途。《杂阿含经》卷一说："当观诸所有色，若过去、若未来，若现在，若内若外，若粗若细，若好若丑，若远若近，彼一切悉皆无常。正观无常已，色爱即除；色爱即除，心善解脱。如是观受、想、行、识，若过去，若未来，若现在……彼一切悉皆无常。"五蕴既无常，何得追寻执取，必断除对人生与世俗事物一切贪爱欲念，才能抵达涅槃境界，这便是《杂阿含经》卷三所言"不乐于色、不赞叹色，不取于色、不着于色……则于色不乐……心得解脱。"

三、《阿含经》之东渐

《阿含经》之东渐，是一个被汉译、介绍的过程。由于此经篇幅浩繁，开始最早流传于中土的是属于小乘教经典《阿含经》的单品。东汉时最早传译的《四十二章经》辑录了《阿含经》的一些基本内容。东汉末年，安世高译出不少四部阿含中的"小经"。如：属于《长阿含经》者，有《人本欲生经》、《长阿含十报法经》、《尸迦罗越六方礼经》；属于《中阿含经》者，有《四谛经》、《本相倚致经》、《是法非法经》；属于《杂阿含经》者，有《五阴譬喻经》、《七处三观经》、《八正道经》；属于《增一阿含经》者，有《婆罗门避死经》、《阿那邠邸化七子经》等。三国吴友谦、西晋时的竺法护等也译有许多"阿含"单品经。又，西晋时的法立曾于洛阳译出《恒水经》、《顶生王故事经》、《求欲经》、《苦阴因果经》、《数经》等凡七卷，均出自"中阿含"；又译《波斯匿王太后崩尘土坌经》、《鸯崛髻经》（以上属"增一阿含"）；《难提释经》、《相应相可经》（以上属"杂阿含"）以及属于《长阿含经》的八卷本《楼炭经》。又有西域僧竺昙无兰于东晋孝武帝太元六年至太元二十年共十五年间在建康庄严寺译经凡六十一部。其中"增一阿含"：《四泥犁经》、《玉耶经》、《不黎先尼十梦经》；"中阿含"；《铁城泥犁经》、《泥犁经》；"杂阿含"：《水沫所漂经》、《戒德香经》以及"长阿含"的《寂志果经》。

东晋十六国至南北朝初年，东来的印度及西域译家全文译出整部《阿含经》，包括：

《长阿含经》二十二卷，凡三十部经。译者蜀宾沙门佛陀耶舍忆诵，凉州沙门竺佛译作汉文，道含笔录，译于长安。该经篇幅长，有斥破外道之内容。

《中阿含经》六十卷，凡二百二十一一部经。东晋隆安元年至二年由僧伽罗叉忆诵、僧伽提婆译出，道慈笔录，译于建康。该经篇幅中等，宣说原始佛教基本教义相对集中。

《杂阿含经》五十卷，凡一千三百六十二部经。南朝宋初，印度僧伽求那跋陀罗来华，于建康口授，宝云汉译，慧观笔记。该经单品篇幅短小，大多为数百字，有的甚至仅十几字，二三十字。内容有把根据不同对象宣说佛学教义的经文编纂在一起的倾向。

《增一阿含经》五十一卷，僧伽提婆在东晋隆安元年译于建康，道祖笔录，共收四百七十四部经。因经文按法数（将佛法按义分类，冠以一、二、三等序数字，如三宝、四谛、五蕴、六处等）顺序从一法序增到十法、十一法，依次编纂、故名。

本文发表于香港《内明》1991年

一、自述

（1）《一个"布衣学者"的学术自述》，《美与时代》，2011年第7期

（2）《以易文化研究为本：在文化学与美学之际——王振复教授访谈》（林少雄教授采访），《学术月刊》，2007年第11期

（3）《由古典到现代的人文观照》（乔东义教授采访且据访谈录音整理），《文学教育》，2008年第4期

（4）《敬畏学术　敬畏自我》，《美学人生——中国当代美学家、美学学者的学术之路》第二册，郑州大学出版社，2020

二、为学者所撰序、前言等

（1）《易经百事通·序》，四川人民出版社，1993

（2）《中国建筑文化大观》"前言"与"跋"，北京大学出版社，2001

（3）《中国艺术结构论·序》，中央广播电视大学出版社，2005

（4）《中华易学大辞典·编〈易〉叙语》（主编：蔡尚思，副主编：王振复、胡道静、戚文），上海古籍出版社，2008

（5）《江南古代都会建筑与生态美学·序》，社会科学文献出版社，2012

（6）《审美与时间——先秦道家典籍研究·序》，复旦大学出版社，2012

（7）《"闲"与中国古代文人的审美人生·序》，复旦大学出版社，2013

（8）《中国饮食美学史·序》，齐鲁书社，2014

（9）《"空"之美学释义·序》，上海人民出版社，2016

（10）《序言：〈酒杯里的风景〉读后》，复旦大学出版社，2020

（11）《文化大传统与中国早期文论精神·序》（待出）

三、学者为本人著作所撰序文

（1）罗哲文：《建筑美学·序》，云南人民出版社，1987；地景出版有限公司（中国台湾），1993

（2）陈从周：《中华古代文化中的建筑美·序》，学林出版社，1989；博远出版有限公司（中国台湾），1993

（3）蒋孔阳：《〈周易〉的美学智慧·序》，湖南出版社，1991

四、学界主要评论

（1）方舟：《建筑理论的"意外"收获——读王振复〈建筑美学〉〈中华古代文化中的建筑美〉》，《建筑学报》，1993年第3期

（2）朱立元：《一部"文脉"贯通的中国美学史》，《中华读书报》，2003

（3）马驰：《历史与逻辑、理论与实证相统一的治学之路——读王振复〈中国美学的文脉历程〉》，《东方丛刊》，2004年第2期

（4）乔东义：《建构中国美学范畴的动态三维结构——评〈中国美学范畴史〉》，《学术界》，2007年第1期

（5）王宏超：《经典阅读与中国文化精神的重建——读王振复教授的新著〈周知万物的智慧：周易文化百问〉》，《美与时代》，2011年第7期

（6）赵建军：《王振复冶铸"美学建筑"独特风范》，《中国社会科学报》，2013年2月25日

（7）洪永稳：《守正创新 别有风采——评王振复先生〈中国美学史新著〉》，《美与时代》，2016年第2期

（8）赵建军：《发掘"巫"的文化理性》，《中国社会科学报》，2021年9月1日

（9）苏荟敏：《释古与深拓，求实而开新——评王振复〈中国巫文化人类学〉》，《文化中国》学刊，2022年第1期

（10）王耘：《中国古建之美：从半片砖瓦到十里楼台》，《光明日报》2021年10月30日

（11）叶舒宪：《人类学转向：新文科的跨学科引领——以李泽厚、杨伯达、萧兵、王振复为例》，《学术月刊》，2022年第8期

（12）蒋芳芳、林少雄：《建筑何以中国——由王振复〈建筑中国：半片砖瓦到十里楼台〉引发的思考》，《美学与艺术评论》第25辑，2022

（13）高石、谢金良：《巫学与〈周易〉美学的融通——王振复"文化易"研究方法与视野述评》，《美学与艺术评论》第26辑，2023

（14）王启元：《建筑思想史——人文视野下的砖瓦楼台》，《文汇报·文汇学人》，2023年6月18日

（15）王耘：《〈周易〉通识：探易之究竟》，《文汇报·文汇学人》，2023年8月22日

五、学术著论

（一）著作

1. 个人著作

（1）《巫术——〈周易〉的文化智慧》，浙江古籍出版社，1990、1999

（2）《〈周易〉的美学智慧》，湖南出版社，1991

（3）《中国文化原典》，沈阳出版社，1997

（4）《风水圣经——〈宅经〉〈葬书〉》，恩楷出版有限公司（中国台湾），2003、2007

（5）《大易之美》，北京大学出版社，2006

（6）《周易精读》，复旦大学出版社，2008、2016

（7）《周知万物的智慧:〈周易〉文化百问》，复旦大学出版社，2011

（8）《〈周易〉文化百问》（修订本），生活·读书·新知三联书店（香港），2012

（9）《大易之美》（韩国，韩文版），成均馆大学出版社，2013

（10）《中国巫文化人类学》，山西教育出版社，2020

（11）《中国巫性美学》，上海古籍出版社，2022

（12）《〈周易〉通识》，中华书局，2023

（13）《周易精讲》（修订本），中华书局（待出）

（14）《〈周易〉的美学智慧》（修订本），上海古籍出版社，2023

（15）《中国美学的文脉历程》，四川人民出版社，2002

（16）《中国美学思问录》，沈阳出版社，2003

（17）《中国美学史教程》，复旦大学出版社，2004、2006

（18）《中国美学史新著》，北京大学出版社，2009

（19）《中国美学文脉史》（增订本），陕西人民出版社，2023

（20）《建筑美学》，云南人民出版社，1987；地景出版有限公司（中国台湾），1993

（21）《中华古代文化中的建筑美》，学林出版社，1989；博远出版有限公司（中国台湾），1993

（22）《独特的大地文化——中国建筑文化透视》，沈阳出版社，1997

（23）《华夏宫室》，上海古籍出版社，1998

（24）《"凝固"的精神》，山东文艺出版社，2000

（25）《中国建筑的文化历程》，上海人民出版社，2000、2006

（26）《大地上的宇宙——中国建筑文化理念》，复旦大学出版社，2001

（27）《宫室之魂——儒道释与中国建筑文化》，复旦大学出版社，2001

（28）《中华意匠——中国建筑基本门类》，复旦大学出版社，2001

（29）《中国建筑艺术论》，山西教育出版社，2001

（30）《建筑美学笔记》，百花文艺出版社，2005

（31）《建筑的故事》，复旦大学出版社，2015

（32）《建筑中国：半片砖瓦到十里楼台》，中华书局，2021、2022、2023

（33）《中华建筑美学》（修订本），上海古籍出版社，2022

（34）《汉魏两晋南北朝佛教美学史》，北京大学出版社，2018

（35）《王振复自选集》，复旦大学出版社，2015

2. 合著、主编与副主编之作

（1）《马克思主义文艺理论发展史》（合著，撰苏联50年代中期之前、中国1942年《讲话》至改革开放前历史部分），高等教育出版社，1990

（2）《中国历代名著提要》（副主编之一，中国古代建筑名著撰写者之一），复旦大学出版社，1996

（3）《倒错的世界》（合著，第一作者），沈阳出版社，1997

（4）《天人合一——中华审美文化之魂》（副主编，部分章节撰写者），上海文艺出版社，1998

（5）《魂系中华——天人合一的审美精神》（第二署名，实际撰写者），沈阳出版社，1997

（6）《中国建筑文化大观》（第二主编，主要撰写者，撰近百万字），北京大学出版社，2001

（7）《人居文化——中国建筑的个体形象》（第一作者，与杨敏芝合撰），复旦大学出版社，2001

（8）《中国美学重要文本提要》（主编，上下册），四川人民出版社，2002

（9）《中国古代审美文化论》（副主编之一，撰写部分章节），上海古籍出版社，2003

（10）《中国美学范畴史》（三卷本，主编，第一卷作者之一），山西教育出版社，2006

（11）《中华易学大辞典》（上下卷，《中华易学大辞典》编委会编，副主编之一）上海古籍出版社，2008

（12）《美学大辞典》（副主编之一，负责中国美学部分），上海辞书出版社，2010

（13）《审美艺术教程》（撰第七章），复旦大学出版社，2005

（14）《文艺小百科》、《文学概论精解》、《哲学大辞典·美学卷》、《心理学大辞典》与
《生活情趣集成》等（撰各条目从三至数十不等）

（二）国外、港台出版或待出版的著作

（1）《大易之美》（韩译本），韩国申廷根译，韩国成均馆大学出版社，2013

（2）《中国美学范畴史》（英译，三卷本，主编兼第一卷作者之一，待出）

（3）《建筑美学》，地景股份出版有限公司（中国台湾），1993

（4）《中华古代文化中的建筑美》（中国台湾），博远股份出版有限公司，1993

（5）《风水圣经——〈宅经〉〈葬书〉》（今译、导读），恩楷股份出版有限公司（中国台
湾），2003、2005、2007

（6）《〈周易〉文化百问》，香港生活·读书·新知三联书店，2012

（7）《中国巫文化人类学》，中国台湾崧烨文化事业有限公司（待出）

（三）论文

（1）《论当代世俗崇拜》，《复旦学报》（社会科学版），1988年第3期

（2）《〈周易〉重"生"美学思想及其历史影响》，《学术月刊》，1989年第3期

（3）《易学专家谈易"热"》（第二署名，实际撰写者），沈阳市《当代工人》，1990年
第5期

（4）《原始思维：天人合一——〈周易〉文化智慧的深层结构》，《遁世与救世》，上海
文艺出版社，1991

（5）《周易审美文化》，《第十届国际易学大会论文集》（中国台湾），1992

（6）《释"士"》，《书城》杂志，1993年第3期

（7）《〈周易〉的生命美学思想》，《第十一届国际易学大会论文集》，马来西亚，1993

（8）《从巫学智慧到美学智慧》，《美学与艺术评论》，第3集，复旦大学出版社，1993

（9）《释"井"》，《书城》杂志，1994年第3期

（10）《易文化研究之现状》，《上海文化》，1995年第1期

（11）《"崇阳恋阴"的〈周易〉生命美学思想》，中国台湾《中华易学》第16卷第7、8
期，1995

（12）《话说〈周易〉预测》，《文汇报》1996年4月3日

（13）《话说〈易经〉》（第二署名，实际撰写者），《天津河西职大学报》，1996年第2期

（14）《井卦别释》，《中华易学》（中国台湾），第17卷第9期，1996

（15）《当代易学研究趋势》，《学术月刊》，1997年第5期

（16）《易经卦爻辞的"前诗"现象》，《中国语文学》（韩国），第30辑，1997

（17）《当代易文化与文化保守主义》，《人民政协报》，1998年7月3日

（18）《当代易学思潮的文化保守主义倾向》，《时代与思潮》，1998年第7期

（19）《前诗：易经卦爻辞的文学因素》，《辽宁大学学报》，2003年第3期

（20）《原始巫术：审美发生何以可能》，《东方丛刊》，2003年第3期

（21）《上博馆藏楚竹书〈周易〉初析》，《周易研究》，2005年第1期

（22）《〈周易〉文化思维问题探讨——与杨振宁院士对话》，《上海文化》，2005年第6期

（23）《人类学三路向：原始审美何以发生》，《学术月刊》，2005年第11期

（24）《类比：〈周易〉美学思维问题刍议》，《中国美学研究》，2006年第1期

（25）《〈周易〉时间问题的现象学探问》，《学术月刊》，2007年第11期

（26）《以易文化研究为木：在文化学与美学之际——王振复教授访谈》（林少雄教授采访），《学术月刊》，2007年第11期

（27）《中华易学大辞典·编〈易〉叙语》（上下卷，副主编之一），上海古籍出版社，2008

（28）《正本清源：理性地解读"风水"》，《学术月刊》，2011年第8期

（29）《巫性美学：中国美学研究新路向》，《探索与争鸣》，2013年第4期

（30）《略论中国早期巫术文化与审美诗性的文脉联系》，《中国美学研究》，2016年第2期

（31）《中国巫性美学在〈周易〉中的四种呈现》，《南国学术》（澳门），2016年第3期

（32）《巫性：中华文化的原古人文根性》，《学术月刊》，2016年第4期

（33）《"信文化"：从神话到图腾与巫术》，《文汇报·文汇学人》，2018年1月19日

（34）《灵之研究：中国原巫文化六题》（第一作者），《社会科学战线》，2018年第4期

（35）《中国巫性美学：作为文化哲学的美学》，《上海文化》，2018年第5期

（36）《时间现象学：〈周易〉的巫性"时"问题》，《社会科学战线》，2019年第4期

（37）《以文化人类学关于巫学的理念解易》，《文汇报·文汇读书周报》，2019年6月17日

（38）《〈周易〉美学何以可能》，《社会科学报》，2020年12月31日

（39）《原始"信文化"说与人类学转向》，《学术月刊》，2022年第8期

（40）《中国巫性美学何以可能》，《美学研究》，2023年第1期

（41）《采掘中华美学文化之源》，《北京日报》，2023年5月26日

（42）《中国美学的"本土化研究"》，《探索与争鸣》，2023年第8期

（43）《中国美学范畴体系的逻辑结构》，《学术月刊》（待刊）

（四）中国美学与文艺评论

（1）《一部值得注意的好长篇——评〈绿竹村风云〉》（《收获》，1966年第1期，笔名：复中文　陆士杰，在老师指导下所撰，为该文两个主要执笔者之一）

（2）《枪杆子里面出政权——评〈列宁在十月〉》《文汇报》，1967年7月（发表于何日已忘，以笔名发表，笔名亦忘）

（3）《从社会实践看"共同美"》，《复旦学报》（社会科学版），1980年第2期

（4）《独特的个性美》，《文汇报》，1980年7月6日

（5）《从吻镣铐谈起》，《解放日报》，1980年7月24日

（6）《当心，剑有毒》，《大众心理学》，1981年第2期

（7）《能治病的画》，《大众心理学》，1983年第2期

（8）《自然科学理论无所谓美丑》，《复旦学报》（社会科学版），1982年第3期

（9）《真假王羲之手迹》，《大众心理学》，1983年第3期

（10）《生活美与艺术美的辩证关系》，《复旦学报》（社会科学版），1984年第1期

（11）《艺术形象的"再创造"》，《文汇月刊》，1984年第4期

（12）《可爱的"疯狂"》，《大众心理学》，1986年第2期

（13）《移情——"难得糊涂"的境界》，《大众心理学》，1987年第6期

（14）《自然科学某些范畴概念对文学研究适用性探讨》，《走向现代化的文艺学》，江苏文艺出版社，1988

（15）《论文学理论方法论的更新》（署名：王希微），《走向现代化的文艺学》，江苏文艺出版社，1988

（16）《论当代世俗崇拜》，《复旦学报》（社会科学版），1988年第3期

（17）《"人"的再发现：现代主义冲击和现实主义深化》，《文艺理论研究》，1989年第2期

（18）《立足当代统摄古今　立足中国面向世界》，《文汇读书周报》，1989年3月

（19）《非英雄化、新偶像与大写的"人"——文艺形象塑造的思考》，《人民日报》，1989年11月14日

（20）《博士生导师吴中杰教授》，《复旦学报》（社会科学版），1991年第5期

（21）《论崇拜与审美》，《学术月刊》，1991年第7期

（22）《天人合一——中华艺术精神的文化内涵》，《反思：传统与价值》，上海文艺出版社，1991

（23）《原始思维：天人合一》，《遁世与救世——中国文化名著十二讲》，上海文艺出版社，1991

（24）《马克思主义文艺学的中国化》，《毛泽东文艺思想论文集》，中共上海市委宣传部文艺处编，1992

（25）《毛泽东文艺思想的实事求是精神》，《复旦学报》（社会科学版），1992年第3期

（26）《纪念"讲话" 深入生活》，《解放日报》，1992年5月22日

（27）《蒋孔阳美学思想的现代意识》，《蒋孔阳美学思想研究》，1992

（28）《中和：中华民族的主体意识》，第二届儒学征文赛获奖论文（中国台湾），1993

（29）《人的再发现与现实主义深化》，《当代性艺术创新多样化》，安徽文艺出版社，1993

（30）《"伪文化"小议》，《毛泽东思想邓小平理论研究》，1994年第3期

（31）《秘书也要学点美学》，《秘书天地》，1995年第3期

（32）《汉文字文化原型的探讨》（笔名：施学之），《学术月刊》，1995年第11期

（33）《陈鼓应的"道家主干"说》，《书城》杂志，1996年第4期

（34）《方法与对象的"适应"——与党圣元商榷》，《文艺研究》，1997年第2期

（35）《知识经济中的审美课题》，《文汇报》，1999年6月19日

（36）《自然名教本末通》，《玄学十日谈》，上海书店出版社，1999

（37）《西方美学史的新开拓》（笔名：天问），《文汇读书周报》，2000年6月24日

（38）《龙文化阐释》，上海人民出版社编：《龙文化与民族精神》，2000

（39）《龙文化及其审美》，《美学与艺术评论》，第5集，2000

（40）《郭店楚简〈老子〉的美学意义——〈老子〉美学再认识》，《学术月刊》，2001年第11期

（41）《"大音希声"正解》，《美学与艺术评论》，第6集，2002

（42）《郭店楚简〈性自命出〉的美学意义》（第一作者），《复旦学报》（社会科学版），

2003年第1期

（43）《"惟务折衷"：〈文心雕龙〉文论思想的文化品格》，《求是学刊》，2003年第2期

（44）《原始巫术：审美何以发生》，《东方论丛》，2003年第3期

（45）《甲骨文字原始人文意识考释》（第一作者），《学术月刊》，2003年第5期

（46）《卜松山的"期待视界"》（署名：王希微），《文汇读书周报》，2003年9月5日

（47）《提倡"学院派"》，《学术月刊》，2003年第12期

（48）《东方美学史的奠基之作——读邱紫华〈东方美学史〉》，《光明日报》，2004年3月
       17日

（49）《对〈意境探微〉的四点意见》，《复旦学报》（社会科学版），2004年第5期

（50）《提倡艺术材料学研究》，《社会科学报》，2004年6月18日

（51）《拓展中国艺术结构的理论研究》，《常熟理工学院学报》，2005年第1期

（52）《人类学三路向：原始审美何以发生》，《学术月刊》，2005年第11期

（53）《诗性与思性：中国美学范畴史的时空结构》，《学习与探索》，2006年第1期

（54）《中国美学范畴史研究的一点思路》，《上海大学学报》，2006年第2期

（55）《方法：究竟有什么问题》（笔谈主持），《求是学刊》，2006年第2期

（56）《草根性：跨文化美学研究的人文立场》（笔谈主持），《社会科学辑刊》，2006年
       第5期

（57）《逻辑"还原" 深入浅出》，《中华读书报》，2006年11月

（58）《中国美学范畴史的动态三维结构》，《新国学研究》，第5辑，人民文学出版社，
       2006

（59）《当下文化传播：马克思主义文艺理论的中国化》，《学术月刊》，2006年第12期

（60）《以易文化研究为本：在文化学与美学之际——王振复教授访谈》（林少雄采访），
       《学术月刊》，2007年第11期

（61）《由古典到现代的人文观照》（访谈，乔东义整理），《文学教育》，2008年第4期

（62）《一个"布衣学者"的学术自述》，《美与时代》，2011年第7期

（63）《中国美学史著：评估与讨论》，《学术月刊》，2012年第8期

（64）《审美与时间——先秦道家典籍研究·序》，复旦大学出版社，2012

（65）《神性美学：崇拜与审美的人文"对话"》，《美与时代》，2013年第6期

（66）《中国学研究人文主题的转换》，《学术月刊》，2013年第6期

（67）《"闲"与中国文人的审美人生·序》，复旦大学出版社，2013

（68）《中国饮食美学史·序》，齐鲁书社，2014

（69）《岁月如曦·编者赘言》，上海辞书出版社，2014

（70）《传承与弘扬：时代之需》，《美与时代》，2015年第1期

（71）《"无极而太极"考》，《船山学刊》，2020年第5期

（72）《序言：〈酒杯里的风景〉读后》，复旦大学出版社，2020

（73）《敬畏学术　敬畏自我》，《美学人生、中国当代美学学者的学术之路》第2册，郑州大学出版社，2020

（74）《无极：逻辑原点——论中国美学范畴体系》（该文发表时，将"无极：逻辑原点"，误写为"无极的逻辑原点"），《文化中国学刊》，2021年第2期

（75）《文化大传统与中国早期文论精神·序》（待出）

（76）《中国巫性美学何以可能》，《美学研究》，2023年第1期

（五）中国建筑文化美学

（1）《建筑：凝冻的音乐》，《文汇报》，1982年12月24日

（2）《塔的崇拜与审美》，《美学与艺术评论》第1集，1985

（3）《人体美与建筑文化》，《美育》（长沙），1985年第3期

（4）《建筑本质系统理解》，《新建筑》，1985年第3期

（5）《园林水趣的动与静》，《美育》（长沙），1985年第6期

（6）《建筑艺术起源初探》，《美学文集》，1986

（7）《中国古代建筑的空间意识》，《时代建筑》，1987年第2期

（8）《从佛教须弥座到建筑须弥座艺术》，《内明》（香港），209期，1991

（9）《上海呼唤你——上海人民英雄纪念塔选址的美学构思》，《建筑时报》1991年7月9日

（10）《建筑物·建筑·建筑形象》，《建筑时报》，1992

（11）《这里缺少一个趣味中心》，《建筑时报》，1992年2月

（12）《建筑形象的模糊之美》，《文汇报》，1992年2月25日

（13）《也谈原始时代的住屋》，《建筑时报》，1992年3月31日

（14）《也谈南浦大桥的色彩处理》，《建筑时报》，1992年5月26日

（15）《曲线何以为美》，《建筑时报》，1993年2月

（16）《论海派建筑》，《复旦学报》（社会科学版），1993年第3期

（17）《中国园林的道家境界》，《学术月刊》，1993年第3期

（18）《恋窗情结》，《建筑时报》（社会科学版），1993年5月

（19）《木构之华》，《建筑时报》，1993年7月

（20）《东方独特的大地文化与大地哲学》，《空间杂志》（中国台湾），1994年第2期

（21）《中国建筑文化的易理阐释》，《时代建筑》，1994年第1期

（22）《中国园林文化的道家境界》，《空间杂志》（中国台湾），1995年第5期

（23）《建筑：在实用中寻找美》，《文汇报》，1998年8月17日

（24）《室内设计的审美创造》，《室内设计与装修》，1999年第2期

（25）《建筑：大地上的"空间美术"》，《中华读书报》，1999年6月18日

（26）《建筑即宇宙》，《文汇报》，1999年7月25日

（27）《实用艺术的审美》，《安徽大学艺术学院学报》，2000年第3期

（28）《中国传统建筑的文化精神及其当代意义》，《百家建筑》（香港），2003年1月2日

（29）《数字天坛》，《建筑创作》，2003年第1期

（30）《中国建筑技术的文化之路》，《中国美学思问录》，沈阳出版社，2003

（31）《中西建筑文化的美学比较》，《中国美学思问录》，沈阳出版社，2003

（32）《天共生机舞　人居好园林》，《人民日报》（华东版），2004年5月14日

（33）《色彩的运用与象征》，《中华读书报》，2007年4月8日

（34）《亭的建筑艺术》《中学语文教学参考·教师版》（王振复：《中华意匠》"有亭翼
　　　然·英姿临风之美"节选，作为说明文范文），2008

（35）《城市"设计"的文化理念——王振复教授在2006上海双年展·东方论坛上的演
　　　讲》，《解放日报》，2006年10月8日

（36）《日本古代传统建筑的文化研究——兼论中日古代建筑文化比较》，《研究论丛》
　　　（日本），平成19年7月（2007）

（37）《江南古代都会建筑与生态美学·序》，社会科学文献出版社，2012

（38）《中国建筑文化的符号象喻》，《王振复自选集》，复旦大学出版社，2015

（39）《"建筑意"与诗意、建筑美的关系》，《美与时代》，2018年第8期

（40）《略论"建筑意"》，《美术家》（香港），2021年第12期

（六）中国佛教美学

（1）《从佛教须弥座到建筑须弥座艺术》，《内明》（香港），第209期，1989

（2）《中国佛塔的文化价值》，《佛教文化》，1990年第2期

（3）《原始佛学经典：〈阿含经〉》，《内明》（香港），1991

（4）《〈坛经〉法海本思想因缘》，《海上论丛》第一辑，1996

（5）《佛教须弥座的中国化》，《上海佛教》，2001年第3期

（6）《法海本〈坛经〉的美学意蕴》，《复旦学报》（社会科学版），2001年第5期

（7）《唐王昌龄"意境"说的佛学解》，《复旦学报》（社会科学版），2006年第2期

（8）《僧肇〈般若无知论〉的美学意蕴》，《中国美学研究》，2014年第1期

（9）《"空"之美学释义·序》，上海人民出版社，2016

（10）《"格义""六家七宗"的佛学之见及其美学意蕴》，《美学与艺术评论》，第17辑，
2018

（11）《"常乐我净"：〈大般涅槃经〉的美学意蕴》，《美与时代》，2019年第3期

（12）《东汉时期佛教美学意蕴的初始酝酿》，《美育学刊》，2019年第3期

（13）《"解空第一"：僧肇〈般若无知论〉〈涅槃无名论〉的美学意蕴》，《学术月刊》，
2019年第12期

（14）《慧远佛学及其美学意蕴》，《复旦学报》（社会科学版），2020年第1期

六、其他

（1）《别了，浦东的老屋》（散文），《东方城乡报》试刊号，1993

（2）《吉隆坡印象》（散文），《人民政协报》，1995年1月5日

（3）《海印寺访游》（散文），国防科工委编：《神剑》，1998年第4期

（4）《也来说说孔阳先生》（随笔），《文汇报》，2023年9月10日

编后记

　　四年前发起王振复先生文集的编辑出版工作，得到先生同意及师门诸君一致响应，于是便有了这套文集编辑出版的始初动力与因缘际会。其间由于各种原因，计划一拖再拖。

　　原初计划编选体量较大，但在具体编辑过程中，一是先生对自己的要求甚高，反复斟酌，不断挑选；二是考虑到先生的学术研究及其成果表达尚处持续进行时态，一些近年来出版的论著未能收入；三是出于出版成本及其体量的考虑，所以在编辑阶段不断调整，整部文集由最初的12卷，改为10卷，最后改定为8卷。

　　在具体编辑过程中，师门诸君积极参与，在编辑体量调整、内容和文字录入、转化与校对、书籍装帧及版式设计等方面不仅提供了许多宝贵的意见与建议，同时也积极承担了编辑过程中许多繁杂琐细的校对工作，具体分工如下：

　　壹：前言（王振复），《〈周易〉的美学智慧》（王宏超）；

　　贰：《周易精读》（谢金良）；

　　叁：《中国巫文化人类学》（苏荟敏），《秦汉美学范畴的酝酿》（张艳艳）；

　　肆：《中国美学的文脉历程》（王耘）；

　　伍：《中国早期佛教美学史》（王耘），《中国美学范畴史·导言》（张艳艳）；

　　陆：《建筑美学》（杨庆杰），《中华古代文化中的建筑美》《中国建筑的文化历程》（林少雄）；

柒：《周易》文化与巫性美学（谢金良），中国建筑文化与美学（林少雄）；

捌：中国美学史（杨庆杰），中国佛教美学（陈立群），附录（王振复）。

刘月负责文集的编辑、出版，王宏超负责文集的联络、协调，林少雄负责文集的全面统筹。王振复先生的再传弟子蒋芳芳、贾昊宇、刘朝元、刘心怡与郑姝涵等参加了部分校对工作。

是为编后记。

林少雄

二〇二三年初夏于沪上万峰梦湖苑

图书在版编目(CIP)数据

中国文化美学文集:全 8 卷/王振复著. —上海:复旦大学出版社,2024.1
ISBN 978-7-309-16795-5

Ⅰ.①中… Ⅱ.①王… Ⅲ.①文艺美学-中国-文集 Ⅳ.①I01-53

中国国家版本馆 CIP 数据核字(2023)第 083933 号

中国文化美学文集:全 8 卷
王振复 著
责任编辑/刘 月

复旦大学出版社有限公司出版发行
上海市国权路 579 号 邮编:200433
网址:fupnet@ fudanpress.com http://www.fudanpress.com
门市零售:86-21-65102580 团体订购:86-21-65104505
出版部电话:86-21-65642845
上海盛通时代印刷有限公司

开本 787 毫米×1092 毫米 1/16 印张 268.25 字数 4 232 千字
2024 年 1 月第 1 版
2024 年 1 月第 1 版第 1 次印刷

ISBN 978-7-309-16795-5/I · 1359
定价:1580.00 元